ROBIN G. HUNTER

Im Namen des Ordens – Die Asche des Lazarus

Weitere Titel aus der Reihe

IM NAMEN DES ORDENS

1: Die Asche des Lazarus
2: Der Magische Foliant
3: Das Gift des Alchemisten

Robin G. Hunter
Hinter dem Pseudonym Robin G. Hunter steckt ein von Diana Itterheim angeführtes Autoren-Team, darunter Lara Lorenz, Ann-Kathrin Karschnick, Daniela Pusch und Sandra Grauer. Ausführlichere Biografien der Autorinnen am Ende des Buches.

ROBIN G. HUNTER

IM NAMEN DES ORDENS

DIE ASCHE DES LAZARUS

ROMAN

Nach einer AUDIBLE-Original-Produktion

Lübbe

Die Bastei Lübbe AG verfolgt eine nachhaltige Buchproduktion. Wir verwenden Papiere aus nachhaltiger Forstwirtschaft und verzichten darauf, Bücher einzeln in Folie zu verpacken. Wir stellen unsere Bücher in Deutschland und Europa (EU) her und arbeiten mit den Druckereien kontinuierlich an einer positiven Ökobilanz.

FSC
www.fsc.org
MIX
Papier | Fördert gute Waldnutzung
FSC® C014496

Umschlaggestaltung: Thomas Krämer
unter Verwendung eines Designs von denisholzmueller.de
Satz: GGP Media GmbH, Pößneck
Gesetzt aus der Adobe Garamond
Druck und Verarbeitung: GGP Media GmbH, Pößneck

Printed in Germany
ISBN 978-3-404-20983-5

2 4 5 3 1

Sie finden uns im Internet unter luebbe.de
Bitte beachten Sie auch: lesejury.de

FOLGE

1

PROLOG

Caleb

Er hatte nie in Betracht gezogen, dass es so enden könnte, doch das Gewicht der zierlichen Frau war genauso real wie ihre eiskalten, winzigen Hände, die ihn auf dem Tisch fixierten. Sie lag über ihm, und es fühlte sich so an, als würde er von einem Betonklotz niedergedrückt, dabei wog die kleine Person keine fünfzig Kilo. Aber sie hatte die Kraft ihrer Art, und sein Blut verstärkte diese noch.

Er war schwach, und er hatte keine Chance, doch in ihm erwachte ein letzter Überlebenswille. Er versuchte, dem stahlharten Griff um seine Handgelenke auszuweichen und die Augen zu öffnen, ein allerletztes Mal. Seine Arroganz hatte ihn in diese Lage gebracht, und im Grunde hatte er den Tod verdient, auch wenn er alles, nur nicht sterben wollte. Nicht so. Nicht jetzt. Nicht durch einen Para.

Das schwarze Haar der wunderschönen Gestalt fiel weich in sein Gesicht und schränkte sein Sichtfeld ein, dennoch konnte er zwischen den dunklen Strähnen einen roten Schopf aufblitzen sehen. Doch Sally stand nur regungslos da. Er hätte ihr gerne noch gesagt, dass er ein Idiot war. Dass es ihm leidtat. Und dass sie recht hatte.

Während sich seine Augen ein letztes Mal schlossen, ohne dass er einen wirklichen Versuch unternommen hatte, sich zu befreien, war sein letzter Gedanke, dass sie bestimmt wusste, dass er ein Idiot ist. Oder war. Trotzdem hätte er sich gerne entschuldigt, bevor er starb, und ihr das noch gesagt.

KAPITEL 1

Caleb

Ich atme tief durch und werfe Zac noch einen ermutigenden Blick zu. Ich hoffe zumindest, er wirkt ermutigend auf ihn. Es ist unser erster Einsatz als neu formiertes Team und meine Premiere als Erster Tatortermittler. Dass mein bester Freund gleichzeitig auch mein Teamkollege ist, hilft uns jetzt, mit der ungewissen Situation besser umzugehen. Wir haben keine Ahnung, was hinter der Tür dieses edwardianischen Reihenhauses in Brixton auf uns wartet.

Neben uns, auf dem schmalen Grünstreifen zum Gehweg, liegen Dinge verstreut, die mein ungutes Gefühl noch bestärken. Ein Skateboard und ein rosa Puppenwagen, während aus dem Haus kein Ton erklingt, der auf Leben oder Kinder hindeutet. Jetzt nicht wachsam zu sein wäre nicht nur unnatürlich, sondern dämlich, aber ich weiß, dass Zac mir den Rücken freihält und der Rest unseres Viererteams die Umgebung sichert.

Der Anruf von Inspector Kumar hat dringend und panisch geklungen, er sprach von einem Eindringling und hat die Verbindung sehr schnell beendet. Als wir hier eingetroffen sind, war er jedoch nirgends zu sehen.

Zac und ich sind auf dem Weg ins Haus.

»Bereit?«, frage ich ihn.

Zac, der seine Waffe, eine Glock, im Anschlag hält, die Mündung auf den Boden gerichtet, nickt ernst. Seine braunen Augen sind voller Sorge, aber da ist auch ein entschlossener Zug um seinen Mund.

»Ich gehe vor, bleib direkt hinter mir«, weise ich ihn noch leise an und hole selbst tief Luft, bevor ich meine Hand an den Türknauf lege. Jahrelanges Training kann einen zwar vorbereiten, doch der erste eigene Tatort, das erste Mal als Teamleiter an der Front ohne Hilfe von Ausbildern oder Verstärkung ist auch für mich wie ein freier Fall aus großer Höhe. Ich trage die Verantwortung für mein Team und für das, was jetzt passiert.

Entgegen meiner Erwartung ist die Tür nicht verschlossen. Ich drehe den Knauf und höre ein Klicken, als die Verriegelung aufspringt. Es ist nur ein leises Geräusch, aber es hallt wie ein Schuss in meinen Ohren. Vorsichtig lasse ich die Tür nach innen aufschwingen und spüre Zac direkt hinter mir, sein Atem geht schneller als normal. Ich kann meinen eigenen, rasenden Herzschlag spüren, und mein Mund ist trocken.

Rasch ziehe ich meine Waffe aus der seitlichen Halterung, die unter dem langen Ledermantel verborgen ist, als ich in das Haus eintrete. Mein Katana, eine lange silberne Klinge, aus irischem Koboldsilber geschmiedet, glänzt vor mir auf, als ich den hellen Flur betrete. Keine Waffe, die ich vor dem Haus in die Hand nehmen sollte.

Drinnen ist es ruhig, und alles wirkt friedlich, aber meine Sinne sind in Aufruhr. Intensiver Blutgeruch schlägt uns entgegen, durchdringend und unangenehm. Ich höre Zac hinter mir angewidert keuchen, und auch mir schlägt der rostig-metallische Geruch, der schwer in der Luft liegt, auf den Magen.

Ich hasse Blutgeruch!

Langsam dringen wir weiter in das Haus vor, schieben uns hochkonzentriert den Flur mit den hellen Möbeln und dem weißen Dielenboden entlang. Ich versuche, keinerlei Geräusche zu machen, um niemanden auf unsere Ankunft hinzuweisen, solange wir nicht wissen, ob hier noch etwas lauert.

Der Blutgeruch ist ekelhaft und scheint das gesamt Haus auszufüllen. Am Ende des Flures führt eine helle Holztreppe nach oben. Eine Tür, unten neben der Treppe, steht offen. Ich kann einen Kühlschrank erkennen. Genau in diesem Moment tritt eine Gestalt in den Türrahmen, und Zac reißt instinktiv seine Waffe hoch.

Seine Reflexe sind gut, zu gut. Ich werfe mich gegen ihn, keine Sekunde zu spät. Er ist ein ausgezeichneter Schütze.

Durch mein Intervenieren trifft die Kugel den Türrahmen und bohrt sich tief in das Holz. Der Knall lässt meine Ohren klingeln, und ich hoffe, er hat die Nachbarschaft nicht aufgeschreckt.

Inspector Kumar sieht uns erschrocken entgegen. Ich senke vorsichtig Zacs Arm, so dass die Mündung seiner Glock zu Boden zeigt. Dann klaube ich mit einem vorwurfsvollen Blick mein Schwert vom Dielenboden.

»Puh«, entfährt es Zac leise, und ich kann dem nichts hinzufügen. Das war knapp.

»Sag draußen kurz Bescheid, bevor die anderen noch hier zur Rettung reinschneien«, befehle ich, und Zac gehorcht, hochrot im Gesicht.

»Inspector Kumar«, begrüße ich den Mann, der mich geschockt ansieht.

Himmel, wir hätten fast einen Polizisten erledigt! Großartig, O'Connor.

Ich trete näher und folge Inspector Kumar in die Küche. Zac erscheint kurz darauf wieder, noch ein wenig blass um die Nase. Er bleibt im Türrahmen stehen und sieht sich misstrauisch um.

»Mr O'Connor, richtig?« Die Stimme des Inspectors klingt ein wenig zittrig, und ich nicke ihm beruhigend zu. Es ist das zweite Mal, dass wir uns treffen, beim ersten Mal war ich noch grün hinter den Ohren und als Assistent an einem Tatort für Tom Waringham eingeteilt.

»Nennen Sie mich bitte Caleb, Inspector.« Ich versuche es mit Freundlichkeit und hoffe, ihn damit zu beruhigen.

Er sieht ziemlich angespannt aus, und sein Blick huscht ständig zu dem Einschussloch im Türrahmen und in Richtung der Treppe, die nach oben führt. Sein Drei-Tage-Bart und das zerknitterte blassblaue Hemd lassen auf eine lange Schicht schließen, der leichte Bauchansatz und die tiefen Augenringe auf die typische ungesunde Lebensweise eines Londoner Polizisten: zu viel Fish and Chips, Pies und Kaffee.

»Warum haben Sie uns gerufen?« Meine Stimme klingt gelassen, obwohl auch ich besorgt bin. Sein plötzliches Auftauchen in der Küchentür hat meine Nerven nicht gerade beruhigt, im Gegenteil.

Kumars Blick huscht erneut zu Zac. Ich kann es ihm nicht verübeln, immerhin hat Zac ihn gerade beinahe erschossen. Kumar ist ziemlich blass um die Nase, das kann nicht mal sein dunkler indischer Teint verbergen. Ich fürchte, die Begründung für seine Anwesenheit im Haus wird mir nicht gefallen.

Alles in mir drängt, unverzüglich nach oben zu gehen, aber ohne die notwendigen Informationen sollte ich nichts überstürzen. Meine Ungeduld nagt an mir, doch ich zwinge mich, ruhig zu atmen und Kumar zuzuhören. Ich mag zum Aktionismus neigen, aber ich bin nicht unüberlegt – auch wenn Zac etwas anderes behauptet.

»Ein Nachbar hat einen Wolf gemeldet, zumindest hat er beim Anruf bei der Leitstelle einen erwähnt. Also das Geheul eines Wolfes. Und er hat behauptet, laute Kampfgeräusche gehört zu haben. Ich dachte, ich sehe erst selbst nach, ob es wirklich eine Meldung ist, die in die Zuständigkeit des Ordens fällt, und wollte den Tatort kurz überprüfen, bevor ich entscheide, ob die Bobbys oder ihre Abteilung übernehmen müssen. Die Tür stand offen, als ich ankam.«

Kumar ist einer unserer besten Kontakte bei der Londoner Polizei. Er meldet uns nicht jeden durchgedrehten Yorkshire Terrier oder jedes nachts am Fenster vorbeiflatternde Bettlaken, sondern überprüft die Tatorte gewissenhaft und ruft den Orden nur, wenn es uns auch betrifft. Ein guter Ermittler, der unsere Welt kennt und trotzdem versteht, warum sie geheim bleiben muss. Er begreift, dass die Menschen mit dem Wissen nicht umgehen können und die Gefahren sie zu sehr verunsichern würden.

»Caleb, Sie wissen, ich rufe den Orden nur, wenn ich ganz sicher bin, dass es …«, seine Hände ringen miteinander, bevor er mühsam beherrscht weiterspricht, »dass es ein Vorfall mit einem Para ist.«

Wir verlieren hier gerade wertvolle Zeit, aber es erscheint mir wichtig, dass er uns ins Bild setzt. Zac tritt schon nervös von einem Fuß auf den anderen, sieht sich aber ständig aufmerksam um und sichert uns ab. Auch mich macht diese Unterhaltung unruhig, aber sie ist notwendig.

»Sir, wir wissen Ihre Hilfe immer zu schätzen. Ohne Ihren hervorragenden Einsatz würden wir viele paranormale Tatorte gar nicht gemeldet bekommen, und noch mehr Morde durch nicht menschliche Wesen würden ungeklärt bleiben. Was genau haben Sie oben vorgefunden, Inspector?«

Ich hoffe, mein Versuch, ihn auf die Arbeit zu fokussieren, hilft ihm, sich zu beruhigen und mir schnell das zu sagen, worüber er mich ins Bild setzen sollte. Sein ganzes Benehmen und sein offensichtlicher Schock machen mir klar, dass er weiß, was hier passiert ist.

»Irgendetwas hat hier die Bewohner abgeschlachtet, aber so brutal habe ich das noch nie gesehen, Caleb, nicht mal, als der Vampir drüben in Sutton durchgedreht ist. Was immer oben gewütet hat, das Wesen hat es genossen, die Menschen zu töten. Eine Frau und einen Teenager, einfach zerfetzt, als wären es Stoffpuppen …« Kumars Stimme bricht, und ich tausche einen weiteren, jetzt besorgten Blick mit Zac.

»Bleiben Sie hier, Inspector. Mein Kollege und ich werden oben nachsehen. Haben Sie hier unten alles geprüft und gesichert?«

Kumar nickt, und ich habe keinen Grund, ihm zu misstrauen.

»Oben auch?«

»Nein. Als ich oben die Leichen gesehen habe, musste ich erstmal runter und Luft schnappen.« Kumar ist sichtlich abgekämpft und deutet zur offenen Tür neben der Spüle, die in den kleinen Hinterhof führt.

Ich klopfe ihm auf die Schulter, jeder von uns hat seine Grenzen. Und sollte oben noch ein Nachtmahr, ein Ghul oder etwas Ähnliches warten, war seine Entscheidung goldrichtig.

»Warten Sie hier in der Küche, wir gehen hoch und sehen nach.«

Ich folge Zac, der schon auf der ersten Treppenstufe steht, und werfe noch einen Blick in das Wohnzimmer neben mir – ein ebenfalls heller, freundlicher Raum, der gemütlich eingerichtet ist. Alles sieht hier normal aus, im Treppenflur allerdings hat etwas deutliche Spuren hinterlassen. Es sind Beschädigungen zu sehen, die nur von kräftigen Pranken stammen können. Das schränkt die Art des Paras, der hier eingedrungen ist, ein wenig ein. Geister hinterlassen keine physischen Spuren.

Die grüne Textiltapete ist an vielen Stellen aufgerissen, wie mit langen Klauen, und die weißen Landhausmöbel haben ebenfalls deutliche Krallenspuren. Jedoch ist hier unten kein Blut zu sehen.

Kumar, der noch in der Tür zur Küche steht, sieht mich aufmerksam und noch immer beunruhigt an. »Egal, was es war, es war groß, oder?« Seine Stimme klingt leise und unsicher, während sein Blick zu den Spuren an der Tapete und den Möbeln wandert.

Ich lege meine Hand an die Wand neben mir und versuche, jede Furche mit einem meiner Finger zu erreichen. Die Pranke des Eindringlings war riesig, größer als meine Hand. Einen Ghul kann ich schon ausschließen, die haben nicht so riesige Hände, ebenso einen Vampir. Was immer es war, es war deutlich größer als ein Mensch.

Ein Bild neben mir hängt schief an der Wand, als würde es sich mit letzter Kraft an dem Nagel festhalten, und erregt meine Aufmerksamkeit. Eine hübsche, attraktive brünette Frau lacht gemeinsam mit einem Jungen im Teenageralter und einer kleinen Prinzessin Elsa mit Zahnlücke vor dem Eingang des Pariser Disneylands in die Kamera. Beim Anblick des kleinen Mädchens mit den braunen Locken, dem Elsa-Kostüm und der Zahnlücke zieht sich in mir alles zusammen.

Hoffentlich ist die Kleine nicht unter den Opfern.

»Lass uns sofort nachsehen«, brummt Zac mit belegter Stimme.

Er weiß genau, was ich beim Anblick dieses Fotos gedacht habe, und ein kurzer Blickkontakt zeigt mir, dass auch er sich davor fürchtet, was oben auf uns wartet. Und vielleicht hat der Täter es noch gar nicht aus dem Haus geschafft.

Allerdings stand die Haustür laut Kumar offen, was für ein Entkommen des Angreifers spricht. Egal, wir müssen nachsehen und uns versichern.

Wir schleichen die Treppe hinauf, und mir fällt auf, dass kein Blut auf den Stufen zu sehen ist. Unruhig lausche ich, als ich den ersten Stock erreiche und in den hellen Flur spähe. An dessen Ende, gut sechs Meter von mir entfernt, liegt eine Leiche in einer Blutlache, die noch feucht glänzt. Es muss die Mutter sein, den Resten des geblümten Kleids nach zu urteilen. Sie wurde zerfetzt und hat der Spur auf dem Teppich nach offensichtlich versucht, ihrem Angreifer zu entkommen.

Ich schlucke, und obwohl ich weiß, dass die Person tot ist, tot sein muss, eile ich den Flur entlang.

Lass sie noch am Leben sein!

»Sicher!«, höre ich Zac hinter mir rufen, der das erste, vom Flur abgehende Zimmer kontrolliert hat.

Als ich näher an die Leiche herankomme, erkenne ich, wie aussichtslos meine Hoffnung ist, noch ein Lebenszeichen zu bekommen oder jemanden retten zu können. Der Kopf ist abgetrennt und liegt mit dem Gesicht nach unten. Zumindest erklärt sich so die immense Blutmenge, die auch an den Wänden zu sehen ist und die für den intensiven Blutgeruch im ganzen Haus verantwortlich ist. Der Angreifer – ich schließe endgültig einen Vampir aus, die würden Blut niemals so sinnlos verschwenden – hat die Frau von hinten erwischt. Sie scheint versucht zu haben, ins Bad zu entkommen, das am Ende des Ganges liegt. Die Tür steht offen.

Zac tritt an mir vorbei, während ich noch neben der Leiche knie. Er checkt routiniert den kleinen Sanitärraum.

»Was immer es war, es war nicht im Bad.« Zacs Stimme klingt belegt. »Im Zimmer neben der Treppe liegt noch eine Leiche, ein Teenager, er ist offensichtlich beim Zocken überrascht worden, aber sonst sind keine weiteren Opfer zu finden. Auch keine Angreifer.«

»Das Kleinkind ist also nicht hier«, stelle ich halbwegs erleichtert fest, und Zac nickt mit einem gequälten Lächeln. Zwei Leichen sind schlimm genug, zwei Leben wurden brutal beendet.

»Das Zimmer des Mädchens ist aufgeräumt und leer. Auch ihre Zahnbürste fehlt, im Bad sind nur zwei Zahnbürsten in den Bechern. Im Zimmer des Jungen sind Krallen- und Blutspuren, im Schlafzimmer der Eltern ist alles in Ordnung.«

Zac war gründlich, während ich die Leiche inspiziert habe. Vorerst ist die Frau tot, ob sie es bleibt? Wir werden sehen. Ich hoffe es für sie.

Plötzlich höre ich ein Geräusch, nur ein leises Kratzen. Es kommt von der Tür eines schmalen Wandschranks neben uns. Zac hat es auch gehört und fährt alarmiert herum, seine Waffe auf die unscheinbare Schranktür gerichtet. Ich hebe mein Katana und gehe vorsichtig näher heran. Nervös lege ich die Hand auf den silbernen Knauf. Zac und ich tauschen einen Blick, wir sind bereit.

Ich reiße die Tür auf. Mit einem wütenden Kreischen schießt etwas auf mich zu, ich springe erschrocken zurück, um kurz darauf bemüht langsam durchzuatmen. Mein Puls rast. Auch Zac keucht, ich bin dankbar, dass er nicht vorschnell geschossen hat.

Die Katze ist wie ein geölter Blitz nach unten verschwunden, und ich hoffe, Kumar erledigt sie nicht, falls sie ihm in die Arme laufen sollte. Wir werden sie einfangen müssen und dafür sorgen, dass man sich um das Tier kümmert.

»O. k., sie haben also ein Haustier. Wir haben einen Überlebenden.« Zacs Stimme zittert.

Ich kann nachempfinden, wie es ihm geht, will aber professionell bleiben und Ruhe ausstrahlen. Nicht umsonst wurde ich zum Ersten Tatortermittler befördert. Aber ich bin froh, dass ich instinktiv richtig reagiert habe. Eine von mir zerstückelte Katze würde sich in meinem ersten Tatortbericht nicht gut machen.

»Zac, geh bitte runter, sorg dafür, dass der Doc kommt, um die Leichen zu sichern, und wir Hilfe von den Obscura bekommen.«

Zac nickt, und kurz darauf höre ich ihn unten telefonieren, während ich in das Zimmer des Teenagers gehe. Der Fernseher ist an. Davor, den Controller noch umklammert, liegt der Junge auf dem Boden, ebenfalls in einer Blutlache, die hier einen hellbeigen Teppich ruiniert. Auf dem Monitor flimmert Luigi, der einen Sieg im Mario-Kart errungen hat. Sein stummes Jubeln flimmert über dem Bildschirm. Yoshi wurde besiegt, ich kenne das Spiel. Früher, als mein Bruder und ich noch nicht der familiären Tradition des gegenseitigen Übertrumpfens zum Opfer gefallen sind, haben wir es oft und gerne gespielt. Luigi sieht aus, als hätte er die Masern, und nach einem kurzen Moment der Verwirrung wird mir klar, dass die Punkte auf dem Fernseher die Blutspritzer des Opfers sind.

Wut wallt in mir auf, der Junge hat bestimmt nicht mit seinem Ableben gerechnet, er war arglos und fühlte sich hier sicher.

Wer tat einem Teenager so etwas an? Er hatte noch sein Leben vor sich!

Ein weiterer Controller liegt auf dem Boden, eine Schüssel mit Chips, eine leere Pizzaschachtel, zwei leere Gläser. Zwei Controller, zwei Gläser. Der Teenager war nicht allein. Und da er hier gestorben ist, direkt nach seinem Sieg …

Ich stehe auf, lasse meinen Blick noch einmal kurz durch den Raum wandern und alles auf mich wirken. Ich bin mir schon ziemlich sicher, dass es sich beim Täter um einen Gestaltwandler handelt. Bei der immensen Kraft und rohen Gewalt, die hier angewendet wurde, würde ich auf einen Werwolf tippen, aber es ist nur ein Gefühl, eine Vermutung. Es gibt viele paranormale Wesen, die in der Lage wären, das hier zu hinterlassen.

Ich höre Zac meinen Namen rufen und gehe hinunter. Ich kann Noah sehen, der gerade die Katze aus dem Haus trägt, und Mike, der telefoniert. Beide gehören zu meinem Team.

Inspector Kumar ist noch in der Küche, und ich gehe zu ihm. Zum einen wird er sich besser fühlen, wenn er eine Aufgabe hat, zum anderen werden bald der Pathologe des Ordens, Doc Brown, und die Obscura eintreffen, dann wird es recht voll im Haus werden.

»Inspector Kumar, wissen Sie, wo der Vater und die Tochter sich befinden?«

Der Inder schüttelt den Kopf. »Nein, tut mir leid. Aber das bekomme ich heraus. Der arme Mann. Frau und Sohn. Werden diese Leichen auch verschwinden müssen?«

»Das kann ich noch nicht sagen, aber wir werden uns um sie kümmern und eine entsprechende Fallakte in die Datenbank der Polizei einspeisen, wie üblich. Und natürlich melde ich mich persönlich bei Ihnen, wenn ich dazu etwas weiß.«

Mir ist bekannt, dass er immer ein Auge auf die Familien hat, er ist ein guter Polizist und ein mitfühlender Mensch. Bestimmt wird der Orden in diesem Fall irgendetwas inszenieren, was die Angehörigen ruhigstellt. Bei einer Person kann man ein spurloses Verschwinden noch erklären, bei einer Mutter und ihrem Sohn ist so etwas schwierig. Allerdings müssen wir erst einmal abwarten, was mit den Leichen passiert, bevor wir uns um den Vater und die Hintergrundgeschichte kümmern können.

Kumar zückt sein Smartphone. »Ich geh mal in den Hof, telefonieren. Vielleicht kann ich etwas wegen des Kindes und des Vaters herausfinden.«

Gerade, als auch ich den Raum verlassen will, erscheint Zac an der Küchentür. Er macht komische Grimassen, was dafür sorgt, dass er mit seinen roten schulterlangen Haaren und dem noch immer bleichen Gesicht aussicht wie ein verrückter irischer Kobold. Bevor ich ihn fragen kann, was los ist, tritt eine schlanke Gestalt an ihm vorbei.

»Caleb. Bericht, bitte!« Die kalte Stimme von Victoria Bannister lässt nicht erkennen, was in ihr vorgeht. Die platinblonden kurzen Haare sitzen akkurat, und ihr Gesichtsausdruck wirkt desinteressiert, aber lauernd. Sie sieht perfekt aus, wie aus einem Modemagazin der Upper-Class mit ihrem Burberry-Mantel und der gestärkten weißen Bluse, die lässig-schick über die schwarze, eng sitzende Hose fällt. Niemand würde denken, dass sie eine der besten Ermittlerinnen und Jägerinnen ist, die es je gegeben hat. Eine der wenigen weiblichen Vigilanten.

Ich bemühe mich, ihr direkt in die klaren blauen Augen in ihrem schönen, aber durch eine lange Narbe entstellten Gesicht zu sehen und mir meine Verwirrung über ihr Auftauchen nicht anmerken zu lassen. Es ist ungewöhnlich, sie bei einem Tatort wie diesem anzutreffen. Doch ich bin auf ihr Wohlwollen als Chefin angewiesen, wenn ich Karriere machen will. Also lasse ich mir meinen Unmut nicht anmerken.

»Wir haben hier zwei Leichen, eine Mutter und einen Teenager. Die Spuren müssen noch gesichert werden, aber die Obscura sollten schon auf dem Weg sein. Darf ich fragen, warum Sie hier sind?«

Ihr Blick bleibt kalt, auch wenn bei meinem letzten Satz ihr Mundwinkel kurz amüsiert zuckt. Meine Verwunderung über ihr Auftauchen und auch mein Unmut darüber sind ihr nicht entgangen.

»Ich war in der Nähe und habe gehört, was hier gemeldet wurde. Sie sind unser jüngster Teamleiter, Caleb. Sie mögen sehr gute Noten haben, und Ihr Talent für diesen Job ist unbestritten, aber es ist auch Ihr erster eigenverantwortlicher Tatort, und das bedeutet eine Menge Verantwortung.«

Der letzte Satz ist eine Warnung, sie duldet keine Fehler. Also akzeptiere ich zähneknirschend ihre Anwesenheit, obwohl es mich stört, mit ihr jetzt einen Überwacher bei meinem ersten Tatort im Rücken zu haben. So hatte ich mir das nicht vorgestellt, und mit einem Babysitter zu ermitteln nervt mich tierisch.

Mühsam konzentriere ich mich wieder auf den Tatort. Die Obscura werden bald eintreffen, und dann sollten wir alle Spuren gesichtet haben. Victorias Anwesenheit blende ich aus. Ich wende mich wieder dem Flur zu und überlege, wie die Zerstörungswut hier unten mit den Spuren von oben zusammenpasst.

Gar nicht, da hier unten nicht ein Blutstropfen zu sehen ist.

Irgendetwas an diesem Tatort stört mich, selbst wenn es ein durchgedrehter Para war. Es fehlt eine logische Abfolge. Alles in mir versucht, das Puzzle zu lösen, aber im Moment ist und bleibt es unklar und ein Rätsel.

Bevor ich nach draußen gehe, überprüfe ich, ob mein Katana von meinem langen schwarzen Ledermantel vor neugierigen Blicken verborgen wird. Gierig atme ich die frische Herbstluft ein und bin froh, dem schweren Blutgeruch entkommen zu sein.

Mike setzt gerade unseren Van zurück, auf den Seiten prangt das Logo eines stadtbekannten Kabelanbieters. Es ist wichtig, kein Aufsehen zu erregen. Zac, der sich lässig durch die roten Haare fährt, tritt ebenfalls aus dem Haus. Ein Bär von einem Kerl, aber ich weiß, dass auch er mit Blutgeruch seine Probleme hat.

Der Ordens-Pathologe, Doc Brown, schiebt sich gerade hinter Zac ins Haus. Docs Haare stehen wild ab, aber sein Halstuch mit dem Paisley-Muster ist perfekt drapiert. Wie immer trägt er einen Tweed-Anzug und sieht aus, als käme er direkt aus einem Gentlemans-Club. Ihm nimmt so keiner den Fernsehtechniker ab, aber mir ist bekannt, dass er sich immer einen Verschleierungszauber auferlegt, wenn er menschliche Tatorte besucht.

»Der Vater ist mit der Tochter die Großmutter besuchen, sie sind in Nottingham und kommen erst am Wochenende zurück.

Sollen wir ihn schon informieren?« Der Inspector tritt neben mich und sieht mich fragend an.

»Nein, erstmal nicht. Wir nehmen die Leichen mit und warten ab, ob sie sich verwandeln. Wir teilen ihm die offizielle Erklärung für den Tod seiner Familie bei seiner Rückkehr mit. Hat eigentlich der Anrufer etwas gesehen?«

Der Inspector verneint knapp, allerdings kam die Meldung des Tatorts vom direkten Nachbarn, ich sollte das unbedingt überprüfen. Kein Hinweis auf unsere Welt oder Monster darf unbeachtet bleiben.

»Sorgen Sie bitte dafür, dass ich nachher mit einer Obscura zu dem Mann gehen kann und er so lange in seiner Wohnung bleibt.«

Kumar nickt und geht, ein ehrenwerter Mann, der zu nah an Dinge herankommt, die gefährlich und außerhalb dessen sind, was Menschen normalerweise begreifen können. Mir selbst ist immer noch nicht klar, wie man leben kann, ohne zu wissen, was um uns herum alles existiert. Unwissend und schutzlos zu sein, kann ich mir nicht vorstellen.

»Caleb!« Zacs Ruf katapultiert mich ins Hier und Jetzt zurück.

Ich gehe ins Haus und nehme meine Arbeit wieder auf. Gemeinsam mit Zac sichern wir die Lage der Leichen, machen Fotos für die Akten und warten auf die Obscura, die dann die Spuren einsammeln sollen, bevor alles andere, was auf einen Tatort hinweist, vernichtet wird. Der Doc ist gerade dabei, die Leiche der Mutter zu untersuchen.

Die Kratz- und Krallenspuren lassen auf ein großes Tier als Angreifer schließen, aber voreilige Schlüsse will niemand ziehen. Keiner will den Fehler begehen, die falsche Spezies zu jagen und damit den Frieden mit den Paras zu gefährden.

Der Friede in der magischen Welt ist fragil. Man hat uns gelehrt, vorsichtig zu agieren. Wenn wir wissen, was es war, werden wir das Monster finden und bestrafen.

Allerdings bin ich mir insgeheim sicher, dass hier ein Werwolf getötet hat. Die Indizien und Anzeichen sind deutlich, die Größe des Angreifers schränkt die Wahl der Spezies zusätzlich ein, auch wenn der Wolf noch recht klein war. Ein Teenager vielleicht. Ein Teenager, der gern Playstation spielt, vielleicht. Der Zeuge, der bei der Polizei anrief, hat jedenfalls auch einen Wolf gehört.

Geräusche hinter mir lassen mich herumfahren. Mike kommt mit einem weiteren der obligatorischen schwarzen Leichensäcke.

Doc Brown hat gerade die Untersuchung der Mutter beendet. Er geht wortlos ins Zimmer des Teenagers, um auch dessen Leiche zu untersuchen und danach in den Orden bringen zu lassen.

Ich betrachte den nun leeren, immer noch blutverschmierten Flur und frage mich, was zu diesem Übergriff am helllichten Tag geführt haben mag.

Zac tritt einen Moment später zu mir und seufzt. »Ich habe noch mehr Kratzspuren gefunden, Caleb. Ich denke, der Junge wurde zuerst getötet, die Frau, als sie ihrem Sohn helfen wollte. Sie muss noch versucht haben zu fliehen.«

Zacs Beobachtungen decken sich mit meinen.

»Ich denke, es war ein Werwolf.«

Ich gebe Zac recht, die Spuren an den Wänden und an den Leichen sehen nach Wolf aus, wie auch ich es schon vermutet habe. Mir fällt auf Anhieb auch keine andere Spezies ein, die solche Spuren hinterlassen könnte.

Es ist unerheblich, dass heute kein Vollmond ist. Wölfe können sich immer verwandeln, bei Vollmond fällt es ihnen nur leichter, und sie sind unbeherrschter. Allerdings sind Werwölfe in ihrer menschlichen Form schwer zu entlarven.

»Tja, wir werden trotzdem auf die Auswertung der DNA warten müssen, um auf Nummer sicher zu gehen. Es gibt ein großes Rudel hier im Stadtteil, soweit ich weiß. Das wird keine einfache Ermittlung werden.«

Zac stimmt mir zu und nickt.

Wir können es nicht dulden, dass irgendein paranormales Wesen den herrschenden Frieden und unsere Welt gefährdet. Die oberste Priorität wird sein, den Schuldigen so schnell wie möglich zu finden und zu bestrafen.

Und falls es tatsächlich ein Werwolf des hier ansässigen Rudels war, müssen wir den Schuldigen identifizieren und zur Befragung in den Orden bringen, egal, was der Rudel-Alpha davon hält.

KAPITEL 2

Sally

Im Hauptquartier des Hermetischen Ordens der Magier in London herrscht Hochbetrieb. Das Dinner für den Abend wird vorbereitet. Traditionell besteht es aus drei Gängen, gefolgt von einem Digestif im Rauchersalon. Auch wenn nicht jeder Magier des Ordens daran teilnimmt, so ist es doch keine leichte Aufgabe, für über ein Dutzend alternde und wählerische Magier und Magierinnen zu kochen.

Harriet Brewster ist seit über dreißig Jahren Köchin des Ordens und stellt sich dieser Herausforderung wie immer mit dem Weitblick eines Feldwebels, während sie alles und jeden aus der Dienerschaft herumscheucht, einschließlich mich.

»Sally, träum nicht! Ich brauche das feine Sieb, das Keramikmesser, die Schüsseln und den Käsehobel. Warum wurde noch nichts herausgelegt? Und bring mir danach die Koteletts aus der Vorratskammer, hilf das Gemüse zu schneiden, und dann lauf zum Gewächshaus und besorge frischen Thymian.«

»Ja, Harriet.« Rasch wische ich die Arbeitsfläche sauber und trockne meine nassen Hände an der langen, im Nacken gebundenen weißen Leinenschürze ab, die wir im Haus immer über unseren Kleidern tragen, bevor ich alles fein säuberlich herauslege. Obwohl ich strenggenommen nicht zum Küchenpersonal gehöre, wenn die ansonsten eigentlich sanftmütige Harriet einen Befehl gibt, spurt die gesamte Dienerschaft.

Nur ein gutes Dutzend der britischen Magier residiert dauerhaft im Ordenshaus. Viele haben einen eigenen Wohnsitz auf dem Land und kommen nur nach London, um sich der einzigartigen Bibliothek im Hermetischen Orden zu bedienen. Doch zusammen mit den zurzeit zwanzig Vigilanten, die im Orden wohnen, haben wir jede Menge zu tun, um alle zu bewirten, die Räumlichkeiten sauber zu halten und den allgegenwärtigen Staub zu bekämpfen.

»Die Koteletts müssen weichgeklopft werden, mach du das, du bist kräftig«, weist Harriet die Küchenmagd an, als ich mich am Herd vorbeischiebe. Der Geruch von frisch gebratenen Zwiebeln und Knoblauch steigt aus einer brutzelnden Pfanne auf und hüllt mich ein.

Ich lege im Vorbeigehen eine Hand auf Harriets Hüfte und gebe ihr einen Schmatz auf die Wange, die von der Hitze und der Anstrengung hochrot ist. Ihre dunkelblonden, langen Strähnen haben sich aus der Haube gelöst. Ein Lächeln huscht über ihr Gesicht.

»Sieh zu, dass du fortkommst, und vergiss den Thymian nicht«, raunt sie und stupst mir mit ihrem Finger auf die Nasenspitze, als wäre ich noch immer ein Kleinkind.

Harriet ist für mich das, was einer Mutter am nächsten kommt. Meine richtige Mutter starb bei meiner Geburt, und so wurde ich praktisch vom Dienstpersonal des Hermetischen Ordens aufgezogen. Die Küche mit ihrem langen, vom vielen Schrubben schon ganz weißen Arbeitstisch aus Holz, voll glänzender Utensilien, und dem altmodischen Gasofen neben den modernen Edelstahlkühlschränken ist mir so vertraut wie anderen das Kinderzimmer in ihrem Elternhaus.

Ich dränge mich an der Küchenhilfe vorbei, um zur Vorratskammer am anderen Ende zu gelangen. Die Küche befindet sich im Tiefparterre des Hauses. Die Fenster liegen auf einer Höhe mit der Straße, so dass wir zwar die Beine der vorbeieilenden Passanten sehen können, aber nur wenig Tageslicht in die Küche dringt, weshalb zu jeder Tages- und Nachtzeit das Licht brennt. In alten Zeiten hat es hier unten nur Gasbeleuchtung gegeben. Inzwischen haben wir im ganzen Haus Strom, fließendes Wasser und an einigen Stellen sogar eine passable Verbindung ins Funknetz.

Ich hole die Platten mit den rohen Koteletts aus der Vorratskammer und balanciere sie durch das Chaos in der Küche. Obwohl die Arbeitsplatte fast den ganzen Raum einnimmt, scheint sie nie genug Platz für die Berge an Nahrungsmitteln zu bieten, die hier zubereitet werden.

Dampfschwaden von einer der Kochstellen füllen den Raum und hüllen das Küchenpersonal ein. Ich nutze den Moment und stehle mich hinaus. Zwar hat Harriet mir auch aufgetragen, beim Gemüseschälen zu helfen, aber das kann warten, lieber mache ich mich auf den Weg zum Gewächshaus.

Von der Küche führt ein langer Gang an einem Ende zum Lieferanteneingang und am anderen zur Dienstbotentreppe. Zudem gehen vier Türen vom Flur ab, eine davon zum Raum des Butlers und eine zur Dienstbotenhalle, wo wir nach getaner Arbeit unsere Mahlzeiten einnehmen. Oft bleibt vom Supper noch etwas übrig, so wie heute.

Heimlich stehle ich eine Pastete mit Rindfleisch und lasse sie in meiner Schürze verschwinden.

Die Wände im Flur sind beige gestrichen, der Boden ist aus rauen, kalten Steinfliesen, die täglich geschrubbt werden müssen, um ihren Glanz zu bewahren, während oben bei den Ordensmitgliedern meterlange weiche Teppiche und warme Holzvertäfelungen für Heimeligkeit sorgen.

Hier unten, fast die gesamte Länge des Ganges einnehmend, hängt auch die lange Reihe an Messingglöckchen mit Namensschildern, die wie in alten Zeiten benutzt werden, um Dienstboten nach oben zu rufen.

Sir Henry Blake, Auditorium, *Lady Kaitlin McGregor*, Bibliothek, *Victoria Bannister*, Vigilanten-Gemeinschaftsraum … Meine Augen huschen über die schwungvollen Beschriftungen aus Emaille, die jede Glocke kennzeichnen.

Als Kind habe ich mir einen Sport daraus gemacht, in den Gang zu flitzen, um nachzusehen, welches Glöckchen nach einem Diener schrillte, um dann lauthals nach ihm zu rufen. Als Erwachsene fand ich das weniger amüsant. Gerade bei Hochbetrieb war es bei dem Lärmpegel sehr leicht, ein Klingeln zu überhören. Und wenn man aus dem Gedränge in der Küche nicht schnell genug bei dem Messingboard war, wusste man nicht, wer nach wem gerufen hatte. Vor allem die Anführerin der Vigilanten, Victoria Bannister, sieht es gar nicht gerne, wenn sie erneut läuten muss.

Jetzt schweigen die Glöckchen zum Glück, und ich überlasse es dem Kammerdiener William, der im Zimmer des Butlers stirnrunzelnd über Listen gebeugt sitzt, ein Auge auf sie zu haben. Doch leider bemerkt er mich, als ich an der offenen Tür vorbeihusche. Das Rascheln meines blassblauen Leinenkleids muss mich verraten haben.

»Wo willst du hin, Sally Davies?«

Ich bleibe abrupt stehen und beuge mich mit dem Oberkörper zurück in den Türrahmen, ohne den Raum zu betreten. »Zum Gewächshaus, Thymian holen, Sir.«

William ist ein hochgewachsener Mann mit scharfen Gesichtszügen und stets glatt zurückgegelten Haaren. Er untersteht direkt dem Protector des Ordens und hält sich daher für etwas Besseres.

Seine lange Hakennase zieht sich bei meinem Anblick missbilligend zusammen. »Rieche ich etwa verbrannte Zwiebeln?«

»Vorbereitungen fürs Dinner, Sir.«

»Dann sieh zu, dass du niemandem über den Weg läufst, mit diesem widerlichen Gestank in den Haaren.«

»Ja, Sir.« Ich ziehe meinen Kopf aus der Türöffnung zurück und verdrehe die Augen.

Natürlich werde ich dafür sorgen, dass niemand mich zu Gesicht bekommt. Wir Dienstboten bleiben immer unsichtbar. Dass William mich darauf hinweist, ist reine Schikane. Er kann mich nicht ausstehen. Ich weiß nicht wieso, aber ich denke, er war von Anfang an dagegen, ein Kind im Ordenshaus großzuziehen. Er hat mich schon immer so angesehen, als wäre ich etwas Schmutziges, das man in der Gosse aufgelesen hat. Das hat sich nie geändert, egal, wie sorgfältig ich meine Arbeit erledige.

Heute hat er offenbar besonders schlechte Laune, weil irgendetwas in den Inventurlisten nicht stimmt und er alles noch einmal durchgehen muss, bevor Mr Morris, der Butler, es sieht.

Rasch laufe ich weiter, bevor ihm noch eine Gemeinheit einfällt und er mich mit irgendeiner anstrengenden, aber sinnlosen Aufgabe betraut, und husche die unter meiner Last stöhnende Dienstbotentreppe hinauf.

Diese durchgetretene Holztreppe ist das Rückgrat des Hauses. Sie durchzieht sämtliche Stockwerke und reicht bis hinauf unter das Dach, wo wir Dienstboten unsere Schlafkammern haben. Von jedem Stockwerk gehen versteckte Flure zu allen wichtigen Räumen ab. Sämtliche Zimmer können durch Türen und Gänge in den Hohlräumen zwischen den Wänden betreten werden. Dies ermöglicht es uns, unbemerkt die Betten aufzuschlagen oder den Tee zu servieren, ohne dass wir dafür die offiziellen Flure benutzen und den Ordensmitgliedern vor die Augen treten müssen. Denn der reibungslose Ablauf im Haus sieht es vor, dass man uns am besten gar nicht bemerkt.

Es sei denn, man wird gerufen.

Irgendwie ironisch: Wir Dienstboten verbergen uns vor den Magiern, und die Magier verbergen sich vor den Menschen.

Ich laufe die Treppe bis ins Erdgeschoss hinauf, wie schon so viele tausende Male. Es sind 185 Stufen bis hoch unter das Dach und fünfzig weitere im Rest des Hauses. Kein Wunder, dass hier die meisten Dienstboten schlank sind und eine gute Kondition haben.

Danach schlage ich den Weg zum Westflügel ein. Um nicht gesehen zu werden, nehmen wir Dienstboten oft Umwege in Kauf, weshalb auch ich lieber durch den Trakt der Vigilanten gehe. Natürlich hätte ich den Lieferanteneingang nehmen können, um nach draußen zu gelangen. Aber dann hätte ich ums Haus und quer durch den Garten zum Gewächshaus laufen müssen.

Das Ordenshaus verbirgt sich hinter einer Reihe aus Häusern, die im Laufe der Jahrhunderte vereinnahmt und durch Tunnel und versteckte Gänge miteinander verbunden wurden. Diese erlauben es, beinahe den gesamten Straßenzug in einem Stück zu durchqueren. Von außen ahnt niemand, was hinter den Mauern vor sich geht.

Ich folge den trüben Neonröhren in dem fensterlosen Dienstbotengang bis in den Westflügel. Hier residieren die Vigilanten mit ihren Trainingsräumen und Waffenkammern. Doch im Moment dringt kein Laut durch die Wände. Die diensthabenden Vigilanten wurden vor zwei Stunden zu einem Einsatz gerufen.

Meine Schuhe geben auf dem blanken Betonboden ein leises Quietschen von sich. Für die Dienstboten und die Vigilanten hat sich niemand die Mühe gemacht, es angenehm oder hübsch zu gestalten. Aus einer Tür vor mir dringt Licht und eine leise Stimme, die zu einem Song mitsummt.

»Hey Betty!« Ich stecke meinen Kopf durch den Türrahmen einer holzgetäfelten Kammer.

Alle zwei Monate wird das gesamte Silber des Ordens zusammengesucht und hier hergetragen, wo es auf einem langen Tisch zum Polieren aufgereiht wird. Im Ordenshaus befinden sich viele und seltene Stücke, nicht bloß Tafelaufsatz und Kerzenleuchter, sondern auch Zeremonial-Stücke, Plaketten und weitere merkwürdige Schätze. Wir putzen sie immer hier, hinter der Waffenkammer, wo die Reinigungsmittel stehen und auch die Vigilanten ihre Waffen säubern, Schwerter schleifen und Klingen ölen.

Dieses Mal ist meine Freundin Betty zum Silberdienst verdonnert worden und schon seit dem Morgen dabei, alles blitzblank zu polieren.

»Gott, Sally, hast du mich erschreckt!« Betty blickt vorwurfsvoll zu mir hoch und zieht den Stöpsel des iPods aus ihrem Ohr.

Betty ist so alt wie ich, Mitte zwanzig, und seit fünf Jahren im Orden. Sie hat ihre Ausbildung im Hotel Lanesborough abgeschlossen, wo die Hausdame des Ordens auf sie aufmerksam geworden ist. Betty wurde vom Fleck weg abgeworben. Der Orden zahlt nicht schlecht, und da Kost und Logis ebenfalls frei sind, kann man hier gutes Geld verdienen. Mehr als im Lanesborough.

Auch wenn die Arbeit oft hart ist.

Silberputzen zum Beispiel gehört zu einer der unbeliebtesten Aufgaben, die schon fast einer Strafe gleichkommt. Sogar Betty, die sich sonst nie beschwert, hat laut gestöhnt, als die Hausdame Mrs Bones sie gestern dazu eingeteilt hat. Dabei poliert niemand so gründlich wie Betty. Doch so wie es aussieht, ist sie noch immer nicht fertig.

Ein unangenehmer Geruch nach Schwefel, der bei der Oxidation des Silbers entsteht, hängt aufdringlich in der Kammer.

»Mir tun die Finger weh«, stöhnt Betty. Sie hält mir ihre Hände hin, als müsste ich ihre Qualen höchstpersönlich bezeugen. Überall auf ihren Fingern und ihrer Schürze kleben Reste von *Hagertys Silver Foam*. Aus den Ohrstöpseln, die von ihrer Ohrmuschel baumeln, dringt quakend ein Song von Ed Sheeran. »Und ich hab Hunger.«

»Gut, dass ich gerade aus der Küche komme.« Ich grinse und werfe ihr die Pastete zu, die ich von der Anrichte gemopst und in meine Schürze gesteckt habe.

»Du bist eine Lebensretterin!« Betty fängt die kalte Fleischpastete auf und steckt sie sich ganz undamenhaft in einem Stück in den Mund.

»Pass auf, dass du nicht zu viel von *Hagerty* mit aufschleckst. Sonst bekommst du eine grüne Zunge.«

»Ach wasch, dasch Scheug isch nich giftisch.« Betty schluckt die Pastete hörbar herunter. »Gut, dass du kommst. Ich bekomme diesen Pokal nicht sauber. Der hat ganz hartnäckige Verfärbungen, sieh mal.«

Sie schiebt einen mit einem Wappen verzierten Silberpokal zu mir herüber. Dass Innere des Kelches ist merkwürdig verfärbt und schwarz angelaufen. Silber oxidiert und läuft rasch dunkel an, bekommt Eintrübungen, und es bilden sich dumpfe Flecken. Dieser Pokal aber sieht aus, als hätte ihn jemand mit Säure verätzt.

»Was ist denn da passiert?«

»Keine Ahnung. *Hagertys* wirkt nicht. Ich habe es schon mit Natron, Salz und Zitrone probiert. Soll ich vielleicht mit Asche aus dem Kamin ran?«

»Nein, lass das lieber, du zerkratzt ihn nur.«

»Aber was soll ich denn sonst machen?« Betty stöhnt. »Die Bones bringt es fertig und lässt mich die ganze Nacht hier weiter polieren, wenn sie das sieht. Morgen früh soll doch alles wieder auf seinen Platz geräumt werden.«

»Zeig das bloß nicht Mrs Bones. Sie wird denken, du hast den Pokal irgendwie versaut.«

»Oh Gott. Nachher streicht sie mir meinen Urlaub.« Betty freut sich riesig auf ihren Jahresurlaub, den sie das erste Mal mit ihrer Partnerin verbringen will.

Ich drehe den verzierten Pokal in meiner Hand. Wie Adern unter der Haut verlaufen die Verätzungen vom Kelchinneren über den Rand. Eine Schlange windet sich um den Stil, und ein Wappen mit drei aufrecht stehenden Löwen prangt auf der Vorderseite.

Ein merkwürdiges Kribbeln zieht sich durch meine Fingerspitzen, wo sie die verätzte Stelle berühren. *Ist das Magie?*

»Ich probiere mal was.«

Ich löse den Scopae, den ich als Dienstmädchen immer dabei habe, von meinem Gürtel. In dem Griff aus Walnussholz verbirgt sich ein ausziehbarer Staubwedel aus echten Straußenfedern. Dieser hier ist jedoch kein gewöhnlicher Staubwedel.

Ein Scopae wird von einer Generation Dienstmädchen an die nächste weitervererbt. Es heißt, er wurde von Feen erschaffen. Jedenfalls kann er mühelos Reste von Magie aufheben, die an Gegenständen oder Orten klebt.

Schwungvoll klappe ich die Federn auf.

»Ach, meinst du, die Verfärbung stammt von Magie?«

»Das werden wir gleich sehen.« Ich fahre mit dem Wedel über die verfärbte Innenseite des Pokals.

Nichts.

In dem Moment geht ein Alarm los. Ein Rufton, erst leise, dann langsam anschwellend: Die Obscura werden zu einem Einsatz gerufen.

»Scheiße. Was nun?«

»Gib mir den Pokal. Wir verstecken ihn erstmal in unserem Zimmer. Später schauen wir im Handbuch nach, ob wir ein Mittel finden, das wir probieren können.«

Rasch drehen wir den Deckel auf die Polierpaste und decken das Silber ab, bevor wir in den Gang stürmen.

»Gott, muss das ausgerechnet jetzt sein?«, stöhnt Betty im Laufen. »Es wird wohl noch eine Weile dauern, bis wir was zu essen bekommen.«

Sie denkt immer zuerst an ihren Magen. Ich renne neben Betty den langen Gang hinab. Mein Magen ist das Letzte, woran ich jetzt denke.

Der Alarm schrillt noch immer. Irgendwo in London ist ein Mord begangen worden und der Orden in Gefahr, entdeckt zu werden.

KAPITEL 3

Kaitlin

Nach dem fünften Anschlag auf mein Leben habe ich aufgehört, zu zählen. Doch dieser eine Anschlag, der vor nunmehr fast dreißig Jahren auf mich, Lady Kaitlin McGregor, verübt wurde, war einer der hinterhältigsten. Denn nicht nur meine Zukunft wurde vor dreißig Jahren in Gefahr gebracht, sondern auch die einer Magierin, und vor allem – was für mich absolut unverzeihlich ist – wurden meine Bücher und Folianten der Gefahr der Zerstörung ausgesetzt.

Als Bibliothekarin des Hermetischen Ordens ist es meine Aufgabe, diese Folianten zu schützen, sie sicher zu verwahren und vor allen Unwürdigen zu verbergen. Zudem bewahre ich das Wissen des Ordens und durchsuche die gefährlichen Schwarzmagie-Folianten nach neuen Wegen der Magie. Doch vor allem ist es meine Aufgabe, als Stellvertreterin des Protectors des Ordens, diesen zu hinterfragen und in den Besprechungen mit ihm zu diskutieren. Gut, dies ist nicht wirklich meine Aufgabe, wie sie in einer offiziellen Stellenbeschreibung stehen würde, aber seien wir mal ehrlich: Wer würde nicht gerne mal seinem Chef die Meinung sagen, ohne dafür belangt werden zu können? Meine Position als Bibliothekarin im Orden bietet mir genau diese Möglichkeit.

Dies alles tue ich nunmehr seit weit über fünfzig Jahren. Ich bin dankbar für diese Aufgabe, denn sie gestattet mir einen Blick in die Welt der Magie, wie sie wohl sonst niemandem in meiner Generation möglich gemacht wurde. Vor allem keiner Frau, egal welchen Standes sie auch sein mochte.

Ich, als geborene Lady, hatte einige Annehmlichkeiten, die die junge Magierin nicht hatte, die vor dreißig Jahren mit mir zusammen beinahe umgekommen war.

Es war ein Samstag gewesen. Daran erinnere ich mich noch gut, auch wenn es ein Tag wie jeder andere war. Verregnet, wie es in London üblich ist zur dunklen Jahreszeit. Schnee hatte es schon seit Jahren nicht mehr richtig in der Stadt gegeben. Erst recht nicht am Ufer der Themse.

An diesem besagten Samstag vor dreißig Jahren habe ich mich mit der Ordensmagierin Beatrice getroffen. Eine talentierte junge Frau, die sich noch nicht für eine Richtung entschieden hatte, in die sie gehen wollte. Ob sie nun Vigilantin werden würde, was ich wirklich nicht hoffte, oder ob sie doch eine wissenschaftliche Richtung einschlagen wollte. An diesem Abend sollte sie bei mir bleiben, um ein paar Tage in der Bibliothek zu arbeiten.

Nicht jeder konnte der Neugier widerstehen, den inneren Bereich der Bibliothek zu betreten. Dort, wo die Schwarzmagie-Folianten aufbewahrt wurden. Immerhin war es nur mir – und mir allein – erlaubt, diesen zu betreten. Es sei denn, ich lud jemanden dazu ein.

Wie gesagt, an diesem Samstag vor dreißig Jahren saß ich mit Beatrice bis spät in die Abendstunden in der äußeren Bibliothek bei einem besonders schmackhaften Earl Grey Tee. Die Sitzecke hatte ich in dem Ruhebereich der Bibliothek eingerichtet, da ich im Gegensatz zu meinem Vorgänger nicht immer am Stehpult arbeiten wollte. Ein gemütlicher Sessel, in dem ich die Beine auch einmal hochlegen konnte, mit einem alten, schweren, nach Leder und dem Aftershave meiner Vorgänger riechenden Folianten. Das war es, was mich die Zeit vergessen ließ.

»Deswegen weiß ich noch nicht, was ich mit meiner Magie anfangen möchte«, beendete Beatrice mit einem Schulterzucken ihren Bericht über ihr Leben, ihre Träume und warum sie mir jetzt gegenübersaß.

»Deswegen bist du hier.« Ich erhob mich. Beatrice beeilte sich, es mir nachzutun. »Damit du mehr über die Bibliothek lernst.«

Beatrice nickte und schaute zu der Uhr, die über der Tür hing, und deutete an, sich verabschieden zu wollen. »Soll ich dann morgen wiederkommen?«

»Wer sagt denn etwas davon, dass unser Gespräch beendet ist?«, fragte ich mit einem Augenzwinkern.

»Was meinen Sie damit, Lady Kaitlin?« Beatrice runzelte die Stirn.

»Du wirst die Nacht in der Bibliothek verbringen.«

Beatrice zögerte, merkte aber, dass es keine Frage meinerseits gewesen war. »Gibt es denn in der Nacht etwas in der Bibliothek, das anders ist als am Tag?«

Ich hob amüsiert eine Augenbraue, kommentierte es jedoch nicht. Zumindest stellte sie die richtige Frage. Auch einen Hauch von Neugier konnte ich in ihrem Blick erkennen.

Zunächst schaute Beatrice mich verwirrt an, ehe sie nickte und eine Verbeugung andeutete. »Wenn Ihr das wünscht, Lady McGregor.«

Schon damals hatte niemand im Orden, vor allem niemand aus der Magierschaft, es gewagt, meinen Wünschen nicht nachzukommen. Zum einen lag das an meinem Rang im Orden, zum anderen traute es sich niemand, einer Lady zu widersprechen.

Beatrice baute sich ein Bett auf und legte sich am Rand der Bibliothek schlafen, während ich in meine Schlafkammer im Turm ging. Es war eine unruhige Nacht, wie ich feststellen musste. Denn schon nach wenigen Stunden Schlaf wurde ich unsanft geweckt.

»Lady McGregor!«, brüllte vor der Tür eine junge Stimme.

Ich brauchte einen Moment, um mich zu sammeln, ehe ich merkte, dass die Benommenheit nicht von der Müdigkeit kam, sondern ein beißender Geschmack auf meiner Zunge lag. Nach Asche und Ruß und Tod. Ich schrak hoch und tastete nach meiner Brille, ohne die ich hoffnungslos verloren war. Es war finster in meiner Kammer. Zu finster für eine Winternacht in London. Licht hätte durch das kleine Fenster über mir scheinen müssen.

Stattdessen war es so dunkel wie in den mittelalterlichen Erzählungen von Sir Benedict Eggmont, der meiner Meinung nach die besten bildlichen Beschreibungen der paranormalen Innereien niedergeschrieben hatte.

Da der Lichtschalter meiner Lampe nicht funktionierte, konzentrierte ich mich auf meine Magie und zauberte ein schwaches Licht hervor, das meine Umgebung erhellte. Zunächst fragte ich mich, ob mit meiner Magie etwas nicht stimmte, denn es wurde kaum heller, doch dann sah ich den wabernden schwarzen Rauch, der sich durch mein Zimmer schlängelte und nach meinem Leben trachtete.

»Lady McGregor, es brennt in der Bibliothek«, brüllte Beatrice vor meiner Tür.

Das weckte mich vollständig auf, und ich schlug die Decke zurück und atmete tief ein. Dass das ein Fehler war, merkte ich im nächsten Augenblick. Sofort hustete ich, was dazu führte, dass ich noch mehr Rauch einatmete.

»Bring dich in Sicherheit, Kindchen«, keuchte ich und machte mich auf zur Tür, um mir den Schaden anzuschauen, den das Feuer angerichtet hatte.

»Aber die Bücher«, erwiderte Beatrice verwirrt, als ich die Tür aufriss und sie anstarrte.

»Kein Buch ist dein Leben wert. Du bist Magierin des Hermetischen Ordens, rette dich!«, befahl ich ihr.

»Und was machen Sie?«, fragte Beatrice und stemmte eine Hand in die Hüfte. Ihre Selbstsicherheit kehrte langsam zurück. »Ganz sicher lasse ich Sie hier nicht allein, Lady McGregor.«

Im Nachhinein betrachtet, war das der Moment, in dem ich Beatrice das erste Mal als meine Nachfolgerin in Betracht zog, auch wenn das in diesem Moment nicht meine Hauptsorge war.

»Meinetwegen, dann hilf mir. Wir müssen das Feuer löschen. Wie gut ist deine Wassermagie?«, fragte ich unter Hustenanfällen, als ich merkte, dass sie die Bibliothek niemals verlassen würde.

»Recht ordentlich, will ich meinen.« Beatrice hustete ebenfalls, während sie den ersten Schritt aus meinem Turm in Richtung Bibliothek machte.

»Ausgezeichnet, dann such den Ursprung des Feuers und lösch den Brand«, erklärte ich hektisch und scheuchte sie mit den Händen voran. Der Rauch kroch in meine Kammer, als hoffte er dort, weitere Opfer zu finden, die er ersticken konnte.

Wir eilten die Treppen hinunter, die zur äußeren Bibliothek führten. In die anderen Bereiche konnte niemand eindringen. Wobei ich mir nicht sicher war, ob Feuer nicht einen Weg finden würde, die Schutzzauber zu umgehen, die ich ausgesprochen hatte. Feuer war hinterlistig und durchtrieben, fand Wege, die niemand bedachte.

»Sollen wir Alarm auslösen? Wir könnten vielleicht Hilfe gebrauchen.«

»Gute Idee«, stimmte ich Beatrice zu und konzentrierte mich auf den für die Bibliothek bestimmten Auslösezauber, den jeder Magier in der Grundausbildung des Ordens lernte. Ich zog rasch ein wenig Magie zusammen und schickte den Zauber auf die Reise. Nur wenige Sekunden später ertönte der durchdringende Alarm, der jeden in diesem Orden augenblicklich weckte.

Ich rannte in die Bibliothek und erschrak. Das Feuer war kurz davor, das erste Regal mit Journalen über die magischen Reisen des Dr Farrington anzugreifen. Mein erster Instinkt war es, mich vor das Bücherregal zu werfen, aber mein Verstand hielt mich von diesem überaus dummen Schachzug ab.

Stattdessen analysierte ich die Situation, um möglichst keinen Fehler zu machen: Wenn es ein normales Feuer war, brauchten wir im Grunde nur Schaum, um es zu löschen, doch in einem Orden wie diesem war es immer möglich, dass der Brand durch einen fehlgeleiteten Zauber ausgelöst worden war. So wie das Feuer sich ausbreitete, musste es in der Nähe des Eingangs ausgebrochen sein. Und dort war weit und breit nichts, was ein Feuer auf natürlichem Weg hätte auslösen können.

Ich wandte mich an Beatrice, die mir bereits einige Schritte voraus war und eine Hand in Richtung Eingang ausgestreckt hatte. »Das Feuer könnte magisch verursacht worden sein.«

Ich legte ihr eine Hand auf ihre Schulter. Mit vereinten Kräften würden wir den Brand schneller unter Kontrolle bekommen.

Beatrice nickte und schickte im nächsten Moment den ersten Zauber in Richtung des Eingangs. Eine Wasserfontäne ergoss sich über den Türsturz und den brennenden Boden, doch das Feuer fauchte nur mitleidig, ohne an Kraft zu verlieren.

»Ein fauler Zauber ist das«, bemerkte ich spitz und hustete reichlich undamenhaft, als der Rauch mir erneut in der Kehle kratzte. Zusammen mit dem Qualm breitete sich leichte Panik in mir aus. Ein normales Feuer war dies ganz sicher nicht.

»So etwas habe ich noch nie gesehen«, bemerkte Beatrice, die durch den Zauber leicht außer Atem war. Sie hatte ihre Grundausbildung gerade erst beendet und noch nicht die Kondition und Kraft, die ein Magier im fortgeschrittenen Alter besaß.

»Ich schon. Das wird ein harter Kampf, Kindchen.«

Ich biss die Zähne zusammen. Tatsächlich war mir diese Art von Zauber nur aus einem einzigen Folianten bekannt. *Magische Feuer und wie man sie beherrscht* von Krotor Slavic. Ein Schwarzmagier aus dem 17. Jahrhundert, der für viele Stadtbrände verantwortlich war. Unter anderem für den großen Brand von London. Es hatte vier Magiern des Ordens das Leben gekostet, diesen Brand zu löschen, und viele weitere hatten Wochen gebraucht, um sich von der Magie zu erholen, die dafür nötig gewesen war.

»Was meinen Sie damit?«, fragte Beatrice und stützte sich hustend an einer Kommode ab, die links von ihr stand.

Ich winkte ab und deutete auf das Feuer. »Für Fragen haben wir später Zeit. Du sammelst Magie für einen Zauber zusammen, während ich …«

Bevor ich den Satz beenden konnte, explodierte eine meiner Glaskaraffen, die auf dem Tisch gestanden hatte. Glassplitter stoben in alle Richtungen davon, und ich ging in Deckung. Mit einem einzigen Wort und der entsprechenden Handbewegung schützte ich mich und Beatrice vor etwaigen Splittern. Für mich galt es, so schnell wie möglich das Feuer unter Kontrolle zu bringen, bevor es auf die anderen Bereiche der Bibliothek übergriff und einen Schaden anrichtete, der für pures Chaos in ganz London sorgen würde. Ich durfte gar nicht daran denken, was passieren würde, wenn das Feuer die Erinnerungsbücher erreichte oder gar einen Teil von ihnen zerstörte. Das durfte ich nicht riskieren.

Auf einer schweren, alten Eichenkommode, nicht weit von meiner Sitzecke, standen die gebräuchlichsten Zutaten, die ich für die meisten Zauber brauchte. Die weniger gebräuchlichen lagen in den reichlich verzierten und durch einen Schutzzauber von mir gesicherten Schublade, die ich in nun aufriss. Es gab eine strikte Ordnung und Klassifizierung in meinem System, so dass ich schon mit dem zweiten Griff das Hahnenfußgewächs in den Händen hielt. Ich zerpflückte es in drei gleich große Stücke und lief zu Beatrice zurück, deren Gesicht vor Hitze feuerrot glühte. Ich fühlte mit ihr. Mir ging es genauso. Die Hitze war unmenschlich. Trotzdem nahm ich all meine Konzentration zusammen, um das Feuer zu löschen. Den Büchern und Beatrice durfte nichts passieren.

»Wenn ich es dir sage, feuerst du alles an Wasser auf die Flammen, was du aufbringen kannst, verstanden?«

Beatrice nickte nur und konzentrierte sich auf den Eingang. Hinter den Flammen konnte ich die ersten Magier sehen, die sich dank des immer noch anhaltenden Alarms einfanden.

Im Abstand von zehn Sekunden warf ich die drei gleich großen Häufchen Hahnenfußgewächs an verschiedenen Stellen in das Feuer, so dass diese Positionen ein Dreieck ergaben. Gierig fraß es mit seinen Flammenzungen die angebotenen Pflanzen. Nichtsahnend, dass es seinen Untergang bedeuten könnte.

Es war keine schwarze Magie, die ich anwendete, nur Magie, die gegen ebendiese wirkte. Zumindest würde ich es so den anderen verkaufen, falls sie es zu fragen wagten.

»Jetzt, Kindchen!«, rief ich, und im nächsten Moment rezitierte ich eine Formel, die ich auf einer handschriftlichen Notiz in dem Folianten von Krotor Slavic gefunden hatte. Es war die Formel, die auch die Magier gegen den schier unersättlichen Brand in London eingesetzt hatten.

»Es funktioniert.« Beatrice jubelte. Der Rauch brannte in ihrer Brust und brachte sie zum Husten.

»Konzentrier das Wasser auf den Ursprung. Wenn wir die Quelle auslöschen, vergehen mit ihr die anderen Flammen ebenfalls.« Auch ich spürte ein Kratzen im Hals und die Sorge, dass wir zu spät waren. »Beeil dich, sonst werden die Bücher vernichtet.«

Beatrice schickte einen weiteren, heftigen Schwall Wasser über den Eingang, ebenso wie die Magier, die nun zu Hilfe eilten. Beatrice' Kraft ließ nach. Ich konnte sehen, wie ihre Hände zitterten, und auch ihre Beine würden sie nicht mehr lange tragen. Sie war kurz davor, ohnmächtig zu werden. Dennoch verteidigte sie die Bücher mit ihrem Leben, also oblag es meiner Pflicht, sie dabei zu unterstützen.

Ich legte meine Hand auf ihre Schulter, um ihre Magie mit meiner zu speisen. Augenblicklich konnte ich sehen, wie ihr Zittern nachließ und etwas Farbe zurück in ihr Gesicht kroch. Gerade genug, um einen weiteren Strahl auf den Ursprung zu schicken. Es kostete mich mehr Kraft, als ich durch die Hustenkrämpfe noch hatte, aber das war es wert.

Und endlich ließ das Feuer nach. Es zischte, es kämpfte, aber schlussendlich gewannen die Magier des Hermetischen Ordens.

Das Feuer wurde gelöscht, und ich rannte zu meinen Büchern. Drei waren unwiderruflich zerstört. Mein Herz brannte so lichterloh wie der Eingang kurz zuvor. Drei Bücher. Verloren für alle Zeit.

Einzig die Tatsache, dass alle anderen es, bis auf einige Rußflecken, unbeschadet überstanden hatten, tröstete mich.

Spät in der Nacht, nachdem wir alle Fragen beantwortet hatten und sichergestellt wurde, dass kein Brandherd mehr schwelte, verließen uns die Magier nach und nach. Der oberste der Vigilanten, zu der Zeit ein gewisser Sir Matthew Duval, wollte mir eine Wache dalassen, da niemand sagen konnte, wie das Feuer ausgebrochen war. Aber ich versicherte ihm, dass es vermutlich meinem Ungeschick angelastet werden musste, aus Versehen eine Kerze brennen gelassen zu haben. Mehr oder weniger beruhigt, verließen alle die Bibliothek. Nur Beatrice blieb bei mir, einen Tee in der Hand, den eines der Dienstmädchen gebracht hatte, um sie zu stärken.

Ich holte meinen Whiskey heraus und träufelte etwas davon in ihre Tasse. »Hier, Kindchen, der wird dich wieder auf die Beine bringen.« Ich schüttete ebenfalls ein paar Tropfen in meinen Tee.

»Sie haben keine Kerze brennen lassen«, stellte Beatrice nach einer Weile, die wir in der Bibliothek saßen, fest. An Schlaf war für uns beide in dieser Nacht nicht mehr zu denken.

»Natürlich nicht. So etwas würde mir nie in der Bibliothek passieren«, erwiderte ich lapidar und trank meinen Tee, um meine schmerzende Kehle zu beruhigen. Auch wenn ich es nie zugegeben hätte, so hatte mich das Feuer doch mehr mitgenommen, als ich gedacht hatte.

»Aber warum haben Sie es dann Sir Duval gegenüber behauptet?«, fragte Beatrice verwirrt.

Ich schmunzelte und zuckte mit den Schultern. Selbst diese kleine Bewegung schmerzte. Beatrice war neugierig, eine gute Eigenschaft für eine Bibliothekarin. Ebenso war sie niemand, der sich bei einem Vorgesetzten einschleimen wollte, sonst hätte sie meine kleine Notlüge an die Vigilanten verraten.

»Das werde ich dir später einmal erklären«, sagte ich und genoss meinen Tee. »Sobald du dich für eine weitere Ausbildung entschieden hast.«

Während wir auf die Morgendämmerung warteten, hing jede von uns ihren Gedanken nach. Dass meine von Verrat am Orden getränkt waren, an diesem Abend vor dreißig Jahren, hatte ich Beatrice nie erzählt. Doch schon damals war ich mir sicher, dass dieser Anschlag nicht meinen Büchern und auch nicht der armen Beatrice galt. Einzig mich wollte man aus dem Weg schaffen. Ich vermute, dass schon damals jemand meine Pläne durchkreuzen wollte.

KAPITEL 4

Sally

»Da seid ihr zwei ja endlich!« Die Hausdame, Mrs Bones, steht mit in den Hüften gestemmten Armen im Türrahmen, als Betty und ich keuchend angerannt kommen. Ihre dürre Gestalt macht ihrem Namen alle Ehre. In der Hand hält sie die kleine Apparatur aus Elfenbein, mit der sie den für Betty und mich magisch ausgesandten Alarm der Obscura ausgelöst hat. Ihre Lippen sind zu einem dünnen Strich zusammengekniffen.

»Die Vigilanten sind an einem Tatort in Brixton, ihr beide geht allein. Ich kann jetzt niemanden entbehren, wir sind mitten in der Vorbereitung für das Dinner. Husch, husch, kleidet euch um.«

Rasch ziehen wir die Schürzen und Leinenkleider aus und schlüpfen in Jeans und T-Shirt, bevor wir unsere Gürtel mit der Scopae wieder umlegen und die Tinkturen und unsere Ausrüstung zusammensuchen.

Mrs Bones fischt aus dem gewaltigen Schlüsselbund an ihrer Hüfte den auffällig gebogenen Messingschlüssel hervor, mit dem sie den Kasten an der Wand aufschließt. Daraus zieht sie zwei kleine, in schwarzes Leder gebundene Notizbücher hervor und reicht sie uns.

»Hier, falls es Zeugen gibt. Und beeilt euch!«

Ich schlüpfe in meinen grünen Parka und Betty in ihre Bomberjacke mit Leo-Druck. Dann stülpt sie sich noch eine rosa Strickmütze auf, und schon sieht Betty nicht mehr aus, als würde sie aus dem letzten Jahrhundert stammen.

»Sally, wir nehmen meinen Wagen.«

Mit Eimern, unter den Arm geklemmten Putzlappen und unserer Spezialausrüstung eilen wir durch den Lieferanteneingang aus dem Gebäude auf den engen Hinterhof, der kaum Platz für Bettys Mini Cooper bietet. Der Hof ist durch einen breiten gemauerten Torbogen, der zwischen zwei Häusern liegt, von der Straße getrennt. Touristen laufen regelmäßig daran vorbei, ohne ihm Beachtung zu schenken. Was natürlich an den Schutzzaubern liegt, die das Ordenshaus umgeben.

Betty drängt auf den Fahrersitz ihres schwarzen Mini Coopers, den sie von ihrer Mutter zum 18. Geburtstag bekommen hat und über alles liebt. Ich quetsche unsere Ausrüstung in den viel zu kleinen Kofferraum, knalle ihn zu und setze mich auf den Beifahrersitz.

»Schon bescheuert, dass wir die größten Schweinereien in unseren Privatklamotten erledigen müssen.« Sie blickt in den Rückspiegel und pustet sich eine schwarze Strähne ihres Ponys aus dem Gesicht. Jetzt sieht sie viel frecher aus.

»In der Dienstbotenkleidung würden wir zu viel Aufmerksamkeit erregen. Außerdem kannst du dir einen Einweg-Overall überziehen, wenn's zu viel Blut geben sollte.«

»Ich hoffe nicht.« Betty verzieht angewidert das Gesicht. Auch nach so vielen Einsätzen als Obscura hat sie sich noch immer nicht an Tatorte gewöhnt. Ich kann es ihr nicht verübeln, ist mein Magen doch um einiges abgehärteter als ihrer, mir wird selten schlecht.

Betty startet den Wagen. Als wir durch den Torbogen fahren, kribbelt meine Kopfhaut, und eine Gänsehaut breitet sich über meinen Körper aus in dem Moment, in dem wir die Schutzzauber durchbrechen. Es fühlt sich jedes Mal so an, als würde man durch ein elektrisches Feld treten.

Wir biegen auf die Middle Temple Lane ab, wo Scharen von Touristen und Vergnügungssüchtigen zur Victoria Embankment und Blackfriars Bridge unterwegs sind. Die Zeit drängt, doch bei dem Verkehr werden wir an die vierzig Minuten bis nach Brixton brauchen.

Die Vigilanten sind zu einem Tatort gerufen worden, an dem vermutlich übernatürliche Kräfte im Spiel sind. Da niemand von der Existenz der Magie und übernatürlichen Kreaturen erfahren darf, ist es wichtig, dass wir alle Spuren beseitigen, bevor die Polizei oder die Presse davon erfahren.

Heute sind wohl gleich zwei Gesetze gebrochen worden, das Geheimhaltungsgesetz und das Gesetz, dass es paranormalen Wesen verbietet, einen Menschen zu töten.

Betty dreht die Musik auf und singt laut mit. Sie hat eine schöne Stimme, aber trifft nicht immer den richtigen Ton. Es ist ihr egal. Als wir die A3 nach Brixton erreichen, gibt Betty Gas, so dass das Verdeck des Minis nur so klappert.

Vor einem kleinen, pfeffermühlenartigen Reihenhaus in der Louisville Road parkt der schwarze Van mit dem Logo eines Kabelanbieters: Die Vigilanten sind hier.

Betty drängelt sich geschickt rückwärts in eine Parklücke, in die ich einen Wagen nie und nimmer eingeparkt bekommen hätte, auch den kleinen Cooper nicht, und klettert aus dem Wagen.

Das zweistöckige edwardianische Reihenhaus mit den typischen Fenstererkern und dem kleinen Vorgarten von der Größe eines Handtuchs wirkt familienfreundlich und strahlt Geborgenheit aus. Neben dem offenstehenden, hüfthohen Gartentor blühen Astern.

Ich atme tief ein und wappne mich für das, was uns bevorsteht. Mit Eimern, Putzlappen und unser Spezialausrüstung bewaffnet, eilen wir zur Haustür.

Zacharias O'Brian, der sich an seinem ersten Tag beim Personal nur als *Zac* vorgestellt hat, steht vor der Tür Wache. Er ist blass um die Nase, noch blasser als sonst, was bei seiner hünenhaften Statur und im Kontrast zu seinen roten Haaren umso erschreckender wirkt.

»Schlimm?«, frage ich ihn.

Er nickt.

Betty holt tief Luft: »Na dann.«

Zac hält uns die Tür auf, die keinerlei Einbruchsspuren aufweist, und gemeinsam betreten wir den engen Flur des Reihenhauses. Im Erdgeschoss deutet nichts auf einen Angriff hin, aber ein ekelhaft süßlicher Duft, den ich kenne, liegt in den Räumen. Der Geruch von Tod.

Schwere Stiefel kommen die Treppe aus dem ersten Stock herab. Einer der Vigilanten in einem langen Ledermantel und mit einem Katana in seiner Hand. Als er uns sieht, ruft er: »Na endlich! Oben gibt's viel zu tun.«

Ich steige vor Betty die Stufen hinauf. Im Aufgang neben der Treppe wurde die grüne Textiltapete aufgerissen. So, als hätte jemand oder etwas beim Hinabgehen sie beiläufig mit scharfen Klauen zerfetzt. Fäden hängen herab. Etwas hat hier gewütet, und das war kein Mensch.

Im ersten Stock ist alles voller Blut.

Die Leichen wurden zum Glück bereits weggeschafft, so dass nur noch die große Blutlache und die Schleifspur auf dem Velourteppich sowie die Spritzer an der Wand von den Grausamkeiten zeugen, die hier geschehen sind.

Ich straffe meine Schultern. »Was ist hier passiert?«

»Eine Frau und ein Teenager«, sagt der Vigilant hinter mir. Seine Stimme ist leise und klingt auf einmal betroffen. »Der Familienvater ist gerade mit der kleinen Tochter auf Reisen und ahnt noch nichts. Etwas ist eingedrungen und hat sie zerfetzt. Es war kaum noch was von ihnen übrig. Zac und ich tippen auf einen Werwolf.«

Er blickt mich an, sein Gesichtsausdruck verhärtet sich für einen kurzen Moment, und dann fügt er mit einem spöttischen Grinsen hinzu: »Vielleicht findest du noch ein paar Stücke …«

»Wenn meine Beweismitteltüten nicht groß genug sind, kann ich dich ja zum Aufsammeln holen«, sage ich, damit er nicht denkt, ich wäre ein zimperliches Mädchen, und lächle zurück.

Mit dieser Antwort hat er offenbar nicht gerechnet. Ein weiteres Grinsen kann er sich jedenfalls nicht verkneifen. Mit den Grübchen, die sich dabei neben seinen Mundwinkeln bilden, kommt er bei anderen Frauen bestimmt gut an.

»Dann übernehme ich das Zimmer des Jungen«, sagt Betty und verschwindet nach nebenan.

Ich ziehe meinen Parka aus und schlüpfe in einen Einweg-Overall aus Plastik und Schuhe zum Überstreifen. Dann schnappe ich mir Eimer und Wischmopp, denn Blut kann der Scopae nicht entfernen. Da muss man ganz altmodisch mit Wasser, Natron und Schrubber ran.

Ich mache mich an die Arbeit und beginne, die Sauerei aufzuwischen. Meine Hände in den Gummihandschuhen tauchen in blutrotes Wasser, das Schlieren bildet. Wenn der ahnungslose Vater dieser Familie nach Hause zurückkehrt, soll es so aussehen, als wäre nichts geschehen. Die Vigilanten werden wie üblich alles vertuschen, vielleicht wird der arme Mann eine Vermisstenmeldung aufgeben, die nie zu etwas führen wird, und das war's. Keine weiteren Fragen, keine Antworten.

Blut ist nicht nur im Flur. Das Kinderzimmer nebenan, in dem augenscheinlich ein Junge im Teenageralter lebt, ist ebenfalls voller Blut. Die Spur zieht sich von dort quer durch den Flur, so als hätte das Monster, nachdem es den Teenager ausgeweidet hat, die Mutter, die wohl zu fliehen versuchte, im Flur angegriffen.

Ich ringe Lappen um Lappen in meinen Eimer aus, während ich auf dem Fußboden knie und alles aufwische. Die Form der Schleifspur will mir nicht aus dem Kopf gehen. Irgendetwas daran ist merkwürdig.

Ich stehe auf und gehe in meinen raschelnden Plastiküberziehern zurück zur Treppe, löse meinen Scopae aus der Lederhalterung an meinem Gürtel und klappe mit einer schwungvollen Bewegung die sensiblen Straußenfedern aus dem Griff.

Der Vigilant schaut mir dabei zu. Es ist der Neue, kaum älter als ich. Er ist groß, ich schätze über eins neunzig, drahtig, mit dunkelblonden Haaren. Und er trägt für meinen Geschmack viel zu lässige Freizeitkleidung unter seinem Ledermantel.

Er heißt Caleb, ist erst seit wenigen Monaten im Orden und hat vor Kurzem seinen Abschluss im Ausbildungslager in Edinburgh gemacht. Er steht mir im Weg und lächelt amüsiert beim Anblick meines Staubwedels.

Schon klar, das Ding ist nicht so beeindruckend wie dein Katana. Aber es kann ein paar beeindruckende Sachen, die du so vielleicht noch nicht gesehen hast, erwidere ich in Gedanken sein arrogantes Grinsen.

Mit einer wohlgeübten Drehung aus dem Handgelenk, einer Geste, die den komplizierten Formeln eines Magiers beim Zaubern nicht unähnlich ist, aktiviere ich den Scopae und streiche mit den Federn über die zerfetzte Tapete. Augenblicklich schließen sich die kaputten Stellen, das Papier wächst zusammen, die Fäden kehren an ihren Ursprungsort zurück, und kein Zeichen von Zerstörung ist mehr zu erkennen.

Ich bin zwar keine Magierin, aber der Orden hat mir, wenn es darum geht, alle Spuren des Übernatürlichen an einem Tatort zu verwischen, ein paar magische Utensilien zur Verfügung gestellt. Das ist dann fast so, als würde ich Magie ausüben. Auch wenn das nichts Besonderes ist, denn jeder könnte den Scopae auf diese Weise verwenden. Jedes Wesen könnte Magie erlernen, wenn der Orden sein Wissen darum nicht so eifersüchtig hüten würde.

Ich streiche die ganze Wand entlang und lasse mir extra mehr Zeit, um diesen neuen Vigilanten ein wenig zu ärgern. Ihm spielt wieder dieses Lächeln um die Mundwinkel, als ob er mich auslacht. Ich versuche, meinen Ärger über sein Verhalten herunterzuschlucken, und wende mich an ihn. »Kommt dir die Blutspur im Flur nicht komisch vor?«

»Nein, wieso? Der Junge wurde zuerst getötet, die Mutter wollte ihm zu Hilfe eilen. Der Angreifer hat sie dann im Flur erwischt und in den Rücken getroffen. Hier sieht man, wo sie hingefallen ist.« Caleb deutet auf einen Fleck vor der Tür zu dem Zimmer des Jungen.

»Ja, aber warum wurde ihr Körper dann durch den Flur geschleift? Wenn es ein Werwolf war, hätte der die Mutter nicht mit einem Schlag gegen die Wand geworfen? Es sieht hier aber so aus, als hätte der Täter das Opfer zwischendurch abgelegt, bevor er es da vorne geköpft hat.« Ich deute auf das andere Ende des sechs Meter langen Flures.

Irgendetwas stimmt hier nicht.

FOLGE

2

KAPITEL 5

Sally

»Da stimmt doch was nicht«, versuche ich mein ungutes Gefühl dem Vigilanten vorsichtig zu erklären. Ich weiß nur nicht, ob er sich meine Überlegungen auch anhören wird.

Der neue Vigilant sieht mich an, als wäre er überrascht, dass eine Obscura sich solche Gedanken macht. Für ihn sind wir vermutlich nichts weiter als Putzkräfte. Seine dunkelgrünen Augen mustern mich. Ich kenne diesen Blick. Es ist derselbe Blick, mit dem Aristokraten, Vermögende oder Magier zum ersten Mal ein Dienstmädchen wahrnehmen, dass es gewagt hat, das Wort an sie zu richten. Ich weiß, dass es mir nicht zusteht, mich in die Arbeit der Vigilanten einzumischen. Aber dieser hier ist neu im Orden, und ich mache den Job bei der Obscura schon lange. Ich war an vielen Tatorten. Und ich will ja nur helfen. Wenn er Glück hat, bekommt er sogar eine Belobigung, weil ihm etwas aufgefallen ist, was die anderen Vigilanten übersehen haben.

Erwartungsvoll schaue ich zu ihm hoch. Ich sehe, wie er nachdenkt, seine Kiefermuskeln zucken.

»Ganz einfach, er war in Raserei. Werwölfe, wenn es denn einer war, sind Bestien. Sobald sie die Kontrolle verlieren, folgen sie keiner Logik mehr«, sagt er und lächelt wieder so ekelhaft selbstsicher. »Zerbrich dir darüber mal nicht das Köpfchen.«

Ich öffne den Mund, um etwas zu erwidern, schließe ihn dann aber wieder. *So ein Arsch.* Wenn der arrogante Blödmann mir nicht zuhören will, dann hat er seine Chance eben vertan.

Ich ziehe meine Mundwinkel ebenfalls zu einem falschen Lächeln hoch, das ich mir normalerweise für Kammerdiener William reserviert habe. »Dann gehe ich jetzt mal wieder putzen.«

Ich schiebe mich an ihm vorbei in das Jugendzimmer. *Bloß weg von diesem Idioten.* Den Rest kann ich auch später noch sauber machen.

Betty hat das Zimmer des Jungen wieder hergerichtet, keine Spur mehr von Zerstörung oder Blut. An der Wand lehnt ein mit Aufklebern übersätes Skateboard, auf dem Schreibtisch liegt ein offenes Heft mit Edding verzierten Sprüchen und Kritzeleien. Von einem Foto an der Wand neben dem Computer lächelt mir ein blonder Teenager zu, der seinen Arm kumpelhaft um einen anderen, dunkelhäutigen Jungen schlingt und frech in die Kamera grinst.

Die hochaufragende Gestalt der Chefin der Vigilanten, Victoria Bannister, betritt kurz nach mir das gerade wiederhergestellte Jungenzimmer. Betty zieht hinter ihrem Rücken eine Grimasse, so dass nur ich es sehen kann. Wenn die Hausdame Mrs Bones schon streng ist und schwer zufriedenzustellen, dann ist Victoria Bannister die Königin der Autorität. Sogar die Vigilanten nennen sie hinter ihrem Rücken *die Eishexe* – das konnte ich belauschen, als ich in einem der Dienstbotengänge unterwegs war. Einer der Vorteile, wenn man zwischen den Wänden unterwegs ist: Man hört viel, was nicht für die eigenen Ohren bestimmt ist.

Miss Bannister dreht sich auf ihren Absätzen herum. Sie wirkt so fehl am Platz in ihrem schicken Burberry-Mantel und der weißen Bluse, als käme sie gerade von einer Aufsichtsratssitzung in der Bank of England und nicht von einem Tatort in Brixton, an dem eine Familie wahllos von einem Werwolf zerrissen wurde.

Die sonst so selbstsichere Betty schrumpft unter dem Blick der Chefin der Vigilanten immer mehr zusammen, als Victoria Bannister sich an sie wendet. »Gut. Hier ist nichts mehr zu sehen. Niemand wird ahnen, was hier passiert ist.«

Betty strafft die Schultern, sie ist sichtbar erleichtert.

»Sally? Wie weit bist du?« Ich zucke innerlich zusammen, als sie mich unvermutet anspricht.

Victoria kennt natürlich meinen Namen. Sie ist vor fünf Jahren zur Anführerin der Vigilanten ernannt worden, kurz nachdem Sir Henry Blake unser neuer Ordensführer wurde. Aber auch davor hat Victoria der Dienerschaft gegenüber schon immer Respekt gezeigt und uns stets korrekt behandelt und uns nicht, wie manch anderer, mit einem Fingerschnippen und einem Kopfnicken dirigiert.

»Noch nicht ganz fertig, Miss Bannister«, antworte ich.

Victoria zeigt auf zwei Gläser mit den angetrockneten Resten von Cola, die bei den Controllern der Spielekonsole nebeneinander auf dem Fußboden stehen. »Und vergesst nicht, die Gläser müssen eingetütet werden und kommen ins Labor. Wir brauchen die DNA von demjenigen, der hier zu Besuch war und daraus getrunken hat.«

Ich nicke und beeile mich, die Gläser für die Spurensicherung einzusammeln. Der Junge hatte offenbar kurz bevor er getötet wurde noch Besuch. Ich ziehe mir neue Latexhandschuhe über und versiegele die Gläser in einer Plastiktüte, wie auch die Spurensicherung von Scotland Yard sie benutzt.

»Miss Bannister …«, hebe ich vorsichtig an, »… dürfte ich Ihnen auch etwas zeigen?«

Ihre Augen blitzen auf, als wäre sie gereizt, dass ich sie belästige. Aber sie ist zu professionell, um es zu zeigen, und nickt nur knapp: »Natürlich.«

Ich gehe mit ihr zu der Stelle im Flur, wo die Mutter abgelegt wurde. Jetzt ist natürlich kaum noch etwas zu sehen, weil ich schon aufgewischt habe. Nur ein blassrosa Schatten ist auf dem hellen Velours zu erkennen.

Wie so oft ist Victorias Gesicht eine undurchdringliche Maske, auch, als ich ihr erkläre, warum mir die Schleifspur so ungewöhnlich vorkommt. »… Hätte ein … ein Werwolf nicht genügend Kraft, um sie nicht ablegen zu müssen?«

»Danke, Sally.« Auch wenn ich in ihrer Stimme keine Spur von Genervtheit hören kann, ist Victorias Geduld am Ende. »Das hast du gut beobachtet. Aber wir wissen noch gar nicht, was für ein paranormales Wesen es war.«

Ich hätte es mir denken können, eine Victoria Bannister hat jede Kleinigkeit am Tatort bereits aufgenommen. Wie dumm von mir, sie darauf anzusprechen.

Geknickt nehme ich meinen Eimer und fülle ihn in der Badewanne mit frischem Wasser. Ein wenig in die Trickkiste muss ich für den letzten Rest Blut aber schon greifen. Ich streue etwas von dem speziellen Salz, das nach einem Rezept von Hannah Woolley hergestellt wird und das ich in einem der kleinen Fläschchen an meinem Gürtel trage, in das Putzwasser und rühre vorsichtig eine Lösung an. Ein scharfer Geruch nach Alkohol und Kräutern, der mir in der Nase beißt, steigt von dem Eimer auf. Diese Tinktur wird auch den letzten Rest Blut aus dem Teppich entfernen, so dass man selbst mit Luminol keine Spuren mehr finden wird.

KAPITEL 6

Caleb

Bevor Victoria in den Orden zurückfährt, lautet ihre letzte Anweisung an mich, dass ich mit der rothaarigen Obscura das Gedächtnis des Zeugen löschen soll. Zudem erwartet sie, dass ich die Nachtwache im Dead Man's Hole persönlich übernehme. Ihre Einmischung in meine Kompetenzen nervt mich, aber sie ist die Chefin.

Ihr brauner Bentley ist gerade dabei, viel schneller als erlaubt, aus meinem Sichtfeld zu verschwinden. Ich atme erleichtert auf. Paras, die Menschen töten, können einem schon den Tag versauen, aber Vorgesetzte, die sich in Ermittlungen einmischen, sind weitaus schlimmer.

Ungeduldig sehe ich zur Tür, in der Hoffnung, dass die Obscura endlich herauskommt. Der Zeuge wartet bereits auf uns. Er wohnt ebenfalls in einem edwardianischen Reihenhaus, dem aber sowohl der grüne Daumen im Vorgarten als auch der ordentliche Anstrich fehlt. Die Erinnerung an alles, was auf etwas Merkwürdiges und somit auf unsere Welt hindeutet, muss bei ihm gelöscht werden.

Während ich ungeduldig das Auftauchen der Rothaarigen der beiden Reinigerinnen herbeisehne, schäkert die andere Obscura im Vorgarten ungehemmt mit Zac, was bei ihm ein ziemlich vergebliches Unterfangen ist.

Zugegeben, Zac ist eine auffallende Erscheinung, kein Wunder, dass die Frauen auf ihn fliegen. Und mit der schwarzen Jeans und der dunklen Lederjacke wirkt er wie ein geheimnisvoller Rächer. Nur die schelmisch blitzenden braunen Augen unter der hohen Stirn verraten die Frohnatur, die er ist. Gerade schenkt er der

Obscura – ich glaube ihr Name ist Betty oder Becky – ein schelmisches Lächeln. Wäre er an Frauen interessiert, wäre er einer der wenigen Vigilanten, die sich mit einer Obscura einlassen würden.

Zac hat keinerlei Standesdünkel. Die meisten von uns wissen jedoch, dass so eine Beziehung im Orden nicht gewünscht ist. Wirklich verboten ist sie nicht, aber Obscura stehen im Rang weit unter den Vigilanten und Magiern, weshalb eine Freundin aus dem Dienstbotenlager karrieretechnisch so hilfreich ist wie ein Klotz am Bein.

Bei mir wäre so eine Verbindung noch schlimmer. Mein Vater hat immer noch nicht verwunden, dass ich nicht der Tradition der O'Connors gefolgt bin und die reinen magischen Studien gewählt habe:

»Bei allen Magiern, Caleb, eine Ausbildung zum Vigilanten? Das ist so ... billig. Unsere Familie war noch nie gewöhnlich. Du könntest wirklich etwas Besseres aus deinem Leben machen. Du bringst uns in Verruf.«

Meine Entscheidung, ein Vigilant zu werden, hat einen tiefen Riss in unserer Beziehung hinterlassen. Im Gegensatz zu mir hat mein Bruder Adam ihn nicht enttäuscht. Er studiert im Auftrag des Ordens alte Mythen in Paris.

Vom Herumsuchen in alten Papierbergen halte ich allerdings nur wenig. Ich war noch nie ein begeisterter Leser und Bücherwurm. Dafür habe ich mehr magisches Talent im kleinen Finger als Adam überhaupt, weshalb es meinen Vater auch so trifft, dass ich in seinen Augen mein Talent vergeude und Vigilant geworden bin und kein sesselfurzender Magier in einem verstaubten Ordenshaus.

Doch Höchstleistung ist unsere Familienwährung. Für meine Familie zählen nur Titel und Ansehen, nichts anderes.

Endlich tritt die Obscura aus dem Haus, und ich sehe, wie sie sich nach mir umsieht.

Molly? Ich habe nicht aufgepasst, aber ich glaube, ihr Name war

Molly. Auf jeden Fall etwas mit einem Y am Ende und zwei L. *Polly?*

Ihr Blick fällt auf mich, und ich frage mich, wie sie mich wahrnimmt: dunkle Haare, dunkelgrüne Augen, durchtrainiert, aber nicht muskelbepackt – ich habe noch nie meine Wirkung auf Frauen verfehlt, aber bei ihr kann ich keine Reaktion wahrnehmen. Auch bei der Arbeit im Haus blieb sie stets fokussiert. Selbst mein Versuch, ihr ein Lächeln zu schenken, um die Distanz zwischen uns ein wenig zu überbrücken, als wir kurz ein paar Worte über den Tatort gewechselt haben, schlug fehl. Sie weiß offenbar, wo sie im Rang steht. Doch da war auch ein Funke Trotz, den sie nicht sehr gut versteckt hat.

Allerdings muss ich zugeben, dass sie ihre Arbeit im Haus ausgezeichnet gemacht hat. Jede ihrer Bewegungen war mit exakt dem Aufwand ausgeführt, der ihr das perfekte Ergebnis geliefert hat. Auch das Blut und die anderen Hinterlassenschaften am Tatort haben sie nicht abgeschreckt oder dafür gesorgt, dass sie unsicher wurde. Dabei ist sie so winzig, dass sie sich hinter den Straußenfedern ihres Arbeitsgerätes verstecken könnte. Warum die Obscura immer noch an diesem antiquierten Stück Tradition festhalten, ist mir ein Rätsel. Vielleicht, weil sie hier mit Jeans und Einweg-Overalls relativ normal aussehen.

»Molly, kommst du?«

Ihr Kopf fährt hoch. Missbilligung blitzt in ihren Augen auf.

Verdammt.

»Polly?«, versuche ist es erneut, und ein weiterer eiskalter Blick trifft mich.

Ein Blick, mit dem sie Victoria Konkurrenz machen könnte. Aber sie hat sich schnell wieder unter Kontrolle und knickst auf eine Art, die man nur als beleidigend bezeichnen kann, ohne dass es etwas daran auszusetzen gäbe. Ein wenig übertrieben und zu tief, zu devot, eine offene, nonverbale Kampfansage, besonders hier, vor all meinen Kollegen.

Ich ärgere mich, dass sie meine Leistung mit einem Knicks zu einer Nebensache degradiert und bin mir der Blicke der anderen Vigilanten nur zu bewusst.

»Sally, ganz zu deinen Diensten«, flötet sie dann zuckersüß, und obwohl ich mich für mein miserables Namensgedächtnis entschuldigen müsste, tue ich es nicht.

Stattdessen drehe ich mich um und laufe los. Sie hat mir gegenüber keinen Respekt gezeigt, und ihr Verhalten hat meine Autorität untergraben. Das kann ich nicht zulassen!

»Kommst du, Red?«, frage ich laut, damit es alle mitbekommen, und höre an ihrem entsetzten Schnaufen, dass sie den Spitznamen nicht mag.

Geschieht ihr recht, wenn sie aus einem kleinen Fehler gleich eine Charakterstudie macht und reagiert, als hätte ich, anstatt ihren Namen nicht zu kennen, ihrer Großmutter Belladonna und Alraune in den Tee gegeben. Das schlechte Gewissen, weil ich sie absichtlich ärgere, schiebe ich von mir.

Sie hat angefangen.

Ich eile weiter und stelle mit Genugtuung fest, dass sie hetzen muss, um mit meinen langen Schritten mitzuhalten. Vor dem Nachbarhaus wartet Inspector Kumar und nickt uns zu. Ich danke ihm kurz und aufrichtig, dass er den Zeugen so lange überwacht hat, bis wir hier waren.

Mittlerweile ist es dunkler geworden. Die Dämmerung hat die Stadt im Griff, und die ersten Straßenlaternen springen zischend an. Gefolgt von der kleinen Obscura betrete ich das Grundstück und gehe zur Haustür. Miller steht auf dem kleinen, verblichenen Klingelschild. Ich klingle und höre, wie im Haus blechern und ein wenig verstimmt *God save the Queen* ertönt. Offensichtlich lebt hier ein Royalist.

Der leicht übergewichtige, bleiche ältere Mann, der uns die Tür öffnet, sieht uns misstrauisch an. Die graue Hose ist ein wenig zerknittert, und der olivgrüne Pullover hat auch seine besten Tage schon hinter sich. Seine müden Augen ziehen sich argwöhnisch zusammen, als er seinen Blick von mir zu meiner Begleitung schweifen lässt. Ich warte auf die Frage, seit wann die Polizei Schülerpraktika vergibt. Er hat mit Sicherheit einen älteren Ermittler erwartet und sieht sich jetzt mit mir und der halben Portion hinter mir konfrontiert.

»Ja?«, fragt er misstrauisch.

Ich straffe meine Gestalt zur vollen Größe von knapp einem Meter neunzig und bemühe mich um einen professionellen Gesichtsausdruck. »Guten Tag, Mr Miller. Unser Kollege, Inspector Kumar, hat uns bestimmt schon angekündigt. Wir würden gern ihre Aussage aufnehmen und über das reden, was zu ihrer Meldung geführt hat. Dürfen wir reinkommen?«

»Kann ich Ihre Ausweise sehen?«

Ich nicke nur, bevor ich ihm eine Plastikkarte vor die Nase halte, die in einem Ledermäppchen mit einem Klarsichtfenster steckt. Auch Red hat etwas Ähnliches hervorgeholt. Er wirft erst einen Blick auf ihren *Ausweis*, bevor er meinen unter die Lupe nimmt.

»Oh, von Scotland Yard. Detective O'Connor, Ms Davis, treten Sie ein.«

Ich bedanke mich, während ich die verzauberte Kundenkarte meiner Reinigung wieder in meiner Gesäßtasche verschwinden lasse. Sally steckt ihren Ausweis – es sieht aus wie ein Foto von einer Katze – ebenfalls wieder ein, während der Mann uns in das Haus lässt und auf ein Zimmer deutet, das am Ende des Flures liegt. Es ist ein Wohnzimmer. Hier wird offensichtlich, dass er allein lebt. Alles ist ein wenig verstaubt und wirkt lieblos.

Er zeigt auf die mit einer Schutzfolie bezogene Couch. Sally setzt sich und nimmt ihren Notizblock heraus, ein kleines, in altes Leder eingeschlagenes Relikt mit einer Prägung des Ordenslogos, während sich unser Gastgeber ächzend in einen zerschlissenen Fernsehsessel vor dem Fenster fallen lässt.

»Mr O'Connor, hätten Sie einen Stift für mich?«, fragt Sally mich, und ich nicke, um in meine Jacke zu greifen.

Ich gebe ihr den Stift, den wir bei jedem Einsatz mitnehmen und der benötigt wird, um die Erinnerungen von Zeugen auszulöschen. Da dieser Zauber ungeahnte Möglichkeiten zur Beeinflussung und Kontrolle bietet, verwahren die Obscura die Erinnerungsblätter und die Vigilanten die magischen Stifte, mit denen die Erinnerungen der Befragten auf die Blätter des Notizblocks gezaubert werden.

Die beschriebenen Erinnerungsblätter wiederum werden zur Bibliothek von Kaitlin McGregor, der Ordensbibliothekarin, gebracht, was genauso akribisch überwacht und kontrolliert wird wie die Abgabe der Stifte beim Waffenmeister.

»Danke, dass Sie uns Ihre Zeit opfern. Miss Davis nimmt zuerst Ihre Personalien auf. Wir versuchen, diese Sache so kurz wie möglich zu halten.«

Menschen gegenüber freundlich zu sein ist das A und O einer Befragung. Sie müssen sich ernst genommen fühlen.

Sally notiert sich Namen, Alter, Familienstand – Mr Miller ist Witwer – und diverse weitere unwichtige Informationen, die einzig deshalb eingeholt werden, weil es erwartet wird und dem Zeugen das Gefühl gibt, wichtig zu sein. Im Grunde brauchen wir nur seinen Namen für die Akten, mehr nicht.

»Darf ich fragen, was zu Ihrem Anruf bei der Polizei geführt hat?«, beginne ich, nachdem ich ebenfalls auf dem unangenehm knisternden Plastiküberzug neben Sally Platz genommen habe und versuche, nicht von den besticken, staubigen Zierkissen erschlagen zu werden, die überall auf dem Plastik herumrutschen.

»Ja, ein furchtbares Geheul. Sehr laut und schaurig. Ich hatte gerade das Küchenfenster nach dem Kochen aufgemacht, ich musste lüften, es gab Bratkartoffeln, Sie kennen das, der ganze Raum stank nach Speck und Fett. Da hörte ich es, so laut, als wäre der Wolf hier im Raum. Ich schwöre, es war Wolfsgeheul. Ich habe schon mal einen gehört, beim Jagen, das Geräusch ist unverkennbar. Und dann habe ich im Haus der Atkins Krawall gehört. Als würde jemand versuchen, Kleinholz aus den Möbeln zu machen. Ein furchtbarer Radau. Ist bei den Atkins alles in Ordnung?«

Ein Wolf in London könnte wirklich Fragen aufwerfen. Eine kleine Erinnerung, die wir schnell beseitigt haben sollten.

»Ja, mit den Atkins ist alles in Ordnung«, beruhigt Sally den alten Mann. »Mr Miller, bitte erzählen Sie mir doch noch einmal, was genau passiert ist, ab dem Zeitpunkt, als Sie das Fenster geöffnet haben. Schießen Sie ruhig die Augen, das regt die visuellen Erinnerungen zusätzlich an«, bittet Red, und ich muss zugeben, wenn sie will, kann sie auch eine angenehme, sanfte Stimme haben.

Das scheint auch dem alten Mann aufzufallen, er entspannt sich sichtlich, schließt die Augen und atmet tief ein, als sie spricht. Beim Stellen der Frage aktiviert Sally unauffällig den Erinnerungszauber, indem sie die Kappe des Stiftes herunterdrückt. Meine Aufgabe bei einer Befragung ist es, die Obscura zu kontrollieren, notfalls einzugreifen und nach der Befragung den Stift wieder an mich zu nehmen.

»Ich habe gerade gekocht und wollte lüften, also öffnete ich das Fenster …«, beginnt er erneut, und ich sehe zu, wie der Stift über das magische Papier fliegt.

Sallys Handschrift ist sauber und klar, ohne unnötige Schnörkel, und genauso effizient wie ihre Arbeitsweise mit dem Scopae. Mit jedem Wort, das sie aufschreibt, löscht sie die Erinnerung aus dem Gedächtnis des Zeugen, ohne dass es diesem bewusst wird.

Als Mr Miller die Augen öffnet, sieht er uns sichtlich verwundert an. »Ähm, ja?«, fragt er unsicher.

Sally steht auf, steckt den Block ein und reicht mir den Stift. »Danke, Mr Miller, dass Sie sich an unserer Umfrage zur Kabelqualität des hiesigen Netzes beteiligt haben.«

Auch ich stehe auf und reiche dem Herrn die Hand. Verwirrt greift er danach und erwidert den Händedruck.

»Ja, gern geschehen, junger Mann. Ich helfe doch immer.«

Ich stecke den Stift wieder in meinen Mantel und beobachte, wie Sally das Blatt mit den Erinnerungen gewissenhaft verstaut.

»Wir finden allein hinaus«, mit ihrer noch immer sanften Stimme sorgt sie dafür, dass die Verwirrung des Mannes sich ein wenig legt. Wahrscheinlich hat er uns in ein paar Minuten vergessen, wenn nicht, werden wir lediglich eine schemenhafte Erinnerung bleiben. Eine Nebenwirkung des Gedächtniszaubers, die uns hilft, unsere Arbeit unauffällig zu erledigen.

Als wir vor das Haus treten, ist die Dämmerung der nächtlichen Dunkelheit gewichen. Der Van steht noch da, aber das Haus der Atkins ist dunkel. Nur noch Zac und Betty, oder vielleicht auch Becky, sind zu sehen, die beide am Van lehnen. Wortlos gehen wir zu ihnen hinüber.

»Da seid ihr ja, ihr zwei«, begrüßt uns Zac. »Alles erledigt?«

»Ja, da gibt es keine Nachfragen mehr. Nur eine kleine Erinnerung, die wir schnell tilgen konnten.«

»Danke, dass du gewartet hast, Betty«, murmelt Sally gerade in Richtung der zweiten Obscura – Betty also.

»Kein Problem, ich habe die Spuren direkt Doc Brown mitgegeben, als er mit Noah und Mike zurückgefahren ist. Zum Silberputzen komme ich noch früh genug zurück.« Betty lächelt ihre Kollegin aufmunternd an. »Ist doch klar, dass ich auf dich warte.«

»Werde ich noch benötigt, Sir, oder können wir in den Orden zurück?«, wendet Sally sich dann an mich. Allein, dass sie jetzt Sir sagt und ihr Blick machen mir klar, dass sie noch sauer auf mich ist.

»Ihr könnt fahren. Wir sind hier fertig.« Die letzten Worte klingen schroffer, als ich es beabsichtigt habe, aber ihre Frage mit dem ironisch betonten *Sir* vor Zac und Betty ist eine erneute Provokation und ein offener Affront.

»Tja, dann sollten wir auch mal zusehen, dass wir loskommen. Die Leichen liegen im Van, und wir müssen sie ins Dead Man's Hole bringen«, ruft mir Zac in Erinnerung.

Ich nicke ihm zu, er verabschiedet sich noch von den Obscura, während ich auf der Beifahrerseite einsteige, nachdem ich mein Katana unauffällig hinten in den Wagen gelegt habe.

Ich habe eine alte Beretta, die praktischer wäre als mein Schwert und die mir mein Großvater gegeben hat. Er war Magie-Gelehrter, hatte dann jedoch in den späten 1930ern als Vigilant im Orden begonnen, eine Tatsache, die meine Familie gern unterschlägt und verschweigt. Kurz vor seinem Tod, als klar war, dass ich bei den Vigilanten anfangen würde, hat er mir seine heißgeliebte Beretta M951R geschenkt, und sie bedeutet mir sehr viel.

Heute trage ich sie nicht, der Einsatzbefehl kam kurzfristig, und meine Waffe ist noch zur Reinigung zerlegt. Normalerweise ergänzt sie meine Ausrüstung durch das erweiterte Magazin mit den fünfzehn Silberkugeln.

Ich benutze das Schwert trotz allem lieber, ein Schuss kann daneben gehen, eine Kugel kann ihr Ziel verfehlen. Ein abgetrennter Kopf jedoch ist bei den meisten Paras eine ziemlich endgültige Lösung, und mit einer koboldgeschliffenen Silberklinge kann man zur Not sogar einen Golem köpfen. Da würden Silberkugeln nichts ausrichten. Leider ist eine so lange Klinge heutzutage in der Öffentlichkeit nicht gerne gesehen und mehr als hinderlich.

Zac, der mittlerweile auch eingestiegen ist und den Van jetzt langsam durch den dichter werdenden Feierabendverkehr bewegt, sieht mich kurz amüsiert an. »Was war das denn?«, fragt er, als ich nicht reagiere, während wir Richtung Ordenshaus fahren, um dort die Leichen auf ein Boot zu verladen, das uns zum Dead Man's Hole bringt.

»Was?« Ich versuche, mir meine schlechte Laune, weil uns eine Nacht in der Pathologie als Babysitter für zwei Leichen erwartet, nicht anmerken zu lassen. Auch das gehört zum Job.

»So griesgrämig erlebt man dich selten. Hat sich Sally danebenbenommen?«

Ich seufze innerlich. *Nein, aber sie hat meine Autorität untergraben. Ich hätte souveräner reagieren können, aber jetzt kann ich es nun mal nicht mehr ändern. Mich ärgert ihre Frechheit und meine Reaktion darauf. Aber manchmal kann ich nicht anders und reagiere impulsiv.*

»Nein, alles in Ordnung. Sie ist eine Obscura. Sie hat ihren Job gut gemacht. Aber sie könnte Vorgesetzten ein wenig mehr Respekt entgegenbringen.«

Mein Freund schmunzelt und lacht dann laut los. »Herrje, Caleb. Vergiss doch mal ab und an, dass du deinen Alten beweisen willst, dass Vigilanten vollwertige Magier sind, und entspann dich. Das ist ein Job, nicht der Nabel der Welt!«

»Du hast gut reden. Ich bin Erster Tatortermittler. Wenn irgendwas schiefgeht, halte ich dafür den Kopf hin. Da kann ich auch ein wenig Respekt erwarten!«

Zac seufzt und schüttelt dann den Kopf, während er den Blinker setzt und so schwungvoll um eine Kurve fährt, dass hinten im Van ein unangenehmes Geräusch ertönt. Dass ich sein Vorgesetzter bin, hat unsere Freundschaft nicht beeinträchtigt, aber Zac denkt, ich gehe meine Karriere im Orden zu offensiv an und wäre dabei zu verbissen.

Seit wir aus der Ausbildung in Edinburgh dem Orden unterstellt wurden, sind wir ein eingespieltes Team. Nach wenigen Einsätzen unter Tom Waringham wurde ich gebeten, ein neues Team zu bilden, und habe nicht gezögert, Zac anzufordern. Ich kann mich auf ihn verlassen, nach jahrelangem, gemeinsamem Training kenne ich ihn, und wir können unsere Handlungsweise gegenseitig sehr gut einschätzen. Abgesehen davon, macht mir seine Freundschaft meinen Job um einiges leichter.

Er mag recht haben, aber seine Familie stellt ihn auch nicht permanent in Frage. Es ist zudem auch nicht sein Fall, der mit zwei toten Menschen und der Frage nach dem Täter auf seinen Schultern lastet, sondern auf meinen. Ich trage die Verantwortung dafür, dass der Para gefasst und seiner Strafe zugeführt wird.

»Und fahr anständig, ich hab keine Lust, nachher Leichenreste mit dem Hochdruckreiniger aus dem Van zu beseitigen. Oder dir befehlen zu müssen, es zu tun.« Ich bin genervt und lasse Zac das spüren.

Er lacht auf, drosselt aber das Tempo, bevor der nächste Sack durch den Fond des Wagens kullert. »Ja, *Sir*«, gluckst er noch und gibt mir damit zu verstehen, dass Sallys Seitenhieb ihm nicht entgangen ist.

Das wird eine lange Nacht werden.

KAPITEL 7

Kaitlin

Der Stuhl, auf dem ich sitze, hat schon bessere Tage hinter sich. Theoretisch hätte ich ihn jederzeit neu aufpolstern lassen können, aber dazu fehlt mir einfach die Zeit.

Wenn ich mich in dem geheimen Bereich der Bibliothek so umsehe, wirkt alles äußerlich genauso gebrechlich wie ich. Doch wie ich ist es innerlich stärker, als einige glauben möchten.

Auch wenn viele im Orden denken, dass man als Bibliothekarin, abgesehen vielleicht vom Wiedereinsortieren ausgeliehener Bücher, nichts zu tun hat, so ist das ein Irrglaube, den ich gerne ausmerzen würde. Nehmen wir exemplarisch meinen heutigen Tagesablauf.

Nach dem Aufstehen sperre ich den Turm auf, damit die Studierenden an die äußere, für alle freigegebene Bibliothek gelangen können. Nachts schließe ich diesen Bereich gerne zu, damit die jungen Studierenden schlafen und sich nicht, so wie ich, die ganze Nacht mit Lesen um die Ohren schlagen. Die Bücher dürfen nur in Ausnahmefällen ausgeliehen werden, was bedeutet, dass ich die meiste Zeit in der äußeren Bibliothek verbringe, um über meine Folianten zu wachen und Fragen zu Standorten von Büchern oder Inhalten zu beantworten. Dazu ist es meine Aufgabe, die mittlere Bibliothek regelmäßig zu überprüfen, damit nichts fehlt oder beschädigt ist. Sollte eines der Erinnerungsbücher Feuchtigkeit ziehen oder gar zu Staub zerfallen, bevor die Lebensdauer des Menschen vorüber ist, so müssen die Vigilanten benachrichtigt werden, um diesen Zeugen erneut zu verhören und seine Erinnerungen aufzunehmen. Diese Prozedur muss geschehen, da die Erinnerungen nur so lange gelöscht bleiben, solange das Buch intakt ist. Es käme einer Katastrophe gleich, wenn sich ein Zeuge plötzlich wieder erinnern würde.

Doch heute Abend war niemand zu Besuch in der äußeren Bibliothek, und auch die mittlere Bibliothek war für die meisten Magier verschlossen. Der innere, der geheime Teil des Turms stand heute auf meiner Aufgabenliste. Schon seit Jahren ist außer mir niemand mehr in diesem Geschoss gewesen. Es liegt unterhalb des äußeren Bereichs und besitzt die Größe eines ausgebauten Kellers, auch wenn er längst nicht so luxuriös ausgestattet ist wie das restliche Untergeschoss des Ordenshauses.

Da die Bücher trocken lagern sollen, wurde vor ein paar Jahren ein Luftentfeuchter eingebaut. Ansonsten wurde alles beim Alten belassen, auch die niedrige Decke. Der Traditionen wegen. Es war schon immer so gewesen. Eine hochgewachsene Person, wie es die meisten jungen Leute heutzutage sind, hätte in der inneren Bibliothek schon den Rücken krumm machen müssen, wenn sie nicht gegen die kuppelförmige Decke stoßen wollte.

Ich streiche liebevoll über eines der Regale direkt neben dem Eingang. Sie sind mit Magie befestigt, um an der zunehmend schrägen Wand zu halten. Darauf stehen meine Forschungsobjekte.

»Meine lieben Folianten.« Ich begrüße meine Bücher, wie jedes Mal, wenn ich an ihnen arbeite.

Meine Fingerspitzen gleiten von dem Regal über den schwarzen, schweren Einband eines der seltenen Bücher. Niemand im Orden hat Zugang zu diesen Folianten, außer der jeweilige Protector und ich erlauben es gemeinschaftlich, aber das ist seit Sir Henrys Regentschaft nicht vorgekommen.

Manchmal glaube ich, dass die Bücher mich hören können und mir antworten. Es ist nicht so, dass ich eine Stimme höre, es ist vielmehr das Gefühl, in diesem Raum nicht allein zu sein, das mich stets begleitet, als hätte ich hier verständnisvolle Freunde, die begriffen, was ich vorhabe, und es mit einem Lächeln unterstützen.

»Ich freue mich auf einen weiteren Tag, an dem ich euch euer Wissen entlocken darf.«

Mit Magie hole ich einen der schwarzen Folianten aus dem Regal und setze mich an den runden Tisch, den schon mein Vorgänger gehegt und gepflegt hat. Es ist ein Tisch, der dem Vorbild der Tafelrunde nachempfunden ist. Er bietet keinen Platz für dreizehn Personen, aber für drei Meister der Bibliothek, die zugleich studieren, genügt es.

Einst gab es mehr als einen Bibliothekar im Orden, doch in den letzten zwei Jahrhunderten war nur eine Person benannt worden, um der Verlockung zum Missbrauch der Macht Einhalt zu gebieten, der häufig mit der Nutzung der inneren Bibliothek einherging.

Auch mir sagt man nach, dass ich die dunkle, die schwarze Magie im Innern des Turmes nutzen würde.

Ich schmunzele, als ich mich über meine Studien zu einer stellaren Sternenstellung beuge. Schwarze Magie ist nicht immer so böse, wie manche behaupten. Sie kann auch Gutes bewirken … in den richtigen Händen. Und vor langer Zeit hat mir jemand diese Macht in die Hände gelegt. Wer wäre ich, dieses Angebot auszuschlagen?

Ich schiebe die warmweiße, bauchige LED-Lampe etwas näher an den Folianten heran und betrachte die kryptischen Zeichen und Symbole, die auf den ersten Blick willkürlich über die Seite verstreut wirken. Doch wer sich mit der Symboldeutung der schwarzen Magie auskennt, der kann diese Schriften lesen, wenn auch nur unter großer Konzentration.

Gerade, als ich mich an die Übersetzung des Textes mache, höre ich die magische Klingel in meinem Kopf.

»Wer will denn nun etwas von mir?«, frage ich in die Leere der inneren Bibliothek hinein.

Natürlich erhalte ich keine Antwort, also stehe ich langsam auf, strecke mich und schüttele missbilligend den Kopf. »Jeder weiß doch, dass ich zu dieser Zeit in der Woche meine Studienzeiten habe«, schimpfe ich.

Ich habe die Klingel nach einigen Anschlägen auf mein Leben und auf die Bibliothek eingerichtet, damit ich immer darauf vorbereitet bin, sollte jemand meinen Turm betreten. Von dem Moment an, in dem die Klingel aktiviert wird, habe ich noch ein oder zwei Minuten Zeit, ehe die Person durch den Eingang der Bibliothek tritt, je nachdem wie schnell derjenige geht.

Ich nehme also meinen Folianten und verstaue ihn mithilfe des üblichen Zaubers wieder an seinem angestammten Platz im Regal. So einfach gezimmert die Regale auch aussehen, so komplex ist die Magie, die sie beschützt. Drei Reihen besitzen die Regale und laufen einmal um den gesamten Bereich der inneren Bibliothek. Etwa einhundert Folianten, Reiseberichte und antiquarische Hexenbücher stehen dort zusammengekauert auf den einfachen Holzregalen, warten nur darauf, dass ich sie herausziehe und ihnen mit vorsichtigen Fingern das Wissen entlocke. Sollte in den nächsten Jahren der Bereich wachsen, so würde ich mir etwas einfallen lassen müssen.

Mein Blick gleitet hoch an die Decke, an die Lücke, die zwischen den Regalen und dem Gewölbe klafft. Vielleicht kann ich dort noch Hängeregale einbauen. Sicher findet sich eines der Hausmädchen, das mir bei der Arbeit hilft. Vielleicht Sally, denke ich und schließe den Zauber ab, den ich schon so unterbewusst beherrsche wie das Atmen. Es kostet mich nicht besonders viel Kraft, diesen Zauber nach beinahe fünfzig Jahren des Studiums der Schwarzmagie-Folianten auszuführen. Viel mehr Kraft kostete es mich, die ausgetretenen Stufen zur mittleren Bibliothek hinaufzusteigen.

Erst drei Stufen bis zum ersten Absatz und dem ersten von drei Türen. Ich lege meine Hand auf das kühle Holz und spreche die Formel, die das Schloss verriegelt. Es gibt keine Klinke. Wer den Zauber nicht kennt, kann die Tür nicht öffnen. Dann folgen sieben Stufen zu der Stahltür, die von Sir Henry Blakes Vater eingebaut worden war, um den inneren Bereich besser zu schützen. Den Schlüssel dafür trage ich ständig um meinen Hals. Im Laufe der Zeit wurde er magisch verbessert, so dass er nicht nur der Einzige ist, sondern auch nur auf meinen Fingerdruck reagiert. Wenn jemand anderes versucht, den Schlüssel zu benutzen, wird ein Alarm im Haupthaus der Vigilanten aktiviert.

Ich gehe die letzten dreizehn Stufen, die in die mittlere Bibliothek führen, hinauf. Hier besteht die Tür aus einem verschlungenen Tor, auf dem schwarze Metallriegel angebracht sind, die nur mithilfe der korrekten, magischen Formeln zur Seite geschoben werden können. Rasch erledige ich das, damit niemand an das dunkle Wissen kommt, das sich unter dem Turm befindet.

Schließlich erreiche ich die weitläufige äußere Bibliothek, die nur einen Zugang besitzt. Die doppelflügelige Tür, die so hoch ist, dass ich drei Mal übereinandergestellt hindurchgepasst hätte, ist das pompöse Überbleibsel eines einst stolzen Bibliothcksturms, der langsam verfällt. Sollte der Protector nicht in nächster Zeit einiges an Magie oder Geld investieren, würde der Turm mit den wertvollsten Besitztümern des Ordens einstürzen. Zum Glück würde ich diesen Verfall nicht mehr miterleben.

In dem Moment öffnet sich das Tor mit einem leisen Knarzen, und eine Frau mit einem langen, eleganten Mantel tritt ein.

»Guten Tag, Victoria«, begrüße ich die Anführerin der Vigilanten.

»Gut wäre er, wenn wir keinen Mord aufzuklären hätten.« Sie zieht eine Augenbraue hoch, während sie mich wie so oft abweisend mustert.

»Ein Mord? An einem Paranormalen?«

»Nein, an drei Menschen, aber vermutlich von einem Para begangen.«

Victoria marschiert mit langen Schritten an mir vorbei in Richtung der mittleren Bibliothek. Sie deutet mir zu folgen, aber ich lasse mir keine Befehle geben und verharre an Ort und Stelle.

Wenn sie etwas von mir möchte, muss sie mich schon fragen, denke ich stur und bewege mich keinen Zentimeter.

Auch wenn Victoria mir offiziell gleichgestellt ist – neben Sir Henry Blake, dem Ordensführer die Einzige –, so erwarte ich dennoch einen gewissen Respekt, der den Vigilanten in den letzten Jahrzehnten offensichtlich abhandengekommen ist.

»Wer sagt denn, dass es ein Para war?«

»Der Zeuge, dessen Erinnerungsblatt ich hier habe und das ich gerne ablegen möchte«, erklärt Victoria mehr als deutlich und wedelt mit dem Blatt, auf dem handschriftliche Notizen stehen.

Mir kommt die Schrift bekannt vor: Sally. Ihre klare und geschwungene Handschrift würde ich überall wiedererkennen. Auch wenn ich ihr das nie sagen würde, aber sie ähnelt der Handschrift ihrer Mutter.

Ein wehmütiges Lächeln gleitet über meine Lippen, und für einen Moment gönne ich mir den Ausflug in die Vergangenheit. In Zeiten, die noch nicht so angespannt waren, wie sie es jetzt sind.

Doch diese Erinnerung vergeht in der Sekunde, in der ich erneut blinzele. »Ah, es musste eine Erinnerung gelöscht werden. Immer ein spannendes Unterfangen, nicht wahr?« Ich versuche, sie in ein Gespräch zu verwickeln, warum, weiß ich auch nicht so genau.

Bisher habe ich mich selten mit Victoria unterhalten. Einzig bei Versammlungen der Obersten und bei den gelegentlichen Begegnungen im Ordenshaus. Da die Vigilanten ihr Quartier im Haupthaus bezogen haben und ich in meinem Turm lebe, überschneiden sich unsere Wege zum Glück nicht sehr oft. Doch was ich bisher von Victoria weiß, lässt mich immer wieder ihr gegenüber zögern. Sei es mit freundlichen Worten oder mit der Enthüllung von Geheimnissen. Ich denke, Freunde werden wir wohl nicht mehr. Dazu ist die Anführerin der Vigilanten eindeutig zu steif und verbohrt in ihren Ansichten – *im Gegensatz zu mir*, denke ich und schaue mich um. Aber die verstaubten Regeln und alten Magiegesetze bremsen mich immer wieder aus.

Eines Tages, wenn niemand darauf achtet, werde ich eben diesen Staub aufwirbeln und sehen, wer von ihnen nach dem Hustenanfall noch aufrecht steht.

»Könnten Sie nun bitte die Bibliothek öffnen, damit ich das Blatt ablegen kann?« Victoria ist übertrieben freundlich und fletscht die Zähne. Als Lächeln kann man das, was sie da gerade mit ihrem Mund betreibt, nämlich ganz und gar nicht bezeichnen.

»Hätten Sie die Freundlichkeit, einer alten Frau die Ruhe zu gönnen, die sie nun mal benötigt, nachdem sie Treppen gestiegen ist?« Auch ich beherrsche die spitze Erwiderung.

Victoria mustert meinen für mein Alter noch drahtigen Körper, zieht eine Augenbraue hoch und schnaubt leise. »Wirklich?«

Natürlich hat sie recht. Die Stufen sind zwar anstrengend, aber es gibt deutlich jüngere Magier im Orden, die mehr Probleme beim Treppensteigen haben als ich. Dennoch soll Victoria ruhig glauben, dass ich eine gebrechliche alte Frau bin. Umso weniger hält sie mich für eine Gefahr.

»Wirklich«, antworte ich daher mit allem Stolz, den meine adlige Vergangenheit zu bieten hat.

»Soll ich Sie vielleicht stützen auf dem Weg dorthin?« Bittersüß formuliert Victoria diesen Satz, auch wenn ich sehe, dass sie mir kein Wort glaubt.

»Schon gut.« Ich winke ab und deute auf die Tür. »Haben Sie die erforderlichen Papiere dabei?« Betont langsam gehe ich zu ihr. »Wenn Sie schon mitten in der Nacht zu mir kommen, dann sollte es auch nicht umsonst sein.«

»Keine Sorge, wie immer ist alles ausgefüllt und mit meinem Siegel verschlossen.« Sie zieht aus der Innentasche ihres Mantels eine schmale Mappe heraus, die mit einem roten Wachssiegel beklebt ist.

Es ist ein Siegel, das nur der Protector oder ich öffnen können. Niemand sollte Schindluder mit den magischen Erinnerungspapieren betreiben. Ein einziger Riss in ihnen oder das Entfernen eines falschen Wortes bedeutete Chaos auf den Straßen. Denn wenn die Erinnerung an die Magie zu einem Unbeteiligten zurückkehrt, hat das ungeahnte Folgen.

Ich tätschele ihre Wange und lächele sie wie einen Hundewelpen an, der das erste Mal ein Stöckchen apportiert hat. »Brav.« Ich weiß, dass sie es hasst, aber wer mich mitten in meinen Studien stört, der hat es nicht anders verdient.

Victoria zuckt nur kurz zurück, lässt mich aber gewähren. Vermutlich in der Hoffnung, dass ich sie dann schneller gehen lasse. Kaum bin ich an ihr vorbei, kann ich mir ein schelmisches Grinsen nicht verkneifen – darauf darf sie gerne hoffen.

»Erzählen Sie mal von den Ermittlungen«, sage ich zu ihr, während ich mich ganz gemütlich an die Entsperrung der Tür mache.

Victoria lässt sich zu einem reichlich undamenhaften Schnauben herab. Eine von ihr selten gezeigte Reaktion. Neugierig drehe ich mich zu ihr und halte im meinen Bemühungen inne, die mittlere Bibliothek zu öffnen. Mit Blicken versucht sie mich dazu zu bewegen, weiterzumachen, aber wenn ich eines beherrsche, dann ist es die hohe Kunst der blaublütigen Ignoranz. Mit offenem Blick warte ich auf eine Antwort.

»Was genau wollen Sie denn noch wissen?« Ich kann deutlich heraushören, dass sie genervt ist.

»Wen verdächtigen Sie? Wie sah der Tatort aus? Gönnen Sie einer alten Frau das erzählte Abenteuer. Ich komme so selten raus aus dem Orden und erlebe selbst keine mehr«, versuche ich es mit Mitleid.

Tatsächlich scheint es etwas zu helfen, denn Victoria seufzt: »Vermutlich ein Werwolf, aber Genaueres wissen wir noch nicht. Der Tatort ist blutig und brutal gewesen.«

»Ein Werwolf? Wir haben doch noch keinen Vollmond.«

»Muss es Vollmond sein, damit ein Para durchdreht?«

»Meiner Erfahrung nach schon.« Herausfordernd warte ich gespannt auf ihre Reaktion.

»Tja, meiner Erfahrung nach ist es egal«, erwidert sie jedoch nur mit einem Schulterzucken. »Wären Sie jetzt so freundlich?« Erneut deutet sie auf die Tür zur mittleren Bibliothek, und ich öffne sie schließlich.

»Bitte sehr.«

Doch Victoria wartet, wie es sich gehört, vor der Tür und schaut mich auffordernd an.

»Ach, ja, entschuldige, Kindchen. Ich vergaß. Victoria Bannister ist es erlaubt, einzutreten«, sage ich laut und deutlich. Im nächsten Moment erklingt ein leises Zischen neben mir im Türrahmen, und Victoria tritt ein.

»Vergessen, mhm?«, zischt sie nur. Im Vorbeigehen reicht sie mir die Mappe mit den Unterlagen.

Ich öffne das magische Siegel, um mich zu vergewissern, dass die Details und die Angaben zu ihrem Fall passen, und schließe es im Anschluss wieder. Eine winzige Spur königsblauer Tinte ist nun auf dem ansonsten roten Siegel zu sehen. Der Hinweis darauf, dass ich, die zuständige Bibliothekarin, die Mappe entgegengenommen und akzeptiert habe.

»Wohin damit?« Victoria hält mir noch einmal den Erinnerungszettel vor die Augen.

»Heute ist der 01.09.2020, also in die goldenen Ordner. Alle Septemberzeugen landen dort.« Ich erkläre das eher mir als Victoria, die das längst weiß.

Mit weit ausholenden Schritten geht sie zum Ende des Regals, in dem die goldenen Ordner stehen, und sucht den letzten heraus, der noch nicht randvoll ist. Sie reicht mir den Erinnerungszettel, den ich in eine Klarsichtfolie lege, ehe ich diese mit Magie versiegele. Gemeinsam unterschreiben wir auf dem dafür vorgesehenen

Blatt, um zu beweisen, dass alle notwendigen Maßnahmen eingehalten wurden.

Kaum hat Victoria unterschrieben, dreht sie sich um und verlässt die Bibliothek, ohne ein weiteres Wort zu sagen.

Kopfschüttelnd stelle ich den Ordner wieder zurück in das Regal. »Diese Jugend von heute hat einfach keine Geduld. Das wird irgendwann ihr Untergang sein.«

KAPITEL 8

Sally

Es ist schon spät, als Betty und ich erschöpft ins Ordenshaus zurückkehren. Das Dinner ist längst vorbei, und wir haben auch das Essen für die Dienerschaft verpasst. Die Köchin und die meisten anderen Bediensteten sind nach Hause gegangen, nur der Butler, der Kammerdiener und die Hausdame Mrs Bones übernachten im Ordenshaus, sowie einige Diener und Vigilanten in wechselnden Schichten. Und ich natürlich.

Wir melden uns bei der Hausdame und geben ihr das leere Notizbuch zurück. Die beschriebenen Seiten mit den Erinnerungen des Nachbarn Mr Miller hat uns Victoria Bannister noch am Tatort abgenommen und sie Lady Kaitlin überreicht, sie kommen ins Archiv der Erinnerungsbücher. Dort befindet sich eine reichliche Sammlung an Erinnerungen Unglückseliger, die die Bekanntschaft mit dem Übernatürlichen gemacht haben.

Mrs Bones hat uns etwas vom Abendessen aufgehoben, und wir tragen die Teller mit dem kalten Braten, Kartoffelpüree und dick eingekochtem, leckeren Gravy hinauf in mein Zimmer unter dem Dach.

Nachdem wir ausgiebig geduscht und unsere Haut mit so viel duftendem Shampoo wie möglich geschrubbt haben, um den Geruch nach Blut und Tod loszuwerden, schlingen wir das Essen auf dem Bett im Pyjama sitzend herunter.

Betty hat zwar eine Wohnung in North Kensington, übernachtet aber an mindestens drei Tagen pro Woche im Ordenshaus, weil der lange Fahrweg sich nicht lohnt, wenn man sehr früh zum Dienst erscheinen muss. Nur am Wochenende und Freitag abends fährt sie immer nach Hause zum Schlafen, um ihre Freundin Lauren sehen zu können. Eigentlich steht ihr ein eigenes Zimmer in den Dienstbotenquartieren zu. Platz gibt es wahrlich genug aus den Zeiten, als noch Dutzende an Bediensteten unter dem Dach gewohnt haben.

Heute haben die meisten eine Wohnung und kehren nach Dienstschluss in die eigenen vier Wände zurück. Viele Zimmer werden deshalb nur noch genutzt, um sich in den Pausen ausruhen zu können oder um dort nach einer besonders langen Schicht zu übernachten.

Ihr eigenes Zimmer hat Betty schon lange nicht mehr benutzt, sie zieht es vor, den Abend bei mir zu verbringen. Ich mag es, wenn sie hier übernachtet, da ich keine Familie habe, ist es, als hätte ich eine Schwester. Deswegen habe ich das zweite Bett, das noch aus den Tagen stammt, als die Dienstmädchen sich ein Zimmer teilen mussten, nie entfernt.

Die Wände in meinem Zimmer sind blau gestrichen, obwohl es normalerweise nicht erlaubt ist, Veränderungen dieser Art in den Dienstbotenräumen vorzunehmen. Wir dürfen eigene Möbel aufstellen, Bilder aufhängen und dergleichen. Aber die Wände sind normalerweise tabu.

Doch für mich gelten diese strengen Regeln nicht, da ich hier aufgewachsen bin. Harriet hat mir geholfen, die blaue Farbe aufzutragen und hunderte von Sternen an die Decke und die Dachschrägen in Goldfarbe zu pinseln, als ich klein war. Auch heute noch mag ich die bemalten Dachschrägen und den Blick aus dem Fenster auf die Schornsteine der Blackstone und Queen Elisabeth Chambers.

Meine Möbel sind ein Sammelsurium, das Metallbett ist das gleiche, wie jede Dienstmagd es gestellt bekommt. Aber der Kleiderschrank ist ein schönes, antikes Stück mit Intarsien, der meiner Mutter einst gehört hat. Und unter der Dachschräge stehen weiße Regale von IKEA. Wenn man den ganzen Tag von Antiquitäten umgeben ist, sehnt man sich auch mal nach ein bisschen Moderne.

Über dem Bett, in dem Betty schläft, hat sie vor ein paar Wochen eine von diesen Fototapeten angepinnt, die Palmen an einem Traumstrand zeigt. In zwei Wochen will sie mit Lauren nach Thailand fliegen. Es ist das erste Mal, dass die beiden zusammen Urlaub machen, und Betty ist ziemlich aufgeregt, ob ihre Beziehung dieses enge Zusammensein auch aushalten wird – sie redet von nichts anderem mehr.

»Lauren kann so wählerisch sein. Glaubst du, das Hotel wird ihr gefallen?«

»Natürlich wird Lauren es gefallen, sie wird ausflippen und sich über alles freuen, was du organisiert hast«, beruhige ich Betty, während meine Gedanken noch bei der toten Frau und ihrem Sohn sind, die jetzt im Dead Man's Hole liegen.

Betty seufzt und lehnt sich gegen die Kissen. »Hast ja recht. Ich will halt nur, dass es perfekt wird.«

»Es wird perfekt, du wirst sehen.«

»Ich kann's kaum erwarten, dem ewigen Grau von London zu entkommen und Sonne zu tanken.«

Mr Snuggels, mein Kater, schlängelt sich durch den Türspalt vom Flur ins Zimmer, springt auf die Matratze neben mich und beginnt schnurrend, seinen dicken Schädel an mir zu reiben. Abends kommt er stets zu mir in die Dachkammer und in mein Bett.

Haustiere sind im Ordenshaus eigentlich nicht erlaubt, aber ich habe Mr Snuggels als kleines Kätzchen frierend und zitternd im Regen im Hinterhof des Ordenshauses gefunden und ihn heimlich gefüttert. Tiere lassen sich von den Schutzzaubern nicht täuschen und gelangen ohne Probleme aufs Gelände. Weil ich ein Waisenkind war, hat Harriet es nicht übers Herz gebracht, mich von dem Kätzchen zu trennen, als sie mich erwischte, wie ich den Kater heimlich ins Haus schmuggelte. Mr Snuggels durfte bleiben. Das ist über fünfzehn Jahre her, was seinen Namen erklärt, ich war damals ja erst zehn.

»Na, Mr Snuggels?« Ich kraule seinen Kopf.

Der alte Kater streift am liebsten den ganzen Tag durch den Garten und beobachtet die schwarzen Eichhörnchen, die sich dort ausgebreitet haben. Um sie zu jagen, ist er aber seit Langem viel zu behäbig. Er schnuppert interessiert an dem Teller mit Bratenresten. Ich gebe ihm ausnahmsweise etwas davon.

Nicht, dass er es nötig hätte, der alte Kerl ist im Laufe der Jahre ganz schön feist geworden, weil alle ihn verwöhnen. Nur dem Butler ist er ein Dorn im Auge, Mr Morris sagt, er sei froh, dass die Zeiten vorbei sind, als Magier noch Familiare im Haus hielten. Zu viel Dreck und Gestank.

Ich streiche dem Kater über sein dickes Fell, das mit seinen roten Streifen die gleiche Farbe hat wie meine Haare. Er rollt sich zufrieden auf meiner Bettdecke zusammen.

»Boah, ich bin satt«, stöhnt Betty und schiebt den Teller von sich. Sie hatte sich eine doppelte Portion aufgetischt, und ich bin immer wieder erstaunt, wie viel sie wegputzen kann, ohne nennenswert zuzulegen.

»Bleibt die Frage, was machen wir hiermit?« Betty zieht den Silberpokal, den sie in einem Schuhkarton nach oben geschmuggelt hat, unter ihrem Bett hervor. Der schwarze Fleck zieht sich wie Adern einer Verätzung über das Metall. Beinahe hätte der Kammerdiener William uns gestern damit noch auf der Treppe erwischt, aber wir haben den Schuhkarton mit dem Kelch dann doch unbemerkt hinter unserem Rücken durch den Dienstbotengang aufs Zimmer bekommen.

»Die üblichen Hausmittel haben nicht geholfen, und sogar der Scopae hat versagt.«

»Und nun? Was sollen wir jetzt tun, Sally?«

»Ich schau mal, ob Hannah Woolley einen Rat weiß.«

»Die gute Woolley«, wiederholt Betty und schmunzelt.

Ich hole ein altes, zerfleddertes Heft, das ich von meiner Vorgängerin geerbt habe, aus dem IKEA-Regal hervor, wo es zwischen zerlesenen Taschenbüchern und alten Sherlock-Holmes-Ausgaben steckt.

So viel wie ich lese, könnte man denken, dass es in meinem Zimmer viel mehr Bücher geben sollte, aber ich lese lieber in den alten Folianten, die ich nur in Lady Kaitlins Bibliothek lesen darf, als in modernen Taschenbüchern. Schon als Kind habe ich dort Stunden mit der Nase in Pergamenten verbracht, und man hat mich gelassen, wohl weil man froh war, mich aus den Füßen zu haben.

Der umständliche Titel des Heftes von Hannah Woolley lautet: *The Ladys Directory in choice experiments & curiosities of preserving in jellies and candying both fruits & flowers*, gefolgt von der noch umständlicheren Erklärung über das Herstellen von Kuchen, Süßigkeiten und speziellen Getränken, die auch gegen die Pest helfen sollen.

Hannah Woolley hat im 17. Jahrhundert umfangreiche Kochbücher und Ratgeber zur Haushaltsführung geschrieben, zur damaligen Zeit Bestseller. Was nur die wenigsten wussten: Sie war auch eine hervorragende Hexe und hat allerlei magische Rezepte geschrieben, die schon so manchen verdorbenen Teppich oder von Magie angesengten Sofabezug gerettet haben.

Ich blättere in dem von Generationen von Dienstmädchen oft konsultierten Heft und suche nach einem Eintrag über Silber.

»Argentum, eines der reinsten Metalle, wird verwendet, um zu schützen, zu bekämpfen oder zu bannen«, lese ich laut vor.

Altes Wissen. Heutzutage weiß man, dass das chemisch stabile Edelmetall Silber tatsächlich antibakteriell wirkt. Die Magier aus alten Zeiten lagen oft richtig. Deswegen ist es so wertvoll, die Metaphern in ihren Schriften zu studieren. Denn Magie ist oft nur etwas, was die Wissenschaft noch nicht erklären kann.

»Silber kann durch Magie nicht verdorben werden«, lese ich weiter.

»Vielleicht wurde der Fleck nicht durch Magie verursacht?«

Ich drehe den Pokal in meiner Hand. Etwas hat die Oberfläche zerstört, und noch immer spüre ich das leise Kribbeln in meinen Fingerspitzen. »Es fühlt sich aber so an.«

Betty seufzt. »Du kannst Magie nicht spüren. Du bist keine ausgebildete Magierin, Sally. Wenn das Magie ist, was du da spürst, müsstest du in einem Haus wie diesem ja ständigen Juckreiz haben.« Sie kichert.

Sie hat ja recht. Ich bin keine Magierin, ich weiß nicht, wie man Magie erspürt. Aber dennoch stehen mir manchmal die Haare zu Berge, wenn ich eines der Studierzimmer im Ordenshaus betrete oder neben einem Ordensmitglied stehe, das gerade seine Kunst ausübt. Im wahrsten Sinne des Wortes: die feinen, rötlichblonden Härchen an meinen Unterarmen stehen auf wie unter elektrischem Strom. Vielleicht haben die Jahre im Ordenshaus mich ja sensibilisiert.

»Wenn der Kelch durch etwas Magisches beschädigt wurde, hätte der Scopae in der Lage sein müssen, ihn zu reparieren«, argumentiere ich.

»Das verstehe ich ja auch nicht. Der Scopae hat Feen-Magie, also mächtigere Magie als normale Magie. Sie hätte den Effekt aufheben müssen.«

»Nur die Schwarzen Künste können reinem Argentum etwas anhaben …«, lese ich bei Woolley.

»Was soll das bedeuten?«

»Keine Ahnung.«

Betty ist auf einmal hellwach. »Wem gehört der Kelch überhaupt?«

Meine Finger fahren über die Prägung. Drei aufrecht stehende Löwen in einem Wappenschild. »Ich habe das Gefühl, ihn schon einmal gesehen zu haben. Aber ich kann mich nicht erinnern, wo im Ordenshaus.« Löwen sind Teil von vielen Wappen, sogar von dem des Königshauses. Auch das Wappen von England zeigt neben einem Einhorn einen Löwen auf den Hinterbeinen.

Betty nimmt mir den Kelch aus den Händen. »Dann bleibt uns wohl nichts anderes übrig, als Mrs Bones alles zu beichten. Morgen, nach meiner Schicht, bringe ich ihn zur Hausdame und sage ihr, dass ich alles versucht habe, die Verfärbungen aber nicht entfernen kann. Was soll schon passieren? Ich war es ja nicht, die ihn so verschandelt hat.«

FOLGE

3

KAPITEL 9

Caleb

Wir erreichen die Tower Bridge nach zweiundzwanzig Uhr und ich bin froh, dass ich von dem schwankenden Boot herunterkomme. Es ist beengt, und das Wasser der Themse ist nicht gerade als badefreundlich bekannt.

Der Seitengang, den wir benutzen, um zur Pathologie des Ordens zu gelangen, ist eigentlich für Fracht gedacht und nur über das Wasser erreichbar. Aber auch Leichen werden mit dem Boot vom Ordenshaus bis an den dicken Brückenpfeiler gefahren, wo einer der Zugänge zu Londons Unterwelt liegt. Damit wir weniger auffallen, hat das Schlauchboot einen sehr leisen Motor und liegt flach im Wasser. Aber mit den zwei Leichensäcken, Zac, mir und Noah, der das Boot fährt und es nach unserem Anlanden und Löschen der makabren Fracht wieder zum Orden zurückbringt, ist es nicht mehr als eine Sardinenbüchse.

Der eigentliche Eingang zum Dead Man's Hole, der in die Gänge unterhalb des ehrwürdigen Touristenmagneten der Tower Bridge führt, ist magisch verborgen. Die uralten Tarnzauber sind an vielen Orten in London noch aktiv und sichern Teile unserer Welt. Wie üblich sind wir deshalb erst jetzt unterwegs, im Schutze der Dunkelheit.

Die drei Säcke, die wir im Van unauffällig abtransportiert haben, liegen zwischen mir und Zac. Nicht nur deshalb schweigen wir, das Wasser trägt Stimmen weit, auch wenn es unwahrscheinlich ist, dass wir gehört werden. Über uns tobt der abendliche Lärm der Stadt, Touristen besuchen die erleuchteten Plätze, denen, wie auch uns, keine Nachtruhe vergönnt ist.

Als Noah das Boot fest am Brückenpfeiler vertäut hat, springt

Zac auf den schmalen Mauervorsprung, direkt neben dem eigentlichen Dead Man's Hole. Den Geräuschen nach zu urteilen, sind einige Touristen in der Nähe.

Das Dead Man's Hole ist eine riesige, komplett geflieste Halle unter der Brücke und nicht von ungefähr unser Lagerort für Leichen. Zum einen bot der Fluss über die Jahrhunderte eine wunderbare Entsorgungsmöglichkeit für allerlei Kadaver – wenn man wusste, wie man die Strömung zu nutzen hat –, zum anderen sind nicht nur der sichtbare Bereich bis zu den Wänden gekachelt, sondern auch die Seitengänge, die den Touristen und einheimischen Besuchern verborgen bleiben, uns aber als Pathologie und Labor dienen.

Eingänge gibt es einige, was auch Sinn macht, denn durch den eigentlichen Haupteingang, einer geheimen Tür im zum Fluss hin offenen Hauptsaal, geht kaum jemand. Zu groß ist dort die Gefahr, entdeckt zu werden.

In früheren Jahren hatten hier die Wasserleichen auf ihre Identifizierung gewartet. Viele gab der Fluss nie wieder her, aber diejenigen, die er offenbarte, verfingen sich genau an dieser Stelle unter der Tower Bridge. Alle armen Seelen, die dem Fluss zum Opfer gefallen waren, jene, die sich den Wellen freiwillig überantwortet hatten oder die im Schutz der Dunkelheit von zwielichtigen Gestalten mit noch zwielichtigeren Motiven der Strömung anvertraut wurden.

Jeder halbwegs aufmerksame Beobachter, der diese Information besitzt, kann sich denken, was ein warmer Sommer und einige Wasserleichen in Zeiten ohne Kühlung verursachen können. Explosionsartige Verpuffungen toter Körper gehen selten ohne eine riesige Schweinerei vonstatten. Aus diesem Grund war der große Raum auch nicht besonders beliebt bei den Bobbys und sonstigen Offiziellen gewesen. Wasserleichen sind weder hübsch noch duften sie gut. Selbst heute haftet dem Touristenmagneten unter der altehrwürdigen Brücke ein morbider Charme an, der den meisten Besuchern Gänsehaut beschert.

Um uns herum schmatzt das Wasser entlang des Brückenpfeilers, und ein scharfer Wind fegt über den Fluss, während Noah und Zac das dicke, schwere Steintor öffnen, das geräuschlos nach innen gleitet.

»Beeilt euch«, brumme ich und stelle mich breitbeinig hin, um Zac die Säcke zu reichen. Keiner davon ist besonders schwer, aber tote Körper, die ins Dead Man's Hole sollen, sind schwierig zu handhaben. Sie kooperieren nicht, und der schwankende Untergrund tut sein Übriges.

Die Obduktion der Leichen muss bis morgen warten, sie darf immer erst einen vollen Tag nach dem Überfall stattfinden, um unerfreuliche Situationen zu vermeiden. Deshalb hat auch niemand Lust, in der Nähe von Opfern irgendeines paranormalen Wesens zu sein, solange die Karenzzeit noch nicht verstrichen ist.

Und ich wuchte gerade zwei davon auf einem schwankenden Boot herum!

Schon früher hatten sich verwandelte Menschen nicht über die Tatsache gefreut, nicht nur untot oder wahlweise ein Vampir, ein Werwolf oder Schlimmeres, sondern auch noch vom Nabel bis zum Schlüsselbein aufgeschlitzt worden zu sein. Oder die eigenen Organe – so unnütz sie nun auch sein mochten – in Einmachgläsern mit in das neue, unwillkommene Leben nehmen zu müssen. Auch der Verschleiß an Pathologen hatte sich mit Einführung der Totenwache deutlich reduziert.

Zac nimmt mir den ersten Sack ab, Noah stabilisiert das Boot, während ich mit der Leiche des Teenagers vom Boot springe und in den diffus erhellten Gang trete, der mit den gleichen vergilbten Fliesen ausgestattet ist wie sein großes Pendant nebenan. Zac legt den Leichensack auf einem fahrbaren Gestell aus Edelstahl ab, ich wuchte meinen Sack noch obendrauf. Wir wurden offenbar erwartet, wenn jemand einen Transportwagen bereitgestellt hat.

Noah verabschiedet sich, und obwohl ich ihn verdonnern könnte, an meiner Stelle die Wache mit Zac zu halten, schweige ich. Zum einen will ich Zac nicht im Stich lassen, zum anderen ist es kein guter Stil, wenn man sich als Vorgesetzter nur die Sahnehäubchen aussucht. Und nicht zuletzt hat es Victoria ja auch explizit angewiesen.

Mühsam drücke ich die Tür aus Steinquadern zusammen mit Zac wieder an ihre Position und höre, wie die unsichtbaren Riegel leise einrasten.

»Na, Anfänger, Nachtschicht bei den Toten?« Die Stimme scheint aus dem Nichts zu kommen und bricht sich an den gekachelten Wänden.

Ich fahre überrascht und erschrocken herum.

Lili Gardener, die Laborantin und Computerspezialistin der Vigilanten in Personalunion, die von allen nur Squirrel genannt wird, lehnt hinter mir im Halbdunkeln an der Wand und wirft mir einen amüsierten Blick zu, hat sie mich doch überrumpelt und weiß es. Kein Wunder, sie kennt die verschlungenen, feuchten Gänge unter der Tower Bridge besser als sonst jemand. Das Dead Man's Hole ist ihr Revier.

Ihre grauen Augen funkeln schelmisch, ihre lila-grünen Haare mit dem Sitecut sind ein deutliches Statement gegen jede ungeschriebene und doch so altehrwürdige Ordensregel, und die Tunnel in ihren Ohren sorgen bestimmt dafür, dass sie hier ihren Dienst in Ruhe tun kann, ohne zu oft ins Ordensallerheiligste zitiert zu werden.

Victoria hätte sie zwar lieber im Hauptquartier untergebracht, weil Lili mit Computern eine Koryphäe ist, aber die altehrwürdigen Magier stören sich an einer Magierin, die nicht nur mit der neumodischen Technik auf Du und Du steht, sondern auch äußerlich unangepasst ist und zugibt, lieber mit Toten als mit Lebendigen zusammen zu sein.

Ich mag sie, sie ist eben ein Unikat.

Heute trägt sie eine Boy-Friend-Jeans, ein einfaches graues Shirt, eine Art Militärjacke mit unzähligen Taschen, und ihre runde John-Lennon-Gedächtnis-Nerd-Brille hat sie lässig ins Haar geschoben. Für eine Frau ist Squirrel ziemlich muskulös und durchtrainiert, was auch ihr legeres Outfit und die üppige Oberweite nicht verbergen können. Ich habe sie einmal auf dem Schießstand beobachtet und möchte ihr nicht in die Quere kommen, sie ist zäh und mit einer Waffe in der Hand eine ernste Bedrohung.

»Hey, Squirrel.« Zac, der hinter mir den Gang betreten hat, begrüßt sie gutgelaunt. Lili schenkt ihm ein Lächeln, während er sie freundschaftlich knufft. Der Kerl kriegt jede Tussi herum, dabei hat er das weder nötig, noch will er es. Sein Charme ist magnetisch, auch wenn die Damenwelt mir normalerweise keine Steine in den Weg legt, mit Zac kann ich heute nicht mithalten.

»Haben sie euch verdonnert, die armen Fleischreste zu bewachen?«, feixt Lili und bedeutet uns, ihr zu folgen. »Bringen wir sie erst einmal in den Kühlraum. Egal, was passiert, wir können in Ruhe eine Tasse Tee trinken, die Nacht ist ja noch jung. Außerdem – wenn sich was verwandelt, muss zumindest eins der Dinger erstmal seinen Kopf suchen, wie ich gehört habe.«

Zac lacht dröhnend los, ich finde das weniger witzig. Diese Toten waren noch vor einigen Stunden Teil einer Familie und am Leben. Das sollten wir respektieren.

Doc hat seine Mitarbeiterin offensichtlich informiert, was auf sie zukommt und von uns hergebracht wird. Sollte sich eine der Leichen verwandeln, wird es kompliziert. Frische Paras gelten de facto als unschuldige Wesen und werden ihrer jeweiligen Spezies überantwortet.

Ghule setzten wir auf dem Highgate Cemetry aus, Vampire werden einem der Nester zugewiesen, Werwölfe einem der Rudel übergeben. Exotischere Lebensformen werden ausgelöscht, wenn sie so blutrünstig sind, dass es nicht möglich ist, sie gefahrlos auszusetzen. Und allen wird die eindringliche Warnung mit auf den Weg gegeben, die Finger von den Menschen zu lassen.

Leider verwandelt sich jedes Opfer eines Para-Zwischenfalls

mit fünfzig Prozent Wahrscheinlichkeit in das Wesen, das es umgebracht hat. Bei zwei Leichen ist die Wahrscheinlichkeit, dass wir mit einer Verwandlung rechnen dürfen, entsprechend hoch.

Wenn es tatsächlich ein Werwolf war, können wir den Frischling ohne viel Erklärungen einfach dem nächsten Rudel übergeben. Die Verwandelten haben zum Glück keine Erinnerungen mehr an ihr menschliches Leben, und die Werwölfe sind ziemlich pragmatisch, solange sich ihr Rudel vergrößert.

Ich hoffe, es ist der Teenager, er war noch viel zu jung zum Sterben.

»Caleb, guck nicht so pikiert. Du bist ein Spielverderber. Leg den Kopf einfach neben die Leiche, wenn du nicht zusehen willst, wie er vom Körper angezogen wird.«

Ich sage nichts zu Zacs Vorwurf, ich mache nur ungern Witze auf Kosten der Toten. Missmutig helfe ich ihm, den Wagen in Bewegung zu setzen.

Ratternd bewegen wir uns den Gang hinunter, die Rollen machen rhythmische Geräusche auf dem gefliesten Boden, die dank der Kacheln an den Wänden laut widerhallen. Hier unten ist das reinste Labyrinth. Wir nutzen nur die Gänge, die mit Licht versehen sind. Der Rest sind verschachtelte, uralte Tunnel, die dunkel und eng unter der Themse ihren eigenen Irrgarten bilden.

Dort, wo unsere Pathologieabteilung untergebracht ist, sieht es nach Schlachthof aus: leicht abwaschbar, ein wenig alt, seltsam steril und gruselig.

Lili geht in die kleine Teeküche, wir donnern lautstark daran vorbei und halten erst drei Türen weiter an. Der Kühlraum besteht aus einem Metalltisch und einer Wand aus Stahl, in der sich unzählige viereckige Türen befinden. Hier unten ist es dank der Themse auch ohne Kühlung kalt genug.

Zac hilft mir, jeden Sack in eine eigene Kammer zu schieben und auf der kleinen Tafel außen an der Edelstahltür den Inhalt zu vermerken. Mutter und Teenager. Ordnung muss sein.

Als wir kurz darauf in die Küche kommen, stellt Lili gerade den Wasserkocher an, bevor sie auf den schäbigen Tisch mit der abgewetzten grünen Kunststoffoberfläche und den allerliebsten 70er-Jahre-Plastikstühlen drei Becher, eine aufgeschnittene Zitrone und Zucker stellt. Und Earl Grey. Etwas anderes duldet Doc nicht in seinen heiligen Hallen.

Die Teeküche ist warm und der einzige Raum hier unten, der nicht feucht wirkt oder modrig müffelt. Überall hängen Postkarten mit Bildern von Eichhörnchen darauf, Nagerfutter steht auf der Ablage, und auf dem Lampenschirm über den Tisch sitzt, gemütlich an das von der Decke kommende Kabel gekuschelt, ein rotbrauner Vertreter der Gattung Sciuridae. Als Lili einen kurzen, schrillen Pfeiflaut ausstößt, springt es auf ihre Schulter und verschwindet in Sekundenschnelle in den Tiefen ihrer Jacke. Die Laborantin hat ihren Spitznamen nicht von ungefähr.

»Oh, ein neuer Patient?«, fragt Zac gut gelaunt, während ich Platz nehme, im nun schwankenden Schein des wild hin und her pendelnden Lichtes.

»Nein, das ist Sam. Er lässt sich nicht mehr auswildern, ich habe ihn aufgezogen. Momentan ist es ruhig, mein letzter pelziger Pflegefall ist vor drei Tagen ausgezogen.«

»Gott sei Dank.« Doc Browns Stimme ertönt brummig von der Tür, als der Pathologe eintritt. Ohne uns zu begrüßen, nimmt er sich eine Tasse, greift nach dem gerade fertig gewordenen Wasserkocher und brüht sich in aller Seelenruhe einen Tee auf. »Diese Nager sind eine reine Plage. Unhygienisch in einer Teeküche obendrein. Ich weiß gar nicht, warum ich das hier dulde. Wir sind ein medizinisches Institut!«

Bei diesen Worten hält er eine rote Beere in die Nähe der Jackentasche, in die sich das Eichhörnchen zurückgezogen hat. Der Nager erscheint kurz, nimmt dem Arzt die Frucht ab und verschwindet wieder in den Tiefen von Squirrels Oberbekleidung, während diese, scheinbar unbeteiligt, Tee in die Teekanne gibt.

Docs Haare, ein wirres weißes Gestrüpp, stehen wild ab, den Tweed-Anzug sowie das Paisley-Tuch hat er mittlerweile gegen die grüne OP-Kluft getauscht, mit der er hier unten immer anzutreffen ist.

»Ihr haltet heute Nacht in der Kühlkammer abwechselnd Wache. Ich werde die Proben drüben im Labor untersuchen und versuchen, DNA-Spuren zu finden, die nicht von einem der beiden Opfer stammen. Lili, du versuchst, etwas aus dem Londoner Überwachungsnetz herauszufinden, Anweisung von Victoria. Die vielen Kameras in dieser Stadt müssen ja zu irgendetwas gut sein. Später brauche ich dann deine Hilfe im Labor. Bis ich alles auf DNA untersucht habe, wird es eine Weile dauern.«

»Warum gibt es für DNA-Analysen eigentlich keinen Zauber?«, fragt Zac neugierig. Auch ich bin auf Docs Antwort gespannt. Immerhin kann man Magie in vielen Bereichen durchaus sinnvoll und effektiv einsetzen.

»Den gibt es in der Tat, mein vorlauter Freund. Aber dann wäre das Beweismittel gleichzeitig zerstört. Es ist ein sehr explosiver Spruch, von einem sehr unbeständigen Zauberer auf sehr ungeduldiges Papier gebannt. Der Sinn eines Beweismittels ist es in der Regel, dass dieses nach erfolgter Untersuchung noch vorhanden ist. Auch Paras haben ein paar Rechte.« Seine Worte werden von einem strengen Seitenblick begleitet, der dafür sorgt, dass Zac die Röte ins Gesicht steigt.

Der Doc mag aussehen wie ein wirrer Professor, aber er ist eine Koryphäe, was auch an seiner Ausbildung liegt. Und er schätzt jedes Lebewesen, egal ob Mensch, Magier oder paranormale Kreatur. Er hat in London Medizin studiert und sogar eine Zeitlang als Arzt an einer menschlichen Klinik gearbeitet, bevor er – obwohl er Teil der magischen Welt ist – in die Pathologie wechselte und einige Jahre für den Yard arbeitete. Nachdem der Orden zunehmend die moderne Forensik für sich entdeckt hat und deren Vorteile nutzen wollte, war es nur noch eine Frage der Zeit, bis er für den

Orden tätig wurde. Man munkelt, er habe sich dabei ganz schön hofieren lassen, und auch, wie sehr er es genießt, diese einzigartige Stellung zu haben. Sein freiwilliges Exil im Dead Man's Hole wird jedenfalls von niemandem in Frage gestellt.

Auch Lili wurde in beiden Welten ausgebildet. Als IT-Spezialistin und Laborassistentin ist sie unverzichtbar, aber sie hat ebenso die traditionelle Vigilanten-Ausbildung durchlaufen. Warum sie und Doc Brown ein ebenso unschlagbares wie eingeschworenes Team bilden, ist mir immer noch ein Rätsel.

Als sein Tee fertig ist, gibt Doc akribisch ein wenig Zitrone in den Becher, ein Stück Würfelzucker und geht dann, ohne ein weiteres Wort, wieder aus dem Zimmer.

»Ihr habt ihn gehört, wer setzt sich zuerst zu den Toten?«, fragt Squirrel.

Ich stehe auf, nicke Zac zu und verdränge, dass ich gestern eine Doppelschicht hatte, weil ich Toms Nachtdienst übernommen habe. Zac soll sich ausruhen, auch wenn ich bestimmt genauso müde bin wie er. An keinem von uns geht so ein Tatort spurlos vorüber.

»Ich übernehme die Wache bis null Uhr, dann Wechsel im zwei Stunden-Takt. Ruh dich ein wenig aus.«

Zac nickt, und Lily bietet ihm an, im Büro – einem kleinen Raum neben der Küche, vollgestopft mit Büchern und einem Schreibtisch – auf einem Feldbett ein wenig zu schlafen, was er dankbar annimmt.

»Hast du ein Laptop für mich?«, frage ich Lili, bevor die beiden das notdürftige Nachtlager richten.

»Klar, ich bring es dir gleich, in Ordnung?«

Ich nicke nur und gehe den kühlen, feuchten Gang zurück zu der Leichenhalle, denn nichts anderes ist der Ort, an dem wir die Körper lagern. Den Stuhl aus Edelstahl ziehe ich an den Seziertisch, der in der Mitte den Raum einnimmt, als auch schon Squirrel eintritt und ein kleines Notebook vor mich auf die Edelstahlfläche legt. Ihr Blick schweift kurz zu der Wand mit den Fächern.

»Hast du Angst vor Monstern?«

Sie zuckt nur nonchalant mit den Schultern. »Sie sind keine Monster. Sie haben es sich weder ausgesucht, noch sind sie automatisch böse.«

Ich antworte nicht darauf und bedanke mich für ihre Unterstützung. Paras sind Monster. Anders kann man auch den heutigen Überfall auf die zwei unschuldigen Menschen nicht erklären. Instinktgesteuert, blutrünstig und gefährlich. Noch immer habe ich die Bilder der Verletzungen vor Augen, die Zerstörungswut, die wir am heutigen Tatort erleben mussten. Jeder, der glaubt, dass Paras wirklich zivilisiert sind, sollte sich so einen Tatort wie den heutigen einfach mal genau ansehen. Wenn ein Teenager in seinem eigenen Zimmer …

Ich versuche, nicht daran zu denken und das Bild in meinem Kopf zu unterdrücken. Unter der dünnen Maske der Menschlichkeit lauern in London die Monster an jeder Straßenecke, und ich befürchte, dass der fragile Friede nicht mehr lange Bestand hat. Zwei tote Menschen hinter diesem kalten Stahl untermauern meine Ansicht.

Nachdem die Laborantin mich allein lässt, klappe ich den Laptop auf, um meinen Bericht für Victoria zu tippen. Natürlich sind Paras Monster, und ich glaube nicht, dass es klug ist, sie am Leben zu lassen. Sie greifen Menschen an, töten, zerstören, und das alles direkt unter unserer Nase. Ich werde den Mörder dieser zwei Menschen finden, kein Wesen hat es verdient, damit durchzukommen.

Und während ich meinen Bericht tippe, lausche ich immer wieder zu der Wand aus Stahl, ob ein weiteres Monster für London geboren wird.

KAPITEL 10

Kaitlin

Es ist einer dieser seltenen Tage, an denen in London die Sonne scheint. Auch wenn man uns Briten immer wieder vorwirft, dass wir die Sonne gar nicht erkennen würden, so liebe ich die Wärme auf meiner Haut. An solch einem seltenen Tag wie diesem, gehe ich gerne in die Orangerie, im weitläufigen Garten des Ordensanwesens. So auch heute.

Der Weg in die Orangerie führt mich und mein Hausmädchen, das mein Tablett mit dem Tee trägt, über einen breiten Kiesweg, den ich gerne entlangschlendere. Unter meinen Füßen knirschen die Steine, als ich an der alten, knorrigen Eiche abbiege und auf den breiten rotbraunen Pfad wechsele. Zwei Eichhörnchen kreuzen meinen Weg, und ich bleibe kurz stehen, um sie vorbeizulassen. Niemand weiß, warum sie sich so zahlreich in unserem Park aufhalten, aber etwas scheint ihnen hier zu gefallen. Sie sind sogar handzahm, wenn man nicht zu hastige Bewegungen macht.

Die Septembersonne reflektiert sich auf dem großen Goldfischteich, der links vom Pfad liegt. Unter der Oberfläche schimmert es in kräftigen Farben gelb und orange. Einen Moment bleibe ich stehen und genieße das Treiben unter den Seerosen, die sich so spät im Jahr kaum noch öffnen. Wenn man so vor dem ruhigen Teich steht, könnte man meinen, dass die Welt in Ordnung ist. Dass es keinen schwelenden Konflikt zwischen den Paranormalen und den Magiern dieser Welt gibt. Dass es friedlich ist und niemand ermordet wird.

Ich bücke mich und werfe einen winzigen Stein an den Rand des Teiches. Die Wellen breiten sich rasend schnell aus und treiben die Fische unter die Seerosenblätter. Die erste Welle erreicht das Ufer und zerfasert. Genau so habe ich mich das erste Mal gefühlt, als ich von einem Mord an einem paranormalen Wesen hörte.

Ich habe es nie verstanden und tue es bis heute nicht. Dieser Moment, in dem ich mich fühlte, als wäre ich ein Schnellboot, das auf Grund gelaufen war. Dieser erste Mord, den ich damals miterlebte, bremste mich in meinem zuvor überbordenden Enthusiasmus, die magische Welt zu erkunden. Doch zugleich zeigte er mir, dass sich etwas ändern musste. Etwas, das nicht über Nacht geändert werden kann.

»Milady.« Madeleine, das Hausmädchen, das mich nach draußen begleitet, holt mich damit in die Gegenwart zurück. »Alles in Ordnung?«

»Ja, Liebes. Danke der Nachfrage. Ich denke, wir können weiter.«

»Haben Sie an etwas Bestimmtes gedacht?« Das Mädchen läuft, wie es üblich ist, einen Schritt hinter mir. Ich kann diese Regel nicht ausstehen, aber ihr zu erlauben, neben mir zu gehen, würde als Bevorzugung ausgelegt und mir deswegen ein neues Hausmädchen zugeteilt werden. Ich habe die frisch eingestellte Madeleine gerade erst an meine täglichen Routinen gewöhnt, das will ich nicht wiederholen müssen. Es gibt Wichtigeres, um das ich mich kümmern muss.

»Kindchen, du musst dir nicht die Gedanken einer alten Frau aufbürden. Das wirst du noch früh genug selbst feststellen.«

»Das ist doch keine Bürde für mich. Vor dem Orden habe ich mich um meine Großmutter gekümmert, die im Rollstuhl saß und nur noch Bridge spielen wollte.« Ihre Schritte sind leise auf dem Sanduntergrund zu hören, auch das Tablett mit dem Tee klirrt, als sie kurz das Gleichgewicht verliert.

»Ich denke, ich bin noch gut zu Fuß unterwegs.« Ich zwinkere ihr über die Schulter hinweg zu. »Und nichts ist mir verhasster als Bridge, wenn ich ehrlich bin. Das ist ein Spiel für alte Menschen.«

Ich sehe im Augenwinkel, dass sie etwas erwidern möchte, doch sofort schließt sie wieder den Mund. Vermutlich will sie mich daran erinnern, dass ich 82 Jahre alt bin, hat aber begriffen, dass sie das lieber unterlassen sollte.

Ich seufze und richte den Blick nach vorn auf das mächtige Glasgebäude, das ich aufzusuchen gedenke. Von außen erscheint es wie ein überdimensionales Gewächshaus, doch sobald man näher tritt, sieht man die Feinheiten, die den Unterschied ausmachen.

Neben der filigranen Stahlkonstruktion besitzt die Orangerie ein flaches erstes Kuppeldach aus länglichen Glasscheiben, unter denen man neben exotischen Zitrusfrüchten wie Mandarinenbäume, Pomelopflanzen und Kumquatsträuchern auch die benötigten Heilkräuter des Ordens findet. Strikt getrennt natürlich, damit keine Kreuzungen entstehen, die unsere reinen Kräuter und Heilpflanzen verunreinigen. Direkt darüber sind noch zwei kleinere ovale Dachkuppeln aufgesetzt, die keiner anderen Funktion dienen außer der Schönheit selbst. Da wir keine Schmetterlinge oder Vögel in der Orangerie halten, besitzen die Aufbauten einen rein ästhetischen Charakter. Dennoch muss ich gestehen, dass ich diese Art der Baukunst bewundere. Sie entspringt einer Zeit, in der man nicht auf Pragmatismus und Einheitlichkeit setzte. Damals hatte es noch Freigeister gegeben, die nicht stur allen Regeln folgten. Sonst wären diese wunderschönen Bauwerke, die eigentlich nur der Aufzucht von Pflanzen und Kräutern dienen, nie entstanden.

»Ich liebe diesen Eingang.« Madeleine seufzt hinter mir. »Ich kann mich an der Konstruktion gar nicht sattsehen.«

Zum Teil verstehe ich ihre Freude über den runden Pagodeneingang, durch den man ins Innere gelangt. Er ist schlicht, aber geschmackvoll mit Rosen verziert. Keinen echten, sondern filigraner Handarbeit entsprungenen Metallrosen, die den Eingang verschönern.

Rasch überholt Madeleine mich und öffnet mir die Tür, so dass ich ins Innere treten kann. Augenblicklich atme ich tief ein und genieße die Ruhe, die in der Orangerie herrscht. Jeder Bedienstete im Orden weiß, dass ich am Nachmittag meinen Tee hier einnehme. So werden alle Ernten und Kräuterbestellungen der Magier entweder davor oder danach bearbeitet. Keiner wagt es, mich zu dieser Stunde zu stören. Einige aus Respekt, andere aus Angst.

»Lady Kaitlin, der Tisch im Orangenhain ist vorbereitet.« Madeleine verbeugt sich, damit ich an ihr vorbeigehe.

Der Tisch im Hain der Orangen wurde auf mein Geheiß vor dreißig Jahren aufgebaut. Er wird von vielen benutzt, da er genau in der Mitte der Orangerie steht. Dazu muss man die verschlungenen, teilweise zugewucherten Pfade nutzen, die in die Mitte führen, vorbei an Pampelmusen, duftendem Liebstöckel und Zitronenbäumen. Dieser Ort ist ein Ruhepol, an dem ich mich vollends von meinen Aufgaben und Forschungen erholen kann. Die stoische Ruhe der Bäume und Pflanzen erinnert mich daran, wie viel mich und meine Forschungen überdauern wird und was wirklich wichtig ist: überleben.

Madeleine stellt das Tablett mit dem Tee und den frisch gebackenen Keksen auf den schmalen Glastisch, der zwischen zwei Sitzbänken steht, auf denen schneeweiße Kissen liegen.

Ich hingegen setze mich auf den einzigen Sessel. Ebenso wie die Bänke hat er weiße Kissen, doch die Lehne des Sessels ist deutlich höher. Ein Wunsch, der mir vor langer Zeit erfüllt wurde.

»Darf ich Ihnen Tee einschenken? Oder möchten Sie ein wenig Gebäck?« Madeleine ist bereit, jederzeit meinen Wünschen nachzukommen.

»Sehr gerne von beidem.« Ich betrachte die Orangenbäume mit ihren Früchten und den zarten weißen Blüten, die mir bei jedem Besuch stumme, aber höchst willkommene Gesellschaft leisten. Gerade, als ich das erste Mal meine Tasse Tee zum Mund führe, höre ich die Tür der Orangerie klappern.

Missmutig runzele ich die Stirn. *Wer wagt es, mich hier zu stören?*

Es dauert keine Minute, da taucht das vertraute Gesicht der jungen Sally vor meiner Sitzecke auf.

»Lady Kaitlin, entschuldigen Sie vielmals die Störung, aber hätten Sie kurz Zeit für mich?« Sie beginnt die Konversation und verbeugt sich, ihre Gesichtszüge sind mir nur allzu vertraut. Nicht nur, weil sie im Orden aufgewachsen ist.

»Ist es denn so dringend, dass du mich dafür bei meinem Tee stören musst?«

»Um ehrlich zu sein, ist es nicht dringend, aber …« Sally zögert und wirft einen kurzen Blick in Richtung Madeleine.

»Nun sprich schon, Kindchen. Ich will nicht ewig hier warten, bis du dich traust.« Bedeutungsvoll hebe ich meinen Tee, und sie weiß augenblicklich, was ich damit meine.

»Entschuldigen Sie, Lady Kaitlin. Wäre es sehr vermessen zu fragen, ob wir das unter vier Augen besprechen könnten?« Sie knetet ihre Finger, so dass sie weiß wie die Kissen sind, auf denen ich sitze.

Ich zögere einen Moment, aber schließlich nicke ich. »Madeleine, lässt du uns bitte kurz allein?«

Auch wenn ich ihr ansehe, dass sie es nur ungern macht, so verbeugt Madeleine sich und geht in Richtung Ausgang. Wenn sie wollte, könnte sie mein Gespräch mit Sally belauschen. Es würde uns nicht auffallen, wenn sie sich hinter einem Baum oder einem hochgewachsenen Strauch verstecken würde. Doch ich bin mir sicher, dass sie das nicht riskieren würde. Sie ist erst seit einigen Monaten im Orden und hat Gefallen an der Arbeit gefunden. Ob es nun an mir liegt oder an der Welt der Magie, die sich ihr eröffnet hat, kann ich nicht sagen.

Ich warte, bis ich das Klicken der Tür beim Schließen höre, trinke in der Zeit in Ruhe meinen Tee und beobachte Sally, die noch immer vor mir steht und auf ihrer Unterlippe kaut.

»Möchtest du dich hinsetzen?«, frage ich sie schließlich, als ich den Anblick nicht mehr ertragen kann.

»Danke, Lady Kaitlin.« Sie setzt sich mir gegenüber auf eine der Bänke.

Stille breitet sich aus zwischen uns, aber ich warte geduldig. Sally ist mir wohlbekannt. Ihre roten Haare kenne ich schon seit ihrer Geburt. Eine Geburt, der ich selbst beiwohnte.

Die Sekunden verstreichen, und Sally knetet nur ihre Finger, während ich sie beobachte. Schließlich seufzt sie und schaut zu mir.

»Geht es Ihnen gut, Lady Kaitlin?«

Die Frage überrascht mich nun wirklich. »Ausgezeichnet, wenn man bedenkt, dass ich gerade meine Pause genieße.« Die kleine Spitze kann ich mir nicht verkneifen. Ich ahne bereits, dass sie mit dieser Frage nur das Unvermeidliche herauszögern möchte, und möchte sie damit hervorlocken.

»Das Wetter lädt aber auch ein, um …«

»Jetzt hör endlich auf, um den heißen Brei herumzureden, Sally. Was möchtest du, dass nur für meine Ohren bestimmt ist?«

»Ich möchte gerne etwas wissen, aber das Thema wird normalerweise im Orden nicht behandelt. Ich weiß aber, dass Sie sich damit auskennen.«

Ich seufze und wedele mit der Hand, damit sie fortfährt. Sallys ungewohnt schüchterne Art verwundert mich, so dass ich neugierig werde, was sie wohl von mir möchte. Bisher ist sie mir gegenüber stets direkt gewesen, auch wenn das für ein Dienstmädchen nicht immer angebracht ist.

Vermutlich eine Nebenwirkung ihres Aufwachsens im Orden. Ein Detail, das uns verbindet, auch wenn ich mir bei Sally nicht sicher bin, ob ich Parallelen ziehen möchte. Ihre Herkunft ist etwas, über das ich nicht sonderlich gerne nachdenke, und doch kommt es mir jedes Mal in den Sinn, wenn ich sie sehe.

Bevor ich noch länger darüber nachgrübeln kann, redet Sally weiter.

»Nun, es geht um …«, Sally blickt sich kurz um, sucht scheinbar nach versteckten Zuhörern, »schwarze Magie«, flüstert sie.

Ich verziehe keine Miene. Das Thema ist mir nur allzu geläufig, da ich mich jeden Tag damit beschäftige. In den Untiefen meines Turmes. Dort darf nur ich allein hinein. Das hat einen einfachen Grund. Schwarze Magie ist böse. Das sagen zumindest alle, die sich damit nicht auseinandergesetzt haben. Meiner Meinung nach – und ich lehne mich nicht zu weit aus dem Fenster, wenn ich meine fünfzig Jahre Erfahrung in den Hut werfe – ist schwarze Magie nichts Verwerfliches. Solange sie von fachkundigem Personal ausgeführt wird. Doch leider hat es in der Vergangenheit immer wieder junge Magier gegeben, die sich der Dunkelheit zugewandt haben und der Macht verfallen sind. Schwache, naive Magier, denen nicht bewusst war, worauf sie sich einließen. Ich hingegen habe eine klare Vorstellung der schwarzen Magie und ihres Potenzials. Aber auch ihrer Gefahren.

»Was genau willst du denn dazu wissen, Kindchen?«, frage ich Sally, die, wie alle Hausmädchen, nicht unterwiesen wurde und, abgesehen von den ihr zur Verfügung gestellten Gegenständen, über keinerlei Magie verfügt. Dennoch bin ich vorsichtig. Ich weiß nicht, für wen oder warum sie mir diese Fragen stellen möchte.

»Gibt es etwas, womit man schwarze Magie erkennen kann?« Sie streicht ihre weiße Spitzenschürze glatt, die über dem hellblauen Kleid liegt.

Ich lege den Kopf schief und betrachte Sally. »Das ist eine ungewöhnliche Frage.«

»Ich weiß.« Sally springt auf, um vor dem Tisch auf und ab zu gehen. Ihre Nervosität ist unübersehbar. Dennoch unternehme ich nichts, was das unterbinden würde. Wenn sie schon mit solch einer Frage zu mir kommt, dann muss sie auch von allein den Mut haben, diese zu stellen.

»Ich habe auch lange überlegt, ob ich damit zu Ihnen komme, aber ich muss es einfach wissen.«

»Wieso interessiert dich schwarze Magie denn so sehr?« Keine Sekunde lasse ich sie aus den Augen. Sally ist niemand, der sich leichtfertig auf schwarze Magie einließe. Es muss also ein triftiger Grund vorliegen, dass sie zu mir kommt, und den will ich herausfinden. Mein Vorteil ist, dass sie etwas erfahren will.

»Es ist rein interessehalber.« Sie betrachtet auf einmal fürchterlich interessiert eine Orange, die auf ihrer Kopfhöhe hängt.

Ich lehne mich vor und stelle meine Tasse mit dampfendem Tee wieder auf den Tisch. Kurz darauf erhebe ich mich aus meinem bequemen Sessel, um mich neben sie zu stellen. Sally ist beinahe so groß wie ich, als ich einen unmissverständlichen Blick aufsetze.

»Sally Davis, ich habe dir schon die Windeln gewechselt und dich beim Kekse klauen in der Küche von Mrs Brewster erwischt, als du noch nicht erwachsen genug warst, um gut lügen zu können. Beleidige nicht meine Menschenkenntnis, indem du es jetzt so kläglich versuchst.«

»Entschuldigen Sie, Lady Kaitlin.« Sally senkt beschämt den Kopf. Die Farbe ihrer Haare scheint in ihre Wangen abzufließen, so rot laufen sie an. »Ich wollte Sie nicht anlügen. Es ist nur, ich weiß nicht, was ich sagen soll, ohne Probleme zu bekommen.«

Wieder lege ich den Kopf schief und tätschle ihre heiße Wange. »Kindchen, du brauchst doch bei mir keine Angst zu haben. Habe ich jemals verraten, dass du mit vier Jahren die Vase von Mrs Bones zerschlagen hast?«

»Daran erinnern Sie sich noch?« Sally wirkt überrascht, und ein Schmunzeln tritt auf ihre Lippen, ebenso wie auf meine.

Sally hatte damals gedacht, dass die weiße Porzellanvase zu langweilig war und sie zu mir in die Bibliothek gebracht, um sie neu zu gestalten. Sie wollte dabei ein paar Rosen abmalen, die sie auf einem Buchrücken gesehen hatte. Dabei war ihr die Vase heruntergefallen und hatte sich unwiederbringlich auf meinem Bibliotheksboden ausgebreitet.

»Kindchen, ich erinnere mich an alles, was in deinem Leben passiert ist«, bemerke ich, wobei ich den Grund auslasse, warum ich mich an alles erinnere. Den würde ich ihr nur enthüllen, sollte sie sich jemals als würdig erweisen. Bis dahin würde es mein Geheimnis und das ihrer Mutter bleiben. Eines, das ich zur Not mit ins Grab nahm, wenn es sein musste.

Scheinbar habe ich die richtigen Worte gewählt, denn Sally entspannt sich sichtlich und setzt sich zurück auf ihren Platz, ebenso wie ich.

»Nun erzähl schon, warum du mehr über schwarze Magie erfahren willst. Sollst du für jemanden etwas herausfinden?«

»Nein, das ist es nicht. Ich würde mich nie als Spitzel rekrutieren lassen, wenn es um so etwas geht.« Sally wirkt entrüstet, ehe sie sich erneut umschaut. Doch abgesehen von den Orangen und den Möbeln sind wir immer noch allein. »Es geht um einen Pokal, den Betty und ich nicht säubern können. Wir haben schon alles versucht. Selbst im Ratgeber von Hannah Woolley steht nichts drin.« Sally ringt mit den Händen, ehe sie sie kraftlos in ihren Schoß fallen lässt. »Deswegen dachte ich, dass ich Sie frage.«

»Und wie kommst du darauf, dass es schwarze Magie sein könnte?«, erkundige ich mich skeptisch. Bisher sehe ich keinen Grund, warum sie ausgerechnet zu mir gekommen ist.

»Ach so. Es war ein kleiner Nebensatz in der Ausgabe, die ich besitze.« Sally räuspert sich und schaut an mir vorbei. »Nur die Schwarzen Künste können den Edelmetallen etwas anhaben.« Nachdem sie fertig zitiert hat, sieht sie mich erwartungsvoll an.

»Und daraus hast du geschlossen, dass es schwarze Magie sein muss, weswegen ihr beiden ihn nicht reinigen könnt?« Nachdem ich Sally schon seit ihrer Ankunft alles aus der Nase ziehen muss, ist ein weiteres Nachhaken sicher nicht verkehrt. Wer weiß schon, was sie noch alles vor mir verheimlicht.

Doch Sally nickt nur, und diesmal glaube ich ihr.

»Wir haben wirklich alles versucht. Doch keines der üblichen Mittel scheint zu helfen. Und dieser Satz hat mich nicht mehr losgelassen.« Sie wird hektischer, als müsse sie sich rechtfertigen. »Ich habe die halbe Nacht darüber nachgedacht.«

»Schon gut, Kindchen.« Ich schließe einen Moment lang die Augen. »Ob es wirklich schwarze Magie ist, wirst du mit deinem ungeschulten Auge nicht erkennen. Bring mir diesen Pokal, und ich untersuche ihn. Einverstanden?«

Sally zögert. »Ich weiß nicht, ob ich das tun sollte. Es sind jetzt schon Betty und ich involviert. Ich möchte nicht, dass Sie Ärger bekommen, wenn Sie uns helfen.«

Ich schnalze ungeduldig mit der Zunge. »Papperlapapp. Du wirst ihn mir bringen.« Mit Absicht stelle ich keine Frage, denn Sally soll wissen, dass sie den Befehlen einer Höhergestellten Folge leisten soll. Mir widerstrebt diese Machtausübung, aber mir bleibt nichts anderes übrig.

Wenn Sally wirklich schwarze Magie gefunden hat, und das an einem Pokal im Orden, ist das kein Grund zum Jubeln. Im Gegenteil. Das würde bedeuten, dass jemand damit herumexperimentiert, und das ist etwas, das ich nicht dulden kann. Schwarze Magie in den falschen Händen ist gefährlich, und niemand außer mir ist dafür offiziell ausgebildet, sie zu benutzen.

»Ich …« Sally versucht noch einmal zu widersprechen, doch ein Blick von mir bringt sie zum Schweigen. »Ja, Lady Kaitlin. Ich hole ihn so schnell ich kann.«

Mit diesen Worten springt sie auf, verbeugt sich und läuft dann in Richtung Ausgang.

Ich lehne mich zurück, schließe die Augen und genieße den Moment der Ruhe, der endlich meinen Nachmittag erfüllt. Doch noch während ich so dasitze, drängt sich mir eine Frage auf: *Wer im Hermetischen Orden hantiert mit schwarzer Magie und ist auch noch so töricht, Beweise zu hinterlassen?*

KAPITEL 11

Sally

Der Kelch ist nicht mehr in seinem Versteck.

Ich schaue unter dem Bett in meinem Zimmer nach, aber dort liegen nur Bettys Sporttasche und ein leerer Schuhkarton, in dem der Kelch gestern noch gelegen hat. Betty muss ihn schon geholt und zu Mrs Bones gebracht haben. Heute Morgen war sie bereits aufgestanden, als ich mich für die Arbeit anzog, was ungewöhnlich ist, denn normalerweise weckt sie mich, wir ziehen unsere Dienstmädchenkleidung an und gehen gemeinsam hinunter.

»Wo steckt deine Freundin?«, fragt William, der Kammerdiener, als ich die Treppe hinabgehe. »Betty war nicht beim Frühstück.«

»Sie hatte noch Besorgungen zu erledigen«, wiegele ich ab und eile unter dem aufmerksamen Blick des Kammerdieners vorbei.

Ich frage jeden vom Dienstpersonal, der mir begegnet und dem ich vertrauen kann, dichtzuhalten, aber niemand hat sie gesehen. Sie sei heute noch nicht in der Küche gewesen, und laut Harriet hätte Betty vergessen, den Tee im Salon abzuräumen.

Doch Betty vergisst nie etwas, sie ist absolut zuverlässig, ein wichtiger Grund, warum der Orden sie eingestellt hat.

Inzwischen bin ich mir ziemlich sicher, dass meine, von einem schlechten Gewissen geplagte Freundin, sich umentschieden hat und sehr früh aufgestanden ist, um den Kelch nicht nach, sondern vor ihrer Schicht zur Hausdame zu bringen. Vermutlich hat Mrs Bones sie zur Strafarbeit verdonnert, und die arme Betty muss nach dem Silber nun auch noch die alten Dielen im Salon polieren.

Nachdem ich meine Pflichten erledigt habe – den Kamin in Victoria Bannisters Büro anheizen, anstelle von Betty den Tee im Salon abräumen und Sir Henrys Stiefel putzen –, gehe ich zu dem

Raum hinter der Waffenkammer der Vigilanten, wo das polierte Silber blitzend auf dem wuchtigen Tisch aufgereiht wartet, wieder an seinen angestammten Platz im Haus gebracht zu werden.

Mrs Bones, in ihrer hochgeschlossenen, dunklen Tracht einer Hausdame und mit dem gewaltigen Schlüsselbund am Rockbund baumelnd, ist gerade dabei, Madeleine und zwei andere Mädchen anzuweisen. Reihe um Reihe tragen sie blitzendes Gut an mir vorbei.

»Der Tafelaufsatz kommt zurück in die Anrichte hinter der Butlers Pantry, das Besteck dort in die Kommode im grünen Salon und der große Kerzenleuchter auf den Tisch im Astrolabium«, gibt sie zu jedem Stück Anweisungen. Mrs Bones kennt jedes Objekt, jedes Möbelstück, jede Apparatur und das gesamte Mobiliar des Ordenshauses in- und auswendig, sie würde es sofort bemerken, wenn etwas fehlen sollte.

Den Kelch kann ich nirgendwo sehen.

Bei meinem Anblick ruft Mrs Bones mir ungeduldig zu: »Sally, was machst du hier? Solltest du jetzt nicht im ersten Stock staubwischen? Und wo ist eigentlich Betty?«

»War sie nicht bei Ihnen?«

»Nein, Betty habe ich heute noch nicht gesehen. Dabei hätte sie jetzt hier sein sollen und beim Einräumen helfen. Was ist los mit dem Mädchen, ist sie krank?«

Ich kann mir nicht vorstellen, was, außer dem verschwundenen Kelch, Betty hätte aufhalten sollen. Zu der Hausdame hat sie ihn jedenfalls nicht gebracht, und zu Lady Kaitlin auch nicht.

»Ja, sie fühlt sich nicht wohl und hat sich hingelegt«, lüge ich, ohne rot zu werden. Es ist nicht das erste Mal, dass Betty und ich zusammenhalten. Wenn es notwendig ist, kann ich ein Pokergesicht aufsetzen, auch wenn ich nicht gerne lüge. »Ich bin hier, um für sie zu übernehmen.«

»Dann steh nicht rum und fang an. Diese hier müssen alle in den dritten Stock.« Mrs Bones zeigt auf eine Reihe an Pillendöschen, wie sie früher für die Aufbewahrung von Medizin genutzt wurden. Sie schimmern wie neu, Betty hat sie hervorragend poliert.

»Ja, Miss Bones«, beeile ich mich zu sagen und nehme die Pillendosen wie angewiesen auf.

Wo steckt Betty nur?

Vielleicht hatte sie doch die gleiche Idee wie ich und vor, Lady Kaitlin zu fragen und ihr den Kelch zu bringen. In diesem großen Haus, mit seinen vielen Fluren und Treppen, kann man leicht aneinander vorbeilaufen. Auch auf dem Weg zur Orangerie könnten wir uns im Garten verpasst haben. Allerdings hätte Betty vor mir bei Lady Kaitlin sein müssen, was diese mir sicher nicht verschwiegen hätte.

Ich habe gerade den Dienstbotengang verlassen und bin durch eine Tapetentür auf die Galerie getreten, die von einer geschnitzten Balustrade aus Walnussholz umrahmt wird. Der weiche persische Läufer schluckt meine Schritte, und helles Tageslicht scheint durch die schönen Bleiglasfenster, die in mittelalterlicher Manier mit den Wappen der Gründungsväter des Ordens verziert sind. Von hier oben hat man einen Blick über die große Eingangshalle mit ihrer dunklen Holzvertäfelung und den gerahmten, schweren Porträts verstorbener Magier an den Wänden.

Unten, auf dem schwarz-weißen Marmor mit der eingelegten Kompassrose der vier Elemente versammelt sich gerade ein Trupp Vigilanten. Das Klirren und Scheppern von Schwertern und ihrer Ausrüstung dringt zu mir.

»Er hat wieder zugeschlagen.« Victoria Bannisters und ihre Stimmen hallen die zwei Stockwerke zu mir herauf. »Es gibt weitere Tote.«

Leise drücke ich die Tapetentür zu, die in der dunklen Holzvertäfelung verborgen ist, und ducke mich hinter einen wuchtigen Holzpfeiler, um ungesehen in die Halle blicken zu können, die Pillendöschen an meine Brust gedrückt. Von oben sehe ich zu, wie

Sir Henry Blake, Protector des Ordens, an Victoria herantritt. Seine schwarze Robe mit den bestickten Goldelementen schleift über den Marmor. Er hat die Hände in den weiten Ärmeln hinter seinem Rücken verschränkt.

»Dieses Mal darf er nicht entkommen, es dürfen nicht noch mehr Unschuldige ihr Leben lassen. Wir haben die Pflicht, Londons Bürger zu schützen.«

»Ja, Protector.« Victoria gibt das Zeichen zum Aufbruch.

Die Vigilanten schnallen ihre Waffen und Holster um, manche greifen sich zusätzlich Armbrüste. Dann folgen ihr alle durch das große Eichentor hinaus.

Mir läuft ein Schauder über den Rücken. Sie konnten den Werwolf gestern nicht fangen, und anscheinend hat er heute erneut zugeschlagen. All diese ahnungslosen Menschen da draußen schweben in Lebensgefahr, solange er nicht geschnappt ist. Ich hoffe, die Vigilanten sind bei ihrer Jagd erfolgreich.

Dass der Werwolf so schnell wieder zuschlägt, finde ich ungewöhnlich. Die Bestie hat gestern ja bereits zwei Menschen getötet. Am helllichten Tag. Dabei ist es noch lange nicht Vollmond, der Nacht, in der sie sich am wenigsten unter Kontrolle haben.

Auch Sir Henry Blake bleibt noch einen Moment stehen und sieht nachdenklich den Vigilanten hinterher. Sein faltiges Gesicht mit dem väterlichen grauen Haar drückt Sorge aus.

Ich ziehe mich leise zurück und beeile mich, die Pillendosen zurück an ihren Platz zu bringen, dann laufe ich auf mein Zimmer und ziehe mich um. Da es erneut Tote gab, werden sie bestimmt gleich eine Obscura anfordern.

Weil Betty nicht aufzufinden ist, schnappe ich mir ihre Autoschlüssel von der Kommode. Sie wird nichts dagegen haben, wenn ich mir ihren Mini leihe. Dass der Schlüssel noch hier ist, erleichtert mich, weil es bedeutet, dass sie das Ordenshaus vermutlich nicht verlassen hat. Zugleich macht es mich neugierig. Ich bin gespannt, was Betty mir erzählen wird.

Mrs Bones steht in der Kammer der Hausdame und hat das kleine Gerät aus Elfenbein in der Hand, mit dem sie mich gerade zu dem Einsatz als Obscura rufen will, als ich die Dienstbotentreppe hinabgerannt komme.

»Ich habe gesehen, wie die Vigilanten aufbrechen!«, rufe ich ihr zu.

»Ganz recht, sie brauchen eine Obscura. Soll ich Betty rufen?«

Ich zögere. Betty will sicher nicht, dass ich sie verpfeife. So wie ich sie kenne, ist sie bestimmt irgendwo auf dem weitläufigen Gelände und versucht, den Fleck zu entfernen. »Nein, lassen Sie sie bitte schlafen, sie hat eine Erkältung.«

»Nun gut, dann gehst du allein.«

Mrs Bones reicht mir das schwarze Notizbuch zum Löschen von Erinnerungen, falls es wieder Zeugen geben sollte. Sorgfältig stecke ich es in meinen Utensiliengürtel und packe den Rest der Ausrüstung zusammen. Mrs Bones kann mir nicht viel mehr Informationen geben, nur dass es zwei weitere Tote gegeben hat, zwei Opfer auf einem verlassenen Fabrikgelände in Limehouse, in der Commercial Road 777.

Ich mache mich unverzüglich auf den Weg.

Bis zu der Adresse brauche ich über eine halbe Stunde, ich muss am Tower vorbei. Zum Glück ist der Mini Cooper klein, und ich nütze jede Lücke im dichten Londoner Stadtverkehr aus. Der Himmel hat sich zu einem grauen Bleituch zusammengezogen und droht mit leichtem Nieselregen.

Das Gebäude ist eine ehemalige Fabrik der Segelmacher *Caird & Rayner*, wie eine verblasste Schrift auf dem Backstein erahnen lässt. Sie wurde schon vor Jahrzehnten aufgegeben und ihrem Schicksal überlassen. Die Eingänge sind mit großen Eisentoren verschlossen und die Fenster von innen vernagelt. Selbst bei Tag strahlt das Gebäude etwas Vernachlässigtes und Trauriges aus. Nur die Außenwände wurden für große Werbebanner vermietet. In dieser Gegend kein seltener Anblick, Limehouse ist voll von ehemaligen Fabriken und aufgegebenen Pubs.

Der schwarze Van der Vigilanten parkt auf einem überwucherten, leerstehenden Grundstück neben der Fabrik, und ich stelle den Mini nicht weit davon ab. Hohes Gras wächst zwischen festgetretenem Sand. Rückwärtig grenzt das Gebäude an den Limehouse Cut Kanal.

Tom Waringham, einer der Vigilanten und ihr Kampfmeister, wartet an den Van gelehnt auf mich. Ich bin froh, dass er es ist und nicht dieser Caleb. Tom ist schon lange Vigilant und ein echter Gentleman. Er trägt einen dunkelblauen Wollmantel, der etwas zu warm für September ist, aber ich weiß, dass er seine Schusswaffe und einen Degen aus reinem Silber darunter verbirgt.

»Hallo Sally, hab dich schon seit Ewigkeiten nicht mehr beim Billard im Olde Cheese gesehen.«

»Stimmt, ich will dich ja nicht vor deinen Jungs blamieren.«

Tom lacht sein leises, raues Lachen mit seiner tiefen Stimme, die ich so gerne höre. Das Cheese ist ein Pub, wo die Vigilanten sich oft nach Dienstschluss auf ein Bier treffen. Betty und ich waren ein paarmal da, aber es ist nicht gerne gesehen, wenn Dienstboten und Ordensmitglieder untereinander verkehren. Wir bleiben lieber jeder unter sich.

Tom legt mir seine Hand auf die Schulter und drückt sie freundschaftlich. »Schön, dich zu sehen, Sally, wenn auch bei einem traurigen Anlass. Es gibt zwei weitere Opfer. Zwei Jugendliche, die in die alte Fabrik eingebrochen sind, wohl des Nervenkitzels wegen. Der Doc ist gerade dabei, ihre sterblichen Überreste für den Transport vorzubereiten.«

»War es ein … ein Werwolf?«

»Das nehmen wir an. Das gleiche Muster wie beim letzten Mal, die Opfer wurden regelrecht ausgeweidet. Da wir nicht verhindern können, dass auch andere Jugendliche oder Obdachlose in das Gebäude eindringen, musst du die Spuren beseitigen.«

Ich seufze. »Schon gut, Tom. Ich weiß, wie wichtig meine Arbeit ist. Ich diene gerne dem Orden.«

»Okay, dann lass uns reingehen, darlin'.«

Von außen sieht man den alten Gebäuden gar nicht an, wie kaputt sie von innen sind. In der großen Halle ist das Glasdach eingestürzt, und Graffiti zieren die Wände. Das Erdgeschoß wurde für die Herstellung von Segeln konstruiert. Es sieht aus wie ein Loft mit einer hohen, lichtdurchfluteten Decke aus Glas, wo die Segel an langen Haken an Ketten aufgehängt wurden und hochgezogen werden konnten. Die Haken sind noch immer dort und schaukeln leise quietschend, bedrohlich über unseren Köpfen. Scherben, Unrat und kaputte Maschinenteile knirschen unter unseren Sohlen. Eine blau angestrichene schmiedeeiserne Treppe führt auf die umlaufende Galerie und in die ehemaligen Geschäftsräume, aber der Dielenboden ist so morsch und hängt durch, dass man die oberen Etagen nur unter Lebensgefahr betreten kann.

Tom führt mich in die Mitte der Halle, wo der graue Betonboden von einer roten, angetrockneten Blutspur durchzogen ist.

Die Körper der Opfer werden gerade von Doc Brown in schwarze Plastiksäcke gesteckt und auf eine Bahre zum Abtransport geschnallt, ich bin froh darum. Die Umrisse wären zu schmal für einen Erwachsenen.

Weiter entfernt liegt, wie weggeworfen, ein Skateboard.

»Verdammte Idioten, mit sowas ihr Leben zu riskieren«, murmelt Tom neben mir. »Seinen Freund hat's bei der Rampe in der Halle nebenan erwischt. Sie waren anscheinend öfter hier. Haben sich einen Parcours gebaut und wohl ihre Stunts geübt.«

»Dann fange ich dort an.«

Tom nickt und lässt mich allein. Er weiß, dass ich meine Arbeit gut mache und er mir nicht auf Schritt und Tritt folgen muss, wie dieser Grünschnabel in Brixton.

Die Nebenhalle ist in genauso schlechtem Zustand wie die Haupthalle, nur dort, wo die Halfpipe steht, liegen weder Glasscherben noch Müll. Das macht es einfacher, hier wird es reichen, nur das Blut aufzuwischen. In dem restlichen Schrott wird keiner nach Spuren suchen.

Ich steige über einen Schutthaufen aus herabgefallenen Deckenbalken und gestapeltem Sperrholz, das irgendwer schon vor Unzeiten hier abgeladen hat. Ein altes Sofa, die selbstgezimmerte Halfpipe und Dosenbier zeugen davon, dass sich hier die jugendlichen Besucher herumgetrieben haben.

Halbrunde gusseiserne Fenster, blind vom Dreck und Staub der vergangenen Jahrzehnte, blicken stumm auf den angrenzenden Kanal mit seinem algenverseuchten Wasser hinaus.

Die Halfpipe ist verschmiert mit Blut. Ich stelle meinen Eimer und die Putzlappen ab. Von nebenan ertönt ein leises Geräusch, wie ein Ächzen. Ich zucke zusammen.

Oder war das nur der Wind in den Ketten, die in ihren Gliedern stöhnen?

»Tom?«

Vorsichtig gehe ich um die Halfpipe herum. Die anderen Vigilanten sind vermutlich gerade dabei, das Gelände zu sichern und das Ufer draußen nach Spuren abzusuchen. Der Boden knirscht unter meinen Füßen. Es ist dunkel, die Fenster sind zugenagelt, dieser Teil des Gebäudes sieht aus, als hätten einst Maschinen hier gestanden. Es riecht muffig, nach Schimmel und Feuchtigkeit vom Kanal.

Ich habe mich zu weit vom Tatort entfernt, hier gibt es nichts für mich zu tun, und will mich gerade abwenden, als etwas Glitzerndes am Boden meine Aufmerksamkeit erregt. Ich bücke mich danach und hebe ein glänzendes Metallteil auf. Es ist ein runder Knopf, wie von einem edlen Mantel, mit einer Prägung. Ein Ritter auf einem Pferd.

Wieder höre ich ein leises Geräusch, wie ein Stöhnen, und blicke auf. Den Knopf lasse ich in meine Tasche gleiten.

Das Geräusch kommt von weiter hinten. Schutt stapelt sich in einer Ecke, wo die Decke eingebrochen und herabgefallen ist. Als ich mich der Stelle vorsichtig nähere, sehe ich zu meinem Schrecken einen Turnschuh, der unter den Balken hervorragt. Jetzt höre ich ganz deutlich ein Atmen und leises Wimmern.

Ein weiteres Opfer?

»Hallo?« Ich wage mich weiter vor.

Unter dem schweren Schutt liegt ein Junge, die Beine in Jeans im Baggy-Stile ragen hervor, grau vom Staub. Es sieht aus, als wäre er mitsamt der morschen Decke von oben herabgekracht.

Rasch laufe ich die letzten Meter zu ihm. Der Unbekannte, kaum älter als zwölf, wacht gerade aus einer Ohnmacht auf und versucht, sich aufzurichten. Er trägt eine von diesen bunten Skater-Jacken über einem Kapuzenpullover, sein krauser Haarschopf hängt ihm ins Gesicht.

»Warte, langsam!«

Ich zerre einen abgebrochenen Deckenbalken von ihm herunter und ziehe den Schutt beiseite. Der Junge ist aschfahl unter seiner milchkaffeebraunen Haut, und auf seiner Jacke und dem Kapuzenpullover ist vorne überall Blut. Er zieht sein Bein zu sich heran, sein rechter Knöchel ist stark geschwollen.

»Nicht bewegen. Ich glaube, du hast dir das Bein gebrochen.« Ich helfe ihm, sich in eine sitzende Position aufzurichten. Gipsreste hängen aus seinen Haaren.

Seine braunen Augen blicken verwirrt zu mir hoch. »Was ist passiert?«

»Du hattest wohl einen Unfall«, sage ich vage. Wenn der Junge sich nicht an den Angriff erinnert, werde ich ihm vielleicht gar nicht das Gedächtnis löschen müssen. Andererseits ist er im Moment vielleicht nur verwirrt. Wir können kein Risiko eingehen, wenn er tatsächlich etwas gesehen hat.

»Wie komme ich hierher?« Er sieht sich um, seine Stimme klingt noch benommen, wie nach einem Traum.

Manchmal ist der Schock, auf ein paranormales Wesen zu treffen, so groß, dass das Bewusstsein alles verdrängt, erst recht, wenn man dabei zusehen musste, wie seine Freunde in Stücke gerissen werden. Aber auf solch einen durch Schock ausgelösten, temporären Gedächtnisverlust ist kein Verlass, die Bilder können später wiederkehren, und sei es in den Träumen. Es ist ein Segen, diesen Menschen die Erinnerungen an das Grauen zu nehmen.

Aber fürs Löschen der Erinnerungen brauche ich einen Vigilanten und seinen Stift.

Und der Junge braucht einen Sanitäter.

»Das klären wir später, jetzt hole ich erst einmal Hilfe.«

»Warte!« Er greift nach meinem Arm. Für sein Alter ist er erstaunlich kräftig. Er mustert mich aufmerksam. »Keinen Arzt.«

Mein Blick huscht zu seinem verletzten Bein, das er an seinen Körper gezogen hat. Er muss große Schmerzen haben, aber er wirkt auf einmal ganz ruhig. Das ist mir nicht geheuer.

Ich betrachte das Blut vorne auf seiner Jacke. *Wieso ist da Blut, wenn er sich beim Sturz durch die Decke nur das Bein gebrochen hat?* Ich kann keine weiteren Verletzungen an ihm sehen.

Ich schlucke, als mir klar wird, dass ich es hier vielleicht nicht mit einem weiteren Opfer, das entkommen konnte, zu tun habe. Meine Kehle ist auf einmal wie ausgedörrt, aber ich versuche, mir nichts anmerken zu lassen. Wenn er das ist, was ich denke, dann kann er meine Angst riechen.

»Lass mich los.«

Sein Griff um meinen Arm wird fester. »Du darfst niemanden holen.« In seiner Stimme liegt beinahe ein Knurren.

Ich schlucke und lausche, ob ich etwas von Tom oder den anderen Vigilanten hören kann, aber alles ist ruhig. Ich bin zu weit entfernt, um nach ihnen zu rufen.

Der Junge hat ein kantiges Kinn und kräftige Kiefermuskeln. Seine Hände sind sehnig, und das braune Haar fällt ihm über die Stirn. Etwas ist anders an seinen Augen, vielleicht habe ich mir das aber auch nur eingebildet. Sie schimmern in dem Zwielicht wie die Augen eines Nachttiers.

Er bemerkt, wie ich ihn anstarre. »Sie waren schon tot, als ich gekommen bin, das musst du mir glauben«, flüstert er.

Mir läuft es bei diesen Worten eiskalt über den Rücken. Die Tatorte deuten auf einen Werwolf hin. Ich habe aber noch nie einen Werwolf lebendig vor mir gesehen. Nur in Abbildungen und Beschreibungen. Wenn sie nicht verwandelt sind, ist ihre menschliche Gestalt kaum von einem normalen Menschen zu unterscheiden. Das macht es so schwer, sie zu jagen.

All meine Instinkte raten mir zur Flucht, aber ich zwinge mich, ruhig zu bleiben. Dieser Werwolf, wenn es tatsächlich einer sein sollte, ist jung, und er mag sich nicht immer unter Kontrolle haben. Aber im Moment ist er nicht verwandelt, und Tom und die anderen sind gleich nebenan. Ich muss nur ruhig bleiben.

»Du hast also deine Freunde tot aufgefunden?«, frage ich und lasse Mitleid in meiner Stimme mitklingen.

»Wir treffen uns immer nach der Schule hier, um abzuhängen und Skateboard zu fahren. Ich war heute spät dran, und als ich ankam, lagen sie da, ihre Eingeweide herausgerissen. Jemand hat sie abgeschlachtet.« In seinen jetzt wieder braunen Augen liegt nackte Panik und Verzweiflung.

»Ich wollte weglaufen, aber etwas hat mich am Hals getroffen, etwas so Spitziges wie eine Nadel, und dann wurde alles schwarz«, fährt er fort, hastig zu erklären. Er greift sich an den Hals. Dort ist tatsächlich eine kleine rote Stelle wie von einem Einstich. An seiner Hand seihe ich kein Blut, was für seine Geschichte spricht.

»Du glaubst, man hat dich betäubt?«

Der Junge nickt.

Das ergibt keinen Sinn. Warum sollte etwas oder jemand, der zwei Menschen auf so brutale Weise umgebracht hat, ihn betäuben und nicht auch töten? Und, soweit ich weiß, ist es gar nicht machbar, einen Werwolf zu betäuben.

Dennoch glaube ich ihm. Er hat keinen Grund, mich anzulügen. Wenn er tatsächlich ein Werwolf oder eine andere, gefährliche Kreatur ist, könnte er mich hier und jetzt auf der Stelle töten, anstatt zu versuchen, mich von seiner Unschuld zu überzeugen. Außerdem ist da etwas in seinen Augen, das ihn menschlich macht, seine Angst wirkt so echt. Zumindest im Moment ist er kein Monster, sondern einfach nur ein verängstigter Junge. Was auch immer hier geschehen ist, ich kann mir nicht vorstellen, dass er derjenige ist, der seine Freunde getötet hat.

Mein Blick huscht zu den Resten der eingestürzten Decke hinauf. Offensichtlich konnte er nicht weg, weil er heruntergefallen ist und sich das Bein gebrochen hat. Mein Blick wandert zu seinem geschwollenen Knöchel, den er dicht an den Körper gezogen hat und mit einer Hand umklammert. Er zittert am ganzen Leib.

»Es regeneriert nicht …«, flüstert er, als er meinen Blick bemerkt.

Ich zucke zusammen. So etwas würde nur ein paranormales Wesen sagen.

»Dann bist du … ein Werwolf?«

Er nickt.

Für einen Werwolf sollte eine solche Verletzung eigentlich kein Problem sein, nach allem, was ich gehört habe, regenerieren sie einfach, wenn sie sich verletzt haben.

»Okay, hör zu. Die Vigilanten sind hier. Lass mich sie rufen, und sie werden sich deine Geschichte anhören.«

»Die Vigilanten!? Nein, du darfst sie nicht rufen! Die töten mich auf der Stelle.«

»Quatsch, wie kommst du darauf? So etwas tun sie nicht. Die Vigilanten arbeiten für den Hermetischen Orden, sie sorgen für Recht und Ordnung. Wenn du unschuldig bist und nicht das Gesetz gebrochen hast, werden sie den wahren Schuldigen suchen und finden. Aber jetzt musst du dich erstmal stellen.«

»Jemand hat meine Freunde umgebracht und mich dann betäubt und hier zurückgelassen, um es mir in die Schuhe zu schieben. Wenn ich die beiden getötet hätte, warum hätte ich dann noch hier sein sollen? Ich wäre doch längst abgehauen!«

Mein Blick wandert wieder zu der Stelle an seinem Hals. Sie wirkt auf mich wie eine Einstichstelle, als hätte man ihm etwas gespritzt. Was, wenn er recht hat und jemand ihm die Morde in die Schuhe schieben will?

FOLGE

4

KAPITEL 12

Sally

Ich bin mir auf einmal nicht so sicher, ob die Vigilanten sich die Mühe geben werden, den wahren Schuldigen zu finden. Sie werden zufrieden sein, diesen Jungen hier geschnappt zu haben, denn alles spricht gegen ihn. Er ist ein Werwolf, wurde am Tatort gefunden und Blut – mit großer Wahrscheinlichkeit das seiner Freunde – klebt an seiner Jacke. Sie werden ihn gefangen nehmen und in den Kerker unterhalb der Mauern des Ordenshauses bringen. Dorthin schaffen die Vigilanten paranormale Wesen, die das Gesetz gebrochen haben.

Aber auch paranormalen Wesen steht ein fairer Prozess zu.

»Wie ist dein Name?«, frage ich ihn.

»Ben. Ben Johnson.«

»Hallo, Ben. Ich bin Sally. Sagt dir die Adresse Louiseville Road 52 etwas?«

»Das ist das Haus von meinem Freund Bobby Atkins. Er war heute Morgen nicht in der Schule.«

»Und, warst du gestern noch bei ihm?«

»Ja, wir haben den ganzen Nachmittag gezockt.«

»Und danach?«

»Dann bin ich nach Hause gegangen.«

»Weißt du noch, wann das war?«

»Um 16:15 Uhr. Hab gerade noch meinen Bus erwischt.«

Verdammt. Der Junge war zu der Zeit in der Louiseville Road, als die Morde passierten. Entweder er ist wirklich der Täter, was ich mir nicht vorstellen kann, denn dann hätte er auch mich schon längst ausgeweidet. Oder er war dort, bevor sein Freund und dessen Mutter abgeschlachtet wurden. Und falls jemand ihn hier niedergeschlagen und betäubt hat, dann ist vielleicht tatsächlich jemand hinter dem Jungen her.

Ich habe ein ganz ungutes Gefühl bei der Sache. Als wäre alles eine Inszenierung, die die Vigilanten hinters Licht führen soll. Nur, warum sollte das jemand tun? Und wer sollte so etwas planen?

Ben beginnt heftig zu zittern. Ich vermute, weil er es nicht gewohnt ist, dass seine Wunden nicht heilen und sein Bein zunehmend schmerzt, aber vielleicht auch vor Angst. Vor Vigilanten, die einen Schuldigen brauchen. Selbst ein erfahrener Anführer wie Tom würde den Jungen nicht laufen lassen. Und falls Ben tatsächlich die Schuld in die Schuhe geschoben werden soll, hat derjenige sicher auch die Beweise, die wir bei seinem Freund gefunden haben, gefälscht. Doch das herauszufinden wird Zeit brauchen, Zeit, die Ben im Augenblick nicht hat.

Ich seufze. Mir bleibt keine Wahl, ich muss Ben erstmal von hier wegbringen. »Okay Ben, ich glaube dir. Ich werde versuchen, dich hier rauszuschaffen. Aber du musst mir versprechen, dich kampflos zu ergeben, falls sie uns erwischen.«

Ben zögert, aber er scheint es mir anzusehen, dass ich ihm ansonsten nicht helfe. »Ich verspreche es.«

»Gut. Dann hoch mit dir.« Ich schlinge seinen Arm um meine Schulter und wuchte ihn hoch. Ich bin viel zu klein, trotz seines jungen Alters ist er bereits über eins fünfundsiebzig groß.

Ben stützt sich schwer auf mich, er kann sein rechtes Bein kaum belasten. Er stöhnt auf, aber reißt sich zusammen und humpelt Schritt für Schritt neben mir her, bis zu einem der zugenagelten Fenster auf der Rückseite des Backsteingebäudes.

Um einen Weg nach draußen zu schaffen, fange ich an, die Spanplatte von dem Fenster zu zerren. Ich bin zu schwach, aber Ben packt mit an. Ich werfe einen kurzen Blick über die Schulter, von der Fabrikhalle aus ist nichts zu hören, Tom geht wohl noch immer davon aus, dass ich bei der Halfpipe das Blut aufwische.

»Rasch jetzt, klettre raus. Neben dem Gebäude parkt mein

Auto. Es ist ein schwarzer Mini. Versteck dich im Wagen, bis ich komme. Hier sind die Schlüssel. Aber pass auf, dass dich keiner sieht.«

Er nickt.

»Viel Glück.«

Ich lasse Ben allein zurück und begebe mich zur Halfpipe, wo ich Eimer um Eimer mit Putzwasser und Blutverdünner ausschütte. Erst als alle Spuren weg sind, gehe ich zu den anderen Vigilanten, die sich in der Halle gerade um Victoria Bannister versammeln.

»Sucht das ganze Gelände ab, auch die Nebenräume!«, ruft Victoria ihnen zu, offenbar genervt, dass dies noch nicht geschehen ist.

Ich bleibe in der Halle und wische auch hier die Blutspuren weg. Die Leichen wurden abtransportiert. Ich bete, dass der Van bereits auf dem Weg zum Dead Man's Hole ist und niemand sich für den Mini interessiert.

Es dauert noch eine weitere quälende Viertelstunde, bis Victoria mit meiner Arbeit zufrieden ist und mich zum Ordenshaus zurückschickt.

Rasch laufe ich nach draußen zum Wagen. Ein leichter Nieselregen hat eingesetzt und drängt mir unangenehm ins Gesicht. Ben kauert auf dem Beifahrersitz des Minis, vom Gebäude aus ist er nicht zu sehen. Er hat es tatsächlich geschafft! Mich umblickend, dass Ben auch ja niemand gesehen hat, steige ich ebenfalls in den Wagen.

»Rutsch runter«, befehle ich ihm, und der Junge versucht, trotz seiner Körpergröße, sich in dem engen Mini mit den Knien am Kinn zusammenzufalten.

Mit schwitzenden Fingern drehe ich den Zündschlüssel um und lege den Rückwärtsgang ein. Niemand der Vigilanten ist gerade auf dem Parkplatz, wir haben Glück. Aber es kann jeden Moment jemand aus dem Gebäude kommen. Rasch setze ich rückwärts auf die Straße und biege von dem verlassenen Grundstück auf die Commercial Road ein.

Bloß weg hier, denke ich, als der weiße Schriftzug *Caird & Rayner* auf der alten Backsteinfabrik im Rückspiegel immer kleiner wird.

Ein Blick auf den zitternden Ben auf dem Beifahrersitz lässt mich fragen, wo ich eigentlich mit ihm hin soll. Ich kann schlecht einen verletzten Werwolf ins Krankenhaus bringen. Aber in seinem Zustand kann ich ihn auch nicht einfach irgendwo absetzen. Er kann ja kaum laufen.

»Bring mich zur Johnson Tierklinik«, stöhnt Ben neben mir.

»Zu einem Tierarzt?«

»Er ist mein Vater.«

Verblüfft schaue ich ihn an. Dass er eine Familie hat und sein Vater einem normalen Beruf wie dem eines Tierarztes nachgeht, widerspricht meinem Bild von Werwölfen. Die Bücher im Orden stellen sie als Monster dar. Ich setze den Blinker und fädele mich in den Verkehr ein.

Die Tierarztpraxis befindet sich in Whitechapel, gar nicht weit entfernt, neben einem Kebap-Haus und einer Änderungsschneiderei. Ich parke den Mini quer auf dem Bürgersteig. Die Praxis sieht geschlossen aus, es brennt kein Licht, die Sprechstunde ist wohl schon vorbei.

»Hinten ist ein Privateingang.« Schweiß liegt auf Bens Stirn, und er hat angefangen, unkontrolliert zu zittern.

»Warte hier, ich beeile mich.«

Ich steige aus und laufe in den ordentlich aufgeräumten Hinterhof, wo eine Tür sowohl zum Hintereingang der Praxis als auch zu der Wohnung führt, die über der Tierarztpraxis liegt. Ich drücke die Klingel neben dem Glasschild mit der eleganten Aufschrift *Johnson*.

Nur wenig später höre ich Schritte sich der Tür nähern, dann öffnet ein fast zwei Meter großer Hüne von einem Mann mit dunkler Hautfarbe in einem weißen Arztkittel die Tür. Um seine Augen und an der Stirn hat er nur wenige Falten, doch sein sorgfältig gestutzter Bart zeigt erste graue Strähnen und verrät sein Alter.

»Dr Johnson?«

Hinter ihm kann ich ein modernes Labor mit einem Behandlungstisch und saubere Tierkäfige sehen. Es riecht nach antiseptischen Mitteln und Tierfutter. Ein Hund bellt irgendwo in dem Haus.

»Was kann ich für Sie tun? Wir haben gerade keine Sprechstunde, wenn Sie bitte um 16:00 Uhr wiederkommen würden …«, setzt der Mann mit einem deutlichen amerikanischen Akzent an, doch ich unterbreche ihn.

»Ich bin nicht wegen eines Haustieres hier. Es geht um Ihren Sohn, Ben.«

Dr Johnson steckt seine Hände in die weiten Taschen seines Kittels und mustert mich. Seine Augen sind dunkel, fast schwarz. Mir bricht der Schweiß unter den Armen aus, als mir bewusst wird, dass ich vermutlich einem Werwolf gegenüberstehe.

»Was hat der Bengel wieder angestellt?«

Hinter Dr Johnson höre ich Stimmen und das Gelächter von Kindern.

»Er ist in meinem Wagen. Ich fürchte, er hat sich den Knöchel gestaucht oder gebrochen. Und ich hielt es für besser, ihn nicht in ein Krankenhaus zu bringen.«

Die Miene des Tierarztes wechselt von einem genervten Stirnrunzeln zu einem alarmierten Ausdruck. »Aaron!«, ruft Dr Johnson rasch über seine Schulter, und jemand, der unverkennbar Bens älterer Bruder sein muss – er hat dieselben lockigen Haare, milchkaffeeweiße Haut und auch dieselben Augen – schaut aus einer Tür.

»Was ist, Dad?«

»Die junge Dame hier sagt, dein Bruder stecke in Schwierigkeiten.«

Der unverschämt gutaussehende junge Mann, der etwa in meinem Alter sein muss, kommt in den Flur. Sein durchtrainierter Körper und die geschmeidige Art zu gehen zeigen, was aus dem schlaksigen Ben in ein paar Jahren einmal werden wird. Seine Haare hat dieser Aaron sorgfältig gestylt, so dass sie wirken, als wäre er gerade erst aus dem Bett gestiegen, was ihm, zugegebenermaßen, äußerst gut steht.

Ich schlucke, als seine Augen mich von oben bis unten mustern, und bin mir meines schlampigen Äußeren in meinem beuligen Parka und der Jeans bewusst. *Hoffentlich klebt nicht noch irgendwo Blut an mir.*

»Danke, dass Sie meinen Bruder hergebracht haben. Wo ist er?«

Ohne zu antworten, führe ich ihn zu dem Mini, in dem Ben noch immer wartet.

Aaron hilft seinem Bruder aus dem Wagen, schlingt seinen Arm kurzerhand um ihn, hebt ihn hoch und trägt ihn durch die Hintertür in die Praxis, als würde er nichts wiegen. Ben jammert vor Schmerzen und flüstert Aaron etwas ins Ohr, worauf Aaron mich misstrauisch mustert.

Noch bevor ich über den Grund nachdenken kann, bin ich im Hinterzimmer der Praxis von besorgten Familienmitgliedern umgeben: Eine schlanke, hellhäutige Frau in einem figurbetonten Arztkittel, die die Mutter sein muss, und von der Aaron und Ben unverkennbar ihr gutes Aussehen haben, umarmt Ben mit Tränen in den Augen und streicht ihm immer wieder durchs Haar. »Mein Junge, was hast du nur gemacht?«

Aus der Wohnung im ersten Stock kommen vier weitere Kinder angetrampelt. Sie dürften zwischen fünf und dreizehn Jahren alt sein, alle mit derselben wilden Lockenmähne. Aufgeregt wuseln sie um Ben herum, der auf dem Behandlungstisch sitzt und sich von Dr Johnson untersuchen lässt. Sie treiben damit den kleinen weißen Terrier, der mit einer Plastik-Halskrause in einem Käfig hockt, in den Wahnsinn, er hört gar nicht auf zu kläffen.

Mir wird bewusst, dass ich es hier mit einem ganzen Rudel Werwölfe zu tun habe, einer richtigen Familie. Die Mutter, die alle JJ nennen, dankt mir überschwänglich, als sie erfährt, was ich für Ben getan habe, und umarmt mich herzhaft, wobei sie mir fast die Rippen zerquetscht, und eines der Kleinen ruft unentwegt: »Heldin! Heldin!«

Mir ist das alles furchtbar unangenehm. Und doch wird mir warm ums Herz beim Anblick dieser lauten, innigen Familie, und es versetzt mir einen Stich der Sehnsucht, da ich nie eine hatte.

Ich versuche, mich loszureißen. »Ich muss zurück. Wirklich!«

Im Ordenshaus wird man sich schon wundern, wo ich so lange bleibe. Gar nicht auszudenken, was passiert, wenn sie herausfinden, was ich getan habe.

Ich reiche Dr Johnson die Hand. »Wiedersehen.«

»Sie haben Ben das Leben gerettet. Wir stehen tief in Ihrer Schuld. Sie haben etwas gut bei mir.« Er drückt kräftig meine Hand, sein tiefer Bass dröhnt bis in meine Fingerspitzen.

»Ich bringe dich zum Wagen«, sagt Aaron und schiebt mich hinaus.

Mit geröteten Wangen und heißem Gesicht ziehe ich mich zurück und kann es kaum glauben, dass ich tatsächlich ungehindert ins Freie trete. Die Kinder winken mir hinterher. Aaron folgt mir bis zum Wagen und hält mir die Fahrertür auf. Er steht dicht bei mir, versperrt mir mit seiner breiten Brust den Blick auf die Straße und hindert mich beim Einsteigen. Der Duft seines Aftershaves steigt mir in die Nase. Ich wage es nicht, zu ihm aufzusehen.

»Du arbeitest also für den Hermetischen Orden?«

»Ja.« Das war es also, was Ben ihm zugeflüstert hat.

»Warum hast du Ben dann geholfen?«

Jetzt blicke ich doch zu ihm hoch. Er runzelt die Stirn auf genau die gleiche Art wie sein Vater.

»Weil ich glaube, dass er niemanden getötet hat, und weil ich will, dass der wahre Schuldige gefunden wird.«

Aaron mustert mich einen Moment, ich kann sehen, dass er dem Orden misstraut und hinter all dem eine Falle vermutet. Gerne hätte ich ihn gefragt, ob es sein kann, dass Ben betäubt worden ist und warum er nicht regenerieren konnte. Aber es ist wohl keine gute Idee, einen misstrauischen Werwolf nach den Schwächen seiner Art zu befragen.

Sekundenlang starrt er mich an. Dann lächelt Aaron. »Wir haben wohl dasselbe Ziel. Sag Bescheid, wenn ich dir dabei helfen kann.«

KAPITEL 13

Kaitlin

Es ist noch früh, viel zu früh, als ich zu dem Fenster in meinem Schlafzimmer schaue. Die Sonne ist noch nicht einmal aufgegangen, die Dämmerung liegt noch über der Stadt. Dennoch bin ich wach und kann nicht mehr schlafen. Eine leidige Nebenwirkung des Alters, der ich nicht einmal mit Baldrian entkommen kann. Also schlage ich meine Decke zurück und stehe auf. In der Nacht sind weitere Erinnerungsblätter gekommen, die ich mir anschauen will.

Auch wenn das nicht zu meinen Aufgaben gehört, finde ich es spannend, mich auf dem Laufenden zu halten, was die Morde und Ermittlungen der Vigilanten angeht. All die Informationen, die ich durch sie sammele, und die Vorgehensweise, die ich dabei lernen kann, haben mir bei meinen Plänen schon großen Dienst erwiesen. Doch seit Victoria die Leitung übernommen hat, gibt es kaum noch Informationen, die über die Erinnerungsblätter hinausgehen.

Die nächtliche Kälte, die erste Anzeichen des nahenden Herbstes mit sich bringt, hat sich in meinen Knochen eingenistet und es sich bequem gemacht. Sobald ich in der Bibliothek bin, werde ich nach Madeleine klingeln, damit sie mir einen Tee kocht. Andernfalls würde ich den ganzen Tag von Schmerzen geplagt sein, und wer wollte das schon.

Doch anstatt Tee zu ordern, gehe ich direkt zu dem Regal, in dem die Erinnerungsblätter liegen. Vielleicht kann mich ein gut verfasster Bericht, der diesen Zetteln stets beiliegt, erwärmen.

Auch in der Mittleren Bibliothek befindet sich eine Sitzgelegenheit, wenn auch längst nicht so bequem wie in der äußeren. Doch ein einfacher Ohrensessel bietet mir ausreichend Gemütlichkeit. Ich mache es mir bequem und schlage den Bericht auf. Ein Werwolf hat erneut zugeschlagen. Diesmal in einer verschachtelten, stillgelegten Fabrikhalle.

Eine Erinnerung blitzt in mir auf, aber ich kann sie nicht greifen. Sie rutscht durch meinen Verstand, ohne dass ich sehen kann, an was mich dieser Bericht erinnert. Ich runzele die Stirn und starre auf den Begriff Fabrik. Die Handschrift kommt mir bekannt vor. Tom Waringham hat diesen Bericht zusammen mit Victoria verfasst.

Victoria. Fabrik.

Natürlich.

Dass ich nicht sofort darauf komme, wundert mich. Immerhin ist es eine der größten Tragödien, die der Orden in den letzten zehn Jahren erlebt hat.

Meine Gedanken zerfasern bei der Erinnerung daran, was damals passiert ist, dennoch erlaube ich mir, diesen Gedanken zu folgen. Ich weiß schließlich nie, wohin sie mich führen.

Es war vor sieben Jahren. Ich hatte kurz zuvor meinen 75. Geburtstag mit einigen Freunden gefeiert, die allesamt mittlerweile nicht mehr leben. Doch die Ereignisse dieses einen Tages bleiben mir wohl für immer im Gedächtnis, wie jedem anderen auch, der zu der Zeit im Orden gelebt hat.

Es war ein Dienstag gewesen, regnerisch, stark bewölkt. Also ein ganz normaler Tag in London. Aber dann kam der Notruf. Eine Frau hatte bei der Polizei angerufen und um Hilfe geschrien. Ein Monster wäre hinter ihr her. Doch bevor die Polizei mehr Fragen stellen konnte, wurde die Verbindung unterbrochen. Inspector Kumar bekam den Fall auf den Tisch und verständigte umgehend den Orden, wie es üblich ist, sobald ein Monster involviert ist.

Bis zu diesem Moment schien alles ein normaler Fall zu sein. Ein Fall, wie ihn niemand anzweifelte und, zu allem Unglück, jeder unterschätzte.

Ich erinnere mich an jedes Detail, obwohl ich nicht vor Ort war. Die Berichte waren so ausführlich ausgefallen, dass selbst Unbeteiligte die genauen Konversationen wiedergeben können, die an diesem Tag stattgefunden haben.

Ich arbeitete in der Bibliothek und hatte einige Ordner angelegt, die zerschlissene Folianten ersetzen sollten. Andere hielten sich bis zum Eintreffen der traurigen Nachricht in der Küche oder in ihren Laboren auf und gingen ihren Tätigkeiten nach. Das Team der Vigilanten machte sich bereit, um zu dem Einsatz zu fahren.

Dieses Team bestand aus Victoria Bannister, damals noch einfache Teamführerin, Nathan Blake, dem Sohn des Protectors, und Archibald Swing, einem Neuling, der Erfahrungen sammeln sollte.

Da niemand wusste, was für ein Monster auf sie wartete, bereiteten sie sich wie immer auf alles vor.

»Nathan, du nimmst die Silberkugeln und Archibald die Holzpflöcke«, sagte Victoria lässig und kaute ein Kaugummi dabei. »Und wenn ich nur einen von euch sehe, wie er seine Waffe zu spät zieht, werde ich persönlich dafür sorgen, dass ihr die nächsten vier Wochen keinen Ausgang bekommt.« Victoria deutete auf Nathan und ergänzte: »Und du, Kumpel, wirst mir den Arsch freihalten. Ich will nicht, dass noch einmal so etwas wie mit dem Ghul passiert.«

»Hei, das war ein Unfall.« Nathan hob entschuldigend die Arme, in einer Hand die Waffe, in die er gerade die ersten Silberkugeln gefüllt hatte. »Kann ja nicht ahnen, dass dieser Ghul auf Gliedmaßen steht.«

Victoria schob ihren Ärmel über den Verband, den sie nur noch als Mahnung und Vorwurf ihm gegenüber trug. Die Wunde darunter war längst verheilt. »Wollen wir hoffen, dass unser Rookie hier besser reagiert als du.« Sie schlug Nathan kräftig auf die Schulter.

Victoria fuhr den Van, der sie zu der verlassenen Fabrikhalle am östlichen Themseufer bringen sollte.

»Seid ihr bereit?«

Victoria lud ihre Waffe auf. Sie liebte ihre Glock, auch wenn sie damit nur wenigen Monstern wirklich etwas anhaben konnte. Für die meisten brauchte sie ihre anderen Waffen, die sie am Körper verborgen trug.

»Was, wenn es etwas ist, was wir noch nicht kennen?«, fragte Archibald, für den das erst der zweite Einsatz war.

Victoria schmunzelte. »Dann hoffst du, dass du es nicht als Erster triffst.« Sie tätschelte ihm die Wange. »Ist er nicht niedlich? Aber deine Angst solltest du zu kontrollieren lernen. Die meisten Paras können sie riechen, und ich will nicht, dass dein Angstschweiß unsere Position verrät. Also reiß dich zusammen!«

Archibald nickte und atmete einige Male tief durch, ehe er hinter Victoria zur Einsatzbesprechung lief.

»Wir verfolgen einen scheinbar lebendigen Paranormalen, von dem wir noch nicht wissen, was uns erwartet. Seid also auf alles gefasst und die ganze Zeit wachsam. Ich habe keine Lust, euch im Krankenflügel zu besuchen, verstanden?«

»Jawohl, Ma'am«, erwiderten Nathan und Archibald gleichzeitig.

»Archibald, du hältst Wache am Eingang. Halt den Funkkanal offen.« Sie deutete auf das Funkgerät, dessen Empfangsknopf jeder im Ohr trug. »Nathan, du kommst mit mir. Wir sichern die Umgebung.«

»Alles klar«, stimmte Nathan mit einem breiten Grinsen zu und schlug Archibald fest auf die Schulter. »Ist schon aufregend, was, Rookie?«

Der schluckte nur und nickte, während Victoria und Nathan durch die Tür ins Innere der Lagerhalle gingen. Sie knipsten ihre Taschenlampen an, damit sie in der Dunkelheit etwas sehen konnten. Der Mond war hinter den Wolken verschwunden, und die Elektrizität in der Lagerhalle funktionierte schon längst nicht mehr. Dafür roch es nach vergorenem Obst und Exkrementen.

Damals war Victoria noch detaillierter in ihren Berichten. Sie hatte auch die Gerüche so genau wiedergegeben, dass jeder sich problemlos vorstellen kann, wie sehr es dort stank.

Nathan stieß mit dem Fuß gegen ein Ölfass, das er nicht gesehen hatte. Ein dumpfer Hall breitete sich in der Lagerhalle aus. Alarmiert blieben beide stehen. Victoria schenkte ihm einen vorwurfsvollen Blick, den Nathan jedoch mit einem Achselzucken abtat. Sekundenlang warteten sie darauf, dass jemand auf die Geräusche antwortete oder reagierte, doch die Stille in der Lagerhalle war allumfassend. Als der Hall verklang, deutete Victoria ihm mit Handzeichen, weiter vorzurücken.

Auch wenn sie ungern in solch eine unvorbereitete Situation ging, musste sie herausfinden, wo die Frau war, die angerufen hatte. Mit ein wenig Glück lebte sie noch, und sie konnten sie befreien.

»Ich habe ein Geräusch gehört«, erklang Archibalds leise Stimme in ihrem Ohr. »Alles in Ordnung?«

»Funkkanal freihalten«, zischte Victoria.

Ein Knacken ertönte. Das allgemeine Zeichen der Vigilanten, dass man etwas verstanden hatte, aber nicht weiter stören wollte.

Victoria rückte vor, bis sie ans Ende der ersten Halle kamen. Eine weitere Tür war zu sehen. Mithilfe von Handzeichen verständigte sie sich mit Nathan, dass er die Tür öffnen solle und sie ihm Rückendeckung gab.

Nathan war nicht besonders begeistert, aber es war ihre Art der Bestrafung für seine Unachtsamkeit beim letzten Einsatz.

Victoria hörte das schnelle Atmen von Nathan, das er immer kurz vor einem potenziellen Kampf von sich gab, ehe er mit einem Gewaltakt und der Hilfe von Magie die Tür öffnete. Sofort sprang Victoria ihm zur Seite, leuchtete den Gang aus, der sich dahinter erstreckte.

»Nichts, wie wollen wir vorgehen? Verstärkung rufen? Das Gelände ist recht groß.«

Victoria schüttelte den Kopf. »Auf keinen Fall. Nur weil du eine Frau als Vorgesetzte hast, heißt das nicht, dass du weniger Risiken eingehen kannst. Wir rücken vor.«

Bei jeder Tür, die sie entdeckten, gingen sie auf die gleiche Weise vor: aufstellen, absprechen, Tür mit Magie öffnen, Raum ausleuchten. Alle Räume besaßen die Größe eines Büros, in dem vor Jahren Menschen an ihren längst weggeräumten Schreibtischen gesessen hatten. Nur die Abdrücke in den Teppichen zeugten noch von ihrer Existenz. Nirgendwo gab es Anzeichen von einem Kampf oder von einem paranormalen Wesen.

Schließlich kamen Victoria und Nathan an das Ende des Flurs. Sie schlichen bis zu dem offenen Bereich, der in weitere Gänge abzweigte.

Victoria zögerte kurz, ehe sie Nathan mit Handzeichen zu verstehen gab, dass sie sich aufteilen würden. Mit dem Finger deutete sie auf das Headset und wollte dann wissen, ob er lieber links oder rechts langgehen mochte.

Nathan leuchtete in beide Gänge, ehe er nach links deutete. Dieser Flur wirkte kürzer, bis zu der Stelle, an der er nach rechts abbog.

Victoria nickte und wandte sich nach rechts. Der Kegel ihrer Taschenlampe wanderte über die staubigen Wände, an denen Spinnweben hingen. Selbst die Spinnen waren schon vor Jahren verschwunden. Nichts deutete mehr darauf hin, dass etwas oder jemand hier lebte oder sich versteckte.

Schritt für Schritt wagte Victoria sich vor in die Finsternis. Ein Geräusch vor ihr schreckte sie auf. Es war nur leise, beinahe nicht wahrzunehmen, wären ihre Sinne nicht so angespannt gewesen. Doch Victoria hatte es deutlich genug gehört, um zu wissen, dass es nicht von ihr oder Nathan gekommen war.

Vorsichtig hob sie eine Hand zu ihrem Headset. »Ist jemand reingekommen?«

Zwei Mal knacken bedeutete Nein. Niemand hatte durch den

Haupteingang die Lagerhalle betreten. Aber wer wusste schon, wie viele Eingänge durch offene Fenster oder weitere Türen es noch gab?

»Hast du das auch gehört?« Nathan sprach ebenso leise wie sie.

Victoria ließ das Headset einmal knacken, ehe sie die zweite Hand wieder ausstreckte und den Bereich vor sich ausleuchtete. Diese Jagd, dieser Nervenkitzel waren es, die sie am Leben einer Vigilantin so liebte. Natürlich auch das Ermitteln und die Magie, aber die Jagd war einfach unvergleichlich.

»Was könnte das gewesen sein?« In Nathans Stimme hörte sie keine Nervosität, nur den Willen, vorbereitet zu sein. Als Sohn des Protectors war er mit Magie und dem Wissen aufgewachsen, dass er eines Tages ebenfalls Protector sein würde. Die Vigilanten waren nur eine Zwischenstation in der Ausbildung, die er absolvierte.

Victoria hingegen konnte sich nicht vorstellen, dass sie etwas anderes machen würde. Sie war Vigilantin durch und durch.

»Funkstille, bis ihr etwas findet«, forderte sie, den Vorschriften entsprechend.

Sie bog am Ende des Ganges nach links und wurde in eine weitere Halle geleitet. Scheinbar gab es zwei Produktionshallen, die nebeneinander angelegt waren, denn sie konnte Nathan nicht auf der anderen Seite erkennen. Victoria, die Entfernungen sehr gut einschätzen konnte, merkte augenblicklich, dass die Halle schmaler war als die erste. Nathan musste in einer anderen sein. Vorsichtig leuchtete sie ihre Umgebung aus, doch da war nichts außer stillgelegten Maschinenbauteilen, Staub und aufgebrochene Paletten.

Auf einmal hörte sie ein Krachen aus der Ferne. Alarmiert riss sie die Waffe hoch, doch da war nichts zu sehen. Victoria machte einen vorsichtigen Schritt in die Richtung, aus der das Geräusch gekommen war. Doch dann hörte sie etwas, das ihr durch Mark und Knochen ging. Es war ein Schrei, der so voller Schmerzen war, dass sie selbst die Folter spürte.

War das Nathan gewesen? Oder der Para, den er gerade erlegt hatte?

Sie überlegte nicht lange und rannte los. Im nächsten Moment wurde das Schreien lauter, durchdringender. Es kam durch ihr Headset, bohrte sich direkt in ihren Gehörgang und ihren Verstand. Dort nistete es sich ein, würde für immer feststecken.

»Scheiße!« Sie lief ihren Gang zurück, in der Hoffnung, dass sie so schneller zu Nathan kommen würde. Denn nun hatte sie keinen Zweifel mehr. Die schmerzerfüllten Schreie kamen eindeutig von ihm. Victorias Magen krampfte sich zusammen. Das waren keine Schreie von einem Mann, der verletzt wurde. Nathan wurde gerade bis zum Tode gequält.

Und auf einmal war es totenstill. Von einer Sekunde auf die nächste erstarb das Kreischen in ihren Ohren und hinterließ eine Lücke, die augenblicklich Teile ihres Herzens ausfüllte.

»Nathan!«, hörte sie Archibald schreien.

»Bleib auf deinem Posten, bis ich dich rufe!«, befahl sie, wollte nicht noch den Rookie in Gefahr bringen.

»Aber …«

»Befehl!« Victoria brüllte in das Funkgerät, ehe sie endlich in den Gang bog, den Nathan sich ausgesucht hatte. Die Taschenlampe flackerte, als hätte jemand die Batterien auf einmal ausgesogen. Victoria warf sie beiseite, so dass sie gegen die Wand flog. Einen Moment später beschwor sie eine Lichtkugel hervor, die über ihrer Handfläche auftauchte. Gerade rechtzeitig, um etwas auf sie zurasen zu sehen.

Bevor sie reagieren konnte, traf sie etwas an der Wange, von dem sie später nicht einmal sagen konnte, ob es Klauen, Pfoten oder einfach ein Messer gewesen war. Victoria wusste nur noch, dass sie etwas Hartes traf und im nächsten Moment gegen die Wand geschleudert wurde. Dabei verlor sie ihre Glock.

Ein stechender Schmerz durchzuckte ihre Wange und ihren Hinterkopf, dort wo er gegen die Wand geprallt war. Benommen rutschte sie auf den Boden, versuchte zu ergründen, wo oben und unten war. Sie musste kämpfen, musste sich wehren, ehe der Para sie erneut angriff.

Victoria rappelte sich hoch, griff an ihren Gürtel, an dem ein Messer steckte. Mit einem Ruck zog sie es hervor und wedelte damit ungelenk vor sich herum, in der Hoffnung, den Para auf Abstand zu halten, bis sie wieder ganz zu sich kam.

»Verstärkung rufen, sofort.« Ihre Magiekugel war erloschen, sie konnte nichts vor sich erkennen. Was da auch vor ihr war, sie traf es nicht, aber sie wollte auch kein Risiko eingehen, also stach sie das Messer weiter in die Luft.

Nach einigen Sekunden hatte sie ihre Wahrnehmung wieder so weit unter Kontrolle, dass sie Magie beschwören konnte, ohne sich selbst in Gefahr zu bringen.

Doch da war nichts mehr. Vor ihr herrschte gähnende Leere. Irgendwo hörte sie ein Fass umkippen. Vermutlich war der Para in der großen Halle angelangt und wollte entkommen. Für einen winzigen Moment zögerte sie, wusste nicht, was sie tun sollte. Als Vigilantin war es ihre Pflicht, dem Para hinterherzujagen. Doch zugleich war irgendwo in diesem Gang Nathan, der Sohn des Protectors. Ihr Schützling. Sie war für ihn verantwortlich. Und sie ließ niemanden zurück. Vor allem niemanden, den sie gerne um sich hatte.

Sie wandte sich tiefer in den Gang hinein, fand schon kurz hinter der Abbiegung das Blut an der Wand und auf dem Boden.

Victoria machte einen Schritt und entdeckte Nathan. Unversehrt, aber in einer unnatürlichen Haltung, lag sein Kopf zur Seite gedreht. Seine Augen starrten sie seltsam leer an.

Victoria rannte die letzten Schritte zu ihm und warf sich auf den Boden neben ihn. Der Schwindel, der sie dabei erfasste, ließ sie kurz wanken, doch sie ignorierte das Gefühl und tastete nach Nathans Puls.

»Komm schon, Kleiner.« Ihre Finger zitterten, als sie an seinem Hals nach dem Herzschlag fühlte. Sekunden verstrichen. In ihren

Ohren rauschte es, und noch immer war ihr schwindelig. Doch sie wischte sich mit der freien Hand über die Augen, wollte sich konzentrieren.

Als sie die Hand wieder senkte, um nach Nathans Atmung zu sehen, sah sie das Blut. Da erst bemerkte sie die warme Flüssigkeit, die ihre Wange hinuntertropfte. Nathans Blut war das nicht.

»Wach auf, komm schon, das kannst du mir nicht antun!« Sie tastete verzweifelt weiter nach dem Puls. Doch da war nichts. Seine Haut war warm, aber als sie fester zudrückte, in der Hoffnung, in der Tiefe etwas pochen zu spüren, merkte sie das Knirschen in seinem Hals. Ein Schauer schüttelte ihren Körper, als ihr klar wurde, dass das Knirschen von seinen Knochen im Nacken kam, die keine Einheit mehr bildeten. Sein Genick war gebrochen.

Vorsichtig legte sie eine Hand auf seine Brust und senkte ihren Kopf auf seine Stirn. Ein Schluchzen verließ ihre Kehle, als ihr klar wurde, dass sie einen Mann verloren hatte. Einen guten Vigilanten, der für das Recht der Menschen gekämpft hatte. Und sie war schuld daran.

An dieser Stelle endet Victorias Bericht, den ich auswendig kenne. Beinahe jeder im Orden kennt ihn auswendig. Die Worte, die gesprochen worden waren, jede einzelne Handlung ist bekannt.

Ich war gerade im vorderen Garten, als der Van mit Victoria und Nathans Leiche zurückkam und vor dem Haupteingang mit quietschenden Bremsen hielt.

Nur zu gut erinnere ich mich an den Moment, in dem sich die Eingangstür öffnete und Sir Henry Blake herausgestürmt kam. In seinen Augen stand das pure Grauen, das mich noch heute berührt, wenn ich daran denke.

Vorsichtig streiche ich über das Erinnerungsblatt auf meinem Schoß.

Der Protector des Hermetischen Ordens liebte seinen Sohn mehr als alles andere auf der Welt. Um ihm noch einmal in die lebendigen Augen sehen zu können, hätte er sein Leben gegeben, dessen bin ich mir sicher.

Doch schon damals, als ich den Leichensack sah, wusste ich, dass eben dies nie mehr passieren würde. Zu schwer waren Nathans Verletzungen gewesen. Zu lange hatte sein Herz nicht geschlagen. Keine Magie, die im Orden geduldet wurde, hätte ihm noch helfen können.

Und heute, sieben Jahre danach, sitze ich in meinem Ohrensessel und muss bei einer einfachen Fallakte an genau diesen Moment denken.

Dieser Augenblick hatte so viel verändert. Nicht nur bei mir, sondern auch bei Victoria und Sir Henry Blake. Victoria war nach diesem Fall wie ausgewechselt. Ich habe sie immer als taffe Frau gesehen, die zwar ehrgeizig, aber niemals grausam gewesen wäre. Doch seitdem sie Nathan verloren hat, passierte genau das. Nicht nur die Narbe in ihrem Gesicht hat sie dunkler werden lassen, auch ihr Inneres war zerstört worden. Manches Mal, wenn ich ihr begegne, sehe ich das Loch in ihrem Herzen, das seit dem Tag dort klafft. Es verbreitert sich mit jedem Tag weiter, an dem sie die Paras verfolgt und jagt. Denn auch wenn jeder die Umstände des Mordes kennt, so weiß doch bis heute niemand, wer Nathan umgebracht hat. Und alle Magier der letzten hundert Jahre sind meine Zeugen, wenn ich sage, dass sie mit allen Mitteln versucht hat, es herauszufinden.

Aber Beweise gefunden wurden nie. Weder an Nathans Leiche noch am Tatort. Und das ist es, was Victoria so hart und unerbittlich hat werden lassen. Dieser Mangel an Beweisen führt dazu, dass sie so akribisch und unerbittlich agiert, wenn es gilt, jemanden zu überführen. Ihre Härte gegenüber den Paras verurteile ich, besonders, wenn es um ihre Verfolgung geht. Doch seit dieser Katastrophe vor sieben Jahren findet sie jeden Schuldigen, egal wie gut er sich auch versteckt. Das muss ich ihr zugutehalten, auch wenn ich sie seither nicht mehr leiden kann. Die Art und Weise, wie sie alle in ihrem Leben ausschließt, entspricht nicht meiner Vorstellung von Zusammenarbeit.

Außerdem erschwert ihre penible Nachverfolgung eines jeden Verbrechens die Durchführung meiner Pläne unnötig. Ich muss vorsichtiger denn je sein. Etwas, was dazu führt, dass ich schon seit beinahe einem Jahr nichts mehr von meinen Verbündeten gehört habe.

Ich seufze und lege die Fallakte wieder zurück. Der kurze Trip in die Vergangenheit hat mich mehr Zeit gekostet als geplant, und ich muss in wenigen Minuten die Bibliothek öffnen.

Zumindest hat die Erinnerung dafür gesorgt, dass mir nicht mehr kalt ist. Die Wärme ist mit der Erinnerung an Nathans Wesen zurückgekehrt, auch wenn Victorias Kälte mir immer wieder einen Schauer über den Rücken schickt.

Langsam erhebe ich mich aus dem Sessel und stelle den Ordner mit der Fallakte zurück ins Regal, verharre einen Moment lang davor. Schon lange habe ich nicht mehr an Nathan gedacht, deswegen wollte ich den Augenblick genießen, in dem seine Erinnerungen mit mir sind.

Doch dann wende ich mich ab. Einen Wermutstropfen gibt es allerdings, der ebenfalls mit den Erinnerungen zurückkehrt. Der Tod von Nathan hat dafür gesorgt, dass ich die Umsetzung meiner Pläne verlangsamen musste. Ein notwendiges Übel, damit ich nicht entdeckt werde.

KAPITEL 14

Caleb

»Verflucht!«, dringt Zacs Stimme erbost durch den Raum und wird von den dicken Matten geschluckt, die überall angebracht sind. Das weiße Neonlicht im Trainingsraum des Ordens – ein riesiger Kellerraum ohne Fenster – bringt Zacs bleiche Haut nicht gerade vorteilhaft zur Geltung. Er keucht und sieht mich grimmig an, ich quittiere den Blick mit einem breiten Grinsen.

Tom, der mich von Anfang an unterstützt und protegiert hat, ein drahtiger, hochgewachsener Mittdreißiger, steht schmunzelnd an der Wand, ein Bein angewinkelt, und beobachtet uns aufmerksam. Er ist der Kampfmeister der Vigilanten und einer der besten Schwertkämpfer, den ich kenne. Unbarmherzig, aber fair, ist er heute der Schiedsrichter bei dem Trainingskampf, der auch in unsere Beurteilungen mit einfließt.

Wir alle tragen unsere schwarzen Kampfanzüge, enggeschnittene Zweiteiler mit mattschwarzen Protektoren und einem kleinen Rückenpanzer. Zac und ich sind Freunde, aber zum Glück in beruflichen Dingen beide sehr ehrgeizig – keiner würde von dem anderen einen Vorteil freiwillig annehmen. Wir lieben den Wettkampf.

Deshalb konnte ich ihn nur mit Mühe erwischen und habe das erbarmungslos ausgenutzt. Die Prellung wird er noch eine Weile spüren. Wir kämpfen mit Übungsschwertern aus Carbon, die innen mit dem entsprechenden Gewicht versehen sind, um das Handling eines normalen Schwertes zu erreichen, ohne beim Üben versehentlich jemanden zu köpfen. Das würde dann doch zu Nachfragen führen – zudem möchte kein Ausbilder den gepolsterten Übungsraum reinigen oder einer Obscura erklären, warum die dreckig-weißen Matten gesäubert werden müssen.

Die Frustration, dass wir in den aktuellen Fällen, die wahrscheinlich zusammenhängen, noch kein Stück weiter sind, versuchen wir heute mit ein paar harten Trainingseinheiten zu bekämpfen. Immerhin hat sich keines der beiden Opfer verwandelt; ungewöhnlich, aber ich bin nicht böse deswegen, im Gegenteil.

Auch die beiden neuen Opfer von gestern haben sich nicht verwandelt, Tom hat uns von dem blutigen Tatort erzählt. Zwei Jugendliche, und ich kann mir vorstellen, dass *die Eishexe* das persönlich nimmt. Ich hoffe, Victoria lastet die zwei weiteren Morde nicht mir an, weil wir beim ersten Tatort keinen Fahndungserfolg erzielt haben.

Tom, der heute ein wenig müde aussieht, weil er, wie er mir vorhin verraten hat, nach dem gestrigen Einsatz mit seiner neuen Flamme eine heiße Nacht in seinem Appartement verbracht hat, ist für mich mehr ein Freund als ein Ausbilder. Natürlich ist er unser Vorgesetzter, aber seit unserem Eintritt in den Orden als Mitglieder der Vigilanten ist er darüber hinaus noch Kollege, Mentor und Freund. Die ersten vier Wochen meiner Zeit in London hat Tom mich unter seine Fittiche genommen, und ich war Teil seines Teams. Er hat mich sogar in der Zeit auf seiner Couch schlafen lassen, da meine Möbel aus Edinburgh länger für den Transport in den Orden gebraucht hatten als geplant.

Ich kenne Tom seit meiner Ausbildungszeit in Edinburgh, wo er regelmäßig für die Kampfausbildung bei Hieb- und Stichwaffen aus London angereist war. Er ist einfach der Beste im Orden, was seinen Rang als Kampfmeister mehr als erklärt. Wir haben uns von vornherein super verstanden und festgestellt, dass wir die gleichen Interessen haben.

»Pech gehabt, Zac, im Schwertkampf ist Caleb dir überlegen. Da hilft dir auch pure Kraft nichts«, bemerkt er dann und geht zu ihm hinüber.

»Ach, ich verlass mich lieber auf meine Glock. Dieses Herumgefuchtele ist nicht so meins«, brummt Zac, und Tom lacht auf.

Er lässt sich Zacs Übungsschwert geben und wendet sich dann mir zu, mit einem Grinsen, das seinem markanten Gesicht etwas Lauerndes verleiht, eine schwarze Strähne fällt ihm in die Stirn, und seine Körperhaltung ändert sich merklich.

»Greif an«, fordert er mich amüsiert auf.

Ohne zu zögern, gehe ich in eine Angriffshaltung, schwinge mein Übungsschwert einmal sirrend durch die Luft und mache dabei einen raschen Ausfallschritt auf ihn zu. Bei Tom darf man nicht zögern, es ist so oder so unwahrscheinlich, dass ich einen Treffer landen werde.

Er reagiert blitzschnell und ist neben mir, bevor ich es richtig wahrnehme. Ich schaffe es, mich unter seinem Angriff hinwegzuducken und rolle mich ab, bevor ich einen guten Meter vor ihm stoppen will, verteidigungsbereit.

Der Schlag trifft mich von hinten, auch Tom hat seine Position blitzschnell gewechselt und genau erahnt, was ich tun würde. Die Stelle, an der ich ihn vermutet hatte, ist leer. Meine Schulter wird taub, und ich fluche. Mit einem einzigen Angriff hat er mich besiegt und mich vor Zac genauso deklassiert, wie ich es eben mit Zac getan habe.

»Du bist immer noch zu offensiv, Caleb. Das wird dir irgendwann einmal zum Verhängnis werden. Bleib wachsam und versuche nicht, mit dem Kopf durch die Wand zu gehen. Nicht alle Monster sind getriebene Wesen, wir haben durchaus intelligente und raffinierte Gegner, die uns in nichts nachstehen.«

Ich nicke nur. Er hat recht, aber auf der anderen Seite ist Angriff manchmal die beste Verteidigung. Und nach zwei erfolglosen Tagen, in denen wir versucht haben, den Werwolf, der für den Tod von mittlerweile vier Menschen verantwortlich ist, zu finden, ist meine Geduld erschöpft. Die Laborergebnisse sind eindeutig, als Täter kommt nur ein Werwolf in Frage, allerdings entspricht das einer Nadel im Heuhaufen, die wir suchen.

Bei den Rudeln anzufragen bringt nichts und ist zu riskant,

immerhin sind die nicht gerade erpicht darauf, ihre eigene Familie an den Orden zu verraten. Und die DNA, die an den Tatorten gefunden wurde, ist weder in der Ordensdatei noch bei den Menschen erfasst. Lili hackt regelmäßig die Datenbank des Yards, so dass wir hier einen umfangreichen Zugang haben.

»Caleb«, tönt die Stimme unserer Chefin durch den Raum, so kalt und emotionslos, wie ich es von ihr kenne, und ich zucke zusammen. Sie nennt alle Tatortermittler mit Vornamen, und niemand beschwert sich deswegen. Wir sind ja nicht lebensmüde.

Ich fahre herum, noch immer keuchend aufgrund Toms heftigem Schlag auf meinen Rücken und deutlich überrascht durch ihr Auftauchen hier im Raum. Auch Tom nimmt Haltung an, unmerklich, aber sie regiert eben die Vigilanten mit harter Hand.

»Miss Bannister«, bringe ich als Antwort heraus, pfeifend und atemlos. Nicht sehr eloquent, und ich verfluche Toms harten Schlag, aber ich trainiere hier im Moment und warte nicht auf eine Gelegenheit, Small-Talk mit der Chefin zu betreiben.

Anders als sonst trägt Victoria heute nicht ihr übliches Upper-Class-Burberry-Statement, sondern ebenfalls einen schwarzen Kampfanzug, und schlendert beinahe gelangweilt zu den Gestellen mit den Übungswaffen hinüber. Sie hat immer noch eine durchtrainierte Figur, und ihre Bewegungen lassen darauf schließen, dass sie durchaus wehrhaft ist. Beiläufig nimmt sie ein Übungsschwert in die Hand.

»Sie sind hier fertig für heute. Es wartet Arbeit auf Sie und Ihr Team. Wir haben dank Doc Brown eine Werwolf-DNA und dank der Talente von Miss Gardener, in Londons Überwachungswahnsinn per Computer einzudringen, ein paar sehr gute Aufnahmen von einem jungen Wolf, der zu einem uns bekannten Rudel gehört und zur Tatzeit in der Brixton Road gefilmt wurde.

Wie Sie sich denken können, glaube ich nicht an Zufälle. Zudem ging der Wolf offensichtlich gemeinsam mit einem der Opfer von gestern in die gleiche Jahrgangsstufe auf der Evelyn Grace

Academy. Dort sollten Sie auch möglichst vor Schulschluss eintreffen, meine Herren. Ich möchte den Verdächtigen so schnell wie möglich hier sehen, habe ich mich klar ausgedrückt? Und seine DNA geht unverzüglich ins Labor. Sollte er der Täter sein, ist es unumgänglich, sofort ein Exempel zu statuieren. Wir müssen ein Zeichen setzen, dass solche unnötigen Übergriffe durch Paras nicht geduldet oder auch nur im Ansatz vernachlässigt werden.«

Ein Exempel statuieren bedeutet eine rasche Bestrafung des Paras. Mir soll es recht sein, hat er seinen Opfern doch auch keinerlei Mitleid entgegengebracht.

Victoria nickt uns zu, wir sind entlassen, und wendet sich dann, das Übungsschwert lässig in der Hand, an Tom, der ihr nun seine volle Aufmerksamkeit widmet. Ich hätte diesen Kampf gern verfolgt, aber weder Zac noch ich sind so dämlich, jetzt zu bummeln. Wir müssen Noah und Mike zusammentrommeln und schnellstmöglich losfahren.

Wir ziehen uns blitzschnell in der Umkleide um, ich schnappe mir mein Katana und beschließe, die Beretta nicht zu holen, liegt sie doch drei Etagen höher in meinem Zimmer. So viel Zeit haben wir nicht. Wir müssen schnell sein, und Zac ist dicht hinter mir, als wir zehn Minuten später mit Mike und Noah zum Van eilen.

Als wir vor der Schule des Verdächtigen ankommen – Ben Johnson, laut der dünnen, wenig aussagekräftigen Akte, die wir nun haben –, schweigen wir. Der moderne Komplex aus Stahl und Glas ist ein Vorzeigebau für das Schulsystem und nicht gerade klein. Mike und Noah sitzen hinten im Van und sind genauso angespannt wie Zac und ich. Unser Aussehen ist unscheinbar, haben wir doch vor, eine Ordensverhaftung durchzuführen. Das bedeutet automatisch, dass wir in der Öffentlichkeit nicht auffallen dürfen.

Wir sind leger gekleidet, jeder mit einem verzauberten Ausweis in der Tasche, um uns gegenüber Passanten oder renitenten Helfern als Cops in Zivil ausweisen zu können. Ich trage mein Katana, der Rest des Teams ist mit normalen Schusswaffen ausgestattet, nur Noah hat noch seine silbernen Wurfsterne in seinem Mantel. Es ist helllichter Tag, und eine Enttarnung bei einem solchen Einsatz wäre ein Novum. Wir wissen alle, welche Verantwortung auf uns lastet, und ich habe nicht vor, einen Präzedenzfall zu schaffen.

»Ihr bleibt im Hintergrund, und wenn er abhaut, schneiden Noah und Mike ihm den Weg ab. Zac, du fungierst als Treiber, du bist der schnellste Läufer von uns. Noah, keine unnötigen Zauber wie beim letzten Mal. Ich möchte danach keine Obscura rufen müssen, um Zeugen zu löschen, ist das klar? Er kann nirgends hin, ein zweites Team wartet bei seinem Wohnort, sollte er sich zu seinem Rudel flüchten wollen. So dumm, eine offene Konfrontation zu riskieren, wird kein Para sein.«

Mein Team nickt, Noah ein wenig verhaltener, weil er das letzte Mal unter Toms Leitung mit einem Schockzauber danebenlag und statt des flüchtenden Ghuls einen Bobby, der gerade ankam, lahmgelegt hat. Das Ergebnis war eine nächtliche Inspektion von Victoria gewesen, mit einer Standpauke über Geheimhaltung und Diskretion und ein Gedächtniszauber mit einer Obscura, um dem Bobby die unangenehme Begegnung mit der Magie wieder zu löschen. Das soll uns hier nicht passieren, schon gar nicht unter meiner Leitung.

»Noah, Mike, ihr wartet draußen, ich gehe mit Zac rein und frage im Sekretariat nach, wo wir den Jungen finden. Im Idealfall holen wir ihn einfach aus dem Kursraum, bevor er weiß, was passiert. Noah, du behältst den hinteren Teil der Schule im Auge, Mike, du den vorderen.«

Die beiden nicken, und ich steige aus, Zac folgt mir. Die Akte führe ich mit, damit es offizieller aussieht. Das kleine viereckige und ein wenig grobkörnige Bild zeigt einen jungen Mann, der afroamerikanische Wurzeln haben muss und noch mehr kindliche als erwachsene Züge aufweist. Die Haare sind gelockt, aber nicht kraus, wie seine Hautfarbe vermuten lässt. Allerdings wird ihm weder seine Jugend noch seine Herkunft vor uns schützen.

Laut der Akte ist er dreizehn Jahre alt, der Sohn von Sam und Julia Johnson und einer von noch mehr Werwölfen. Der Junge ist ein geborener Wolf, kein Opfer einer Beißattacke. Wäre er das, hätten wir ihn schnell in unserer Datenbank gefunden. Seine DNA müssen wir noch prüfen. So etwas wie Datenschutz gibt es für Paras nicht.

Zac betritt hinter mir das Schulgelände, und wir folgen den Schildern zum Sekretariat durch das moderne, auch innen von Beton und Glas geprägte Schulgebäude. Die kleine ältere Dame, die uns in dem schicken Schülerbüro empfängt, ist hilfsbereit, als wir ihr erklären, dass wir mit Ben Johnson wegen einer Zeugenaussage sprechen müssen.

Sie lässt sich unsere Ausweise zeigen, »oh, hier aus dem Revier in Brixton, ach herrje, hoffentlich hat der Bengel keinen Ärger gemacht, er ist so ein gut erzogener Junge aus so einer netten Familie«, aber schüttelt dann bedauernd den Kopf. »Es tut mir leid, Bens Geschichtskurs ist heute nicht hier. Sie sind auf Exkursion.« Sie wirft mir einen Blick zu, der vor zwanzig Jahren wohl als kokett durchgegangen wäre.

Zac schmunzelt, weil er weiß, dass ich nun meinen Charme spielen lassen werde.

»Aber Sie dürfen uns doch sicher sagen, wo er sich jetzt aufhält, oder?«, frage ich mit bewusst rauchiger Stimmlage und beuge mich dabei ein wenig vor.

Sie kichert, was angesichts ihres Alters eher nach irrer denn nach sexy Hexe klingt, und ich zwinkere ihr verschwörerisch zu.

»Sie wollen doch die Justiz nicht behindern, meine Liebe?«

Verstohlen lehnt sie sich zu mir über die moderne Theke, und der Geruch von Lakritze, Katzenminze und kaltem Zigarettenrauch hüllt mich ein. *Der Geruch der Einsamkeit*, fährt es mir durch den Kopf. Katzenhaare sind an ihrer schwarzen Strickjacke zu sehen. Eine rote Katze, die wahrscheinlich fett wie ein Otter und ihr einziger Lebensinhalt ist.

»Ich wäre Ihnen persönlich dankbar, wenn wir mit einer kleinen Information gehen könnten. Wir möchten den Jungen ja nur befragen.«

Sie seufzt theatralisch, lächelt dann und blättert in einer dicken Kladde, die hinter der schmalen Theke liegt. »Sie finden den Kurs in der Westminster Abbey, Inspector«, flötet sie dann.

Ich zwinkere ihr zu. »Danke, Sweetheart.«

Als wir aus dem kleinen Schülerbüro draußen sind, schüttelt Zac amüsiert den Kopf. »War sie nicht ein wenig zu alt für deinen Schlafzimmerblick?«

Ich schnaufe nur. Der Zweck heiligt die Mittel, und ich will so schnell wie möglich mit dem Werwolf im Schlepptau in den Orden zurück. Wenn ich dazu mit einer älteren Sekretärin flirten muss, ist es mir recht. Vier tote Menschen rechtfertigen in meinen Augen eine Menge.

Ich teile Noah und Mike per WhatsApp mit, dass wir uns wieder am Van treffen und sofort zur Westminster Abbey fahren. Unter den neugierigen Blicken und dem albernen Kichern einer Gruppe Schülerinnen gehen Zac und ich durch den weitläufigen Komplex zurück zum Ausgang.

»Dort gibt es haufenweise Zeugen und Unbeteiligte. Unmengen an Touristen. Findest du es nicht zu riskant, ihn in der Westminster Abbey einzufangen?«, fragt Zac mich, als wir fast beim Van sind.

»Nein. Es ist kalkulierbar, wir sind zu viert und werden schnell sein. Er ist nur ein Junge. Wir müssen das Risiko einfach eingehen. Wenn er herausfindet, dass wir ihm auf den Fersen sind, taucht er unter, und wir kriegen ihn nie. Wir haben hier nach ihm gefragt, jetzt zählt jede Sekunde.«

Es wäre nicht das erste Mal, dass ein Para von der Bildfläche verschwindet, wenn er mitbekommt, dass er ins Visier des Ordens geraten ist. Wir sind nicht für unser Versagen bekannt oder dafür, Gnade zu zeigen. Immerhin geht es um den Schutz aller magischen Wesen und die Erhaltung des Friedens.

Zac nickt, ist aber nicht überzeugt, und wir beeilen uns loszufahren. Noch im Van teile ich die Positionen ein, und wir sprechen unser Vorgehen ab. Jetzt müssen wir doppelt vorsichtig sein, da wir uns in der Öffentlichkeit bewegen werden, dazu noch an einem der Touristenmagneten Londons.

Wir parken direkt vor der Abbey in einer Feuerwehrzufahrt. Einem der Bobbys, die vor der Kathedrale immer präsent sind und der sofort herbeieilt, um uns zu vertreiben, erklärt Noah mittels seines Ausweises – eine barbusige Frau mit Matrosenmütze ziert diesen –, dass wir hier eine verdeckte Ermittlung vornehmen. Mit einem Nicken signalisiert Noah mir dann, dass wir uns um den Van keine Gedanken machen müssen. Er wird jetzt sogar bewacht. Es wäre ärgerlich, wenn nach erfolgter Festnahme der Ordensvan im Gewahrsam der Londoner Polizei wäre. Dummerweise sind auch wir an die Verkehrsregeln gebunden. Meistens jedenfalls.

Vor dem Gotteshaus ist Hochbetrieb. Es ist Anfang September, und wir haben ein paar letzte schönen Tage zu erwarten, im Gegensatz zur landläufigen Meinung hat auch das Londoner Wetter nicht nur Nebel und Regen im Programm. Noah und Mike mischen sich gerade, wie besprochen, unauffällig unter eine Gruppe Touristen, die einem Führer mit einer bunten Fahne hinterherlaufen. Es müssen Amerikaner sein, dem Auftreten und dem Akzent nach zu urteilen, und Noah fällt mit seinem dunklen Teint nicht auf, als er einem ebenfalls afro-amerikanischen Paar hinterherschlendert.

Er und Mike werden den Haupteingang im Auge behalten. Die Nebeneingänge sind zum großen Teil geschlossen, und Zac spurtet gerade zum hinteren Teil der Kathedrale, um mir den Jungen von dort aus entgegenzutreiben. Im Idealfall können wir ihn einfach mitnehmen, kein Para ist so dumm und leistet Widerstand am helllichten Tag an einem belebten Platz. Obwohl ich Zacs Befürchtung auch nicht ganz abtun kann, immerhin ist der Junge noch ein Teenager.

Ich trete langsam durch das große Westtor in die Kirche ein. Nicht zum ersten Mal frage ich mich, wie viel Religionsfolklore aufgrund der Existenz der Paras und der daraus resultierenden Erklärungsnot der Menschen entstanden ist. Westminster Abbey ist riesig und eine Kirche, die mit mehr Wissen gefüllt ist als viele andere. Auch mit magischem Wissen.

Einer der hier beigesetzten Dichter zum Beispiel, der im Längsschiff seine letzte Ruhestätte hat, war ein Vampir. Zu seiner Beisetzung im Jahr 1870 hatte der damals noch junge Orden, unter Führung eines der ersten Vigilanten, einen gut platzierten Holzpflock beigesteuert, der dafür sorgt, dass der gute Dichter und Denker nicht noch heute in den zahllosen Touristen seine Nahrung findet. Auch einer der hier beigesetzten Staatsmänner gehörte den Paras an. Es war ein Werwolf, und er konnte erst beigesetzt werden, nachdem der Orden seiner unnatürlich langen, politischen Karriere mit einem sauber abgetrennten Kopf und einer kleinen Verbrennung ein Ende gesetzt hat. Zu allem Überfluss sind auch einige Magier hier beigesetzt – nirgends wird die Verbindung aller Welten so transparent wie hier, wo im Tode vereint Paras, Magier und Menschen liegen.

Es ist kühl im Inneren, und das Licht, das durch die hohen gotischen Fenster mit den Buntglas-Einlagen fällt, lässt den beeindruckenden schwarz-weißen Boden zur Geltung kommen. Es ist gerade so hell, dass man alles gut erkennen kann, ohne die kleinen Makel erbarmungslos in den Vordergrund zu rücken.

Ich sehe mich um, lasse meinen Blick über eine Gruppe Japaner schweifen und kann kurz Zacs roten Haarschopf am Ende des langen Mittelschiffs sehen, wo er Position bezogen hat. Rechts von uns, nahe am Seitenschiff zum Poets Corner, kann ich eine Gruppe

Schüler entdecken, dank der Schuluniformen sind sie nicht zu übersehen. Langsam gehe ich näher und hoffe, dass die Menge an Menschen, die hier im Inneren dieser altehrwürdigen Kirche lautstark ihren kulturellen Bedürfnissen nachgeht, mir ausreichend Tarnung gewährt.

Tatsächlich scheint der Junge, als ich ihn entdecke, vollkommen konzentriert auf den Vortrag des Führers zu sein, der gerade die kunstgeschichtlichen Besonderheiten einer Statue erläutert. Die Lehrerin – eine gelangweilte Erwachsene, die auf ihrem Handy herumtippt – nehme ich ebenfalls wahr. Ich glaube nicht, dass sie mir Schwierigkeiten machen wird, aber wenn wir Ben haben, wird Zac sie informieren, dass wir mit Einverständnis der Eltern handeln. Es ist unwahrscheinlich, dass sich die Werwölfe an die Schule wenden, wenn ihr mordender Welpe aus dem Verkehr gezogen wird. Die Rudel wissen genau, was mit Mördern passiert.

Ich kann Ben erkennen, der ein wenig am Rand steht, ein dunkelhäutiger Junge mit leicht gewelltem, dunkelbraunem Haar. Er hat einen abgewetzten Rucksack auf dem Rücken, trägt ausgetretene Sneakers und sieht nicht wie ein blutrünstiges Monster aus, sondern wie ein Teenager, der sich sogar für die Veranstaltung interessiert. Ich schiebe mich mit einer Gruppe Touristen näher an die Schüler heran, Noah ist in meiner Nähe und versperrt den Weg zum vorderen Eingang.

Immer näher komme ich, als der Werwolf auf einmal den Kopf hebt. Nicht menschlich, sondern instinktgesteuert, als ob er wittern würde. Ich habe nur noch fünf Meter Abstand zu ihm, aber er hat mich wahrgenommen und rennt unvermittelt los, in das Seitenschiff rechts von uns. Zac, der im Mittelgang alles mitbekommt, sprintet seinerseits los, und auch ich nehme die Verfolgung auf.

Die Lehrerin ruft ein verblüfftes »Ben«, während dieser einer Gruppe Touristen geschickt ausweicht und Tempo aufnimmt. Er schlägt einen weiten Haken um eine weitere Gruppe und biegt durch einen Seitenausgang zum Cathedral Garden ab, ich kann mich nicht mit Höflichkeiten aufhalten und renne ziemlich ruppig durch die Gruppe Holländer, die lautstark protestiert.

Zac ist fast auf meiner Höhe, als ich den Durchgang zum Kathedralengarten erreiche und, ohne nachzudenken, hindurchrenne. Hier draußen ist auf dem umlaufenden Säulengang jede Menge Betrieb, der Rasen in der Mitte wirkt wie das friedliche Grün eines Golfplatzes, akkurat gemäht mit sichtbaren Streifen, auf die jeder Gärtner stolz wäre. Betreten-Verboten-Schilder machen klar, dass es nicht gewünscht ist, dass jemand diese Perfektion zerstört. Das quadratische Grün wird in der Mitte nur durch einen alten Brunnen durchbrochen.

Ich sehe mich hektisch um, kann den Wolf aber nirgends entdecken. Zac rennt fast in mich hinein, und ich versuche, mich zu orientieren.

»Im Gras«, höre ich Zac, und er rennt tatsächlich den Säulengang entlang, während auch ich nicht länger zögere. Die Spuren auf dem perfekt arrangierten Grün sind deutlich, wenn man sie einmal wahrgenommen hat. Dass Zac außen herum rennt und nicht über den Rasen, sagt viel über ihn aus.

Ich bin weniger vorsichtig und hetze über das Grün, zu dem kleinen Seitenausgang, den unser Täter genommen haben muss.

Verdammt. Verflucht, in der Kirche hatten wir ihn beinahe!

Ich erreiche den Ausgang und presche hindurch, eine Touristin sitzt am Boden und deutet in Richtung der Themse. Ich renne weiter, immer wieder Menschen auf dem Weg ausweichend, an der Kirche entlang. Wir sind am Ende der Kathedrale, und nur die Abingdon Street trennt uns vom Ufer der Themse. Zwischen den ganzen Leuten kann ich immer wieder einen Blick auf den Jungen erhaschen, der rennt, als wäre der Teufel hinter ihm her. Meine Lunge protestiert, mein Puls dürfte bei 200 sein, und meine Boots trommeln auf den Asphalt. Ich will diesen Drecksack erwischen, bevor er irgendwo untertauchen kann.

Da er sich immer mal wieder umdreht, verliert er an Boden, und als er mich entdeckt, prallt er mit einem Mann zusammen, was ihm nahezu den gesamten Vorsprung kostet. Ich höre Zac hinter mir keuchen, Mike und Noah haben wir abgehängt, und jetzt überquert der Wolf, ohne Rücksicht auf den Verkehr und ohne sich umzusehen, die stark befahrene Straße in Richtung der Victoria Tower Gardens. Ich denke, er versucht, uns über die Lambeth Bridge abzuhängen, aber so weit lasse ich ihn nicht kommen.

Mein Katana schlägt bei jedem Schritt gegen meinen Oberschenkel, und obwohl ein Schuss bei der Dichte der Menschen utopisch wäre, hätte ich jetzt gern meine Beretta dabei. Immerhin rennt hier gerade ein aufgeregter Werwolf durch die vielen Touristen und Mitglieder des Houses of Parliament, die gerade in die Mittagspause streben.

Der Wolf ist schon fast über die Straße, als ein Auto es gerade so schafft, mit quietschenden Reifen vor ihm stehen zu bleiben. Ich hechte auch über den Asphalt, an dem gerade so rüde abgebremsten Auto vorbei, und höre hinter mir ein zorniges Hupen. Ich bin dem Jungen direkt auf den Fersen. Er biegt in den Park ab, urplötzlich und in diesem Moment reißt ihn etwas von den Füßen, er knallt ungebremst vornüber. Ich bin einen Wimpernschlag später bei dem am Boden liegenden Werwolf, als Noah diesem gerade keuchend die Hände auf den Rücken drückt und alles tut, um ihn unten zu halten.

»Gut gemacht«, bringe ich atemlos heraus, und mein Kollege nickt mir nur kurz zu, auch er atmet hektisch. Ohne eine Sekunde zu zögern, greife ich in die Tiefen meiner Lederjacke und befördere ein paar Handschellen aus reinem Silber zu Tage. Ich helfe Noah, sie dem sich wild wehrenden Jungen anzulegen. Der Wolf hat nun keine Chance mehr. Kaum sind die Handschellen zu, jammert er leise und gibt seine Bemühungen, sich loszureißen, unverzüglich auf.

»Es brennt«, klagt er und klingt wie das Kind, das er noch ist.

Ich schüttele das Mitleid, das in mir aufkommt, sofort ab, indem ich mir den Anblick seiner Opfer in Erinnerung rufe. Das Blut. Die Verletzungen. Die Sinnlosigkeit, einen Teenager zu töten. Ich kann den Anblick des ermordeten Jungen nicht vergessen, und so wie es aussieht, ist dieser hier für dessen Tod verantwortlich.

»Das hättest du dir überlegen sollen, bevor du gemordet hast«, fauche ich leise und atme tief durch, bemüht, meinen rasenden Puls unter Kontrolle zu bringen.

Um uns herum stehen Schaulustige, die aber nur eine Verhaftung beobachten. Zac, der gerade ankommt, hat das Handy schon am Ohr, bestimmt sagt er Mike Bescheid, damit er den Van holt.

Ein paar Minuten später verfrachten wir den Werwolf, der nun total eingeschüchtert und verängstigt wirkt, in den Wagen. Ich will kein Mitleid mit ihm haben – er hat vier Leben ausgelöscht. Aber er sieht selbst noch aus wie ein Kind und wirkt verloren. Mike setzt sich neben den Gefangenen auf die Rückbank, seine Waffe im Anschlag. Der junge Wolf beobachtet ihn angespannt, während an seinen Handgelenken das Silber schon deutliche Spuren hinterlässt. Er weiß, dass die Waffe ebenfalls mit diesem Edelmetall geladen ist.

Zac beeilt sich, den Van durch den Verkehr zurück zum Orden zu fahren. Ich bin froh, als wir das Tor passieren und vor dem Haupteingang anhalten. Noah sieht auch erleichtert aus – endlich hat unser Team mal einen Erfolg zu verbuchen. Und als Zac mit Mike den Wolf Richtung Haus führt, kommen gerade Sally und eine weitere Obscura aus dem Ordenshaus.

Sally wird blass, als sie den Wolf sieht, und dann fällt ihr Blick auf mich. Hatte ich angenommen, sie würde sich freuen, dass wir den Täter endlich erwischt haben, wirkt das jetzt auf mich ganz und gar nicht so. Sie sieht aus, als wäre sie schockiert, ihr Blick in meine Richtung ist zornig. Ich verstehe nicht wieso, aber der Augenblick verstreicht, als ich Zac befehle, den Werwolf ins Haus zu führen, und aus ihrem Blickfeld trete, weil ich mich um Wichtigeres zu kümmern habe.

FOLGE

5

KAPITEL 15

Sally

Sie haben Ben gefangen genommen.

Ungläubig sehe ich zu, wie die Vigilanten den jungen Werwolf durch das Haupttor ins Ordenshaus führen. Sie haben ihm Handschellen angelegt, die bestimmt mit Silber versehen sind, denn an seiner Haut zeigen sich bereits schlimme Brandwunden. Ben lässt den Kopf hängen, er sieht mich nicht einmal, während der Neue der Vigilanten, dieser Caleb, ihn vom Van in Richtung Tor stößt.

Caleb bemerkt meinen erschrockenen Blick, ich senke die Augen rasch zu Boden und eile in die andere Richtung weiter. Hoffentlich habe ich nicht zu entsetzt gewirkt und preisgegeben, dass ich Ben kenne.

Im Ordenshaus hat sich niemand gewundert, warum ich gestern für den Rückweg länger gebraucht habe. Ich konnte es auf den Londoner Verkehr schieben, auch hat niemand etwas von Bens Anwesenheit am Tatort bemerkt.

Ich dachte, alles wäre gut und Ben bei seiner Familie in Sicherheit, bis ich eben gesehen habe, wie er als Gefangener in Handschellen ins Ordenshaus gebracht wurde. In der Fabrikhalle habe ich versucht, alles zu vernichten, was auf ihn hingewiesen hat. Möglicherweise war doch noch etwas am ersten Tatort. Auch wenn das noch nicht bedeutet, dass Ben der Mörder ist, muss ich Aaron warnen und ihm sagen, dass sein Bruder von den Vigilanten gefangen genommen wurde.

Dass Aaron ein Werwolf ist und gefährlich sein kann, ist mir klar, doch ich verdränge diesen Gedanken.

Die Tierarztpraxis hat geöffnet, als ich auf dem Bürgersteig davor parke, das Neonschild blinkt blau, und hinter der Glasscheibe sehe ich Patienten. Ich habe nicht bis Dienstschluss warten können und die ganze Zeit darüber gegrübelt, wie ich nach Soho fahren könnte, ohne dass es dumme Fragen aufwirft. Schließlich hatte ich auf dem Weg zur Orangerie eine gute Idee, wie ich zwei Fliegen mit einer Klappe schlagen kann.

Der Kammerdiener William hat mich ziemlich misstrauisch angesehen, als ich mit dem angeblich verletzten Eichhörnchen in der Hand darum bat, zum Tierarzt fahren zu dürfen. Butler Morris hält die Eichhörnchen im Park für eine wahre Plage und würde den Gärtner am liebsten sofort anweisen, sie allesamt auszurotten. Aber zum Glück ist es nicht er, sondern Mrs Bones, die Hausdame, die darüber zu entscheiden hat, ob ich während meiner Dienstzeit gehen darf.

Ich halte meine Hand schützend über meinen Parka, wo der kleine Racker, der als Alibi dient, an meiner Brust herumwuselt, und betrete die Praxis. Dieses Mal durch den Vordereingang, nur für den Fall, dass mich jemand sieht.

Eine alte Dame wartet mit ihrem arthritischen Beagle auf einem der Plastikstühle, und eine Katze miaut unentwegt aus einem Transportkorb, als ich mich an die Rezeption wende.

Aaron sitzt am Computer und wühlt in einem Stapel Rezepten. Er trägt ein offenes Karohemd über einem schwarzen T-Shirt, und seine Muskeln zeichnen sich deutlich darunter ab.

»Sally, was machst du denn hier?« Er ist überrascht, als er mich sieht.

»Ich habe ein verletztes Eichhörnchen. Kann der Doktor es sich mal ansehen?«, frage ich laut und deute auf den zappelnden Nager in meiner Jacke. Dann beuge ich mich dichter über den Tresen zu ihm, auch wenn das überflüssig ist, denn die alte Dame mit dem Beagle hört wahrscheinlich nicht mehr sehr gut, und flüstere: »Ich muss dich sprechen!«

Aaron runzelt die Stirn, steht aber sofort von seinem Drehstuhl auf und deutet auf die Tür zum Labor. »Hier entlang.«

Die alte Dame ruft empört: »Ich bin als Nächste dran!«

»Einen Moment noch, Mrs Pennyworth! Wir kümmern uns gleich um ihren Mopsi«, ruft Aaron zurück und schenkt ihr ein zuckersüßes Lächeln.

Rasch schiebt er mich in das Labor im hinteren Teil der Praxis, wo ich schon gewesen bin, und schließt die Tür hinter uns. »Was ist los!?«

»Die Vigilanten haben Ben! Ich habe gesehen, wie sie ihn in Handschellen ins Ordenshaus gebracht haben,«, sage ich atemlos.

Aaron ballt die Hände zu Fäusten. »Was? Scheiße! Wieso? Er sollte gleich nach der Schule nach Hause kommen.« Aaron fährt sich durchs Haar. »Was ist passiert?«

»Ich weiß es nicht.«

»Was werden sie mit ihm tun?«

»Ihn verhören, nehme ich an. Wenn sie genug Beweise gegen ihn haben, dann kommt es zu einem Prozess im Tribunal.«

»Was für Beweise sollen das sein? Er hat seine Freunde nicht getötet. Er ist unschuldig.«

»Ich habe keine Ahnung, was sie gegen ihn in der Hand haben. Außer ...«

»Außer was?«

»Das Colaglas. Ben war am Tatort in Brixton und hat dort vermutlich seine DNA an einem Colaglas hinterlassen, und er war auch in der Fabrikhalle, wo die anderen Jungs getötet wurden, wobei ich mir sicher bin, dort alle Spuren, die auf Ben hinweisen, beseitigt zu habe.«

Aaron ballt seine Hände zu Fäusten und fängt an, auf und ab zu laufen. »Dann müssen wir dieses Colaglas und alle anderen Beweise verschwinden lassen.«

Ich grinse. »Darum habe ich den Kleinen hier mitgebracht«,

sage ich und hole das schwarze Eichhörnchen aus meinem Parka hervor.

Die Türme der Tower Bridge ragen wie eine gotische Festung drohend über unseren Köpfen in den Himmel, als wir sie zu Fuß überqueren. Selbst bei einsetzender Dämmerung ist dieses Meisterwerk viktorianischer Ingenieurskunst noch immer unverzichtbar als Verbindung zwischen dem nördlichen und dem südlichen Teil Londons. Was es schwieriger für Aaron und mich machen wird, ungesehen ins Dead Man's Hole einzudringen. Vom gegenüberliegenden südlichen Ufer blinken uns die glänzenden Glasfassaden der runden City Hall und des spitz aufragenden Shard zu, in denen sich die untergehende Sonne orangerot spiegelt.

Das eigentliche Dead Man's Hole wird mit Booten vom Fluss aus betreten, aber soweit ich weiß, gibt es noch einen versteckten Eingang im nördlichen Brückenpfeiler, damit man die Leichenhalle und das angrenzende Labor dort unten auch trockenen Fußes erreichen kann. Man muss nur wissen, wonach man Ausschau halten muss.

Neben einer der alten Holztüren im Rundbogen, die zu dem Eingang für Touristen in den Tower führt, finde ich ein kreisförmiges Symbol in den Stein geritzt, gefolgt von einem Dreieck. Diese Symbole finden sich überall in London, man muss nur die Augen danach aufhalten. Sie wurden vor Jahrhunderten von Steinmetzen hinterlassen und zeigen reisenden Magiekundigen, wo sich Eingänge zu Gebäuden des Ordens befinden. Auch wenn viele der Markierungen im Laufe der Jahrhunderte ihre Bedeutung verloren haben, einige sind noch gültig.

»Pass auf, dass uns keiner sieht.« Ich bedeute Aaron, dass er den Strom an Passanten im Auge behalten soll, während ich den Scopae aus meiner Jackentasche hervorhole. Der glatte Holzgriff fährt mit einer einzigen Drehung die Straußenfedern aus, die ich, als keiner hinsieht, rasch über die grauen Steinquadern streiche. So etwas wie eine Welle wabert über die Wand, wie ein Riss in der Realität, und gibt für den Bruchteil einer Sekunde die Umrisse einer Tür frei, als die Schutzzauber, die den Eingang vor Blicken verbergen, ihre Kraft verlieren.

Der Legende nach wurde der Scopae von einem Abgesandten der Fae dem Hermetischen Orden zum Geschenk gemacht, als der Friedensvertrag und das Geheimhaltungsabkommen zwischen den Magiern und den paranormalen Wesen ausgehandelt wurde, damit der Orden die Spuren übernatürlicher Existenz in der Welt verwischen kann. Ich habe diese Eigenart des Scopae, Magie aufzuheben, schon vor Jahren entdeckt, auch wenn das nicht der übliche Anwendungszweck ist.

Wäre ich eine Magierin, würde ich die Wirkungsweise studieren, aber die Magier interessieren sich nun mal nicht für einen gewöhnlichen Staubwedel und verschwenden keine Zeit auf sowas, und ich studiere nun mal keine Magie.

Aaron starrt mich ungläubig an.

»Hier!«, rufe ich ihm zu und drücke mit ganzer Kraft gegen die Stelle, an der eben noch eine Tür zu sehen war, aber erst als auch Aaron sich dagegenlehnt, gibt sie nach. Eine Tür aus schweren Steinquadern schwingt von außen nach innen. Der Eingang ins Dead Man's Hole.

»Rasch, bevor uns einer sieht.«

Vor uns führt eine gusseiserne Wendeltreppe in die Tiefe hinab, und wir huschen so schnell es geht ins Innere. Hinter uns schwingt die Tür aus Steinquadern lautlos wieder zu und lässt uns in der Dunkelheit zurück. Hier gibt es keine Fenster. Aber von weit unten scheint ein schwacher Lichtschein von Neonröhren zu uns hinauf, der ausreicht, um die Stufen vor uns zu erkennen.

So leise wie möglich steigen wir die Wendeltreppe hinab, aber Aarons schwere Stiefel sind nicht gerade dazu geeignet, sich in verbotene Gebiete zu schleichen. Das Echo seiner Tritte folgt uns. Früher oder später wird man uns entdecken.

»Wenn wir unten sind, gehst du in den linken Gang und wartest da. Ich lenke sie ab«, flüstere ich Aaron zu. Er beugt sich dicht an mein Ohr herab, ich spüre seinen Atem in meinem Nacken, als er mit seiner tiefen Stimme raunt:

»In Ordnung.«

Am Fuß der Wendeltreppe gehen mehrere Türen von einem bis unter die Decke weiß gefliesten, rundgemauerten Gang zu den Laboren ab. Die Luft ist feucht hier unten und trägt neben dem muffigen Fischgeruch der Themse auch den nach Formaldehyd.

Wie vereinbart huscht Aaron nach links, wo Schlauchboote und Materialien lagern. Ein guter Ort, um sich zu verstecken.

»Hallo?« Wie erwartet, hat man unsere Schritte auf der Treppe gehört, und eine junge Frau mit lila-grünen Haaren und einem Side-Cut in einer Militärjacke tritt aus einer der erleuchteten Türen auf den Gang.

Lili Gardener ist eine der eher ungewöhnlichen Mitglieder des Ordens, sie schert sich einen Dreck um Kleiderordnung oder Benimmregeln, und daher ist es wohl gut, dass ihre Kenntnisse sie hauptsächlich zur Arbeit ins Dead Man's Hole führen.

»Sally? Was machst du denn hier?«

Ich setze ein Lächeln auf. »Miss Gardener, entschuldigen Sie die späte Störung. Aber dieser putzige Kerl hier braucht etwas Pflege.«

Ich hole vorsichtig das flauschige Eichhörnchen aus meinem Parka hervor. Aaron hat ihm ein Hinterbein mit etwas Plastik geschient, obwohl der kleine Racker eigentlich unverletzt ist. Er war im Park so unvorsichtig, mir Erdnüsse aus der Hand zu fressen, während seine Kumpel misstrauisch Abstand hielten. Jetzt muss er für seine Zutraulichkeit bezahlen.

Lili Gardener wird nicht umsonst von allen *Squirrel* genannt. Sofort habe ich ihre Aufmerksamkeit. »Oh, was hat der Kleine denn?«

»Ist wohl vom Baum gestürzt. Ich war bereits mit ihm in einer Tierklinik, aber der Tierarzt hat gesagt, ich soll ihn unter Beobachtung halten. Und da Mr Snuggles sich in meinem Zimmer aufhält, dachte ich, er wäre besser hier aufgehoben …«

»Ja, natürlich.« Lili nimmt mir das Eichhörnchen vorsichtig aus den Händen. »Komm, mein Kleiner.« Sie führt mich zu ihrem Schreibtisch, auf dem ein Laptop blinkt. Wie nebensächlich lasse ich die Tür hinter uns zufallen, so dass Aaron ungesehen zur Leichenhalle und dem Labor vordringen kann.

Jetzt heißt es, Zeit zu gewinnen.

Doc Brown, der Ordenspathologe, ist ebenfalls hier, so dass sich Aaron nicht auch noch um ihn kümmern muss, er bietet mir Tee an. Obwohl mir von dem Geruch hier unten schlecht wird und dem Gedanken, dass nur einen Raum weiter Leichen aufbewahrt werden, sage ich zu.

Ich verstricke Lili und den Doc in ein Gespräch über Eichhörnchen und muss mir ihre Geschichten anhören, wie viel Schaden Mr Snuggles bei den Tierchen angeblich anrichtet, dabei kommt der alte Kater kaum noch einen Baum hoch, geschweige denn, dass er wie in alten Zeiten noch den Eichhörnchen hinterherjagen würde. Dennoch macht Lili keinen Hehl daraus, dass sie mich und meinen Kater nicht ausstehen kann, und nur die Tatsache, dass ich mich heute so für eines der Eichhörnchen einsetze, scheint ihre schlechte Meinung von mir ein wenig zu mildern.

Ich nippe am Tee, während Lili mir ihr anderes zahmes Eichhörnchen zeigt, das auf ihrer Schulter und der Lampe herumturnt und sich von mir streicheln lässt.

Mein Herz klopft, ich habe keine Ahnung, wo die Beweisstücke aufbewahrt werden und ob Aaron es schafft, sie zu finden. Aber ich kann hier nicht weg, das Beste, was ich tun kann, ist Lili und den Doc so lange wie möglich abzulenken. Die beiden bekommen scheinbar nicht oft Besuch und sind gute Empfänger für Klatsch und Tratsch aus dem Ordenshaus, Geschichten über die aktuellen Tatorte und den Speiseplan des heutigen Dinners.

Eine halbe Stunde später erhebt Doc sich: »Auch wenn deine Geschichten noch so unterhaltsam sind, Sally, ich muss leider wieder an die Arbeit.«

Ich verabschiede mich umständlich von ihm, nehme noch einen Keks, füttere das Eichhörnchen, interessiere mich für die chemischen Laborergebnisse, bis es langsam auffällig wird und ich meine Scharade nicht weiter in die Länge ziehen kann. Schließlich wünsche ich einen schönen Abend und steige die Wendeltreppe des Dead Man's Hole wieder nach oben.

Hoffentlich hat Aaron etwas gefunden, das Ben entlastet.

Aaron wartet am Auto, die Arme vor der breiten Brust verschränkt.

Ich laufe zu ihm. »Und? Warst du erfolgreich?«

»Ich habe die Leichen gesehen«, knurrt er. »Das war kein Werwolf. Der Kopf der Frau war abgetrennt, die Körper waren zerfetzt, aber kein Fleisch wurde gefressen. Warum sollte ein Wolf das tun?«

»Ich … ich weiß nicht …«, stottere ich, da mir diese kühle Beschreibung plötzlich bewusst macht, dass Aaron sich damit auszukennen scheint.

Ist auch er zu so etwas fähig?

»Diese verdammten Bastarde vermerken in ihren Akten natürlich nur, was gegen ihn spricht. Laut Computerbericht war seine DNA an beiden Tatorten: In Brixton hat man ein Glas Cola gefunden, aus dem er getrunken hat. Und Aufnahmen von Überwachungskameras haben die Vigilanten zu Ben geführt.«

»Okay, aber … steht da nicht auch etwas von der Höhe der Kratzspuren an der Wand und den Schleifspuren im Flur?«

»Nein, nichts.«

Und ich habe alle Spuren vernichtet, nicht nur die Kratzspuren, die durchaus von einem jungen Werwolf stammen konnten, sondern auch die Blutspur, die bezeugt hätte, dass das Opfer abgelegt worden ist, obwohl auch ein Werwolf wie Ben stark genug sein müsste, es mühelos von sich zu schleudern … Nichts davon ist mehr übrig.

Zum ersten Mal in meinem Leben kommen mir Zweifel, ob mein Job als Obscura immer richtig war.

»Wir haben noch den zweiten Tatort in Limehouse. Jemand wollte es so aussehen lassen, dass man Ben dort wie auf frischer Tat erwischt«, werfe ich ein.

»Ja, jemand hat ihn offenbar betäubt. Er war erst Stunden später in der Lage, sein gebrochenes Bein zu regenerieren.« Aaron rauft sich das Haar. »Aber wer wird uns das glauben? Ich kenne kein Mittel, das einen Werwolf betäuben kann. Und das Gift ist längst nicht mehr in seinem Körper nachzuweisen.«

»Dann müssen wir herausfinden, was für ein Gift das war. Wenn wir wissen, wer so etwas herstellen kann, ist das eine Spur zum Täter. Nicht jeder kennt sich mit sowas aus.«

»Und ich weiß, wen wir fragen können.«

Der Laden des Alchemisten liegt versteckt in einem windschiefen Haus aus dem Mittelalter in einer der vielen kleinen Gassen in Mayfair, wo sich nie ein Tourist hin verirrt. Ich war noch nie hier, um Tränke und Mittel für die Magier und Vigilanten zu kaufen, aber ich habe von diesem Laden gehört. Sogar wir Obscura wissen die Waren des Alchemisten zu schätzen, denn auch wenn Hannah Woolleys Kräutermischung zum Entfernen von Blutflecken ein Segen ist: Die Herstellung ist aufwändig und mühsam, und kein Magier möchte seine Zeit auf so etwas verwenden.

Das Tränkebrauen gilt als niedere Magie, weswegen nicht jemand vom Orden, sondern der Alchemist Donald Egmond angeblich seit über hundert Jahren einen blühenden Handel pflegt. Ich persönlich glaube ja nicht, dass Mr Egmond über hundert Jahre alt ist, er pflegt nur dieses Gerücht, um die Mundpropaganda über die gute Qualität seiner Waren aufrechtzuerhalten. Er hat den Laden und das Wissen um die Herstellung der Tränke von seinem Vater übernommen, aber in der Tat sieht Mr Egmond seit Jahr und Tag keinen Deut älter aus als Mitte sechzig. Ich vermute, er pflegt seinen Look als *Silberlöwe* mit allerlei Tinkturen.

Das Glöckchen über der Ladentür bimmelt, als Aaron und ich das schummrige Geschäft mit der dichtbefüllten, halbrunden viktorianischen Auslage betreten. Dunkles Holz säumt die Ladenwände, auf deren Regalen sich dutzende von altmodischen Apothekerfläschchen, gefüllt mit mysteriösen Flüssigkeiten, aneinanderreihen. Es riecht nach Salmiakpastillen und reinem Alkohol, als würde im Hinterzimmer gerade etwas gebraut.

Der Laden hat auch zu später Stunde geöffnet, es ist kein Geheimnis, dass der Alchemist keinen Unterschied bei seinen Kunden macht und auch zwielichtige Gestalten bedient. Sogar Vampire und andere Kreaturen der Nacht geben bei ihm Bestellungen auf. Denn der Alchemist ist ein wahrer Meister seiner Kunst.

Wir tun so, als würden wir die Auslage betrachten, während Aaron und ich darauf warten, dass der einzige Kunde den Laden verlässt: eine große Gestalt, deren Körper und Gesicht unter einem Kapuzenumhang verborgen ist. Ich könnte schwören, einen Tentakel zu sehen, als Mr Egmond ein Fläschchen über die Theke reicht und dieses schnell unter dem Umhang verschwindet.

Wir warten, bis die verhüllte Gestalt den Laden verlassen hat und wir mit dem Alchemisten allein sind.

»Armes Ding, hat eine ganz schlimme Schuppenflechte«, sagt Mr Egmond beiläufig, als er sich uns zuwendet. Er trägt eine altmodische graue Weste über einem weißen Hemd mit hochgekrempelten Ärmeln. Eine goldene Taschenuhr baumelt an einer Kette aus seinem Knopfloch. Er mustert uns und lehnt sich mit dem Ellbogen auf die Theke.

»Einen schönen guten Abend, Miss Davies. Was kann ich für Sie tun?«

»Sie wissen, wer ich bin?«

»Wer kennt es nicht, das Waisenkind, das zur Obscura ausgebildet wurde. Was führt Sie zu so später Stunde zu mir? Und in so ungewöhnlicher Begleitung.« Interessiert betrachtet Mr Egmond Aaron, der sich neben mir aufgebaut hat. »Ich bin entzückt, Sie außerhalb des Ordens zu sehen, Miss Davies. Noch dazu in gemischter Gesellschaft.«

»Ich bin nicht im Auftrag des Ordens hier«, stelle ich klar.

»Das geht mich auch gar nichts an, was Sie in Ihrer Freizeit tun.«

Ich muss mich räuspern, weil dieses Gespräch in eine unangenehme Richtung geht. »Ähem, mein Begleiter hat eine Frage.«

Aaron schiebt sich vor mich. »Gibt es ein Mittel, das einen Werwolf betäuben könnte?«, fragt er ohne Umschweife.

Der Alchemist lächelt. »Ah. Natürlich gibt es das. Ihresgleichen sind nicht unverwundbar.«

»Das ist mir bewusst«, knurrt Aaron. »Und sind Sie in der Lage, so ein Mittel herzustellen?«

Das Lächeln Mr Egmonds wird breiter. »Das liegt in meiner Macht, ja. Und in Großbritannien bin ich der Einzige, der das kann. Möchten Sie ein solches Mittel erwerben?«

»Nein, aber ich möchte wissen, wer dies kürzlich bei Ihnen getan hat.« Aaron lehnt sich ebenfalls über die Theke, er wirkt bedrohlich.

Mr Egmond zuckt keinen Zentimeter zurück. »Tut mir leid. Was meine Kunden bei mir erwerben, ist streng vertraulich.«

Aaron krallt sich fester in die Holztheke und lehnt sich knurrend vor. »Streng vertraulich?! Dieser Bastard hat meinen Bruder vergiftet!«

»Aaron, nicht.« Beruhigend lege ich ihm eine Hand auf die Schulter und versuche, ihn von der Theke wegzuziehen, bevor er noch darüber springt und dem Alchemisten an die Kehle geht. Dass Aaron, falls er sich verwandelt, auch mich angreifen würde, ignoriere ich ebenso wie meine Angst.

Unter meinen Fingerspitzen spüre ich, wie Aaron am ganzen Leib zittert. Aber er darf nicht die Beherrschung verlieren. Ich bin mir ziemlich sicher, dass Mr Egmond nicht wehrlos ist und Mittel und Wege hat, sich und seinen Laden zu schützen.

Und in der Tat scheint Mr Egmond wenig eingeschüchtert, er lehnt noch immer gelassen mit den Ellbogen auf seiner Theke, trotz des knurrenden Werwolfs vor ihm. Und er lächelt noch immer. »Fragen Sie sich lieber, wer ein Interesse daran hat, Ihnen und Ihresgleichen zu schaden.«

KAPITEL 16

Kaitlin

Seit dem ersten, von einem Para verübten Mord innerhalb des Ordens sind fünf Tage vergangen. Ich spüre die Anspannung der Vigilanten in jeder Ecke des Hauses. Selbst die Magier sind nervös, wenn sie das Gebäude verlassen. Noch wurde kein Magier getötet, aber wie die Vergangenheit lehrt, ist das, wenn unschuldige Menschen durch die Hand eines Paras sterben, meist nur die Vorbereitung auf das große Finale: der Mord an einem oder mehreren Magiern des Ordens.

Ich selbst mache mir wenig Gedanken darüber. Immerhin sitze ich jeden Tag im Orden, umgeben von einem guten Dutzend anderer Magier und Studierender. Außerdem hat noch nie jemand versucht, mich mithilfe eines Paras umzubringen. Die Anschläge fanden immer direkt statt, ohne Zeugen und ohne Beweise.

Immer gegen Mittag leert sich meine Bibliothek, weil alle das gute Essen der Köchin Mrs Brewster genießen möchten. Ich hingegen bleibe, da mir Madeleine mein Essen bringt. Ich habe in meinem Schlafbereich eine kleine Sitzecke. Nichts Besonderes, aber es reicht, um ein Tablett und anständiges Geschirr und Besteck darauf zu stellen, so dass ich in Ruhe speisen kann. Die Gespräche der meisten Magier im Orden kenne ich bereits. Wenn man so lange lebt, dann hat man zwangsweise alles schon gehört, und es langweilt einen mit der Zeit. Alle zehn Jahre etwa, wenn eine neue Generation Magier in den Orden kommt, wiederholen sich die Tischgespräche. Auch wenn aktuell die Morde an erster Stelle diskutiert werden, so wird es sicher auch um die bevorstehenden Magierprüfungen der Wissenschaftler gehen oder den rapiden Anstieg der Eichhörnchen-Bevölkerung im ordenseigenen Park.

Endlich kommt Madeleine und stellt das Tablett in mein Zimmer. »Bitte sehr, Lady Kaitlin. Guten Appetit.« Sie verbeugt sich und geht.

Eine halbe Stunde lang kann ich nun in aller Seelenruhe mein Essen genießen. Ich hebe die silberne Glocke an, die es warmhält. Es gibt Putenbraten mit Béchamelkartoffeln und einer Pfeffersauce. Dazu frisches Gemüse aus dem eigenen Garten des Ordens und Kräutern aus der Orangerie.

Kurz bevor ich den ersten Bissen in meinen Mund stecken kann, höre ich ein Geräusch aus der Bibliothek. Stirnrunzelnd lausche ich. *Was ist denn da los?*

Jemand scheint ein Buch fallen gelassen zu haben, was ich nun wirklich nicht gutheißen kann. Augenblicklich stehe ich auf und gehe in die äußere Bibliothek. So gut wie niemand kommt zur Mittagszeit, um sich ein Buch auszuleihen oder darin zu stöbern. Umso neugieriger bin ich, wer meine Ruhe zu stören wagt.

Je näher ich der Bibliothek komme, desto weniger kann ich wahrnehmen. Wer dort auch sein mag, weiß, sich lautlos fortzubewegen.

Eines der Hausmädchen vielleicht? Hat Madeleine ein plötzliches Interesse am Lesen entwickelt?

Bisher macht sie mir nicht den Eindruck, als ob sie sonderlich interessiert wäre. Doch abgesehen von ihrer Aussage, dass sie schon als Kind nicht gern gelesen hat, habe ich kein weiteres Indiz.

Neugierig, aber dennoch vorsichtig, schaue ich um die Ecke. Man weiß nie, was oder wer einen erwartet. Doch als ich sehe, wer dort in meiner Bibliothek an einer Regalreihe im hinteren Bereich steht, runzele ich die Stirn.

Ich richte meine cremefarbene Bluse und schleiche mich an Sally heran. Erst als ich direkt hinter ihr stehe und sie mich noch immer nicht bemerkt hat, räuspere ich mich.

Erschrocken fährt Sally herum und lässt beinahe den Ordner fallen, den sie in der Hand hält. Blitzschnell reagiere ich und halte ihn fest.

Schon vor langer Zeit habe ich gelernt, dass man es einer ehrlichen Person an der Nasenspitze ansehen kann, wenn sie etwas Verbotenes getan hat. Und was soll ich sagen? Sally bietet genau diesen Anblick, schaut erwischt zu Boden und drückt gleich darauf den Ordner an ihre Brust, als wolle sie sich dahinter verstecken.

Ohne ein Wort zu sagen, starre ich sie einfach nur an. Normalerweise fangen ehrliche Menschen dann an zu reden, doch Sally wirkt nur wie ein Reh, das jeden Augenblick davonlaufen möchte, und doch bleibt sie standhaft. Ihre Lippen ergeben einen dünnen Strich, aus dem jede Farbe gewichen ist.

»Nun?« Sie weiß genau, dass ich den Rest der Frage nicht stellen werde, sondern eine Antwort erwarte.

»Lady Kaitlin!«, sagt sie jedoch nur mit belegter Stimme. »Was machen Sie denn hier?«

Eine meiner Augenbrauen wandert hinauf, und ich mustere sie skeptisch. »Heißt das, du hast damit gerechnet, allein in der Bibliothek zu sein?«

Sallys Augen huschen von links nach rechts, als suche sie einen Ausweg, aber sie hat sich eine Ecke ausgesucht, in der der Zugang beschränkt ist. Zur Rechten, ihrer Linken, steht ein Pult, um Studierenden eine Ablagemöglichkeit zu bieten. Und zu meiner Linken ragen die Wände mit den Ordnern und Folianten auf. Den Zugang selbst versperre ich mit meiner zwar nicht gerade bulligen, aber durchaus angsteinflößenden Erscheinung.

»Ähm …« Offensichtlich will sie die Antwort hinauszögern. Doch ich starre sie nur erwartungsvoll an, verschränke die Arme vor der Brust.

»Kindchen, ich habe nicht ewig Zeit, und mein Essen wird kalt. Also, warum wühlst du ausgerechnet in diesen Ordnern herum?«

Denn es sind nicht irgendwelche Ordner, die Sally im Visier hat. Diese Ordner enthalten die toten Fälle. Fälle, in denen es keine Aufklärung gegeben hat. Da es seit Victorias Beförderung zur Anführerin der Vigilanten keinen solchen Fall mehr gab, habe ich schon vor zwei Jahren die Ordner in eine weniger zugängliche Ecke geräumt oder besser räumen lassen. Wozu ist man schließlich Bibliothekarin, wenn man nicht ab und an einen angehenden, aufmüpfigen Magier in die Schranken weisen und ihm die Aufgabe erteilen darf, mehrere Dutzend Ordner umzusortieren und das Archiv entsprechend anzupassen?

»Ich wollte etwas herausfinden«, gibt sie schließlich zu.

»Und was genau? In diesen Ordnern wirst du sicher nichts finden, was dir helfen wird. Das sind alles Cold Cases.« Ich hoffe, dass sie versteht, was ich mit toten, also ungelösten Fällen meine.

Sally schaut mich mit undurchdringlichem Blick an, ehe sie den Ordner schließlich senkt und auf das Pult legt. »Ich suche Beweise dafür, dass Ben unschuldig ist.«

»Wer ist Ben?«, frage ich verwirrt.

»Der Werwolfjunge, der verhaftet wurde.« Sally klammert sich an den Ordner. »Er ist unschuldig. Davon bin ich überzeugt.«

Neugierig betrachte ich die junge Frau und lege den Kopf schief. Dabei stemme ich eine Hand in die Hüfte. »Woher willst du das wissen? Du bist nur ein Dienstmädchen und hast nichts mit den Paranormalen zu tun. Es sei denn, sie sind tot.«

Sally holt Luft, aber bevor sie antwortet, schließt sie ihren Mund wieder. Sie erinnert mich gerade an einen der Goldfische aus dem Teich vor der Orangerie.

»Rede schon, Kindchen. Dass man dir auch alles aus der Nase ziehen muss. Es ist ja löblich, dass du deine Geheimnisse wahren möchtest, aber dazu müsstest du lernen, besser zu lügen oder dich nicht beim Herumschnüffeln erwischen zu lassen.«

Da fällt mir der Pokal ein, den sie mir eigentlich zeigen wollte, und ich runzele die Stirn. Diesen Pokal hat sie mir nie gebracht.

Gerade, als ich sie darauf ansprechen möchte, seufzt sie mitleidig und lehnt sich an das Pult, auf dem der Ordner liegt.

»Ich habe Ben schon einmal gesehen und …« Sally stöhnt, »… und habe ihn in Sicherheit gebracht.«

»Bitte? Wie kann das sein? Verkehrst du mit Paranormalen?«

Heftig schüttelt Sally den Kopf. »Nein, nicht einmal im Old Cheese.« Sie merkt, was sie gesagt hat, und läuft rot an. »Also, wenn ich denn mal da bin. Nicht, dass ich etwas gegen paranormale Wesen habe, aber der Umgang ist doch nicht so gern gesehen.«

»Schon gut, Sally, du musst dich vor mir nicht rechtfertigen.« *Wenn sie wüsste, welchen Umgang ich pflege, wäre sie nicht so verklemmt*, denke ich und schmunzele verstohlen. »Aber eine Erklärung hätte ich schon gerne, warum du von der Unschuld des Jungen überzeugt bist.«

»Er hat es mir gesagt.« Sally scheint mit dieser nichtssagenden Begründung sogar noch zufrieden zu sein.

»Und du glaubst ihm einfach so?«

»Unschuldig, bis die Schuld bewiesen ist, heißt es doch in der Rechtsprechung, oder?« An ihrer Nasenspitze kann ich sehen, dass sie selbstbewusster wird. Dass ich sie nicht augenblicklich verurteile, weil sie mit einem Werwolf gesprochen hat, scheint sie zu bestärken.

»Das ist die Rechtsprechung der Menschen, nicht die der Magier«, erwidere ich mit mahnendem Zeigefinger. Dennoch mache ich einen Schritt beiseite, damit sie aus ihrer Ecke entkommen kann. Wenn ich mehr von ihr wissen will, muss ich ihr Vertrauen schenken. Und einen Fluchtweg bereitzuhalten, bedeutet hoffentlich genügend Vertrauensvorschuss.

Sally nutzt die Gelegenheit und schlüpft an mir vorbei, nicht jedoch, ohne den Ordner zurück ins Regal zu stellen. Er scheint sie ganz plötzlich nicht mehr zu interessieren.

Da kommt mir das erste Mal der Gedanke, dass sie das Herumschnüffeln nur inszeniert hat, um mit mir zu reden.

Will sie meinen Rat? Warum kommt sie dann nicht direkt zu mir?

Wieder einmal fällt mir die Ähnlichkeit zu ihrer Mutter auf. Auch die hat mich nie direkt um Hilfe gebeten, wenn es um Probleme ging, sondern hat immer einen Auslöser gefunden, damit sie mit mir reden konnte.

Während Sally sich einige Meter von mir entfernt aufstellt, gleiten meine Gedanken in die Vergangenheit ab: Sallys Mutter hat mir einmal eine ähnliche Falle gestellt. Mit Absicht hat sie ein Buch fallen lassen, damit mir nicht entging, wie sie darin herumschnüffelte. Doch damals bemerkte ich ihre Taktik erst einige Male später.

»Wenn ich Ihnen sage, was ich weiß, versprechen Sie mir dann, mich nicht an den Protector zu verraten?« Sie zögert und fügt hinzu: »Oder an William?«

»Keine Sorge, Kindchen, ich werde dich schon nicht verraten. Solange du nichts tust, was irgendwen verletzt.«

»Ben war in dem Lagerhaus, in dem sie die letzten Leichen gefunden haben.« Sie hebt die Hand, als sie merkt, dass ich einhaken möchte, und bittet mich so, zu schweigen.

Jedes andere Hausmädchen hätte ich zurechtgewiesen, aber Sally lasse ich es durchgehen. Ich war bei ihrer Geburt anwesend und habe den Tod ihrer Mutter bezeugt. Auch wenn ich keinerlei mütterliche Empfindungen für das Mädchen hege, so erinnert sie mich doch immer wieder an ihre Mutter, mit der ich lange Zeit zusammengearbeitet habe.

»Er war verletzt, hatte ein gebrochenes Bein und war anscheinend betäubt worden. In seinem Hals war eine Einstichstelle, und er wirkte benommen, als hätte man ihn mit Absicht verletzt und dort hingelegt. Außerdem schwor er mir, dass er seine Freunde nicht umgebracht hat.«

»Darauf basierst du deine Unschuldsvermutung?« Ich runzele die Stirn.

Verunsicherung breitet sich wieder auf ihrem Gesicht aus. Mir davon zu erzählen bedeutet ein großes Risiko für sie, und ich will nicht diejenige sein, die dieses Vertrauen zerstört. Immerhin bin ich es, die ihrer Mutter versprochen hat, immer ein Auge auf Sally zu haben, solange ich lebe. Besonders darauf zu achten, ob sich Zeichen ihrer Herkunft mit der Zeit offenbaren.

»Nein, da ist noch mehr. Am ersten Tatort gibt es Ungereimtheiten. Ein Werwolf hätte von seinen Opfern gefressen. Außerdem war der Angreifer zu schwach, um das Opfer durch den Flur zu schleifen, was auch gegen einen Werwolf spricht.«

Sallys Worte holen mich wieder zurück in die Gegenwart. Für einen Moment sind meine Gedanken in die Vergangenheit abgedriftet, aber nun frage ich mich, ob Sally doch mehr von ihrer Mutter in sich trägt, als ich dachte.

»Reicht dir das?« Ich lege den Kopf schräg und lächele sie an.

Das verunsichert sie noch mehr, aber genau das bezwecke ich damit. Halbgare Äußerungen sind meist nur Halbwahrheiten, die niemanden voranbringen. Wenn sie solch eine Vermutung äußert, muss sie sich sicher sein.

Sally überlegt einen Moment, ehe sie den Rücken durchstreckt und zu mir aufschaut. »Ja, das reicht mir, Lady Kaitlin.«

»Dann reicht es mir auch. Wonach genau hast du gesucht?« Ich sehe mich einer völlig überraschten Sally gegenüber.

»Sie glauben mir?«

»Du hast selbst gesagt, dass du davon überzeugt bist. Du bist eine intelligente junge Frau, die viel Erfahrung auf ihrem Gebiet hat. Also glaube ich dir, bis ich andere Beweise erhalte.« Ich zucke mit den Schultern.

Sally lächelt warm und ehrlich, und mir geht das Herz auf, als ich für einen Moment ihre Mutter wiedererkenne. Auch die hat sich für das Wohl der Paranormalen eingesetzt und wollte niemanden töten, der nicht sicher verurteilt war. Sally scheint genau diese Eigenschaft von ihr übernommen zu haben.

»Ich suche nach einem Präzedenzfall, in dem man einen Para nicht verurteilt hat, weil berechtigte Zweifel bestehen. Einen Fall wie diesem nicht unähnlich.« Ihre Stimme überschlägt sich fast vor Übermut.

»Du meinst, in dem jemand für den Para aussagen könnte, ohne selbst verurteilt zu werden?«

»Auf keinen Fall. Ich kann nicht zugeben, dass ich ihn dort gefunden habe. Man würde mich aus dem Orden werfen und mein Gedächtnis löschen. Und der Orden ist doch mein Zuhause.«

Der Ausdruck der Verzweiflung sticht mir ins Herz, dennoch nicke ich und mache einen Schritt auf sie zu. »Auch wenn ich dir gerne helfen möchte. Aber wenn du nicht für ihn aussagen willst, wird keiner der toten Fälle dir helfen können.« Ich seufze und lege ihr mütterlich die Hand auf die Schulter. »Ich fürchte, du musst dir etwas anderes einfallen lassen.«

»Nur was?«, fragt sie verzweifelt.

Ich habe selbst einige Ideen, aber wenn ich die äußern würde, müsste ich mehr von meiner Vergangenheit enthüllen, als mir lieb ist. Ich müsste alles gefährden, was ich in den letzten dreißig Jahren versucht habe, umzusetzen, und so leid es mir um den Werwolfjungen tut, ist er nur ein kleines Opfer in einem viel größeren Spiel.

Also zucke ich mit den Schultern. »Werde kreativ. Ein kluges Mädchen wie du wird sicher einen Weg finden.«

Auch wenn Sally in diesem Augenblick geknickt die Bibliothek verlässt, so erinnere ich mich nur zu gut daran, dass ich diese Worte schon einmal verwendet habe. Lange vor Sallys Geburt benutzte ich sie, um ihrer Mutter einen ähnlichen Ratschlag zu erteilen.

Die Duplizität der Ereignisse lässt mich sprachlos zurück, denn die Ähnlichkeit zwischen den beiden wird von Tag zu Tag offensichtlicher.

KAPITEL 17

Caleb

Als wir im Haus sind und der Werwolf im Keller sicher eingesperrt ist, werde ich sofort zu Victoria zitiert. Tom kommt mir aus ihrem Büro entgegen und nickt mir zu, die Buschtrommeln funktionieren hier zügig. Er hat den Trainingsanzug gegen sein übliches Outfit – einen legeren, aber eleganten Anzug – getauscht und sieht mit den Hochglanzschuhen aus, als wolle er zu einer Vorstandssitzung eines dieser jungen, hippen Start-Ups, die vor London wie Pilze aus dem Boden schießen.

»Gut gemacht, wie immer sehr offensiv, aber Lili wird einen kleinen Polizeibericht ins Londoner System einschleusen, wonach ein Taschendieb verhaftet wurde. Das sollte jede Nachfrage erledigen.«

Er klopft mir auf die Schulter, und ich versuche, die Freude, dass uns die Verhaftung so reibungslos geglückt ist, nicht zu zeigen. Diesen Erfolg habe ich dringend benötigt, der Mörder von vier Unschuldigen sitzt in unserem Gewahrsam und wartet auf sein Verhör.

»Danke nochmal, dass du gestern meine Schicht übernommen hast.«

Er geht, und ich klopfe an, kurz und kräftig

»Herein«, schnarrt Victoria.

Ich zögere keine Sekunde. Sie hasst Zeitverschwendung. »Ma'am«, sage ich beim Eintreten und erwarte, dass sie mich beglückwünscht und mir das weitere Vorgehen mitteilt.

»Kommen Sie, Caleb. Wir werden bei Sir Henry erwartet.« Ihre Stimme klingt emotionslos.

Sie trägt heute eine hellblaue Bluse mit Stehkragen und eine lässig-elegante dunkelblaue Stoffhose mit entsprechenden High-

Heels. Allerdings greift sie jetzt – ganz die Magierin, die sie ist – hinter sich und nimmt sich ihre Ordensrobe, weinrot, aus Samtstoff, mit goldenen angenähten Ketten am Revers und einem strengen Stehkragen, mit der sie an mir vorbei aus dem Raum eilt.

Ich finde dieses Verkleiden im Ordenshaus bei offiziellen Gelegenheiten ziemlich albern und bin froh, dass man dies bei den Vigilanten nur von den Vorgesetzten erwartet. Mein langer Ledermantel ist in Ordnung, nur ablegen sollte ich ihn nicht, ohne wäre mein Auftreten zu leger.

Eine leise Nervosität macht sich in mir breit – *Sir Henry? Warum wartet das Oberhaupt des Ordens auf uns?*

Die Frage kann ich nicht stellen, Victoria würde es als anmaßend empfinden, und eine Antwort würde ich auch nicht erhalten.

Sie eilt hinaus, und ich folge ihr in den langen Flur im ersten Stock des Vigilanten-Trakts. Dort ist alles hellgrau gestrichen, mit weißen Akzenten und dunkelgrauen Fliesen, die jedes Staubkorn offenbaren. Die Hausmädchen hassen es, hier Ordnung zu halten, habe ich gehört. Victoria dagegen liebt die kühle, effiziente Ordnung, die sie ausstrahlt, auch in ihrem Umfeld. Ihre hohen Schuhe lassen keinen Zweifel, dass wir es eilig haben, die Töne kündigen uns an, in einem schnellen Stakkato.

Sie eilt den Flur hinunter, vorbei am Büro ihres ersten Adjutanten, des zweiten Adjutanten, des Kampfmeisters, des Waffenmeisters, der Einsatzleitung und betritt das altmodische Treppenhaus am Ende unseres Flügels, das mit der verschlissenen Holztreppe und dem Holzgeländer anmutet, als würden wir eine andere Welt betreten.

Über uns, im zweiten Stock, sind die Vigilanten-Wohnungen, kleine Wohngruppen, in der sich bis zu drei Vigilanten eine Wohnung teilen. Ich und Zac leben zusammen in einem dieser Appartements, in dem Küche und Bad von allen genutzt werden. Unser dritter Mitbewohner ist ein kleiner, blasser Magier namens Nicolas, der meist in der Funkzentrale eingesetzt ist und dessen Aufgabe darin besteht, den Londoner Polizeifunk abzuhören.

Im Erdgeschoss sind die Einsatzvorbereitungsräume, die Funkzentrale, die Waffenkammer und weitere funktionale Räume untergebracht, die im gleichen kühlen Grau ausgestattet sind. Darunter liegen Übungsräume und Duschen, das erste Kellergeschoß dient unserem Training und unserer Fitness. Und weiter darunter, nicht mehr gefliest oder in effizienten Farbtönen, liegen ältere Gebäudeteile mit dicken kalten Mauern: das Verlies. Auch wenn Victoria dies nicht hören will, sie nennt es das Gefängnis. Dort sind auch ein paar Verhörräume untergebracht, die zum Teil einen sehr morbiden Charme aufweisen.

Victoria eilt die hölzerne Treppe hinunter, auch hier lassen ihre Schuhe keinen Zweifel daran, dass sie es eilig hat. Wahrscheinlich kündigt uns ihr Stakkato jedem an, der in der großen Halle ist.

Unten angekommen, gehen wir den altertümlichen Flur entlang, der unseren Gebäudeteil mit dem Haupthaus verbindet. Victoria wendet sich der Tür zu, durch die vorhin auch ich und Zac mit unserem Gefangenen im Schlepptau den Vigilanten-Bereich betreten haben. Sie führt in die große Halle, den Haupteingang des Hermetischen Ordens. Bei offiziellen Anlässen, wie zum Beispiel einer Verhaftung, ist nur das Betreten durch den Haupteingang gestattet: Hausregel. Regeln haben wir bei Gott genug.

Victoria öffnet die imposante Eichentür, durch die man in die große Halle gelangt, und eilt hindurch. Kaum dort angekommen, verlangsamt sie ihre Schritte und betritt den schwarz-weißen Marmorboden, der vom Haupteingang zur großen Treppe führt, in einem gemächlicheren Tempo, nahezu würdevoll.

Alles hier unten ist mit dunklem Holz vertäfelt, einige Chesterfield-Couchen sind geschickt verteilt, und barocke Tische mit Blumengestecken, die immer frisch sind, verbreiten den Charme eines englischen Herrenhauses. Sir Henry legt viel Wert auf den Eindruck, den die Haupteingangshalle ausstrahlen soll.

Die Chesterfield-Möbel sind das Einzige, was mir hier gefällt. Das alte Leder ist noch aus dem 18. Jahrhundert, und es sind einige der ersten Stücke, die in dieser Art gefertigt wurden. Gerüchten zufolge wurden sie noch von Robert Adam, dem Designer höchstpersönlich, angefertigt, und bestimmt würden ein paar Antiquitätenhändler für eines dieser Möbelstücke töten.

Victoria steuert zielstrebig die dunkel getäfelte Treppe mit den gedrechselten Streben und dem weinroten Teppich an, und ich beeile mich, mit ihr Schritt zu halten. Sie ist kleiner als ich, aber sie rennt fast, ohne dabei außer Atem zu kommen oder hektisch zu wirken. Als sie die Treppe erreicht, werden ihre Schritte von dem dicken Teppich geschluckt, und das unangenehme Trommeln der Absätze verstummt.

Alles an dieser Frau ist glatt und effizient, die platinblonde Frisur sitzt tadellos, und sie hat es sogar geschafft, beim Laufen ihren Umhang vorn mit den altmodischen Haken zu schließen. Der Samtumhang in Verbindung mit den Stöckelschuhen sollte albern aussehen, tut es bei ihr aber nicht. Sie wirkt in dieser speziellen Rüstung noch furchteinflößender.

Victoria eilt die Treppe hinauf, zum Glück schützt der Teppich das alte Holz vor ihren mörderischen Absätzen. Hochhackige Schuhe sind allen Dienstboten verboten, allerdings würde es niemand wagen, Victoria Bannister Vorschriften in dieser Hinsicht zu machen. Auch Lady Kaitlin wird davon befreit sein, denke ich.

Die Holzvertäfelung an den Wänden ist genauso dunkel wie die Treppe. Die alten Kronleuchter sind zwar mit Elektrizität ausgestattet – ein Zugeständnis an die Brandgefahr –, aber die Lichtintensität entspricht noch immer der von Kerzen. Die Treppe teilt sich auf der ersten Ebene, Victoria nimmt die linke Seite, und ich folge ihr wie ein Schatten. Von den Wänden starren mich die Bilder ehemaliger Magier, in dunklen Farben und Öl für die Ewigkeit festgehalten, förmlich an.

Im ersten Stock biegt sie nach rechts in den breiten Gang zu den Studierzimmern ab, auch hier schluckt ein dicker Teppich ihre Schritte. In diesem Bereich haben viele Magier ihre Refugien, in denen sie Zauber studieren und ihren Professionen nachgehen. Am Ende des langen, imposanten Flures liegen die Räume des Protektors.

Ich war schon einmal dort. Vom Flur aus geht es direkt in sein Büro: ein riesiger, altmodischer Raum mit einem rotbraunen Sessel mit Lederbezug vor einem altmodischen, offenen Kamin, einem riesigen Eichenschreibtisch und hohen schmalen Fenstern, die mit grünen Brokatvorhängen umrandet sind. Alles an diesem Raum wirkt altmodisch. Sir Henry hat nicht mal einen sichtbaren Laptop oder ein herumliegendes Handy in seinem Büro, zumindest konnte ich bei meinem letzten Besuch so etwas nicht entdecken.

Wir haben die große Doppeltür aus Eiche mit den Blätterverzierungen erreicht. Victoria klopft kurz und hart an, bevor sie, ohne auf eine Antwort zu warten, die Türklinge herunterdrückt und öffnet. Sie weiß, dass sie erwartet wird und hält sich nicht mit unnötigen Höflichkeiten auf.

»Victoria, Mr O'Connor«, ertönt die angenehme, dunkle Stimme von Sir Henry, der hinter seinem Schreibtisch sitzt und mit einer altmodischen Feder dabei ist, eine Pergamentrolle aus Ziegenleder zu beschreiben – durch und durch ein Traditionalist.

Er trägt einen dunkelblauen Umhang, mit ebenfalls goldenen Stickereien – es ist das Ordenswappen – und sieht mit seinem Haarkranz aus kurzen weißen Haaren, der hohen Stirn und dem glattrasierten, faltigen Gesicht wie ein alternder Gentleman und Lord aus, der er ja auch ist. Seine blauen Augen sind von Lachfalten umgeben, und obwohl er ein durchaus klassisches, strenges Gesicht mit einer dominanten, geraden Nase hat, strahlt er doch eine gewisse Güte und Weisheit aus. Noch nie habe ich gehört, dass er jemals laut geworden wäre. Er kennt jedes Mitglied des Haushalts mit Namen und ist nicht nur der offizielle Protector, sondern uneingeschränkt der Hausvorstand, dessen Rat man gerne annimmt.

Sir Henry stellt die Feder in eine metallene Vorrichtung, in der auch ein altmodisches Tintenfass steckt, rollt das Pergament zusammen und erhebt sich. Freundlich lächelnd deutet er auf die kleine Sitzecke am Kamin und geht, nach uns, selbst hinüber.

Auf dem kleinen Tischchen vor der noch knisternden und glühenden Glut stehen Tee und Gebäck – Scones, wenn ich es richtig sehe. Er wartet, bis Victoria und ich uns auf die filigranen Stühle, deren Kontrast zu seinem Ledersessel nicht größer sein könnte, gesetzt haben, und nimmt dann ebenfalls Platz. Er sieht uns ernst an und weist mit einer kleinen Handbewegung seinen persönlichen Kammerdiener William, einen ziemlich blasierten Kerl mit einer steifen, vornehmen Haltung, an, Tee einzuschenken.

Während dieser der Bitte nachkommt, schweigen wir.

Victoria sitzt kerzengerade auf ihrem Stuhl. Als William bei ihr fertig ist, nimmt sie ihre Tasse, hält sie mit der filigranen Untertasse in der Hand und lehnt sich elegant zurück. Sie würde nie lümmeln oder sich eine Blöße geben. Ich selbst nehme mir Milch und Zucker, während auch Sir Henry seinen Tee damit anreichert. Ein kurzes Schweigen macht sich breit, in dem nur das Klingeln von Sir Henrys Löffel in der Tasse die Stille durchbricht.

»Wie lange, bis wir wissen, ob die DNA des Jungen mit der vom Tatort übereinstimmt?«, fragt Sir Henry dann, die Stirn in Falten gelegt und mit besorgtem Tonfall.

»In der nächsten Stunde. Doc Brown beeilt sich, wir haben die DNA des Wolfes sofort ins Dead Man's Hole gebracht. Der Doc bittet jedoch darum, bei Gelegenheit einen neuen Gen-Sequenzer anzuschaffen.« Victorias Stimme ist sachlich, aber offensichtlich haben sowohl sie als auch Henry in diesem Fall eine gewisse Eile.

Wieso? Wir haben den Wolf, jetzt ist die Gefahr doch gebannt?!

»Es gibt aber keine Zweifel?«, fragt Sir Henry, und ich runzele die Stirn.

»Nein. Miss Gardener hat den Wolf an beiden Tatorten auf Aufzeichnungen von aus der Nähe stammenden Kameras vor der Tat entdecken können. Er kennt alle Opfer, die DNA-Analyse ist nur noch eine Formsache, Henry.«

Er nickt betrübt, und ich frage mich, warum ihn die Tatsache, dass wir den Schuldigen haben, offensichtlich belastet. Sein Blick fällt auf mich, und ein trauriges kleines Lächeln stiehlt sich in das Gesicht des Ordensführers.

»Sie wundern sich bestimmt. Es war gute Arbeit, auch, weil es in der Öffentlichkeit nicht leicht ist, einen Para in Gewahrsam zu nehmen. Sie haben Ihre Aufgabe zu aller Zufriedenheit erfüllt, Ihr Team hat sehr gut funktioniert. Jedoch ist der Wolf zum einen noch sehr jung – eine Schande, wenn man mich fragt –, zum anderen kommt er aus einem der größten Londoner Rudel.

Wir können keine politischen Ausnahmen machen, wenn er schuldig ist, muss er sterben. Aber er ist ein Sohn des Rudel-Alphas, und meine Besorgnis gilt dem Frieden. Aus diesem Grund werde ich diesmal bei der Befragung anwesend sein. Sie, Mr O'Connor, haben ihn festgenommen und werden das Verhör durchführen. Sie haben bis hierhin gute Arbeit geleistet, und Miss Bannister und ich sind uns einig, dass Sie bereit sind, auch das Verhör zu übernehmen. Dabei ist es äußerst wichtig, dass Sie alles streng nach Protokoll abwickeln.«

Ich nicke und bin sehr zufrieden. Dass ich, trotz der Besorgnis um den Frieden der magischen Welt, das Verhör führen soll, ist eine Auszeichnung, die meiner harten Arbeit zu verdanken ist.

»Der Wolf wird schnell gestehen. Er ist ein Kind. Ein Monster.« Victorias Stimme klingt kalt, als sie die Tasse auf das Tischchen stellt und aufsteht.

Sie nickt mir zu, um mich zum Aufbruch zu bewegen, auch wenn mein Tee noch nicht mal angerührt ist. Trotzdem folge ich dem stummen Befehl, stelle ebenfalls meine Tasse ab und wende mich an den Protector.

»Sir, ich lasse alles vorbereiten, wir starten, sobald wir die Laborergebnisse haben, ist das in Ordnung?«

»Ja. Ich hoffe wirklich, der Junge kann entlastet werden. Es würde alles so viel einfacher machen.« Mit diesen Worten steht auch Sir Henry auf und geht zu seinem Tisch zurück.

Victoria wendet sich um, und wir verlassen den Raum ohne eine weitere Verabschiedung. Als wir wieder in der großen Eingangshalle ankommen, wendet sie sich mir noch einmal zu. »Ich teile es Ihnen mit, sobald die Ergebnisse aus dem Dead Man's Hole da sind. Bereiten Sie alles vor, und warten Sie dann in der Einsatzzentrale.«

Ich nicke knapp, aber ich bin noch nicht entlassen.

»Sobald die Ergebnisse vorliegen, dass die DNA des Wolfes mit der vom Tatort übereinstimmt, halten Sie das Verhör so kurz es geht. Wir benötigen lediglich einen Beweis, der den Jungen mit dem Tatort in Verbindung bringt. Also keine langen, tränenreichen Geständnisse, keine Reue, sondern eine effiziente Herangehensweise. Haben wir uns verstanden?« Sie eilt davon, ohne meine Antwort auf diese Anweisung abzuwarten.

Die Ergebnisse liegen mir seit fünf Minuten vor, Victoria hat keine Zeit verloren. Den jungen Ben Johnson habe ich bereits in den Verhörraum im zweiten Untergeschoss bringen lassen. Er ist mit einer Silberhandschelle am Verhörtisch gefesselt und wartet auf unser Eintreffen.

Ich eile gerade die Treppe hinunter, um vor Sir Henry und *der Eishexe* dort anzukommen, in den Händen den Bericht des Labors in der immer dicker werdenden Akte des Wolfes. Er war der Täter, seine DNA war nicht nur am Colaglas im Haus, sondern auch am zweiten Tatort. Jetzt haben wir die Beweise, die wir benötigen. Was uns jedoch noch fehlt, um alle Zweifel auszuräumen, ist ein Geständnis. Dann wäre es ein glasklares Todesurteil, dem sich sogar das Rudel beugen müsste. Zumindest nach dem Gesetz. Paras kann man nicht trauen!

Ich komme in dem kalten Flur an, alles hier ist aus alten Steinen gemauert und wirkt auf mich, der sich hauptsächlich in den darüberliegenden, modernen Räumen aufhält, ziemlich ungewohnt. Einfache, grün gestrichene Stahltüren mit kleinen Fenstern und Gittern davor gehen von dem breiten, leeren Gang mit der hohen Gewölbedecke ab: Verhörräume und ein Krankenzimmer. Am Ende des Ganges sind drei Zellen, die sich nicht von denen der Londoner Polizei unterscheiden, nur dass die Wände mit Zaubern verstärkt und mit Silber durchwirkt sind. Räume ohne Tageslicht und Fenster helfen uns, mit all dem fertig zu werden, was die paranormale Gesellschaft an Monstern zu bieten hat – und erschweren einen Ausbruch.

Die Gänge unter dem Ordensgelände sind zahlreich und dienen unter anderem dem Personal als Laufwege, allerdings ist dieser Gang nur durch den Vigilanten-Trakt zugänglich. Eine steinerne enge Wendeltreppe, die aus dem ersten Kellergeschoß hier herunterführt, ist der einzige Zugang zum Verlies, wie dieser Bereich von uns insgeheim bezeichnet wird.

Tom steht vor dem Verhörraum, in dem unser Gefangener wartet, und nickt mir zu, als ich in den breiten Gang trete.

»Gute Arbeit«, lobt er, und ich weiß, er ist stolz auf mich.

Manchmal wünsche ich mir, meine Eltern könnten meine Leistungen ähnlich bewerten, aber es tut zumindest gut, dass es hier im Orden auffällt, dass ich hervorstechen will.

Sir Henry und Victoria treffen nur einen Augenblick später ein, der Magier sieht nicht glücklich aus, bestimmt hat Victoria ihn bereits über die Laborergebnisse informiert. Er nickt mir zu und nimmt dann zu meinem Erstaunen seinen Umhang ab, um ihn an einen Haken an der Wand vor dem Verhörraum zu hängen.

»Victoria, wir sollten den Wolf nicht noch einschüchtern, hier ist es besser, wir lassen die Tradition ausnahmsweise vor der Tür. Wir wollen doch dem Rudel keinerlei Angriffsfläche bieten«, sagt er mit ruhiger Stimme.

Ich kann sehen, wie *die Eishexe* kurz das Gesicht abfällig verzieht. Es passt ihr nicht, und ich bewundere Sir Henry dafür, dass er versucht, alles zu tun, um hier noch deeskalierend zu wirken. Unnötig, in meinen Augen, aber er hat den Frieden im Blick, ich momentan nur einen Erfolg beim Verhör. Trotzdem fügt sich Victoria und legt ebenfalls ihren Umhang ab.

Unter der Ordenskleidung trägt Sir Henry einen hellbraunen, sehr edlen Tweet-Anzug mit Lederflicken, der seinem Auftreten etwas Großväterliches gibt. Er ist ein kluger Taktiker, dieses Erscheinungsbild ist wirklich kaum einschüchternd. Wäre der Anlass nicht so ernst, könnte man glauben, dass er gleich eine Tüte mit Süßigkeiten aus einer seiner Taschen zieht.

»Mr O'Connor, es ist Ihr Verhör. Bitte gehen Sie vor, und beginnen Sie. Stellen Sie uns als Zeugen vor, die für das ordnungsgemäße Durchführen der Befragung Sorge tragen.«

Ich nicke und trete in den Verhörraum. Kaltes Licht aus einer LED-Röhre an der Decke beleuchtet den Metalltisch, an dem mit einer langen Kette die Handschelle befestigt ist. Der Tisch selbst ist im Boden eingelassen und sowohl mechanisch als auch magisch befestigt. Auf jeder Seite stehen zwei Stühle, was im Grunde unnötig ist. Anwälte für Angeklagte gibt es nicht. An der Wand gegenüber dem Wolf, der mich und meine Begleiter trotzig anfunkelt, sind noch zwei Metallstühle auf meine Anweisung positioniert worden, dorthin begeben sich jetzt Sir Henry und Victoria. Ich habe die beiden lieber hinter mir als vor mir, und so setzt es den Wolf noch zusätzlich unter Druck.

Ich schnappe mir einen Metallstuhl, drehe ihn absichtlich lautstark herum, ziehe meinen Ledermantel aus, werfe ihn auf den anderen Stuhl und pfeffere die Akte schwungvoll auf den Tisch. Der Wolf zuckt bei jedem Geräusch zusammen. Als er seinen Namen auf dem Deckblatt entdeckt, wird er auch noch blass.

Ich trage Jeans und einen schwarzen Troyer und weiß, ich sehe damit einschüchternd genug aus, aber nicht zu offiziell. Mein Katana liegt in der Waffenkammer, um nicht den Eindruck einer Bedrohung zu vermitteln und einen blutigen Zwischenfall auszuschließen.

»Hallo Ben, mein Name ist Caleb O'Connor. Ich bin Vigilant und würde dich gern zu ein paar Ereignissen der letzten Tage befragen.« Ich gebe mich nonchalant und lasse mich auf dem umgedrehten Stuhl nieder, breitbeinig und lässig.

Der Junge funkelt mich an, die Handschelle liegt inzwischen über seinem langärmeligen Shirt, so dass er keinen Hautkontakt mit dem Silber mehr hat. Ansonsten ist er unverletzt und wird lediglich mit der silbernen Handschelle unter Kontrolle gehalten. Ein gefolterter Para wäre ein No-Go, egal wie gerne einige Vigilanten bei einer Verhaftung härter durchgreifen wollen. Die Regeln sind einzuhalten.

»Das hinter mir sind Victoria Bannister, Chefin der Vigilanten, und Sir Henry Blake, der Protector des Hermetischen Ordens. Sie sind hier, damit alles seine Richtigkeit hat, als Zeugen.«

Der Wolf schnaubt, es ist offensichtlich, was er von Magiern oder Vigilanten hält. Doch da ist auch Angst in seinen Zügen, er sieht aus wie der Teenager, der er ist. Man könnte fast glauben, wir hätten ein unschuldiges Opfer hier sitzen. Aber ich falle nicht auf die Maske der Jugend herein. Vor mir sitzt ein Raubtier, das in London gejagt hat.

»Du weißt, warum du hier bist?«, frage ich, und er schüttelt den Kopf. »Du kennst doch Bobby Atkins und seine Mutter?« Meine Stimme klingt freundlich, beinahe beiläufig, und ich sehe, wie sein dunkler Teint jetzt wieder einen Hauch Farbe bekommt. Er weiß genau, was der Familie Atkins passiert ist. Ganz genau, wie mir das furchtsame Funkeln seiner braunen Augen verrät.

»Und wenn schon. Er geht mit mir in ein paar Kurse«, knurrt er leise, aber defensiv.

Er ist nicht blöde, auch dieser Junge vor mir weiß schon, was ein Gesetzesverstoß bedeutet. Er hat Angst, ich kann sie fast greifen. Deshalb bin ich auch noch freundlich, dieses Kind stellt keine große Herausforderung dar. Trotzdem will ich von ihm hören, dass er die Opfer kannte und beide Male am Tatort war.

»Ben, komm schon. Er geht mit dir zur Schule? Mehr nicht? Und was ist mit Kevin und Yusuf? Die zwei Skater, die wir gefunden haben? Kanntest du die auch?«

Sie belegten ebenfalls ein paar Kurse mit Ben gemeinsam und, soweit wir wissen, hat sich Ben Johnson regelmäßig mit den beiden Opfern zum Skaten getroffen.

Mussten die zwei Jungs sterben, weil sie mitbekommen hatten, was Ben der Familie seines Freundes angetan hat?

Es ist mir egal, ich brauche nur ein halbwegs vernünftiges Geständnis von dem Para vor mir.

In dessen Augen sammeln sich Tränen, die er tapfer herunterschluckt. Sein Adamsapfel hüpft hektisch auf und ab, aber er hat sich unter Kontrolle und schweigt bockig. Für einen ansonsten so unbeherrschten Werwolf hat er sich im Moment erstaunlich gut unter Kontrolle.

Ich warte einen Moment, aber Ben reagiert nicht, sondern starrt nun vor sich auf die metallene Tischplatte. Unvermittelt springe ich auf, nehme die Akte, greife gezielt hinein und lasse ein paar der blutigen Tatortfotos vom Haus der Atkins über den Tisch schlittern.

Der Junge verliert erneut das bisschen Farbe, das die Wut ihm ins Gesicht getrieben hat, und schluckt schwer. Bevor er sich vom ersten Schock erholen kann, lasse ich die von Tom angefertigten Fotos vom zweiten Tatort folgen, beide Opfer sehen ähnlich verstümmelt aus, und der Wolf wendet den Blick ab.

»Sieh hin«, knurre ich ihn an, und er gehorcht mir, wenn auch widerstrebend.

Er starrt auf die Bilder, die Hände zu Fäusten geballt, zitternd und aufgewühlt, und ich meine, Tränen in seinen Augen glitzern zu sehen.

Verdammt, warum muss der Wolf noch so jung sein? Er ist ein Kind!

»Mr O'Connor, bitte. Mäßigen Sie Ihren Tonfall«, höre ich Sir Henry ruhig sagen.

Ich nicke knapp und fahre mir kurz durch die Haare, um meine eigene Unruhe und mein Unbehagen in den Griff zu bekommen. Das hier ist kein Verhör auf Augenhöhe, dieses Kind kann mir wenig entgegensetzen. Die Wut in meiner Stimme ist der ganzen Situation geschuldet und den Opfern, sie hatten niemanden, der sich für sie stark gemacht hat. Das ist nun meine Aufgabe, egal wie unschuldig und jung ihr Mörder auch aussieht.

»Ben, das sind deine Freunde, die umgebracht wurden. Hast du dazu nichts zu sagen?«

Ben schweigt beharrlich, und ich helfe ihm auf die Sprünge.

»Für uns sieht es so aus, als ob ein Werwolf sie in ihre Einzelteile zerlegt hat. Am helllichten Tag zerfetzt von einem Werwolf, im Schutz des eigenen Zuhauses. Sie waren arg- und hilflos!«

Ben sieht mich kurz an, jetzt ist da kein Trotz mehr in seinem Blick, nur noch Angst. Vor mir sitzt ein Kind, das vollkommen überfordert ist und nicht weiß, was es tun soll.

Mitleid kann ich mir jedoch ausgerechnet jetzt nicht leisten, ich vertrete die Opfer. Ich schütze die Menschen. Ich habe meine Anweisungen, und wir haben hieb- und stichfeste Beweise. Ich werfe einen Blick auf das Bild des Jungen, den wir am ersten Tatort gefunden haben, um mich zu erinnern, warum ich kein Mitleid mit Ben haben sollte.

»Ich war das nicht«, murmelt er, den Blick wieder gesenkt. Seine Stimme zittert, und ich kann sehen, dass er ziemlich aufgewühlt ist. Ich bewundere, dass er noch nicht versucht hat, sich zu verwandeln. Natürlich würde er dann ein paar Silberkugeln abbekommen, um die Verwandlung zu stoppen, aber er hat sich im Griff, und nichts deutet darauf hin, dass sich das ändern wird.

»Wenn du es nicht warst, wer dann? Was meinst du, wie viele

Wölfe kannte Bobby Atkins noch? Wenn wir deine Schulkameraden fragen, was werden sie uns erzählen, mhm?«

Ben öffnet den Mund, sieht sich hilfesuchend um und seufzt dann. »Dass … dass wir befreundet waren. Ich hätte Bobby nie etwas getan. Und … seiner Mom auch nicht. Er war mein Freund. Mein allerbester Freund.«

Tatsächlich klingt Trauer und Aufrichtigkeit in seinen Worten mit, aber davon darf ich mich nicht täuschen lassen. Der junge Wolf schaufelt sich gerade sein Grab, aber vollkommen zu Recht. Es ist mir egal, ob er nur die Beherrschung verloren hat, weil ihn Bobby bei einem Nintendo-Spiel besiegt hat. Es ist mir sogar egal, wenn er selbst in Gefahr gewesen wäre. Es muss mir egal sein. Das tut einfach nichts zur Sache. Ein Opfer mag man mit einem unbeherrschten Ausraster erklären können, das Blutbad in Brixton jedoch ist unentschuldbar. Egal, wie aufrichtig und jung der Täter wirken mag. Egal, was seine Beweggründe waren oder welche Umstände dazu geführt haben.

»Und Yusuf und Kevin? Sie sind doch Kumpel von dir? Du skatest doch auch, oder? Diese Halfpipe, in dem verlassenen Gebäude, dem alten Limehouse, da war deine DNA. Du kanntest den Ort, nicht wahr? Und die Jungs?« Ich werde lauter, bemühe mich aber, nicht zu schreien. Sir Henry will ein sauberes Verhör, für eine saubere Urteilsverkündung. Victoria will ein schnelles Ergebnis.

Ich will nur noch hier raus.

»Ja, wir … wir sind dort geskatet. Ich kenne die zwei Jungs. Aber ich habe ihnen nichts getan. Das hätte ich nie getan«, murmelt Ben, und innerlich triumphiere ich.

Er kannte alle Opfer. Wir haben seine DNA an dem Colaglas bei den Atkins und Spuren von ihm bei der Halfpipe gefunden. Seine Verurteilung ist schon jetzt nur noch eine Formalität, aber Victoria will es hieb- und stichfest. Und ich auch – keine Zweifel bei meinem ersten Fall. Ein sauberer Abschluss. Ein Geständnis.

»Du sagst, du warst es nicht. Aber du kanntest alle Opfer. Deine DNA war an einem Glas im Haus der Atkins. Wie ist es gewesen? Tja, Junge, ich sag dir mal, wie es passiert ist: Der gute Bobby hat dich beim Videospiel besiegt, und du hast die Beherrschung verloren. Als seine Mutter ihm helfen wollte, hast du sie natürlich auch umbringen müssen. Eine Zeugin konntest du dir nicht leisten, oder?

Als du gemerkt hast, was du angerichtet hast, bist du abgehauen.

Und dann deine Kumpels, die dich gefragt haben, was mit Bobby ist. Du wusstest es, aber alle anderen nicht. Sie haben dich in Erklärungsnot gebracht, richtig? Sie konnten bezeugen, dass du an dem Tag bei ihm warst, oder? So war es doch? Du warst doch am Tattag bei den Atkins?«

»Ja«, faucht der Werwolf, und ich atme erleichtert auf.

Er hat zugegeben, am ersten Tatort gewesen zu sein, am Tag der Morde. Wenn er jetzt noch das Gleiche für den zweiten Tatort zugibt, brauchen wir nicht noch mehr Beweise. Wir haben Kameraaufnahmen, DNA und ein Teilgeständnis. Mehr benötigen wir nicht für eine rechtskräftige Verurteilung.

»Und am zweiten Tatort? Kevin und Yusuf waren mit dir zusammen dort. Ihr habt geskatet und abgehangen, oder?«

»Ja, aber sie waren schon tot, als ich …«, er bricht ab, aber mehr muss ich nicht hören.

»Danke, Ben. Das war sehr hilfreich«, sage ich ruhig, und er sieht mich entsetzt an, als ich aufstehe.

»Sie waren schon tot! Ich habe niemanden umgebracht! Ich habe die Regeln beachtet! Ich will mit meinem Dad reden!«, schreit er los, ich ignoriere die Reaktion des Werwolfs. Für mich ist der Fall erledigt, meine Aufgabe habe ich in allen Punkten erfüllt.

Ich nehme die Akte und drehe mich zu Victoria und Sir Henry um. Der Protector sieht betrübt aus, Victoria hingegen sehr zufrieden. Ohne auf die immer panischer klingende Stimme des jungen Mannes zu achten, gehen wir vor den Verhörraum.

»Gut gemacht, Caleb«, sagt Victoria ruhig und nickt mir zu.

»Ja, das Verhör war tadellos, aber der Junge streitet die Tat immer noch ab.« Sir Henry klingt nicht erfreut über die Entwicklung. Er zögert sichtlich, dass Urteil zu fällen.

»Sir, bei allem Respekt, er hat eben gestanden, an beiden Tatorten gewesen zu sein«, werfe ich nun ein, und Victoria kommt mir zu Hilfe.

»Natürlich streitet er seine Taten ab, Henry. Es ist eindeutig, egal, was der Junge behauptet. Sieh mich an, sieh mein Gesicht an, wir wissen beide, wozu diese Monster fähig sind. Wir müssen ein Urteil fällen und ein Zeichen setzen. Egal, welchem Rudel er angehört oder was es für Konsequenzen haben könnte. In dieser Sache gibt es keinen Spielraum. Wir müssen ihnen zeigen, dass wir die Gesetze uneingeschränkt durchsetzen. Egal wie groß oder einflussreich ein Rudel ist. Wir schützen das Gesetz, Henry.«

Der Protector nickt, nimmt behutsam seinen Umhang vom Haken, zieht ihn an und strafft seine Gestalt, bevor er mir und Victoria bedeutet, ihm zu folgen. Langsam, die Hände auf dem Rücken verschränkt, geht er die Treppe nach oben, es ist ihm anzusehen, dass er mit sich ringt.

»Er ist noch so jung«, murmelt er betrübt.

Victoria schnaubt. »Henry, sieh dir die Narbe in meinem Gesicht an. Er ist ein Para, und die Beweise sind erdrückend. Sein Alter darf unsere Entscheidung nicht beeinflussen.«

Erneut übergeht Sir Henry Victorias Einwand, schweigend geht er den Weg zurück ins Haupthaus. Erst an der Tür zur großen Halle hält er inne, die Klinke schon in der Hand. Er hat eine Entscheidung getroffen, und er sieht nicht Victoria, sondern mich an.

»Er soll im Morgengrauen hingerichtet werden, vor Zeugen des Ordens. Eine schnelle Enthauptung.«

FOLGE

6

KAPITEL 18

Kaitlin

Ein Todesurteil. Ausgesprochen von Sir Henry Blake selbst. Als ich diese Nachricht von William, seinem Kammerdiener erhalte, muss ich mich setzen.

»Und es gibt keinerlei Zweifel?«

William hebt pikiert eine Augenbraue. »Das obliegt nicht meinem Wissensstand. Ich diene lediglich als Überbringer der Nachricht.« Er verbeugt sich noch, ehe er die Bibliothek verlässt.

Einige Magier sitzen nicht weit von mir entfernt und starren mich an. Kaum sehe ich in ihre Richtung, blicken sie peinlich berührt beiseite und widmen sich wieder ihren Studien. Dabei kann ich genau sehen, dass ihnen die Fragen ebenso auf der Zunge liegen wie mir: Wieso ein so hartes Urteil? Hat er die Tat wirklich zugegeben, oder wurde das Geständnis erzwungen? Wie haben die Vigilanten ihn zu fassen bekommen?

Doch ich frage mich nur: *Welche Auswirkungen hat dieses Todesurteil?*

Ich erhebe mich aus dem Sessel, in den ich mich nach der Nachricht gesetzt habe, und massiere meine Schläfen. Ich brauche einen Tee. Mit einem Spritzer Whiskey darin. Ich trinke selten Alkohol. In meinem fortgeschrittenen Alter ist es der Gesundheit nicht zuträglich, zu viel davon zu konsumieren. Aber heute ist so ein Tag, an dem ich etwas Härteres benötige als den üblichen Schwarztee, den ich zum Einschlafen von Madeleine bekomme.

Ich lasse die äußere Bibliothek für einen Moment unbeaufsichtigt und gehe in meine privaten Räume. Dort habe ich einen Flachmann versteckt, ein altes Erbstück meiner Familie aus dem 18. Jahrhundert, in dem ich Whiskey aufbewahre. Für eben solche

Gelegenheiten. In einer halben Stunde soll mein Tee zusammen mit meinem Abendessen geliefert werden, genügend Zeit also, um den Flachmann zu holen und in meiner Umhangtasche zu verbergen.

Auch wenn Alkohol im Orden nicht verboten ist, so ist er doch nicht so gerne während der Dienstzeiten gesehen. Und als Bibliothekarin habe ich zu warten, bis der letzte Studierende geht, ehe ich offiziell Feierabend habe. Daran ändert auch mein Alter nichts.

»Lady Kaitlin«, höre ich hinter mir, ehe ich in den Gang verschwinden kann, durch den es zu meinem Schlafbereich geht.

Ein junger Magier steht nicht weit von mir entfernt und starrt mich mit großen Augen an.

»Ja, Mr Steel?« Ich stehe dem angehenden Laboranten gegenüber, der schon in jungen Jahren eine Tendenz zu – nennen wir es mal – fragwürdigen chemisch-magischen Experimenten gezeigt hat.

»Ist es wahr?« Er reißt die Augen weit auf. »Gibt es wirklich ein Todesurteil gegen den Sohn eines Alphas?«

Ich schlucke meine Ungeduld herunter. »Zunächst einmal sollten Sie Ihre Neugier unterbinden, das schickt sich nicht.« In seinen Augen kann ich nicht nur Angst, sondern auch freudige Erregung auf das bevorstehende Ereignis erkennen.

Wie ein geschlagener Hund senkt er den Kopf, murmelt etwas von wissenschaftlicher Neugier, aber darauf gehe ich nicht ein. Für eine Diskussion mit einem in meinen Augen noch Halbwüchsigen war das Thema zu brisant.

»Des Weiteren habe ich keine Kenntnis über die genauen Daten des Falls. Ich weiß nur das, was sie alle, dank Williams nicht gerade zarter Stimme, soeben gehört haben. Und nun entschuldigen Sie mich. Ich habe etwas zu erledigen.«

»Natürlich. Verzeihen Sie die Störung, Lady Kaitlin.« Auch wenn er es nicht hätte tun müssen, so verbeugt er sich vor mir und geht ein paar Schritte nach hinten. Dabei stößt er gegen ein Regal und erntet ein paar Lacher seiner Kameraden, die uns offensichtlich beobachtet haben.

Als ich mich von ihm abwende, um in meine Gemächer zu gehen, wird mir bewusst, dass ich diese Art der freudigen Erregung schon einmal gesehen habe. Es ist beinahe vierzig Jahre her, und ich muss gestehen, dass ich die Ereignisse damals verdrängt habe, obwohl sie eine erschreckende Ähnlichkeit mit den heutigen Fällen aufweisen.

Die Erinnerung trifft mich wie ein Steinschlag, der mich unter der schieren Anzahl der Parallelen begräbt. Ich lehne mich im Gang an die Wand, so dass niemand mich sehen kann. Die Kälte der Steine dringt durch meinen Umhang, doch ich lasse es geschehen. Mühsam streiche ich mir über die Augen, versuche die Bilder und die Ereignisse loszuwerden, die sich auf einmal wie eine Steinlawine über mich entladen.

Ein Todesurteil.

Das letzte Todesurteil lag mehrere Jahre zurück, aber damals hat es eindeutige Beweise und Zeugenaussagen gegeben. Sogar von Seiten der Paras. Diesmal ist ein junger Werwolf beteiligt, den ich nicht kenne. Aber Sally hatte mir von ihm und ihren Unschuldsvermutungen erzählt. Auch wenn ich keine Beweise für oder gegen ihre Aussage habe, so glaube ich zumindest, dass sie davon überzeugt ist.

Kurz überlege ich, ob ich zu ihr gehe und ihr von dem Urteil erzähle, doch vermutlich hat sich die Nachricht schon herumgesprochen. Wenn sie Hilfe braucht, kann sie zu mir kommen, beschließe ich und stoße mich von der Wand ab. Sie weiß mittlerweile, dass ich nicht ihr Feind bin.

Der Gang ist schlicht eingerichtet und nicht besonders weit. Meine Gemächer liegen in einem Apartment, das an den Bibliotheksturm angebaut ist. Dazu muss ich nur einige Meter laufen, doch diese Meter scheinen mir auf einmal unendlich lang.

Der angeklagte Werwolf ist der Sohn eines Alphas. Noch dazu

des Johnson-Rudels. Ein mächtiges und einflussreiches Rudel in London, wenn auch niemand genau weiß, wie groß es mittlerweile ist. Ich kann mir nicht vorstellen, dass ein Alpha die Tötung seines Sohnes einfach so hinnehmen wird. Zwar ist es nicht sein Erstgeborener, aber was ich von diesem Rudel weiß, erscheint mir recht familiär. Nichts deutet darauf hin, dass der Alpha seinen Sohn ungesühnt davonkommen lassen wird. Ich seufze.

»Wieso denke ich ausgerechnet jetzt daran?«, frage ich laut in die Stille meines Zimmers hinein, das ich in diesem Moment betrete.

Eine Antwort erhalte ich nicht. Es wäre auch zu schön, wenn tote Möbel und nicht weniger leblose Kleidungsstücke etwas Sinnvolles darauf zu erwidern hätten.

Dennoch kann ich nicht verhindern, dass die Erinnerung mich übermannt. Also lege ich mich auf mein Bett und schließe die Augen, um ihr nachzugeben. Es ist wie eine Vision, die mich an Details aus längst vergessenen Zeiten erinnert.

Die Erinnerung trägt mich zurück zu Ereignissen, die vor über vierzig Jahren passierten. Zu der Zeit war ich erst einige Jahre Bibliothekarin, leitete die Bibliothek allerdings noch nicht, und war dementsprechend noch auf der Suche nach meiner Rolle im Orden. Eine junge Lady, die nicht wusste, wohin mit ihrer Magie und mit ihren Vorstellungen.

Vor vierzig Jahren gab es andere, weit weniger harte Vorgehensweisen gegen die Paranormalen. Eine Tatsache, die nicht mehr viele im Orden bezeugen können. Entweder waren sie damals noch zu jung oder zu naiv, um zu verstehen, dass es auch anders geht.

»Lady Kaitlin«, hörte ich in meiner Erinnerung einen jungen Mann sprechen. Es war ein unbedeutender Schüler, ein Vigilant, der mich auf dem Weg in die Bibliothek aufhielt. »Haben Sie schon von dem neusten Angriff gehört?« Ach ja, und er war eine

Klatschtante, der es wichtiger war, die neusten Informationen zu verbreiten, als tatsächlich für Gerechtigkeit zu sorgen.

»Welche Angriffe?«

»Ein Irrlicht soll eine ganze Gruppe von Menschen im Park vernichtet haben. Einfach so.« Scheinbar wollte er mir alle Informationen mitteilen, ehe er zum Nächsten eilte, um auch dort davon zu berichten.

»Gibt es denn Zeugen?« Ich war kein Fan von Tratsch, aber um mehr über die Geschehnisse im Orden zu erfahren, war dies der einfachste Weg.

»Keine Zeugen, aber es gibt Beweise. Die Laboranten im Dead Man's Hole sind schon dabei, sie zusammenzutragen. Es wird wohl nicht mehr lange dauern, bis die Vigilanten zugreifen können.«

»Aber sollte es dafür nicht einen tatkräftigen Beweis und ein Geständnis geben?« Ich runzelte die Stirn und sah ihn skeptisch an. Diese freudige Erregung in seinen Augen gefiel mir gar nicht. Er hatte zu viel Spaß daran, diese Geschichte zu verbreiten, auch wenn er keine Ahnung hatte, was er damit anrichtete.

»Das wird schon kommen, sobald man diesen Para gefangen hat.« Der Schüler winkte ab und lehnte sich verschwörerisch vor. »Wenn man ihn denn überhaupt gefangen nimmt.«

»Was soll das heißen?«

Der Schüler zwinkerte mir zu und tippte sich gegen die Nase. »Vielleicht erwischt ihn ja schon vorher jemand.«

Ich wollte etwas erwidern, als der Schüler die Hand hob und nach dem damaligen Laboranten rief, dem er dieselbe Geschichte mit Sicherheit brühwarm erzählen wollte.

Damals hatte ich noch keine Ahnung, was genau ich mit den Informationen anfangen sollte. Wie gesagt, ich mag keinen Tratsch. Aber die Tatsache, dass ich davon wusste, beschäftigte mich umso mehr.

Zu der damaligen Zeit war es üblich, dass man den Paras keine Todesstrafe aufzwang, sondern erst einmal alle anderen Möglichkeiten ausschöpfte. Wie die Tatsache, dass jemand mit einer Gedächtnislöschung und einem Bannspruch bestraft wurde. Und erst wenn das nicht erfolgreich war, wurde die Todesstrafe ausgesprochen. Ehrlich gesagt kann ich nicht genau erklären, was sich verändert hat seitdem. Aber die Härte, mit der man gegen Paras in der heutigen Zeit vorgeht, ist um ein Vielfaches verstärkt worden.

Es verging ein Tag, bis es auf einmal hieß, jeder Magier solle sich auf Geheiß des Protectors in der Eingangshalle versammeln.

Auch ich begab mich in die Eingangshalle und entdeckte Protector Alexander Snow auf den Stufen der Treppe stehen, während andere sich davor versammelt hatten. Ich stellte mich dazu und wartete ebenso neugierig darauf, was für eine Ankündigung so wichtig war, dass sie keinen Aufschub und eine Vollversammlung aller in London befindlichen Ordensmitglieder bedurfte.

»Liebe Magier«, begann der Protector, der seine dunkelblaue mit dem goldenen Ordenslogo bestickte Robe trug, wie es Brauch und bei offiziellen Anlässen üblich war. »Verzeiht die späte Störung, doch die kürzlichen Ereignisse bedurften meiner augenblicklichen Handlungen.«

Ein allgemeines Gemurmel glitt über die Menschen hinweg, doch der Anführer der Vigilanten, der nur zwei Stufen unter dem Protector stand, hob die Hand, und augenblicklich verstummte die Magiermenge. Niemand wollte sich mit dem schmächtigen, aber äußerst machtvollen Sir Matthew Duval anlegen, der schon so manchen harten Fall nur aufgrund eines winzigen Details gelöst hatte. Jeder wusste, dass sein Verstand beinahe so scharf war wie seine Zunge. Deswegen riskierte niemand, ihm gegenüber auffällig zu sein.

»Wie einige von euch wissen, gab es vor ein paar Tagen Morde, die vermeintlich von einem Paranormalen begangen wurden.«

Wieder brandete kurz ein Raunen auf, als alle leise zustimmten. Morde waren nicht so häufig in den letzten Jahren gewesen, und so kam es, dass die Vigilanten natürlich gut ausgebildet waren, aber eben mehr eine Art Polizei, die für Ordnung sorgte, als tatsächliche Ermittler.

Doch kaum waren die Morde bekannt geworden, hatte es sich schneller rumgesprochen, als ein Feuer eine Scheune niederbrennen konnte. Ich selbst hatte es beim Abendessen im Ordenshaus erfahren, als sich meine Tischnachbarn darüber unterhalten hatten. Doch im Gegensatz zu den anderen hatte ich mich nicht an Spekulationen beteiligt.

Ich runzelte die Stirn über die Worte des Protectors. Er hatte *vermeintlich* gesagt. Das war kein übliches Wort, das man in einer Mordermittlung verwenden sollte. Einige der Umstehenden bemerkten dies ebenfalls und sahen sich verwirrt um.

»Wie Sie alle meiner Wortwahl entnehmen können, ist es nicht nachgewiesen worden, dass das verdächtigte Irrlicht tatsächlich der Täter gewesen ist. Es konnte ein Alibi aus einer verlässlichen Quelle aufweisen und ist somit entlastet worden, nachdem dieses Alibi verifiziert werden konnte.« Der Protector seufzte und lehnte sich auf seinen Gehstock, den er schon seit zehn Jahren aufgrund eines magisch nicht behandelbaren Hüftleidens hatte. Es schien mir, als ob die nächsten Sekunden schwer auf ihm lagen und er unter ihrer Last zusammenbrechen wollte. »Leider muss ich Ihnen mitteilen, dass einer unserer Vigilanten vorzeitig gehandelt und das Irrlicht aufgespürt hat.«

Das Raunen war diesmal lauter und weit weniger erfolgreich zu bremsen durch Sir Matthew Duvals Handbewegung. Erst als der Protector sich räusperte und weitersprechen wollte, lauschten meine Mitmagier wieder bedingungslos.

»Er hat sich einer möglichen Wahrheit hingegeben und das Irrlicht vor dem endgültigen Beweis umgebracht.«

Diesmal gab es kein Halten. Alle Anwesenden schauten entsetzt zu ihren Nachbarn und begannen zu flüstern.

»Was hat das zu bedeuten?«

»Wer hat da so voreilig gehandelt?«

»Wie konnte so etwas passieren?«

»Was bedeutet das für uns Magier in London?«

Genau diese Frage stellte ich mir ebenfalls, ich ging nur noch einen Schritt weiter: *Welche Auswirkungen hatte das auf den ohnehin fragilen Frieden zwischen den Paranormalen und den Magiern?*

Laut Gesetz war es Paranormalen verboten, Menschen zu töten. Ebenso war es Magiern verboten, Paranormale zu töten, es sei denn, diese hatten vorher eine der Friedensbedingungen grundlegend verletzt. Doch das Irrlicht war unschuldig.

Ich überlegte, ob es solch ein Ereignis zu meinen Lebzeiten schon einmal gegeben hatte, doch ich konnte mich an keines erinnern. Auch aus dem Entsetzen der Älteren in meiner Nähe konnte ich schließen, dass dies wohl noch nie der Fall gewesen war.

Wort für Wort rief ich mir die Bedingungen des Vertrags in Erinnerung. Jeder Magier lernt ihn in den ersten Stunden seines Unterrichts auswendig, um niemals dagegen zu verstoßen und einen möglichen Verstoß auf Unkenntnis zu schieben.

Während viele um mich herum diskutierten, was für Konsequenzen dieser Mord auf ihr Leben und den Frieden haben würde, hob ich meine Hand und suchte den Blickkontakt zum Protector. Ich wusste, dass es unüblich war, eine Frage in solch einer Situation zu stellen, aber ich – und viele andere um mich herum ebenfalls – brauchten eine Antwort darauf.

Endlich bemerkte der Protector meine gehobene Hand und verzog seine Lippen zu einem spöttischen Lächeln. Was anderen ein genervtes Augenrollen war, war dem Protector das spöttische Lächeln. Er wusste, dass ich eine Frage stellen wollte, die unbequem war. Doch aufgrund meiner Ladyschaft konnte er es sich nicht erlauben, mich zu ignorieren. Also nickte er mir kurz angebunden zu.

»Vielen Dank, Protector.« Ich sprach laut genug, um alle anderen Gespräche in meiner Umgebung zu unterbinden. Neugierige Blicke streiften mich, und ich wartete, bis die Aufmerksamkeit in der Eingangshalle auf mir lag. »Mich würde interessieren, was für Konsequenzen das nun hat?«

»Was genau meinen Sie damit, Lady Kaitlin?«, fragte der Protector leicht verwirrt zurück.

So wie mich einige der Jüngeren anstarrten, war er nicht der Einzige, der die Tragweite nicht verstand. Andere nickten neugierig und warteten auf eine Erklärung.

»Ein Magier hat einen unschuldigen Paranormalen ermordet.« Nun, da ich mir der Aufmerksamkeit aller sicher war, konnte ich auch leiser sprechen. »Somit hat er gegen den Friedensvertrag verstoßen. Was genau passiert jetzt? Müssen wir mit einem erneuten Ausbruch des Krieges zwischen Paranormalen und Magiern rechnen?«

Die Stille, die daraufhin folgte, war allumfassend. Die Jüngeren schauten fassungslos zu mir. Einige der Älteren, denen der Gedanke ebenfalls gekommen war, strichen sich angespannt über die Schläfen. Schon lange hatte ich den Orden nicht mehr so leise erlebt.

Doch auf einmal brach ein Sturm aus. Alle riefen durcheinander, sprachen mit ihren Nachbarn und verlangten nach einer Erklärung.

»Ruhe!« Der Protector musste normalerweise nie laut werden, weil seine Anwesenheit oder die des Vigilanten-Führers Sir Matthew Duval ausreichte. Doch meine Frage hatte nun auch alle verunsichert, die dieses Ereignis zuvor noch nicht hinterfragt hatten.

»Hätte man das nicht verhindern können?«

»Wer hat uns in dieses Unglück gestürzt?«

»Wenn Krieg ausbricht, wie sicher sind wir dann?«

Erst nach einigen Minuten wurden die Magier ruhiger, so dass der Protector weitersprechen konnte.

»Das sind Fragen, die wir in den nächsten Tagen klären werden. Ich wollte mit dieser Ankündigung nur darauf aufmerksam machen, dass voreilige Entscheidungen zu unvorhergesehenen Reaktionen führen. Ich möchte jeden eindringlich darum ersuchen, solche eigenständigen Handlungen zu unterlassen. Und nun genießen Sie das Abendessen.«

Egal, wie sehr ich meine Hand auch noch hob, ich fand kein Gehör mehr an diesem Abend. Zumindest nicht beim Protector. Der zog sich mit Sir Matthew Duval zurück, vermutlich um die gestellten Fragen zu erörtern.

Es dauerte zwei weitere Tage und einige unschöne Begegnungen zwischen Magiern und Paranormalen, ehe der Protector in einer Verlautbarung das Urteil sprach, das ich schon erwartet hatte.

»Mr Sebastian Green wird des Mordes an einem Irrlicht beschuldigt. Da er ohne Wissen des Ordens gehandelt hat, sind die Vertreter der Paranormalen damit einverstanden, dass nur er allein bestraft wird.«

Der Protector hielt inne, und seine Lippen wurden zu einem dünnen Strich, während er seine nächsten Worte genau überdachte. Nur zögerlich öffnete er wieder den Mund, da ihn alle erwartungsvoll anstarrten.

»Nach langer und reiflicher Abwägung ist es der Wunsch der Paranormalen und der Ordensführung, ein Exempel zu statuieren. Mr Green wird morgen früh hingerichtet. Das ist dieselbe Strafe, die wir einem Paranormalen angedeihen lassen, wenn er gegen die Gesetze verstößt. Somit ist es nur … gerecht, wenn wir dieselbe Strafe aussprechen, um einen Krieg zu verhindern.«

Ich konnte damals nur meinen nicht vorhandenen Hut vor dem Protector ziehen. Das war die erste und einzige Entscheidung des zu der Zeit regierenden Protectors, die ich vollständig nachvollziehen konnte. Egal, wie grausam es auch wirkt, einen der eigenen Leute zum Tode zu verurteilen. Doch die Tatsache, dass von den Paranormalen Stillhalten erwartet wurde, wenn die Magier einen von ihnen töteten, zeugte nur davon, dass es mit diesem Urteil eine Art Gerechtigkeit im Universum gab.

Als ich die Augen wieder öffne, wird mir klar, dass ich mit meiner Frage tatsächlich dafür gesorgt habe, dass dieser Vigilant sein Leben verloren hat. Um ehrlich zu sein, weiß ich nicht, ob ich es bereue. Dazu fehlen mir weitere Angaben wie die möglichen Konsequenzen, die sich durch eine Weigerung einer solchen Bestrafung an einem Vigilanten ergeben hätten.

Hätte es Krieg gegeben? Wären Unschuldige auf beiden Seiten umgekommen?

Alles Bedenken, die sich auf ein Hätte-Wäre-Wenn-Szenario beziehen, das so nie stattgefunden hat.

Deswegen kann ich nicht bereuen, was ich getan habe. In meinen Augen habe ich eine viel schlimmere Zukunft verhindert, auch wenn es Mr Green das Leben gekostet hat.

Einige Tage nach meiner Frage kam der frühere Bibliothekar zu mir und sagte mir, dass ich nun wirklich bereit war, ein Leben als Hüterin des Wissens anzutreten. Er lobte mich für den Mut, diese Frage gestellt zu haben, auch wenn ich damals noch nicht verstanden habe, warum. Es dauerte noch bis zu seinem Todestag, an dem er mir persönlich gestand, dass es schon immer Freigeister gewesen waren, die die Bibliothek bewachten. Und in mir sah er eben solch einen Freigeist.

Diese Worte eines sterbenden Mannes sind es, die mich bis heute begleiten und mir den Mut geben, meinen Weg weiterzugehen.

KAPITEL 19

Sally

»Er soll im Morgengrauen hingerichtet werden, vor Zeugen des Ordens. Eine schnelle Enthauptung.« Diese Worte aus dem Mund Sir Henrys lassen mir das Blut in den Adern gefrieren. Das Teetablett in meiner Hand beginnt zu zittern, die zerbrechlichen Tassen klirren aneinander, und nur mit Mühe kann ich sie halten.

Ich stehe im Dienstbotengang, der zur großen Eingangshalle führt, und war gerade im Begriff, durch die Tapetentür zu gehen, um Lady Kaitlin ihren Tee zu servieren, als ich die hohen Absätze Victoria Bannisters auf dem Marmor hörte. Sie ist die Einzige, die es wagt, mit High Heels über den antiken Boden zu laufen, und ich wollte warten, bis sie vorbeigegangen ist, um nicht zu stören. Wir Hausangestellte sollen am besten nicht gesehen und nicht gehört werden – aber dafür hören wir alles. Ich lausche nicht mit Absicht, habe aber gerade noch mitbekommen, wie sie vom Todesurteil für Ben sprachen.

Das können sie doch nicht tun! Die Beweislage ist mehr als dünn.

Ich hätte nicht gedacht, dass der Orden aufgrund so geringer Indizien einen Prozess führt, *in dubio pro reo* sollte auch hier gelten. Auch für Paras.

Was soll ich bloß tun?

Ich hätte längst zu Victoria Bannister gehen sollen und ihr von meinen Zweifeln erzählen. Aber würde sie mir glauben? Sie hat mir ja schon am Tatort nicht zugehört, und meine Beobachtungen sind nicht im Bericht gelandet. Wahrscheinlich, weil sie das als Hirngespinste einer übereifrigen Obscura ansah.

Mit zitternden Fingern stabilisiere ich das Teeservice auf meinem Tablett, ich habe nur ein klein wenig Zucker verschüttet, das kostbare chinesische Porzellan hat zum Glück keinen Schaden genommen. Rasch richte ich das Arrangement auf dem Tablett, wische meine zitternden Finger am Rock ab und drücke den Rücken durch, bevor ich durch die Tapetentür trete. Niemand soll mir meine Aufgewühltheit ansehen.

Mit schnellen Schritten, aber nicht zu eilig, trage ich den Tee hinüber zur Orangerie. Lady Kaitlin wird mir nicht helfen, das hat sie klargemacht. Aber sie wird mich auch nicht verraten oder mir Steine in den Weg legen.

Sosehr ich Lady Kaitlin auch schätze und bewundere: Nur selten verstehe ich ihr Handeln.

Ich war mir ganz und gar nicht sicher, ob sie mein Geheimnis wahren würde. Oft habe ich das Gefühl, sie wartet nur darauf, dass ich einen Fehler begehe, damit ich des Ordens verwiesen werden kann. Dann wieder hält sie ihre schützende Hand über mich und erlaubt mir Dinge, die niemandem sonst vom Dienstpersonal gewährt werden, wie in Büchern über die Geschichte der Magie zu lesen zum Beispiel.

Schon als Kind habe ich zu ihren Füßen gesessen und zugehört, wenn sie den Studierenden eine Lektion gab, vollkommen fasziniert von dem tanzenden Lichtschein, den sie aus dem Nichts in ihre Handfläche zaubern konnte. Aber nie hat sie mir auch nur den allerkleinsten Zauber beigebracht.

Es war dumm von mir, ihr von Ben zu erzählen, jetzt hat sie mich in der Hand. Wenn sie mir wirklich geglaubt hätte und das Leben eines Unschuldigen ihr am Herzen läge, dann hätte sie mir doch geholfen und mit Victoria Bannister oder Sir Henry gesprochen und ihnen von den Indizien, die auf seine Unschuld hindeuten, berichtet. Auch wenn es sich um einen jungen Werwolf handelt, er hat Gerechtigkeit verdient. Vielleicht gerade, weil es sich um einen jungen Werwolf handelt – denn wer kann schon etwas für das, in was er hineingeboren wurde?

In der Orangerie stelle ich das Tablett auf dem Tisch neben

dem hohen Lehnstuhl in der Mitte des Glashauses ab, wo Lady Kaitlin seit jeher ihren Nachmittagstee einzunehmen pflegt. Ich schenke etwas Earl Grey für sie ein, bevor Madeleine es tun kann, dann eile ich zurück zum Ausgang in Richtung Haupthaus, ohne noch einmal mit Kaitlin zu sprechen oder sie auch nur anzusehen.

In dem kuppelförmigen Glasbau herrscht fast tropische Luftfeuchtigkeit und Wärme, die mir die Kühle des Septembers erst so recht bewusst macht, als ich wieder nach draußen auf den akkurat gestutzten Rasen trete. Ein paar schwarze Eichhörnchen huschen vor mir davon.

Wie wohl so eine Hinrichtung abläuft?, schießt es mir durch den Kopf.

Obwohl ich schon so lange im Orden bin, habe ich noch nie eine miterlebt. Damals, als Sir Henrys Sohn tragischerweise bei einem Einsatz getötet wurde, hätten sie liebend gern eine Hinrichtung oder auch nur eine Verurteilung gehabt. Alle im Orden wollten das – sogar ich. Alle vom Hauspersonal haben Nathan geliebt, er war die Zukunft des Ordens. Aber das Wesen, dass ihn getötet hatte, wurde nie identifiziert

Ich fröstele in meinem dünnen Leinenkleid mit der Schürze und schlinge die Arme um mich. Als ich die Hintertür zum Küchengang öffne, schlägt mir warmer Wasserdampf entgegen und rötet meine Wangen. Im Küchentrakt herrscht reger Betrieb. Wenn der Nachmittagstee serviert wurde und alle versorgt sind, nehmen auch wir gemeinsam eine Tasse Tee ein. Harriet liebt es, alle mit ihren selbstgebackenen Ingwer-Keksen, Scones und gesüßtem Darjeeling zu versorgen.

Ich schiebe mir einen Stuhl an den großen Tisch in der Dienstbotenhalle zurecht, hinten am Ofen, wo Betty und ich immer sitzen, weil wir da alle im Blick haben und unbemerkt lästern können.

Betty ist nun seit zwei Tagen verschwunden, sie ist nicht wieder zum Dienst erschienen. Mittlerweile mache ich mir große Sorgen. Offiziell heißt es, sie sei krankgeschrieben, woran ich nicht ganz unschuldig bin, aus meiner kleinen Notlüge kam ich nicht wieder raus. Aber wenn sie nicht bald auftaucht, muss ich mir was einfallen lassen.

Ich habe unzählige Nachrichten auf ihrer Mailbox hinterlassen und noch viel mehr WhatsApp-Nachrichten geschrieben, die sie weder gelesen noch beantwortet hat. Ich war sogar in ihrer Wohnung in Kensington, aber da ist sie auch nicht. Ich könnte mir noch vorstellen, dass sie bei ihrer Freundin Lauren ist.

Aber warum meldet sie sich dann nicht?

Wenn sie morgen nicht auftaucht, gehe ich zu Mrs Bones. Noch eine Sorge mehr, neben Ben, der im Augenblick weitaus dringlicher ist.

Der gefangene Werwolf und die anstehende Hinrichtung sind das Thema Nummer eins am Tisch. Sie haben es von William erfahren, der damit angibt, in Sir Henrys Büro gewesen zu sein, als über die Todesopfer gesprochen wurde. Alle wollen das Biest sehen, dass vier Menschen das Leben gekostet hat. Und alle sind des Lobes voll für die Arbeit der Vigilanten. Vor allem das weibliche Personal, allen voran Madeleine, schwärmt von diesem Caleb, der angeblich das Monster im Alleingang gefangen hat, und das am helllichten Tag vor den Augen einer Menschenmenge, ohne einen Einsatz der Obscura zu benötigen.

Ich dagegen frage mich, warum niemand es Ben als mildernde Umstände anrechnen will, dass er sich nicht verwandelt hat, um sich seiner Festnahme zu widersetzen.

Ich muss ein ganz schön düsteres Gesicht ziehen, denn irgendwann fällt meine Schweigsamkeit auf, und dann erinnern sie sich, dass ich ja am Tatort war.

»Hey, Sally. Du warst doch dabei. Waren die Opfer wirklich so schlimm zugerichtet?«

Auf einmal wollen alle mehr Details von mir hören, je gruseliger, desto besser, doch ich bin von meinen Kollegen nur angewidert.

»Entschuldigt mich.« Ich nehme meine Tasse mit dem Tee und verziehe mich in die Küche, wo Harriet die letzten Krümel von der Arbeitsplatte wischt.

Die Köchin muss immer arbeiten. Wenn sie nicht das Dinner kocht, bereitet sie Tee und Kekse für das Hauspersonal. Harriet kommt daher nie dazu, sich auch nur mal für fünf Minuten zu uns zu setzen. Sie nimmt ihren Tee einfach hier am Herd im Stehen ein. Aber sie beklagt sich nie.

Heute geselle ich mich zu ihr und lehne mich an sie.

»Na, mein Schatz. Alles in Ordnung?«, will sie von mir wissen.

Fast kommen mir die Tränen. Ich drücke mich an sie und verberge mein Gesicht an ihrer gewaltigen Brust.

»Was hast du denn?«

»Es ist nur … diese Hinrichtung.«

Harriet seufzt. »Ja, das ist nicht schön. Denke einfach nicht daran.«

Als ob ich das noch könnte!

Harriet drückt mich an sich und gibt mir einen Kuss auf den Scheitel. Sie riecht herrlich nach Butter und Mehl und Vanille.

Von der Tür ertönt ein Räuspern: »Störe ich?«

Ich löse mich von Harriet und sehe Tom Waringham an der Türschwelle zur Küche stehen. Der Kampfmeister der Vigilanten trägt eine Schutzweste und ist bewaffnet, was er sonst nie im Haus tut. Die Vigilanten haben die Bewachung des Ordenshauses verstärkt.

»Aber nein, Tom, Du störst nicht«, sagt Harriet, offenbar ebenso überrascht wie ich, ihn hier unten zu sehen. Es kommt selten jemand von oben hierher, wenn er etwas will, kann er läuten. »Was kann ich für dich tun?«

Ich nutze den Moment und trockne verstohlen meine Tränen hinter Harriets Rücken an meiner Schürze ab, bevor ich zur Teetasse greife und so tue, als hätte ich die ganze Zeit daraus getrunken.

»Ich wollte nur fragen, ob es wohl möglich wäre, Cola und eine Pizza zu bekommen?«, fragt Tom mit seiner klangvollen Stimme, als wäre es ihm unangenehm, danach zu fragen.

»Pizza?«, wiederholt Harriet, als traue sie ihren Ohren nicht. Vor ihr liegt der Speiseplan der Woche und das Rezept für Roastbeef und Yorkshire Pudding für das Dinner des heutigen Abends, das gleich nach dem Tee zubereitet werden wird. »Selbstverständlich, kein Problem.«

Tom nickt ihr zufrieden zu und geht dann mit den Händen an dem Degen die Treppe in den oberen Bereich wieder hinauf.

»Pizza?!«, ruft Harriet empört aus, als Tom ganz sicher außer Hörweite ist. »Was denkt der sich? Dass ich hier ein Restaurant à la Carte führe? Der Teig braucht Stunden, um zu ziehen!«

»Wir können auch einfach eine ordern …«, schlage ich vor.

Doch Harriet fährt zu mir herum: »Ordern?! Auf keinen Fall!« Mein Vorschlag scheint sie mehr zu kränken als Toms Sonderwünsche. »Hol deine Hannah-Woolley-Ausgabe, sie hat, wenn ich mich recht erinnere, ein Rezept zum schnelleren Gären von Hefeteig. Wenn eine Pizza gewünscht ist, bekommt er eine Pizza.«

Ich ahne, für wen diese sein soll.

Daher beeile ich mich, das Heft aus meinem Zimmer zu holen und Harriet dabei zu helfen, in Rekordgeschwindigkeit eine formidable Salami-Pizza mit frischem Basilikum zuzubereiten. Als sie fertig ist, melde ich mich freiwillig, sie Tom zu bringen. Harriet ist das nur recht, so wie sie die Miene verzieht, würde es sie all ihre Beherrschung kosten, ihm die Pizza nicht ins Gesicht zu schleudern.

Ich dagegen bin nur allzu begierig darauf, diese Gelegenheit zu nutzen und Ben seine Henkersmahlzeit zu servieren.

Vielleicht kann ich mit ihm reden?

Doch mein Plan geht nicht auf. Einer der Wachen stoppt mich gleich an der Tür zum Vigilanten-Trakt. Ich erkläre, die Pizza sei für Tom. Es wird nach ihm gerufen, und Tom kommt kurz darauf mit klirrenden Waffen die steinerne Wendeltreppe herauf, die in den Kerker hinabführt, um mir die dampfende Pizza und die Dose mit eiskalter Cola abzunehmen.

Weiter komme ich nicht, aber wenigstens weiß ich jetzt, wo sie Ben festhalten: unten bei den Zellen.

Es gibt keinen anderen Weg dorthin hinab als über diese steile Wendeltreppe. Die Kerker wurden absichtlich so gebaut, dass ein Entrinnen unmöglich ist. Wer von unten versucht, nach oben zu fliehen, läuft auf der schmalen Wendeltreppe den oben wartenden Wachen in die Arme, und durch den engen Winkel ist es geradezu unmöglich, sich gegen ein von oben geschwungenes Schwert zu verteidigen.

Ben hat allein keine Chance.

Ich überlege, ob ich zu Bettys Wohnung fahren soll und nachschauen, ob sie tatsächlich krank geworden ist, bleibe dann aber doch den ganzen Abend bei Harriet und helfe, die Küche auf Hochglanz zu wienern. Die Sorge um Ben hält mich im Orden. Betty ist eine erwachsene Frau und kann gut selbst auf sich aufpassen. Wenn sie sich nicht bei mir meldet, hat sie Gründe, die ich früh genug erfahren werde.

Erst als ich mich in den Messingbeschlägen am Ofen spiegeln kann und meine Finger wehtun, höre ich auf. Harriet ist schon lange nach Hause gegangen. Es ist still im Küchentrakt, das Hauspersonal hat Dienstschluss, und die wenigen, die bleiben, sind auf ihren Zimmern. Nur von der Kammer des Butlers kommt noch Licht, wo Mr Morris über Abrechnungen brütet.

Ich binde die Müllsäcke zu und trage sie durch den Lieferanteneingang in den Hinterhof zu den Tonnen. Kalte Nachtluft schlägt mir entgegen. Hier steht keine Wache, der Hof ist nur durch einen schmalen, tunnelartigen Torbogen von der Middle Temple Lane aus zu erreichen und durch schwere Zauber geschützt. Das Ordenshaus selbst ist in zweiter Reihe hinter den Häusern gebaut und wird von Eingeweihten auch Hidden Temple genannt. Wer sich durch das Haupttor hierher verirrt, würde nur eine akkurat gestutzte Rasenfläche mit Betreten-verboten-Schildern sehen. Der Haupteingang ist gut bewacht, aber dieses Nebentor wird von den Vigilanten gerne vergessen, wie überhaupt die Magier gerne vergessen, dass es das Hauspersonal und Gesinderäume gibt.

Aber ich höre, wie oben auf dem Dach jemand Patrouille geht. Mit müden Armen von der Arbeit schmeiße ich die Müllsäcke in die Tonnen – da sehe ich ihn.

Er schleicht auf der im Schatten der Häuser liegenden Temple Lane vor dem Torbogen herum. Sein Kopf ist gesenkt, er sucht die Mauern nach Markierungen ab. Er kann mich nicht sehen, ein Zauber schützt den Durchgang, so dass nur Eingeweihte ihn wahrnehmen. Aber dennoch ist er kurz davor, den Durchgang zu entdecken, und das ist meine Schuld. Ich selbst habe ihm von den Zeichen der Steinmetze in den Mauern erzählt. Wenn er noch lange dort herumschnüffelt, werden die Wachen ihn finden.

Ohne nachzudenken, trete ich in den Gang und verschwinde somit aus dem Blickwinkel der Wachen auf dem Dach.

»Aaron …«, flüstere ich, flach an die Wand gedrückt, und strecke meine Finger zu ihm aus. Als sie den Zauber berühren, geht ein Kräuseln durch die Luft zwischen uns, und er kann mich sehen. Meine Finger kribbeln von der Magie.

»Sally!«

Ich ziehe ihn am Jackenaufschlag zu mir, in den toten Winkel des Torbogens.

»Was machst du hier?«

»Was glaubst du wohl?«, knurrt er, und seine Stimme vibriert unter meinen Fingerspitzen, die noch immer auf seinem Jackenaufschlag liegen. Er ist von Kopf bis Fuß in Schwarz gekleidet, die passende Kleidung für einen Einbruch. Oder einen Befreiungsversuch.

»Es ist zu spät«, flüstere ich, »sie wollen ihn im Morgengrauen hinrichten.«

»Diese Bastarde! Er ist noch ein Kind.«

»Vielleicht … vielleicht könntet ihr, du und dein Vater, mit Sir Henry reden. Ich könnte … ich könnte ihm sagen, dass er euch empfangen soll.«

Aaron ergreift meine Finger, die im Gegensatz zu seinen eiskalt sind. Sein Körper strahlt regelrechte Hitze aus, so dass mir jetzt erst auffällt, wie sehr ich friere.

Ich fange an zu zittern.

»Du glaubst doch selber nicht, dass sie auf uns hören werden, oder? Sieh doch bloß dich einmal an.« Sein Blick gleitet an meiner blauen Dienstmädchen-Uniform hinab, an der nicht mehr weißen, sondern befleckten Schürze und dem albernen Häubchen, das ich im Orden immer tragen muss. Meine Hände sind ebenfalls schmutzig und riechen nach Messingpolitur.

Plötzlich schäme ich mich, dass er mich so sieht; wir sind uns bisher immer in Privatklamotten begegnet, und ich habe ihm nichts über meine Stellung im Orden gesagt.

»Du bist also ein Dienstmädchen«, sagt er sanft. »Und ich bin ein Werwolf.«

»Deswegen haben wir aber immer noch Rechte«, flüstere ich.

»Nicht in ihren Augen. Versteh doch, jemand versucht, uns die Morde in die Schuhe zu schieben.

Wir sind das jüngste Rudel in London, Dad ist vor zwanzig Jahren aus Amerika hergekommen, aus Liebe zu meiner Mutter JJ, und hat sich hier eine erfolgreiche Existenz erarbeitet. Mein Dad hat in kurzer Zeit mehrere Rudel unter sich vereint, er ist der unangefochtene Alpha Londons. Dies ist vielen ein Dorn im Auge. Es gibt nicht häufig Werwölfe, die sich miteinander paaren; Werwolfgeborene sind starke Wesen, stärker als andere.

Klar, es gibt noch mehr Rudel in London, aber die meisten sind eine Zweckgemeinschaft, keine Familie, und von Machtkämpfen untereinander geprägt. Eine starke Familie ist den Zauberern zuwider. Ihnen ist es lieber, wenn wir uns zerstreiten.«

Aaron knetet meine Finger, in die langsam Wärme zurückkehrt.

»Der Alchemist sagte, dass du keine Familie hast? Dass du ein Waisenkind bist?«

Ich habe auf einmal einen Kloß in meinem Hals. »Das stimmt.« Bilder von Aarons Familie, wie sie um den verletzten Ben herumwuseln, aufgeregt und voller Liebe, blitzen vor meinem geistigen Auge auf.

»Das tut mir leid für dich, Sally«, flüstert Aaron und kommt mir dabei immer näher. Mein Herz klopft. »Du weißt nicht, wie es ist, eine sich sorgende Familie zu haben.« Sein Gesicht ist jetzt ganz nah an meinem. Er beugt sich zu mir herunter und legt seine Stirn gegen meine.

»Der Orden ist meine Familie«, erwidere ich trotzig. Aber ich glaube meinen eigenen Worten schon selbst nicht mehr.

Aarons warmer Atem berührt meine Stirn, seine Lippen streifen meine Wangenknochen und wandern dann hinab zu meinem Mundwinkel. Ohne mein Zutun komme ich ihm entgegen, und unsere Münder treffen aufeinander. Sein massiger Körper drängt mich gegen die Wand, und er küsst mich mit einer Intensität, die mich seine Verzweiflung spüren lässt. Ganz von seiner Körperwärme umhüllt, schmiege ich mich an ihn.

»Du musst mir helfen«, flüstert er an meinen Lippen. »Noch können wir Ben befreien.«

Und ich weiß mit Sicherheit, dass wenn ich es nicht versuche, ich mir das nie verzeihen werde.

»Er wird im Kerker festgehalten. Es gibt nur eine einzige schmale Wendeltreppe dort hinab, und die wird bewacht. Aber ich kann dich bis dorthin bringen.«

»Das wird reichen!« Aaron atmet erleichtert aus und strahlt mich an. Sein Lächeln lässt mich die Gefahr, in der wir schweben, kurz vergessen.

Dann drückt er erneut seinen Mund auf meinen und zieht mich in einen Kuss und eine Umarmung, als wolle er mich nie wieder loslassen.

KAPITEL 20

Caleb

Obwohl mein Tag schon ausgefüllt genug war, habe ich freiwillig die Nachtwache übernommen. Ich würde heute sowieso keinen Schlaf finden. Auch wenn ich weiß, dass wir alles richtig gemacht haben, ist morgen der Tag, an dem ein Para für seine Gesetzesbrüche und Verbrechen gegenüber den Menschen hingerichtet wird. Dazu kommt, dass dieser spezielle Para Teil eines großen Rudels ist, das bestimmt schon eine ungefähre Ahnung hat, was mit ihrem Welpen passiert ist und noch passieren wird. Deshalb haben wir zu der normalen Nachtwache rund um das Ordensareal zusätzliche Patrouillen angesetzt und auch die Wache personell verstärkt.

Ich überprüfe die beiden Untergeschosse und das Erdgeschoß. Tom ist mit zwei anderen Vigilanten für den Außenbereich zuständig, und Mike hat sich freiwillig für den Hauptbereich und die oberen Stockwerke gemeldet. Sicher ist sicher, keiner will vor der Exekution einen Übergriff erleben. Auch wenn ich nicht glaube, dass die Wölfe so dämlich sind und einen Einbruch riskieren, weiß man nie, was passieren wird.

Sir Henry hat sich offensichtlich Sorgen um den fragilen Frieden gemacht, ihm wäre es lieber gewesen, der Junge wäre entlastet worden. Der Gefangene hat, nachdem ich ihn gemeinsam mit Tom zurück in die Arrestzelle gebracht habe, kein Wort mehr gesagt. Er wirkt, als hätte er einen Schock. Kein Wunder, hat Victoria ihm doch nach Henrys Entscheidung kurz und knapp das Urteil verkündet – ohne Bedauern oder Mitleid in der Stimme. In diesem Moment hat er begriffen, dass morgen sein Leben enden wird und er nichts mehr dagegen tun kann.

Ich versuche, kein Mitleid mit dem Jungen zu haben, seine Opfer hatten den Luxus, den Zeitpunkt ihres Todes zu kennen, nicht. Aber seine Jugend macht auch uns Vigilanten diesen Fall besonders schwer.

Als Tom ihn fragte, ob er Wünsche für sein Abendessen habe, seine Henkersmahlzeit sozusagen, war bis auf seinen erschrockenen Gesichtsausdruck keine Reaktion erfolgt.

Tom hat ihn dann, auf meine Bitte hin, mit Pizza und Cola versorgt. Angerührt hat er nichts davon.

Während ich die Übungsräume und Umkleiden im ersten Untergeschoß abgehe, mein Katana auf dem Rücken, lasse ich den Rest des heutigen Tages Revue passieren. Es war jede Menge los, und ich werde einen langen Bericht schreiben müssen, auch über das durchgeführte Verhör. Nicht meine liebste Beschäftigung, aber leider notwendig. Eine Verhaftung in der Öffentlichkeit, das Verhör, morgen die Hinrichtung – all das wird dokumentiert, und am Ende landet alles bei Lady Kaitlin in den Archiven des Ordens. Mehr wird auch von dem Jungen nicht mehr bleiben, eine kleine Notiz in einer Bibliothek.

Der Übungsraum liegt im Dunkeln, allerdings ist im Fitnessbereich noch Licht. Ein älterer Vigilant ist dabei, ein paar Gewichte zu stemmen. Ich nicke ihm zu und lasse trotzdem meinen Blick über den Raum und die restlichen Geräte schweifen. Es ist schon spät, kurz nach Mitternacht, und ich setze meinen Rundgang durch den Bereich fort, bis ich die Treppe erreiche.

Die steinerne Wendeltreppe führt mich weiter nach unten in den Zellentrakt. Ich prüfe jeden Raum, auch den Verhörraum, in dem ich vor ein paar Stunden das Schicksal des Wolfes besiegelt habe. Ich habe getan, für was ich ausgebildet wurde. Zur Zufriedenheit von Victoria, da bin ich mir sicher.

In meiner Zeit in Edinburgh haben wir unzählige Verhöre geübt, aber ich habe noch nie wirklich einen Werwolf in die Mangel genommen. Dafür, dass dieses Exemplar unbeherrscht fünf Menschen getötet hat, fand ich es außergewöhnlich, dass er zu keinem Zeitpunkt Anzeichen einer bevorstehenden Verwandlung zeigte. Trotz seiner Jugend war er stets Herr über sich.

Okay, bei der Verhaftung hätte Zac ihm bei den ersten Anzeichen eine Silberkugel in den Oberkörper gejagt, um diese aufzuhalten, und auch hier im Verhörraum wäre diese Option von Tom jederzeit ausgeführt worden. Wir waren vorbereitet. Aber er hat weder Anzeichen, wie starkes Zittern, noch eine zunehmende Körperspannung gezeigt, eine Verwandlung ist ausgeblieben. Dafür, dass er nur Tage zuvor unbeherrscht Menschen, die er mochte, komplett zerfetzt hat, ist das verwunderlich, aber unmöglich ist es nicht.

Trotzdem beschäftigt mich diese Selbstbeherrschung während und nach der Verhaftung und beim Verhör. Ein unbeherrschter Wolf war er da nicht. Eher sehr beherrscht und ruhig, trotz seiner Jugend und der Taten, die ihm zur Last gelegt wurden.

Vielleicht hat er damit seine Mordlust schon ausreichend befriedigt?

Der Grund sollte mir eigentlich egal sein, dennoch lässt mich sein Verhalten nicht in Ruhe, vielleicht, weil ich gerade auf seine Zelle zugehe.

Ich werfe einen Blick durch das kleine vergitterte Fenster in der Tür und sehe ihn auf der Pritsche liegen, das Gesicht zur Wand gedreht. Er hat die graue kratzige Decke um sich geschlungen, und nur sein dunkler Haarschopf ist zu sehen. Seine Schultern beben leicht, und ich frage mich, ob er weint. Immerhin, er ist ein Teenager. Ein Junge, der morgen sterben wird. Er ist allein. Ohne Familie, ohne Trost.

Verdammt!

Ich versuche, das aufwallende Mitleid mit dem Wolf nicht zuzulassen. Er mag jung sein, er mag nicht gewusst haben, was er tat, aber er hat trotzdem nach dem ersten Tatort ein zweites Blutbad angerichtet. Ich zögere noch kurz, werfe einen letzten Blick auf den Verurteilten und beschließe dann, meine Runde fortzusetzen.

Was sollte ich ihm auch sagen? Für seine Situation gibt es keinen Trost, schon gar nicht von mir. Immerhin war das Verhör der letzte Baustein zu seiner Verurteilung.

Sein Blut wird an meinen Händen kleben.

Die Türen zu den anderen Zellen sind fest verschlossen. Gewohnheitsmäßig prüfe ich jede davon. Dann gehe ich die Treppe erneut hinauf und kontrolliere das Erdgeschoß. In der kleinen Teeküche neben der Einsatzzentrale macht sich Tom gerade einen Kaffee, als ich daran vorbeikomme. Er nimmt sofort eine zweite Tasse aus dem Schrank und gießt mir ebenfalls einen Becher mit hochwillkommenem Koffein ein.

»Alles ruhig bei dir?«, frage ich ihn.

Er nickt gähnend, während er mir die dampfende schwarze Brühe reicht. »Die Werwölfe werden es vielleicht noch gar nicht wissen, aber ich gehe gleich wieder raus. Ist unten auch alles in Ordnung?« Ich höre die vage Besorgnis in Toms Stimme, weil ich in der Nähe des Wolfes meinen Dienst absolviere. Noch bin ich der Neue, und das vergisst auch Tom nicht. In unserem Job kann jeder Fehler tödlich sein.

»Ja, alles in Butter«, beruhige ich ihn. Rasch trinke ich meine Tasse aus, und auch Tom stürzt seinen Kaffee schnell herunter.

Ohne ein weiteres Gespräch gehen wir beide wieder unserer Wege.

Ich prüfe erneut das erste Untergeschoß. Es ist alles ruhig und dunkel, nur dort, wo ich mich befinde, springen durch die Bewegungsmelder die Lichter an. Vor und hinter mir hüllt die Dunkelheit mich ein. Da wir kein Tageslicht haben, ist alles, was nicht von den gelblichen Lichtern der Bewegungsmelder erfasst wird, absolut finster.

Ich mag normalerweise die Nacht, und vor allem bin ich gern allein unterwegs. Es macht mir keine Angst, ich kenne diesen Teil des Vigilanten-Trakts wie meine Westentasche. Obwohl ich gern mit Zac zusammenarbeite, hat er sich für heute Abend eine ausgedehnte Kneipentour vorgenommen. Normalerweise hätte er sich freiwillig gemeldet, um mich zu unterstützen, aber in diesem Fall kann ich mir denken, was dazu geführt hat, dass er sich nicht angeboten hat, die Patrouille mit mir zu übernehmen. Ich hoffe, ich muss ihn morgen früh nicht irgendwo aus einer Ausnüchterungszelle herausholen. Er steht der Todesstrafe ziemlich skeptisch gegenüber, weiß aber um ihre Notwendigkeit. Allerdings hat ihm das Alter des Wolfes doch zu schaffen gemacht, auch wenn er das niemals zugeben würde.

Dass er sterben muss, ist unumgänglich. Wir können Paras nicht einsperren, zumindest nicht dauerhaft. Ich finde die Todesstrafe sogar humaner, als wilde Wesen zu inhaftieren. Das ist in meinen Augen grausamer als ein Ende mit Schrecken. Deshalb hat Zac mich heute allein gelassen, aber ich nehme es ihm nicht übel.

Allerdings brauche ich selbst morgen einen freien Abend. Ich werde ins Old Cheese gehen und warten, bis eine Frau auftaucht, die nicht abgeneigt ist, die Nacht mit mir zu verbringen. Bestimmt lässt mich Tom sein Appartement benutzen, Damenbesuch ist im Orden alles andere als gern gesehen, geschweige denn erlaubt.

Ich nehme mit, was ich kriegen kann, normalerweise habe ich keine Probleme, meine Bedürfnisse zu erfüllen, aber der letzte One-Night-Stand ist schon ein paar Tage her. Ich behandele die Frauen wie Ladys, mache aber von vornherein klar, dass mein Motto in Beziehungsdingen *Einmal und nie wieder* ist. Meine Karriere hat absolute Priorität. Aber nach diesem Fall habe ich mir definitiv ein wenig Entspannung verdient.

Ich habe den Rundgang fast wieder beendet und nähere mich erneut der Zelle des Jungen. Er liegt immer noch auf der Pritsche, jedoch starrt er jetzt an die Decke des acht Quadratmeter großen Raumes, in dem außer der Pritsche nur noch eine metallene Toilette und ein Waschbecken sind. Eine kleine Notlampe sorgt für dauerhafte, ausreichende Beleuchtung in dem winzigen Raum, und ich kann die Gestalt des Wolfes sehr gut erkennen.

»Hey, Junge, brauchst du irgendwas?« Schon als ich die Frage ausspreche, bereue ich es. Ich bin einem Impuls gefolgt, aber es ist unüblich, mit Gefangenen zu interagieren, wenn sie nicht verhört werden. Und was soll er noch brauchen, jetzt, wo seine letzten Stunden begonnen haben?

Sein Blick fällt auf mich, die Pupillen glänzen silbern im dämmrigen Licht, und ich höre deutlich ein lautes, grollendes Knurren. Es füllt den Raum aus und sorgt dafür, dass die Haare auf meinem Nacken sich aufrichten. Mein Körper reagiert rein instinktiv auf dieses Geräusch, das archaische Fluchtinstinkte aktiviert. So viel zum Mitleid mit dem armen Teenager. Da drin ist ein bösartiges Tier eingesperrt, und ich war so dumm, dies für ein paar Augenblicke zu verdrängen.

Ich hätte den Rat meines Ausbilders in paranormaler Wesenskunde aus Edinburgh nicht vergessen sollen. Professor Magnus Ericson, ein Schwede mit langem Rauschebart und immer fleckigem Umhang, den wir hinter seinem Rücken Dumbledore nannten, hat uns stets daran erinnert, nie zu vergessen, dass alle Paras im Prinzip nichts anderes als unberechenbare Monster sind. Egal in welchem Kleid sie daherkommen, egal wie harmlos sie aussehen.

Und ausgerechnet ich bin nach vier ermordeten Menschen so doof und vergesse das für einen Moment. Zum Glück wird das außer mir nie jemand erfahren!

Zornig wende ich mich ab und beginne mit der nächsten Runde meiner nächtlichen Wacht. Ich prüfe im Vorbeigehen die Eingangshalle und nicke Mike zu, der gerade die Treppe herunterkommt.

»Alles noch ruhig?«, frage ich, und er bestätigt es gähnend. Seine dünnen blonden Haare stehen in alle Richtungen ab. Auch er ist bestimmt froh, wenn diese Nacht vorbei ist.

Meine Runde führt mich wieder ins Untergeschoß, und zum dritten Mal kontrolliere ich den leeren Trainingsraum, das Studio, die Umkleiden und die Duschen, bevor ich wieder in den Zellentrakt gehe. Ich verzichte auf einen Blick in Bens Zelle und kontrolliere die anderen Räume. Ich kann eine kurze Pause machen, bevor ich die nächste Runde in Angriff nehme, und gehe in das Verhörzimmer, in dem wir vorhin unseren Erfolg hatten. Trotzdem ist mir nicht nach Feiern zumute.

Bens Akte liegt noch im Verhörraum, ich setze mich kurz hin, um erneut alles zu prüfen, bevor ich sie morgen mit meinem Abschlussbericht an Victoria geben werde. Es ist ruhig, und ich starre kurz auf die Bilder des zweiten Tatorts, mit den beiden verstümmelten Jungen, die nur ein wenig abhängen wollten mit ihrem Freund, der nun hier auf seinen Tod wartet.

Das Licht geht aus, weil ich mich nicht bewege, und ich sitze in völliger Schwärze da, allein mit mir und meinen Gedanken, nach einem langen, ereignisreichen Tag.

Das Geräusch einer leise quietschenden Zellentür, Metall reibt sich an Metall, lässt mich schlagartig aufschrecken. Jemand versucht so lautlos wie möglich, eine der grün lackierten Stahltüren zu öffnen.

Verflixt, war ich etwa kurz eingenickt?

Aus dem Gang dringt gedämpftes Licht zu mir herüber, und ich verfluche mein Pech. Denn offensichtlich ist jemand da draußen, der angestrengt versucht, keine Geräusche zu machen – und der dank meiner Unachtsamkeit an mir vorbeigekommen ist.

Ich stehe vorsichtig auf. Egal, wer oder was es ist, derjenige befindet sich bei den Gefängniszellen und öffnet gerade eine davon. Ich kann mir denken, welche es ist. Ohne weiter darüber nachzugrübeln, drücke ich mich an die Wand und ziehe mein Katana aus seiner Halterung an meinem Rücken. Vor der Tür ist es dunkel, aber am Ende des Ganges ist der Bewegungsmelder angesprungen.

Eine große Gestalt steht vor der Tür der Zelle, in der unser verurteilter Wolf ist. Ich drücke mich an der Wand entlang, in der

Hoffnung, dass der Bewegungsmelder mich aufgrund der langsamen Bewegungen nicht wahrnimmt, um zu der Zelle zu gelangen, ohne bemerkt zu werden. Beim Näherkommen kann ich erkennen, dass es sich bei dem Eindringling um einen großen, dunkelhäutigen Mann handelt, der sich jetzt langsam wieder in den Gang und somit auf mich zubewegt.

Wenn der Wolf unter meiner Bewachung entkommt, wäre das ein Rückschlag, den ich nicht akzeptieren kann.

Ich überlege nicht lange, sondern bewege mich ebenfalls auf ihn und die Zelle zu, eng an die Wand gedrückt. Es ist schwierig, weil ich nicht will, dass er mich zu früh entdeckt. Wenn der Eindringling ein Para ist, hat er gute Instinkte und eine noch bessere Wahrnehmung. Im Idealfall würde ein Überraschungsangriff von mir ausreichen, um einen Vorteil zu bekommen.

In diesem Moment sehe ich hinter der Gestalt, die mich fast erreicht hat, den Jungen – ein kleinerer Umriss, gerade noch hinter dem Eindringling zu erahnen. Sie kommen unaufhaltsam auf mich zu. Ein weiterer Lichtkegel springt direkt vor mir an, keinen halben Meter entfernt. Der Mann stoppt, und ich drücke mich von der Wand weg und stelle mich blitzschnell in die Mitte des breiten Ganges. Sofort stehe auch ich in einem Lichtkegel und biete eine gute Angriffsfläche. Allerdings ahne ich, dass die Befreiungsaktion von einem Wolf durchgeführt wird, und die tragen selten Schusswaffen. Wozu auch? Werwölfe benötigen keine Waffen, um ihre Gegner in Einzelteile zu zerlegen.

»Stehen bleiben«, befehle ich mit sicherer Stimme und erhobenem Schwert. Der Mann, der vor mir im Licht der zweiten Lampe kurz blinzelt, ist groß und hat einen dunklen Teint, dazu braunrötliche Haare. Er ist jung, etwas jünger als ich, ich schätze Anfang Zwanzig, und sehr durchtrainiert. Und er ist groß, so groß, dass er den jüngeren Mann hinter sich fast vollkommen verdeckt. Er schützt ihn, das ist offensichtlich. Seine Gesichtszüge sind nicht ganz so kindlich wie die von Ben, aber die Ähnlichkeit ist verblüffend. Aufgrund des Alters kann er nicht der Vater sein, aber er ist auf jeden Fall mit dem Welpen verwandt.

Er knurrt leise, weniger erschrocken als wütend, angesichts der Tatsache, dass ich ihn überrascht habe. Die dunkle Kleidung dient der Tarnung, das ist sicher, und er hatte nicht vor, zu kämpfen, sieht er doch gerade eher besorgt als kampfbereit aus.

»Aaron«, höre ich den jungen Ben entsetzt sagen. Der Mann – es muss der Bruder des Kleinen sein, zu frappierend ist die Ähnlichkeit – drückt den Jüngeren hinter sich an die Wand und kommt auf mich zu.

»Lass uns einfach gehen, der Junge ist unschuldig«, seine Worte klingen geknurrt und böse, aber ich merke, wie er hektisch versucht, ihre Fluchtchancen abzuwägen.

Doch diese sind nicht existent, sie können mir nicht entkommen.

Allerdings schützt der Mann Ben immer noch mit seinem Körper und drängt ihn zur Wand, während er näher kommt. Der Gewölbegang ist breit, und ich habe zwei Gegner, so dass ich vorsichtig sein muss. Mit zwei Wölfen werde ich nicht fertig, aber oben sind noch mehr Vigilanten. Entkommen ist kein einfaches Manöver, andererseits hat er es auch schon geschafft, hier einzudringen. Ein kleines Kunststück, das ich noch zu ergründen gedenke.

Er schiebt den Teenager an sich vorbei, immer an der Wand entlang. Wir sind auf gleicher Höhe, als er dem Jungen unvermittelt einen Stoß gibt, dieser taumelt in Richtung der Treppe, während der Mann mir geschickt den Weg verstellt.

»Lauf, Ben«, knurrt er hinter sich, und ich kann sehen, wie der Junge kurz zögert. »Ben, das war ein Befehl.«

Rudeldynamik vom Feinsten, dem Jungen bleibt keine Wahl, obwohl er lieber seinem Retter helfen würde, das sehe ich deutlich.

Zorn wallt in mir auf, dass er mich so überrumpelt hat. Er und der Kleine sind näher an der Treppe, aber darüber entkommen ist aufgrund der Enge fast unmöglich. Außerdem führt die Treppe oben direkt in den Vigilanten-Bereich.

Der Mann knurrt kurz, und der Junge rennt los, während sein Befreier sich zu seiner vollen Größe aufrichtet und mir effektvoll den Durchgang versperrt.

Ich bin fuchsteufelswild, weil er es geschafft hat, mir den Kleinen zu entziehen, aber der wird nicht weit kommen.

»Fiffi, den Welpen hol ich mir gleich. Wir wollen ihn doch morgen anständig hinrichten, oder? Vielleicht haben wir für dich dann ein Plätzchen zum Zusehen, bevor du selbst drankommst.«

Das Knurren, das den Gang ausfüllt und sich an der hohen Gewölbedecke bricht, macht klar, dass mein Gegenüber nicht mehr lange menschlich sein wird.

»Komm schon«, murmele ich und halte mein Schwert in die Höhe.

FOLGE

7

KAPITEL 21

Sally

Mit Möbelpolitur bewaffnet mache ich mich im Aufenthaltsraum der Vigilanten daran, den Mahagonitisch einzureiben. Es ist still hier, wo sonst immer reger Betrieb herrscht. Der langgezogene Raum mit der hohen holzgetäfelten Decke liegt im Dämmerlicht, und ich mache mir nicht die Mühe, die Deckenleuchte einzuschalten, sondern verharre im schwachen Schimmer der Straßenlaternen und Scheinwerfer, die verstohlen ins Ordenshaus geistern. London schläft nie.

Das Licht der Großstadt, das durch die lange Fensterfront aus Bleiglas kriecht, reicht mir, um die verstreuten Couchtische und durchgesessenen Ledersessel auszumachen. Ich konnte schon immer gut im Dunkeln sehen.

In der Mitte des Raumes thront der Billardtisch, an dem schon viele Schlachten geschlagen wurden, und an der Stirnseite prunkt geisterhaft die weiße Marmorumfassung des gewaltigen Kamins, dessen ausgehende Glut dämonisch glüht und einen rauchigen Dunst nach verbrannten Kiefernnadeln verströmt. Dies ist der einzige Raum im Vigilanten-Trakt, der nicht Victoria Bannisters Modernisierungswahn zum Opfer gefallen ist und noch seine ursprüngliche Einrichtung enthält.

Hier trifft man zu dieser Stunde eigentlich immer einen der Vigilanten an. Es ist ihr größter Gemeinschaftsraum und wegen des Billardtischs und des großen Flachbildfernsehers auch einer der beliebtesten. Aber in dieser bedeutungsvollen Nacht vor der Hinrichtung sind alle auf Patrouille oder ruhen in ihren Betten im ersten Stock und warten auf die Zeit zur Wachablöse.

Der ideale Ort für mich also, um auf die Rückkehr von Aaron

zu lauern, denn von hier führt nicht nur der Weg zu der Wendeltreppe in den Kerker, es gibt auch mehrere Gänge, die von hier tiefer ins Ordenshaus führen, sowie versteckte Zuwege für die Dienstboten, damit sie ungesehen kommen und aufräumen können.

Heute wurde hier bereits geputzt, die Möbelpolitur und der Lappen in meiner Hand sind nur ein Alibi, falls man mich hier erwischt und fragen sollte, was ich hier zu suchen habe. Eher beiläufig wische ich über das gemaserte Holz und lausche mit klopfendem Herzen nach Schritten im Gang oder Rufen, die verraten würden, dass Aaron und Ben geschnappt worden sind. Aber es ist alles ruhig.

Noch immer glühen meine Wangen von dem Kuss, den er mir gegeben hat. Ich wünschte, Aaron wäre kein Werwolf, dann stünde uns nichts im Weg. Meine Gedanken kreisen um den Fluchtweg, den ich mir zurechtgelegt habe. Von der Wendeltreppe bis hierher, dann durch den Dienstbotenzugang in der Wandtäfelung zum Küchentrakt und von da nach draußen in den Hinterhof zu den Mülltonnen und in die Freiheit.

Vorausgesetzt niemand sieht uns dabei.

Wenn man mich in Begleitung eines Werwolfs erwischt oder sieht, wie ich ihm bei der Flucht helfe, dann droht mir mehr als ein Tadel.

Halbherzig wische ich über den Couchtisch, dessen feine Maserung unter der vielen Nutzung von Vigilanten ohne Manieren, die ihre Stiefel auf den Tisch legen, gelitten hat und von Kratzern und Dellen übersät ist, und lausche mit klopfendem Herzen auf Bewegung im Gang, als sich auf einmal Schritte nähern. Mein Atem stockt für einen Moment, bis ich realisiere, dass es Schuhe mit Absätzen sind, die da kommen, und dass sie keine Eile zu haben scheinen.

Vielleicht einer der Vigilanten auf Patrouille?

In dem Glauben, dass der Unbekannte einfach am Gemeinschaftsraum vorbeigehen wird, senke ich meinen Kopf und widme mich dem Tisch mit meiner Politur. Doch das Glück verlässt mich.

Die Schritte verharren an der offenstehenden, zweiflügeligen Durchgangstür und kommen dann auf mich zu.

Ich sehe auf, und es ist ausgerechnet William, der Kammerdiener, der zu mir hinüberschlendert. Er hat mich gesehen, und es hat keinen Zweck, mich zu verstecken, deswegen senke ich wieder den Blick und tue so, als wäre ich in meine Aufgabe versunken. Seine tadellos schwarz glänzenden Schuhe bleiben am Rand des Teppichs neben mir stehen.

»Sie mal einer an, Sally Davies. So spät noch bei der Arbeit?«

Meine Gedanken rasen. Er kann nicht wissen, wer für die Reinigung des Gemeinschaftsraums eingeteilt war, er bedient Sir Henry, untersteht dem Butler Mr Morris und hat mit dem weiblichen Personal nichts zu tun. Er müsste schon den Dienstplan bei Mrs Bones erfragen, um herauszufinden, ob ich die Wahrheit sage, und das wird er nicht tun. Daher lüge ich dreist: »Ich hole nach, was Betty nicht geschafft hat.«

»Ach ja, Betty. Wie geht es der Guten?«

»Gut … ich meine, besser …«, kommt es zögerlich über meine Lippen. Die nächste Lüge türmt sich vor mir auf.

William scheint das zu merken, denn er lehnt sich auf einmal genüsslich auf die Lehne des durchgesessenen Ledersessels hinter ihm und kramt in seiner Hosentasche nach einem kleinen elfenbeinfarbenen Zigaretten-Etui.

Nathan Blake hat ihm dieses Etui einst vermacht, und William gibt gerne damit an. Aber es ist dem Dienstpersonal nicht gestattet, im Haus zu rauchen, auch dem Kammerdiener des Protectors nicht, daher überrascht es mich, als er jetzt das Etui aufklappen lässt und eine Zigarette entnimmt.

»Besser, hm?«, fragt er und tippt nachdenklich mit dem Ende des Filters auf den Deckel, um den Tabak nach unten zu klopfen. »Was hatte die Arme denn?«

Ich sage lieber nichts mehr und konzentriere mich auf den blanken Mahagoni vor mir.

William holt Luft, als wolle er mich etwas fragen. Doch er wartet. Dann klappt er das Etui zu. »Hat sie ihre Krankschreibung denn schon eingereicht? Nicht, dass Mrs Bones das zu lasch handhabt, bei euch Mädchen. Morris lässt uns keinen Tag zuhause, bei ihm wird eine Selbstbescheinigung ab der ersten Stunde nötig, er ist da sehr genau. Ein verspätetes Einreichen ist durchaus ein Kündigungsgrund. Ich mein ja nur, nicht dass die arme Betty noch ihren Job verliert.«

In seiner Stimme schwingt eine Genugtuung mit, die seine besorgten Worte Lügen straft. Er würde es nur zu gerne sehen, wenn Betty gehen müsste.

Was durchaus passieren kann, wenn sie sich nicht bald meldet, wie mir klar wird. Denn auch Mrs Bones Geduld hat ihre Grenzen. Und wenn der Orden Betty kündigt, dann wird man die kleinen schwarzen Gedächtnisbücher und den silbernen Füller benutzen, um all ihre Erinnerungen an den Orden, die Magie und ihre Zeit hier im Haus zu löschen. Und an mich. Würde ich Betty dann auf der Straße begegnen, würde sie mich nicht einmal wiedererkennen.

Meine Hände krampfen sich um den Putzlappen. Unsere Freundschaft wäre im wahrsten Sinne des Wortes ausradiert.

William scheint zufrieden mit der Wirkung seiner Worte. Im Augenwinkel sehe ich, wie er nach einem Feuerzeug in seiner Hosentasche greift. Zwar rauchen die Vigilanten hier im Gemeinschaftsraum regelmäßig, und der Dunst von Tabak wird hier nicht auffallen. Aber es ist einem Dienstboten nicht gestattet, auch nicht einem Kammerdiener.

Das Aufflammen seines Feuerzeugs taucht für den Bruchteil einer Sekunde die scharfen Gesichtszüge, die sorgfältig nach hinten gegelten Haare und Williams spitze Nase in helle Flammen, bevor die Schatten über seine Schulter zurückkriechen, als wären sie lebendig. Mich überkommt ein Schauder bei diesem Anblick.

Genüsslich nimmt William, der tatsächlich die Dreistigkeit besitzt und sich eine Zigarette angezündet hat, einen Zug und bläst den Rauch in meine Richtung aus, wobei er mich ganz genau beobachtet. Er weiß, dass ich ihn nicht bei Mr Morris verpfeifen werde. Er ahnt aus irgendeinem Grund, dass ich wegen Betty lüge. Vielleicht denkt er, dass ich Betty beim Blaumachen decke.

Dabei brennt mir etwas ganz anderes auf dem Herzen, ich muss ihn hier wegkriegen, denn jeden Moment können Ben und Aaron den Gang herabgerannt kommen, und dann darf William nicht mehr hier sein.

Leider scheint er es zu genießen, mich hier in die Ecke zu treiben, er zieht in langsamen Zügen am Tabak und lässt den Rauch zur Decke hochkräuseln.

Ich muss ihn unbedingt loswerden. *Aber wie?*

Die Tischplatte vor mir ist bereits blank gewienert, die vielen Kratzer und Dellen kann ich mit Möbelpolitur nicht beheben, dafür bräuchte ich meinen Scopae, den ich nicht dabeihabe.

Das scheint auch William aufzufallen, denn er beugt sich vor, dicht über meine Schulter, und deutet auf einen unansehnlichen Fleck im kostbaren Holz. »Da ist noch was«, sagt er genüsslich, und ein wenig Asche rieselt von seiner Zigarette auf mich hinab.

Der Rauch beißt in meine Nase und lässt meine Augen tränen. Ich quetsche wütend noch mehr Politur in meinen Lappen, da kommt mir eine Idee. Ich drücke richtig fest auf die Packung und mache gleichzeitig eine ungeschickte Bewegung, als würde mir die Tube aus der Hand flutschen, so dass ein großer Klacks zähflüssiger Politur auf Williams Schuhen und der akkuraten Bügelfalte seiner Hose landet.

»Pass doch auf!«

»Oh, Verzeihung! Wie ungeschickt von mir.«

Wütend reißt William mir den Lappen aus der Hand und reibt über den Fleck auf seiner Hose. Damit macht er es jedoch nur schlimmer.

»Nicht so«, belehre ich ihn. »Von oben nach unten.«

Er reibt noch hektischer und verschmiert damit alles.

»Oje, ich fürchte, da ist Paraffin drin. Das wird Ölflecken auf der Uniform hinterlassen.«

»Das weiß ich«, zischt er.

»Besser, wenn die Hose sofort eingeweicht wird. Soll ich …?« Ich mache eine Bewegung, als würde ich ihm die Hose ausziehen wollen.

Er weicht angewidert vor mir zurück.

Ich lächle unschuldig.

»Fühl dich nicht zu sicher, Sally Davies. Auch dir kann gekündigt werden, selbst wenn du im Orden geboren bist.«

William schmeißt mir den Lappen in den Schoß und stapft dann aufgebracht davon, die angefangene Zigarette schnippt er in den Kamin, wo sie aufbegehrend verglüht.

Als er außer Sichtweite ist und das energische Klackern seiner Absätze im Gang verklingt, atme ich auf.

Mir egal, dass er weiß, dass es Absicht war, Hauptsache er ist von hier verschwunden.

Rasch stehe ich auf, stopfe den Putzlappen und die Politur in meine Schürze und stecke den Kopf in den Gang. Es dauert zu lange. Aaron müsste schon längst auf dem Weg zurück sein.

Es sei denn, Ben ist in den Zellen, und Aaron bekommt ihn nicht frei. Es sei denn, die Wachen haben ihn erwischt …

Aber kein Alarm ist zu hören, keine Rufe, keine Kämpfe, keine Schreie.

Mein Herz klopft wie wild, und meine Hände hinterlassen feuchte Abdrücke auf dem Türrahmen, an den ich mich klammere. Immer wieder werfe ich Blicke zu der Tapetentür in der Holztäfelung zurück, durch die ich Aaron und Ben zur Küche führen will.

Wenn doch nur niemand mehr hier entlangkommt. Wenn doch nur kein Vigilant auf Patrouille vorbeikommt. Wenn doch nur Aaron endlich zu mir zurückkommt.

Da höre ich schnelle Schritte den Gang herabrennen und ein

Keuchen, von jemandem, der um sein Leben rennt. Ich halte den Atem an, und dann biegt Ben um die Ecke. Er hat es eilig, schliddert auf dem Holzboden und reißt beinahe eine Vase auf einem Beistelltisch um.

»Ben!«, rufe ich erleichtert und winke ihn zu mir. Doch da sehe ich, dass er allein ist. Ich recke den Hals, aber niemand ist hinter Ben im Gang, und es sind nur seine Schritte und sein hektischer Atem zu hören. »Wo ist Aaron?!«

Bens verängstigtes Gesicht verrät es mir, bevor er keuchen kann: »Eine Wache hat uns erwischt! Aaron hat mich fortgeschickt. Sie werden kämpfen!«

»Wo?«

»Unten im Kerker!«

Noch bevor ich etwas erwidern kann, gehen auf einmal alle Deckenleuchten an und fluten den Gemeinschaftsraum und den Gang mit grellem Licht. Eine durchdringende, schrille Sirene ertönt. Ausbruchsalarm. Das bedeutet, das Ordenshaus wird abgeriegelt.

Das bedeutet: Wir können nicht auf dem Weg zurück, auf dem wir reingekommen sind.

KAPITEL 22

Caleb

Die Schritte des sich entfernenden Wolfes sind alles, was zu hören ist, während der Eindringling den Treppenaufgang für mich versperrt, um dem Jungen einen Vorsprung zu verschaffen. Ich glaube nicht, dass er mir entkommen wird – immerhin patrouillieren oben Tom und mindestens zwei weitere Vigilanten auf dem Gelände, aber trotzdem bin ich wütend. Er ist mein Gefangener! Es ist mein Fall!

»Komm schon, Fiffi, mach Platz. Dann lass ich dich vielleicht laufen«, zische ich ihm entgegen, und seine Augen blitzen zornig auf.

Der Mann lässt mich keine Sekunde aus den Augen, die Hände zu Fäusten geballt. Ich kann das Zittern sehen, das seinen Körper in Wellen überläuft, und weiß instinktiv, dass er sich verwandeln wird. Mir soll es recht sein.

Die Schritte verklingen, und mir wird klar, dass er jetzt überlegt, wie die Chancen für seine eigene Flucht stehen. Er hat sich für den jüngeren Wolf geopfert, etwas, was man nicht leichtfertig tut. Es kann nur sein Bruder sein, für den Vater ist er eindeutig zu jung.

Sein Blick huscht durch den Raum, er weiß, dass er in der Falle sitzt. Die Treppe ist eng und steil, hier einen Vorsprung herauszuarbeiten wird schwer. Der Zellentrakt ist eine Sackgasse, aus der es kein Entrinnen gibt. Es bleibt nur die Treppe, aber als Mensch ist er zu langsam, und ich fürchte, als Wolf ist er zu groß, um dort schnell zu flüchten.

So stehen wir hier, vor dem einzigen Fluchtweg, und fixieren uns mit Blicken. Um ihm die Entscheidung noch zu erschweren und dafür zu sorgen, dass es ein wenig spannender wird, wirke ich einen klitzekleinen Zauber. Für mich ist es nicht mehr als ein magisches Fingerschnippen, aber dem Wolf mache ich seine Situation noch unüberwindbarer – löse ich den Alarm aus, der sofort dafür sorgt, dass hier unten alle Lichter sirrend anspringen. Hier unten und überall im Orden.

Der schrille Warnton, der klarmacht, dass ein Problem besteht, gepaart mit dem hellen Licht in allen Gängen und Fluren, sollte in kürzester Zeit jede Flucht für einen Para unmöglich machen. Immerhin wimmelt es hier von Magiern und Vigilanten, die mit Sicherheit seine Flucht erschweren werden.

»Sei ein guter Hund und unterwirf dich«, stachle ich ihn an, da ich weiß, was jetzt kommt. Und ich habe recht, der Zorn und die Tatsache, dass er in die Ecke gedrängt ist, dazu die Sorge um den Welpen, lassen ihn die Beherrschung verlieren.

Der Werwolf sprengt die dünne Hülle seiner Menschlichkeit und verwandelt sich. Anders als in den üblichen Horrorfilmen geschieht das nicht in Zeitlupe und auch nicht effektvoll mit einem langsamen Wachsen der Nägel und Gliedmaßen, sondern es ist ein nahtloser, schlagartiger Übergang. Wo vor einem Wimpernschlag noch ein Mensch gestanden hat, ist jetzt ein riesiger schwarzer Wolf, der von seiner caniden Verwandtschaft jedoch ein paar deutliche Abweichungen zeigt.

Er steht aufrecht, hat aber nichts Menschliches mehr an sich. Die Hände sind riesige Pranken mit langen, scharfen Krallen. Dank meiner Ausbildung weiß ich, dass er in dieser Form die Schnelligkeit und Wendigkeit eines Tieres hat, zudem abnormale Instinkte. Die Kleidung konnte seiner Verwandlung nicht standhalten, einige Fetzen hängen noch an ihm, das meiste liegt um ihn herum. Er hat drahtiges schwarzes Fell und sieht mehr als nur bedrohlich aus, denn da ist kein Gramm Fett, nur Muskelmasse, die sich mir in den Weg stellt. Seine Lefzen sind zurückgezogen, und die tiefliegenden, silbrig-glitzernden Pupillen fixieren mich.

Ich beobachte ihn aufmerksam und kann spüren, wie das Adrenalin meinen Blutdruck erhöht. Für Angst ist keine Zeit, jeden Moment kann der erste Angriff des Werwolfs erfolgen. Und alles, was ich habe, ist ein Schwert. Ich verfluche die Hausregeln des Ordens, in der ausdrücklich das Führen von Schusswaffen innerhalb des Gebäudes verboten ist. Dass man dies ausgerechnet einem amerikanischen Magier zu verdanken hat, ist irgendwie ironisch.

1850 aus Amerika für ein Studiensemester hierhergekommen, versuchte Oliver Winchester Gewehrkugeln, Schwarzpulver und Magie zu vereinen. Ein Versuch, der in einem evakuierten Ordenshaus, einer wild gewordenen Kugel voller schwarzer Magie und mehr Löcher in den Holzvertäfelungen, als man am Ende zählen konnte, gipfelte. Angeblich hat es zwei Tage gedauert, bis die Kugel unschädlich gemacht werden konnte, und noch immer sind nicht alle Löcher in dem altehrwürdigen Holz repariert. Der damalige Protector hat nicht nur die neue Hausregel erlassen, sondern auch Winchester mehr oder weniger nahegelegt, sich zu entscheiden, ob er Magie praktizieren oder Waffen herstellen möchte. Wie sich Winchester entschieden hat, ist bekannt. Weniger erfreulich sind die Einschränkungen, die uns Vigilanten nach diesem Ereignis auferlegt wurden, und der Vorfall ist einer der Gründe, warum noch immer so viel Wert auf unsere Kampfausbildung gelegt wird.

Ein Morgenstern wäre in meinem aktuellen Fall politisch korrekter als eine Projektil-Waffe. Mehr braucht man eigentlich über Fortschritt und Modernität im Orden nicht zu wissen. Und genau deswegen ist mir jetzt ein sauberer Schuss versagt, und ich bin gezwungen, mit einem Schwert einem fast zwei Meter großen Werwolf den Garaus zu machen.

Denn sterben muss er, nach allem, was er getan hat und gerade im Begriff ist, zu tun: So sieht es das Gesetz vor.

Klar, ich könnte ihn auch verhaften, aber ich bin mir sicher, dieser Option ist er nicht zugeneigt. Die Strafe für das Vergehen, einen zum Tode Verurteilten zu befreien, und das widerrechtliche Eindringen in den Orden laufen auf ein und dasselbe hinaus. Nicht zu vergessen der gleich folgende Angriff – er wird bis zum Letzten kämpfen, um zu entkommen. Alles andere wäre sein Tod. Denn das Urteil für seine Verfehlungen, wenn wir ihn gefangen nehmen, unterscheidet sich nicht von dem seines Bruders.

Ich bin dafür trainiert, aber zum ersten Mal fühlt es sich nicht gut an, mir wird schlagartig bewusst, dass ein Biss reicht, um mich zu dem zu machen, was ich bekämpfen will. Ein einziger Biss, und auch ich bin ein Para. Diese Erkenntnis lässt mich vorsichtig werden, und ich gehe instinktiv einen Schritt zurück.

Das Knurren des Wolfes schwillt an, meine kurze Verunsicherung ist ihm nicht entgangen. Sein Oberkörper senkt sich, und die langen vorderen Gliedmaßen berühren beinahe den Boden. Er wird mich angreifen, und er wird es tun, indem er wie ein Hund auf mich zu sprintet.

Bevor ich diese Erkenntnis verarbeiten kann, schießt der Muskelberg auch schon mit einem dunklen, aggressiven Laut auf mich zu, und ich werfe mich eher instinktiv als geplant zur Seite, wobei ich hart gegen die Wand krache.

Schmerz fährt durch meine Schulter, aber meine Hand hält das Katana trotzdem unnachgiebig umklammert. Es ist meine einzige Waffe, der einzige Schutz, den ich gegen bestimmt 150 Kilo Muskeln, Zähne und Klauen zur Verfügung habe.

Der Wolf ist an mir vorbei und bremst ab, während ich mich umdrehe. Seine Krallen hinterlassen tiefe Spuren in dem alten Steinboden, und ich verfolge, wie er umdreht und sich erneut aufrichtet. Sein Kopf prallt beinahe an die Decke, und er knurrt böse.

»Och, Fiffi, so groß und doch daneben«, diesen kleinen Seitenhieb kann ich mir nicht verkneifen, während ich versuche, mich zu konzentrieren.

Magie ist anstrengend, und mein Katana kommt mir auf einmal wie ein kleines, nutzloses Accessoire vor. Das Kribbeln in meiner linken Hand, als ich die Energie bündele und sie aus meiner Umgebung zusammenziehe, ist kaum zu ertragen, als würde ich den Arm in einen Eimer Feuerameisen stecken. Ich spüre die Wärme, als sie sich nach oben ausbreitet, und behalte den Wolf im Blick, der sich jetzt auf alle viere senkt und zu einem weiteren Sprung ansetzt.

Elementarmagie ist die kräftezehrendste Form des Zauberns, aber ich hatte schon immer eine Affinität zu dieser ursprünglichen Kraft. Es ist sinnvoll, zu nutzen, was man gut kann. Mit Wind- oder Wasserzaubern werde ich jedoch hier wenig ausrichten, wenn sie nicht perfekt ausgeführt sind. Und da ich nicht sicher weiß, ob mir so ein Zauber gelingt, bleibt nur das, was ich gut kann, was wiederum meine Möglichkeiten einschränkt.

Ich wünschte, ich hätte Schockzauber unter Kontrolle.

Der Feuerball, den ich dem Wolf entgegensende, trifft diesen frontal. Die blauen Flammen züngeln sofort über das schwarze Fell, fressen sich in die willkommene Nahrung, die ihnen geboten wird, und versengen das Fleisch darunter. Der Geruch nach verbranntem Haar erfüllt den Flur, während ich keuchend auf die Beine komme, ein wenig angeschlagen von dem Zauber.

Mein Gegner heult und wälzt sich auf dem Boden, um die Flammen zu ersticken, was mir einen Moment gibt, um mich zu sammeln und erneut die Energie um mich herum anzuzapfen. Allerdings wird es schwerer, ich habe noch zwei, maximal drei Feuerbälle in petto, bevor ich eine Pause brauche. Dann muss ich dieses Riesentier mit meinem Katana scheibchenweise zerlegen. Keine schöne Aussicht. Und der Wolf, der mittlerweile die Flammen erstickt hat, sieht nicht so aus, als würde er den Brandanschlag mit Humor nehmen, während er sich mir wieder bedrohlich zuwendet.

Das Grollen aus seiner Kehle bricht sich an den Steinwänden und verstärkt sich, während er langsam und bedrohlich auf mich zusteuert.

»Komm, sei ein guter Hund«, keuche ich und grinse, trotz der Anstrengung. Unter dieser Situation blühe ich auf, genau hierfür bin ich ausgebildet worden, das ist meine Stärke. »Dann gibt's auch ein Leckerli.« Ich provoziere ihn mit voller Absicht. Jetzt ist er im Gang, wo ich ihn haben wollte, und ich stehe vor der Treppe. Ich muss verhindern, dass er mir entwischt. Verstärkung könnte ich auch gut gebrauchen, wobei ich mir sicher bin, dass bereits jemand unterwegs ist. Also muss ich ihn hier unten nur ein wenig beschäftigen und dafür sorgen, dass er keine Fluchtchancen hat.

Die Zellentür hinter ihm ist zu, die Hoffnung, den Para dorthin zu bekommen, begrabe ich. Mal abgesehen davon, dass die Tür zu klein wäre. Er müsste sich zuerst verwandeln.

Er mustert mich misstrauisch aus diesen silbrigen Pupillen, und ich merke, dass er in mir jetzt mehr einen Gegner als ein Opfer sieht. Er wägt seine Chancen ab. Feuer vertragen die meisten Paras nicht, und ich kann die Brandwunde sehen, die mein Geschoss hinterlassen hat. Wölfe heilen schnell, aber so schnell auch wieder nicht.

Ohne erkennbare Vorwarnung stößt er sich erneut ab und prescht auf mich zu. Ich schaffe es nur knapp, unter dem riesigen Wolf wegzutauchen und ihm einen Feuerball hinterherzusenden. Zu meinem Erstaunen verwandelt sich der Wolf im Flug zurück, und der Feuerball verfehlt ihn dadurch.

Der nackte Mann landet hart auf dem Steinboden, ein Keuchen entkommt ihm, und er rollt direkt vor die Treppe.

Ich bin im Gang und habe keine Zeit zu verlieren. Ich renne los, damit er nicht über die Treppe fliehen kann. Zu spät merke ich, dass er das gar nicht vorhat. Als ich fast bei ihm bin, verwandelt er sich erneut blitzschnell.

Offensichtlich nutzt er seine Fähigkeiten geschickt, und ich habe mich freiwillig in die Nähe eines sehr starken Gebisses begeben. Für Magie bleibt keine Zeit, aber ich stoße mit meinem Katana zu. Das Silber dringt wie Butter in seine Schulter ein, während er mit zuklappendem Kiefer versucht, mir den Kopf abzubeißen. Seine Krallen reißen mir tiefe Kratzer in den Oberarm, und Blut quillt hervor, ich kann die Feuchtigkeit spüren. Dank des Adrenalins bleibt mir vorerst zumindest der Schmerz erspart, während ich mit beiden Händen das Katana tiefer in sein Fleisch ramme und mich bemühe, seinen Pranken und seinem Gebiss auszuweichen.

Der Wolf heult auf und weicht nach hinten aus, stößt gegen einen Teil der Treppe, und ich wittere schon meinen Sieg, während ich die Klinge unter größter Kraftanstrengung drehe. Sein Fleisch, innen wie außen, verätzt durch die Berührung mit dem Silber. Ich hätte ja lieber sein Herz erwischt, aber ich nehme, was ich kriegen kann.

Er versucht, der scharfen Waffe zu entkommen. Irgendwie schafft er es, mir einen kräftigen Stoß zu geben, und ich spüre, wie an meiner Brust die Haut aufplatzt, ich nach hinten wegfliege, dann hart gegen die Wand knalle und zu Boden sinke. Mein Katana steckt in seiner Schulter.

Der Werwolf richtet sich auf. Wir halten Blickkontakt, während ich das Blut spüre, das langsam aus der neuen Wunde der Schwerkraft folgt und über meinen Oberkörper läuft. Der schwarze Troyer schimmert feucht, und ich keuche, ohne den Blick von meinem Gegner zu wenden, der auch einiges eingesteckt hat.

Wie einen Zahnstocher zieht er die Klinge mit seiner Pranke aus der Wunde, und ich sehe das dunkelrote Blut daran, als er sie achtlos auf den Boden fallen lässt. Wir starren uns an, jeder hat dem anderen gezeichnet, aber keiner wird nachgeben.

Allerdings muss ich zugeben, er ist im Vorteil. Trotzdem bin ich noch nicht am Ende meines Lateins. Ohne das Katana in der Hand habe ich beide Hände frei, auch wenn mein Zustand nicht gerade für einen intensiven Magiegebrauch spricht. Ich muss nur einen weiteren, etwas größeren Feuerstoß hinbekommen, möglichst, bevor er aus meinem Gesicht ein Carpaccio macht.

Er senkt seinen Oberkörper, geht auf alle viere, und das dunkle Grollen macht klar, dass er jetzt vorhat, mir den Garaus zu machen.

Ich greife nach der Magie, ziehe sie an mich und spüre genau, wie diese Anstrengung meinen Blutverlust erhöht. Heilzauber habe ich noch nie beherrscht, aber ich hoffe, dass später jemand da ist, der den ein oder anderen kann und bereit ist, ihn für mich zu wirken. Wenn es für mich noch ein Nachher gibt.

Der Wolf schiebt sich näher an mich heran, langsam, fast bedächtig, als wolle er seinen Todesstoß auskosten.

Ich hasse es, wenn der Böse sich Zeit lässt. Das hat in keiner James-Bond-Verfilmung funktioniert – wann lernen die es eigentlich?

Sein bedächtiges Vorgehen gibt mir die Zeit, die ich brauche, um aus Fiffi einen kleinen Höllenhund zu machen. Mein Feuerball hüllt ihn ein, er ist nicht so heiß wie die vorherigen, aber dafür größer.

Ich rappele mich hoch, sein schwindendes Fell glimmt kurz auf und verschwindet, während vor mir der Wolf spontan eine Rückverwandlung hinlegt. Als er menschlich vor mir steht, ist zwar das Feuer weg, aber auf seinem nackten Körper zeichnen sich jetzt Brandwunden ab. Er weicht ein wenig zurück, und ich folge ihm. Wir schätzen uns erneut ab, auf Augenhöhe.

»Mein Bruder ist unschuldig«, bringt er heraus und klingt wütend.

»Das sehe ich anders. Aber was will man auch von einem Para erwarten«, zische ich. Meine Brust schmerzt, und eine offene Wunde ist dort ebenfalls. Noch immer spüre ich das Blut, das an mir herunterrinnt. Meinem Arm geht es nicht anders, und meine Schulter hat auch schon bessere Tage gesehen.

Der Wolf sieht ähnlich lädiert aus: Brandwunden; und die Schulterwunde des Katanas, das ihn fast komplett durchbohrt hat, blutet stark, auch wenn die Wundränder sich langsam schließen.

Ich höre Stimmen über uns, bestimmt hat der Alarm dafür gesorgt, dass endlich jemand auf die Idee kam, auch den Gefangenentrakt zu überprüfen. Der Wolf hört es ebenfalls, und ich grinse ihn an. Er sitzt jetzt in der Falle. Bevor er sich jedoch ergibt, wählt er den Ausweg, den ich nicht erwartet habe.

In menschlicher Gestalt springt er ab, und im nächsten Moment befinde ich mich unter dem riesigen Wolfskörper. Seine Pfoten drücken auf meinen Brustkorb und sein Maul mit den riesigen Zähnen nähert sich meiner Kehle …

KAPITEL 23

Sally

»Hier lang!«, rufe ich und zerre Ben zu der Tür in der Holztäfelung des Aufenthaltsraums, die kaum erkennbar ist, wenn man nicht weiß, dass sie existiert. Meine Finger ertasten den filigranen Mechanismus, und mit einem leisen Klicken springt sie einen Spalt weit auf, gerade breit genug, um meine Finger hindurchzustecken und die Vertäfelung nach außen aufzuklappen.

Dahinter kommt ein schmaler Gang zwischen den Wänden zum Vorschein. Die Neonröhren an der Decke leuchten grell und unterstreichen den starken Kontrast zwischen der warmen Gemütlichkeit des Gemeinschaftsraums der Ordensmitglieder und der pragmatischen Kahlheit des Dienstbotengangs. Der Alarm hat im ganzen Haus die Deckenbeleuchtung ausgelöst, ich kann sie nicht über den Lichtschalter neben der Tür löschen. Keine Chance bei diesem Flutlicht, nicht gesehen zu werden, wenn uns jemand entgegenkommt.

Ich muss darauf zählen, dass die Hausangestellten in ihren Betten liegen oder dem Protokoll folgen und sich im Küchentrakt versammeln. Wir müssen also in die entgegengesetzte Richtung, tiefer ins Ordenshaus hinein. Das ist unsere einzige Chance.

»Komm mit!«

Ich laufe los, den schmalen Durchgang hinab und höre, wie Ben mir hinterherrennt. Wir folgen dem Verlauf des Ganges, der an seinem Ende einen scharfen Knick macht und in östlicher Richtung weiterführt. Wir passieren die Tür zu dem Raum hinter der Waffenkammer, in der Betty noch vor wenigen Tagen das Silber geputzt hat, und ich signalisiere Ben, leise zu sein. Wenn der Alarm die übrigen Vigilanten im Haus geweckt hat, werden sie in die Waffenkammer laufen, um sich auszurüsten, nur wenige Schritte entfernt, hinter einer dünnen Holztäfelung. Wir drosseln unser Tempo und schleichen an der Tür und den angrenzenden Räumen vorbei.

Rufe und fernes Trampeln im Laufschritt verraten mir, dass ich recht habe: Die Vigilanten sind dabei, zu den Waffen zu greifen. Eine Handvoll von ihnen mag sich im Ordenshaus befinden, falls Victoria nicht eine Ausgangssperre für heute Nacht verhängen ließ, um eine bessere Bewachung für den Gefangenen zu gewährleisten. Aber wahrscheinlicher ist, dass sie geglaubt hat, der junge Werwolf wäre in seiner Zelle sicher, und niemand käme uneingeladen in das Ordenshaus hinein.

Ben lauscht mit vor Angst geweiteten Augen den Anzeichen der Wachverstärkung, doch ich signalisiere ihm, mir zu folgen, auch wenn es so wirkt, als würden wir den Wachen immer näher kommen. Wir laufen parallel an ihnen vorbei, und wenn niemand auf die Idee kommt, den Dienstbotengang hinter der Wandtäfelung zu checken, wird uns hier niemand entdecken. Meiner Erfahrung nach vergessen Magier gerne, dass es uns Hauspersonal überhaupt gibt, ergo auch unsere versteckten Service-Gänge, die sie nie freiwillig betreten würden.

Wir hören das Klirren von Schwertern und das scharfe Klacken, als eine schwere Armbrust durchgeladen wird, keine zwei Meter neben uns. Doch Ben und ich schleichen ungesehen an dem Waffenlager der Vigilanten vorbei, vor Blicken verborgen hinter antiken Wandpaneelen aus Walnussholz. Wir huschen weiter, bis der Gang an einer Treppe endet, die hinabführt. Ich will sofort nach unten laufen, doch Ben zögert.

»Warte«, flüstert er. »Wieso wieder nach unten? Dort sind doch die Kerker? Wir müssen nach oben, einen Ausgang suchen.«

Ich schüttele den Kopf. »Wir kommen so nicht an den Wachen vorbei. Alle Ausgänge wurden geschlossen.«

»Wie dann?«

»Das wirst du schon sehen, und jetzt komm schon.«

Ich laufe weiter, und Ben folgt mir nach kurzem Zögern. Ich kann ihm seinen Widerwillen, wieder in einen fensterlosen Keller hinabzusteigen, wo er doch gerade erst dem Kerker entkommen ist, nicht verübeln, aber es ist das Einzige, was mir im Moment einfällt.

Feuchtwarmer Dampf und der durchdringende Geruch nach Waschmitteln und Weichspüler liegen in der Luft, und das laute Brummen von gut einem Dutzend Waschmaschinen erfüllt den großen, gekachelten Raum am Ende der Treppe. Bullaugen, hinter denen sich weiße Bettlaken in Schaum drehen, säumen die Wand auf der rechten Seite, während linker Hand große industrielle Bügelanlagen, wie man sie auch in Hotelwäschereien findet, Parade stehen.

In einem großen Gitterkasten auf Rollen stapeln sich Uniformen des Dienstpersonals, und ich ziehe wahllos ein Kleid mit einer Schürze daraus hervor. Ben ist groß für sein Alter, und meine Kolleginnen sind im Allgemeinen recht schlank, aber es muss reichen.

»Zieh das an«, sage ich zu Ben und werfe ihm das blassblaue Kleid eines Dienstmädchens zu. Ungeschickt fängt er es auf und faltet es auseinander. Es ist genau so eines, wie ich es trage. Dem Namensschild nach zu urteilen, gehört es Madeleine, die zum Glück etwas kräftiger gebaut ist.

»Was?!«, ruft Ben empört und starrt auf das Kleid und das weiße Häubchen in seiner Hand. »Auf gar keinen Fall!«

»Jetzt hab dich nicht so!« Es fällt mir schwer, meine Ungeduld zu verbergen. »Es gibt nur einen einzigen Weg hier raus, und der führt durch die Haupthalle.«

»Bist du verrückt?!«

»Niemand wird auf uns achten. Zieh das Kleid und die Schürze über, senke deinen Blick, laufe neben mir her, und niemand wird sich für dich interessieren.«

»Ich bin doch kein Mädchen!«

»Ich hab aber keine Uniform, heute ist Waschtag für die Kleider der Frauen. Nun stell dich nicht so an, wir haben keine Zeit für sowas.«

Mit einem Gesichtsausdruck, als würde ich ihn bitten, auch noch Lippenstift aufzutragen und für mich zu posieren, zieht Ben das Kleid über seinen Kopf, mit all seinen Klamotten drunter. Es platzt beinahe aus allen Nähten, und ich muss ihm helfen, es herabzuziehen. Er sieht darin aus wie eine Presswurst. Ich ignoriere es, binde ihm ungeduldig die Schürze um, weil er keinerlei Anstalten macht, mir zu helfen, und nur wie eine steife Puppe dasteht, und stülpe ihm die Haube auf den Kopf, die ich mit einer meiner eigenen Haarnadeln an seinen welligen Locken befestige.

»Ich geh doch niemals als Mädchen durch«, jammert Ben wie ein geprügelter Hund, und es stimmt: Niemand wird auf den zweiten Blick auf diese Scharade hereinfallen. Aber wir brauchen hoffentlich nur einen ersten Blick, dann sind wir an den Wachen vorbei.

»Komm jetzt«, sage ich ohne Umschweife und ziehe ihn am Ärmel mit mir, bevor Ben noch mehr lamentieren kann. Er stolpert unglücklich hinter mir her.

Wir huschen durch den Gang den Weg zurück, den wir gekommen sind, so schnell es geht, ohne zu rennen. Wenn uns jemand sieht, soll es so aussehen, als wären wir nur zwei vom Alarm aufgeschreckte Dienstmädchen. Falls uns aber tatsächlich jemand entgegenkommt, sind wir geliefert. Eine Begegnung in dem engen Gang stehen wir nicht durch, ohne dass Bens Tarnung auffliegt. Er sieht geradezu lächerlich aus in dem Aufzug, und ich bin mir ganz und gar nicht sicher, ob er auch nur einem flüchtigen Blick standhalten wird. Aber mir bleibt keine Wahl, mit jeder Minute, die verrinnt, laufen wir Gefahr, entdeckt zu werden. Und was dann passiert, will ich mir lieber nicht ausmalen.

Ich führe Ben zielsicher durch den Gang vom Vigilanten-Trakt ins Hauptgebäude, ohne dass wir jemandem begegnen. An der großen Dienstbotentreppe angekommen, deute ich ihm zu warten und lausche erstmal. Ein Blick nach oben zeigt mir, dass die Luft rein ist. Aber vom Küchentrakt sind aufgeregte Stimmen und Stühlerücken zu hören. Wie vermutet, haben sich die Dienstboten, die heute im Orden geblieben sind, in der Küche oder bei Butler Morris versammelt. Hier ist also kein Durchkommen, der Rückweg zum Hinterhof mit den Mülltonnen ist uns versperrt. Und früher oder später wird jemandem auffallen, dass ich nicht unter ihnen bin. Aber ich habe jetzt keine Zeit, mir darüber Gedanken zu machen, wir müssen in den zweiten Stock zu den Gemächern der Magier.

Ich gebe Ben ein Zeichen, dass er mir leise folgen soll, und zum Glück gehorcht er ohne Widerstand. Mit meinem eigenen Herzschlag in den Ohren schleiche ich die Treppe nach oben, gefolgt von einem Ben, der bei jedem Schritt über seinen Rocksaum stolpert. Was wir vorhaben, ist Wahnsinn und kann nicht funktionieren. Dennoch steige ich weiter die Stufen hoch, bis zu der Tür, die auf die Galerie im zweiten Stock führt. Mir ist sehr wohl bewusst, dass Bens Leben von mir abhängt.

»Bereit?« Ich lege meine Hand auf den schnörkellosen Türgriff. »Denk daran: den Kopf gesenkt, die Augen zu Boden, und halt dich neben mir. Du bist nur eine weitere Dienstmagd auf dem Weg zu einem der Zimmer.«

Ben nickt, aber unter seiner dunklen Haut ist er blass.

Ich drücke die Klinke herunter. Die Haupthalle erstrahlt unter dem Glanz des Kronleuchters, sämtliche Deckenstrahler und Wandleuchter sind eingeschaltet, so dass nicht ein einziger Schatten von den Säulen auf den Marmorboden im Erdgeschoss fällt. Die Galerie im zweiten Stock liegt leer vor uns, keine Wache patrouilliert hier, wie mir ein rascher Blick bestätigt.

Beherzt trete ich auf den weichen Teppich und schlage den Weg zu den Privaträumen der Magier im zweiten Stockwerk ein. Aus dem Augenwinkel sehe ich einen Vigilanten, der unten das große Eingangstor bewacht, eine schwere Armbrust lässig über der Schulter. Sein Blick schweift zu uns hoch, als wir die Galerie betreten. Ich halte den Atem an. Ben hat den Kopf gesenkt und geht in seiner Verkleidung als Dienstmädchen neben mir her, so dass ich ihn teilweise verdecke, aber ich bin zu klein, er überragt mich beinahe um einen ganzen Kopf.

Der Vigilant schaut noch immer zu uns hoch.

Jetzt fliegen wir auf!, denke ich.

Doch dann schweift sein Blick gelangweilt weiter, und mit wenigen Schritten verlassen Ben und ich die Galerie und tauchen hinter einen Vorhang, der den Korridor zu den Schlafgemächern abtrennt, außer Sichtweite.

Ich atme auf. »Siehst du, so gut wie unsichtbar«, flüstere ich Ben zu. »Niemand achtet auf Dienstmädchen.«

Er grinst erleichtert, noch blasser um die Nase als sowieso schon.

Wir eilen weiter bis zu dem Zimmer am Ende des Flures. Hier bin ich seit Ewigkeiten nicht gewesen, aber ich weiß, dass sich in diesem Zimmer niemand aufhalten wird und dass es eine Möglichkeit gibt, von hier zu entkommen.

Es war das Zimmer meiner Mutter.

Ich lege meine Hand auf die verschnörkelte Klinke in Form eines Vogels und drücke sie herab. Das Zimmer liegt im Dunkeln. Die Möbel sind unter Laken und Staub verborgen, eine düstere, feierliche Stille hat sich in dem vernachlässigten Raum auf alles gelegt.

Die Sachen meiner Mutter habe ich schon vor Jahren durchwühlt, auf der Suche nach einem Hinweis auf meinen Vater, ob er noch lebt und wo ich ihn finden kann. Aber vergeblich. Dennoch bringe ich es nicht über mich, die Sachen wegzuwerfen, so als klammere sich ein Teil von mir an die Vorstellung, sie würde noch leben und eines Tages wiederkehren.

Ich halte mich nicht länger mit Sentimentalität auf, ich habe meine Mutter nie kennengelernt und keine Erinnerungen an die

Zeit, als sie lebte, und gehe zum Fenster. Von hier hat man einen Blick auf das dicht gegenüberliegende Dach und die Schornsteine der krumm, auf mehreren Ebenen zusammengewürfelten Gebäude, die durch ein Gewirr von Anbauten und Auskragungen über Eck miteinander verbunden sind. Was wie Pfuschwerk der Baumeister erscheinen mag, stellt eine raffinierte Lösung des schwierigen Problems dar, den nachträglichen Bau des Ordenshauses in den Winkel zweier Gebäudetrakte zu zwängen.

Die Regenrinnenkästen tragen gestanzte Verzierungen und sind, wie ich weiß, ideal zum Klettern.

»Ben, du musst auf das Dach des gegenüberliegenden Gebäudes springen.«

Dass das geht, weiß ich. Ich kenne das Ordenshaus in- und auswendig, auch wenn der Abstand recht weit aussieht. Ich habe es selber schon getan, früher, als ich mich als Teenager nachts heimlich davongeschlichen habe, um mit meinem damaligen Schwarm aus der achten Klasse ins Kino zu gehen. Das Problem ist, dass man auf diesem Weg nicht wieder zurück ins Haus kommt, so dass ich mich durch den Lieferanteneingang zurückschleichen musste, wo ich von Harriet erwischt wurde, die mir die Ohren lang zog.

Nun ist es die einzige Möglichkeit für Ben, zu entkommen. Weil das Ordenshaus hier so dicht mit den Gebäuden des Middle Temple verwachsen ist, ist der Schutzzauber an dieser Stelle dünn, und Ben kann ihn durchdringen, ohne Alarm auszulösen.

Ben schwingt ein Bein über den Fenstersims und zögert. »Was ist mit Aaron? Ich kann ihn doch nicht einfach zurücklassen.«

»Doch, du kannst. Du musst! Beeil dich! Ich werde ihn schon finden, er hat sich bestimmt irgendwo versteckt. Und dann bringe ich ihn auf demselben Weg hinaus wie dich.«

»Dann hättest du nicht nur bei mir etwas gut. Aber Sally, was ist, wenn sie Aaron bereits erwischt haben? Da war dieser Mann, ein Wächter, er hat versucht, uns aufzuhalten.«

»Was? Welcher? Der Große mit den braunen Haaren?« Ich bete, dass es Tom Waringham war, der Aaron gestellt hat. Tom wird mit sich reden lassen. »Sie werden ihm schon nichts tun, du bist es, auf dessen Kopf das Todesurteil ausgesprochen wurde.«

Ben nickt, schwingt nun auch das andere Bein nach draußen und setzt zum Sprung an. »Der war es aber nicht. Es war ein Jüngerer mit dunkelblonden, kurzen Haaren. Er war bewaffnet mit einem Katana.«

Scheiße, ausgerechnet dieser Caleb!

Ich versuche, mir meine Bestürzung nicht anmerken zu lassen, und beschwöre Ben: »Aaron wird vermutlich im Kerker eingesperrt, aber ich lasse mir etwas einfallen. Er ist es ja nicht, den sie wollen. Mach jetzt! Und pass auf, es ist bestimmt eine Wache auf dem Dach!«

Ich sehe zu, wie Ben gehorcht, mit einem Satz vom Fenstersims auf das gegenüberliegende Dach springt und geschickt abrollt. Ich winke ihm zu, er solle verschwinden, und schließe rasch das Fenster, das seit Ewigkeiten nicht geöffnet worden ist.

Ausgerechnet Caleb musste Aaron in die Arme laufen. Mir wird eiskalt. Ich bin mir nicht so sicher, ob Caleb Gnade mit einem Werwolf walten lassen wird.

KAPITEL 24

Caleb

Ich war zu sorglos, zu langsam, und jetzt nähern sich spitze weiße Zähne meiner Kehle. Ich hatte ihn fast, aber genau wie er habe ich gespielt und meinen vermeintlichen Triumph ausgekostet. Todesursache Arroganz wird auf meinem Grabstein stehen. Wahrscheinlich unterstrichen.

Mein Leben sollte jetzt vor meinem inneren Auge vorbeiziehen, wenn man den gängigen Nahtoderfahrungen glauben mag, aber auch hier – nichts. Wahrscheinlich war es zu kurz, um als Cinematic vor dem Ableben zu dienen.

Dieser sarkastische Gedanke sorgt dafür, dass ich weiterkämpfe, obwohl meine Situation aussichtslos und der Gegner übermächtig ist. Ich versuche, mich aufzubäumen, irgendwie unter dem riesigen Tier hervorzukommen, aber der Wolf drückt mich mit seinem Gewicht unbarmherzig zu Boden.

Sein Atem stinkt, ich kann die warme Luft aus seinem Schlund auf meinem Gesicht spüren. Ein letztes Knurren dringt an meine Ohren, und ich erwarte den Angriff, als er urplötzlich aufheult und nach hinten wegtaumelt. Der fehlende Druck auf meiner Brust macht mir klar, wie gierig meine Lungen auf Sauerstoff sind, und ich atme tief ein, nicht ohne die Schmerzen mindestens einer gebrochenen Rippe zu spüren.

Dieses Mistvieh ist deutlich stärker als ich, was hat ihn davon abgehalten, mich zu töten?

Das Heulen hatte schmerzerfüllt geklungen, bevor er von mir abgelassen hat und geflüchtet ist.

Ich rappele mich keuchend und so schnell es mir möglich ist auf die Füße, um ihn zu verfolgen.

Am unteren Ende der Wendeltreppe steht Noah, seinen Blick in den Zellentrakt gerichtet, einen Wurfstern in der Hand. Offenbar hat er mit einem gezielten Wurf eines seiner Sterne dafür gesorgt, dass ich nicht mehr unter dem Wolf begraben bin. Das erklärt meine Rettung. Der Gang zu den Zellen ist dunkel, was mich kurz irritiert, während ich schwankend mein Katana vom Boden klaube und mich zu Noah schleppe.

»Alles in Ordnung? Hat er dich gebissen?«, fragt er mich, und ich schüttle den Kopf.

»Nein, zum Glück nicht. Danke, das war knapp.«

»Du … blutest.«

»Dieses Mistvieh hat nicht nur Zähne. Es sind auch ein paar Krallen an ihm dran.«

Das dunkle Knurren aus dem nun pechschwarzen und unbeleuchteten Zellentrakt lässt erkennen, dass der Wolf uns hören kann. Nur raus kommt er nicht, nicht ohne an uns vorbeizumüssen.

»Ich habe ihm zwei silberne Wurfsterne in den Rücken gejagt, daraufhin ist er in den Gang geflohen, hat aber dabei alle Lampen zertrümmert«, raunt mir mein Kollege zu, während er mich besorgt mustert. Er ist auf der Hut, und auch ich lasse den nun dunklen Flur zu den Zellen nicht aus den Augen. Jederzeit können drei Zentner ziemlich übel gelaunter Wolf daraus hervorschießen. Mein Überleben verdanke ich dem Mann neben mir.

»Bitte sag mir, dass ihr den Kleinen habt«, bringe ich mühsam heraus, und Noah sieht mich verwundert an. »Er ist weg?«

Verflixt.

Also hat er es irgendwie geschafft, bisher unentdeckt zu bleiben. Bestimmt weiß noch niemand, dass ausgerechnet unser verurteilter Täter gerade aus dem Orden spaziert. Aber solange hier ein zweiter Wolf ist, kann ich nicht weg. Noah auch nicht, wir müssen dafür sorgen, dass Fiffi bleibt, wo er ist, bis Verstärkung kommt. Eine andere Wahl haben wir nicht.

Ich deute auf den Gang und fahre dann mit meiner Hand kurz unter meiner Kehle entlang. Wir müssen den Wolf töten, bevor er uns tötet.

Noah nickt, er versteht, was ich ihm sagen will. Jedoch sind ein paar silberne Wurfsterne nicht unbedingt das, was ich mir als Kampfunterstützung vorstelle. Unsere Ausbildung mag effektiv sein, aber wenn man mit einem Katana oder ein paar Wurfsternen auf einmal einem ausgewachsenen Werwolf gegenübersteht, wird klar, wie nutzlos Waffen gegen Paras sein können. Zwar hat auch Noah ein Schwert, aber er ist im Umgang damit wenig versiert. Für ihn war es nie eine Waffe, eher ein notwendiges Accessoire. Allerdings kann Noah im Moment bestimmt besser zaubern als ich und uns den dringend benötigten Vorteil verschaffen, immerhin ist er noch unverletzt und frisch.

»Kugelblitz«, raune ich ihm zu, und mein Kollege begreift sofort.

Für Menschen noch immer ein Mythos, ist der Kugelblitz eine Form der Elektrizität, die Magier erschaffen und nutzen können. Ähnlich wie Feuerbälle kann Magie auch Elektrizität formen, und Noah gehört zu den Zauberkundigen, die diese Art der Elementarmagie exzellent beherrschen. Ich beneide ihn darum.

Er streckt seine Hände leicht von sich, und ich merke, wie sich meine Haare an den Unterarmen aufstellen, als er die Magie, die er benötigt, für sich beansprucht. Kleine weiße Blitze bilden sich an seinen Fingerspitzen und formen sich zu einer rasch größer werdenden weißglühenden und zischenden Kugel. Immer weitere Miniblitze verstärken das summende Geflecht, das als Ball zwischen seinen beiden Händen schwebt.

Das Knurren aus dem dunklen Flur macht klar, dass Fiffi genau weiß, was passieren wird, und auch, dass seine Chancen schwinden. Massiv sogar, immerhin sind wir zu zweit, während er allein in einer Sackgasse feststeckt in einem Gebäude, das jetzt in Alarmbereitschaft versetzt ist.

Ich weiche ein wenig zurück und gebe Noah den Raum, den dieser Zauber benötigt. Er wendet sich mit einer mittlerweile melonengroßen Elektrokugel zwischen den Händen dem dunklen Zellentrakt zu. Das Surren und Zischen, das die Luft erfüllt, ist laut. Das hellweiße Knäuel erleuchtet die Umgebung und Noah selbst, der kurz vor der Vollendung des magischen Gebildes steht.

Mit einer raschen, plötzlichen Bewegung schleudert er die Kugel von sich, direkt in den Zellentrakt hinein, der taghell aufleuchtet, als der Kugelblitz freigesetzt wird und durch den Raum springt: an den Wänden abprallt, sich erneut seinen Weg sucht und wie eine Bowlingkugel auf LSD den Flur hinabrast, immer die Wände touchierend und die Richtung ändernd.

Unser Wolf, der genau dies vorausgesehen hat, war clever. Am Rande der Dunkelheit, am Boden kauernd, schießt er auf uns in dem Moment zu, als der Blitz den Flur erhellt. Mit einem langen Satz verlässt er die selbstgewählte Falle und greift uns an, während im Hintergrund der Kugelblitz immer kleiner wird und tiefer im Zellentrakt verschwindet.

Damit hat Noah nicht gerechnet, aber ich werde den Fehler, diesen Para zu unterschätzen, nicht noch einmal machen. Mein Katana zischt durch die Luft, als ich den Angriff abzuwehren versuche.

Der Wolf konzentriert sich auf Noah und scheint die Wunden, die ich ihm beibringe, kaum zu spüren. Mein Katana ist scharf, und seine gesamte rechte Seite ist blutig, aber er schafft es trotzdem, mich zur Seite zu stoßen und Noah mit seinen riesigen Krallen vor der Treppe wegzufegen, als wären wir zwei unbedeutende Hindernisse.

Er ist zu groß für die Wendeltreppe, und erneut erkenne ich zu spät, was er vorhat. Während ich mich mühsam aufrappele, bricht Noah blutend zusammen.

Der Werwolf verwandelt sich in seine menschliche Gestalt und nutzt unsere Situation, um den Durchgang zu passieren, den wir eigentlich bewachen wollten. Nackt und blutüberströmt rennt er die Wendeltreppe hinauf, jedoch humpelt er und ist nicht gerade schnell. Seine gesamte linke Seite ist zerschnitten und blutet stark, mein Schwert ist scharf und aus Silber, die Wunden von Noahs Wurfsternen auf seinem Rücken bluten ebenfalls, so viel kann ich noch erkennen, bevor er aus meinem Sichtfeld verschwindet.

Verdammte und verfluchte Scheiße!

Drei Jahre der Ausbildung, Folianten wälzen und Kampftraining, und ein einzelner Wolf reißt uns auf eigenem Territorium den Arsch auf!

Noah ist schwer verletzt, er hält sich seine Mitte, und zwischen seinen Fingern quillt nahezu schwarzes Blut hervor. Eine Bauchwunde ist bedenklich, aber er ist taff.

»Hol ihn dir«, blafft er mich an, und ohne zu zögern hetze ich hinter dem Wolf die Wendeltreppe hinauf.

Auf dem Boden sind dunkle nasse Flecken, die klarmachen, dass unser Fiffi auch blutet und nicht wenig Blut verliert. Ich hoffe wirklich, er schafft es nicht bis ins Erdgeschoss. Nach dem Alarm ist dort bestimmt einiges los. Ich frage mich, warum bisher nur Noah bei den Zellen erschienen ist und nach dem Alarm keiner auf die glorreiche Idee kam, nach dem Gefangenen zu sehen.

Ich laufe weiter und würde gern behaupten, dass ich blitzschnell den flüchtigen Para verfolge, aber in Wahrheit schleiche ich förmlich die steinernen Stufen hinauf. Mir tut alles weh, es bereitet mir unglaubliche Mühe, das Katana nicht am Boden schleifen zu lassen, nur aus Sorge um die kostbare Klinge halte ich es aufrecht. Bei jeder Stufe protestiert die gebrochene Rippe und sendet deutliche Schmerzwellen durch meinen Körper.

Und dann denke ich doch tatsächlich, dem Wolf gehe es ähnlich.

So erreiche ich langsamer als beabsichtigt das erste Untergeschoss und überlege kurz, ob ich dort die Räume prüfen soll. Alles in mir, jeder Instinkt, rät mir dazu, aber auf der anderen Seite –

hier säße er in der Falle. Oben jedoch ist der Ausgang. Was also sollte ihn dazu bewegen, sich erneut in eine unterlegene Position zu begeben? Nichts. Er wäre gefangen, und ich an seiner Stelle würde ebenfalls nach oben laufen.

Die dunklen Tropfen auf den nächsten Stufen geben mir recht. Noch ein Stockwerk, dann komme ich in dem kleinen Flur an, der zur Haupthalle und zu den Räumen der Vigilanten führt. Ein Verbindungsflur mit zwei Ausgängen, und noch immer ist niemand zu hören, der mir helfen könnte. Offensichtlich sind alle Bewacher vor dem Gebäude. Auf die Idee, dass sich ein Eindringling bereits hineingewagt haben könnte, ist anscheinend niemand gekommen.

Ich erklimme die Treppe zum Erdgeschoß, und das nicht besonders schnell, eher angestrengt und langsam wie ein alter Mann. Ich blute noch, aber es ist weniger geworden, jedoch merke ich deutlich, dass meine Kraft nachlässt. Dem Wolf dürfte es ähnlich gehen, nur dass dieser schneller ist als ich und sich regenerieren kann.

Ich erreiche den kleinen Flur mit der Treppe nach oben und dem Übergang zur Haupthalle. Er ist hell erleuchtet, und zu meiner Verwunderung ist kein einziger Vigilant zu sehen oder zu hören. Von oben kann ich Gemurmel wahrnehmen, draußen scheint sich die Hauptsache abzuspielen. Auf dem Gelände ertönen undeutliche Rufe, und durchs Fenster kann ich sehen, dass Lichtblitze den Park und die Orangerie regelmäßig hell ausleuchten. Bestimmt sichern alle die Grenzen des Ordens und suchen den Grund für den Alarm. Dass die Bedrohung schon im Orden ist, kann keiner ahnen. Das hätte nicht passieren dürfen. Und jetzt habe ich das Problem am Hals!

Unschlüssig überlege ich, wo ich hingegangen wäre, wenn ich ein Wolf wäre und mich nicht auskennen würde. Aber er muss ja auch reingekommen sein und hat das bestimmt nicht durch den Vigilanten-Trakt geschafft. Bleibt nur die Haupthalle übrig.

Ich gehe zu der großen Holztür und will diese gerade öffnen, als hinter mir die Tür zum Vigilanten-Trakt aufgeht. Ich fahre herum, das Katana erhoben, obwohl es sehr anstrengend ist, die Waffe überhaupt noch zu halten.

»Caleb, um Himmels willen!« Tom sieht mich verblüfft an. Seine Haare sind feucht, offensichtlich hat Regen eingesetzt, und eine Strähne davon hängt ihm ins Gesicht. »Was ist passiert? Warum blutest du?«

Ich bedeute ihm, leise zu sein, und stütze mich kurz an der Wand ab, um meinen Stand zu stabilisieren. *Himmel nochmal!*

Mit wenigen Schritten ist Tom bei mir, legt seine Hand auf meinen Brustkorb, und ich kann die Wärme fühlen, die von ihm ausgeht. Einen Moment später merke ich, wie sich die Wundränder zusammenziehen, kein angenehmes Gefühl, eher so, als würde man abrupt von der höchsten Achterbahn abstürzen. Aber die Blutung hat Tom damit gestoppt, und ich fühle mich auch kräftiger und wieder kampfbereit. Noch nicht ganz fit, die Rippe tut immer noch höllisch weh, aber immerhin sind die offenen Wunden versorgt.

»Hat der Junge dich so zugerichtet?«, flüstert er und sieht sich misstrauisch um.

»Nein, ein anderer Wolf. Er hat den Jungen befreit«, antworte ich und überlege, wo der Werwolf sein könnte. Wenn Tom aus dem Vigilanten-Trakt kam, dann ist er dort jetzt nicht.

Tom gibt gerade einen für ihn sehr derben Fluch von sich – es ist nicht gut, wenn uns ein verurteilter Para entkommt –, und auch ihm ist jetzt klar, dass wir den Gefangenen schnell einfangen müssen, wenn wir nicht wollen, dass die Paras denken, wir wären so leicht zu übertölpeln.

Tom lässt seine Hand sinken und sieht mich verwirrt an. »Wir dachten, es ist ein Angriff und sind draußen am Patrouillieren, damit niemand das Gelände betreten kann. Keiner ist davon ausgegangen, dass schon jemand ins Gebäude eingedrungen sein könnte. Es ist eigentlich unmöglich, dass ein Wolf einfach hier reinkommt!«, schimpft Tom leise, und ich spüre, wie er den nächsten Heilzauber vorbereitet, die Magie an sich zieht und seine Hand erneut an meine Brust legt.

»Noah ist unten und braucht Hilfe. Er ist verletzt. Außerdem müssen wir den Wolf und den Welpen schnell finden.« Ich will meine Suche fortsetzen, aber Tom hält mich an Ort und Stelle.

»Ja, aber so nützt du niemandem etwas. Du hast viel Blut verloren und deine Rippe ist gebrochen. Der Alarm ist aktiv, hier kommt jetzt keiner mehr raus oder rein. Halt still! Wenn du fit bist, kümmere ich mich um Noah, und du holst draußen Hilfe bei Mike. Draußen ist nun alles abgeriegelt.« Tom klingt effizient, aber nicht panisch.

Draußen sind wegen des Alarms wahrscheinlich auch jede Menge Magier unterwegs. Der Orden ist in Aufruhr, und bestimmt sind alle Vigilanten auf den Beinen.

Meine Gedanken rasen, während ich überlege, wo der Wolf stecken könnte. In der Haupthalle kann er nicht sein. Da sind die stärksten Zauber, und mit Sicherheit ist jeder Ausgang überwacht. Er bräuchte schon ein Wunder, um bei Alarm über das Haupthaus zu entkommen. Er kann also weder in die eine Richtung noch in die andere geflohen sein.

Verflucht! Ich hätte doch den unteren Stock kontrollieren sollen.

Warum, wird mir im nächsten Moment klar. Tom, der vor mir steht und seine Hand noch auf meiner Brust liegen hat, schaut mich verwirrt an – bestimmt, weil er sehen kann, wie sich mein Gesichtsausdruck ändert.

Für meinen Freund unsichtbar richtet sich hinter ihm der riesige schwarze Wolf auf, der unsere kurze Unterhaltung gehört und offensichtlich genutzt hat. Er weiß, dass er in der Falle sitzt und hat nichts mehr zu verlieren – allerdings ist er noch im Gebäude gefangen, in einer unterlegenen Position. Das scheint er ändern zu wollen.

Er fegt Tom einfach zur Seite, und ich höre, wie dieser gegen die Wand knallt, bestimmt hat er jetzt auch ein paar gebrochene Knochen. Tom sinkt zu Boden und bleibt bewusstlos liegen, während der Wolf nach mir schnappt.

Ich versuche, dem Kiefer und vor allen den Zähnen zu entkommen, ohne die Chance, mein Katana sinnvoll einzusetzen. Er hat uns überrascht und von hinten angegriffen, und alles, was seiner Meinung nach seiner Flucht im Weg steht, bin ich, der Vigilant vor der großen Holztür.

Lass dich nicht beißen! Du willst kein stinkender Wolf werden!, sporne ich mich an und schaffe es, mein Katana hochzureißen. Wir ringen, die scharfe Schneide zwischen uns. Um ihn auf Abstand zu halten, habe ich die Hand um die Klinge gelegt. Ich spüre den tiefen Schnitt, während ich diese wie eine Stange zwischen uns halte und ihn von mir wegzudrücken versuche.

Er winselt, als das Silber seine Haut aufritzt und sein Fleisch verätzt, drängt mich aber weiter zur Seite. Ich muss ihm ausweichen, gebe nach und mach die Tür frei.

Er will mich töten. Sein geifernder Kiefer schnappt mehrfach knapp vor meinem Gesicht zu. Mit der Klinge drücke ich ihn gerade weit genug von mir weg, um mich vor seinem tödlichen Biss zu schützen, aber meine Hand ist nicht mehr lange in der Lage, das scharf geschliffene Silber zu halten, bestimmt gehen die Schnitte bis auf die Knochen.

Es fällt mir immer schwerer, die Kraft aufzubringen, den Wolf zurückzudrängen. Der Schmerz, den das Silber ihm zufügt, hilft mir ein wenig, da er versucht, der Klinge auszuweichen. Es muss für einen Beobachter wie ein merkwürdiger Tanz aussehen: ein kleiner Mensch, der gegen einen riesigen Wolf angeht, der ihn um gut zwei Köpfe überragt, beide ineinander verkeilt, nur ein silbernes Katana zwischen ihnen.

Zaubern ist keine Option mehr, zu schnell passiert gerade alles. Das Katana rutscht ab, der Wolf könnte mich jetzt töten. Gleichzeitig höre ich laute Rufe aus dem Vigilanten-Trakt, und er entscheidet sich dafür, seine letzte Chance zu nutzen.

Ich werde wie eine Puppe zur Seite gestoßen, halte mit rechts gerade noch mein Katana fest. Meine linke Hand blutet und ist komplett nutzlos. Wie Tom krache ich heftig gegen die Wand, schaffe es aber mit Mühe, nicht zu fallen, sondern wackelig auf den Beinen zu bleiben.

Zwischen dem Wolf und der Tür steht nun nichts mehr. Er öffnet sie mit seiner riesigen Pranke, selbst stark blutend und jetzt im Fluchtmodus.

Mehrere Dinge passieren gleichzeitig, und für mich ist es wie in Zeitlupe, aber eigentlich geht alles ganz schnell.

Er macht zwei langsame Schritte in die große Eingangshalle, und ich folge ihm. Auf den hellen Fliesen des schwarz-weißen Marmorbodens sehe ich sein Blut, dann meines, während er sich kurz orientiert.

Sally ist auch da, ich kann ihr entsetztes Gesicht sehen, sie kommt hinter der Treppe hervor und starrt uns an, zwei blutende Kämpfer, die vor ihr den heiligen Ordensboden versauen. Bestimmt holt Red gleich ihren Mopp und wischt mein Blut mit vorwurfsvollem Blick weg.

Der Wolf entdeckt sie ebenfalls und stockt, eine Millisekunde, aber mehr als diese brauche ich nicht. Ich wirke mit letzter Kraft einen Zauber, der meine Macht erhöht, und werfe mein Katana nach vorne. Es fliegt die kurze Strecke durch die Luft und dringt dann in seinen Rücken ein, eine lautlose Wurfwaffe, deren Spitze keinen Augenblick später vorne aus dem Wolf wieder hervorbricht. Ich kann erkennen, wie er langsam den Kopf senkt und auf die Klinge sieht, die ihn von hinten durchbohrt hat.

Scheiß auf Fairplay, dieses Mistvieh frisst nicht auch noch das Reinigungspersonal!

Er entkommt nun nicht mehr. Die Rückverwandlung setzt ein, als der Körper des Paras erkennt, dass der Tod bevorsteht. Der nackte Mann bricht direkt vor Sally zusammen, die mich und den sterbenden Wolf fassungslos anstarrt.

»Gern geschehen«, bringe ich mühsam heraus, bevor meine Beine ihren Dienst quittieren und ich selbst zusammenbreche.

Auf dem kalten Boden bleibe ich liegen und starre an die Decke, während mir der kalte Untergrund ein wenig die Schmerzen nimmt. Müde schließe ich meine Augen. Jetzt kann mir keiner mehr eine kleine Pause übelnehmen.

FOLGE

8

KAPITEL 25

Kaitlin

Es lag drei Nächte zurück. Ein Angriff der Werwölfe auf den Orden. Nun ja, genau genommen war nur ein Werwolf in das Ordenshaus eingedrungen, und nach allem, was ich bisher erfahren habe, wollte dieser Werwolf nur seinen zum Tode verurteilten Bruder befreien, der bei uns im Orden gefangen gehalten wurde.

Dass Aaron Johnson dabei getötet wurde, konnte niemand ahnen.

Als das Urteil feststand, habe ich mich gesorgt und gefragt, ob es gefährlich wäre, den zweiten Sohn eines Alphas zu töten. Mittlerweile wurde diese Sorge von der weit gefährlicheren übertrumpft, was der Alpha tun würde, wenn sein Erstgeborener, und somit der Beta des Rudels, im Orden der Magier ermordet wird. Dachte ich zuvor noch, dass der fragile Frieden in Gefahr sei, so glaube ich inzwischen, dass er nicht mehr zu kitten ist. Der Krieg wird unvermeidlich ausbrechen. Die Frage ist nur, ob in ein paar Tagen, Wochen oder Monaten.

Ich seufze und sortiere ein Buch weg, das ein Magiestudierender auf seinem Tisch liegen gelassen hat.

Allgemeiner Schutz gegen Paranormale lautet der wenig kreative Titel. Von diesen Büchern habe ich in den letzten Tagen sehr viele ausleihen müssen. Die Angst geht im Orden um. Äußerst lästig für mich, denn auf einmal wollen alle einen Schutzzauber oder ein Amulett haben, das sie vor einem Werwolf-Angriff schützt. Ich verweise dann auf die gegenwärtige Lektüre, die jeder noch aus seinen Grundkursen der Magie kennt. Doch alle wollen etwas Stärkeres.

Ich verstehe diese Angst nicht. Es ist nicht der erste Angriff eines paranormalen Wesens auf Ordensmitglieder. In meiner Zeit hier habe ich sicher ein Dutzend Angriffe erlebt. Gut, keiner davon war so erfolgreich wie der vor drei Tagen. Ein Werwolf im Orden, noch dazu in den bewachten Verliesen mitten in der Nacht!

Auch ich habe das eigentlich für unmöglich gehalten. Der Orden ist durch allerlei Schutzzauber gesichert, die ich zum Teil selbst regelmäßig erneuere. Ein Werwolf konnte ohne explizite Einladung und Hilfe nicht eintreten.

Ich vermute, das ist es, was die meisten verunsichert. Dass es einen Verräter in ihrer Mitte gibt, der jederzeit wieder zuschlagen könnte.

Langsam gehe ich zurück zu meiner Ruheecke in der äußeren Bibliothek und setze mich. Ich höre ein leises Klingeln. Schon wieder ist jemand auf dem Weg zu mir. Kurz schließe ich die Augen, lehne meinen Kopf gegen die Lehne des Stuhles, um mich auszuruhen. Ich bin niemand, der sich alt fühlt. Hier ein Zwacken, da ein Zwicken, aber im Großen und Ganzen bin ich mit meiner körperlichen Verfassung für mein Alter durchaus zufrieden. Doch die Besuche und Wünsche der Magier in den vergangenen Tagen rauben mir noch den letzten Nerv. Ich kann jetzt schon erahnen, was mein neuer Besucher möchte, und lasse für einen Augenblick meine Gedanken schweifen, um sie zur Ruhe kommen zu lassen.

Augenblicklich denke ich an die Ereignisse von vor zwei Tagen. Die Leiche des Werwolfs lag auf einer Bahre im Labor, abgeschirmt vor den Blicken der Magier. Ich selbst wurde vom Protector angefordert, um als Zeuge für den Tod des Betas zu dienen.

Während alle um mich herum plapperten und ihre Angst weiter schürten, betrachtete ich das Gesicht des jungen Mannes. Es war ein Werwolf in seinen besten Jahren. Jung, athletisch, attraktiv.

Der Protector und Victoria diskutierten gerade über ihren Besuch bei dem Alpha, von dem sie noch am Morgen Ben eingefordert hatten, den verurteilten Sohn, dem die Flucht aus dem Orden gelungen war. Victoria glaubte nicht, dass Ben verschwunden und somit für sie nicht mehr greifbar war. Doch ich konnte mir gut vorstellen, dass Sam Johnson, der Alpha, ihn noch in dem Moment seiner Rückkehr aus dem Land hat schaffen lassen. In den nächsten Wochen oder gar Monaten würden wir so schnell nichts mehr von Ben Johnson hören, davon war ich überzeugt.

»Kann ich die Leiche aufschneiden?« Ich hatte mitten in ihre Diskussion hineingefragt und damit die Totenstille heraufbeschworen, die für solch einen Anlass angemessen gewesen wäre.

»Wie bitte?« Sir Henry blinzelte nach einigen Sekunden wie ein Maulwurf gegen das Licht.

»Kann ich den Werwolf öffnen und ihm einige Zutaten entnehmen? Je länger ich warte, desto größer ist der Verfall und desto geringer wäre die magische Wirkung. Mit seinen Augäpfeln und seinen Fangzähnen könnte ich …«

»Stopp!« Sir Henry Blake schüttelte den Kopf. »Niemand wird diese Leiche anrühren, verstanden?«

Einige treue Seelen, die jeden Befehl des Protectors befolgen, nickten und senkten beschämt den Kopf. Nur ich schaute ihn herausfordernd an.

»Warum nicht? Es wäre eine Verschwendung von Ressourcen, wenn wir ihn nicht nutzen.« Ich wedelte mit der Hand und zuckte mit einer Schulter. »Es ist sowieso vermessen zu glauben, dass wir den Krieg jetzt noch aufhalten können. Warum also nicht alles nutzen, was wir haben?«

»Lady Kaitlin, ich möchte Sie bitten, solche Unterstellungen nicht zu äußern.« Seit dem Angriff zeigte Sir Henry das erste Mal die Härte, die ich kurz nach dem Tod seines Sohnes an ihm bemerkt hatte. »Wir stehen nicht am Rand eines Krieges, und niemand wird diese Leiche anrühren. Wir werden sie an das Rudel zurückgeben. Unversehrt!«

Jeder im Raum fühlte sich genötigt, mit »Ja« zu antworten.

Nur ich zuckte mit der linken Schulter und seufzte: »Was für eine Verschwendung.«

Noch am selben Abend wurde die Leiche in Anwesenheit eines hochtrainierten Begleitschutzes in das Hauptquartier der Werwölfe gebracht und dort abgegeben. Sam, der Alpha des Rudels, und Sir Henry einigten sich darauf, dass es keine Vergeltung geben würde, solange die Werwölfe in Ruhe gelassen werden.

Eine Absprache, die nur Bestand hat, wenn beide so mächtig sind, wie sie vorgeben. Doch darüber kann ich mir noch später Gedanken machen.

Seither habe ich zwei Tage voller Stress erlebt. Gut, zum Teil habe ich ihn mitverschuldet, da ich diejenige war, die vom Krieg angefangen hat. Diese Äußerung meinerseits hat sich schnell herumgesprochen, so dass ich ständig Besuch bekomme.

In diesem Moment tritt eine Gruppe von drei Magiern bei mir ein, die nur ab und an im Orden sind, da sie hauptsächlich in unseren anderen Aufgabenbereichen wie den Anwaltskanzleien oder in Krankenhäusern eingesetzt sind, um potenzielle paranormale Übergriffe zu erkennen und zu melden.

Als sie mich in meinem Sessel sehen, kommen sie auf mich zugestürmt. Ich kann es nicht anders bezeichnen. Sie wirken wie eine Horde flatternder Schmetterlinge, die nicht wissen, wohin sie eigentlich wollen.

»Lady Kaitlin, gut, dass wir Sie finden.«

»Lassen Sie mich raten?« Ich erhebe mich schwungvoll und mit einem künstlichen Lächeln auf den Lippen, das jedem, der mich länger kennt, klarmachen würde, augenblicklich das Weite zu suchen. Doch diese Magier verbringen zu wenig Zeit im Orden, so dass sie mich nicht gut genug kennen. »Sie brauchen Schutz gegen all die bösen Werwölfe dieser Welt?«

Alle drei starren mich mit ängstlichem Blick an. »Wenn Sie etwas vorrätig hätten, wären wir Ihnen sehr verbunden«, erklärt eine junge Magierin, die offensichtlich als Krankenschwester arbeitet, da ihre blaue Stoffhose der üblichen Schwesternkleidung sehr ähnelt.

»Ich kann Ihnen nur dasselbe raten, was ich schon allen anderen geraten habe. Der beste Schutz ist das sich Fernhalten von Werwölfen. Dieser Angriff wird sicher nicht noch einmal stattfinden. Vor allem nicht auf Magier wie Sie.« Ich verkneife mir den Beisatz, dass ich damit Magier mit nur geringen Fähigkeiten meine. Die Angst der drei ist real, und ich will sie nicht noch schüren, indem ich ihnen vorwerfe, dass sie sowieso keine Chance im Kampf gegen einen Werwolf haben. Es gibt einen Grund, warum sie nur in Krankenhäusern oder Anwaltskanzleien eingesetzt sind und nicht als vollwertige Magier im Orden arbeiten.

»Sind Sie sich sicher, Lady Kaitlin?« Ein älterer, dickbäuchiger Mann, dessen Vollbart bis auf seine Brust hinunterreicht, fragt vorsichtshalber nochmal nach.

»So sicher, wie ich hier stehe. Ein Paranormaler Angriff in einem Krankenhaus ist genauso unwahrscheinlich wie ein direkter Angriff auf die Staatsanwaltschaft. Denn dann hätte man umgehend die britischen Streitkräfte am Hals.«

Die dritte im Bunde, eine adrett gekleidete Frau mit Kostüm, vermutlich Anwältin, richtet das Wort an mich. »Und was ist mit dem Verräter aus dem Orden?«

»Wir haben keinen Verdächtigen bisher, also gilt so lange weiterhin, dass wir vorsichtig sind und abwarten.«

»Könnte es diese Betty sein?«

Niemand mag Anwälte. Da bilde ich keine Ausnahme. Ich kann sie nicht ausstehen, weil sie nie ein Ende finden und immer alles ausdiskutieren müssen.

»Betty ist verschwunden, aber es deutet nichts auf sie hin. Wenn Sie mich jetzt bitte entschuldigen würden, ich habe heute noch viel zu erledigen.«

Alle drei starren mich mit wenig befriedigter Miene an, aber mehr kann ich ihnen nicht bieten. Die Tränke und Schutzzauber, die ich ihnen geben könnte, wären vergeudet, da sie sicher nicht in einen Angriff geraten werden. Welches größere Ziel, wie es bei den

Morden von Ben offensichtlich der Fall ist, könnte ein Paranormaler, der diese Magier angriff, schon haben?

Schließlich drehen sie sich um, gehen zurück zum Haupteingang der Bibliothek und lassen mich allein mit meinen Gedanken. Bisher habe ich einen Verräter nicht ausgeschlossen und auch der Protector nicht. Weswegen er mich beauftragt hat, die Verhöre zu übernehmen.

Ich schaue auf die Uhr. In weniger als einer halben Stunde soll ich mit den ersten Befragungen beginnen. Ich stöhne. Das wird ein langer Tag.

KAPITEL 26

Kaitlin

Ich schaue auf die Uhr und seufze. Schon seit fünf Stunden verhöre ich Magier, Hausangestellte und Dienstmädchen ohne eine einzige Pause. Unauffällig verlagere ich meine Sitzposition auf die andere Seite, um meinem Rücken Entlastung zu bieten. Ich verstehe, warum der Protector mich anstatt Victoria dazu auserkoren hat, die Verhöre zu führen.

Abgesehen von meinem scharfen Verstand, dachte er wohl, dass er mir damit einen Gefallen tut. Als alte Frau müsse man ja sowieso lange sitzen, so die einhellige Meinung. Da wäre solch ein tagelang andauerndes Verhör mit allen Mitgliedern des Ordens sicher zuträglich für meine Gesundheit. Außerdem solle Victoria in der Zeit den Ordensschutz überprüfen. So die Worte des Protectors.

Dass ich leider so gar nicht mit seiner Meinung konform gehe, hat er gekonnt ignoriert. Ignoranz scheint in seiner Familie üblich zu sein, wenn ich da zum Beispiel an seinen Vater und Nathan denke. Der hat ebenfalls viele meiner Vorstellungen für den Orden als unüberlegtes Frauengewäsch abgebügelt. Man muss dazu sagen, dass Sir Henry Blake schon deutlich modernere Ansichten als sein verschrobener und den verstaubten Regeln des Ordens vollkommen verpflichteter Vater vertritt. Dennoch wurde er von ihm indoktriniert, was gewisse Dinge angeht, und das stört mich jeden Tag aufs Neue.

Bevor ich weiter über den Protector und seine langwierige und teilweise traurige Familiengeschichte nachdenken kann, klopft es an der Tür der Bibliothek. Ich ahne bereits, welcher Stand als Nächstes dran ist, und als ich auf meine Liste schaue, hebe ich nur wissend eine Augenbraue. Der Unterschied zwischen einem Magier und einem Dienstmädchen ist leicht zu erkennen, wenn es um Höflichkeiten geht. Ein Magier klopft nicht an, wenn er zu einem Verhör gerufen wird, sondern tritt einfach ein. Ein Dienstmädchen hingegen klopft, schaut nach der Aufforderung einzutreten verschüchtert um die Ecke und hält den Kopf gesenkt, als hätte sie etwas falsch gemacht, obwohl sie unschuldig ist.

Auch diesmal konnte ich diese Beobachtung an Sally machen, die nach meinem kurzen »Herein« die Bibliothek betritt.

Aufgrund der Ereignisse und meiner heutigen Verhörserie wurde die Bibliothek ausnahmsweise für einen Tag geschlossen. Nur in dringenden Notfällen darf jemand sie betreten, wobei es mir obliegt, eben dies zu beurteilen und eventuell den Fragenden auf den folgenden Tag zu vertrösten.

»Sally.« Ich deute dem Dienstmädchen, sich mir gegenüber zu setzen.

»Lady Kaitlin«, erwidert sie mit hoch erhobenem Haupt.

Ich runzele die Stirn. Sie ist das erste Dienstmädchen, das mir nicht mit gesenktem Kopf gegenübersitzt. Im Gegenteil. Sie starrt mich an, als ob sie mich unbedingt davon überzeugen will, wie unschuldig sie doch ist.

»Vielen Dank, dass du es einrichten konntest.« Ich beginne mein Verhör, wie schon die 27 anderen zuvor.

»Ich hatte ja keine Wahl.« Sally kaut nervös auf ihrer Oberlippe.

Neugierig lege ich den Stift weg, mit dem ich mir Notizen mache. Dies scheint endlich wieder ein spannendes Verhör zu werden, das mich aus der ewig gleichen Schleife derselben Fragen befreit. Aber nichts anderes habe ich von Sally erwartet.

»Hättest du das Verhör denn gerne verweigert?« Das freundliche Lächeln auf meinen Lippen zeigt ihr nicht, weshalb ich die Frage stelle.

Sally merkt jedoch in diesem Moment ihren Fehler und reißt

die Augen für den Bruchteil einer Sekunde weit auf. Hätte ich geblinzelt, wäre es mir entgangen, denn gleich darauf sitzt sie mir wieder mit der üblichen Angst gegenüber, die ein Dienstmädchen bei solch einer Befragung ausstrahlt. Das macht mich umso neugieriger auf ihre Geschichte.

»Natürlich nicht.« Sie senkt den Kopf ein Stück weit, wie zu einer Verbeugung.

»Gute Antwort«, erwidere ich mit einem Zwinkern, das sie nicht sieht, aber vermutlich an meinem Tonfall hört. »Also, du weißt, warum du hier bist?« Ich muss dann doch zu dem eigentlichen Grund ihres Besuchs zurückkehren und nehme den Stift wieder in die Hand.

»Jeder weiß, was vor drei Nächten passiert ist. Ich vermute, dass wir nun alle dazu verhört werden sollen, um herauszufinden, wer dem Werwolf geholfen hat, in den Orden einzudringen.«

Ich nicke. »Das ist korrekt. Der Protector glaubt, ebenso wie Victoria, dass jemand mit den paranormalen Wesen zusammenarbeitet. Jemand, der regelmäßig Kontakt zu ihnen hat und ihnen gegenüber vielleicht aufgeschlossen ist.« Der letzte Zusatz ist allerdings von mir.

Der Protector vermutet nur jemanden, der regelmäßig mit ihnen verkehrt, weil derjenige sich davon einen Vorteil erhofft. Tatsächlich hat er sogar vorgeschlagen, nur die Magier zu verhören, da das Dienstpersonal kaum über die notwendigen Kenntnisse der Paranormalen verfügt, um diese zu erkennen, geschweige denn von ihnen nicht getötet zu werden, wenn sie einem gegenüberstehen. Doch ich konnte ihn davon überzeugen, dass ich alle befragen darf, um keinen Stand unter Generalverdacht zu stellen.

»Ich bin ein einfaches Dienstmädchen.« Sally massiert den Hügel unter ihrem Daumen, bis er weiß wie Kalk ist. »Wie sollte ich in Kontakt mit einem Paranormalen kommen?«

»An einem Tatort zum Beispiel.« Sie weiß sofort, auf was ich anspiele. Sie selbst hat mir von Ben, dem Jungen aus dem Johnson-

Rudel, erzählt, der in der besagten Nacht befreit wurde. Und wie sie ihn vom Tatort weggeschafft hat.

»Das …«, braust sie auf und erhebt sich sogar einige Zentimeter von ihrem Stuhl, ehe sie sich wieder beherrscht. »Das ist eine einmalige Ausnahme gewesen.«

»Du willst mir also sagen, dass du den in deinen Augen schuldlosen Ben nicht befreit hast?«

Sally zögert kurz genug, dass ich nicht sagen kann, ob sie nach einer unschuldig wirkenden Antwort sucht oder einfach etwas müde ist. »Ich habe ihn nicht befreit. Das war jemand anderes. Ein Werwolf, wie ich gehört habe.«

Ich nicke. »Der Beta des Johnson-Rudels, um genau zu sein.« Ich gebe ihr Informationen, die sie aber vermutlich längst durch den Flurfunk im Orden gehört hat, um eine Reaktion hervorzurufen. »Sein Name war Aaron.«

Ein Zucken.

Ist das Trauer?

Verwirrt lege ich den Kopf schief und versuche, aus Sally schlau zu werden. Wieso sollte sie um einen Werwolf trauern, den sie nicht kennt?

»*War* bedeutet, er ist wirklich tot?« Diese Frage höre ich heute nicht zum ersten Mal. Doch bei den anderen ging es um das Gefühl der Sicherheit. Jeder wollte wissen, ob dieser Eindringling wirklich tot ist. Bei Sally hingegen schwingt ein Unterton mit, den ich noch nicht deuten kann.

»Wieso interessiert dich das?«, will ich daher wissen.

»Weil …« Sally dreht den Kopf zur Seite, weicht meinem Blick aus und nestelt an ihrer Schürze, ehe sie sich wieder zu mir wendet. »Weil ich sicher sein möchte, dass er dem Orden nichts mehr tun kann.«

Ein leises Schnauben entringt sich meiner Kehle, und ich notiere mir eben diese Worte von ihr, auch wenn mein Verdacht ein ganz anderer ist.

»Was ist mit seiner Leiche passiert?«, durchbricht ihre zarte Stimme schließlich die Stille zwischen uns.

Erneut lege ich den Stift nieder und schaue sie an. »Das ist für die Befragung nicht relevant. Warum willst du das wissen?«

»Weil man aus einem Wolfszahn eine wirksame Tinktur gegen viele Schmutzrückstände herstellen kann.« Sie antwortet wie aus der Pistole geschossen.

Ich lehne mich in meinem Sessel zurück und lege einen Finger an meine Lippen. Das ist exakt mein Gedanke gewesen, doch Sir Henry hat es mir verboten, dem Leichnam Teile zu entnehmen. Dass nun ausgerechnet Sally eben diesen Gedanken verfolgt, macht mich stutzig. Es gibt viele Ausreden, die sie sich zurechtgelegt haben könnte. Denn dass sie diese Antwort so schnell von sich gab, kann nur bedeuten, dass sie mit dieser Frage gerechnet hat.

Aber sie hat sich dazu entschieden, eben diese Antwort zu geben. Ist diese Reaktion ihren wirklichen Gedankengängen entsprungen, oder will sie sich nur auf mich einstellen? So oder so weckt sie damit mein Interesse an ihrer Person. Entweder kennt sie mich besser, als ich es bisher vermutet habe. Oder sie ist die eine, die ich schon lange suche. Eine Nachfolgerin, der ich meine Geheimnisse und die der Bibliothek anvertrauen kann.

Mein Blick taxiert sie, aber sie weicht nicht aus. Mutig ist sie, keine Frage. Eine der Grundeigenschaften, um als Bibliothekarin gegen Raubtiere wie Victoria Bannister und Alpha-Männchen wie Sir Henry Blake zu bestehen. Doch Mut allein reicht nicht für die Position als Bibliothekarin. Ein Freigeist muss man sein. So hat es mein Vorgänger bezeichnet.

Eine Nachfolgerin zu benennen ist für mich in den letzten Jahren drängender geworden. Aber bisher habe ich unter den Magiern niemanden entdeckt, der meiner Ausbildung würdig scheint. Zu viele folgen den Regeln des Ordens, ohne auch nur darüber nachzudenken, dass diese vielleicht nicht perfekt sind. Was ich suche, ist ein Freigeist, dem ich vertrauen kann. Denn die Geheimnisse der Bibliothek sind nur ein Teil meines Vermächtnisses. Ein weit größerer Teil liegt in der Vergangenheit begraben und sollte erst hervorgeholt werden, wenn die Zeit dafür reif ist.

Doch ist Sally eben diese Person? Kann ich ihr vertrauen?

Ihre Herkunft lässt mich immer wieder zweifeln, ob sie wirklich die Richtige ist. Es ist nur ein winziges, verborgenes Detail in ihrer Vergangenheit, aber eben dies hält mich davon ab, sie tatsächlich in Betracht zu ziehen. Ihr Stand ist mir dahingegen vollkommen egal. Solange sie würdig ist, die Position zu bekleiden, kann sie meinetwegen auch als magische Gärtnerin ausgebildet worden sein.

»Lady Kaitlin?« Sally holt mich aus den Gedanken zurück.

Ich atme tief durch und lehne mich wieder über den Schreibtisch zu ihr. »Verzeihung, ich musste nur gerade an etwas denken.« Ich nehme meinen Stift auf und notiere mir ihre Reaktion. Auch, um sie Sir Henry vorzulegen und ihm zu zeigen, dass ich nicht die Einzige bin, die daran gedacht hat. Aber hauptsächlich, um eine neutrale Antwort zu haben, die ich für die Akten verwenden kann. Auch wenn ich die Ahnung habe, dass ihre wahre Intention eine andere ist.

»Möchten Sie noch etwas von mir wissen, oder kann ich wieder gehen?« Sally rutscht schon mal an den Rand ihres Stuhles.

»Einen Moment, bitte. Ein paar Fragen habe ich noch an dich.« Mein Stift kratzt über das Papier, aber schließlich bin ich fertig. »Du kanntest den Namen des Werwolfjungen. Bisher bist du die Einzige, die sich für die Unschuld des Jungen eingesetzt hat. Wäre es da nicht logisch zu denken, dass du ihn auch befreit hast?«

So manches Mal hat es mir geholfen, dass ich als Lady nicht immer ein Blatt vor den Mund nehmen muss, sondern frei heraussagen kann, was ich meine. Ich habe mich schon öfter gefragt, ob ich das ebenfalls getan hätte, wenn ich nicht als Lady geboren worden wäre. Manchmal bilde ich mir ein, dass ich genauso wäre wie ich bin, selbst wenn ich aus einer einfachen Arbeiterfamilie stammen würde. Aber das ist nicht weiter von Belang. Das Einzige, was zählt, ist in diesem Moment das Verhör von Sally und ihre Antworten.

Sally schweigt einen Moment, ehe sie nickt. »Ich kann verstehen, dass Sie das denken, Lady Kaitlin. Ich hätte mich genauso in Verdacht.«

»Aber?«, versuche ich sie zum Weiterreden zu bewegen.

»Aber ich habe Ben nicht befreit. Das sagte ich bereits.«

»Du hättest es aber getan, wenn du es gekonnt hättest, oder?« Ich nehme den Stift in beide Hände und lehne mich wieder zurück, um keine Reaktion von ihr zu übersehen.

»Ich halte ihn nach wie vor für unschuldig.«

Einige Sekunden lang starren wir uns an. Die Spannung in der weitläufigen Bibliothek ist greifbar. Schließlich werfe ich den Stift auf den Tisch, und Sally zuckt zusammen. »In Ordnung. So kommen wir nicht weiter. Lass uns ein Stück spazieren gehen.«

»In der Bibliothek?«, fragt Sally verwundert.

»Wo denn sonst, Kindchen? Draußen schüttet es, als ob Poseidon einen neuen Ozean erschaffen will. Wir gehen einfach ein wenig herum. Vielleicht lockert das meine alten Knochen und deine Zunge.«

»Was wollen Sie denn von mir hören?«

»Wo warst du in der Nacht?« Aus dem Augenwinkel beobachte ich sie. Sally verzieht keine Miene, dafür bleibt sie immer einen Schritt hinter mir, bis ich sie zu mir heranziehe.

»In meinem Bett. Ich habe geschlafen, bis der Alarm losging.«

»Bist du dir sicher? Wenn ich die anderen Hausmädchen befrage, wird niemand dich woanders gesehen haben?«

Sally zögert nur kurz, ehe sie den Kopf schüttelt. Vermutlich hat sie sogar recht. Die Solidarität der Mädchen in der Dienerschaft ist legendär. Sie halten zusammen und schützen einander, so gut es geht.

»Kann dann jemand bezeugen, dass du in deinem Bett warst? Deine Zimmergefährtin zum Beispiel.«

»Nein, Betty ist seit einer Woche spurlos verschwunden. Im Moment schlafe ich allein in meinem Zimmer.« Sally versucht, sich von mir zu entfernen, als hätte sie auf einmal Angst, dass ich durch die bloße Nähe mehr herausfinden könnte.

»Könnte sie es dann nicht gewesen sein, die den Werwolf hereingelassen hat?«

»Auf keinen Fall. Betty würde so etwas nicht tun.« Sally streitet es vehement ab.

»Aber sie ist verschwunden. Niemand weiß, wo genau sie ist. Wenn sie seit einer Woche verschwunden ist, könnte sie mit den Paranormalen zusammenarbeiten und die Morde begehen.«

»Niemals!« Sally schüttelt den Kopf so sehr, dass ihr Häubchen beinahe verrutscht.

»Wie kannst du dir da so sicher sein? Im Moment könnte es jeder gewesen sein.«

»Ich weiß es einfach. Irgendetwas ist mit Betty, denn sie würde nie einfach verschwinden, ohne sich von mir zu verabschieden. Und sie würde den Orden niemals so sehr in Gefahr bringen.«

Ich bleibe vor einem Regal mit Mensch-Tier-Paranormal-Journalen stehen und sehe sie an. »Es gibt nur zwei Gründe, warum du dir so sicher sein kannst. Entweder bist du ein naives Dummchen, das jedem vertraut, den es ein paar Jahre kennt. Oder du weißt, wer den Werwolf hereingelassen hat.«

Bei meinen Worten verzieht Sally nicht eine Miene, doch ich kann in ihren Augen sehen, dass besonders mein erster Vorwurf sie trifft. Niemand mit ein wenig Selbstachtung mag es, als naives Dummchen bezeichnet zu werden. Genau darauf zähle ich.

Doch Sally hat sich unter Kontrolle, löst ihre Hand von meinem Arm und streicht über ihre Schürze. »Dann bin ich wohl naiv.« Sie wirft mir einen eisenharten Blick zu.

Für einen Moment erinnert sie mich wieder an ihre Mutter. Auch die konnte mit nur einem Blick klar ausdrücken, was ihr gefiel und was nicht.

»Bist du dir sicher, dass du diese Antwort wählen willst? Sally, ich bin hier für dich«, versuche ich es noch einmal auf die freundschaftliche Schiene. »Wenn du reden möchtest, kannst du jederzeit zu mir kommen.«

Sallys Fassade bröckelt ein Stück weit, doch schon im nächsten Moment ist sie wieder verschlossen und schüttelt den Kopf. »Danke, Lady Kaitlin. Aber wenn Sie keine Fragen mehr haben, muss ich mich in der Küche melden. Das Abendessen wartet auf mich.«

Ich seufze, als mir klar wird, dass ich sie vielleicht mit meinen Worten von mir gestoßen habe. Aber wenn ich sie jemals als meine Nachfolgerin in Betracht ziehen will, dann muss ich die Wahrheit über sie erfahren. Ich muss wissen, wie sie reagiert und welche Entscheidungen sie trifft. Ob sie gut oder böse ist.

Ich ahne bereits, dass Sally mehr mit dem Eindringen des Werwolfs zu tun hat, aber solange sie mich nicht einweiht, werde ich es nicht genau wissen. Und so lange kann ich ihr nicht vollständig vertrauen.

KAPITEL 27

Sally

Der Regen will einfach nicht nachlassen.

Seit Tagen trommeln dicke Regentropfen wie klamme Hände eines nassen Riesen, der Einlass ins Ordenshaus begehrt, gegen die Fensterscheibe in meiner Dachkammer. In dem trostlosen Licht der grauen Tage erscheint mir alles leblos und wie in weite Ferne gerückt, als hätte ich mit meinem Entschluss, in die große Halle zurückzulaufen, die Schwelle zu einer anderen Welt übertreten. Einer Welt, in der Aaron und ich nicht mehr zusammenkommen können.

Wenn ich die Augen schließe, sehe ich noch immer das glänzende Rot auf dem schwarz-weißen Marmor, das zu meiner Schuhspitze fließt, bis ich entsetzt zurückweiche und zuschaue, wie sich Aarons Blut mit dem von Caleb vermischt. Viel zu viel Blut, selbst für einen großen Körper wie seinen.

Hätte ich es verhindern können? Hätte ich beiden zur Flucht verhelfen können, Aaron und Ben, oder hat es immer nur die Chance für einen von ihnen gegeben?

Ich hätte Aaron davon abhalten sollen, überhaupt ins Ordenshaus einzudringen! Ohne mich wäre das alles nicht passiert.

Ich bin lange vor dem Klingeln des Weckers wach, starre vor mich hin und ziehe die Bettdecke dichter um meinen Körper. Seit Tagen weicht die Kälte nicht aus meinen Knochen. Ich wünschte, ich könnte einfach liegenbleiben und mir die Decke über den Kopf ziehen, aber ich habe Dienst, und bis zu meinem nächsten freien Tag ist es noch lange hin. Seit Betty mich nicht mehr mit einem Tritt ans Bettgestell weckt, muss ich selber darauf achten, pünktlich zu sein. Was kein Problem darstellt, ich kann ja sowieso nicht schlafen.

Ich seufze und stehe auf, um zu duschen und die Dienstmädchenkleidung anzulegen. Während ich die Schleife der Schürze sorgsam hinter meinem Rücken binde, wobei Betty mir immer geholfen hat, fällt mein Blick auf ihre Bomberjacke mit Leopardendruck, die an dem Haken hinter der Tür hängt. Betty wäre nie ohne diese Jacke aus dem Haus gegangen. All ihre Kleidung, ihr Portemonnaie, ihr Smartphone und die Autoschlüssel sind noch hier. Was fehlt, ist ihr Dienstmädchenkleid – und Betty. Also ist sie in ihren Arbeitsklamotten verschwunden.

Doch Betty ist niemals abgehauen, und sie hat auch nicht den Orden verraten, wie alle behaupten. Das ist natürlich absurd. Aber was ist dann mit ihr passiert?

Ich beeile mich mit dem Anziehen, damit ich vor dem Frühstück zur Hausdame, Mrs Bones, kann. Ich kann zwar nicht sagen, dass ich weiß, dass es nicht Betty war, die dem Werwolf zur Flucht verholfen hat, nicht ohne mich selbst zu belasten. Aber ich kann eine meiner anderen Lügen zurücknehmen.

Mrs Bones verteilt den Arbeitsplan des Tages und hängt die in ihrer gestochen scharfen Schrift geschriebene Aufgabenliste an der Pinnwand neben den Dienstbotenklingeln aus. Ein Blick sagt mir, dass ich neben meinen üblichen Aufgaben heute Wäschedienst habe, was mir in Erinnerung ruft, wie ich Ben verkleidet habe und dass meine eigenen Dienstuniformen mal wieder gewaschen werden müssten.

Trauer steigt in mir hoch. Ich schlucke den Kloß in meinem Hals herunter und trete an Mrs Bones heran, die in ihrem strengen schwarzen Kleid aussieht, als käme sie von einer Beerdigung. Der Schlüsselbund an ihrer Hüfte klimpert leise.

»Mrs Bones? Haben Sie einen Moment für mich Zeit?«

Die Hausdame mustert mich von Kopf bis Fuß, derselbe Blick, den sie jedem bei Dienstantritt verpasst – sitzt die Uniform richtig, sind die Haare hochgebunden, keine Knitterfalten oder Flecken in der Schürze?

»Natürlich, Sally. Komm herein.« Sie bittet mich in ihr Büro, eine Kammer im Tiefparterre, nicht größer als eine Abstellkammer, setzt sich an den kleinen Schreibtisch, der zwischen einer Ablage und einem Kopierer eingequetscht ist, und deutet mir an, mir den harten Schemel heranzuziehen, der als einzige andere Sitzgelegenheit dient.

Ich nehme Platz und lege ohne Umschweife Bettys Geldbörse und Smartphone auf die Tischplatte. »Betty wäre nie ohne ihre Sachen abgehauen!«, platzt es aus mir heraus. »Sie wäre überhaupt gar nicht abgehauen. Sie hätte in einer Woche Urlaub gehabt, und sie hat sich so darauf gefreut, mit ihrer Freundin Lauren nach Thailand zu fliegen. Es muss etwas mit ihr passiert sein.«

Mrs Bones rührt die Sachen vor ihr nicht an. »Und was ist deiner Meinung nach passiert?«

»Das weiß ich nicht. Aber etwas Schlimmes.« Ich schlucke. »Ich habe gelogen, als ich sagte, sie sei krank. Das war falsch, und ich möchte mich dafür entschuldigen.«

Weil ich nicht sofort die Wahrheit berichtet habe, hat man erst zwei Tage später angefangen, nach ihr zu suchen. Zwei Tage, in denen sonst was mit ihr passiert sein kann.

»Ist es nicht an der Zeit, die Polizei einzuschalten?«, frage ich.

»Das ist längst geschehen.« Mrs Bones verzieht das Gesicht, als sei sie empört, dass ich annahm, sie hätte das nicht einmal in Erwägung gezogen. »Ich bin für das Wohl des weiblichen Personals zuständig, Sally. Glaubst du, ich mache mir keine Sorgen?« Sie streicht sich energisch den Rock glatt, eine Geste, die ich nur zu gut an ihr kenne.

»Der Fall liegt bei Inspector Kumar. Wir können natürlich niemandem erlauben, sich in die Angelegenheiten des Ordens einzumischen, deshalb wird Kumar auch nicht mehr tun, als eine Vermisstenanzeige aufzugeben und Augen und Ohren in der Welt da draußen nach Betty offenzuhalten.«

Ich nicke betrübt. Wenn Betty etwas im Ordenshaus zugestoßen sein sollte, und danach sieht es meiner Meinung nach aus, dann kann Kumar gar nichts ausrichten.

Ich stehe auf und nehme Bettys Habseligkeiten vom Tisch, da Mrs Bones sie anscheinend nicht anrühren will.

»Wenn das so ist … möchte ich Sir Henry in dieser Angelegenheit sprechen.«

»Sir Henry?!« Ihre Stimme rutscht eine Oktave höher. »Was soll das bezwecken? Ich habe den Ordensführer bereits über alles informiert …«

»Ich möchte aber selber mit dem Protector sprechen«, bleibe ich stur und spiele nervös mit dem komischen Knopf, den meine Fingerspitzen in meiner Kitteltasche ertasten.

»Das soll keinesfalls eine Beschwerde über Sie sein, Mrs Bones«, setze ich in einem begütigenden Tonfall nach. »Sie kümmern sich immer sehr gut um uns. Es ist nur, dass ich etwas beobachtet habe, dass im Ordenshaus geschehen ist, und das möchte ich mit dem Protector persönlich besprechen.«

Mrs Bones Züge glätten sich etwas. »Nun gut«, setzt sie dann an. »Wenn das dein Wunsch ist, werde ich versuchen, Mr Morris zu überreden, dass er dich bei Sir Henry vorsprechen lässt. Aber glaube nicht, dass der Ordensführer mehr für dich tun kann als ich.«

Sie erhebt sich, deutet mir an, ihr zu folgen, und verlässt steif den Küchentrakt, um mich zu Sir Henrys Büro zu bringen.

Das Ordenshaus liegt um diese Uhrzeit still und friedlich da, die große Halle unbefleckt und verlassen, nichts deutet mehr auf den Kampf hin, der hier stattgefunden hat. Das blasse Licht der ersten Morgenstrahlen fällt durch die bunten Bleiglasfenster mit den Wappen der Ordensgründer und zaubert ein Kaleidoskop an Farben und verschmierten Flecken auf den weinroten Teppich zu meinen Füßen, als Mrs Bones im oberen Stockwerk anhält und zaghaft an die große Doppeltür aus Eiche mit den Blätterverzierungen anklopft.

Mr Morris, der Butler, öffnet persönlich von innen die Tür und hebt eine seiner enorm buschigen Augenbrauen, als er mich und die Hausdame im Gang stehen sieht. Er diente bereits im Orden, als Sir Henrys Vorgänger noch Protector war, und war der Familie Blake stets loyal zu Diensten.

Dass die Hausdame in Begleitung einer Bediensteten anklopft, ist äußerst ungewöhnlich.

»Verzeihen Sie die frühe Störung, Mr Morris, aber ist der Protector in einer dringenden Angelegenheit zu sprechen? Eines meiner Mädchen hier hat etwas auf dem Herzen.«

Morris sieht mich an, als würden wir ihn bei etwas Wichtigem stören und will uns gerade abweisen, da ertönt eine angenehme, dunkle Stimme von innen:

»Wer ist es?« Der Protector ist zu so früher Stunde also bereits auf, es ist bekannt, dass auch er seit Jahren an Schlafstörungen leidet.

»Mrs Bones, Sir.«

»Bitten Sie sie herein.«

Mrs Bones wirft mir einen Du-hast-es-ja-so-gewollt-Blick zu und tritt dann ein. Ich warte geduldig auf dem dunkelgetäfelten Gang im Flur, bis die Hausdame mein Anliegen vorgebracht hat und Sir Henry sich entscheidet, mich zu empfangen, und starre auf die Portraits berühmter, ehemaliger Magier des Ordens. In vollem Ornat blicken sie vorwurfsvoll und streng aus den schweren Bilderrahmen auf mich herab. Im Geiste gehe ich durch, was ich Sir Henry sagen will.

Gedämpfte Stimmen dringen aus dem Büro zu mir, als Mrs Bones offenbar mein Anliegen vorträgt, und kurz darauf öffnet der Butler die Tür für mich.

»Sir Henry wünscht Sie zu sprechen.«

Ich nicke und trete ein.

Sir Henrys Büro ist ein herrlicher Raum, das größte private Studierzimmer des Ordens, ein ganzer Dinnertisch samt Orchester hätte darin Platz. Die mit grünen Brokatvorhängen gesäumten Fenster zeigen ein entrücktes Panorama auf die Temple Gardens, die Themse und das Kings College am gegenüberliegenden Ufer, während das frühmorgendliche London langsam zum Leben erwacht.

In dem mit edlem Holz getäfelten Zimmer und den rotbraunen Ledersesseln vor dem offenen Kamin herrscht fahles Morgenlicht. Ein Astrolabium, das die Bewegungen der Planeten anzeigt, sirrt leise daneben.

Sir Henry sitzt an seinem riesigen Schreibtisch am anderen Ende des Raumes und winkt mich zu sich heran. Die Schreibtischlampe mit dem grünen Glasschirm wirft einen aufgeklarten Fleck auf die Unterlagen, die sich vor ihm auftürmen, was sein Gesicht in Schatten taucht.

»Guten Morgen, Sally. Wie die Zeit vergeht, was für eine wunderschöne junge Frau aus dir geworden ist. Du siehst mit jedem Tag deiner Mutter ähnlicher. Tritt näher. Was kann ich zu so früher Stunde für dich tun?«

Zu meiner Scham entdecke ich, dass Sir Henry noch im Morgenmantel ist und sich noch gar nicht für den Tag angemessen gekleidet hat. Aber aus seinen Worten spricht nur Verwunderung, kein Vorwurf, dass ich ihn noch vor dem Frühstück störe. Butler Morris war sehr ungehalten über mein Eindringen. Aber nicht so Sir Henry. Er lächelt mir zu.

Hinter mir höre ich, wie Mrs Bones und der Butler den Raum verlassen und die Tür hinter sich zuziehen.

Falten haben sich um Sir Henrys Augen gebildet, und sein Haar wirkt grauer, als ich es in Erinnerung habe. Er sieht müde aus. Auch an ihm haben die Ereignisse Spuren hinterlassen.

Ich mache einen Knicks. »Entschuldigen Sie die Störung, Protector Blake, aber ich wollte Sie sprechen, weil Betty doch noch immer verschwunden ist.«

Sir Henry seufzt und lehnt sich in seinem bequemen Sessel

zurück. »Ach ja, die liebe Betty. Gibt es denn noch etwas zu ihrem Verschwinden, das du mir sagen willst?«

»Nur, dass sie all ihre Sachen hiergelassen hat.« Ich zeige auf das Portemonnaie und das Smartphone in meiner Hand. Plötzlich komme ich mir dumm vor, den Ordensführer damit zu belästigen. Mrs Bones ist für das Personal zuständig und war bereits auf meinem Zimmer gewesen und hat Bettys Sachen durchgesehen. Sie hat das alles bestimmt bereits berichtet.

Sir Henry beugt sich vor, winkt mich heran und streckt auffordernd die Hand nach Bettys Habseligkeiten aus. Er schiebt ein paar Unterlagen und gerollte Papyri beiseite, dicht an dicht beschriebene Pergamente mit Sternenkonstellationen und Berechnungen, und legt das Smartphone und Portemonnaie vor sich auf eine Skizze der Umlaufbahnen des Jupiters. Dem am Rande hingekritzelten Datum nach zu urteilen, geht es um die Sternenkonstellation an Halloween. Dann hält er seine flachen Hände mit den vielen Ringen über die Gegenstände und schließt die Augen.

Ich bin sicher, dass er einen Zauber wirken will, und schaue gespannt zu. Tatsächlich kribbelt kurz darauf meine Kopfhaut.

»Können Sie etwas sehen?«, frage ich aufgeregt und recke neugierig das Kinn.

»Schatten. Sie hat eine Schwelle übertreten.« Sir Henry öffnet die Augen und blickt mich an. »Es tut mir leid. Mehr habe ich nicht gesehen.« In seinen wässerig-blauen Augen mit den faltigen Tränensäcken sehe ich nichts als Leid und Trauer.

Mein Blick fällt auf das gerahmte Foto auf dem Kaminsims, das einen gutaussehenden jungen Mann im Ordensornat bei seiner Aufnahmeprüfung zeigt. Nathan Blake lächelt selbstbewusst und zielsicher, aber das breite schwarze Samtband über der Ecke des Bilderrahmens besiegelt auf ewig, dass es seine Selbstüberschätzung war, die ihn in den Tod geführt hat.

Ich erinnere mich, wie Nathan mich immer angelächelt hat, ganz genau wie auf dem Foto. Er hat nie bloß eine Bedienstete in mir gesehen. Die Trauer um ihn ist in diesem Büro noch immer zu spüren. Ich muss mich räuspern.

»Dann gibt es also keinen Hinweis, wo Betty sein könnte?«

Sir Henry beugt sich vor und ergreift meine Hand, als ich Bettys Habseligkeiten wieder einsammeln will.

»Ich werde alles in meiner Macht Stehende tun, um sie zu finden. Das weißt du doch?«

»Ja, Sir. Aber da ist noch etwas.«

Ich überlege, wie ich meine nächsten Worte wählen soll. Betty ist verschwunden, als sie den silbernen Kelch zurückbringen wollte, da bin ich mir inzwischen ganz sicher, und sie ist nie bei Mrs Bones angekommen. Das weiß ich, weil ich nachgefragt habe. Bisher habe ich nur mit Lady Kaitlin über den schwarzen Fleck auf dem Silberkelch gesprochen, doch Betty und der Kelch sind verschwunden, bevor ich ihn ihr bringen und sie die Verfärbung genauer untersuchen konnte. Seit der Sache mit dem Werwolf traut Lady Kaitlin mir nicht, und ich habe Sorge, dass sie herausfindet, wie tief ich wirklich in die Flucht von Ben verwickelt bin.

Ich hole Luft und öffne meinen Mund, um die sorgsam zurechtgelegten Worte auszusprechen. Weil ich es nicht wage, Sir Henry in die Augen zu sehen, wandert mein Blick zu dem Ölportrait, das an der Stirnseite des Raumes über Sir Henrys Schreibtisch hängt. Es zeigt den Gründer des Hermetischen Ordens, den Earl of Pembroke, Erster Protector und Ordensführer, der das Geheimhaltungsabkommen mit dem Gesandten der übernatürlichen Wesen verhandelt hat. Imposant steht er da in seinem kompletten Ornat, einer goldbestickten Robe, die in ähnlicher Form noch immer zu offiziellen Anlässen vom Protector getragen wird. Auf seinem Kopf sitzt eine gepuderte weiße Perücke, die in aufgerollten Locken an der Schläfe und einem Zopf am Hinterkopf endet, wie es zu den damaligen Zeiten üblich war. In den sorgfältig drapierten Vorhängen im Hintergrund ist sein Familienwappen eingestickt – drei aufrechtstehende Löwen.

Ich stutze.

»Was gibt es, das du mir sagen willst, Sally? Ich bin ganz Ohr.«

Drei aufrechtstehende Löwen. Ein Symbol, wie es bei Mitgliedern der Königsfamilie vorkommt. Aber auch in dem Wappen des Earls of Pembroke, des Gründers des Hermetischen Ordens.

Und auf dem Kelch aus Silber.

Blut rauscht in meinen Ohren, und mir weicht alle Farbe aus dem Gesicht. Mir fällt wieder ein, wo ich den Kelch schon einmal gesehen habe. In Sir Henrys Büro auf dem Kaminsims.

»Sally?«

Der Kelch ist einer der wenigen persönlichen Gegenstände, die von dem Ordensgründer erhalten sind, und wird traditionell im Büro des Protectors aufbewahrt. Mein Blick huscht zum Kamin. Genau in der Mitte der Kaminumrandung befindet sich eine Lücke, wo ein Gegenstand gestanden hat, zwischen dem Foto von Nathan und dem Ordenssiegel, etwa von der Größe des Kelches, der jetzt fort ist. Der Kelch wurde von hier entwendet.

»Sally, was möchtest du mir sagen?«

»Ich ... ach, nichts. Nur, dass ... ich Betty sehr vermisse.«

»Natürlich. Ihr standet euch sehr nahe, wie ich gehört habe. Wie Schwestern. Es tut mir sehr leid. Wir tun alles, was in unserer Macht steht, um sie zu finden. Aber du wirst verstehen, dass im Lichte der neuesten Ereignisse es so aussieht, dass Betty als Verdächtige gilt. Die Vigilanten haben strikte Order, sie zu finden. Der Orden kann nicht zulassen, dass sie mit dem Wissen um unsere Existenz weiterlebt. Sie hat möglicherweise Hochverrat begangen.«

Ich schlucke. »Bitte Sir. Das kann ich mir nicht vorstellen.«

Sir Henry nickt mitfühlend. »Unsere Mitmenschen überraschen uns immer wieder, und du kanntest sie schließlich am besten. Vielleicht werden wir nie erfahren, was wirklich passiert ist. Aber wenn es dich beruhigt, werde ich veranlassen, dass Inspector Kumar dich empfängt.«

»Danke, Sir.«

Ich mache einen Knicks und eile nach draußen, noch immer mit weichen Knien, wo Mr Morris im Gang wartet und mir die Tür aufhält. Meine Gedanken rasen. Wenn der Kelch aus Sir Henrys Büro entwendet wurde, gibt es nur einen kleinen Kreis an Leuten, die Zugang zu ihm hatten.

»Morris?«, höre ich Sir Henry hinter mir noch rufen, als ich bereits im Gang bin. »Rufen Sie doch bitte William herauf, er soll das Frühstück servieren.«

Den Rest des Vormittags verbringe ich von Dampf und Seifengeruch umgeben in der Waschküche, tief in Gedanken versunken, bevor ich gegen Mittag das Ordenshaus verlasse, um zur Metropolitan Police zu gehen. Unter normalen Umständen würde ich nicht in dem Smartphone meiner Freundin herumschnüffeln. aber dies ist ein Notfall, und ich habe oft genug gesehen, mit welchem Muster Betty ihr Telefon entsperrt hat. Auf Bettys Smartphone sind Dutzende Anrufe eingegangen, seit sie verschwunden ist, darunter Nachrichten ihrer immer besorgter klingenden Eltern, ihrer Freundin Lauren, Mrs Bones und von mir.

Ich speichere Laurens Nummer in meinem eigenen Telefon und rufe sie an. Als sie kurz darauf rangeht, ist sie froh, von mir zu hören, und wir verabreden uns im Birley am Strand.

Weil ich zuerst da bin, bestelle ich mir einen großen Cappuccino, ein Birley Club Sandwich mit Rosmarin und lese in der London Times. Neben dem üblichen politischen Wirrwarr um den Brexit wird von einer Reihe bizarrer Mordfälle an männlichen Opfern mittleren Alters berichtet, die in den letzten Tagen am Ufer der Themse aufgefunden wurden. Die Welt scheint immer mehr aus den Fugen zu geraten.

Lauren erscheint pünktlich, in weiter Hose und sportlicher Jacke, die deutlich machen, dass sie sich keine Zeit genommen hat, sich für dieses Treffen umzuziehen, und umgehend aufgebrochen ist. Auch wenn wir uns nie begegnet sind, erkenne ich sie sofort von den zahlreichen Fotos und Videos, die Betty von ihr aufgenommen hat.

Lauren ist hübsch, auf eine burschikose Art und Weise, und sie macht sofort deutlich, dass es nicht Bettys Art ist, sich nicht zu melden.

»Sally, danke für deinen Anruf. Ich weiß nicht, was los ist, Betty meldet sich nicht bei mir. Will sie etwa mit mir schlussmachen?«

An dieser Stelle erkenne ich meinen Fehler: Ich hätte zuerst mit Inspector Kumar reden sollen, denn alles, was ich zu Lauren sage, macht es später schwerer, Bettys Verschwinden zu erklären, ohne den Orden mit hineinzuziehen. Lauren denkt, ihre Freundin arbeite in einem luxuriösen Privathaushalt eines exzentrischen Gentlemans aus Adelskreisen.

Ich versuche, Lauren zu beruhigen, die sich nur einen Espresso bestellt hat, weil sie nicht lange bleiben kann. »Nein, nein, wie kommst du denn darauf? Betty ist total vernarrt in dich und freut sich auf euren Urlaub. Sie hat sich nur auch bei mir nicht gemeldet, und ich wollte dich fragen, ob du weißt, was los ist?«

»Ich habe nichts von ihr gehört. Ich habe sogar bei ihren Eltern angerufen, um zu fragen, ob sie eventuell zu ihnen nach Bristol gefahren ist, aber da ist sie auch nicht. Ich mache mir Sorgen.«

»Ja, das machen wir uns auch. Unsere Chefin hat die Polizei informiert. Ich hatte gehofft, du weißt mehr. Aber ich melde mich bei dir, wenn ich etwas Neues erfahre.«

»Danke, das ist lieb von dir. Und falls ich etwas von Betty hören sollte, rufe ich dich an.« Zum Abschied umarmt Lauren mich, und ich drücke sie ganz fest.

Das Treffen mit ihr hat mich nicht weitergebracht, außer dass es meinen letzten Rest Hoffnung zerstört hat, dass Betty doch nur irgendwohin gefahren ist oder sich tatsächlich eine Krankheit zugezogen hat, was zugegebenermaßen äußerst unwahrscheinlich ist. Aber wenn die beste Freundin verschwindet, klammert man sich an jeden Strohhalm.

Inspector Kumar von der Metropolitan Police empfängt mich tatsächlich sofort und führt mich ohne Umschweife in sein Büro. Jemand aus dem Orden hat mich angekündigt, und der Inspector weiß, worum es geht. Ich übergebe ihm Bettys Smartphone und Portemonnaie, aber er macht mir nicht viel Hoffnung:

»Dies ist eine Ordensangelegenheit, man hat mich gebeten, eine Vermisstenakte für Betty Jamison anzulegen und die Angehörigen zu informieren. Das bedeutet gemeinhin, ich soll dafür sorgen, dass die Polizei sich heraushält.« Inspector Kumar fährt sich über seinen Drei-Tage-Bart. »Gott, dieser Scheiß wird mich eines Tages noch meinen Job kosten.«

Der schmächtige Inspector lässt sich in seinen Drehstuhl plumpsen, sein zerknittertes Hemd hat auch schon bessere Tage gesehen, und die Augenringe zeugen von langen Überstunden. Er bietet mir einen Kaffee im Pappbecher an, der bitter schmeckt wie der Grund, warum ich hier bin.

»Wie kommt es, dass Sie das für den Orden tun?«, frage ich und stelle den Pappbecher nach wenigen Schlucken angewidert zurück.

Kumar seufzt. »Ich habe zu viel gesehen. Ein Magier des Ordens hat mir das Leben gerettet, als ich bei einem Einsatz beinahe von einer Leiche, die eigentlich tot sein sollte, gefrühstückt worden wäre. Er hat mich dann vor die Wahl gestellt: Entweder helfe ich dem Orden, eine Panik zu verhindern und zu vertuschen, dass es da draußen Monster gibt, oder man nimmt mir die Erinnerung an das Gesehene und ich laufe weiterhin ahnungslos durch Londons Unterwelt und riskiere bei jedem Einsatz mein Leben. Ich habe mich dafür entschieden, die Augen nicht vor der Wahrheit zu verschließen.«

Ohne Menschen wie ihn wäre es in den heutigen Zeiten der kriminalistischen Aufklärung sehr viel schwieriger, die Existenz von Magie zu verbergen. Was passiert, wenn die Menschen von den Magiern erfahren, hat die Geschichte uns bitter gelehrt. Mit der Gründung des Ordens und dem Inkrafttreten des Geheimhaltungsabkommens, an das sich in der Regel auch die Monster halten, sollen weitere Feuer der Inquisition verhindert werden.

»Sie sind sehr wertvoll für den Orden«, sage ich, um ihn aufzubauen, und meine es auch so.

Kumar schnaubt. »Wenn sich das doch nur deutlicher auf meine Gehaltsstufe auswirken würde.« Er tütet Bettys Smartphone und Portemonnaie ein und beschriftet die Tüten mit demselben Aktenzeichen. »Es gibt leider nicht viel, was ich für Sie tun kann. Diese Akte wird verschwinden, und so wie ich es sehe, geht der Orden davon aus, dass Ihre Freundin verschwunden oder tot ist.«

Er spricht aus, was ich trotz Sir Henrys Beteuerungen insgeheim befürchte, aber es zu hören tut weh.

»Sir Blake hat gesagt, Sie sollen versuchen, sie zu finden …!«, protestiere ich, doch bevor Kumar darauf antworten kann, klopft es an der Tür zu seinem Büro.

»Herein.«

Ein Uniformierter steckt den Kopf durch die Tür: »Inspector! Es hat wieder einen Toten gegeben, draußen am Pickfords Wharf!«

Inspector Kumar springt auf. »Dieselbe Todesursache?«

»Ganz genau wissen wir es noch nicht, der Coroner ist noch nicht vor Ort. Aber es sieht nach demselben Muster aus wie bei den anderen: Tod durch Ertrinken, doch der Körper ist laut Augenzeugen übersät mit Bissspuren.«

»Gehen Sie vor, ich komme nach. Und nichts davon kommt in den Bericht!«

»Ja, Sir!«

Kumar greift nach seinem Trenchcoat. »Sieht so aus, als müsse ich einen dringenden Anruf bei Victoria Bannister tätigen.«

KAPITEL 28

Caleb

Die Fahrt zum Tatort im Van ist rasant. Wir sind zu dritt, Noah ist noch immer nicht genesen, ob er je wieder als Vigilant tätig werden kann, ist fraglich. Er hatte eine durchtrennte Bauchschlagader, und es stand nicht gut um ihn. Der Werwolf mag tot sein, aber er hat eine tiefe Narbe in unser Team und die Moral des Ordens gerissen.

Meine gebrochenen Rippen sind magisch geheilt, aber noch immer spüre ich die Nachwehen des Kampfes. Der Alarm, der nicht nur unser Team betraf, beweist, dass die Atempause nach dem Angriff nur von kurzer Dauer war und wir jetzt erneut einer Bedrohung ausgesetzt sind. Diesmal ist es kein direkter Überfall auf den Orden, aber die Paras scheinen den Schutz der Dunkelheit zu verlassen. Noch nie war der Friede so brüchig.

Es ist helllichter Tag, und die Nachricht, dass an einem öffentlichen Ort ein Angriff stattgefunden hat, ist bedenklich. Die Magier, die gerade dabei waren, die Schutzzauber im Vigilanten-Trakt zu erneuern und zu verstärken, haben so panisch und erschrocken reagiert, als der schrille Ton erklang, dass mir klar wurde, wie verunsichert der Orden ist. Wir wissen nicht, was uns jetzt erwartet, nur, dass es einen Toten gab, und diesmal treten wir mit mehr als einem Team in Erscheinung.

Einige Magier sind ebenfalls dabei, da es sich um einen wirklich belebten Ort handeln soll. Irgendwo in der Nähe des Borough Markets. Ich hoffe, die Magier sind mutiger als die Exemplare, die ich im Orden herumschleichen sehe. Da ist nämlich nichts dabei, worauf man bauen kann, und das bestärkt mich einmal mehr in meiner Berufswahl. Unverständlich, dass mein alter Herr einen Bücherwurm einem gestandenen Kämpfer vorzieht.

Einen dieser Bücherwürmer habe ich leichenblass mit Toms Team abfahren sehen. Tom hat seine Verletzung schnell überwunden, lediglich sein Stolz hat einen Kratzer abbekommen. Er ist mit seinem Team eine Minute vor uns losgefahren. Nach uns ist ein drittes Team gestartet, ich kann im Rückspiegel ab und an den Ordensvan auftauchen sehen.

Lili Gardner wird gerade blutige Finger bekommen, sie ist für die Informationen im Netz der Polizei zuständig. Bisher konnten alle Probleme zu unserer Zufriedenheit gelöst werden, aber auch wir sind nicht gefeit, wenn normale Polizisten am Tatort auftauchen. Dann bleibt nur die Flucht nach vorn und die Gedächtnislöschung. Beim Borough Market sind um diese Uhrzeit Unmengen an Touristen, ich hoffe wirklich, dass wir das schnell eindämmen können.

Mehrere Obscura sind auch auf dem Weg dorthin, selten mussten wir so zahlreich ausschwärmen. So viel zu der Theorie, dass es nach der Werwolf-Attacke automatisch ruhiger werden würde.

Und obwohl es für alle eher beunruhigend ist, dass es erneut einen Angriff gab, bin ich doch froh, dass der Alltag mich wiederhat. Das nächste Monster, der nächste Fall. Nur so kann man mit der Bedrohung umgehen: niemals vergessen, dass es sie gibt, und sie mit allen Mitteln bekämpfen.

Der Tag ist grau, aber es regnet nicht, und wir nähern uns schnell unserem Ziel, während ich mich frage, ob Red heute auch dabei ist. Seitdem ich ihr den Arsch gerettet habe, hat sie sich bei mir nicht blicken lassen. Nicht mal ein Krankenbesuch während der zwei Tage im Krankenrevier. Ein Dank für ihre Rettung ist wohl zu viel verlangt.

Ich nehme mein Handy, werfe Mike einen aufmunternden Blick zu, den dieser über den Spiegel mit einem Nicken erwidert, während Zac sicher durch den Londoner Verkehr zirkelt, ohne dabei Toms Van vor uns aus den Augen zu verlieren. Dieser geht nach dem ersten Läuten sofort an sein Telefon.

»Weißt du schon was Genaues?«

»Nein, Caleb. Nur, das wir ein Opfer haben, das von zahlreichen Bisswunden übersät aufgefunden wurde. Inspector Kumar konnte es telefonisch Victoria mitteilen, wir müssten vor dem Yard da sein. Er selbst ist schon vor Ort. Ich hoffe, Squirrel konnte den Yard aufhalten und im System ein paar Informationen korrigieren. Das Opfer liegt bei der Golden Hinde.«

Verdammt. Also Schaulustige, Touristen und Kinder in Hülle und Fülle, da ein Leichnam bei der antiken Galeone angespült wurde, die für ihre Touristenqualitäten bei Familien bekannt ist. Für die kleinen Besucher bestimmt ein unvergessliches Erlebnis.

»Alles klar«, brumme ich und lege auf. Dann informiere ich Zac und Mike kurz über unseren Zielort.

»Prima. Ein Touristenmagnet. Ich bin gespannt, ob wir noch einen Parkplatz finden.« Zac schnaubt und donnert unter der Eisenbahnlinie hindurch, am Borough Market vorbei. Er biegt in den Winchester Square, und das hektische Blinken am Ende der engen Kopfsteinpflaster-Gasse bestätigt, dass es nicht unauffällig ablaufen wird.

Ohne zu zögern oder die Geschwindigkeit zu reduzieren, braust er an den Metallpollern vorbei über das holprige Pflaster durch einen schmalen Durchgang, der in dem danebenstehenden Haus belassen wurde, um gleich nach dem Durchgang auf einem Parkplatz die letzten zwei Quadratmeter mit unserem Van zu belegen. Alles in einem Tempo, mit dem James Bond schon mit einem Aston Martin Probleme hätte.

»Wenn wir nicht durch Paras sterben, dann durch Zacs Fahrstil.« Mike klingt nicht so, als meine er es spaßig.

Zac verzieht das Gesicht. Er macht sich immer noch Vorwürfe, dass er am Abend des Werwolf-Debakels wegen einer Sauftour unterwegs war. Er gibt sich indirekt die Schuld an Noahs und meiner Verletzung.

Ich interveniere vorsorglich, bevor die beiden ihrem Frust und ihrer Unsicherheit freien Lauf lassen und sich gegenseitig an die

Gurgel gehen. »Hört auf, es gibt einen Fall und einen Toten, Jungs. Wir müssen zusammenhalten und uns konzentrieren.«

Ich kann die beiden verstehen, ich selbst suche seit Tagen ein Ventil, und auch mir fehlt Noah beim heutigen Einsatz. Wir sind nicht komplett und fühlen uns verwundbar. Trotzdem darf ich ihnen das nicht zeigen, und so deute ich auf die Absperrung hinter dem Durchgang, durch die gerade Tom schlüpft, vorbei an einem weiblichen Bobby, die für die Abriegelung des Tatorts verantwortlich ist und uns mit Sicherheit für die Ermittler vom Yard hält.

»Kommt, geben wir unser Bestes!«

Ich folge Tom, vorbei an der uniformierten Frau. Sie steht unter einem Kontrollzauber, ich kann die leicht glasigen Augen sehen, und auch ihr abwesendes Nicken deutet darauf hin, als sie meine Kundenkarte der Reinigung prüft und für gut befindet.

»Kein schöner Anblick«, murmelt sie noch, bevor sie uns durch die Absperrung lässt, während hinter ihr die Touristen lautstark murren, weil die Attraktion geschlossen ist.

Die Goldene Hirschkuh ist schwarz mit rot-gelben Farbakzenten und sieht, inmitten dieser Häuserfronten, surreal aus. Mal abgesehen davon handelt es sich hier lediglich um einen Nachbau. Das Originalschiff wurde vor hunderten von Jahren dem Wetter und der Vernachlässigung ausgesetzt und ist schlicht und einfach verrottet. Dieses hier ist, wie das Schwesterschiff in Birmingham, nur eine Touristenvariante, auch wenn Wert auf eine detailgetreue Nachbildung gelegt wurde.

Das große Schleusentor am Pickfords Wharf zur Themse steht offen, und die Hinde liegt tief im Wasser, der tagelange Regen hat den Fluss anschwellen lassen. In der Nähe der breiten hölzernen Treppe, die auf das antike Schiff führt, ist eine Leiche, um die gerade der Doc herumläuft. Der Tote liegt bäuchlings auf dem Boden aus Steinquadern, die Beine von sich gestreckt. Seine Kleidung ist nass und mit einigen roten Flecken verziert, ich kann mir denken, warum.

»Mike, mach dich nützlich, befrag in den umliegenden Häusern die Leute, ob jemand was gesehen hat«, weise ich meinen Kollegen an. Das Ufer ist von hohen Gebäuden umgeben, und zahlreiche Menschen beobachten uns von dort. Er nickt und eilt davon.

Zac läuft zu Tom hinüber, um mit ihm, wie besprochen, das weitere Vorgehen bezüglich der vielen Zeugen abzustimmen. Je mehr Informationen wir haben, desto besser. Ich selbst gehe erstmal zu der Leiche, die hier neben der Golden Hinde angespült wurde. Ich will mir einen ersten Überblick verschaffen. Die Stelle auf dem Boden, wo das Opfer aus dem Wasser gezogen wurde, ist noch nass eingefärbt.

Der Doc begrüßt mich mit einem knappen Nicken.

»Sind das Bisswunden?«, frage ich ihn.

Die Kleidung des Toten ist an vielen Stellen zerfetzt und der blasse Körper mit Verletzungen übersät. Kleine Bisse, kein Wolf oder etwas ähnlich Großes. Vielleicht ein Ghul?

Doc Brown ist gerade dabei, auf einem Blatt die Wunden zu notieren und die Breiten abzumessen, um diese in seinen Unterlagen zu vermerken. Akribisch, wie immer.

»Ja. Ziemlich viele sogar«, brummt Doc und fährt unbeirrt mit seiner Arbeit fort.

»Könnten die Bisse von Fischen sein?« Ich will mehr von ihm erfahren, obwohl ich das mit den Fischen selbst nicht glaube.

Doc wedelt ungeduldig mit seiner Hand, um mich fortzuscheuchen. »Solange es nicht die bisher unbekannten Themse Killer-Piranhas waren, sicher nicht. Es sieht bisher nach einem Tod durch Ertrinken aus, aber das ist bis zur Obduktion nur eine Vermutung. Die Bisse sind der Leiche post mortem beigebracht worden. Als wolle etwas oder jemand die Leiche zeichnen. Ich brauche hier aber noch einen Moment. Einen ungestörten Moment.« Er klingt brummig, weil ich ihn bei der Arbeit störe.

»Wer beißt denn eine Leiche? Ein Ghul?«, murmele ich mehr zu mir selbst, und Doc schnaubt.

»Nein, Ghule sind schlechte Schwimmer und hätten eine Leiche übler zugerichtet. Das hier könnte ein Wasserwesen getan haben, aber mit Sicherheit kann ich es noch nicht sagen. Das Opfer wurde jedenfalls nicht zur Nahrungsaufnahme gebissen. Darf ich jetzt endlich in Ruhe weiterarbeiten?«

Ich trete den strategischen Rückzug an, bevor ich unseren Pathologen endgültig verärgere. Wieder eine Leiche und kein Para.

Verdammt.

Ich sehe mich um und versuche, Victoria in diesem Gewusel aus Magiern, Obscuras und Vigilanten zu entdecken. Ich brauche Instruktionen. Bevor ich jedoch meine Chefin sehe, entdecke ich Sally bei Josh, einem von Toms Teammitgliedern. Der blasse Magier, der bei Tom mitgefahren ist, steht ebenfalls dabei. Sally hat ihren Block in der Hand, bestimmt müssen einige Erlebnisse bei Bobbys und Touristen ausgelöscht werden.

Ich trete zu der kleinen Gruppe, warum ist mir schleierhaft. Vielleicht aus Neugierde, um zu erfahren, warum sie sich nicht bei mir bedankt hat?

»Hey«, begrüße ich Sally freundlich und nicke sowohl Josh als auch dem Magier knapp zu, die uns daraufhin allein lassen.

Sally presst ihre Lippen aufeinander und sieht mich nicht an, sie erwidert nicht einmal meine Begrüßung. Ein eindeutiger Affront gegen mich – vor allem, weil ich ihr das Leben gerettet habe. Sie weicht meinem Blick aus, aber ihre Wangen werden rot, und ich kann kurz sehen, wie Wut in ihren Augen aufblitzt, bevor sie den Blick erneut senkt und sich mir damit entzieht.

»Geht es dir gut?«, frage ich und bemühe mich, mir meine Verärgerung über ihr unhöfliches Benehmen nicht anmerken zu lassen. Bestimmt hat der Werwolf sie verunsichert, und die Tatsache, dass ich in der Lage war, das Biest unschädlich zu machen, könnte sie verängstigt haben. *Hat sie jetzt vielleicht Angst vor mir?*

»Das geht dich einen feuchten Kehricht an!«

Ich bin verdutzt. *Was geht denn hier ab?* So etwas hat sich noch keine Obscura erlaubt, aber ich bin zu perplex, so dass ich den ersten Gedanken ausspreche, der mir in den Sinn kommt.

»Hab ich dir was getan, Red? Ich hatte eigentlich gedacht, ein kleines Dankeschön für meine Rettung vor dem großen bösen Wolf wäre angebracht, aber bei dir ist offensichtlich schon ein Mindestmaß an Höflichkeit zu viel verlangt.«

Ich sehe, wie sie bei meinen Worten zusammenzuckt. Dann schaut sie auf, ein Blick, mit dem man die Hölle zufrieren könnte und noch Eis für eine Studentenparty übrighätte. Und dem ich nur mit Mühe standhalten kann.

»An dich wäre jede Höflichkeit verschwendet. Du bist nur ein dummer Befehlsempfänger. Ein dämlicher Cowboy ohne Hirn«, zischt sie, gerade leise genug, dass nur ich es höre.

Bevor ich etwas erwidern kann, tritt Tom zu uns. »Caleb, alles in Ordnung?«

Ich nicke nur knapp, während er besorgt Sally mustert und sein Blick zwischen uns hin und her schweift. Ich habe es nicht nötig, eine unhöfliche Obscura anzuschwärzen. Ihr böser Blick zeigt mir zudem, dass es ihr egal wäre.

Welche Laus ist der denn über die Leber gelaufen?

»Ja, alles in Ordnung.«

Tom wendet sich an Sally und legt ihr einen Arm um die Schultern. »Sally, darlin', wie wäre es, wenn du und ich ein Team bilden?« Tom zwinkert mir zu, als hätte er mir gerade ein Date vor der Nase weggeschnappt.

Ich nicke den beiden kurz zu und beeile mich, zu Zac zu gehen, bei dem in diesem Moment Victoria ankommt und sich fragend nach mir umsieht. Bevor ich allerdings zu der Gruppe stoße, die auf mich wartet, sehe ich auf der Hinde einen Mann, der sich schwankend dem Ausgang des Schiffes nähert. Er ist klatschnass und blutet aus einigen kleinen Wunden, aber sein Gesichtsausdruck ist entrückt.

Er sieht sich um, sein Blick schweift über uns, die Bobbys und dann zur Menschenmenge, die sich vor der Absperrung drängelt. Keiner hat ihn bisher entdeckt.

Ich eile zu dem Mann, der sich nur mit Mühe auf den Beinen hält. Als ich ihn erreiche, kann ich ihn gerade noch vor einem Sturz schützen, als er oben an der breiten Holztreppe in die Knie geht. Wasser läuft aus seinen Haaren, er hustet, und obwohl er mehr tot als lebendig wirkt, scheint er zielstrebig auf die Menschenmenge zusteuern zu wollen, sogar jetzt noch, auf allen vieren.

»Sir, bitte beruhigen Sie sich.« Ich versuche, ihn auf die Beine zu ziehen.

Er klammert sich an meinem Ledermantel fest und zieht mich überraschend kraftvoll zu sich hinunter. Ein kurzer Anfall, bei dem er Wasser aus den Tiefen seiner Lunge aushustet, hält ihn nicht davon ab, mich festzuhalten.

»Sie ist hier. Sie war … war mit mir auf dem Schiff. Es bringt sie nach Hause. Sie ist so wunderschön. Ich muss zu ihr. Mit ihr gehen … In die Tiefe … mit ihr nach Hause …«, mit den letzten Worten bricht er vor mir zusammen. Keiner ist gekommen, um zu helfen, aber das ist mir egal.

Gesang. Da ist ein wunderschöner Gesang.

FOLGE

9

KAPITEL 29

Kaitlin

Eine Beziehung zu einem Menschen ist wahrlich nicht einfach. Gott ist mein Zeuge, dass ich selbst diese Erfahrung nie besonders intensiv ausgelebt habe, aber ich war sozusagen leibhaftig dabei und habe sehr viel miterlebt, was mir ein gutes Bild dazu eröffnet.

Denn niemand Geringeres als Beatrice, meine einstige Gehilfin, und ja, auch Freundin, hat eben solch eine toxische Beziehung geführt. Mit einem Mann, den niemand kannte.

Es ist nun schon 26 Jahre her, dass sie diesen Mann kennenlernte. In den ersten Tagen fiel mir nur auf, dass ihre Wangen andauernd glühten. Zuerst hielt ich es für die Anzeichen einer Grippe, die langsam auftraten. Doch mit jedem Tag, der verging, wurde sie fröhlicher.

Schließlich war meine Neugier zu groß, und ich sprach sie bei einer gemeinsamen Aufräumaktion an. Wir sortierten gerade die Schimmelbücher der alten Magier aus dem 17. Jahrhundert in die Regale. Keine Sorge, es waren keine Bücher, die verschimmelt waren. Das hätte mein Herz stehen lassen. Wir nannten sie nur so, weil sie verschimmelte Ansichten über die Rolle der Frau in der Gesellschaft enthielten. Besonders die Abhandlung von Sir Ian McGregor – zum Glück nur ein sehr weit entfernter Vorfahre – über *Die vom Herrn selbst abgesegneten Züchtigungsarten der Frau, um sie an ihren nachläufigen Rang dem Manne gegenüber zu erinnern* landete bei mir immer in der hintersten Ecke.

Beatrice hingegen schien diesmal gar nicht darauf zu achten, wohin sie welches Buch stellte.

Doch gerade das ist immens wichtig. Eine Bibliothekarin kann mit ihrer Sortierung der Bücher viel beeinflussen. Jeder Magier sucht zunächst auf Augenhöhe nach relevanten Büchern für seine Studien. Wenn man also die weniger verschimmelten Ansichten nach oben stellt, kann man der nächsten Generation ein besseres Bild der Welt mitgeben.

»Beatrice, Kindchen, was machst du denn da? Sir Wallace Grombert gehört doch nicht auf Augenhöhe. Das weißt du doch.« Ich meckerte mit leiser Stimme, um die Studierenden nicht darauf aufmerksam zu machen, was für uns allgegenwärtig war.

»Was?« Beatrice blinzelte verwirrt, als wäre sie mit ihren Gedanken gerade an einem völlig anderen Ort.

»Sir Wallace gehört nach ganz unten. Direkt neben Sir Ian McGregor, wie du dich hoffentlich erinnerst.«

»Oh, natürlich. Entschuldigen Sie, Lady Kaitlin.« Das zarte Rosa auf ihren Wangen verwandelte sich in ein feuriges Rot, ehe sie den Folianten wieder herauszog und in das richtige Regal einsortierte. Doch sie sagte nichts weiter dazu.

Ich stand mit einer Hand in die Hüfte gestemmt neben ihr und starrte sie erwartungsvoll an. Doch Beatrice schien schon wieder in ihrer eigenen Welt versunken.

»Also wirklich. Was ist nur los mit dir?«, fragte ich schlussendlich, als sich ein zaghaftes Lächeln auf ihren Lippen ausbreitete, obwohl sie gerade eine Abhandlung über die Korrelation zwischen Frauen und dem menschlichen Verfall wegsortierte.

Erneut schreckte Beatrice auf und schaute mich mit weit aufgerissenen Augen an. »Ich …« Sie erhob sich, um mit mir auf Augenhöhe zu sein. »Ich kann es Ihnen nicht sagen.«

»Kannst oder willst du es nicht?« Ich war schon deutlich milder gestimmt, als ich ihre leuchtenden Augen sah. Ich ahnte bereits, was der Grund für ihre Unachtsamkeit sein könnte, aber ich wollte es aus ihrem Mund hören.

»Um ehrlich zu sein, will ich es nicht.«

Sie legte ihren Folianten auf den Rollwagen, der uns folgte, sobald wir weitergingen. Ich hatte ihn schon vor langer Zeit verhext, so dass er mir nach einem einfachen Zauberspruch überall hin folgte. Sehr nützlich, wenn man schwere Bücher wegsortiert.

»Dann muss ich dich daran erinnern, dass du den Büchern und mir gegenüber eine Verpflichtung hast, und die vernachlässigst du gerade immens.« Es war nichts, was die Welt veränderte, wenn sie ein Buch falsch wegsortierte, aber es machte die Suche später schwieriger und störte mein System.

Beatrice senkte den Kopf und nickte. »Natürlich. Ich werde mich bemühen. Entschuldigen Sie bitte, Lady Kaitlin. Es wird nicht wieder vorkommen.«

»Darauf hoffe ich. Immerhin sollst du das hier irgendwann übernehmen, und dann soll alles in einem tadellosen Zustand sein.«

Ich ging einige Schritte in die Bibliothek hinein. Der Duft der alten Bücher auf dem Rollwagen begleitete mich und erfüllte mein Herz mit Freude. Andere mochten den Geruch als muffig oder sogar bärbeißig bezeichnen, aber für mich war das der Duft des Lebens.

Während Beatrice ihre Bücher weiter wegsortierte, beobachtete ich sie, wie sie eine leise Melodie summte und dazu die Füße im Takt bewegte. Irgendetwas oder besser irgendjemand war in ihren Verstand eingedrungen und übernahm langsam die Kontrolle. Ich konnte nur hoffen, dass was auch immer sie gerade beeinflusste, sie nicht für immer von mir wegzerren würde. In einigen Jahren konnte Beatrice die Bibliothek übernehmen, und ich konnte endlich meine Ideen und Pläne umsetzen.

Einige Tage später bemerkte ich, wie Beatrice sich nachts heimlich rausschlich. Das hatte sie noch nie getan, und genau das machte mich stutzig. Beatrice war zuverlässig, aber dieses Herausschleichen bestätigte nur, was ich bereits vermutet hatte. Sie traf sich mit jemandem. Einen Moment lang blieb ich auf meinem Bett liegen und dachte nach. Wenn sie sich nur mit einem Mann der Liebe wegen traf, wäre es etwas, mit dem ich leben könnte. Die Anzeichen waren dafür gegeben.

Doch was, wenn sie sich nicht der Liebe wegen traf? Was, wenn sie etwas plante, das gegen den Orden oder gegen die Magie ging? Beatrice hatte eine aufgeschlossene Seele und begegnete jedem Wesen mit dem gleichen Respekt. Ein Grund, warum ich sie als meine Nachfolgerin in Betracht gezogen hatte. Dadurch traf sie sich auch im Ye Old Cheshire Cheese mit Vigilanten und mit Paranormalen. Sie war überall gerne gesehen, weil sie ein freundliches, aber ehrliches Wesen hatte. Deswegen kam mir in dieser Nacht das erste Mal der Verdacht, dass sie mehr als nur ein Treffen mit einem Mann haben könnte.

Rasch warf ich die Decke beiseite und folgte ihr bis hinaus auf die Straße. Beatrice hatte sich nur einen Mantel übergezogen. Der Vollmond strahlte am wolkenlosen Himmel, als ich sah, wie Beatrice zu einer Gestalt an der Straße lief. Sie stand lässig an eine Laterne gelehnt und schaute sich um.

Als Beatrice auf den Mann zuging, konnte ich sehen, wie er seine lässige Haltung aufgab und die Arme ausbreitete. Ich konnte sein Gesicht nicht erkennen, aber ich sah die Freude auf dem Gesicht von Beatrice. Stumm blieb ich im Schatten einer alten Eiche stehen, die an der Straße wuchs, und beobachtete die beiden einen Moment lang.

Ich selbst hatte nie das Verlangen verspürt, mich einem Mann so hinzugeben, dass ich mich nachts heimlich aus dem Orden geschlichen habe. Mal ein Techtelmechtel hier und ein kurzer Flirt dort, aber für etwas Ernstes blieb mir nie die Zeit.

Beatrice und ihr heimlicher Liebhaber küssten sich unter der Laterne heiß und leidenschaftlich. Ihre Körper schienen zu verschmelzen, als wollten sie sich nie mehr voneinander trennen. Ich schmunzelte und zog mich zurück.

Wie ich auf die Idee kam, dass die gute Beatrice etwas Negatives im Schilde führen könnte, weiß ich nicht mehr, aber diese Nacht bewies mir nur wieder einmal, wie leidenschaftlich sie war, wenn sie sich einer Sache voll und ganz hingab.

Knapp einen Monat hielt diese Beziehung zwischen den beiden. Dann, eines Morgens, saß Beatrice mit verquollenen Augen und angezogenen Knien in der Sitzecke der Bibliothek. Ich hatte schon bemerkt, dass ihr Bett unbenutzt war, aber dachte mir nichts weiter dabei. Immerhin war sie öfter in der Nacht verschwunden gewesen.

Ich eilte zu ihr und nahm sie in den Arm. »Was ist passiert, Kindchen?«, fragte ich sie nach einer ganzen Weile, in der wir einfach nur Arm in Arm beisammen saßen.

Beatrice schniefte noch ein paar Mal. Ich reichte ihr ein Taschentuch aus meinem Morgenmantel. Es dauerte, aber schließlich nickte Beatrice, als ob sie sich endlich entschieden hätte, mir zu vertrauen.

»Lady Kaitlin, ich weiß nicht, ob ich einen großen Fehler gemacht habe.« Sie schnaubte ein letztes Mal in das Taschentuch.

Sie wollte es mir zurückreichen, aber ich lehnte mit der Hand ab. Davon besaß ich nun wirklich genügend. Eines durfte sie gerne behalten. Ihre Worte machten mir gerade mehr Sorgen. »Was meinst du damit?«

»Ich muss dazu etwas ausholen.« Beatrice schaute zur Uhr, die über dem Eingang der Bibliothek hing. »Aber müssen Sie nicht gleich öffnen?«

»Papperlapapp. Ich entscheide, wann ich die äußere Bibliothek öffne.« Ich zwinkerte ihr aufmunternd zu. »Wenn es meinem Schützling nicht gut geht, dann hat das erst einmal Vorrang.«

»Danke, Lady Kaitlin.« Eine weitere Träne kullerte ihre geröteten Wangen hinunter. Diesmal blieb sie an ihrem gehobenen Mundwinkel hängen, ehe Beatrice sie wegwischte.

»Also, erzähl, Kindchen, ich höre dir zu.«

Ich ahnte zu der Zeit bereits, dass es etwas mit der stürmischen Liebe zu tun hatte, die ich einige Wochen zuvor beobachtet hatte, aber das sollte sie mir selbst sagen.

»Vor zwei Monaten habe im Pub einen Mann kennengelernt.« Ihre Augen wurden glasig, als sie in die Vergangenheit abdriftete. Neugierig beobachtete ich sie bei ihrer Erzählung. »Er sprach mich an, ob er mir einen Drink spendieren dürfe. Ich sagte nicht nein, und wir kamen ins Gespräch.«

Sie hielt inne, als überlegte sie, was sie mir davon alles erzählen konnte. Ein kurzer Blick zu mir bestätigte ihr scheinbar, dass ich ihr weiterhin aufmerksam zuhörte. Dennoch schwieg sie.

»War er ein Paranormaler?« Es war der einzige Grund, der mir einfiel, warum sie in diesem Moment zögerte.

Sie schüttelte entschieden den Kopf. »Nicht dass ich wüsste. Zumindest ist mir nichts an ihm aufgefallen, was darauf hindeuten würde.«

»War er dann ein Magier?«

Ins Ye Old Cheshire Cheese gingen eigentlich nur Paranormale, Magier und Vigilanten. Alle anderen fühlten sich in dem Pub unwohl. Es war der einzige Ort, an dem sich beide Seiten trafen, ohne aufeinander loszugehen. Das lag vor allem an dem Besitzer. Er hatte keine magischen Kräfte und war auch kein Paranormaler, aber irgendwie war es ihm gelungen, einen Ort zu erschaffen, an dem sich beide Seiten verstanden. Wer gegen seine Hausregeln verstieß, wurde knallhart des Pubs verwiesen und verlor somit die einzige Örtlichkeit, in der man ungestört außerhalb des Ordens über Magie und paranormale Probleme sprechen konnte.

»Nein, ach so, es war nicht das Ye Old Cheshire Cheese, in dem ich damals war. Es war ein Pub in der Innenstadt.«

»Warum zögerst du dann?« Wenn er kein Paranormaler war, konnte ich mir keinen Grund vorstellen, warum sie mir nichts von ihm erzählt hatte.

»Es war die Art von Gespräch, die man normalerweise nicht mit einem Nichtmagier führt. Verstehen Sie das, Lady Kaitlin?«

»Um ehrlich zu sein, nein. Mein letztes richtiges Gespräch mit einem Nichtmagier muss gute zwei Jahre her sein.« Es war eine entfernte Cousine des nichtmagischen Teils meiner Familie, für den ich als verschroben und zurückgezogen galt. Eine alte Jungfer, die man nicht mehr verbessern würde.

Beatrice seufzte.. »Er hat mit mir über die Magie des Lebens gesprochen, als wüsste er genau, dass Magie existiert.«

»Bist du sicher, dass er kein Magier eines anderen Ordens ist?«

Beatrice nickte. »Als ich ihn fragte, ob er an Zauberei glaubte, lachte er mich aus. Aber abgesehen davon, war es das interessanteste Gespräch, das ich seit langem geführt habe.« Sie stockte. »Abgesehen natürlich von den Gesprächen mit Ihnen.«

Ich hob amüsiert eine Augenbraue. »Gespräche mit einem jungen, attraktiven Mann sind immer interessanter als Gespräche mit einer älteren Frau.« Bevor sie widersprechen konnte, hob ich die Hand und hielt sie damit auf. »Aber das erklärt nicht, warum du hier wie ein Häufchen Elend auf meinem Sessel sitzt.«

Beatrice nestelte an der dünnen Jacke, die sie trug. Vermutlich hatte sie sich in der Nacht nicht umgezogen, denn die Kleidung an ihrem Körper sah aus, als ob sie auf eine Party hatte gehen wollen.

»Na ja, wir haben uns ineinander verliebt. Er war einfach ein besonderer Mann. Seine Ausstrahlung war stärker als die Sonne selbst, und wenn er lachte, hatte ich das Gefühl, dass er jede Zelle meiner Haut zum Tanzen brachte. In seiner Nähe fühlte ich mich einfach wohl.«

»Hört sich an, als wäre es eine leidenschaftliche Beziehung.« Ich erinnerte mich an den Kuss der beiden, als ich ihr in einer Nacht gefolgt war. Ein Paar, das sich verliebt hatte und eben diese Liebe auslebte.

»Das war es.« Ein herzerwärmendes Lächeln trat auf ihre Lippen. Ich fühlte die Liebe, die sie in diesem Moment durchflutete. Doch gleich darauf verzerrte der Schmerz ihr Gesicht, und sie fing an zu weinen. »Wir haben uns geliebt. So sehr, dass es wehtat, wenn ich nicht bei ihm war. Es war, als ob er etwas ausstrahlte, das nur ich sehen konnte und nur für mich gedacht war. Ein Leuchten, das aus seinem Herzen selbst kam. Aber dann …« Beatrice hielt inne und schluchzte.

Ich setzte mich auf die Armlehne ihres Sessels, nahm sie fest in den Arm und streichelte ihr über den Rücken. Meine Mutter hatte das bei mir gemacht, wenn es mir als Kind schlecht gegangen war. Es hatte mir immer geholfen, und ich hatte mich besser gefühlt. Vielleicht konnte ich dieses Gefühl nun auch auf Beatrice übertragen.

»Was ist dann passiert, Beatrice?« Reden hat mir zwar nie geholfen, aber ich hatte auch noch nie Liebeskummer. Vor allem keinen, der mich so zu Tränen rührte, wie er es bei Beatrice tat.

»Ich weiß es nicht genau. Vor drei Nächten war noch alles in Ordnung. Wir haben uns getroffen und waren im Hyde Park spazieren. Für gestern Abend waren wir im Kino verabredet. Doch statt ihm taucht ein Freund von ihm auf und sagt, dass ich gehen und nie zurückschauen soll. Es wäre nie echt gewesen, was wir hatten, und ich solle nicht nach ihm suchen.«

Die Fröhlichkeit, die sonst immer ihr Gesicht verschönerte, war verschwunden. Stattdessen sah ich nur Hoffnungslosigkeit.

»Aber, aber Kindchen. Ich weiß, dass du das jetzt nicht hören möchtest, aber vielleicht ist es besser so. Du hast viele Aufgaben in den nächsten Jahren vor dir, und ein nichtmagischer Liebhaber ist neugierig. Er könnte für Probleme sorgen, die du dir nicht einmal ausmalen kannst.«

»Lady Kaitlin, wie können Sie so etwas sagen?« Sie stieß sich von mir weg und lief vor dem Sessel auf und ab. »Ich bin sicher nicht die Erste, die eine Beziehung mit einem Nichtmagier eingegangen ist. Und aus anderen Beziehungen sind auch keine Probleme entstanden.«

»Entschuldige, Beatrice.« Ich hob beschwichtigend die Arme, während ich auf den Sessel hinunterrutschte. So bequem er auch aussah: Die Lehne war nicht zum Sitzen gedacht. »Ich möchte nur nicht, dass du dich vor Trauer vergisst. Er ist ein Mistkerl, wenn er eine so schöne und intelligente junge Frau einfach sitzen lässt.« Lapidar wedele ich mit der rechten Hand und verdrehe die Augen. »Aber es ist sein Verlust. Und je eher du das einsiehst, umso schneller kannst du dich wieder auf die wesentlichen Dinge im Leben konzentrieren.«

Beatrice schüttelte entsetzt den Kopf. »Liebe ist etwas Wesentliches! Vergessen Sie das bitte nie!«, fauchte sie und verschwand in ihren Raum hinter der äußeren Bibliothek.

Kopfschüttelnd sah ich ihr nach, ehe ich mich dazu aufraffte, die Türen doch noch zu öffnen.

Die erste Zeit nach dem Verlust des jungen Liebhabers war Beatrice äußerst wortkarg. Ich erwischte sie dabei, wie sie ab und an verträumt in die Luft starrte, statt ihren Aufgaben nachzugehen.

Sie nahm mir meine Worte noch wochenlang übel, auch wenn sich ihr Verhalten mir gegenüber besserte. Ich hörte, dass sie nach dem Mann suchte, aber keinerlei Spuren zu ihm fand. Es schien, als wäre er einfach vom Erdboden verschluckt worden. Meine beste Vermutung zu diesem Zeitpunkt war, dass er das Land verlassen hatte.

Auf meine Nachfragen hin, wer er gewesen ist, antwortete Beatrice nur ausweichend. Nicht einmal seinen Namen wollte sie mir preisgeben. Als hüte sie einen Schatz, der sich bei der Erwähnung seines Namens in Luft auflösen würde. Einfach platzen würde wie eine Seifenblase, deren äußere Hülle zu fragil geworden war, um sie noch einmal zu berühren.

Schließlich kam Beatrice zu mir. Zwei Monate später. Sie bat mich um ein Gespräch. Zuerst dachte ich, dass sie das Leben als Magierin aufgeben wollte, weil es sie zu sehr einschränkte in ihrer Liebe. Oder dass sie ins Ausland reisen möchte, um nach ihrem Liebhaber zu suchen. Doch die Wahrheit war ganz anders.

»Ich bin schwanger.« Beatrice wagte es nicht, mich anzuschauen. Warum sie das nicht tat, konnte ich nicht einmal sagen.

Ob es ihr unangenehm oder einfach nur peinlich war, wer wusste das schon. Die Nachricht selbst hatte ich jedenfalls nicht erwartet.

»Ist es von ihm?«, fragte ich sachlich, denn für Gefühle meinerseits war in solch einer Unterhaltung kein Platz.

Beatrice nickte.

»Möchtest du es behalten, oder ersuchst du meine Hilfe, um es nicht austragen zu müssen?« Ich wusste damals schon, dass ich für einige herzlos klang, aber ich war und bin eine pragmatische Denkerin. Mit dem Herzen zu entscheiden führte nur zu Problemen – wie ich anhand von Beatrice sehen konnte.

»Was? Nein!« Sie rief so laut, dass in der Bibliothek einige Studierende neugierig aufsahen. Beatrice senkte ihre Stimme. »Natürlich will ich es behalten. Auch wenn er verschwunden ist, so ist es ein Kind, das aus reiner Liebe hervorgehen wird.«

Ihre Augen strahlten voller Glück, und ich nickte. »Möchtest du denn weiterhin mein Lehrling sein?«

Röte stieg in Beatrice' Wangen und ließ sie leuchten. »Wenn ich darf, würde ich es gerne weiterhin bleiben. Die Bibliothek und Ihre Ausbildung bedeuten mir sehr viel.«

Einen Moment lang zögerte ich, doch dann lächelte ich. »Dann gratuliere ich dir zu einem neuen Lebewesen in dir. Ich hoffe, dass es ein gesundes und langes Leben führen wird.«

Ich nahm Beatrice in den Arm und drückte sie herzlich an mich. In diesem Moment hatte ich mich wirklich für Beatrice gefreut. Ein neues Lebewesen, das nicht in beiden Welten aufwachsen, sondern im Orden großwerden würde. Durch Beatrice' Ausbildung zur Bibliothekarin des Hermetischen Ordens würde dieses Kind die Außenwelt nur selten zu Gesicht bekommen, aber viel von Magie lernen. Ich freute mich schon darauf, diese Entwicklung mit zu beobachten.

Erst vier Monate später – Beatrice' Bauch wölbte sich bereits gut sichtbar unter ihren Blusen – kam mir ein Gedanke, der mich lange nicht mehr losließ. Mit der Schwangerschaft von Beatrice eröffnete sich mir eine neue Möglichkeit, die ich bis dahin nicht in Betracht gezogen hatte. Mit ihrer Schwangerschaft konnte ich meine Pläne umsetzen, ohne dass ich sie durchführen musste.

Ein perfider Plan erwachte an diesem Abend vor 26 Jahren in mir, von dem ich nur hoffen konnte, dass er keine schädigenden Auswirkungen auf das Kind haben würde.

KAPITEL 30

Sally

Der Bereich um die Golden Hinde ist geräumt, der Zugang über den Pickfords Wharf und die Cathedral Street sind mit Flatterband und einer Wache haltenden, weiblichen Bobby abgesperrt. Aber noch immer wimmelt es von Touristen, die im Old Thameside Inn und Café Nero vor dem kalten Wetter Zuflucht gesucht haben und nun neugierig ihre Hälse recken und Smartphones zücken. Ein Albtraum für die Geheimhaltung, wenn später überall Fotos der Leiche im Netz herumschwirren. Ich und die anderen Obscuras werden alle Hände voll zu tun haben, die Augenzeugen zum Vergessen zu bringen.

Der Nachbau der Galeone, mit der Sir Francis Drake die Weltmeere umsegelt hat, ruht als anachronistisches Artefakt eingepfercht in einem kleinen Kanal zwischen hohen Gebäuden und ist über eine Holztreppe begehbar. Bei ihrem Anblick fühle ich mich immer, als wäre ich durch die Zeit gefallen. Der aggressiv nach vorne ragende Bug mit der namensgebenden Galionsfigur, einer goldenen Hirschkuh, ragt sprungbereit auf mich zu.

Inspector Kumar hilft uns, die Schaulustigen einzudämmen. Und auch Caleb schwirrt hier noch irgendwo herum.

Bei unserem kurzen Gespräch habe ich mich total versteift und war wie gelähmt. Obwohl mir klar war, dass ich ihm irgendwann begegnen werde, fällt es mir schwerer als gedacht, seine Anwesenheit zu ertragen. Zum Glück kam mir Tom unerwartet zu Hilfe. Der gute Tom hat gemerkt, dass zwischen mir und Caleb etwas nicht stimmt, und mich von ihm weggezogen.

Er drückt aufmunternd meine Schultern mit seinem Arm, den

er noch immer um mich gelegt hat. »War ein ziemlicher Schock für dich, so einen Werwolf vor dir zu sehen, hm?«

Ich nicke abwesend. »Ja, das war sehr schlimm.«

»Aber nun ist es vorbei. Vergessen wir diese unglückliche Nacht und konzentrieren uns auf das, was vor uns liegt.«

Tom deutet auf das Areal rund um die Golden Hinde. Er hat den Kragen seines Wollmantels lässig hochgestellt und sieht in seinem grauen Hemd und Anzug aus, als wäre er auf dem Weg zu einem Date in einem teuren Restaurant.

»Der Francis-Drake-Verschnitt da drüben hat die Leiche gefunden«, sagt er und deutet auf einen Mann in voller Piraten-Kostümierung, der am Tickethäuschen steht, wo er normalerweise die Touristen empfängt. Er wird gerade von einem Vigilanten und einer Obscura vernommen. Es wimmelt hier vor Ordensmitgliedern, alle in Zivilkleidung oder als Ordnungshüter getarnt.

»Er hat zum Glück nicht viel gesehen, die Leiche ist zwar übel zugerichtet, aber für den Augenzeugen sah es so aus, als hätte sie schon länger im Wasser gelegen und wäre von Fischen angefressen worden. Er geht davon aus, dass der Mann die Golden Hinde besucht hat und angetrunken ins Wasser gefallen ist.«

»Sollen wir uns die Schaulustigen in dem Café vornehmen?«

»Ja, das sollten wir. Sie haben alle einen Blick auf die Leiche werfen können.«

»Was glaubst du, hat den Mann im Wasser angegriffen? Oder wurde er woanders getötet und dann in den Fluss geworfen und hier angespült?«

»Das wissen wir noch nicht, daher die Vorsicht. Wenn er hier getötet wurde, dann ist der Angreifer vielleicht noch in der Nähe. Wir wissen auch noch nicht, womit wir es zu tun haben. Victoria lässt jedenfalls die Boote besetzen und den Fluss absuchen.«

Tom deutet auf die Schleusentore der Goldenen Hirschkuh, die aufgrund des hohen Wasserstands zur Themse hin geöffnet sind, wo ein paar Vigilanten ein Boot bereitmachen. Das dunkle

Wasser der Themse drückt gegen die Spundwand. Victoria Bannister trägt wieder ihren geliebten Burberry-Mantel, in dem sie aussieht wie eine taffe Geschäftsfrau, über einer weißen Bluse mit gewagtem Ausschnitt.

Mir schwirrt noch immer der Kopf von dem, was ich heute erfahren habe: dass Betty vielleicht tot ist und dass der Kelch aus Sir Henrys Büro entwendet wurde.

Wie so oft seit Aarons Tod spielen meine Finger mit dem Knopf in meiner Tasche, den ich als Erinnerung an Ben aufgehoben habe. Bei dem Anblick von Victorias Mantel fällt mir wieder ein, wo ich ihn gefunden habe und was das Logo auf dem Knopf zu bedeuten hat: ein Ritter auf einem Pferd. Das ist das alte Logo der Marke Burberry.

Ich starre zu Victoria Bannister hinüber. »Tom?« Meine Hand krallt sich in seinem Arm. »Ich muss dir etwas erzählen.«

Tom blickt mich überrascht an. »Was ist denn?«

»Ich kann dir vertrauen, oder?«

»Klar, was hast du?«

»Erinnerst du dich an den Tatort in der alten Fabrik in Limehouse, wo die beiden Teenager ermordet wurden? Dort habe ich etwas gefunden, aber es den Vigilanten verschwiegen.«

Tom sieht mich jetzt ernst an.

Ich senke meine Stimme. »Ich glaube, dass Victoria an dem Tatort gewesen ist, bevor alle anderen da waren.« Die Implikation, was es bedeuten würde, wenn der Knopf wirklich von Victoria Bannisters Mantel stammt, dämmert mir erst jetzt.

Tom bemerkt meine Aufgewühltheit, aber ich kann kaum in Worte fassen, was mir alles durch den Kopf schießt. Victoria Bannister, die Chefin der Vigilanten. *Steckt sie vielleicht hinter alldem?*

»Sie war da vor allen anderen, und sie hat gewusst, dass es im Nebenraum noch etwas zu finden gibt, und war sauer, als die Vigilanten nicht sofort das ganze Gelände abgesucht haben.«

»Wovon redest du?«

»Frag sie, wo sie diesen Knopf verloren hat«, sage ich und drücke ihm das Fundstück mit dem Burberry-Logo des eingeprägten Ritters in die Hand.

Tom runzelt verwirrt die Stirn und rollt den Knopf in seiner Hand. »Ich verstehe nicht …«

»Ich werde dir später alles genau erklären, aber mit den Tatorten stimmt etwas nicht. Da war kein Werwolf, weder in dem Reihenhaus noch in der alten Segel-Fabrik. Ich glaube, jemand hat es nur so aussehen lassen, als wäre dort ein Werwolf gewesen.«

»Und wer hat dann all die Menschen getötet?«

Mir wird eiskalt, die Erkenntnis, dass Victoria für die Morde verantwortlich sein könnte, schnürt mir die Kehle zu.

In der Menschenmenge an der Absperrung kommt Unruhe auf, von der Galeone hört man lautes Rufen. Wir sind hier nicht allein. Dutzende Ordensmitglieder schwirren in Hörweite über den Platz.

»Hier ist nicht der richtige Ort, um darüber zu reden.«

Tom nickt besorgt und sieht sich um, aber niemand scheint unser kleines Gespräch belauscht zu haben. »Sally, wenn das stimmt, was du sagst …« Doch Tom kommt nicht dazu, seinen Satz zu Ende zu führen.

Nicht weit von uns entfernt sehe ich Caleb in seinem lässigen Ledermantel am Aufgang zur Galeone. Er hat es scheinbar eilig, er stürzt auf einen Mann zu, der schwankend über das Deck der Golden Hinde gestolpert kommt. Der Mann ist klitschnass, und Blutstropfen breiten sich wie scharlachrote Blumen auf seiner vollgesogenen Kleidung aus, als hätte er Nadelstiche am Körper erlitten. Der Fremde bricht zusammen, und Caleb fängt ihn auf. Auch Tom hat es gesehen.

Er erfasst die Situation sofort. »Wir müssen das nächste Opfer vor den Blicken der Neugierigen abschirmen. Los, komm!«

Wir laufen zu Caleb und dem Verletzten. Der ist zusammengebrochen und murmelt etwas zu Caleb, das ich nicht verstehen kann.

»Er blutet, wir brauchen einen Magier zur Stabilisierung!«, zische ich Tom zu.

Tom starrt auf die Menschenmenge hinter der Absperrung und scheint, wie gebannt, auf etwas zu lauschen. Ich verstumme und spitze die Ohren, aber außer dem Raunen der Menschenmenge, den fernen Polizeisirenen und dem gelegentlichen Kreischen einer Möwe kann ich nichts wahrnehmen. Doch auch Caleb hat den Kopf gehoben, und der Mann in seinen Armen versucht aufzustehen, trotz seines schlechten Zustands.

»Bleiben Sie liegen«, versuche ich den Verletzten zu beruhigen, der mich aber ignoriert.

Caleb, Tom und alle anderen Vigilanten auf dem Platz haben innegehalten und scheinen irgendeiner Melodie oder Einflüsterung zu lauschen. Sie alle starren auf einen Punkt in der Menschenmenge.

Ich wirbele herum. Dort steht eine wunderschöne Frau in einem glänzenden türkisfarbenen Kleid, das über und über mit Pailletten bestickt zu sein scheint. Sie funkelt und glitzert in der Sonne, und ihr Haar hat einen ungesunden Grünstich. Sie hat die Aufmerksamkeit aller Männer auf sich gezogen, und die weibliche Bobby versucht verzweifelt, sie davon abzuhalten, die Absperrung aus Flatterband zu durchbrechen.

»Tom, wir brauchen einen Magier«, wiederhole ich. Er sieht mich kurz an, reagiert aber nicht.

Hektisch blicke ich mich nach Hilfe um.

Caleb erhebt sich wie in Trance neben mir, er scheint dem Ruf zu folgen, und sogar der verletzte Mann am Boden versucht mit letzter Kraft, zu der sirenenhaften Frau in der Menschenmenge zu gelangen.

Tom scheint bislang noch unschlüssig zu sein, doch nun will auch er auf sie zugehen.

»Tom? Tom! Nicht!«

Ich packe ihn am Arm, doch Tom scheint es nicht zu bemerken. Wie in Trance wankt er auf die Frau in dem glitzernden Kleid zu, die die Arme ausgebreitet hat, als wolle sie ihn empfangen. Ich stemme meine Füße in den Boden und versuche, ihn aufzuhalten, doch er schüttelt mich ab. Ich packe ihn erneut, zerre an seinem Wollmantel und rede auf ihn ein:

»Das ist ein Zauber. Tom! Sie verhext dich und alle anderen. Du musst das abschütteln!« Doch es ist zu spät, auch er steht nun unter ihrer Anziehung und nimmt mich gar nicht wahr.

Nur der große rothaarige Zac, der weiter entfernt am Bug der Galeone steht, blickt sich genau wie ich hektisch und verwirrt um. Unsere Blicke treffen sich.

»Sie ist dort drüben!«, rufe ich ihm zu und deute auf die Menschenmenge.

Zac folgt meinem ausgestreckten Arm, sein Blick sucht in dem Gedränge nach dem, worauf ich zeige, und bemerkt dann ebenfalls die unheimliche Frau, die die Arme wie eine Operndiva erhoben hat und zu singen scheint, obwohl ich nichts höre außer dem summenden Rauschen in meinen Ohren.

Zac runzelt die Stirn und greift nach seiner Glock, die er im Hosenbund unter der Jacke versteckt hatte. Aber es befinden sich auf dem kleinen Platz zu viele Menschen zwischen ihm und ihr, so dass er keinen Schuss riskieren kann.

Die Frau hat Zac entdeckt und verzieht wütend das Gesicht. Scheinbar hat sie aus irgendeinem Grund keine Macht über ihn. Boshaft lächelt sie ihn an, und für einen Moment blitzen scharfe Zähne zwischen ihren Lippen hervor. Dann taucht sie tiefer zwischen den Männern ab, die sie umschwärmen, so dass ich sie nicht mehr sehen kann.

Zac steckt zwei Finger in den Mund und gibt einen schrillen Pfiff von sich, der Victoria alarmiert, die am anderen Ende des Platzes beim Heck der Golden Hinde ein Boot zu Wasser bringen lässt. Zac signalisiert mit zwei erhobenen Fingern einen Angreifer und deutet auf die Menschenmenge.

Victoria reagiert sofort, lässt die Taue vom Boot los und greift ebenfalls zur Waffe. Sie und Zac schwärmen aus und tauchen in der Menschenmenge ab.

Ich weiß nicht, was ich tun soll, Caleb strebt hinter Tom auf die Quelle des Banns zu, und ich habe nichts, um sie davon abzuhalten. Auch der verletzte Mann am Boden kriecht in diese Richtung. Er zieht eine Spur aus Blut hinter sich her und wird es nicht überleben, wenn er so weitermacht.

»Caleb, hilf mir«, flehe ich, doch Caleb schaut mit verzücktem Blick und einem seligen Lächeln in die Ferne. Ich packe ihn am Kragen und verpasse ihm eine Ohrfeige, doch sein Lächeln verrutscht nur für den Bruchteil einer Sekunde, dann strebt er wieder wie in Trance vorwärts, weg von der Golden Hinde.

Das Wesen hat ihn in seinem Bann, und ich kenne nur eine einzige Methode, wie man Magie aufhebt. Aber mein Scopae liegt im Wagen, und ich bezweifle, dass er in diesem Fall helfen würde.

Hinter Caleb ändert der schwerverletzte Mann seine Richtung und kriecht nun auf das Wasser zu. Wenn ihn niemand aufhält, wird er in das Becken der Golden Hinde fallen und ertrinken.

Ich schmeiße mich auf ihn und versuche mit ganzer Kraft, ihn davon abzuhalten, sich in das dunkle Themsewasser unter dem Kiel der Galeone zu werfen.

Er wehrt sich und ruft verzweifelt: »Ich muss zu ihr!«

Aus dem Augenwinkel sehe ich, wie Zac und Victoria auf einen Punkt zustreben und für einen Moment das Glitzern des Kleides aufblitzen. Dann knallt ein Schuss, und kurz darauf hallt ein schrilles, unmenschliches Kreischen von den Gebäuden wider.

Der Bann scheint gebrochen. Ein Tumult bricht aus, die Menschenmenge sprengt auseinander, und ich sehe Zac mit einem Wesen ringen, das nur aus Klauen und sich schnell windenden Gliedmaßen zu bestehen scheint. Ich unterdrücke einen Schrei, als das Biest ihn zu Boden reißt.

Kurz darauf beginnt neben mir das dunkle Wasser Wellen zu schlagen, und Gischt spritzt mir eisig ins Gesicht, als wäre auch die Themse in Aufruhr.

Der verletzte Mann in meiner Umklammerung schreit: »Ich muss ins Wasser!«, und versucht, sich in die Wellen zu stürzen.

Mit ganzer Kraft ringe ich ihn wieder zu Boden, doch wir rutschen an die Betonkante des Hafenbeckens, und ich drohe, jeden Moment in den nassen Abgrund zu stürzen.

KAPITEL 31

Caleb

Es ist wie ein Schleier, der sich mit einem Mal lüftet. Ein Knall hat den wertvollen Frieden zerstört. Wo eben noch Glückseligkeit herrschte, das Gefühl, warm und geborgen zu sein, die perfekte Partnerin und Beziehung zu haben und mich in ihrer Schönheit und ihrer Liebe zu verlieren, bleibt nach einem kurzen Moment der Desorientierung nur noch ein Katergefühl, das seinesgleichen sucht und von Bedauern und Wut genährt wird. Der Wunsch, diese engelsgleiche Stimme erneut singen zu hören, beherrscht mich. Ich würde für einen einzigen Ton alles geben, aber sie ist verstummt.

Nur ein paar Momente später wird mir klar, dass ich diesem Gesang ebenso verfallen war wie all die Männer, die nun langsam aus ihrer Verzückung erwachen, und dass der Knall ein Schuss gewesen sein muss.

Ein Wasserwesen, hat der Doc gesagt. Auch er ist nicht vom Gesang verschont geblieben und sitzt noch mit geschlossenen Augen und entrücktem Gesichtsausdruck neben der gruselig zugerichteten Leiche, als würde er diese gar nicht mehr wahrnehmen.

Es hat so gut wie jeden Mann hier am Dock erwischt, auch in den Cafés und bei den Schaulustigen kann ich sehen, dass sie dem Gesang verfallen sind. Eine Frau hält an einem der Fenster im zweiten Stock gerade mit einer weiteren einen Mann auf, der schon ein Bein über die Fensterbank geschwungen hat und bereit ist, hinunterzuspringen.

Aber es gibt auch ein paar wenige Männer, die nicht betroffen sind. Tom scheint die Orientierung schon wiedererlangt zu haben, und Zac wirkt gar nicht beeinträchtigt. Er scheint immun gegen den Gesang zu sein.

Ich sehe, wie Zac von einem Wesen angegriffen wird, das so schnell ist, wie ich es noch nie gesehen oder erlebt habe. Sein Angreifer scheint immer aus einer anderen Richtung zu kommen. Es ist eine feucht schimmernde, grau-grüne Erscheinung, sehr schlank und agil. Zac knallt hart auf den Boden. Ich meine, kurz eine riesige graue Schwanzflosse zu sehen, bin mir aber erst beim zweiten Blick sicher, dass es sich bei dem Wesen um eine Sirene handelt.

In Ufernähe entdecke ich Sally, die verzweifelt den verletzten Mann, der vor kurzem noch bei mir gewesen war, von einem Sprung ins kalte Wasser der Themse abzuhalten versucht. Sie liegt auf ihm: eine winzige Frau, die das Unvermeidliche verhindern will.

Aus irgendeinem Grund ist die Sirene noch immer angestachelt, denn anstatt sich ins Wasser zurückzuziehen, ist das Wesen an Land und greift nun Zac erneut an, der sich wieder aufgerappelt hat und ihm gekonnt Paroli bietet.

Irgendetwas hält die Meerfrau bei der Golden Hinde. Es ist keinerlei Fluchtinstinkt zu erkennen, im Gegenteil, ich höre ein gruseliges, kratziges Fauchen, das wütend und angriffslustig klingt, wie Krallen auf einer Schiefertafel.

Ich stehe zwar nicht mehr unter dem Bann der Sirene, bin aber noch lange nicht wieder zu hundert Prozent fit und auch aufgrund der noch bestehenden Handicaps durch den Kampf mit dem Werwolf nicht so schnell, wie ich gerne sein möchte. Zac scheint inzwischen allein zurechtzukommen, weshalb ich mich entscheide, die kürzere Distanz zu wählen und Sally zu helfen.

Tom, der sich ein wenig schneller von der Gesangsdarbietung erholt hat als ich, rennt an mir vorbei zum Wasser und zu Sally – sicher, um ihr zu Hilfe zu eilen. Mir fällt jeder Schritt schwer, und meine Rippen protestieren, als ich einen Zahn zulege, um ihn einzuholen. Es erscheint mir langsam so, als wäre ich für Paras und ihre Auswirkungen eine Art willkommenes Opfer, anstatt der Jäger zu sein, den ich in mir gern sehen würde.

Erst ein Werwolf, jetzt ein Fischwesen! Himmel, ich will Karriere machen bei den Vigilanten und schaffe es bisher nur, als abschreckendes Beispiel zu dienen!

Trotzdem beeile ich mich, die restliche Distanz zu verringern. Tom und Sally halten mittlerweile gemeinsam den am Boden liegenden Mann fest. Sie befinden sich nun fast auf der Höhe des Schleusentors. Der Mann wehrt sich wie ein Berserker und schreit, dass er ins Wasser muss. Sein Oberkörper schwebt über der Kaimauer, und obwohl die beiden ihn zurückzerren, schafft er es, seinen Körper immer weiter über die Dockwand zu schieben.

Aus dem Augenwinkel kann ich kurz Victoria erkennen, die alle Hände voll zu tun hat, mit einigen Vigilanten und Bobbys die aufgebrachten Menschen unter Kontrolle zu halten, die versuchen, mit aller Gewalt zur Hinde zu gelangen, und sich jetzt auch nicht mehr von einer Flatterbandabsperrung abhalten lassen wollen. Von ihnen ist keine Hilfe zu erwarten, ihre Situation ist genauso brenzlig wie die bei Tom und Sally. Dutzende Männer, die sich ebenfalls in die Fluten stürzen wollen, versuchen, die wenigen Magier und Vigilanten zu überrennen. Aus den wartenden Touristen ist ein aufgebrachter Mob geworden.

Ich kann spüren, dass einige der Magier Zauber vorbereiten. Nicht alle unserer Leute sind wieder einsatzfähig, viele stehen noch unter dem Bann des Gesangs der Sirene, denn nichts anderes hat zu all dem hier geführt und ist für die Verwirrung und Orientierungslosigkeit verantwortlich.

Nicht nur Tom, sondern auch Zac, der gerade an mir vorbeirennt, scheint deutlich fitter zu sein als ich. Zac übernimmt Toms Stelle und ringt gemeinsam mit Sally den Mann nieder, der weiter unaufhaltsam versucht, ins Wasser zu gelangen.

Tom zieht seine Waffe und hält sie im Anschlag. Angespannt sieht er auf das aufgepeitschte Wasser. Kurz taucht eine Flosse auf, und ich begreife, dass die Sirene sich wieder in ihr Element zurückgezogen hat.

Sally liegt noch immer auf dem Besessenen und redet auf ihn ein, während Zac die Beine des Kerls umklammert und ihn mit Mühe an Ort und Stelle halten kann. Die Muskeln an Zacs Nacken treten deutlich zu Tage, und es ist klar, dass er nicht mehr lange durchhält. Der Mann scheint Bärenkräfte zu entwickeln bei dem Versuch, die Sirene zu erreichen, die er im Wasser entdeckt hat.

Die drei brauchen Hilfe. Denn mit Sicherheit ist es im Moment auch nicht besonders ratsam, so nah am Wasser zu sein. Normalerweise ist es im Dock ruhig, doch jetzt schlagen die Wellen fast wütend gegen die Wände und die dunklen Planken der Hinde.

Ich kann mir denken, was dafür verantwortlich ist: die Sirene. Sie hat sich nicht über den Fluss davongemacht, sondern ist immer noch im Dock und wartet in den Tiefen auf ihre Opfer. Irgendetwas muss sie hier halten, ansonsten wäre sie längst geflohen, denn nicht mal die Anwesenheit von Magiern und Vigilanten konnte sie von ihrem Gesang abhalten. Vielleicht ist sie auch verletzt, immerhin ist ein Schuss gefallen.

»Lasst mich zu ihr«, brüllt der Mann, und ich bin fast bei Zac, um ihm und Sally zu helfen, den Mensch vom Wasser wegzuzerren und außer Gefahr zu bringen.

Sieht Sally denn nicht, in welche Gefahr sie sich bringt?

Wieder einmal komme ich zu spät. Meine Fingerspitzen berühren gerade noch einen Teil von Zacs Hosenbein, als ihm der Mann aus den Fingern gleitet. Ich höre Sallys erschrockenen kleinen Schrei, als die Schwerkraft sie und den unter ihr blutenden und noch immer wie ein Berserker kämpfenden Mann in die Themse befördert.

Die Wellen verschlucken die beiden. Zac hechtet ohne nachzudenken hinterher, ebenso wie ich. Das Wasser ist trübe, kalt und fühlt sich wie tausend kleine Nadelstiche an. Meine Kleidung saugt sich sofort voll, das Gewicht drückt mich unter Wasser. Mühsam befreie ich mich von meinem Mantel und sehe mich um, kann aber weder Sally noch Zac entdecken, die Wellen des Flusses sind immer noch viel zu aufgepeitscht. Mir ist bewusst, dass ich mich – wie die anderen auch – jetzt im Revier eines Raubtiers befinde, das uns haushoch überlegen ist.

Neben mir taucht eine schwarze Lederjacke auf und kurz darauf Zac, dessen rotes Haar ihm strähnig ins Gesicht hängt. Er sieht sich panisch um und taucht sofort wieder unter, offensichtlich hat er etwas entdeckt.

Ohne darüber nachzudenken, folge ich seinem Beispiel, aber ich kann unter Wasser nichts sehen, es ist eine graue Brühe, und die Sichtweite beträgt maximal einige Zentimeter.

An mir schießt etwas extrem schnell vorbei, und ich werde förmlich gegen die Bordwand der Hinde geschleudert.

Es gelingt mir, aufzutauchen. Zac ebenfalls, den sich wehrenden Mann im Schwitzkatzen, der aber nur noch schwach versucht, sich gegen ihn zu behaupten.

Verflucht, wo hat er Sally gelassen?

Ich tauche erneut unter und versuche, sie zu finden. Es ist mir egal, dass ich damit für die Sirene geradezu auf dem Präsentierteller sitze.

Ich sehe nur wenig. Erneut schwimmt etwas pfeilschnell an mir vorbei. Das Wasser um mich herum färbt sich rot. Die Sorge um Red und um Zac, der noch nicht aus dem Wasser sein kann, explodiert in mir, und meine Lunge schreit nach frischem Sauerstoff.

Ich tauche auf, erreiche die Wasseroberfläche und kann sehen, wie Tom gerade Zac an Land zieht. Er blutet stark, bewegt sich aber noch. *Verflucht.*

Der Mann ist weg, und ich hoffe, dass das Blut im Wasser nicht von Sally stammt.

Tom sieht mich und deutet vor die Hinde, ich weiß nicht, was er will, und wende den Kopf. Kurz blitzt in dem aufgewühlten Grau vor mir etwas Rotes auf, bevor es wieder unter Wasser verschwindet. Ich hechte dorthin und tauche unter. Panisch versuche ich, irgendetwas zu erkennen oder zumindest etwas zu fassen zu bekommen. Nach kurzer Zeit brennt meine Lunge wie Feuer, und ich weiß, ich sollte auftauchen. Aber mein Ehrgeiz, Red zu finden, hält mich unter Wasser.

Etwas Glänzendes blinkt vor mir auf. Ich spüre den Sog, den das Wasser hat und der mich tiefer in die Wellen zieht. Wild schlage ich mit den Händen um mich und bekomme etwas zu fassen, was sich wie Haare anfühlt. Einen Wimpernschlag lang fürchte ich, die Sirene erwischt zu haben. Trotzdem ziehe ich es zu mir – es könnte Sally sein, sie hier unten zu verlieren ist keine Option.

Ein lebloser Körper steuert direkt auf mich zu, und allein das rote Haar, das ich nun erkennen kann, sorgt für eine kurze Erleichterung.

Ich versuche, aufzutauchen, meine Hand fest um die Haare der Frau geschlungen, die ich nicht den Wellen überlassen werde. Als ich mit dem Kopf endlich durch die Wasseroberfläche stoße, bin ich ein gutes Stück vor der Hinde, nahe am Schleusentor.

»Caleb, raus da«, höre ich Zac brüllen, aber erstmal ziehe ich Sally zu mir.

Sie treibt wie eine Puppe auf mich zu und ist bewusstlos. Ich kann nicht erkennen, ob sie noch atmet. Mit einem Arm umschlinge ich ihre Taille und sorge dafür, dass ihr Kopf über Wasser bleibt. An ihrer Schläfe entdecke ich eine Beule und Blut, vielleicht ist sie gegen die Dockmauer oder das Schiff geknallt. Ihre Haut ist bleicher, als ich es von ihr kenne, ihr Porzellanteint schimmert nahezu unnatürlich, und die lila Schatten unter den langen Wimpern sind auch beunruhigend.

Wie lange sie wohl schon ohne Bewusstsein ist, und wie lange war sie unter Wasser?

Ich habe kein Zeitgefühl, aber ich muss sie an Land bekommen. Sie liegt leblos an meiner Brust, während ich mühsam auf Zac und Tom zu paddele. Meine nasse Kleidung ist tonnenschwer, das Katana hängt noch in der Halterung an meinem Rücken und ist ebenfalls hinderlich, meine Schuhe fühlen sich wie Beton an, aber ich habe auch keine Möglichkeit, mich ihrer zu entledigen.

Viel zu langsam bewege ich mich auf das rettende Land zu. Ein Schuss ertönt, und in dem aufgepeitschten Flusswasser platscht es. Die Kugel schlägt ein gutes Stück vor mir und Sally im Wasser ein. Ich versuche, schneller zu schwimmen, wobei ich Sally fest umklammere und nur mit den Füßen gegen das Wasser und den Sog ankämpfen kann.

Ein Platschen dicht hinter mir sorgt für einen kurzen Schreckmoment, aber im nächsten Augenblick ist Zac neben mir im Wasser, leichenblass und noch immer aus einer Schulterwunde blutend. Offenbar hat die Sirene ihn gebissen. Dennoch hilft er mir, Sally zur Dockwand zu bringen, während Tom von Land aus ins Wasser feuert.

Ich hoffe, es ist prophylaktisch und nicht, weil die Sirene versucht, uns anzugreifen. Nichtsdestotrotz ist es beängstigend, wenn um einen herum Silberkugeln ins Wasser peitschen, während man um sein Leben kämpft.

»Hilf mir«, keuche ich, als wir die Dockwand erreichen, aber weder Zac noch ich haben die Kraft, Sallys Körper hochzuwuchten und über die Kante zu bekommen.

Tom, der über uns steht, sieht auf das Wasser. Es kostet ihn sichtlich Mühe, sich auf uns zu fokussieren. Endlich greift er zu und zieht Sally nach oben.

»Sie atmet nicht«, höre ich ihn sagen, doch bevor ich mir darüber Sorgen machen kann, verschwindet Zac neben mir gurgelnd in den Fluten.

Ich tauche unter und kann ihn packen, aber etwas zieht ihn tiefer in die kalten Fluten. Die Sirene hat den einen Moment abgewartet, in dem wir unachtsam waren.

Blut mischt sich ins Wasser, noch mehr als zuvor. Zac schlägt um sich, und obwohl alles sehr schnell geschieht, kann ich die Angst in seinen Augen sehen. Seine roten Haare schweben wie ein

Kranz um seinen Kopf, während Luftblasen und Blut sich zu einem Gemisch verbinden, das uns beide umhüllt.

Ich zerre Zac nach oben, irgendetwas anderes versucht, uns nach unten zu ziehen. Genauso plötzlich, wie es angefangen hat, ist der Sog weg, und wir schießen nach oben wie ein Kronkorken aus einer Sektflasche. Keuchend und nach Luft ringend halten wir uns über der Wasseroberfläche. Jetzt muss ich Zac stützen, der mit seinem zweiten Tauchgang endgültig genug eingesteckt hat.

Noch immer ist keine Verstärkung gekommen, vermutlich dauert es länger, die aufgebrachte Menge zu beruhigen. Auch Tom kann ich nicht entdecken, aber ich sehe eine kleine metallene Steighilfe in der Dockwand und deute darauf.

Zac nickt mit schmerzverzerrtem Gesicht, und wir schwimmen zum Aufstieg, so schnell wir können. Es sind nur ein paar Meter durch das immer noch gurgelnde Wasser, das seinem Unmut gegen uns und die Hinde Luft zu machen scheint. Zac lasse ich vor. Er zieht sich mühsam hoch, während ich misstrauisch ins Wasser sehe und doch weiß, dass ich unterlegen bin, sollte sie noch einmal angreifen, bevor wir an Land sind, zumal Tom nicht mehr als Überwacher am Dock steht – ich hoffe, er kümmert sich um Sally.

Ich bin froh, als ich Zac endlich aus dem Wasser folgen kann. Ich bin mir sicher, dass das Meerwesen noch immer bei der Hinde ist. Den verletzten Mann haben wir an sie verloren.

Keuchend bleibe ich kurz oben auf dem Boden liegen und huste los, Zac liegt auf dem Rücken und starrt in den Himmel, ebenfalls schwer keuchend und bleich.

»Geht's?«

Zac nickt nur, allerdings kann er die Schmerzen kaum verbergen. Mehrere Bisse, wie bei dem Toten und dem zweiten, nun verschwundenen Mann, musste er einstecken, so viel kann ich sehen. Aber er ist nicht lebensgefährlich verletzt und atmet noch, im Gegensatz zu Red.

Sally!

Mein Kopf fährt herum, und ich sehe, wie Tom, über die kleine, zarte Gestalt der Obscura gebeugt, eine Mund-zu-Nase-Beatmung durchführt.

Es mag albern klingen, aber jeder Vigilant durchläuft eine Erste-Hilfe-Ausbildung, um genau für solche Situationen gerüstet zu sein.

Ich starre entsetzt auf das Geschehen vor mir und sehe dann hinter Tom, wie die Sirene sich mit wutverzerrtem Gesicht aus dem Wasser zieht. Weder Zac noch ich sind in der Lage, einzugreifen, ebenso wenig die Vigilanten und Magier, die noch immer versuchen, die aufgebrachte Menge in den Cafés und vor der Absperrung unter Kontrolle zu bringen.

Die Gestalt schiebt sich wie eine Schlange über den Boden auf Tom zu und gibt wütend zischende Laute von sich, die ich nach einem Moment der Verwirrung verzerrt, aber deutlich verstehen kann.

»Du! Küüüüsssssst! Sie! Sie! Du hasssssst gesagt, du liebsssssst mich«, zischt das Wesen, während es sich wie ein tödlicher Wurm mit messerscharfen Krallen an den schlanken, mit Schwimmhäuten verbundenen Fingern über den Boden vorwärtszieht.

Offensichtlich haben Meerwesen keine Ahnung von erster Hilfe.

Unvermittelt fängt Sally an, zu husten und Wasser auszuspucken. Ihr kleiner, schmaler Körper zittert und bebt.

Gott sei Dank, sie lebt!

Dummerweise ist sie noch nicht außer Gefahr, denn die Sirene schlängelt sich unaufhörlich näher. Die grünlichen Haare hängen strähnig über die weiß-gräuliche Haut, auf der noch vereinzelt glänzende Schuppen aufblitzen. Die Augen sind zu Schlitzen verzogen und funkeln Tom böse an, der erst, als er zwischen der dunkelgrauen Schwanzflosse den tödlichen Dorn entdeckt, bemerkt, welche Gefahr auf Sally und ihn zukommt. Er lässt von Sally ab und springt auf, bevor das Meerwesen ihn erreicht, das zischend innehält und auf einmal sehr traurig aussieht.

Bis auf die etwas zu großen Augen ist das fein gezeichnete Gesicht wunderschön. Als ich die Feuchtigkeit auf den Wangen des Wesens entdecke, die nicht dem Wasser der Themse geschuldet ist, wird mir klar, dass die Sirene weint. Und obwohl sie mich unter ihren Bann gezwungen, uns allen hier die Hölle heiß gemacht hat und ein weiterer Toter wahrscheinlich grade am Grund des Docks unter der Hinde im Wasser liegt, tut sie mir leid.

Auch Toms Gesicht ist verzerrt. Noch nie habe ich den immer gut gelaunten Tom so tief erschüttert gesehen, nicht einmal nach dem Werwolf-Angriff. Langsam, aber unaufhörlich, kriecht die Sirene wieder auf ihn zu. Tom geht ihr entgegen und entfernt sich von Sally.

Ich überbrücke die kurze Distanz zu ihr, sie hustet noch immer, und ihre Augenlider flattern. Sie hat keine Ahnung, wie nah sie der Gefahr war und noch immer ist.

Andererseits, wenn sie sich nicht eingemischt hätte, wäre das hier vielleicht ganz anders ausgegangen, und Zac und ich hätten sie nicht aus dem Wasser fischen müssen. Zac hätte sich nicht noch einmal dieser Gefahr ausgesetzt, nachdem er schon verletzt war! Dann würde auch der Mann vielleicht noch leben, und ich hätte mich voll auf die Sirene konzentrieren können!

Ich zerre Sally zu mir, sie wehrt sich, verwirrt und unbeholfen wie ein neugeborenes Kätzchen. Als ich sie fest im Arm halte, ziehe ich sie mit mir. Wir müssen raus aus der Gefahrenzone, weg von der Sirene.

Sally schmiegt sich nun an mich, was sich merkwürdig anfühlt. Meine Körperwärme und Nähe scheinen sie zu beruhigen. Sie wehrt sich nicht mehr, und ich kann uns noch ein Stück weiter aus dem Einflussbereich der Meerfrau bringen.

Dieses dumme Ding! Bringt sich in Gefahr, vollkommen unnötig, und setzt ihr Leben aufs Spiel, obwohl wir hier waren!

Tom beugt sich zu der Meerfrau, die vor ihm auf dem Boden liegt, auf einen Arm gestützt. Sie sieht zu ihm hoch, als wären die beiden die einzigen Wesen hier, obwohl um uns herum immer noch Verwirrung und Chaos herrschen und Blitzlichter aufleuchten, von Menschen, die Fotos von dem Fisch-Wesen machen, das vor einem Vigilanten kauert.

»Du hättest nicht nach mir suchen sollen«, höre ich Tom sagen, so leise, dass es außer mir und Zac bestimmt niemand hören kann.

»Aber ichchch liebe dichch«, murmelt die Gestalt und sieht ihn mit so viel Gefühl an, dass ich ihren Schmerz fast körperlich spüren kann.

Es mag an ihrem Zauber liegen, dem Nachklingen ihres Gesangs in mir, aber ich werde wütend auf Tom, der ihr das angetan hat. Sie hat es nicht verdient, so zu leiden, hat es nicht verdient, so behandelt zu werden. Sie ist wunderschön und ein sanftes, unschuldiges We…

Der Knall lässt alle herumfahren. Ich sehe, wie die Sirene ihren Mund überrascht öffnet. Ihr summender Gesang, der eben eingesetzt hat, ist so schnell verstummt, wie er begann. Der Schuss kam unvermittelt.

Tom lässt seine rechte Hand sinken, in der ich seine Glock sehen kann. Sein Gesicht ist vor Qual und Verzweiflung gezeichnet, er fällt vor der Sirene auf die Knie.

»Ich liebe dich auch, Aglaope«, murmelt Tom, während die Meerfrau grünliches Blut aus der Schusswunde in ihrer Brust verliert. Er hat ihr ins Herz geschossen, und dennoch klammert sie sich an ihn, zieht sich zu ihm hoch und sieht Tom dabei unverwandt in die Augen. Der grüne Blutfleck zwischen ihnen wird größer. Tom hält sie fest, seine Verzweiflung ist greifbar. Er wiegt sie sanft, Tränen laufen über sein Gesicht, während die Meerfrau in seinen Armen mühsam um Atem ringt.

»Sie stirbt.« Sally klingt zutiefst gequält.

Ich kann ihre Gefühle nachempfinden und versuche, meine eigenen zu unterdrücken. Das Wesen hätte Sally beinahe getötet,

Zac ebenso – und trotzdem schafft Sally es, Mitleid mit der Sirene zu empfinden.

»Ja, und das ist auch gut so!«, brumme ich, verwirrt und nicht überzeugt von meinen Worten, obwohl alles dafür spricht, dass ich im Recht bin:

Zac, schwer verletzt und blutend neben uns, Tom, der die sterbende Frau vor sich gequält ansieht, Sally, zitternd in meinen Armen, die knapp dem Tod entronnen ist. Dazu zwei Leichen, vermutlich sogar mehr als nur die beiden, und Vigilanten und Magier, die es gerade so schaffen, eine aufgebrachte Menschenmenge zu beruhigen, nicht zu vergessen die unzähligen Zeugen, die Bilder von dem Geschehen machen und deren Gedächtnis gelöscht werden muss.

Und an all dem war und ist diese Sirene schuld!

Der Kopf der Meerfrau fällt langsam zur Seite, und ihr Zauber stirbt mit ihr. Sie bleibt mit offenen Augen, strähnigen grünen Haaren und einem erstaunten Gesichtsausdruck tot in Toms Armen liegen, der ihr, verzückt und zugleich vollkommen geschockt, sanft übers Haar streicht. Seine Waffe liegt neben ihm am Boden, und sein Blick richtet sich nun auf das wieder ruhige Wasser der Themse. Ein einziger, qualvoller Laut kommt aus seiner Kehle, ein Schrei voller Pein und Schmerz, der mich ewig verfolgen wird.

Auch Sally schluchzt auf.

In mir macht sich Wut breit, weil ich nicht weiß, wie ich mit dieser Situation umgehen soll. Tom ist mein Freund, und sein Kummer erschüttert mich. Mit so etwas hat keiner gerechnet.

Zac neben mir stöhnt laut auf, bei dem Versuch, sich in eine sitzende Position zu bringen. Auch ich sollte aufstehen. Die Kälte zieht durch die nassen Kleidungsschichten in meine Glieder.

Ich rücke von Sally ab. Mühsam komme ich auf die Beine, während Sally mich verwirrt ansieht. Wut auf alles gärt in mir, ich kann nicht mal sagen, warum das so ist. Nur, dass ich keine Ahnung habe, warum sich diese Wut so unbändig anfühlt.

»Hättest du dich nicht eingemischt, wäre Zac nicht verletzt! Du solltest lieber bei deinem Staubwedel bleiben, Red, anstatt zu versuchen, mehr zu tun, als du kannst. Das alles ist deine Schuld!«, blaffe ich sie an und mache meiner Gefühlswelt Luft am denkbar ungeeignetsten Menschen im denkbar schlechtesten Moment. Aber allein das Gefühl, als ich dachte, sie wäre ertrunken, lässt mich nicht mehr los.

Sie sieht mich hasserfüllt an, während ich zu Zac trete, um ihm auf die Füße zu helfen.

Victorias kalte Stimme lässt mich aufschauen. Wie es scheint, ist die Lage endlich unter Kontrolle. Dennoch ist unsere Chefin wütend, wie ihr Tonfall verrät, mit dem sie ihre Anweisungen erteilt.

Sie sieht lädiert aus, ihr Burberry Mantel hat mehrere Risse, ihre Haare sind nicht mehr perfekt frisiert, und ihre Bluse ist verschmutzt. Auch sie hat gelitten und gekämpft, und es sieht nach einem schwer erkauften Sieg aus. Trotzdem ist keine Nuance Emotion in ihrer Stimme, als sie ihren nächsten Befehl erteilt:

»Mike, führen Sie bitte Tom Waringham ab, und stellen Sie ihn unverzüglich im Orden unter Hausarrest.«

Ich blende erschöpft alles um mich herum aus und starre zur Hinde, während ich mich frage, was das hier für den Orden und uns bedeuten wird. Was es für Tom bedeuten wird. Er hat sich mit einem Para eingelassen! Und das wissen nun alle.

FOLGE

10

KAPITEL 32

Caleb

Tom und ich stehen vor Sir Henrys Büro, er ist blass, aber gefasst. Mir ist ganz elend, irgendwie habe ich bei allem kein gutes Gefühl. Er steht seit vorgestern unter Hausarrest, was bedeutet, dass er in einer der Vigilanten-Wohnungen bleiben muss. Ich habe schon befürchtet, Victoria würde ihn in die Zellen sperren, sie ist fuchsteufelswild.

Die Zeugen-Bereinigung nach dem Drama am Doc der Hinde hat den ganzen gestrigen Tag gedauert. Die Obscura und Magier hatten noch alle Hände voll zu tun, genauso wie Squirrel, die bestimmt das halbe Polizeinetz manipulieren musste. Dass ausgerechnet ein Vigilant, und dazu noch der Kampfmeister, mit einem Para gemeinsame Sache gemacht hat, kursiert als Gerücht und Getuschel im gesamten Orden, auch wenn keiner es wagt, laut nach Tom oder den Umständen zu fragen. Er ist eine persona non grata geworden. Zudem steht er jetzt auch noch unter Verdacht, dem Werwolf geholfen zu haben.

»Es tut mir leid«, murmele ich, auch wenn ich nicht genau weiß, was mir leidtut: dass er sich in einen Para verliebt hat? Dass es aufgeflogen ist? Oder dass durch seine Schuld Menschen gestorben sind?

Das Schlimme ist, dass er für nichts davon etwas kann, aber ich habe die Befürchtung, dass man ihm alles davon zur Last legen wird. Zum ersten Mal ist mir bewusst, wie schmal der Grat zwischen richtig und falsch sein kann. Wie schwierig blinder Gehorsam ist, wenn die Regeln fehlerhaft sind.

Tom hat nur versucht, seinen Fehler auszubügeln, und damit gegen noch mehr Ordensregeln verstoßen. Am Ende ist er nun verantwortlich für den Tod von mehreren jungen Männern. Die Sirene wollte ihn auf sich aufmerksam machen, und letztendlich ist ihr Plan auch aufgegangen, aber der Preis war hoch.

Ich werfe Tom einen verstohlenen Seitenblick zu, den dieser natürlich bemerkt und mit einem knappen Kopfschütteln quittiert. Er will weder meine Sorge noch mein Mitleid oder mein schlechtes Gewissen. Er ist gefasst, und ich bewundere ihn für seine korrekte und würdevolle Haltung.

Der Kammerdiener von Sir Henry öffnet die Tür, obwohl wir noch gar nicht angeklopft haben, und deutet eine hochnäsige Verbeugung an, wobei er ein dünnes, nahezu bösartiges Lächeln in Toms Richtung sendet. Ich hätte nicht wenig Lust, dem Kerl eine zu verpassen, aber das würde auch nichts ändern und Tom nicht helfen. Doch es ist so offensichtlich, dass diesem blasierten Affen der Fall eines Vigilanten kein bisschen leidtut, im Gegenteil.

Wir treten ein, und ich sehe Victoria am Fenster stehen, Lady Kaitlin steht neben ihr, die Hand um einen eleganten Spazierstock mit Mondsteinknauf gelegt, wahrscheinlich ermüdet sie das lange Stehen. Trotzdem hält sie sich gerade und aufrecht. Sie steht der um einiges jüngeren Victoria in nichts nach, und instinktiv weiß ich, dass dies der einzige Grund ist, warum sich die Lady nicht setzt. Sie will Victoria etwas beweisen.

Ich nicke ihr zu, und ein kurzes, fast schelmisches Lächeln ist die Antwort. Wir tauschen einen Moment diese Erkenntnis, bevor sie ihren Blick auf Tom richtet.

Victoria trägt ihren Umhang wie eine Rüstung, zudem hat sie heute ihre Brille auf, ein randloses, strenges Modell. In ihrer Hand hält sie eine Akte, auf der Toms Name steht.

Sir Henry trägt ebenfalls seinen Umhang und hat deutliche Bartschatten. Er wirkt wie ein alter Mann, dem jemand vom Tod eines Angehörigen berichtet hat, tieftraurig und betroffen, als hätte er die letzten Tage nicht eine Stunde geschlafen. Aber mir entgeht auch nicht der kalte Blick aus seinen stahlblauen Augen, der Victorias in nichts nachsteht. Der Orden wurde gefährdet, und das nimmt Sir Henry mehr als nur persönlich.

Dass Lady Kaitlin hier ist, macht die ganze Sache beunruhigend offiziell, auch wenn Sir Henry jetzt freundlich auf die beiden Stühle vor seinem riesigen Schreibtisch deutet. Er selbst nimmt dahinter Platz, bittet Lady Kaitlin höflich, sich zu seiner Rechten in einen hohen Lehnstuhl zu setzen, der nicht in den Raum passt und offensichtlich nur zu diesem Zweck hergebracht wurde, und nickt dann Viktoria zu.

Victoria bleibt jedoch stehen. Sie dreht sich zu dem hohen Fenster hinter Sir Henry, die Akte lässig in der Hand, und lässt noch einen ganzen Moment verstreichen, ehe sie seufzt und sich uns zuwendet.

»Mr Waringham, Mr O'Connor, Ihnen beide werden schwere Verstöße zur Last gelegt. Sie sind hier zu einer offiziellen Anhörung bezüglich Ihrer Pflichtverletzungen.«

Sie schweigt, und ich bleibe erstarrt sitzen. *Ich bin ebenfalls im Visier dieses Tribunals? Wieso?* Ich hatte angenommen, als Zeuge anwesend zu sein, nicht als Beschuldigter.

Bevor ich jedoch protestieren kann, fange ich einen Blick von Lady Kaitlin auf und ein unmerkliches Kopfschütteln in meine Richtung. Mein Protest verstummt, auch wenn es mir schwerfällt, meine Einwände und meine Verwirrung für mich zu behalten. Wenn mich Lady Kaitlin, hinter Sir Henry die zweithöchste Macht des Ordens, so offen warnt, ist die Lage mehr als ernst.

Mein Herz klopft mit einem Mal viel zu schnell, und meine Gedanken rasen, während ich versuche, den Fehler in meinem Verhalten zu finden.

Victoria beendet das Schweigen mit einem schweren, sehr theatralischen Seufzen und wendet sich uns zu. Ihr Blick in Toms Richtung ist kalt, mir schenkt sie noch keine Aufmerksamkeit. Allein, dass sie sowohl Tom als auch mich mit Nachnamen angesprochen hat, sollte uns warnen.

»Mr Waringham, ich möchte Ihnen die Gelegenheit geben, eine Aussage zu machen. Es ist und war offensichtlich, dass Sie in der Situation eine zentrale Rolle gespielt haben. Der Orden würde von einer schnellen Klärung aller offenen Fragen profitieren, aber natürlich müssen Sie sich nicht selbst belasten.«

Als ob das so einfach wäre! Wir haben keine offizielle Rechtsprechung in der magischen Welt. Unsere höchste Instanz und die Schlichtungsstelle ist direkt vor uns. Und ein Blick in das nur oberflächlich beherrschte Gesicht von Victoria macht mir klar, dass unsere Verurteilung in ihren Augen schon erfolgt ist. Sie nimmt das Versagen der Vigilanten genauso persönlich wie Sir Henry den Angriff auf den Orden.

Wir sitzen richtig tief in der Scheiße!

Tom nickt knapp, er trägt eine schwarze Stoffhose, sein übliches weißes Hemd und ein schwarzes, legeres Sakko, aber im Gegensatz zu sonst wirkt er nicht wie aus dem Ei gepellt. Das Hemd ist verknittert, er hat sich nicht rasiert, und dunkle Schatten unter seinen Augen verraten mir, dass er die letzten zwei Tage während des Hausarrests auch nicht gerade entspannt hat. Sein humorvoller Charme ist einer ernsten und verhärmten Miene gewichen.

»Als Erstes möchte ich mich entschuldigen, der Vorfall mit ihr war meine Schuld.« Toms Stimme klingt rau.

Nach allem, was ich bei der Hinde mitbekommen habe, wundert mich diese Aussage nicht, aber Victoria ist nicht so einfach zufriedenzustellen. »Ihre Entschuldigung ist hier nicht vonnöten, Mr Waringham. Nur Ihre Aussage. Bitte erklären Sie uns, was zu dem Vorfall führen konnte und Ihre Verwicklung darin!«

Kurz ist es still, dann beginnt Tom mit erstaunlich gefasster Stimme zu sprechen.

»Ich war vor drei Monaten im Urlaub, ein Tauchurlaub auf den Malediven. Dort lernte ich Aglaope kennen. Ich dachte, sie wäre eine Einheimische, sie war nett, wir verstanden uns gut und verbrachten die Zeit miteinander. Ich mochte sie und dachte, sie würde mich vergessen. Vor zwei Wochen wartete sie dann vor meinem Apartment auf mich. Sie meinte, sie wäre zu Besuch und wolle Hallo sagen, und so nahmen wir unsere Beziehung wieder auf.«

Verwirrt höre ich, wie lange er schon mit der Sirene liiert war. Es ist Sir Henry, der die Frage stellt, die auch mir auf der Seele brennt.

»Wussten Sie, dass es sich bei Ihrer Bekanntschaft um eine Sirene handelte?« Sir Henrys Stimme lässt weder einen Vorwurf noch eine Verurteilung erkennen, und ich bewundere ihn für seine Beherrschung.

»Nein, erst als sie schon eine Woche hier war. Sie hat es mir gesagt. Sie wolle keine Beziehung, die auf einer Lüge aufbaut.«

Ich kann den Schmerz in Toms Stimme hören und verstehe jetzt auch, warum er so oft seine Schichten tauschen wollte und wer ihn außerhalb des Ordens so beansprucht hat. Ich wünschte, er hätte mit mir darüber geredet. Aber wenn er das gemacht hätte – hätte ich ihm überhaupt zugehört? Wäre ich für ihn da gewesen, oder wäre ich zu Victoria gelaufen, um die Verfehlung zu melden, wie es Vorschrift ist?

Ich wünschte, ich könnte darauf eine ehrliche Antwort geben. Jetzt würde ich Tom sofort beistehen und ihm Gehör schenken, aber noch vor ein paar Tagen wäre ich mit diesem Wissen überfordert gewesen.

»Warum sind Sie in diesem Moment nicht zu mir gekommen, wie es die Vorschriften vorsehen? Sie hätten uns sofort informieren müssen, dann hätten wir diese Situation bereinigt und dafür gesorgt, dass der Para die Verbindung vergisst«, zischt Victoria, und ich kann hören, wie böse sie ist, weil einer ihrer Protegés es gewagt hat, mit einem der ihr so verhassten paranormalen Wesen zu interagieren.

»Ich wollte aber nicht, dass Aglaope mich vergisst. Ich liebe sie. Liebte sie.« Als er sich verbessert, kann ich seine Verzweiflung und

Trauer hören und wie sehr ihn alles belastet. Trotz seiner Liebe hat er sie getötet, weil es seine Pflicht war und sie die Regeln verletzt hat.

Wie schwer muss es ihm gefallen sein, das zu tun?

»Was haben Sie getan?« Sir Henry stellt seine Frage ruhig und gelassen, und ich kann sehen, wie er Victoria einen Blick zuwirft, der diese zur Beherrschung mahnen soll.

Lady Kaitlin hört interessiert zu, auf ihrem Gesicht ist nur Bedauern und Traurigkeit zu sehen. Offensichtlich ist sie die einzige Person in diesem Tribunal, die ein wenig Mitleid mit Tom hat. Ihre Hand ruht auf ihrem Stock, und ihr Umhang, ein dunkelgrüner Samtumhang mit silbernen Ornamenten, lässt die alte Dame klein und winzig wirken. Sie ist eine Lady mit stets perfekt frisiertem weißem Haar und den feinen, aristokratischen Zügen des britischen Adelsgeschlechts, dem sie entstammt. Auf den ersten Blick mag sie harmlos wirken, eine ältere Dame, ein Bücherwurm, ständig in der Bibliothek anzutreffen und schon ein wenig schwach auf den Beinen. Sie wacht jedoch über die schwarzmagischen Folianten und hat mehr magisches Wissen, als mancher Magier sich vorstellen kann.

Tom sieht nicht auf, aber er antwortet auf Sir Henrys Frage. »Ich habe die Beziehung mit ihr beendet und sie angefleht, in ihr Zuhause zurückzukehren. Aber sie wollte nicht gehen. Also hielt ich mich von meinem Apartment und dem Wasser fern, um sie dazu zu bringen, mich zu verlassen.« Ich höre deutlich sein Bedauern.

Es ist Lady Kaitlin, die leise seufzt und mit ihrer sanften Stimme in die Unterhaltung mit einsteigt. »Sie war eine Sirene. Sie hatte Sie gewählt und sich festgelegt. Sie konnten das arme Ding gar nicht wegschicken. Ihre Zurückweisung hat sie bestimmt wütend und hilflos zurückgelassen. Sie waren Ihr Schwarm, im rudimentärsten Sinn des Wortes. Sie waren der Ort, der für dieses Geschöpf Sicherheit und Heimat bedeutete.«

Victoria schnaubt, und Tom sieht zu der Bibliothekarin, die seinen Blick voller Bedauern erwidert.

»Sie hätte nicht gehen können, selbst wenn sie gewollt hätte. Sie muss Sie sehr geliebt haben, Mr Waringham.«

»Unerheblich!«, zischt Victoria wütend und wird beim Reden zunehmend lauter. »Sie hätten uns informieren müssen! Sie hätten nach Erkenntnis Ihrer Fehleinschätzung die Sachlage offenlegen müssen. Unverzüglich sogar! Warum haben Sie das nicht getan?«

Tom schüttelt beinahe belustigt den Kopf, als wäre die Antwort auf diese Frage offensichtlich. Ich fürchte, sie ist es tatsächlich, und hoffe, er begeht nicht den Fehler und ist jetzt ehrlich. Eine Hoffnung, die er mit seinen nächsten Worten enttäuscht.

»Wir suchen uns nicht aus, wen wir lieben. Das Herz folgt keinen Gesetzen oder Vorgaben. Es folgt nur seinem Gefühl.«

Ich höre, wie Victoria entrüstet und geschockt einatmet.

»Sie wissen, was Sie gerade zugegeben haben? Und wie die Konsequenzen aussehen?«, fragt der Protector ernst, und Tom hebt den Kopf. Da ist ein Funke Trotz und Stolz in seinen Augen.

»Ja, das weiß ich. Und es ist das Einzige, was ich für die Frau, die ich liebe, noch tun kann. Zu meinen Gefühlen stehen. Ich habe sie getötet, weil sie den Frieden nicht gewahrt hat. Und jetzt erfahre ich, dass sie all das meinetwegen tat. Ich werde nicht mehr meine Gefühle für sie verleugnen, das schulde ich ihr.«

Kurz senkt sich erneut Schweigen über den Raum. Ich kann aus den Augenwinkeln Sir Henrys Diener sehen, der nur mit Mühe sein Interesse an der hier geführten Unterhaltung verbergen kann. Ich hatte seine Anwesenheit fast vergessen. Das Personal ist so diskret, dass man oft nicht daran denkt, dass sie überall und nirgends sind und über die Vorgänge im Orden oft mehr wissen als wir Vigilanten oder die Magier.

Vielleicht liegt da ja die Lösung des Rätsels um das Eindringen des Werwolfs verborgen. Fehlte nicht eine Obscura?

Bevor ich diesen Gedanken jedoch festhalten und weiter verfolgen kann, wendet sich Victoria mir zu. Noch immer steht sie wie ein Racheengel neben Sir Henry, Toms Akte fest umklammert, so fest, dass ihre Fingerknöchel weiß sind und man sehen kann, wie die Nägel kleine Male im Kartondeckel hinterlassen. Die Chefin der Vigilanten ist noch immer fuchsteufelswild.

»Gut, das führt mich direkt zu Ihren Verfehlungen in dieser Sache, Mr O'Connor«, ihre Worte verraten mir, wie sehr sie es genießt, die Kontrolle über die Situation zu haben.

Leider bin ich mir – außer maßloser Selbstüberschätzung – keiner Schuld bewusst. Aus diesem Grund erlaube ich mir auch, sie direkt anzusehen.

»Die da wären? Ich habe mir bei der Hinde nichts zuschulden kommen lassen, ich dachte, ich hätte meine Arbeit mit vollem Einsatz und zur Zufriedenheit des Ordens geleistet.« Meine Stimme klingt fest, und das erleichtert mich. Wenn ich ehrlich bin, ist die Nervosität in mir unerträglich, und ich habe keine Ahnung, worauf Victoria hinauswill. Oder was mir der Orden zur Last legt.

Victoria schlägt Toms Akte auf und holte ein Blatt hervor, das sie so auf Sir Henrys Schreibtisch legt, dass ich es sehen kann. Verwirrt erkenne ich den Dienstplan der letzten beiden Wochen.

»Sie haben mit Mister Waringham auf seine Bitte in den letzten zwei Wochen insgesamt acht Schichten getauscht, ist das richtig? Ohne es Ihrem Vorgesetzten zu melden«, es ist Sir Henry, der mit seiner ruhigen Stimme die Frage stellt.

Mir wird eiskalt. Ich hatte nicht gedacht, dass ausgerechnet diese Kleinigkeit heute zur Sprache kommen würde, und auch Tom sieht mich erschrocken und bedauernd an.

»Es war nicht seine Schuld, ich hatte ihn darum gebeten«, bringt er hervor, und ich bin ihm dankbar, aber es war meine Entscheidung, ihm seine Freizeit zu ermöglichen, obwohl ich wusste, dass es nicht ganz regelkonform war.

»Ja, das mag sein, aber auch Mr O'Connor kennt die Regeln bezüglich des Einsatzplans. Schichtänderungen sind nur nach schriftlicher Genehmigung durch mich oder meinen Stellvertreter möglich. Sie beide haben sich einfach darüber hinweggesetzt. Ebenso über meine ausdrückliche Anweisung, dass Mister Waringham am Abend des Werwolf-Angriffs im Zellentrakt zu sein hat. Sie, Mr O'Connor, halten sich nicht an die rudimentärsten Regeln! Dank Ihrer Unachtsamkeit und Ihrer Sorglosigkeit wurden mehrfach Teammitglieder von Ihnen im Dienst verletzt, zuletzt Ihr bester Mitarbeiter, Mr O'Brian.«

Victoria ist erbost, und mir ist klar, dass sie mir das nicht durchgehen lassen wird, auch wenn jeder weiß, dass ich an den Verletzungen von Zac keine Schuld trage. Sie sucht jemanden, den sie bestrafen kann. Wahrscheinlich werden Tom und ich Doppelschichten und Wachdienste schieben, bis zum St. Nimmerleinstag – und danach bei St. Nimmerlein persönlich.

»Ich dachte, es wäre keine große Sache. Es tut mir leid, aber die Schichten wurden immer korrekt ausgeführt. Und für einen Angriff eines Paras kann ich nichts. Ich habe stets nur das Wohl meines Teams im Auge gehabt.«

Meine Rechtfertigung ist schwach, ich weiß, ich hätte eine schriftliche Eingabe machen müssen, so wie ich sie auch von jedem Mitglied meines Teams verlange, wenn diese Änderungen an der Einsatzplanung vornehmen. Ich selbst reiche solche Anfragen an Victoria weiter, die diese immer unverzüglich bearbeitet und freigibt. Man kann ihr nicht vorwerfen, sich um Papierkram zu drücken.

Und nicht zuletzt hätte ich auf mein Team besser achten sollen, erst auf Noah, dann auf Zac. Aber ich war nie schuld an ihren Verletzungen und habe alles getan, um meinen Job gut zu erledigen.

»Es wird Zeit, Henry«, höre ich Lady Kaitlin sanft sagen und der Protector nickt.

»Würden Sie uns kurz allein lassen?«, bittet uns Sir Henry, und Tom und ich stehen auf.

William öffnet uns die Tür und begleitet uns nach draußen. Er bleibt in unserer Nähe stehen, als wollte er uns bewachen, sieht uns aber nicht direkt an, sondern verschmilzt nahezu mit der Holzvertäfelung hinter sich. Stets zu Diensten, nie im Fokus. Sir Henrys Diener gehört zu den Bediensteten, die ihre Aufgabe hingebungsvoll erfüllen, das merkt man deutlich.

Am Ende des Flures stehen zwei weitere Vigilanten, gerade weit genug weg, um uns das Gefühl zu geben, nicht überwacht zu werden, aber nahe genug, um einen Fluchtversuch zu vereiteln.

»Tja, das war's wohl«, murmelt Tom, er klingt, als hätte er aufgegeben und abgeschlossen.

»Du wusstest doch nicht, was sie war, als ihr euch kennengelernt habt«, versuche ich Tom aufzubauen.

Für seine Unkenntnis kann man ihn nicht bestrafen. *Oder?* Er wird vermutlich seinen Posten als Kampfmeister verlieren, aber er ist noch immer ein guter Vigilant. Wahrscheinlich bekommen wir noch einen Klaps auf die Finger für die getauschten Schichten, aber was soll's? Das ist ein kleines Vergehen, das nur durch die Umstände so viel Beachtung findet.

»Caleb, ich denke, es wird nicht so einfach werden. Sie suchen einen Schuldigen und müssen ein Exempel statuieren, gerade nach der Sache mit dem Werwolf und dem riesigen Trubel bei der Hinde. Und ich habe gravierende Regeln verletzt. Nur wegen mir sind so viele Menschen gestorben.«

Bevor ich etwas darauf erwidern kann, öffnet sich die Tür, und Victoria nickt uns ernst zu, Sir Henry und Lady Kaitlin warten jetzt stehend auf uns. Allein das macht es irgendwie unheimlich, aber Tom tritt ohne zu zögern ein, und nach einem Augenblick folge ich ihm, nun doch besorgt, was für eine Entscheidung uns erwartet.

Vor dem Schreibtisch bleibe ich neben meinem Freund stehen, der aufrecht und seltsam ruhig zu sein scheint. Lady Kaitlin wirkt ernst, Victoria haben wir im Rücken, ich kann ihre Miene also nicht deuten.

»Als Protector des Ordens obliegt es mir, die Entscheidung, die Lady McGregor und ich, in Verbindung mit Ihrer Vorgesetzten, Miss Bannister, getroffen haben, zu verkünden. Ich möchte vorausschicken, dass diese Entscheidung in absoluter Übereinstimmung mit allen Ordensregeln getroffen wurde und endgültig ist.«

Scheiße. Das klingt nicht nur ernst, sondern hochoffiziell.

»Mr Waringham, Sie werden aufgrund Ihres schweren Vergehens, die Beziehung zu einer Sirene und das Verschweigen derselben, des Ordens verwiesen. Da Sie Ihre Vorgesetzte nicht über die Gefahr informiert haben, selbst als schon Morde durch die Sirene an Menschen stattgefunden haben, lässt sich auch nicht mit Ihrem Einsatz bei der Golden Hinde und dem Töten Ihrer Geliebten wiedergutmachen. Sie haben gegen wichtige Ordensregeln verstoßen, was umso schwerer wiegt, da Sie als Kampfmeister eine verantwortungsvolle Position bekleidet haben und ein Vorbild sein sollten. Der Ausschluss aus dem Orden wird morgen stattfinden, bis dahin bleibt der Hausarrest bestehen. Sie können in der Ihnen noch verbleibenden Zeit Ihre Angelegenheiten regeln, bevor Sie morgen aus dem Orden entfernt werden.«

Ich fühle mich wie betäubt. Ausschluss? Ich kann nicht fassen, dass ausgerechnet diese endgültige und so grausame Strafe einen so guten Vigilanten wie Tom treffen soll! Einen Freund, der nicht wirklich etwas für seine Misere kann.

Tom scheint mit diesem Urteil gerechnet zu haben, er nickt nur knapp und atmet tief und hörbar aus.

Ich will etwas sagen, aber der Blick von Sir Henry ruht jetzt auf mir, und er ist ebenso ernst wie gerade bei Tom.

Wird mir auch der Ausschluss verkündet? Verliere ich alles, wofür ich die letzten Jahre gearbeitet habe, woran ich geglaubt habe?

Trotz macht sich in mir breit, diese alten Sesselfurzer haben doch keine Ahnung, wie es draußen zugeht und was es bedeutet, sich den Gefahren der Welt zu stellen! Und Tom hat nichts falsch gemacht, er hatte einfach Pech! Sie verurteilen ihn für seine Gefühle, was für eine ungerechte und unfaire Entscheidung.

»Mr O'Connor, durch Ihre Pflichtverletzungen haben Sie Ihre Funktion als Erster Tatortermittler kompromittiert und das in Sie gesetzte Vertrauen missbraucht. Auch war es erst durch Sie möglich, dass die ganze Situation so außer Kontrolle geraten konnte und Mr Waringham mit seiner Liebschaft nicht früher aufgeflogen ist. Sie mögen keine direkte Schuld an den Morden oder den Übergriffen der Sirene haben, aber auch Sie haben dazu beigetragen, dass es so weit kommen konnte, indem Sie Mr Waringham gedeckt haben. Sie tragen somit auch eine Mitverantwortung an dem, was passiert ist.«

Das können diese Fossilien nicht ernst meinen! Ich habe für einen Kollegen ein paar Schichten übernommen! Ich habe keine Sirene verheimlicht oder überhaupt ahnen können, was passieren würde.

»Sie bekommen Ihre Position als Erster Tatortermittler aberkannt. Sie wird Ihrem Teamkollegen, Mr O'Brian, zugeteilt, in dessen Team Sie nun als ihm untergeordneter Vigilant eingegliedert werden. Dieses milde Urteil ist nur der Tatsache zu verdanken, dass Sie ansonsten tadellose Leistungen gezeigt haben und Miss Bannister sich für Sie ausgesprochen hat. Immerhin verlieren wir mit Mr Waringham schon einen guten Vigilanten.«

Ich kann nicht glauben, was ich gerade gehört habe. Dass ich meine Position als Erster Tatortermittler verliere, ist mir das erste Mal unwichtig und total egal. Aber sie wollen Tom aus dem Orden ausschließen und sind davon überzeugt, dass dies gerecht und richtig ist.

Ich werfe Tom einen Blick zu, aber er sieht mich nicht an. Mir fällt nichts ein, was ich tun könnte, um es zu verhindern, aber ich weiß, dass es falsch ist. Schrecklich falsch!

KAPITEL 33

Kaitlin

»Was soll das bedeuten: Er verspätet sich?« Ich schürze verärgert die Lippen. »Die Löschung des Gedächtnisses soll in zehn Minuten beginnen, und gestern schien er dieses Urteil akzeptiert zu haben.«

Sir Henry Blake hebt beschwichtigend die Arme und lehnt sich vor, so dass nur ich seine Antwort hören kann. »Er hat noch einen letzten Wunsch geäußert, und wir sind keine Barbaren, die ihm dies verwehren.«

»Welchen Wunsch?« Jemand, der kurz davor ist, von einem magischen Tribunal gelöscht zu werden, sollte keinen letzten Wunsch mehr bekommen. Ich kann nur erahnen, wozu Tom Waringham diese Chance nutzt. Misstrauisch warte ich auf eine Antwort, während um uns herum alle ihre Plätze einnehmen.

»Er will noch einmal das Haus der Vigilanten besuchen und seine Sachen selbst packen.« Sir Henry flüstert, aber ich verstehe jedes Wort seiner klaren Stimme.

Empört schüttele ich den Kopf. »Wird er dabei überwacht?«

»Natürlich, Lady Kaitlin.« Sir Henry beugt sich ein Stück weit zurück. »Wir löschen ihm das Gedächtnis nicht ohne Grund. Er soll keinen Gegenstand mitnehmen, der ihn später neugierig oder gar misstrauisch macht. Das können wir nicht riskieren.«

Erleichtert atme ich innerlich auf. Nicht, weil sie Vorkehrungen getroffen haben, sondern weil mir die Nähe des Protectors nie geheuer ist. Ich kann nicht genau sagen, woran es liegt, aber jedes Mal, wenn er mir näherkommt, ziehen sich meine Organe zusammen, als wäre er der Fingernagel, der über die Tafel kratzt. Dabei kann man seine Stimme durchaus als angenehm bezeichnen. Ernst, aber immer mit einem väterlichen Unterton.

Ich presse die Lippen zusammen, als ich daran denke, wie sehr die Außenwirkung einen täuschen kann, wenn das Gegenüber sein wahres Ich nur lange genug unterdrückt – so wie ich.

Ich kenne Sir Henry schon so lange er im Orden ist, und jeder – außer vielleicht mir – würde sich für ihn verbürgen. Im Orden ist er beliebt, weil er ein guter, väterlicher Protector ist, zu dem man mit seinen Problemen gehen kann. Ein Mann, der den Orden schon seit Jahren zu aller Zufriedenheit leitet. Er ist ein gutmütiger, weiser, aber auch strenger Anführer, der immer den Frieden wahren will, sagen alle.

Bevor ich weiter darüber nachdenken kann, öffnet sich die Tür, und ich drehe mich so in dem Tribunalraum, dass ich die Eintretenden sehen kann.

Sir Henry senkt demütig den Kopf, als wäre es eine letzte Ehre für Tom, dass der Protector sich vor ihm verneigt.

Heuchler, denke ich, *schau Tom lieber direkt in die Augen!*

Wenn man einem Mann die letzte Ehre erweisen möchte, dann sollte man ihm direkt in die Augen sehen und nicht seinen Blick meiden. Zumindest würde ich mir das wünschen. Sollte jemals jemand hinter mein Vorhaben kommen oder meine Verbindungen erkennen, würde ich mir wünschen, dass man mir in die Augen schaut. Sofern der Protector nur eine Gedächtnislöschung bei mir vorsieht. Aufgrund der Schwere meiner Verstöße könnte ich mir durchaus Schlimmeres vorstellen.

Ich warte, bis alle auf ihren Plätzen sitzen oder stehen. Der Tribunalraum wird nicht sehr oft benutzt. Er dient inzwischen als eine Art Henkersplatz.

In den Anfängen des Ordens gab es öfter Gerichtsverfahren, die in diesem Raum abgehalten wurden. Doch mittlerweile dient er lediglich als zeremonieller Raum. Ich kann verstehen, dass man solch ein Ritual in einem separaten Bereich abhält. Niemand möchte später eintreten und daran denken, was hier alles schon geschehen ist.

Der Tribunalraum ist eigentlich eine kleine Halle, halb so groß wie der Speisesaal und rund angelegt. Er befindet sich in den Kellergewölben des südwestlichen Turmes. Der Raum ist ähnlich aufgebaut wie die Innere Bibliothek – auch wenn ich die Einzige neben Sir Henry bin, die diesen Vergleich ziehen kann. Vieles ist noch immer im Originalzustand wie zu Bauzeiten des Ordenshauses. Das Backsteingewölbe hat jedoch schon längst an Farbe verloren, so dass es blass und verlassen aussieht. Wenn man den Zweck des Tribunals bedenkt, ist das wohl in mehrerlei Hinsicht eine treffende Aussage.

Tom Waringham wird in die Mitte des Raumes geführt, wo ein dunkler und äußerst unbequemer Stuhl steht. Ich habe ihn vor Jahren selbst einmal ausprobiert, bevor eine andere Verhandlung begann. Doch Tom lässt sich nichts anmerken. Er sitzt mit hoch erhobenem Kopf da. Ich bewundere ihn für diese Haltung. Er hat schon im Verhör am Vortag bewiesen, dass er ein Mann ist, der zu seinen Taten steht. Dass er jedoch seine Strafe einfach so hinnimmt, verwundert mich doch ein wenig.

Ich setze mich auf meinen Stuhl und streiche über den blutroten Überwurf, den ich über meinem grünen Umhang trage. Auch Sir Henry und Victoria tragen einen. Es ist Teil des Rituals und geht auf die Legenden der Henker zurück. Da wir nun ebenfalls Henker sind, wenn auch nicht für den endgültigen Tod, so löschen wir doch ein Leben aus. Ein Leben im Orden, das Tom geführt hat und das ihn lange begleitet hat. Für ihn wird es so sein, als ob er nach einem langen Koma aufwacht und keine Ahnung hat, was er in den letzten Jahren erlebt hat. Genaugenommen weiß er nicht einmal mehr, wie er überhaupt heißt.

In Victorias Händen sehe ich die Unterlagen, die alle, deren Gedächtnis gelöscht wird, später ausgehändigt bekommen. Darin befinden sich ein Ausweis mit einem neuen Namen und einige Dokumente, die benötigt werden. Es ist ihre Aufgabe, diese zu verwahren, bis das Ritual vollzogen ist. Im Anschluss wird ein vertrauenswürdiger Vigilant mit der Aufgabe betraut, den Gelöschten auszusetzen und dafür zu sorgen, dass er seine Dokumente erhält.

Tom soll in der Stadt ausgesetzt und einige Tage lang noch überwacht werden, ehe er sein Leben allein bestreiten muss.

Sir Henry räuspert sich und nickt mir schließlich zu. Ich erhebe mich. Es ist so weit. Neben mir auf einem schwarzen, halbrunden Tisch steht eine Glocke, die ich nun schlage. Der helle, glasklare Klang arbeitet sich durch den Raum und lässt augenblicklich alle Gespräche verstummen.

Es ist eine öffentliche Zeremonie, der jeder beiwohnen kann, der ein abschreckendes Beispiel benötigt, um niemals gegen die Regeln des Ordens zu verstoßen.

In die Stille des Tribunals hinein schlage ich ein zweites Mal die Glocke. Diesmal jedoch nur, um der Tradition Genüge zu tun. Niemand spricht mehr. Eine erdrückende Stille lastet auf dem Raum, und jeder wartet gespannt auf das, was als Nächstes passieren wird. Die letzte Gesamtlöschung liegt schon einige Jahre zurück, und nicht jeder kennt die Prozedur.

Langsam entrolle ich das Pergament, auf dem die exakten Schritte festgehalten sind, nach der das Urteil vollzogen werden soll. Oben links auf dem Dokument steht die Jahreszahl 1814. Damals ist das erste Mal festgehalten worden, wie ein Gedächtnis gelöscht werden soll. Seit über 200 Jahren hat niemand auch nur eine Zeile an dem Vorgang verändert. Ich hole tief Luft und seufze, ehe ich vorzulesen beginne:

»Es ist der 14. September 2020, vierzehn Uhr. Wir beginnen mit der Zeremonie, sobald die Anwesenheit der entsprechenden Ordensführer festgestellt wurde«, erkläre ich mit monotoner Stimme. Auch wenn ich zugestimmt habe, dass Toms Gedächtnis gelöscht werden muss, so frage ich mich immer wieder, warum bei allen Magiern auf der Welt dies in aller Öffentlichkeit und mit solch einem Brimborium gemacht wird. Es ist doch schon peinlich genug für den Angeklagten, vor aller Augen gelöscht zu werden.

»Sir Henry Blake, Protector des Hermetischen Ordens.«

Sir Henry erhebt sich und erwidert: »Anwesend und im Vollbesitz seiner geistigen Kräfte, um der Vollstreckung gerecht beizuwohnen.«

Innerlich schnaube ich und bezweifele, dass er im Vollbesitz seiner geistigen Kräfte ist, aber das ist ein anderes Thema, das ich hier nicht weiter erörtern möchte.

Auch Victoria bestätigt ihre Anwesenheit, so dass ich fortfahren kann. Da die Bänke in dem Tribunalraum wie in einem Theater aufsteigen, erheben sich nun die Ersten in den hinteren Reihen, um eine bessere Sicht auf die Geschehnisse zu haben.

Hinter Sir Henry und vor Victoria steige ich selbst von dem kleinen Podest, auf dem unsere Stühle aufgereiht sind. Das Knarzen der Holzstufen, die ebenfalls seit 200 Jahren nicht erneuert wurden, begleitet uns dabei wie Musik aus einem Horrorfilm.

Sir Henry stellt sich hinter Toms Stuhl, während sich Victoria rechts neben ihm postiert. Ich hingegen bleibe mit dem ausgerollten Pergament vor ihm stehen und lese weiter vor.

»Tom Waringham, Sie wurden für schuldig befunden, das Gesetz zur Liebesbeziehung zu einem übernatürlichen Wesen gebrochen zu haben, was zum Tod von unschuldigen Menschen führte. Bereits am Tag zuvor erhielten Sie das Urteil. Stimmt dies?« Ich wünsche mir für einen Moment, dass etwas Außergewöhnliches passiert. Ein Fluchtversuch, die Ablehnung. Die Aussage, dass es gar nicht stimmt. Irgendetwas, das diese Farce einer Verurteilung endlich zu dem machte, was sie war: eine lächerliche Tradition, die schon lange abgeschafft gehört.

»Es stimmt«, sagt Tom mit belegter, aber fester Stimme. Seine Selbstkontrolle ist bemerkenswert. Auch wenn er die Stuhllehnen fest umklammert, so dass seine Fingerknöchel weiß hervortreten, so wirkt er sonst so ruhig wie bei einem Spaziergang durch den Park.

»In diesem Fall wird Sir Henry Blake erneut das Urteil aussprechen. Möge es eine Warnung an alle sein, die sich nicht an die Regeln des Ordens halten.«

Ich rolle das Pergament vorsichtig auf. Die restlichen Schritte kennen wir alle nur zu gut. Das Löschen eines Gedächtnisses erfordert die Anwesenheit von Victoria nicht. Die Macht der Bibliothekarin und des Ordensführers genügt. Doch bei einer Verurteilung verlangt das Protokoll eine Kontrollinstanz, die den Prozess genau überwacht.

Meine Finger zittern leicht, als ich Victoria die Pergamentrolle überreiche. Sie bemerkt es und verzieht die Lippen zu einem spöttischen Lächeln. Nur einen Wimpernschlag lang, aber ich kann es sehen. Sie verachtet mich dafür, dass ich Mitleid mit dem jungen Mann habe.

Soll sie. Denn ich habe kein Mitleid für Tom. Es ist vielmehr die Situation, die ich bemitleide. Der Umstand, der zu seiner Verurteilung führte. Aber das ist etwas, das Victoria nie verstehen würde. Nicht, solange sie auf ihrem Kreuzzug gegen die Paras ist, um doch noch eines Tages den Mörder von Nathan zu finden und damit vielleicht ihr Gewissen zu bereinigen.

Ich schüttele den Kopf, um mich auf das Hier und Jetzt zu konzentrieren. Tom verdient meine Aufmerksamkeit. Er hat dem Orden über Jahre gut gedient, soweit ich es seinen Akten entnehmen konnte. Dennoch muss ich tun, was getan werden muss.

Sir Henry holt aus seinem Umhang ein Buch hervor. Es ist etwas breiter als ein Journal, aber nicht breit genug, um als Nachschlagewerk oder Roman durchzugehen. Während er redet, läuft er gegen den Uhrzeigersinn um Toms Stuhl herum.

»Die Wahl der Einbandfarbe soll das Verbrechen widerspiegeln, das begangen wurde. Gelb steht für den Verrat, für die Feigheit, seine Fehler einzugestehen, obwohl dadurch mehr Menschen als nötig zu Schaden gekommen sind.« Sir Henry hält das Buch in die Luft und zaubert eine Lichtkugel dazu, damit jeder es genau sehen kann.

Die Beleuchtung in dem Tribunalraum reicht aus, um ein Pergament vorzulesen, aber zu mehr sind die schwachen Öllaternen an den Wänden nicht imstande, weswegen schon immer zusätzlich Magie eingesetzt wird, um dieses so wichtige Dokument zu beleuchten.

»Zugleich steht Gelb für die Sonne und Wärme, die wir Tom Waringham mit auf den Weg geben wollen. Möge sein Leben von nun an unter besseren und ehrlicheren Sternen stehen.« Sir Henry bleibt schließlich vor Tom und neben mir stehen.

Noch immer hat der Vigilant seinen Kopf hoch erhoben, schaut mir direkt in die Augen. Er hat damit abgeschlossen, das sehe ich. Für ihn ist dieses Ritual nur ein Herauszögern des Unvermeidlichen.

Also beeile ich mich, fortzufahren. »Als Halter seiner Erinnerungen wurde Mr O'Brian bestimmt.«

Der Vigilant sitzt in der ersten Reihe und tritt nun an den tiefsten Punkt des Gewölbes, direkt neben Tom. Zac nickt seinem Freund zu, presst die Lippen aufeinander, ehe er das Buch von Sir Henry Blake übernimmt. Der junge Vigilant trägt Handschuhe, damit er das Buch nicht beschmutzt.

Gleich darauf trete ich vor, stelle mich neben Tom. Ich lehne mich vor, schaue ihm direkt in die Augen und sage: »Sie sind sehr tapfer, junger Mann.«

Tom schnaubt, ehe er nickt. »Wäre ich das nur schon vor über einer Woche gewesen.«

»Bereuen Sie Ihre Tat?« Ich halte überrascht in meinen Bewegungen inne.

»Das habe ich schon die ganze Zeit getan. Aber ich weiß, dass ich die Konsequenzen tragen muss.« Mit jedem Wort wird seine Stimme fester. »Ich muss es für sie tun.«

Er muss ihren Namen nicht nennen. Ich weiß, dass er diesen Mut aus reiner Liebe zeigt, und das beeindruckt mich noch mehr. Zugleich sehe ich, welche Konsequenzen es hat, wenn man blind vor Liebe ist und seine Schritte nicht vernünftig plant.

Ich weiß, dass ich nur sehr zäh vorankomme, aber was ich schon erreicht habe, ohne dass der Orden auch nur eine Idee von meiner Umsetzung hat, reicht mir, um zu beweisen, dass ich richtig vorging.

»Sind Sie bereit, Tom?«

»Ich denke schon.« Er schnaubt. »Ich habe schon so viele Gedächtnislöschungen mit den Obscura durchgeführt, aber eines nie gefragt.«

»Was denn?« Zwar gehört ein Gespräch mit dem Verurteilten nicht zum Protokoll, aber im schlimmsten Fall riskiere ich eine Rüge von Sir Henry im Nachgang.

Das erste Mal, seitdem Tom den Tribunalraum betreten hat, sehe ich so etwas wie Sorge in seinem Gesicht. »Werde ich es verkraften? Also in meinem Herzen?«

Ich atme tief aus und lege ihm eine Hand auf die Schulter. »Sie werden nichts spüren, das verspreche ich Ihnen.« Ich setze ein beruhigendes Lächeln auf, und tatsächlich entspannt sich Tom im nächsten Augenblick.

Hinter mir räuspert sich Sir Henry, und ich richte mich wieder auf. »Die Vollstreckung des Urteils beginnt. Als ausführende Henker sind Sir Henry Blake und Lady Kaitlin McGregor vorgesehen«, sage ich laut und in alle Richtungen des Raumes, so dass jeder es hören kann.

Dann lege ich meine Hand auf Toms linke Schläfe, ebenso wie Sir Henry es auf der rechten Seite tut. Mit den Fingerspitzen berühren wir seine Haut, während wir mit unseren freien Händen das Buch berühren, das Zac offen aufgeschlagen festhält. Obwohl er mit seinen Tattoos und dem Bart wie ein wilder, furchteinflößender Mann aussieht, zittert der junge Vigilant, und in seinen Augenwinkeln glitzert es verdächtig. Doch er lässt das Buch nicht los, schaut die ganze Zeit zu Tom.

Ich hingegen muss die Augen schließen, um den Zauber zu vollziehen. In meinen Fingerspitzen beginnt es zu kribbeln, als die ersten Erinnerungen durch mich hindurchfließen, direkt in das Buch hinein. Für den Bruchteil eines Augenblicks bin ich Tom

Waringham, durchlebe seine Jugend als junger, ungestümer Magier, erlebe seine erste Liebe, den ersten Kuss mit einer Magierin aus Paris, den ersten Knochenbruch und schließlich seine erste Erinnerung an die Magie: der Zauber eines magischen Mobiles über seinem Kinderbett, das seine Eltern für ihn erschaffen haben.

Ich weiß nicht, wie lange die Löschung andauert, aber als mich vollkommene Schwärze überkommt, weiß ich, dass es beendet ist. Langsam öffne ich die Augen wieder und blinzele gegen das magische Licht von Sir Henry an, das noch immer über dem Buch schwebt.

Auch der Protector atmet schwer ein und aus, als er die Verbindung zu dem nun erschlafften Körper von Tom Waringham beendet. Obwohl wir Tom nicht getötet haben, so haben wir doch ein Leben beendet. Sir Henry wirkt betroffen, senkt wieder demütig den Kopf, doch kurz vorher kann ich den kalten Blick erhaschen, den er Victoria zuwirft.

Ich atme tief und laut ein, gehe zu Zacharias und nehme ihm das Buch ab, das bis auf wenige Seiten am Ende beschrieben ist. Während alle anderen noch auf ihrer Position verharren, steige ich wieder auf das Podest hinauf. Dabei sehe ich die Entstehung des Titels, der wie durch Zauberhand mit einer alten, verschnörkelten Schrift auf dem Einband erscheint.

Die Erinnerungen des Vigilanten Tom Waringham.

Das Leben, das ich beendet habe, halte ich nun in meinen Händen. Es ist meine Aufgabe, diesem Leben später ein neues, sicheres Zuhause in der mittleren Bibliothek zu geben. Wie so vielen anderen schon vor ihm.

Ich seufze, ehe ich das Buch in meinem Umhang verstaue und über die fast alle im Dunkeln sitzenden Anwesenden schaue. »Das Ritual ist beendet. Tom Waringham wurde gelöscht.« Ein letztes Mal ertönt die Endgültigkeit der Glocke im Tribunalraum, als ich mit dem winzigen Hammer dagegen schlage.

KAPITEL 34

Sally

Sie haben es wirklich getan. Sie haben Tom Waringham des Ordens verstoßen.

Die Glocke der Kapelle, die eigentlich nur geschlagen wird, wenn ein Ordensmitglied verstirbt, ertönt mit dumpfem Klang, als wir vom Dienstpersonal uns in der Küche versammeln. Der schicksalhafte Ton vibriert in meinem Brustkorb und dröhnt in meinen Gedanken. Jeder Schlag besiegelt das Unausweichliche: Tom ist nicht mehr einer von uns, er hat das Recht verwirkt, Magie zu üben. All seine Erinnerungen an den Orden, seine Geheimnisse, die Zauber und ihre Wirkungen wurden ihm genommen. Er wird sich nicht mehr an mich oder irgendjemand aus dem Orden erinnern können, seine ganze Zeit, die er mit Studien der Magie und Kämpfen als Vigilant verbracht hat, sind verschwunden, und an ihre Stelle tritt nur eine große Leere.

Das ist grausam.

Ich sitze an meinem gewohnten Platz im überheizten Speiseraum der Dienstboten neben der Küche und starre wie alle anderen mit gesenktem Kopf auf die Tischplatte. Seit ich beinahe ertrunken wäre, friere ich häufig.

Heute finden sich hier keine Teetassen, keine Kekse auf dem Tisch, keine Unterhaltungen, alle schweigen vor ungläubiger Trauer.

Normalerweise wird das Löschen von Erinnerungen nur für Menschen benutzt, die zu viel gesehen haben. Ein Opfer eines Angriffs oder einen Spaziergänger, der einem unvorsichtigen Irrlicht begegnet ist. Diesen Menschen fehlen dann nur wenige Minuten, höchstens Stunden, aus ihrem Gedächtnis, und es geschieht zu ihrem eigenen Besten. Aber ganze Jahre oder Lebensabschnitte zu löschen ist nicht nur grausam, sondern gefährlich. Die Psyche des Menschen kann daran zugrunde gehen.

Daher wird diese Prozedur nur selten angewandt, neben einer Verurteilung zum Tod ist sie die Höchststrafe des Ordens.

Butler Morris ist der Einzige, der steht. Mit versteinertem Blick und unbewegter Miene lauscht er am Kopfende des Tisches mit hinter dem Rücken gefalteten Händen den Klängen der Glocke, die auch bei Nathans Tod vor sieben Jahren geschlagen hat.

Doch Tom ist nicht tot.

Ich mag mir gar nicht ausmalen, was es mit Tom Waringham anstellen wird, sein Gedächtnis zu verlieren. Er hat Jahrzehnte im Orden verbracht, sein ganzes Erwachsenenleben hat er der Ausbildung und der Arbeit als Vigilant gewidmet und so dutzende Menschenleben gerettet. Er verfügt nur über wenige Erinnerungen außerhalb des Ordens. Auch wenn er Affären und Liebesbeziehungen gehabt haben mag – er war ein Lebemann und Genießer –, so werden ihm diese Erinnerungen ebenfalls genommen. Ihm einzelne zu belassen würde riskieren, dass ein Fitzelchen Wissen an Magie in seinem Gedächtnis hängenbleibt. Daher hat das Tribunal ihm einfach die letzten 35 Jahre seines Lebens genommen.

Ich verziehe angewidert den Mund.

Eine Löschung in diesem Ausmaß ist Schadensmagie und wird als schwarze Magie eingestuft. Der Orden ordert den Gebrauch dieses Zaubers deshalb nur selten an. Wegen seiner potentiellen Macht bilden Vigilanten und Obscura auch immer ein Team bei der Augenzeugen-Befragung. Denn auch dieser Zauber kann verletzen und zu bösen Zwecken missbraucht werden.

Ich habe gehört, dass es einen Zauber gab, mit dem man einem Opfer falsche Erinnerungen einpflanzen kann, weshalb dies streng verboten und schon vor Jahrhunderten als böser Schadenszauber eingestuft worden sein soll. Zum Glück gibt es heute niemanden mehr, der so einen Zauber kennt und auszuüben vermag, um einem Ausgestoßenen neue Erinnerungen an ein falsches Leben einzupflanzen. Das Wissen darum ist mit den Jahrhunderten verloren gegangen, auch wenn seine Formel vermutlich noch immer irgendwo in den Tiefen einer Bibliothek weggeschlossen ist, wie so viele andere verbotene Zauber.

Seit meiner Geburt im Orden habe ich nur zwei Mal erlebt, dass die Strafe einer vollständigen Gedächtnislöschung angewandt wurde. Und es wird gemunkelt, dass die Bestraften in der Vergangenheit meist dem Wahnsinn anheimfielen oder in psychiatrischen Einrichtungen verschwanden. Selbst wenn Tom sich eines Tages wieder an Bruchstücke erinnern würde: Niemand würde ihm glauben und alle ihn nur für verrückt erklären.

»Wo bringen sie ihn hin?« Harriet, die ausnahmsweise ihre Küche verlassen und sich zu uns gesetzt hat, bricht als Erste das Schweigen.

»In die Nähe seiner Wohnung. Aber zuvor wird diese noch durchsucht und alle Hinweise auf den Orden oder Magie werden vernichtet«, flüstert Mrs Bones traurig. Sogar sie mochte Tom. Wir alle mochten ihn.

»Das Urteil ist ungerecht!« Madeleine platzt mit dem heraus, was wir alle denken. »Wieso wird er bestraft, nicht er hat diese Männer getötet, sondern die Sirene.«

»Tom Waringham hat das Gesetz gebrochen. Er hatte eine Liebesbeziehung zu einem Para.« Es ist offensichtlich, wie angewidert William, der Kammerdiener, ist.

»Die Sirene hat Männer getötet, weil sie eifersüchtig war«, fügt Butler Morris hinzu. »Liebesbeziehungen zu Paras sind aus gutem Grund verboten.«

»Die gehen nie gut aus«, höre ich jemanden sagen und denke an Aarons Kuss, während die anderen diskutieren.

»Und wie geht es mit Tom jetzt weiter?«

»Das werden wir nie erfahren, es herrscht Kontaktverbot.«

»Ja, aber wenn er einem von uns zufällig begegnet …?«

»Dann tun wir so, als würden wir ihn nicht kennen.«

Die Spekulationen am Tisch gehen weiter, aber ich beteilige mich nicht. Ich denke an Aaron, und es versetzt mir einen Stich. Bevor ich ihm begegnet bin, habe ich nie über das Verbot, romantischen Kontakt zu einem übernatürlichen Wesen zu haben, nachgedacht. Denn eigentlich habe ich immer geglaubt, dass Paras … na ja, irgendwie abstoßend sind. Aber seit ich Aaron getroffen habe, ist mein Weltbild ins Wanken geraten. Er war so nett und wirkte so ganz und gar menschlich. Er und seine Familie kamen mir so normal vor und sind so herzlich miteinander umgegangen. Herzlicher als ich es kenne. Seither kann ich verstehen, dass es möglich ist, Gefühle für ein Wesen, das nicht ganz menschlich ist, zu entwickeln. Aaron war dabei, solche Gefühle in mir zu wecken. Und Tom ging es wohl mit der Sirene nicht anders, wobei diese einen Zauber angewandt hat.

Ob Aarons Zuneigung zu mir echt war?

»Und wenn einer der Paras ihm begegnet?« Madeleines Frage lenkt meine Aufmerksamkeit zu dem Gespräch zurück. »Die wissen doch, dass er ein Vigilant war. Wenn sie merken, dass seine Erinnerungen ihm fehlen und er keine Magie wirken kann …« Entsetzt hält sie inne.

»Dann werden einige es ausnutzen und sich an ihm rächen wollen …«, beendet jemand anderes ihren Gedanken.

»Daran wollen wir gar nicht denken.«

»Scheißparas, man sollte sie alle vernichten.«

Meine Kollegen am Tisch werden immer lauter, und während der jahrhundertealte Hass auf übernatürliche Wesen sich steigert, schlägt bei mir die Trauer in Wut auf den Orden um.

Es ist grausam, Tom wegen seiner Liebe zu einer Sirene die Erinnerungen und seine Magie zu nehmen. Schließlich ist es zum Teil meine Schuld, dass es so weit gekommen ist. Und Tom hat mir das Leben gerettet, als er mir eine Mund-zu-Nase-Beatmung verpasst hat, auch wenn Caleb es war, der mich aus dem Wasser gezogen hat.

Und ein weiterer, sehr beunruhigender Gedanke lässt mich nicht los: Was, wenn Tom bei Victoria Bannister war und sie wegen des Knopfes, den ich am Tatort gefunden habe, konfrontiert hat? Was, wenn Victoria deswegen dafür gesorgt hat, dass man Tom das Gedächtnis löscht?

Ich finde Tom, nicht weit vom Ordenshaus entfernt, auf einer der schmiedeeisernen Parkbänke am Victoria Embankment sitzen und auf das berühmte Riesenrad, das London Eye, am gegenüberliegenden Ufer starren. Sein sonst immer so gepflegtes Äußeres ist dahin, man hat ihn in einen schmuddeligen Trenchcoat gesteckt und mit Alkohol bespritzt, so dass er, als er benommen von der Betäubung zu sich kommt, von ahnungslosen Passanten für einen obdachlosen Penner gehalten wird.

Ich blicke mich mehrfach um, um sicher zu sein, dass niemand vom Orden in der Nähe ist, bevor ich es wage, auf ihn zuzugehen. Aber so wie es aussieht, hat man Tom einfach seinem Schicksal überlassen. Ich überquere rasch die Straße und gehe zu der Parkbank.

»Kann ich Ihnen helfen?«

Als ich Tom vorsichtig anspreche, lächelt er verlegen und fährt sich durch seine Haare, so dass sie abstehen. So ungewaschen wäre der alte Tom Waringham nie aus dem Haus gegangen.

»Ich schätze, ich habe einen zu viel über den Durst getrunken, ich hab einen richtigen Filmriss.« Er lächelt schief und durchsucht die Taschen seines Trenchcoats. Dort hat man einen falschen Ausweis und Papiere hinterlegt.

Er erkennt mich nicht, und es tut weh, keinerlei Vertrautheit in seinen Augen zu finden.

»So einen Filmriss hatte ich auch mal.« Ich lache gekünstelt, um meine Unsicherheit zu überspielen. »Was Sie brauchen, sind Elektrolyte. Kommen Sie, ich kenne da einen Freund, der mixt einen Cocktail zusammen, der bringt Sie wieder halbwegs auf die Beine.«

Ich blicke mich über die Schulter um und hoffe, dass wirklich niemand mich hier sieht. Wenn man mich dabei erwischt, wie ich Tom Waringham helfe, erwartet mich möglicherweise dasselbe Schicksal.

Am Embankment sind, wie immer um diese Uhrzeit, dutzende Menschen unterwegs: Touristen schießen Selfies, und auf den Bänken haben sich Angestellte in ihrer Mittagspause niedergelassen und verdrücken Sandwiches aus dreieckigen Plastikboxen. Aber ich sehe niemanden aus dem Orden.

»Mein Wagen steht gleich da drüben«, dränge ich und versuche, mir meine Nervosität nicht anmerken zu lassen.

Zunächst lehnt Tom wiederholt ab, aber er ist so verwirrt, dass er sich schließlich doch von mir zum Wagen bringen lässt. Ich verfrachte ihn auf den Beifahrersitz. Tom schwankt noch immer und ist halb benommen, als stehe er unter Drogen. Ich steige selber ein und fahre ihn in Bettys Mini Cooper zu dem einzigen sicheren Ort, der mir einfällt.

Zur Tierarztpraxis von Sam Johnson, ein Versprechen einlösen.

Mir klopft das Herz bis zum Hals, als ich mit Tom im Schlepptau die Tierarztpraxis erreiche und an der Tür zum privaten Eingang im Hinterhof klingle. Es ist keine Sprechstunde, an der Vordertür hängt ein Schild, dass die Praxis aufgrund eines Trauerfalls geschlossen ist.

Ich bin nicht darauf vorbereitet, Aarons Vater wiederzusehen, aber als er die Tür aufreißt und vor mir steht, kommt die Trauer wieder in mir hoch.

»Sam, es tut mir leid, dass ich schon wieder hier auftauche, aber dieser Mann braucht deine Hilfe.«

Ich sehe, wie der große Mann, der heute keinen Arztkittel trägt und Aaron so ähnlich sieht, mit sich ringt. Die Kaumuskeln an seinem Kiefer arbeiten, er ist unrasiert, und graue Bartstoppeln säumen sein Gesicht. Er hat sich gehenlassen. Ich bin sicher, er wird mich jeden Moment fortschicken. Doch dann tritt er beiseite und lässt er mich ein.

Mit der Ausrede, der Tierarzt kenne ein gutes Rezept gegen einen ordentlichen Kater, schiebe ich Tom in das Hinterzimmer der Praxis, wo die sauberen und leeren Käfige einen Geruch nach Desinfektionsmitteln und Katzenfutter ausströmen.

Sam Johnson blickt mich fragend an, und ich nicke mit dem Kopf zum Nebenzimmer: »Können wir kurz reden?«

Sam grunzt und geleitet mich nach nebenan, wo wir ungestört sind. In knappen Worten berichte ich ihm, dass es sich bei dem Mann, den ich mitgebracht habe, um Tom Waringham handelt, einen ehemaligen Vigilanten.

»Ich kenne Tom Waringham«, knurrt Sam.

»Er wurde des Ordens verwiesen.« Ich kläre Sam auf, was das für Tom bedeutet: dass er all seine magischen Kenntnisse verloren hat und nicht mehr zaubern kann. Dass er nicht weiß, dass es Magie und den Orden überhaupt gibt – *verflixt*, dass er nicht einmal weiß, wer ich bin, und sich nicht an die letzten 35 Jahre seines Lebens erinnern kann.

Sam kreuzt die Arme vor der Brust und blickt mich mit harten Augen an, die nichts mehr von der Wärme zeigen, die sie einst hatten. »Und was hat das mit mir zu tun?«

»Ich will, dass du ihm hilfst.«

Sam kocht vor Wut. »Einem Vigilanten helfen? Warum sollte ich das tun, nachdem sie meinen Sohn ermordet haben?«

»Das mit Aaron …« Ich schlucke, weil meine Stimme wegzubrechen droht, ich will dem Alpha, der mich misstrauisch beäugt, keine Schwäche zeigen. »Es tut mir leid. Ich habe versucht, ihm zu helfen. Das weißt du! Aber es war nicht Tom, der … den tödlichen Schlag ausgeführt hat.«

»Und jetzt glaubst du, dass ich ihm helfe, weil du Ben befreit hast?« Sam fährt sich über das Kinn, das mit grauen Stoppeln übersät ist. Er seufzt. »Ich bin dir ja dankbar, glaub mir. Ben hat erzählt, dass er es dir verdankt, dass er entkommen konnte, aber …«

»Wie geht es Ben?«

»Er ist in Sicherheit. Ich habe ihn fortgeschickt. Er wird sich in London nicht mehr blicken lassen.«

Mir fällt auf, wie still es in der Praxis und im ganzen Haus ist. Kein Fernseher, keine Schritte auf der Treppe von oben, kein Kinderlachen. Wahrscheinlich ist JJ mit den Kleinen bei Ben. Der Orden hat diese Familie wahrlich gespalten.

»Hör zu, ich weiß, dass du wütend auf den Hermetischen Orden bist, dass sie Ben verurteilt haben, ohne richtige Beweise gegen ihn. Dass sie Aaron getötet haben, weil er in das Ordenshaus eingedrungen ist und seinen Bruder befreit hat. Aber mit all dem hat Tom nichts zu tun. Er wurde verstoßen, weil er die Regeln gebrochen hat: Er hat sich in eine Sirene verliebt und sich auf sie eingelassen, obwohl er wusste, was sie war. Andere Paras werden so denken wie du, wenn sie den Hintergrund nicht kennen und einige ihm schaden wollen. Sobald sie merken, dass Tom nicht mehr derselbe ist und seine Fähigkeiten verloren hat, werden sie ihn als Freiwild sehen. Der Orden wird nichts unternehmen, um ihn zu schützen.«

»Was geht mich das an?«

»Ich habe alles riskiert, um Ben bei der Flucht zu helfen. Dein Rudel ist mir etwas schuldig.«

»Und was soll ich deiner Meinung nach tun?«

»Stell ihn unter deinen Schutz! Du bist der Alpha, die anderen hören auf dich. Wenn du verbreiten lässt, dass Tom Waringham tabu ist, werden die Paras ihn in Frieden lassen.«

Sam verschränkt die Arme vor der Brust. »Ja, das könnte ich tun. Aber warum sollte ich das? Warum liegt dir so viel an ihm?«

»Weil er ein guter Mann ist. Er ist mein Freund. Er hat nichts Böses getan.«

»Du hast ein gutes Herz, Sally. Und ich und meine Familie

stehen tief in deiner Schuld. Mein Rudel wird nie vergessen, was du für Ben getan hast. Aber einem Vigilanten zu helfen, nachdem sie meinen jüngsten Sohn zum Tode verurteilt haben, das ist ein bisschen viel verlangt. Aaron ist auf eigene Faust ins Ordenshaus eingedrungen, er tat das ohne mein Wissen. Mein Rudel wird in dieser Sache Frieden wahren, auch um Ben zu schützen, aber jetzt von mir zu verlangen, ich solle Tom Waringham helfen, dem Kampfmeister des Ordens …« Sam schüttelt den Kopf und fängt meinen Blick ein. »Sag mir, was der Hermetische Orden mit Aarons Herz vorhat?«

»Was?!«

»Als sie mir den Körper meines toten Sohnes brachten, da hatte sein Leib nur wenige Wunden: Es gab Brandspuren, und er wurde mit Silber bekämpft und konnte nicht alles heilen. Aber die Wunde, die ihm den Tod gebracht hat, war eine Schnittwunde, die von hinten durch seinen Brustkorb drang. Sie wurde mit mehr Präzision als Kraft ausgeführt.«

Calebs Katana. Wieder sehe ich es vor mir, wie er die blitzende Klinge wirft.

»Ich bin Tierarzt, wie du weißt. Man kann mich nicht so leicht täuschen. Wir haben seinen Körper gewaschen und gereinigt, bevor wir ihn beerdigt haben. Ich habe die schlimme Wunde versorgt und zugenäht, denn ich wollte nicht, dass er so seinem Schöpfer gegenübertritt. Aber sein Brustkorb war eingefallen, seine Muskulatur zu flach. Ich kenne den Körper meines Sohnes. Darum habe ich nachgesehen.«

»Ich verstehe nicht.«

»Man hat ihm das Herz entnommen«, knurrt Sam.

Mir schwirrt der Kopf. *Warum sollte das jemand tun?* »Das kann ich mir nicht vorstellen … das … wer war das?«

»Nun, ich weiß nur, dass das Herz eines Werwolfs bei manchen Anwendern der Magie als mächtige Zauberkomponente gelten soll und der Orden kein Recht hatte, es sich zu nehmen!«

»Was?! So etwas tut der Orden nicht. Das … ist schwarze Magie.«

»Wie auch immer, dein Orden ist wohl nicht so fein, wie du denkst.« Sam entdeckt das ehrliche Entsetzen auf meinem Gesicht, und seine Züge werden weicher. »Ben mag dich sehr. Er spricht andauernd von dir. Und Aaron mochte dich auch, das weiß ich.«

Nun steigen mir doch noch Tränen in die Augen.

Sam Johnson seufzt. »Da ich keinen Zugang zum Orden habe, sind meine Möglichkeiten herauszufinden, wer meinem Sohn das Herz entnommen hat, begrenzt.«

Noch bevor Sam weiterspricht, ist mir klar, welchen Preis ich für Toms Sicherheit bezahlen soll.

»Weil du Ben geholfen hast und er dir auch ein weiteres Mal sein Leben anvertrauen würde, stelle ich Tom Waringham unter meinen Schutz, sofern du bereit bist, dich im Orden umzuhören, damit ich herausfinden kann, was mit Aarons Herz passiert ist.«

Ich nicke. Informationen über ein unrechtmäßig entferntes Herz im Gegenzug für Toms Leben erscheinen mir ein geringer Preis zu sein.

»Gut. Niemand in der Gesellschaft der Übernatürlichen, der sich nicht mit dem Johnson-Rudel anlegen will, wird es wagen, Tom anzurühren. Solange er sich innerhalb der Stadtgrenzen bewegt, steht er unter dem Schutz des mächtigsten Clans der Werwölfe von London.«

»Danke.« Ich atme erleichtert aus.

»Dann komm. Verpassen wir deinem Tom einen Cocktail gegen seinen *Kater* und setzen ihn bei seiner Wohnung ab.«

Ich verlasse die Tierarztpraxis mit Tom, der nach einem ekelhaften Gesöff aus Joghurt, Kokoswasser und Grünkohl behauptet, sich besser zu fühlen, aber dringend nach Hause möchte, um seinen Kater auszukurieren. Ich biete ihm an, ihn zu seiner Wohnung zu fahren, auch wenn er sich noch immer nicht an die Adresse erinnert. Wir haben seinen gefälschten, neuen Ausweis in seiner

Manteltasche gefunden, und Tom scherzt, wie es sein kann, dass er sich nicht einmal daran erinnert.

»Morgen werde ich über diesen schlimmen Kater lachen!«

Ich bringe Tom zum Mini Cooper, der vor der Tierarztpraxis parkt, und lasse ihn einsteigen. Die Straße liegt verlassen und ruhig zur Mittagszeit da, nur eine alte Dame spaziert auf ihren Gehstock gestützt auf der gegenüberliegenden Straßenseite über den schmalen Bürgersteig. Ich blinzele gegen die Sonne, die über die Dächer der Häuser im schrägen Winkel auf mich fällt und die andere Straßenseite im Schatten liegen lässt, fröstele in der plötzlichen Wärme und beeile mich, um den Wagen herumzugehen und die Fahrerseite aufzuschließen.

Die alte Dame ist in einiger Entfernung stehengeblieben und sieht zu mir herüber. Mein Herz setzt einen langen Schlag aus, als ich sie erkenne.

Auf der anderen Straßenseite, neben einem Laden für gebrauchte Handys, steht niemand anderes als die schlanke Gestalt von Lady Kaitlin. In der modernen Daunenjacke und den Hosen hatte ich sie zuerst nicht erkannt. Man sieht Lady Kaitlin so gut wie nie außerhalb des Ordens, sie verbringt die meiste Zeit in der Bibliothek. Und wie immer, wenn man jemanden trifft, den man in dieser Umgebung nicht erwartet hätte, hat mein Gehirn sie im ersten Moment einfach nicht erkannt.

Ein schwerer Fehler. Ich hätte mir denken können, dass der Orden Tom Waringham überwacht. Und Lady Kaitlin hat gesehen, wie ich mit Tom aus der Tierarztpraxis gekommen bin, daran gibt es keinen Zweifel.

Ich bin geliefert.

FOLGE

11

KAPITEL 35

Sally

Zwölf Tage sind seit meiner Begegnung mit Lady Kaitlin vergangen, und meine Angst, dass auch ich verurteilt werde und mir das Gedächtnis gelöscht wird, hat sich inzwischen gelegt. Wenn es wirklich sie gewesen sein sollte, die auf der anderen Straßenseite zu mir und Tom herübergesehen hat – was ich zunehmend bezweifle –, so hat sie sich aus irgendeinem Grund entschieden, nichts davon zu sagen.

Was mich viel mehr beunruhigt, ist Bettys Verschwinden. Noch immer habe ich kein Lebenszeichen von ihr gehört. Kumar berichtet mir regelmäßig, aber es sind keine Hinweise auf sie eingegangen, und sie ist auch nicht auf einer der Überwachungskameras in der Nähe des Ordens zu sehen. Ich weiß nicht weiter. Mir bleibt nur die Arbeit.

Ich bin in den vergangenen zwölf Tagen zu meiner Routine im Ordenshaus zurückgekehrt – morgens Kamine anheizen, Tee servieren, die vielen Badezimmer putzen, Harriet bei der Zubereitung des Dinners helfen – und grübele seither über meine nächsten Schritte nach.

Ich habe weder Nachrichten von Tom noch von Ben erhalten, also gehe ich davon aus, es geht ihnen gut. Aber Sam Johnson würde nicht zum Ordenshaus kommen, um mich zu kontaktieren, und ich wage es nicht, ihn aufzusuchen, nicht einmal ihn anzurufen. Sein Rudel musste dem Orden versprechen, Frieden zu wahren. Keine Ahnung, was Lady Kaitlin, falls sie es überhaupt war, ausgerechnet vor dem Haus des Alphas der Werwölfe zu suchen hatte. Aber was auch immer sie im Schilde führt, bislang hat mich niemand an Mrs Bones oder Sir Henry verraten.

Dennoch meide ich Lady Kaitlin seither und war auch nicht mehr in der Bibliothek, obwohl ich die langen Abende bei einer Tasse Tee mit der Nase in Büchern über Magie vermisse. Aber ich möchte ihr lieber nicht erklären müssen, warum ich Tom geholfen habe. Sie weiß schon viel zu viel über meine Hilfe bei Bens Flucht.

Zudem weiß ich nicht mehr, wem im Ordenshaus ich trauen kann. Ich bin immer mehr davon überzeugt, dass Ben seine Freunde tot bei der Halfpipe in der Fabrik aufgefunden hat und danach angegriffen wurde. Jemand hat ihn betäubt, dann in den hinteren Räumen abgelegt, so dass es aussehen sollte, als wäre er aus dem ersten Stock durch die Decke gekracht. Dabei könnte Victoria Bannister den Knopf von ihrem Mantel verloren haben. Wenn nicht jemand anderes den Knopf dort platziert hat, damit ich genau das denken soll.

Ich habe in den letzten Tagen nachgeforscht, und eines der Dienstmädchen hat eben solch einen Knopf an Victoria Bannisters Lieblingsmantel ersetzen müssen.

Wurde Tom Waringham zum Schweigen gebracht, weil ich ihm von dem Knopf erzählt habe und er Victoria darauf angesprochen hat? Die ganze Sache mit der Affäre zu einer Sirene könnte bloß vorgeschoben sein. Wurde er des Ordens verwiesen, weil er etwas wusste?

Zu meinem Glück scheint Tom Victoria nichts davon gesagt zu haben, dass ich es war, die den Knopf gefunden hat, denn sie hat mich bisher in Ruhe gelassen.

Und dann ist da noch meine verschwundene Freundin Betty. Inspector Kumar hat recht: Es sind jetzt Wochen, seit Betty fort ist, und der Orden unternimmt nichts.

Sie hat eine Schwelle überschritten, hat Sir Henry gesagt.

Doch ich kann nicht vergessen, dass sie im Ordenshaus verschwunden ist, zusammen mit dem silbernen Kelch des Earls of Pembroke, der nur aus Sir Henrys Büro entwendet worden sein kann und an dem eine Verfärbung war, die darauf hindeutet, dass schwarze Magie mit im Spiel war.

Es hängt alles zusammen: Bens Todesurteil, Toms Verbannung, Aarons gestohlenes Herz und Bettys Verschwinden, aber ich weiß noch nicht wie. Nur, dass Victoria Bannister irgendwie darin verwickelt ist.

Das macht es so gefährlich.

Sie ist die Chefin der Vigilanten, und ich muss vorsichtig sein, wenn ich etwas über sie herausfinden will. Die Vigilanten sind ihr treu ergeben. Wenn ich mit Anschuldigungen komme, wird niemand mir glauben, solange ich keine Beweise habe, weshalb ich mich unauffällig nach Victoria Bannister erkundigt habe und auch sonst die Augen und Ohren offenhalte bei allem, das etwas mit der Sache zu tun haben könnte.

Inzwischen weiß ich, dass Victoria Bannister für eine Woche verreist war und erst seit zwei Tagen wieder zurück ist. Was ich nicht weiß, ist der Ort, wo sie war. Aber sie hat laut Mr Morris das Vereinte Königreich nicht verlassen.

Das Dienstmädchen, das in ihrem privaten Studierzimmer saubermacht, hat mir berichtet, dass Victoria mit einer antiken Halskette zurückgekehrt ist, einem Familienerbstück, aber ansonsten ist ihm nichts aufgefallen.

Die Zeitungen wiederum berichten von einer Messerattacke auf einen Schüler in der U-Bahn, aber die Vigilanten sind nicht ausgerückt.

Lady Kaitlin hat sich zu einer Besprechung mit Doc Brown getroffen, was ungewöhnlich ist, laut Madeleine sprachen sie über Anatomie – was noch ungewöhnlicher ist.

Sir Henry hat sich in seinem Studierzimmer vergraben, er versinkt in Berechnungen der planetaren Bewegungen, sein Steckenpferd seit einiger Zeit, während sich das siebenjährige Todesdatum von Nathan nähert.

Und sein Kammerdiener William geht auffällig häufig wegen

Besorgungen in die Stadt. Er hat den Alchemisten aufgesucht, sagt das Dienstpersonal.

Ob und wie das alles miteinander zusammenhängt, werde ich hoffentlich noch herausfinden.

Ich bin gerade dabei, die Fußmatten aus der Eingangshalle auszuklopfen, und träume davon, es mir mit einer Tasse Tee nach Feierabend mit einem Buch aus der Bibliothek in meiner Dachkammer gemütlich zu machen, als der Alarm ertönt: Sie rufen mich zu einem Einsatz als Obscura.

Ich lasse die Fußmatten fallen und renne quer durch die Halle zu der Hintertreppe und hinab ins Parterre zu Mrs Bones' Kammer, die schon auf mich wartet. Rasch lege ich meine Dienstmädchenkleidung ab und Zivilklamotten an und lasse mir meine Ausrüstung geben: den Gürtel mit Tinkturen und meinen Scopae, sowie das kleine schwarze Notizbuch mit genügend frischen Seiten für eventuelle Augenzeugen, denn wir wissen noch nicht, was uns am Tatort erwartet.

Mrs Bones drängt zur Eile. Weil Zac mir zuwinkt, steige ich in den Van der Vigilanten ein, der noch mit laufendem Motor im Hinterhof wartet, und quetsche mich neben ihn und gegenüber von Caleb auf die schmale Rückbank. Mike und Noah, dem es zum Glück wieder besser geht, sitzen im Führerhaus.

Ausrüstungsgegenstände baumeln in Netzen über unseren Köpfen, und meine Schulter stößt schmerzhaft gegen den Waffensafe, als der Van losfährt und sich unerwartet in eine Kurve legt.

Zac sieht sehr viel besser aus, seine Verletzungen von dem Kampf mit der Sirene sind offenbar verheilt, denn er hat sein altes Lächeln wieder. Sein langes rotes Haar hat er zu einem Männer-Dutt hochgebunden, und er riecht nach frischem Aftershave. Unter seinen hochgekrempelten Hemdsärmeln schauen Tattoos mit komplizierten keltischen Mustern hervor. Es wird getuschelt, einige davon wären Schutzzauber.

»Hi Sally, willst mal beißen?«, begrüßt er mich und bietet mir an, von einer Lakritzstange abzubeißen, die er in seiner Tasche gefunden hat. Seine Zähne sind davon schon ganz schwarz verfärbt.

»Gerne.« Ich beiße ein Stück Lakritze ab, sie ist sehr scharf, genau so wie ich es mag.

Ich vermeide es, Caleb anzusehen. Ich kann ihm nicht verzeihen, dass er Aaron getötet hat. Aber langsam kapiere ich, dass er nur Befehle ausübt. Ben wurde in seinen Augen in einem sauberen Prozess verurteilt, und Aaron hat versucht, einen verurteilten Mörder zu befreien. Für Caleb und die anderen Vigilanten hat es so ausgesehen, als wäre ein gefährlicher Werwolf ins Ordenshaus eingedrungen.

Zugegebenermaßen hat auch mich der kurze Anblick von Aaron in seiner verwandelten Form erschreckt. Er war wirklich eine Bestie, und er hat Caleb und Zac stark verletzt. Dass er sie nicht getötet hat, ist ein Wunder, aber es hätte ebenso gut für einen von ihnen tödlich ausgehen können.

Andererseits, als die Sirene bei der Golden Hinde angriff und ich fast ertrunken bin, war es Caleb, der mich aus dem Wasser gezogen hat. Er ist ein großes Risiko eingegangen, nach mir zu tauchen. Er hat mir das Leben gerettet.

Aber er gibt mir die Schuld an Zacs Verletzungen, ich weiß noch, wie sauer er war. Wahrscheinlich ist er noch immer genervt von mir. Dabei habe ich doch nur dem verletzten Mann das Leben retten wollen.

»Wir sind gleich da«, ertönt es von vorne.

Der Van kommt mit knirschenden Reifen auf einem Kiesweg zum Stehen. Caleb und Zac greifen zu ihrer Ausrüstung und schubsen einander nach draußen.

Kopfschüttelnd steige ich hinter den beiden aus dem Wagen. In der einsetzenden Dämmerung sehe ich jetzt erst, wo der Einsatz uns hingeführt hat: Wir parken in der Swains Lane vor einem hohen schmiedeeisernen Tor, das mit Speerspitzen gegen Eindringlinge versehen ist, vor einer kleinen gotischen Kapelle mit Türmchen, die an einem der Eingänge des Highgate Cemetry wacht. Der Friedhof ist einer der ältesten Friedhöfe Londons und stammt noch aus der Zeit von Charles Dickens. Mit seinen efeuumrankten Mausoleen und Engelsstatuen ist er vermutlich auch der spektakulärste. Aber er ist kein Ort, an dem man nach Einbruch der Dunkelheit sein möchte.

Das Friedhofstor ist geschlossen, die Touristen sind schon lange weg und die Kieswege und Gräber lauern stumm in den Schatten der Eiben auf das Verstreichen der Zeit.

Ein Friedhofswärter in einem grünen Overall mit Erdflecken an den Knien und Händen wartet auf uns am Tor und schließt mit einem modernen Sicherheitsschlüssel auf. Der weite Overall schlackert an seinem dürren Körper, spärlicher Bartwuchs ziert das eckiges Kinn des Mannes. Er wirkt verängstigt.

»n'abend, wir sind von der Kriminalpolizei«, grüßt Mike und zückt ein Stück Karton, das aus einer Müslipackung ausgeschnitten wurde, aber selbst für mich, die den Trick schon kennt und hundertmal gesehen hat, auf einmal aussieht wie ein amtlicher Ausweis. Ich reibe mir über die Augen, um die Illusion abzuschütteln.

»Gut, dass Sie da sind, Officers. Es … 's hat Charlie erwischt, hinten bei den Katakomben. Ich weiß nich', was mit ihm passiert is', aber 's war kein Herzinfarkt. Seine Augen bluten.«

»Einen Moment bitte, bevor Sie weitererzählen. Wir müssen aufnehmen, was Sie gesehen haben.« Zac nickt mir zu.

Ich zücke das kleine schwarze Notizbuch, und Zac reicht mir den silbernen Stift. »Dann haben Sie Charlie gefunden? Können Sie mir bitte beschreiben, was Sie gesehen haben«, frage ich sanft und notiere alles.

»Jau. Ich war auf meiner üblichen Runde durch'n Park, geh nach Schließung der Tore immer noch alles ab, dass nich' noch

Besucher auf'm Gelände sind, da hab ich seine Schuhe bei hinter der Biegung hervorragen sehen.«

»Charlies Schuhe?«

»Ja. Bin sofort zu ihm hin und hab nachgeseh'n.«

»War da Blut?«

»Ganz viel! Er sieht aus, als wär seine Kehle rausgerissen. Sein Hals …!« Der Friedhofswärter reißt die Augen auf, seine Angst lässt ihn verstummen.

Ich warte, bis er sich wieder ein wenig beruhigt hat, bevor ich die nächste Frage stelle: »Sie haben dann die Polizei gerufen?«

»Ja, musst' zurück zur Kapelle, da is' 'n Telefon.« Er nickt zu dem Gebäude hinter uns. »Die ha'm mich mit 'nem Inspector Kumar verbunden. Der wollte kein Krankenwagen rufen, sagte, dafür sei's zu spät. Und jetzt sind Sie ja da.«

»Ja, jetzt sind wir hier. Alles wird gut. Sie schließen das Tor ab, haben Sie gesagt?«

»Ja, 's kann niemand mehr rein oder raus, der Zaun is' meterhoch.«

»Danke, Mister, das ist im Moment alles, was wir wissen müssen. Wir schauen jetzt nach Charlie. Setzen Sie sich doch so lange in die Kapelle und warten auf uns.«

Ein wenig verwirrt von dem Gedächtnis-Lösch-Zauber, den der Stift und Notizblock soeben verübt haben, folgt der Mann lammfromm meinem Vorschlag und betritt die Kapelle. Er wird sich nicht mehr erinnern, seinen Kollegen Charlie tot aufgefunden zu haben.

Ich klappe das Notizbuch zu und gebe den silbernen Stift an Zac zurück.

»Na dann, auf zu den Katakomben«, sagt Mike.

Highgate ist aufgeteilt in einen östlichen Teil für die Armen und einen westlichen, höher gelegenen für die Reichen. Typisch viktorianisches Klassenbewusstsein, selbst noch im Tod. Die unheimlichste Stelle des Highgate Cemetry ist vermutlich der

Kreis der Katakomben-Gräber, der einst von einer mächtigen libanesischen Zeder überragt worden ist und zu der wir jetzt aufbrechen.

Ich folge Zac, Caleb, Mike und Noah auf den gewundenen Pfaden zwischen Grabsteinen und hohen Farnen hindurch zu den Gräbern der Reichen. Ich wundere mich, dass Caleb nicht mehr das Team anführt, scheinbar ist er degradiert worden, und das scheint ihm gar nicht zu schmecken. Missmutig schlurft er uns hinterher, die Augen aufmerksam auf die Gebüsche und dunklen Schatten gerichtet.

Bei den kreisförmigen Katakomben führt eine Treppe in das Rund der Mausoleen aus grauem Granit hinab. Caleb zückt sein Katana und Zac seine Glock. Sie gehen vor. Mike bleibt dicht bei mir, und Noah sichert die Umgebung.

Ich folge in sicherem Abstand. Ich weiß noch, wie Caleb mich zuerst im Arm gehalten und dann angeblafft hat, ich solle mich nicht einmischen und würde alle in Gefahr bringen. Deswegen halte ich mich jetzt lieber zurück, damit nicht wieder jemand verletzt wird. Den Mann an der Golden Hinde konnte ich ja doch nicht retten.

Die Katakomben sind wie kleine Häuser in einem Rundbogen dicht an dicht aneinandergebaut, so dass man keine fünf Meter weit sehen kann, da der weitere Verlauf hinter der Biegung verborgen ist. Flechten und schwarzer Schimmel kriechen die Mauern hoch, Farne und Moos wuchern auf Mauervorsprüngen und Zierleisten. Hinter jeder der schwarzen Türen ruhen seit Generationen die Toten ganzer Familien.

Charlie liegt hinter einer Biegung, seine vor Schmutz starrenden Stiefel ragen in den Pfad. Caleb und Zac nähern sich ihm vorsichtig. Der Mann ist offensichtlich tot, sein Hals wurde regelrecht aufgeschlitzt. Dennoch legt Zac ihm zwei Finger an die Handgelenke und prüft den Puls, während Caleb die Umgebung sichert.

Es ist geradezu totenstill, kein entferntes Bellen, kein Rascheln in den Farnen, nur der Wind, der in den Baumkronen wispert, und das Rauschen des ewigen Stadtverkehrs von London.

»Tot?«, fragt Caleb.

Zac nickt.

»Was hat ihn so zugerichtet?«

»Keine Ahnung. Kein Mensch jedenfalls.« Zac beugt sich tiefer über den Leichnam. »Das muss Doc Brown sich ansehen.«

»Dann lass ihn uns einpacken und mitnehmen. Hier wimmelt es bestimmt von Geistern.« Caleb schüttelt sich, als wären ihm die Toten besonders zuwider.

»Ein Geist kann unmöglich einem Lebenden so eine Verletzung zufügen. Für derart tiefe Schnittwunden braucht es schon extrem hohe Poltergeist-Aktivitäten – und eine Waffe. Ich sehe hier aber nichts, womit dem Opfer diese Schnitte hätten zugefügt werden können.«

Caleb und Zac sehen sich nach einer Waffe und Spuren um, nehmen Proben fürs Labor und grasen Stück für Stück den Boden ab.

»Dann geh ich jetzt zum Wagen zurück und besorge mit Noah einen Leichensack und eine Bahre, solange ihr den Tatort sichert. Sally, du kannst mit dem Verwischen der Spuren beginnen, die schon aufgenommen wurden oder nicht fürs Labor infrage kommen«, sagt Mike.

»Alles klar«, antworte ich.

Ich trete näher an den Toten, vermeide es aber, ihn allzu genau anzusehen, und zücke meinen Scopae. An das Mausoleum ist Blut gespritzt, von dem Zac bereits eine Probe genommen hat und das ich entfernen muss.

»Sieh mal. Über dem Türsturz dieser Gruft steht O'Connor. Hast du hier ein Apartment, weil deine Mutti dich rausgeworfen hat?« Zac lacht.

»Sehr witzig«, brummt Caleb, sieht sich das Grab aber genauer an. »Komisch, die Tür ist ein Stück offen.«

»Scheiße, du hast recht!«

»Los, wir gehen da rein und sehen nach.«

Mich würden da keine zehn Pferde reinbringen, denke ich noch und sehe zu, wie Zac mit erhobener Pistole die Tür mit dem Stiefel weiter aufschiebt, während Caleb mit gezogenem Katana wartet. Zac leuchtet mit einer Taschenlampe in die Gruft, aber ich kann nichts sehen, weil die Öffnung zu eng ist, die Biegung meine Sicht behindert und ich ganz bestimmt nicht dichter ran möchte.

»Das ist keine gute Idee«, meint Caleb. »Lass uns erstmal einen Schutzkreis ziehen.«

Doch Zac verschwindet in dem Mausoleum.

Caleb gibt mir eine Taschenlampe und die Brieftasche, die er in den Taschen des toten Charlie gefunden, aber noch nicht eingetütet hat, bevor er Zac hinterherstürmt und ich meiner Aufgabe nachkomme und weitere Spuren beseitige.

Eine gefühlte Ewigkeit später ertönt ein Schuss, der in dem Rund von den Wänden wiederhallt, so dass ich in die Knie gehe und mir erschrocken die Ohren zuhalte – gefolgt von einer Stille, die mir das Blut in den Adern gefrieren lässt.

KAPITEL 36

Kaitlin

»Ich bin mir sicher, dass ich die Lesebrille hier irgendwo habe«, murmele ich und suche meinen Schreibtisch in der Bibliothek ab.

»Sie liegt dort vorne.« Der Studierende reicht sie mir von der Ablage an der Lampe, auf der sie liegt.

»Ah, danke. Was wollten Sie noch einmal wissen?« Ich massiere mit der rechten Hand meine Schläfe. Schon seit einigen Tagen plagen mich Kopfschmerzen, die langsam an meiner Konzentration nagen. Immer wieder vergesse ich, wo ich etwas hingelegt habe. Oder weiß nicht mehr genau, wo ein bestimmtes Buch liegt. Dabei kenne ich diese Bibliothek besser als meinen eigenen Körper.

»Ich wollte wissen, ob das Buch über die Studien zu den Kobolden wieder zurück ist«, wiederholt der junge Mann und drückt einen Schreibblock gegen seine Brust.

»Ah, ja. Ich schaue kurz nach.« Ich gehe zu dem Regal, in dem es sonst immer steht. Tatsächlich ist es zurück, obwohl ich mich nicht daran erinnern kann, es angenommen zu haben. Ich gebe es dem Studierenden und nicke ihm zu, als er sich bedankt.

Es wurmt mich, dass ich in den letzten Tagen so zerstreut bin und nicht weiß, woher dieser Zustand rührt. An meinem Tagesablauf habe ich nichts verändert. Daran kann es schon mal nicht liegen.

Höchstens an den vielen Gedanken, die ich mir in letzter Zeit mache. Seit ich Sally vor der Tierarztpraxis von Sam Johnson gesehen habe, weiche ich ihr aus. Nicht, weil ich die Konfrontation mit ihr fürchte. Nein. Ich weiche ihr aus, weil ich nicht weiß, was ich von ihr halten soll. Mittlerweile bin ich mir sicher, dass sie etwas mit dem Verschwinden von Ben aus dem Orden und dem

Einlassen des Betas aus dem Johnson-Rudel zu tun hat. Immerhin sollte sie als Dienstmädchen nicht wissen, wo man diese spezielle Tierarztpraxis findet. Vielleicht gerüchteweise gehört, aber sie sollte dort nicht so vertraut eingehen, wie ich es beobachtet habe. Nicht nach dem, was ich bisher von ihr gesehen habe.

Bisher dachte ich, dass sie ein einfaches Hausmädchen mit einer außerordentlichen Begabung für ihren Beruf ist. Doch mit ihrer ungewissen und unsicheren Herkunft kann ich mir keinen Reim auf das machen, was ich gesehen habe.

Ist das Erbe ihrer Mutter doch stärker in ihr als alles andere, was sie von ihrem Vater vielleicht mitbekommen hat? Bislang konnte ich mir nie sicher sein, aber nun?

Ihre Mutter war genauso, denke ich und lächele wehmütig. Bis zu ihrem Tod.

Sie hat sich mit jedem angefreundet, den sie kennengelernt hat. Ihr war egal, wer derjenige war, solange er nur nett und freundlich war.

Die Kopfschmerzen lassen für einen Moment nach und erlauben mir, mich in der Vergangenheit und meinen Erinnerungen zu verlieren.

Die Monate der Schwangerschaft verliefen bei Beatrice unkompliziert. Sie konnte normal weiterarbeiten und mich bei allem unterstützen, was in der Bibliothek anfiel. Nur die schweren Bücherkisten ließ ich sie nicht mehr schleppen, sondern trug ihr auf, diese mit Magie zu transportieren, da das weit weniger anstrengend war.

»Ach, Lady Kaitlin.« Beatrice lachte dann immer. »Ich bin doch nicht aus Zucker. Früher haben die Frauen auch bis zum letzten Tag auf dem Feld geackert. Lassen Sie mich doch ein wenig helfen.«

Doch gegen meine Sturheit kam sie nicht an. Beatrice verbrachte in den letzten zwei Monaten noch viel mehr Zeit in meiner Bibliothek als sonst, da es beschwerlich wurde, für sie in die

Stadt zu fahren. Also redeten wir. Nein, genauer gesagt, flüsterten wir.

Es hatte mich mehrere Monate gekostet, um mich zu überwinden, aber schließlich weihte ich sie in meine Pläne ein.

»Lady Kaitlin, das ist ein unfassbarer Affront gegen den Hermetischen Orden« war ihre erste Reaktion gewesen. Doch in ihrer Miene konnte ich keine Abscheu erkennen. Nur Neugier und einen Hauch von Amüsement. Vermutlich hielt sie es am Anfang für die wirren Gedanken einer alternden Frau.

Doch als ich sie noch näher einweihte, wurden wir ernster.

»Wenn ich das umsetze, wird nichts mehr so sein, wie es war,« flüsterte ich. Die Wände in meiner Bibliothek hatten keine Ohren, aber man konnte nie sicher sein, ob nicht doch irgendwer lauschte.

»Wenn Sie das umsetzen, wird der Protector Sie vernichten.«

Ich hatte mich in meiner Schülerin nicht getäuscht. Das Vertrauen, das ich in sie setzte, war gerechtfertigt. Dennoch zögerte ich. Das, was ich im Begriff war, von ihr zu verlangen, würde über die Grenzen des Machbaren hinausgehen. Es würde mehr von ihr verlangen, als ich je wiedergutmachen könnte. Aber ich musste es versuchen.

»Deswegen brauche ich dich, Beatrice.« Ich erhob mich aus dem weichen Lehnstuhl, um mich neben ihren Sessel zu hocken.

»Mich?« Beatrice runzelte die Stirn. »Was kann ich denn tun? Ich bekomme bald mein Kind, da bin ich wohl kaum in der Lage, zu helfen.«

»Ganz im Gegenteil.« Ich ergriff ihre Hand. »Du bist der Schlüssel dazu. Besser gesagt, die Geburt deines Kindes.«

Beatrice hob eine Augenbraue. »Wenn Sie jetzt vorschlagen, dass ich mein Erstgeborenes für irgendein schwarzmagisches Ritual opfere, um der Sache zu dienen, dann bin ich hier weg.« Sie entzog mir die Hand.

»Also bitte, wann habe ich je so etwas in Erwägung gezogen?« Ich richtete mich zu voller Größe auf, so dass ich sie überragte.

»Kein Kind, aber die Eichhörnchen im Park«, erinnerte sich Beatrice zu meinem Bedauern an eine vor einigen Monaten getätigte Aussage. »›*Die reine Masse von ihnen sollte ausreichen, um eine ausreichende Anzahl an Zähnen zu erhalten, um das Zerkleinerungsritual durchzuführen.*‹ Ihre Worte.«

»Ach, das war doch nur so dahingesagt. Einem Baby würde ich niemals etwas antun. Das wäre unfair, solange es sich nicht wehren kann.«

Einen Moment lang herrschte Stille zwischen uns, und wir schauten uns gegenseitig in die Augen. Beatrice suchte argwöhnisch nach etwas in meinem Blick, doch sie fand nichts.

»Ich will dein Baby nicht für ein Ritual nutzen«, sagte ich schließlich, um ihren Argwohn vollends zu beenden. »Zumindest aktuell nicht«, schob ich leise nach.

»Lady Kaitlin. Das ist mein Kind, und ich werde sicher nicht zulassen, dass Sie daran herumexperimentieren.« Beatrice stemmte sich mühsam aus dem Sessel, um mir direkt in die Augen zu schauen.

Kurz überlegte ich, sie vom Gegenteil zu überzeugen, aber das war nicht das Anliegen, weswegen ich sie an diesem Abend eingeweiht hatte. Stattdessen setzte ich mich wieder in meinen Sessel und trank einen Schluck von dem Tee, den mein Dienstmädchen mir vor einiger Zeit gebracht hatte.

»Ich möchte dich um einen Gefallen bitten«, begann ich erneut das Gespräch.

»Solange es nicht um mein Kind geht, wissen Sie doch, dass ich Ihnen fast nichts abschlagen kann.«

»Du weißt nun von meinem Plan und siehst ein, dass er notwendig ist, oder?«

Beatrice nickte. »Er ist gefährlich, aber sinnvoll, und vor allem notwendig.«

»Gut, gut.« Ich biss mir kurz auf die Lippen. »Dann möchte ich dich darum bitten, dass du diesen Plan umsetzt.«

Erneut runzelte Beatrice die Stirn und schüttelte verständnislos den Kopf. »Wie sollte ich …?«

»Die Geburt. Sie ist der Schlüssel.«

»Ich verstehe nicht ganz.« Beatrice massierte ihre Handknochen.

»Mein Plan braucht jemanden, der außerhalb des Ordens agiert. Jemand, der den Orden und seine Vorgehensweise genaustens kennt. Aber jeder, der auf normalem Weg aus dem Orden ausscheidet, wird gelöscht oder stirbt. Niemand verlässt den Orden mit all dem Wissen.«

In den Augen von Beatrice bemerkte ich Zweifel, ob sie die Andeutungen verstand, die ich machte.

»Was genau verlangen Sie von mir, Lady Kaitlin?«

»Zwar sind Geburten heutzutage nichts mehr, bei dem man üblicherweise stirbt.« Ich deutete auf ihren Bauch. »Die Versorgung wird immer besser, ebenso wie die Medizin.«

»Das meinen Sie nicht ernst!«, entfuhr es Beatrice etwas zu laut für meinen Geschmack.

»Bitte, Beatrice, senk deine Stimme.«

»Sie verlangen von mir, dass ich sterbe? Sind Sie wahnsinnig?«

»Natürlich nicht, auch wenn es gerne mal behauptet wird.« Ich schürzte ungeduldig die Lippen. »Ich habe nur einen Weg gefunden, wie jemand aus dem Orden ausscheiden kann, ohne dass sein Gedächtnis gelöscht wird.«

»Aber das wird doch für Aufsehen sorgen, wenn ich mit meinem Kind verschwinde. Oder wollen Sie das auch töten?« Beatrice streichelte über ihren rund gewachsenen Bauch.

Nun kam der Teil, der mir selbst in der Seele wehtat und von dem ich nicht wusste, ob ich ihn überhaupt vorbringen sollte. Dennoch musste ich es versuchen. Ansonsten hatte ich keine Ahnung, ob sich mein Plan noch zu meinen Lebzeiten umsetzen ließ. »Ich würde niemals ein Kind töten, das sagte ich bereits. Nicht einmal zum Schein. Aber du hast recht. Es würde auffallen, wenn du mit dem Kind verschwindest. Deswegen …«

Da wurde Beatrice klar, was ich von ihr verlangte, und sie riss die Augen vor Schreck weit auf. Mit ihren Armen umklammerte sie ihren Bauch. »Nein!« Sie hauchte das Wort, kaum lauter als ein Blatt, das auf dem Boden aufkam.

»Bitte, Beatrice. Ich weiß, es ist unglaublich viel verlangt, aber bedenke, was für Möglichkeiten sich dadurch ergeben.«

»Ich soll mein Kind aufgeben für einen Plan, den Sie sich ausgedacht haben?« Obwohl sie sich aufzuregen begann, blieb sie dabei noch leise. Nur ihre Gesichtsfarbe verfärbte sich von anfänglicher Blässe zu einem Puterrot. »Haben Sie eine Ahnung, was das aus mir macht?«

»Die Vorreiterin einer ganzen Generation und Vorbild für dein Kind? Außerdem würdest du dafür sorgen, dass dein Kind in dieser magischen Gesellschaft eine Chance haben würde. Als Kind einer Alleinerziehenden hätte sie es hart in den Strukturen des Hermetischen Ordens. Willst du ihr von vornherein die Zukunft verbauen, wenn du die Chance hast, es für sie besser zu machen?«

»Ich kann mit ihr verschwinden, eine neue Heimat ohne die Magie finden.«

Mitleidig sah ich sie an. »Du weißt, wie unerbittlich der Orden ist. Niemand darf mit den Erinnerungen an Magie leben. Sie würden dich und dein Kind für immer jagen. Du hättest nie wieder Ruhe.«

»Dann bleibe ich einfach und mache nichts. Vielleicht wird sie auch eine begabte Magierin und hat keine Probleme. Warum sollte ich mein Kind aufgeben? Das ist doch Irrsinn.«

Ich schaute Beatrice tief in die Augen und seufzte. »Weil du genauso bist wie ich. Allein die Tatsache, dass du nach einer Ausrede suchst, dir die Zukunft deiner Tochter schönzureden, sagt mir, dass du es selbst nicht glaubst. Dein Kind hat keinen Vater, und du weißt noch immer nicht, was mit ihm passiert ist. Wenn niemand weiß, dass du lebst, könntest du nach ihm suchen.«

Beatrice hob nur den Finger und deutete auf mich, während sie nach Luft schnappte, weil sie nicht wusste, was sie auf meine Frage erwidern sollte. Gleich darauf stand sie auf.

»Das höre ich mir nicht an. Dieser Vorschlag ist wahnsinnig, und das wissen Sie auch. Ich soll mein Kind zurücklassen. Um einen Mann zu suchen, von dem ich nicht einmal weiß, ob er mich einfach hat sitzenlassen? Pah! Unfassbar!«

Beatrice ging an mir vorbei, und ich hielt sie am Arm zurück, stand ebenfalls wieder auf, um ihr in die Augen schauen zu können. »Die Liebe, die du für ihn empfunden hast, war ernst. Und es wäre auch nur der Pence im Plumpudding. Alles zusammengenommen musst du doch verstehen, warum ich es dir vorschlage. Bitte, denk wenigstens einige Tage darüber nach. Überlege, was für Möglichkeiten in der Zukunft dadurch deinem Kind geschaffen werden. Bedenke das große Ganze. Und wenn alles funktioniert, wärst du letztendlich wieder mit deinem Kind und vielleicht auch mit dem Mann vereint, den du liebst, und dein Kind hätte die Chance, seinen Vater kennenzulernen. Willst du ihm das verwehren?«

»Wenn und letztendlich sind Worte, die eine werdende Mutter nicht in diesem Zusammenhang hören möchte, Lady Kaitlin.« Beatrice sagte es ohne eine Regung auf ihrem Gesicht. »Ich bin müde. Gute Nacht, Lady Kaitlin.«

»Denk bitte darüber nach«, flüsterte ich ihr noch hinterher und hoffte, dass ich nicht meine beste Chance auf eine Nachfolgerin vertan hatte.

Beatrice war die perfekte Kandidatin. Aufgeschlossen, ein Freigeist und voller Ambitionen. Deswegen war sie auch perfekt für meinen Plan. Sie dachte nicht so eingeschränkt wie die Ordensführung. Doch wenn ich sie jetzt verschreckt hatte, müsste ich mich über Jahre zurückziehen, ehe ich einen weiteren Versuch unternehmen konnte.

Tagelang sprach Beatrice nur das Nötigste mit mir. Die Ringe unter ihren Augen wurden tiefer, wobei ich nicht sagen konnte, ob es an dem Kind lag, das sie nachts wach hielt, oder an meinem Vorschlag. Immer mehr Zeit verstrich, und sie zog sich in ihre Kammer zurück, arbeitete die letzte Woche vor der Geburt kaum noch, weil es zu beschwerlich wurde. Nur ab und an gesellte sie sich zu mir, um mit mir einen Tee am Nachmittag zu trinken. Bis zu jenem Tag, an dem sie mir gegenübersaß und mich mit müden Augen ansah.

»Sie müssen mir etwas versprechen. Wenn ich das mache, müssen Sie auf mein Kind aufpassen. Dafür sorgen, dass es gut und behütet aufwächst.«

Das Kribbeln, das in diesem Moment meinen Körper erfasste, war stärker als jedes andere Glücksgefühl zuvor in meinem Leben. Ich vertraute meiner Stimme nicht, weswegen ich nur nickte und mir von meiner Aufregung nichts anmerken ließ.

»Ich meine das ernst, Lady Kaitlin. Ihr soll es an nichts mangeln, und Sie werden über sie wachen, als ob es Ihr eigenes Kind wäre, verstanden?«

Im Normalfall hätte ich nicht erlaubt, dass jemand so mit mir redete, aber für diesen Fall machte ich eine Ausnahme.

Sie wollte es tun!

»Ich verspreche es. Deinem Kind wird es gutgehen.«

»Und ich will, dass sie nie die Wahrheit erfährt. Sie soll denken, dass ich tot bin. Sollte ich ihr eines Tages begegnen, werde ich es ihr selbst sagen, aber bis dahin will ich nicht, dass sie denkt, ich hätte sie mit Absicht verlassen.« Beatrice schloss die Augen und verbarg sie hinter ihren Händen. »Das könnte ich nicht ertragen.«

»Natürlich. Außer mir würde niemand etwas wissen, und ich werde nichts verraten.«

Beatrice saß mir einige Minuten gegenüber, und ich gab ihr die Zeit. Ich spielte schon so lange mit dem Gedanken, dass es auf die paar Minuten auch nicht mehr ankam.

Nervosität erfasste mich, und ich massierte meine Hände unter dem Umhang, damit sie es nicht sah. Was wir vorhatten, war gefährlich, aber sie besaß das Wissen und ich die Vorausschau, um eben dieses Unternehmen durchzuführen.

»Dann sollten Sie alles vorbereiten«, hauchte Beatrice schließlich und besiegelte damit ihr Todesurteil. Sinnbildlich gesprochen.

Als wenige Tage später die Wehen einsetzten, war ich vorbereitet. Beatrice hatte verlauten lassen, dass sie das Kind im Orden bekommen und nicht in ein Krankenhaus gehen wolle. Die Geburt selbst verlief reibungslos, und wir hatten die Krankenschwester von der medizinischen Station dazu geholt, um es echter wirken zu lassen.

Seitdem Beatrice zugestimmt hatte, hatte ich an Eichhörnchen die schwarze Magie geprobt, die notwendig war, um Beatrice in einen todesähnlichen Zustand zu versetzen. Es hatte einige Versuche gebraucht, aber schließlich war es mir gelungen, die Magie zu wirken, ohne dass ich etwas laut aussprechen musste. Ein paar geflüsterte Worte und die richtigen Zutaten, die ich Beatrice in einem Trank verabreichte, und es war geschafft.

Gleich, nachdem die ersten Schreie des Babys zu hören waren, bemerkte ich, wie Beatrice' Augen zu flattern begannen.

»Ist es gesund?« Beatrice klang kraftlos, während die Krankenschwester die Nabelschnur vorsichtig durchtrennte und das Baby in Tücher einwickelte, die bereitlagen.

»Ein gesundes und wunderschönes Mädchen«, sagte sie mit einem Lächeln und hob die Kleine hoch, damit Beatrice sie sehen konnte. »Haben Sie schon einen Namen für sie?« Die Krankenschwester lächelte weiterhin freudig.

Noch, dachte ich, denn im selben Moment flüsterte ich Beatrice die Beschwörung zu, die ihr den Rest geben würde. Der Trank betäubte sie, die Magie senkte ihren Herzschlag auf maximal einen pro Minute herunter.

»Sally. Ihr Name soll Sally Davis sein.«

Dann starb Beatrice.

Zumindest für alle anderen im Orden. Alle bedauerten den Verlust, trauerten um das junge Leben, das von uns genommen worden war.

Auch ich spielte die Trauernde, damit niemandem auffiel, was ich tatsächlich dachte und was ich im Begriff war zu tun.

Beatrice' *Leiche* wurde von mir persönlich in ein Bestattungsinstitut gebracht. Zumindest glaubten das alle. Und als ich einige Tage später eine Urne mit Asche bekam, glaubten alle, dass es Beatrice war.

Die Beerdigung wurde begleitet von Sallys Geschrei, und alle dachten, dass sie ebenfalls trauerte, und bemitleideten sie umso mehr. Auf mein Anraten hin stimmte der Protector zu, sie anfänglich in meiner Obhut zu belassen. So verbrachte Sally das erste Jahr bei mir, bevor sie alt genug war, um von allen großgezogen zu werden. Sie hatte so viele Mütter, dass es ihr an nichts mangelte. Vor allem die Köchin Harriet kümmerte sich liebevoll um sie, so dass Sally immer mehr Zeit in der Küche verbrachte. Jeder liebte das kleine Mädchen und behandelte sie gut, so dass ich mein Versprechen Beatrice gegenüber einhielt.

Genauso wie sie ihr Versprechen mir gegenüber einhielt und meinen Plan, die magische Welt zu revolutionieren, langsam, aber stetig, voranbrachte.

KAPITEL 37

Caleb

Seit Toms Löschung fühle ich mich furchtbar.

Vielleicht werde ich auch paranoid, aber nach den Erfahrungen mit dem Wolf und der Sirene glaube ich einfach nicht, dass hier, im Highgate Cemetry, ein einfacher Einsatz auf uns wartet.

Obwohl jeder sicher denkt, meine Degradierung sei der Grund für meine derzeitige düstere Stimmung, ist das absolut nicht zutreffend. Es ist nur ein kleiner Teil in mir, der darüber tobt und wütet.

Ja, es ist ungerecht, aber ich habe meinen Teil dazu beigetragen, indem ich die Regeln gebrochen habe. Meine Position bekomme ich früher oder später wieder, ich bin gut in dem, was ich tue, und arbeite hart.

Ich hadere hingegen mit den Vorschriften, die ich befolgen und durchsetzen soll, mit dem Orden und der Frage nach richtig und falsch. Tom wurde alles genommen, was ihn ausmacht, er wurde nicht bestraft, sondern vernichtet. Und dann einfach vor die Tür gesetzt, um ein menschliches Leben zu führen, ohne Vergangenheit.

Aber es ist die Vergangenheit, die uns zu dem macht, was wir sind, unsere Erfahrungen und Erlebnisse. Nimmt man uns das, was bleibt dann noch?

Tom war und ist mein Freund, und ich möchte ihm – Orden hin oder her – helfen, ihm zumindest einen Teil seiner Vergangenheit erzählen. Aber immer, wenn ich bei ihm zu Hause vorbeisehe, ist niemand da. Abgesehen davon, dass ich ihm vielleicht gar nicht helfen würde, sondern nur alles verschlimmern, ist das ein gravierender Verstoß gegen die Ordensregeln und würde Konsequenzen nach sich ziehen, falls mich jemand dabei erwischen sollte, wie ich ihn kontaktiere. Also bin ich entsprechend vorsichtig.

Dennoch, bevor ich nicht weiß, wie es ihm geht, werde ich nicht aufgeben. Ich hoffe, er ist in Ordnung. Sollte ich ihn antreffen, werde ich ihm alles sagen, was er wissen muss. Wissen sollte. Er sollte erfahren, warum er eben keine Erinnerungen mehr hat. Auch wenn er mir wahrscheinlich nicht glauben wird.

Bis dahin kann ich nur das hier tun – versuchen, meinen Job so gut es geht zu erledigen. Der Mörder ist bestimmt noch hier auf dem Friedhof. Es ist einfach so ein Gefühl, dass dieses Geschöpf nicht geflohen ist, sondern genau hier auf uns wartet.

Es würde zudem zu den letzten Ereignissen passen.

Und noch mehr als zuvor muss ich dem Orden und meiner Familie beweisen, dass ich meine Aufgaben erfüllen kann und meinen Posten zu Recht innehabe. Denn meine Degradierung hat auch das Interesse meiner Familie geweckt: Mein Bruder hat einen mitfühlenden Brief geschrieben, mein Vater eine kurze, vorwurfsvolle E-Mail – ich würde den Namen O'Connor der Lächerlichkeit preisgeben –, und meine Mutter hat eine seltsame Anrufbeantworternachricht hinterlassen, die klang wie eine Einladung zu einer Gratis-Inquisition. Allerdings mit Kaffee und Kuchen.

Das Mausoleum mit meinem Nachnamen über dem Eingang gibt mir demzufolge kein gutes Gefühl. Zac macht zwar Witze darüber, aber ich kann die Besorgnis in seinen Augen sehen. Unser Glaube an Zufälle ist ein wenig angeknackst, und Vorsicht ist nun mal die Mutter der Porzellankiste. Auch sein Herumgeflachse vorhin im Van mit der Lakritze, um die angespannte Stimmung zwischen Sally und mir zu überspielen, ist mir nicht entgangen. Er wollte mir weitere mitleidige Blicke von Sally ersparen, weil man mir meine Position genommen hat.

Ich habe auch nicht vergessen, dass ich sie angegangen bin, kurz nach ihrer Nahtoderfahrung. Das macht mich nicht gerade zum Gentleman des Jahres. Sie wird bestimmt kein großes Verlangen danach haben, mit mir ein Gespräch zu führen, so wie die meisten im Moment.

Jeder im Orden denkt, ich hätte einem Verräter geholfen. Na ja, nicht wirklich jeder. Zac, Mike und Noah halten zu mir, ebenso wie viele Vigilanten, die Tom unterrichtet hat und die ihn kannten. Es spricht zwar niemand laut aus, aber viele im Orden sind mit der Löschung von Tom nicht einverstanden. Jedoch gehorchen wir alle und beugen uns den Regeln.

Sally scheint alles gut verkraftet zu haben, auch wenn sie mir doch ernster und vorsichtiger erscheint als noch vor einigen Wochen. Sie mag denken, ihr Geknabbere an einem Stück Zuckerstange könnte das überdecken, aber ich merke trotzdem, dass etwas mit ihr nicht stimmt. Zudem war sie heute noch nicht eine Sekunde lang kratzbürstig oder garstig zu mir.

Sie wird doch nicht ernsthaft krank sein?

Dass sie sich für die zweite Lebensrettung ihrer Person durch meine Wenigkeit bedankt, erwarte ich schon gar nicht mehr. Wahrscheinlich denkt sie, es gehört zum Service.

Zac hingegen ist leichter zu durchschauen. Er ist unsicher. Warum sonst sollte er Süßigkeiten zu einem Tatort mitnehmen und meinen Vorschlag ignorieren, einen Schutzkreis zu ziehen?

Anstatt den Vorschriften zu entsprechen, beachtet Zac meinen Einwand gar nicht, sondern verschwindet in der kleinen Krypta, über der mein Familienname steht. Also reiche ich Sally die Brieftasche des Toten, die ich noch nicht eingetütet habe, und meine Taschenlampe und folge meinem Freund. Ich kann mir zur Not Licht zaubern, sie nicht, und es ist beinahe schon stockdunkel auf dem Friedhof, die Toten brauchen keine Festbeleuchtung. Noah und Mike sind zwar in der Nähe, aber mir ist es wohler, wenn sie eine Lampe hat. Keine Ahnung, warum, wahrscheinlich fände ich es schade, wenn ich ihr zwei Mal das Leben gerettet habe und das dann umsonst gewesen wäre.

Zac hält inne, kaum dass hinter mir die Tür der Krypta mit

einem filmreifen, dumpfen Ton zufällt. Einen Moment später schwebt eine weiße Lichtkugel an die steinerne, von Spinnweben überzogene Decke des winzigen Raumes. Zac hat das Licht gezaubert, während ich die Tür wieder einen Spalt weit aufgedrückt habe, um einen Fluchtweg zu haben. Es ist gerade hell genug, um alles zu erkennen.

Das Innere des kleinen Mausoleums beherbergt vier Kammern, zwei auf jeder Seite, allerdings führt ein steinerner Durchgang auf der gegenüberliegenden Seite des Eingangs tiefer unter die Erde. Alte, moosüberwucherte Stufen, die noch bestimmt zu weiteren Gräbern führen.

Ich hasse Friedhöfe nicht nur, weil dort jede Menge Paras ihr Unwesen treiben.

Die vier Särge um uns herum entstammen verschiedenen Epochen und sind gänzlich unterschiedlich. Von einem prunkvollen, hölzernen Sarg, der erst neulich hier eingezogen sein dürfte, mit vertrockneten Blumen obendrauf, bis hin zu einem steinernen Sarkophag, der aussieht, als wäre er Hunderte von Jahren alt.

»Caleb, das Wappen.« Zac deutet an die Wand vor uns, direkt über den Eingang zur darunter liegenden Gruft.

Zwischen zwei steinernen Ornamenten ist ein Wappen aus Marmor an der Wand angebracht. Schon ein wenig verwittert und von Moos und Schimmel befallen, zeigt es einen Löwen mit zwei Schwänzen, aufrecht stehend, darüber einen Helm und gewundene Eichenblätter, die alles dekorativ umranden. Darunter steht – in den Marmor gehauen und fast verblasst – O'Connor.

Ich erkenne das Bild vor mir, in Grün und Gelb tapeziert meine Familie gern alles damit, was irgendwie nach Statussymbol aussieht. Mein Vater hat mir Manschettenknöpfe mit dem zweischwänzigen Löwen zu meinem sechzehnten Geburtstag geschenkt, und damals dachte ich noch, es wäre weiß Gott wie besonders. Aber es ist nur ein altes Familienwappen und wird seit der Zeit von Edward Longshanks von den O'Connors geführt. Jeder Nachfahre mit diesem Namen kann sich mit dem mutierten Katzentier schmücken. Es wirkt nur eben edler, wenn man so ein Wappen in der Eingangshalle eines Landhauses anbringt anstatt über dem Fernseher einer Mietswohnung in einem Londoner Vorort.

Wappen sind etwas für reiche Leute, die ein Hobby brauchen. Oder für Snobs. Ich fürchte, meine Familie passt in beide Schubladen.

»Es ist nur ein Wappen und nur ein Name, Zac. In Irland und auch hier in Großbritannien ist O'Connor nicht gerade selten. Bestimmt liegen irgendwelche Cousinen oder Vetter dreiundneunzigsten Grades von mir in den Särgen.« Ich bin ein wenig genervt, obwohl das schon schräg ist.

Aber so gut wie jeder mit dem Namen O'Connor glaubt doch, in direkter Linie von den irischen Helden abzustammen, die bei der Schlacht von Stirling Bridge den schottischen Freiheitskämpfer William Wallace unterstützt haben. Die Teilnahme daran ist überliefert, aber manchmal frage ich mich, was meine Vorfahren in Schottland zu tun hatten, anstatt zu Hause in Irland die Felder zu bestellen.

Mein Vater hingegen ist stolz darauf und weist gern andere Leute auf unsere lange Ahnenreihe hin, die wir auf einen alten Namen und das Führen eben des vor uns abgebildeten Wappens begründen.

»Trotzdem unheimlich. Wir sollten draußen auf Verstärkung warten. Besser wir gehen gar nicht weiter in diese Gruft hinein. Ich habe hierbei kein gutes Gefühl und will dich nicht gefährden«, brummt Zac, die Glock im Anschlag.

Sein eben gezeigter Eifer ist komplett dahin, und ich merke, warum er zögert. Er macht sich um meine Karriere und meine Sicherheit Gedanken.

»Nein, Zac. Das wäre falsch. Wir müssen normal weitermachen.« Unwillkürlich halte ich meine Stimme gesenkt, als wäre mir das alles hier unheimlich. Was es auch ist.

Die Atmosphäre hat etwas Gruseliges, aber das kann ich nicht vor ihm zugeben. Dazu jetzt noch über meine eigene Familientradition zu stolpern, nach meiner Degradierung und allem, was hinter mir liegt, verstärkt das ungute Gefühl in mir noch. Jede Faser möchte raus aus dieser Gruft, aber das ist nicht das, was wir tun sollten. Erst recht nicht mit einer frischen Leiche vor der Tür. Irgendwo ist hier ein Angreifer, und den sollten wir schnellstmöglich finden.

Ich kann Zac verstehen, in letzter Zeit hatten wir beim Versuch, Paras zu fangen, jede Menge Probleme. Man könnte sagen, wir haben für den Ratgeber *Paras und wie man sich auf der Jagd nach ihnen bis auf die Knochen blamiert* die meiste Recherche schon erledigt. Trotzdem, er ist jetzt der Erste Tatortermittler, und da darf er nicht zögerlich sein oder Angst haben.

Der ein oder andere im Orden mag vielleicht denken, ich würde ihn gern scheitern sehen, um meinen Posten zurückzubekommen, aber nichts liegt mir ferner. Zac ist mein bester Freund, und ich bin an meiner Degradierung selbst schuld. Er soll seinen ersten Fall hier nicht versauen. Außerdem möchte ich nicht, dass das, was immer den armen Friedhofswärter getötet hat, noch mehr Menschen erwischt. Wir haben schon zu viele Tote in den letzten Wochen gehabt, als dass wir das Risiko weiterer Opfer eingehen können.

»Zac, wir sollten der Sache nachgehen. Nimm bitte keine Rücksicht auf mich oder die Tatsache, dass hier ein O'Connor liegt. Oder mehrere.«

Er rollt mit den Augen, das kann ich sogar in dem dämmrigen Licht der magischen Kugel an der Decke sehen.

»Hier ist aber nun mal ein O'Connor Grab, und nach allem, was war, werde ich nicht deine Sicherheit gefährden. Wir gehen raus und warten draußen auf Verstärkung.«

Ich schüttele den Kopf. »Zac, es ist unser Job, hier alles zu überprüfen, und wenn das bedeutet, wir müssen tiefer in die Katakomben kriechen, dann kriechen wir tiefer rein. Du bist der Teamleiter, gerade du darfst nicht zögern oder übervorsichtig sein. *Die Eishexe* würde dir das als Schwäche auslegen.«

»Ich weiß. Aber ich wollte ja gar nicht Teamleiter werden. Mein Monatsziel war, den schnuckeligen Barkeeper im Old Cheese abzuschleppen. Dank dir hab ich jetzt Verantwortung. Und ein Team am Hals, das ich führen muss. Nicht cool, Caleb. Gar nicht cool.«

Ich muss grinsen, gegen meinen Willen, als er mich bei seinen letzten Worten strafend ansieht, als wäre meine Degradierung etwas, was ich nur getan hätte, um ihn zu ärgern. Dann deute ich seufzend auf den Durchgang, und Zac nickt. Als ich an ihm vorbeitreten will, um die Treppe als Erster hinunterzugehen, hält er mich fest.

»Hey, ich bin der Boss, richtig? Und egal was passiert, diesmal sollte ich den Job angehen. Ich gehe vor, du folgst mir und sicherst mich nach hinten ab. Du hast schon genug Ärger im Moment. Egal was passiert, das ist meine Aufgabe, und wenn Victoria mit unserem Vorgehen ein Problem hat, stehst du nicht im Fokus.«

Er nimmt seine Waffe höher und tritt auf die erste Stufe, während er mit der linken Hand die Lichtkugel lenkt, um diese vor uns die Treppen hinunterzusenden. Ich beobachte, wie das Licht auf den Boden zu schwebt und in dem Loch verschwindet, dabei die Stufen sanft erhellt und Zac den Weg weist. Bevor er jedoch weitergeht, dreht er sich noch einmal um, mit einem breiten Lächeln.

»Danke, Kumpel. Ich hätte bestimmt gewartet, und unsere *Eishexe* hätte mich wegen Untätigkeit und Feigheit rundgemacht.«

Hinter Zac ändert sich das Licht, und ich erstarre. Er sieht zu mir und kann deshalb nicht erkennen, was in der Tiefe der Krypta passiert. Aber etwas ist da, muss dort sein, denn das weiße, sanfte Licht seiner Kugel verändert sich unaufhörlich und weicht etwas anderem. Ein kalter blauer Schimmer mischt sich hinein und verdrängt das warme Licht, macht die Beleuchtung der Treppe von einem Moment auf den anderen bedrohlich.

»Hinter dir!«, brülle ich und reiße meine Klinge hoch, während Zac auf dem Absatz herumwirbelt und sich dem stellt, was vor ihm steht und für mich noch verborgen ist.

Er schießt, ohne zu zögern. Der Knall des Schusses halt von den Wänden in dem kleinen Raum zurück. Meine Ohren klingeln sofort, und ich habe ein Pfeifen im Kopf, kann aber dagegen nichts tun.

Eine Gestalt hüllt meinen Freund urplötzlich ein. Ich kann ein bleiches Gesicht erkennen, das Antlitz einer Frau, und ihre langen weißen Haare, die durch die Luft zu schweben scheinen. Als wäre das Wesen unter Wasser. Ein Großteil der schwebenden Schlieren befindet sich noch vor Zac auf der Treppe, als würde das Wesen aus der Tiefe zu ihm hinaufschwimmen. Sie bewegt sich wie Nebel, fließend und unheimlich leise. Zac wird von ihr vollkommen eingehüllt. Es wirkt wie eine Umarmung, weniger wie ein Angriff. Aber genau das ist es: ein Angriff.

Das gurgelnde Geräusch, das von Zac kommt, macht mir klar, dass er verletzt sein muss und ich unverzüglich handeln sollte. Zac taumelt zurück und fällt mir vor die Füße, direkt am Treppenabsatz. Entsetzt und fassungslos sehe ich, wie Blut aus seinem Hals quillt und Zac mit einem fragenden Blick rücklings vor mir zu Boden sinkt. Seine Kehle ist komplett aufgerissen, wie von langen Krallen zerfetzt. Blut dringt pulsierend aus der Wunde hervor, viel zu viel und viel zu schnell.

Es dauert einen Moment, bis mir klar wird, dass ich hier sehen kann, wie mit jedem Herzschlag ein Schwall davon die Wunde verlässt, während Zacs Glock laut und klappernd die Stufen vor uns hinunterfällt und die Gestalt weiter in die kleine Krypta dringt. Schwebend, und von diesen merkwürdigen Stoffbahnen umgeben, in ein kaltes blaues Licht gehüllt.

Die Banshee, es muss eine Banshee sein nach allem, was ich über sie weiß, schwebt nun auf Zac zu. Sie beachtet mich gar nicht. Ihre langen weißen Klauen sind blutig, und ihr Gesicht ist merkwürdig verzerrt. Sie wirkt gequält und greift meinen Freund erneut an.

Mein Katana pfeift durch die Luft und trifft die Gestalt auf Brusthöhe. Die Klinge fährt durch die weißen wabernden Schwaden und trennt viele davon ab, sie fallen mit einem leisen Rascheln vor mir auf den Boden und auf Zac, wo sie wie abgetrennter Stoff liegen bleiben.

Der Kopf der Banshee fährt hoch, und ihr Blick bohrt sich direkt in meinen. Ihre Haut ist bleich mit einem gräulichen Unterton, ihre langen Haare umschweben ihr Gesicht wie ein Strahlenkranz. Sie wirkt jung und ist überraschend hübsch. Und obwohl ihre rein weißen Augen, ohne Pupillen, die eine Iris erkennbar machen würden, blind wirken, erstarre ich unter dem Blick, der anklagend und ungläubig auf mich gerichtet ist. Als könne sie nicht begreifen, dass ich sie angegriffen und verletzt habe.

Sie öffnet den Mund, und ein klagender Schrei entfährt ihr, ein lautes, furchterregendes Geräusch mit einem schrillen und pfeifenden Unterton, das die kleine Gruft ausfüllt und meine Ohren erneut schmerzhaft klingeln lässt. Der Schrei scheint sich direkt in mein Hirn zu bohren und jede Faser meines Körpers zu erreichen. Trotzdem hole ich erneut aus.

Meine Klinge bohrt sich diesmal tief in den Brustkorb der geisterhaften Manifestation vor mir. Kurz muss ich an den Werwolf denken. Im Gegensatz zu ihm tut mir die Banshee jedoch nicht den Gefallen, von mir wegzutaumeln und einfach zu sterben. Im Gegenteil, sie schlägt zurück, schwebt weiter auf mich zu. Die Klinge verschwindet noch tiefer in dem Brustkorb dieser weiß-gräulichen Gestalt, die nur aus fließenden Stofflagen zu bestehen scheint.

Kurz fürchte ich, dass ihr das Katana gar keinen Schaden zufügen kann, obwohl ich Widerstand spüre, als ich es leicht drehe.

Allein das beschert mir ein sehr ungutes Gefühl im Magen. Doch dann sehe ich die größer werdenden grauen Flecken, die sich auf der Oberfläche der Gestalt ausbreiten wie Adern, die hervortreten.

Sie sollte sterben, müsste sterben, aber noch klammert sie sich an ihre Existenz und kommt trotz des in ihr steckenden Schwertes weiter auf mich zu. Wir berühren uns fast, ich kann ihren Atem auf meiner Haut spüren und einen erdigen, ursprünglichen Geruch wahrnehmen. Durch die Enge hier in der Gruft und die Tatsache, dass ich mein Schwert noch fest umklammere, kann ich ihr nicht ausweichen. Ihre Krallen erreichen mich, packen mich hart und unnachgiebig an den Schultern und ziehen mich näher an sie heran. Kälte umhüllt mich, während meine Waffe bis zum Heft in ihr verschwunden ist.

Ich versuche, die Klinge zu drehen, um der Banshee größtmöglichen Schaden zuzufügen und sie endlich zu töten; spüre die Wunden, die ihre Krallen in meinen Körper schlagen, während ihr Kopf mit den weißen langen Haaren sich mir unaufhaltsam nähert. Verwirrt registriere ich, wie er an meiner Brust zum Liegen kommt. In dieser makabren Umarmung, als wären wir zwei Liebende, verstummt ihr Schrei endlich, und die Banshee sackt in sich zusammen.

Ich schaffe es, mich endlich aus der Umklammerung zu lösen. Die Schmerzen in meinen Schultern und Oberarmen sind schlimm, und ich spüre das Blut aus meinen Wunden hervorquellen, dennoch stoße ich die Banshee heftig zur Seite. Sie ist leicht wie eine Feder und knallt gegen einen der Särge, bevor sie leise raschelnd zu Boden gleitet. Ich selbst falle auf die Knie, das Katana gleitet aus meiner Hand und kommt scheppernd neben mir auf dem Boden auf.

Besorgt wende ich mich Zac zu. Er liegt direkt vor mir. Seine Lichtkugel schwebt über uns, flackert jetzt aber, während er mit fragendem Blick den meinen sucht. Seine Hände umklammern seine Kehle. Darunter tritt Blut hervor, aber es fließt nun schon sehr langsam. Er ist in der kurzen Zeit meines Kampfes nahezu ausgeblutet. Sein Hals wurde vom Angriff der Banshee komplett zerfetzt. Sein Blick ist verwundert, als könne er nicht fassen, was da passiert.

Und ich starre ihn nur hilflos an – es gibt absolut nichts, was ich für ihn tun kann.

»Zac.« Meine Stimme bricht, aber ich versuche, stark zu klingen. »Halte durch. Hilfe ist auf dem Weg. Alles wird gut. Das ist nur ein Kratzer. Bleib einfach wach.«

Eine Lüge. Ich lüge ihn an. Nichts wird gut.

Er öffnet den Mund, mühsam, aber kein Wort kommt über seine Lippen, nur ein wenig Blut. Er hat noch gar nicht realisiert, dass seine Stimmbänder dem Angriff der Banshee ebenfalls zum Opfer gefallen sind. *Und das wird er auch nicht mehr realisieren* – dieser Gedanke in mir ist glasklar und zeigt die Endgültigkeit der Situation, während ein weiterer Blutschwall zwischen seinen Fingern hindurch pulsiert. Jeder Herzschlag, den sein Körper noch bewältigt, befördert den Rest seines Blutes aus der Halswunde. Es ist eine Frage von Sekunden, bevor er …

Nein! Nein, nein, nein. Scheiße, NEIN! Es muss doch etwas geben, was ich tun kann. Er darf nicht sterben! Nicht Zac!

Mit meinen Händen versuche ich, wider besseres Wissen, die Wunde zu schließen, obwohl es aussichtslos ist. Ein nutzloser Versuch, meine eigene Hilflosigkeit nicht zu akzeptieren. Zacs Augen werden trübe, sein Blick flackert, ich kann den Moment, als das Leben aus ihm weicht, förmlich spüren.

Auch die Lichtkugel, die Zac gezaubert hat, verlöscht nur einen Wimpernschlag später, und ich bleibe im Dunkeln zurück, die Hände am Hals meines nun toten Freundes. Selbst wenn ich es nicht wahrhaben wollte, macht mir nun die Dunkelheit klar, dass es wirklich passiert ist. Dass Zac gerade gestorben ist.

Mir ist kalt, ich spüre das Blut an meinem Oberkörper, das aus meinen Wunden austritt, die mir die Banshee geschlagen hat. Ich spüre den kalten Stein unter meinen Knien, die Kälte der Erde und Zacs nun schlaffe Finger unter meinen eigenen. Zacs Blut, wie es klebrig zwischen meinen Fingern beginnt zu trocknen.

Die Banshee hat ihn getötet, und kurz tröstet mich der Gedanke, dass ich ihren Todesschrei gehört habe. Sie ist erledigt. Fast beiläufig sehe ich auf meine Armbanduhr, die im Dunkeln mit ihrem Zifferblatt derzeit alles ist, was ich noch erkennen kann. Zwanzig Uhr. Wenn mein Wissen über diese Spezies richtig ist, bleiben mir jetzt noch ein paar Stunden, bevor ihr Schrei auch mich erledigen wird.

Schließlich erreicht mich der Schein einer Taschenlampe. Ich habe keine Ahnung, ob ich hier schon seit zwei Sekunden oder zwei Stunden sitze. Ich schaffe es nicht, Zacs Hals loszulassen. Ich will meinen letzten Versuch, ihn zu retten, einfach nicht beenden.

»Oh – mein – Gott«, höre ich Sally sagen, ihre Stimme klingt geschockt.

Der Schein der Taschenlampe fällt auf Zacs Gesicht, das nun bleich und wächsern wirkt.

»Ist er?« Sally wispert die Frage, ihre Stimme bebt.

»Ja. Es ging so schnell, ich konnte nichts tun.«

Sie schluchzt auf, und ich atme mühsam ein und zwinge mich, meine Hände zu öffnen und Zac loszulassen. Es ist schwer, und ich fürchte, Zacs toter Blick im Schein der Taschenlampe und sein Blut an meinen Händen wird sich mir auf ewig ins Gedächtnis brennen.

Mit der rechten Hand schließe ich langsam Zacs Lider, meine Finger zittern dabei heftig. Dann erhebe ich mich mühsam und schwankend, während Sally entsetzt aufkeucht, als sie nun die Halswunde von Zac erkennen kann.

Ich fühle mich verwirrt und nicht gut, die Wunden der Banshee brennen, und in meinen Ohren klingelt es noch immer. Da war ein Schuss, stimmt. Zac hat geschossen. Das erklärt den Tinnitus. Bestimmt habe ich einen Schock, obwohl ich bisher so etwas noch nie erlebt habe. Ich schaffe es kaum, mich auf den Beinen zu halten, obwohl die Verletzungen an meinem Oberkörper sich nur oberflächlich anfühlen. Auch wenn sie wie flüssiges Feuer brennen. Trotzdem fällt es mir unheimlich schwer, mich auf meine Umgebung, auf Zacs Tod oder auf Sally zu konzentrieren, die auf mich einredet. Alles ist gedämpft und unklar.

Da war etwas, irgendetwas mit Zeit, aber auch dieser Gedanke entgleitet mir wieder, während ich versuche, mich auf die Frau vor mir zu konzentrieren.

Warum ist die niedliche Kleine so aufgeregt?

Ich verstehe zwar nicht viel, aber sie scheint besorgt zu sein. Sie hat einen hübschen Mund und schöne Haare. Und ist unheimlich winzig.

Wieso ist sie so aufgeregt?

»Caleb? Caleb, was ist los? Rede mit mir!«

FOLGE

12

KAPITEL 38

Sally

»Ich hole Hilfe!«

Ich laufe los, den Gang vom Mausoleum weg zu der Treppe hin, die aus dem Rund aus Granit nach oben führt. Es ist unheimlich, denn ich kann nicht sehen, was hinter der nächsten Biegung lauern mag, aber dennoch laufe ich weiter.

»Mike! Noah?«

Ich rufe laut nach den anderen Vigilanten und verfluche es, dass wir keine Headsets benutzen. Aber mir hätten sie sowieso keines gegeben, ich bin nicht Teil ihres Teams und hätte eigentlich gar nicht gemeinsam mit ihnen nach einem Angriff durch ein übernatürliches Wesen am Tatort ankommen sollen, sondern erst später, wenn alles gesichert ist. Es war ein Fehler, aus Bequemlichkeit zu ihnen in den Van zu steigen. Aber niemand hat protestiert, niemand glaubte, dass etwas Gefährliches hier lauern könnte.

Der Highgate Cemetry ist ein wohlbekannter Ort für Geisteraktivitäten und wird regelmäßig überprüft, auch wegen der vielen Touristen tagsüber. Was auch immer dort in der Gruft gelauert hat, es hätte gar nicht da sein dürfen.

Dunkelheit hat sich seit unserer Ankunft über den Friedhof gesenkt, und der Pfad vor mir füllt sich mit bedrohlichen Schatten. Weder Mike noch Noah reagieren auf mein Rufen, sie sind zu weit weg. Also renne ich, so schnell ich kann, zum Van am Eingang des Friedhofs zurück.

Dort sind Mike und Noah dabei, alles für den Abtransport der Leiche aus dem Wagen zu laden. Als ich angerannt komme, kämpfen sie gerade mit dem Ausklappen einer Bahre, was normalerweise

Doc Brown übernimmt. Sie blicken erschrocken zu mir hoch, als ich außer Atem zu ihnen stürze.

»Schnell! Sie wurden angegriffen! Zac liegt am Boden und Caleb …«

Mike zögert keine Sekunde, zückt seine Waffe und signalisiert Noah, ihm zu folgen. Gemeinsam rennen wir zu dem Mausoleum zurück.

Ich bin nicht so fit wie die beiden und falle zurück. Mit keuchendem Atem und brennenden Lungen erreiche ich kurz nach ihnen das düstere Mausoleum. Ich zögere, ob ich hinabfolgen soll, und gehe gerade weit genug hinein, um Mike zu sehen, der sich besorgt über den am Boden liegenden Zac beugt, während Noah die Gegend sichert.

»Was ist passiert!?«, schreit Mike Caleb an, der noch immer regungslos am Boden hockt und auf den leblosen Zac starrt.

»Sie ist weg, ich habe sie erledigt.« Calebs Stimme ist nicht mehr als ein Flüstern.

Mike schaut sich um, doch in dem Grab ist nichts zu sehen, keine Spuren eines Monsters. Was auch immer hier gewesen ist, es hat sich in Luft aufgelöst.

Noah geht an mir vorbei und betritt vorsichtig das Mausoleum. »Was ist mit Zac?«

Ich will Mikes Antwort gar nicht hören und lieber glauben, dass Zac nur ohnmächtig ist, dass das Blut nicht von ihm stammt, dass die Verletzungen gar nicht so schlimm sind.

Doch Mike schüttelt den Kopf. »Ich fürchte, wir kommen zu spät.«

Mir krampft sich der Magen zusammen. Zac liegt noch immer in derselben Position auf der Seite am Boden, die blutunterlaufenen Augen weit aufgerissen, wie bei dem toten Friedhofswärter. Als Mike ihn nun herumdreht, sehe ich die blutigen Schlitze quer über seiner Kehle. Seine Haare haben sich aus seinem Dutt gelöst und hängen ihm wirr übers Gesicht.

»Was war das?« Mikes Finger untersuchen die Wunde, und mein Magen dreht sich noch ein Stück weiter. »Was hat Zac das hier angetan?«

»Eine Banshee«, flüstert Caleb.

»Eine Banshee?« Noah schüttelt den Kopf. »Banshees töten nicht auf diese Art und Weise.«

»Diese schon.« Calebs Stimme ist entrückt, als wäre er abwesend. Er starrt noch immer auf den toten Zac. Sein Katana liegt nutzlos neben ihm. Ich frage mich, ob er damit versucht hat, Zac zu verteidigen. Er sieht nicht verletzt aus, aber erschöpft, wie nach einem schweren Zauber. Und unter Schock.

Mike beginnt, eine komplizierte Zauberformel zu sprechen und streicht mit abgehackten Gesten über Zacs Kehle, aber es ist zu spät, er lebt nicht mehr, der Heilungszauber kann ihn nicht retten. Dennoch sehen Noah und ich voller Hoffnung zu, ob Mike etwas bewirken kann. Nach ein paar Minuten bricht er die Formel ab und schüttelt den Kopf.

Wir starren alle drei fassungslos auf den toten Zac. Einen Moment lang rührt sich niemand von uns.

Dann knie ich mich neben ihn auf den Boden und streiche ihm sanft die Haare aus dem Gesicht. Seine Wangen sind noch warm. Noah schlägt ein Kreuz.

»Wir sollten die Bahre holen«, sagt Mike.

Noah nickt. »Caleb, du bleibst hier bei Sally, Mike und ich gehen zum Wagen.«

Caleb antwortet nicht.

Ich sehe zu, wie Mike und Noah aus dem Mausoleum gehen und nichts als Traurigkeit zurücklassen. Caleb starrt noch immer wie versteinert vor sich hin. Ich fühle mich alleingelassen und hilflos. Niemand ist auf so etwas wie das hier vorbereitet. Auf den Tod eines Vigilanten im Team.

Als Mike und Noah außer Hörweite sind, flüstere ich: »Caleb? Alles klar bei dir?«

Ich weiß natürlich, dass gar nichts klar ist, Zac ist tot, und Caleb musste mitansehen, wie er getötet wurde. Aber sein Verhalten macht mir Angst, irgendetwas stimmt nicht mit ihm. Das ist mehr als ein Schock. Ich habe noch nie gesehen, dass er sich dermaßen aus der Bahn bringen lässt. Er sollte den Tatort sichern, aufpassen, dass nicht noch etwas anderes hier sein Unwesen treibt.

Von Caleb kommt auch dieses Mal keine Antwort, daher setze ich mich neben ihn, rutsche mit dem Rücken die kalten Grabplatten an der Wand herab und ziehe meine Knie an. Fast verspüre ich einen Drang, den Arm um ihn zu legen und ihn zu trösten, aber ich weiß nicht, ob er das zulassen würde, und eigentlich hasse ich ihn ja immer noch. Aber Zacs leblosen Körper im Staub vor uns liegen zu sehen schnürt mir genauso die Kehle zu wie ihm.

Jetzt bloß nicht weinen.

»Du konntest es nicht verhindern.« Ich versuche, Caleb zu trösten, ohne eine Ahnung zu haben, was hier eigentlich passiert ist und ob das stimmt.

Eine Banshee? Ich dachte immer, die verkünden nur den baldigen Tod, nicht dass sie ihn bringen. Aber was auch immer in den wenigen Minuten in der Gruft passiert ist, ich weiß ganz genau, dass Caleb niemals den Tod von Zac gewollt hätte. Wahrscheinlich war es großes Glück, dass es nicht auch ihn erwischt hat.

Sein Blick ist leer und macht mir Angst. Ich hätte Tränen erwartet, denn mir ist zum Heulen zumute, und ich stand Zac nicht einmal annähernd so nah, wie er es tut. Die beiden waren wie Brüder. Ich habe gehört, sie hätten die Ausbildung zusammen absolviert.

Die Kälte vom staubigen Granitboden und der harten Marmorplatte in meinem Rücken kriechen mir in die Glieder und lassen mich frösteln.

»Hey, hör zu. Wir schaffen Zac jetzt hier heraus.« Ich stehe auf, doch Caleb rührt sich nicht. »Komm schon, du musst aufstehen.«

»Ich hab sie gehört«, flüstert er.

»Was meinst du?«

»Die Banshee. Ich hab sie schreien gehört.«

Ich schüttele den Kopf. *Das ist unmöglich. Da war kein Schrei, nur ein Schuss. Eine Banshee schreit nicht, und wenn man sie hört …*

»… wenn man sie schreien hört, dann muss man sterben«, beendet Caleb meinen Satz, als wüsste er, was ich gerade gedacht habe.

»Das … hast du dir nur eingebildet …«, versuche ich es vorsichtig, doch er schüttelt den Kopf.

»Ich kann ihren Schrei noch immer hören, er hallt in meinem Kopf.«

So langsam wird mir klar, warum Caleb so abwesend ist, als wäre er hypnotisiert. Aber das ist unmöglich.

»Wir sagen's Mike, und der bringt dich in den Orden zu Victoria Bannister. Sie weiß, was zu tun ist.«

Caleb schüttelt den Kopf. »Nicht Victoria.«

Seine Reaktion überrascht mich. Sie ist seine Chefin, er muss mit ihr reden.

»Sie kann nicht helfen. Niemand kann das.«

Er scheint sich in dieser fatalistischen Rolle wohlzufühlen, und ein Teil von mir genießt es, dass es ihm jetzt so schlecht geht, dass er nun zu fühlen bekommt, wie es ist, jemanden zu verlieren, den man liebt. Aber ich habe Zac auch sehr gern gehabt und weiß genau, wie sich das anfühlt. Ich kann Caleb nicht hassen. Er dachte, er tut das Richtige.

Seine Trauer spüre ich geradezu körperlich, aber etwas in seinem starren Blick und seinen abwesenden Augen sagt mir, dass es nicht bloß Trauer um Zac ist, die er da spürt, dass seine Lähmung auch von dem Fluch der Banshee stammt, der ihn davon abbringen soll, etwas dagegen zu unternehmen.

Ich muss etwas tun, um ihm zu helfen, den Fluch zu brechen. Er würde dasselbe für mich tun.

»Ich werde sterben«, sagt er tonlos.

»Papperlapapp, niemand muss sterben.« Ich reiche Caleb die Hand, um ihm aufzuhelfen. »Ich bringe dich zu Lady Kaitlin, die weiß bestimmt, was zu tun ist.«

KAPITEL 39

Kaitlin

Ein lautes Klopfen schreckt mich aus meiner Lektüre hoch. Ich hatte es mir gerade mit den Tagebüchern der polnischen Vampirjägerin Ida Stawicki und einem frisch gebrühten Tee auf meinem Sessel bequem gemacht, nachdem das Abendessen abgeholt worden ist, und ich vor wenigen Minuten die Bibliothek geschlossen habe.

Verärgert ignoriere ich das Klopfen. Es hängt ein Schild von außen an der Tür, dass das Wissen des Ordens erst am nächsten Tag wieder zur Verfügung steht.

Die Kopfschmerzen, die mich schon den ganzen Tag quälen, werden auch nicht besser, und für einen übereifrigen Studenten habe ich nun wirklich keine Zeit.

»Lady Kaitlin«, dringt es so leise durch die dicke Holztür der Bibliothek, dass ich die Stimme kaum erkenne. Das Klopfen bleibt penetrant, so dass ich schließlich den ersten Band der Lektüre beiseitelege.

»Wenn es nicht wirklich wichtig ist, dann werde ich jeden Einzelnen vor dieser Tür in eine Nuss verwandeln und euch den Eichhörnchen im Park verfüttern«, brumme ich, während ich die Tür aufschließe.

Doch kaum sehe ich, wer vor der Tür steht, bleiben mir weitere Beleidigungen im Hals stecken. »Sally? Was machst du denn hier?«

»Haben Sie bitte kurz Zeit für uns? Es wäre dringend.« Mit dem Kopf deutet sie auf Caleb, den sie stützt. Er hat den Arm um ihre Schultern gelegt, aber schafft es dennoch kaum, aufrecht zu stehen.

»Wenn er verletzt ist, muss er auf die Krankenstation.« Mir

genügt ein Blick auf ihn, und ich weiß, dass er mit Sicherheit irgendwo starke Schmerzen hat. Ständig verzieht er das Gesicht, und sein Blick ist so glasig, als hätte er meinen Flachmann in einem Rutsch geleert.

»Er ist zwar verletzt, aber wir brauchen dennoch Ihre Hilfe. Das ist dringender. Bitte, dürfen wir reinkommen? Das ist keine Angelegenheit, die man auf dem Flur bespricht, Lady Kaitlin.« Sallys Blick wird drängender, und ich habe schon immer Schwierigkeiten gehabt, ihr einen Wunsch abzuschlagen.

»Kaum verletzt, aber doch zu schwach, um selbst zu laufen. Was auch immer ihr beiden angestellt habt: Es scheint nicht gut auszugehen für ihn.« Dennoch trete ich einen Schritt zurück und lasse beide herein. Zur Sicherheit prüfe ich, ob noch jemand in dem Gang zur Bibliothek steht und uns beobachtet, aber er ist menschenleer.

Sally lässt Caleb in meinen Sessel hinabgleiten und stöhnt, als sie endlich nicht mehr sein Gewicht auf ihren Schultern spürt.

Neugierig warte ich darauf, was sie mir zu erzählen hat. Wenn sie schon zu mir kommt, ist es wohl etwas, das nicht für die Ohren der Vigilanten oder den restlichen Orden bestimmt ist. Ich kann nur erahnen, was sie getan hat.

Vielleicht mit Magie herumgespielt und Caleb war ihr Opfer? Oder sie haben andere verbotene Dinge angestellt und wissen sonst niemanden, zu dem sie gehen können.

»Geht es im Moment?« Sally tätschelt Calebs Arm, als er nickt und die Augen schließt. Seine Brust hebt und senkt sich noch, also mache ich mir keine allzu großen Sorgen um ihn.

»Lady Kaitlin, ich weiß, die Frage erscheint vielleicht etwas seltsam, aber was wissen Sie über Banshees?«

»Banshees?« Ich runzele die Stirn und setze mich auf die Sitzgelegenheit gegenüber von Caleb. Auch wenn Sally mit mir redet, so schaue ich nur Caleb an. Er sitzt zusammengekauert wie ein nasser Sack, der nie wieder aufrecht stehen wird.

Sally nickt und hockt sich neben mich auf den Boden. »Gibt es ein Buch zu dem Thema oder etwas, das ich mir ausleihen darf?«

»Kindchen, du darfst dir keine Bücher über Magie ausleihen, das weißt du doch.« Mit Absicht maßregele ich sie, um ein paar Sekunden zu gewinnen. Die Kopfschmerzen pochen umso stärker, nachdem ich mich aus meinem Sessel erhoben habe. Es ist, als ob mein Verstand nicht mehr arbeiten will.

»Ja, ich weiß, aber es ist wichtig. Und Sie haben mir als Jugendliche mal gesagt, dass eine Regel nur so lange gut und richtig ist, bis jemand durch diese zu Schaden kommt.«

»Und dazu stehe ich noch immer«, erwidere ich aus voller Überzeugung. »Erklär mir, warum du das Buch brauchst.«

Sally zögert diesmal keine Sekunde. »Calebs Leben ist in Gefahr. Wir hatten heute Abend einen Einsatz, und dabei wurde Zac getötet.« Eine Spur von Trauer huscht über ihr Gesicht, doch sie verscheucht es mit ihren Fingern, als sie sich über die Augen wischt. Zurück bleibt nur die vom Wunsch zu helfen angetriebene junge Frau.

Obwohl ich sie in letzter Zeit gemieden habe, vertraut sie mir inzwischen scheinbar mehr als noch vor drei Wochen, als ich ihr jede Information aus der Nase habe ziehen müssen. Vielleicht liegt es daran, dass ich sie vor zwölf Tagen aus dem Haus von Sam Johnson habe kommen sehen und nicht an den Protector verraten habe, als ich selbst einen Besuch in der Nähe erledigen wollte.

»Jedenfalls wurde er von einer Banshee getötet.«

»Das tut mir sehr leid.« Ich schaue zu Caleb. Er wirkt nicht so, als ob er eine äußere Verletzung erlitten hat. *Ist es der Schock, der ihn so fertig macht?*

Ich habe wohl mitbekommen, dass Zac und Caleb gute Freunde waren. »Aber ich kann niemanden von den Toten zurückholen, wenn es das ist, was ihr wissen wollt.«

Sally winkte ab. »Deswegen sind wir nicht hier. Wir sind hier, weil Caleb den Schrei der Banshee gehört hat, und seitdem geht es ihm nicht gut.«

Ruckartig stehe ich auf, werfe dabei beinahe meine Teetasse um, die am Rand des Tisches steht. »Er hat was?«

»Ihren Schrei gehört oder besser, ich höre ihn immer noch.« Caleb öffnet die Augen nicht, aber er macht eine vage Handbewegung um seine Ohren herum. »Wenn es nicht bald aufhört, platzt mein Trommelfell. Oder ich laufe Amok. Auf jeden Fall nervt es gewaltig.«

»Können Sie ihm helfen, dieses Schreien loszuwerden?« Sally steht direkt neben mir, hat sich aus ihrer hockenden Position erhoben und schaut zu mir hoch. In ihrem Blick liegt etwas Flehendes, dem ich kaum widerstehen kann.

Umso mehr schmerzt es mich, dass ich sie enttäuschen muss. »Kindchen, wer den Schrei einer Banshee hört, der stirbt augenblicklich.«

Caleb hebt die Hand und winkt, während sein Kopf weiterhin nach hinten an dem Sessel lehnt. »Sitze hier noch ziemlich lebendig, und der Schrei war vor etwas mehr als einer Stunde.«

Ich bin erstaunt, dass er die Situation so gelassen hinnimmt. Wobei ich mir sicher bin, dass es nur eine Fassade ist, die er versucht, aufrechtzuerhalten. Als er die Hand wieder senkt, sehe ich, wie sehr seine Finger zittern. Er klammert sich in den Armlehnen meines Sessels fest, um das Zittern zu unterbinden, doch die Angst ist unübersehbar.

»Das kann ich sehen. Das lässt mich doch etwas verwirrt zurück. Eigentlich gibt es nur eine Erklärung dafür.«

Schnellen Schritts marschiere ich zu einem Regal, in dem die Aufzeichnungen der großen Magier aus dem gälischen Raum lagern. »Es gibt da einen Magier aus dem 18. Jahrhundert …«, murmele ich vor mich hin und greife zu einem koboldgrünen Einband, der am äußeren Ende des Regals steht. »Da ist er ja. Finlay

Glanis. Er hat die Banshee seiner Familie jahrzehntelang studiert und sein Haus nie verlassen.«

»Wieso das nicht?« Sally ist mir gefolgt.

»Angeblich hat jeder große Clan in Irland und Schottland eine eigene Banshee. Diese ist für die Totenwache eines jeden Familienmitglieds zuständig. Kurz bevor jemand stirbt, taucht die Banshee vor den Fenstern des Clanwohnsitzes auf und weint oder schreit, wodurch die Familienmitglieder wissen, dass bald von ihnen jemand stirbt. Und damit er diesen Augenblick nicht verpasst, hat er 30 Jahre lang das Haus seiner Familie nicht verlassen.« Ich tippte mir gegen die Stirn und schnalzte mit der Zunge. »Ein wenig verrückt, wenn ihr mich fragt, aber seine Aufzeichnungen könnten uns jetzt von Nutzen sein.«

»Was vermuten Sie denn?« Caleb rührt sich nicht vom Sessel weg, beteiligt sich aber immerhin am Gespräch.

»Gib mir einen Moment.« Ich blättere zu der Seite, die ich vor einigen Jahren mal gelesen habe, und überfliege den Inhalt.

»Ja, wie ich es vermutet habe. Es gibt nur eine Erklärung für dieses Verhalten der Banshee.« Ich klappe das Buch wieder zu und seufze. »Stammt deine Familie aus Irland oder Schottland?«

Ich schaue ihn nicht an, sondern schiebe das Buch, so langsam es geht, zurück ins Regal. Die nächsten Worte würden schmerzhaft für ihn werden, aber er muss sie hören.

»Ich gehöre zwar einem weitverbreiteten Namen an, aber einem richtigen Clan?« Caleb runzelt die Stirn.

»Die irischen Clans sind weiter verbreitet, als du denken magst. Vielleicht entstammst du einem Clan und weißt es nicht einmal. Dass du den Schrei der Banshee gehört hast, kann nur bedeuten, dass diese Banshee für deine Familie zuständig ist. Egal, wie entfernt du auch mit ihnen verwandt sein magst.«

Sally schüttelt den Kopf. »Das ergibt doch keinen Sinn. Wir waren auf dem Highgate Cemetery. Das wird wohl kaum der Wohnsitz einer irischen Clanfamilie sein.«

»Wie die Banshee da hingekommen ist, kann ich euch nicht sagen. Ich weiß nur eines mit Bestimmtheit: Wenn er den Schrei gehört hat, wird innerhalb von 24 Stunden jemand aus seiner Familie sterben. Und da er der Einzige in der Gegend ist …«

Nun reißt Caleb doch die Augen auf. »24 Stunden? Und jetzt habe ich doch tatsächlich für ein paar Minuten gedacht, dass ich einfach Glück gehabt habe.«

Ich zucke mit den Schultern. »In gewisser Weise hast du das auch. Diese 24 Stunden gelten als Gnadenstunden. Du kannst dich von deiner Familie verabschieden und deine Angelegenheiten regeln, ehe der Tod dich holt.«

Caleb schluckt schwer und hält sich mit einer Hand die Ohren zu. Als er versucht aufzustehen, schwankt er und fällt wieder zurück. Seine Knie halten ihn nicht. Sally ist augenblicklich an seiner Seite und verhindert, dass er mit dem Sessel umkippt. Aufmerksam beobachte ich das ungleiche Paar. Mir war bisher nicht aufgefallen, dass sie so gut aufeinander achtgeben. Viel eher habe ich eine Art Hass von Sally erwartet. Immerhin war Caleb derjenige, der den Beta aus dem Johnson-Rudel getötet hat. Und wenn mich mein Instinkt nicht täuscht, hat Sally Aaron wirklich gemocht.

Ich reiche ihr Verbandzeug, damit sie die Wunden des jungen Vigilanten versorgen kann, bevor er meinen Sessel noch mit einem hässlichen Blutfleck verunstaltet. Sally versteht den Wink und verbindet seine Verletzungen, die schlimmer sind, als ich erwartet habe. Kein Wunder, dass er sich kaum auf den Beinen halten kann.

»In seinem Zustand werden wir nicht weit kommen.« Ich deute auf Caleb, der kaum aufrecht sitzen kann.

»Das geht schon irgendwie. Ich muss es einfach schaffen.« Mühsam versucht er erneut aufzustehen, aber er schafft es nicht einmal, die Knie durchzudrücken. »Irgendwas muss ich ja machen. Einfach so sterben will ich nicht.«

»Sei kein Dummkopf. Jeder Blinde sieht, dass du nicht stehen kannst. Warte, ich mische dir schnell was zusammen.« Damit lasse ich die beiden stehen und gehe zu meiner Zutatenschublade.

Es dauert keine fünf Minuten, in denen Caleb und Sally leise miteinander tuscheln. Was auch immer sie besprechen, es ist wohl besser, wenn ich nicht zu viel weiß. Wenn ihr Vorhaben schiefgeht, kann ich glaubhaft abstreiten, etwas davon gewusst zu haben.

»Hier, das bringt dich wieder auf Zack«, sage ich und reiche ihm eine kleine Ampulle mit einem babyblauen Trank darin.

»Was ist das?« Misstrauisch betrachtet er die Ampulle und schüttelt sie ein wenig.

»Sagen wir einfach: Davon kannst du als ganzer Kerl wieder aufrecht stehen und musst dich nicht von einem Mädchen herumtragen lassen.« Ich schmunzele, treffe einen Nerv bei ihm. »Auch wenn du dich besser fühlst, solltest du so wenig wie möglich zaubern. Das ist kraftintensiv.«

In einem Zug trinkt er die blaue Flüssigkeit. Es dauert keine Minute, da kehrt etwas Farbe in sein Gesicht zurück, und er schafft es, allein aufzustehen.

»24 Stunden ist nun wirklich nicht sehr viel, um in der heutigen Zeit alles zu regeln.« Caleb schnaubt, wischt sich kurz über die Augen und verzieht das Gesicht vor Schmerz. »Vor allem mit diesem penetranten Geschrei im Hinterkopf und dem Wissen, dass der beste Freund gerade von diesem Para getötet wurde.«

»Wie gesagt, es tut mir leid, dass ich keine besseren Nachrichten für dich habe, Caleb.«

Der junge Vigilant winkt ab und sieht zu Sally. »Ich habe doch gleich gesagt, dass es nichts bringt, wenn wir herfahren. Ich sterbe. Zu Recht, wenn du mich fragst.«

Die letzten Worte schiebt er so überzeugt nach, dass ich mich frage, was wohl passiert sein mochte. Niemand in seinem Alter und vor allem mit seinem Ehrgeiz wünscht sich den Tod.

»Rede nicht so. Es gibt sicher eine andere Option.« Sally kommt wieder auf mich zu und ergreift meine Hände. »Bitte, Lady Kaitlin. Sie besitzen ein unglaublich großes Wissen. Irgendwo in dieser Bibliothek muss es doch etwas geben, das Caleb helfen kann, nicht wahr?«

Ich schüttele den Kopf. »Ich kann euch leider nicht helfen. So gerne ich es auch möchte. Ein junges Leben sollte niemals so früh ausgelöscht werden. Du weißt, dass ich euch helfen würde, wenn ich könnte.«

Sally kneift die Lippen zusammen und läuft zwischen Caleb und mir hin und her. »Ich weiß, dass Sie viel für mich getan haben, Lady Kaitlin. Aber das glaube ich Ihnen nicht. Caleb wird sterben. In nicht einmal mehr 23 Stunden. Wollen Sie ernsthaft einfach nichts tun und sein Leben auf dem Gewissen haben? Denken Sie nach!«

»Nicht in diesem Ton, Kindchen«, schimpfe ich und mahne mit dem Zeigefinger. »Schon gar nicht, wenn du etwas von mir willst.«

»Heißt das, es gibt etwas, das Sie tun können?«

»Das habe ich nicht gesagt.« Meine ausweichende Antwort ist beabsichtigt. Ich brauche mehr Zeit, um darüber nachzudenken.

Wäre Sally die Betroffene, hätte ich ihr vielleicht wirklich geholfen, aber Caleb kenne ich nicht so gut. Von ihm weiß ich nicht, ob er mich nicht bei nächster Gelegenheit verraten würde. Gegen Sally habe ich immerhin ihre mehr als flüchtige Bekanntschaft mit dem Johnson-Rudel in der Hand, sollte sie sich jemals dazu entscheiden, sich gegen mich zu wenden. Nicht, dass sie wüsste, was ich tue, aber für den Fall, dass ich sie eines Tages einweihe, könnte ich diesen Trumpf aus dem Ärmel ziehen und sie damit erpressen.

Doch Caleb ist ein unbeschriebenes Blatt für mich. Von ihm weiß ich nur das, was man sich im Orden erzählt. Was ich zufällig mal in der Bibliothek aufschnappe, wenn ich den Gesprächen denn mal lausche. Ihm werde ich diesen Vorschlag nicht machen.

»Bitte, Lady Kaitlin, jeder weiß, dass Sie das größte Wissen über die Magie besitzen. Nicht einmal der Protector hat so viel über die paranormale und die magische Welt gelesen wie Sie. Egal, was es ist. Wir machen es.« Sally legt die Hände wie zum Gebet ineinander und sieht mich mit flehendem Blick an. »Der Orden hat heute schon einen Vigilanten verloren. Wir können nicht riskieren, dass ein weiterer stirbt, weil wir nichts unternommen haben.«

Mit einem warmen Gefühl im Herzen betrachte ich Sally und fühle mich einmal mehr an ihre Mutter erinnert. »Eines muss ich dir wirklich lassen. Du kannst argumentieren, wenn du etwas wirklich willst.«

»Heißt das, Sie können uns helfen?« In ihren Augen blitzt eine schelmische Freude auf, die sie rasch unterdrückt, um ihre Sache nicht zu gefährden.

Ich schüttele den Kopf. »Ich kann nicht helfen. Nicht mit den Mitteln, die mir gegeben sind.«

Enttäuscht lässt Sally den Kopf hängen, und Caleb lehnt sich wieder zurück in seinen Sessel. »Zeitverschwendung«, murmelt er und hält sich nun beide Ohren zu.

»Es war einen Versuch wert.« Sally will sich von mir abwenden, als ich sie festhalte.

»Du hast auch schon mal besser zugehört. Ich sagte, mit den Mitteln, die MIR zur Verfügung stehen.«

Sally hält inne und schaut mir tief in die Augen. »Heißt das, Sie wissen, wer uns helfen kann?«

Ich deute ein Nicken an und erkenne, dass Sally eine spitze Bemerkung auf der Zunge liegt, warum ich das nicht eher sage. Doch sie ist schlau genug, sie sich zu verkneifen.

»Wer?«, fragt sie daher nur.

»Kennst du den Alchemisten?«

Auf dem Sessel rührt sich Caleb und nimmt die Hände von den Ohren. »Ich habe schon von ihm gehört. Ein Kerl, der in Mayfair seinen Sitz hat.«

»Er hat Verbindungen zu denjenigen, die euch helfen können, aber bedenkt, dass ihr damit unkonventionelle und eventuell verbotene Wege einschlagt.« Ich hoffe, dass meine Warnung bei den beiden ankommt, aber die Freude, die über Sallys Gesicht huscht, lässt mich daran zweifeln. Stattdessen umarmt sie mich und drückt mich so fest, dass mir die Luft wegbleibt.

»Vielen Dank, Lady Kaitlin. Das werde ich Ihnen nicht vergessen.« Sally verabschiedet sich eilig von mir.

Caleb nickt mir mit einem Hauch von Dankbarkeit zu, ehe sie meine Bibliothek verlassen und mich mit meinem inzwischen kalten Tee zurücklassen.

Unter Ächzen setze ich mich wieder in meinen Stuhl und starre auf die Tür der Bibliothek. Die nächsten Stunden würden über vieles entscheiden. Doch vor allem darüber, ob ich Sally vollkommen vertrauen kann oder nicht.

KAPITEL 40

Caleb

»Wohin sind wir?« frage ich Sally.

Ich bin irritiert und versuche, die vergangenen Stunden zu rekapitulieren oder einen Sinn zu erkennen. Das Letzte, was mir klar und deutlich im Kopf geblieben ist und jetzt an die Oberfläche meiner Wahrnehmung bricht, ist der Moment, als ich Zacs Augen für immer geschlossen habe. Alles andere, was danach kam, ist wie im Nebel, als hätte ich einen Rausch gehabt, den ich nicht steuern konnte. Leider ohne den Spaß zuvor, nur der Kater ist da, mit Kopfschmerzen und dem Gefühl, als wäre ein kleines Wirbeltier in meinem Mund verendet. Es schmeckt auch so, ich erinnere mich vage an einen Trank, den mir Lady Kaitlin eingeflößt hat. Und ich erinnere mich an Sallys Aufregung während des Besuchs bei Lady Kaitlin. Nur warum wir dort waren, ist noch im Nebel.

Inzwischen rasen wir durch die dunklen Straßen Londons in einer Konservendose – *ein Mini, die kleinste Obscura muss auch das kleinste Automobil fahren, war ja klar.*

»Wir sind unterwegs, um Hilfe für dich zu suchen. Lady Kaitlin kann oder will uns nicht helfen. Du stirbst, wenn wir niemanden finden, der das kann und auch bereit ist, es zu tun.« Sally nimmt eine Kurve so zügig und knapp, dass es einem Lewis Hamilton würdig wäre.

»Langsam, bitte. Ich möchte noch lebend ankommen, egal wo wir hinfahren.« Mir wird schlagartig klar, wie ironisch dieser Satz ist.

Wenn wir es nicht in der Zeit, dir mir noch bleibt, schaffen, mein Problem zu lösen, ist der Tod eine Gewissheit. Die Banshee hat mich verflucht, und ich werde sterben. Also sollte ich wohl nicht an Sallys Fahrstil herumkritisieren. Sie schießt mit dem Mini durch das nächtliche London und scheint genau zu wissen, wo wir hinwollen. Dabei fährt sie sicher, so sicher wie Zac, als er …

Der Schmerz, dass er nicht mehr lebt, fährt wie eine scharfe Klinge durch mich hindurch. Ich habe ihn gedrängt, seine Aufgabe gewissenhaft wahrzunehmen, und er ist dabei ums Leben gekommen. Wäre ich nicht so sorglos gewesen, hätte ich an seiner Stelle gestanden, und er würde noch leben. Bis auf die paar Wochen, die Zac schon vor mir im Ordenshaus begann, waren wir seit meiner Grundausbildung unzertrennlich. Und auch, wenn wir nicht immer einer Meinung waren, ich konnte mich auf ihn verlassen, egal, was kam. Er war immer an meiner Seite, er war für mich viel mehr als ein Freund. Er war meine Familie und stand mir näher als die Menschen, die meinen Namen tragen und mich aufgezogen haben. Und ich bin mit an seinem Tod schuld.

Der Schmerz über Zacs Tod in mir ist genauso brennend wie die Wunden der Banshee. Ich hätte den Tod verdient, aber ich will nicht sterben. Alles in mir will leben.

»Wie geht es dir? Ein wenig besser?« Sallys Stimme klingt zur Abwechslung mal nicht bissig, sondern eher besorgt.

Verwirrt wende ich mich ihr zu und versuche, eine interne Bestandsaufnahme zu machen. Irgendjemand hat meine Wunden versorgt, und ich fühle mich, als hätte ich den Kater meines Lebens, aber im Moment ist es im Großen und Ganzen erträglich. Die Wunden brennen noch wie flüssiges Feuer, aber ich merke auch, dass in mir eine Kraft dagegen arbeitet und der Schmerz weniger wird. Mein Kopf dröhnt ebenfalls noch, aber auch das in einem erträglichen Maß.

»Ich denke, ich bin einsatzfähig.« Mehr fällt mir nicht ein, gut wäre gelogen, aber so schlecht, dass ich nutzlos bin, geht es mir auch nicht.

»An was erinnerst du dich?«

Sie lässt nicht locker, wie ein kleiner Terrier, der seinen Lieblingsknochen sucht, aber ich bin dankbar, dass sie sich um mich kümmert.

Vielleicht arbeitet sie ja auch eine Ablenkungsstrategie ab: Sprechen Sie mit dem Sterbenden, lenken Sie ihn ab. Geben Sie ihm das Gefühl, nicht allein zu sein. Seien Sie mitfühlend.

Bestimmt gibt es für solche Situationen einen Ratgeber.

Ich sollte mich aber im Moment lieber fragen, wieso Vicky, *die Eishexe*, noch nicht an uns dranklebt. Das müsste ihr doch nach meinen Verfehlungen gefallen: von einer Banshee verletzt und auf der Suche nach Hilfe.

Mühsam krame ich in meinem Hirn nach den letzten Eindrücken, begleitet von stechenden Kopfschmerzen, um Sallys Frage zu beantworten.

»An den Friedhof. Daran, dass Zac gestorben ist. Dass wir bei Lady Kaitlin waren. Himmel, wie sind wir zurück in den Orden gekommen? Was ist mit Noah und Mike? Und Victoria? Die Vigilanten werden mich suchen!«

Langsam lichtet sich das ein oder andere, und Sally seufzt schwer, während sie erneut abbiegt. Wir nähern uns Mayfair, was nur bedeuten kann, dass wir zum Alchemisten fahren. Was oder wer er ist, wird wohl niemand je herausfinden. Die einen behaupten, er wäre lediglich ein Mensch mit einer Affinität für Tinkturen und dem Wissen um die magische Welt. Die anderen halten ihn für einen Gestaltwandler; oder es wird gemunkelt, er wäre ein verstoßener Magier des Ordens, der sein Talent trotz Löschung nie verloren hat. Wie bei allem liegt die Wahrheit mit Sicherheit irgendwo dazwischen. Manchmal hole ich dort die Politur für das Koboldsilber, aus dem mein Katana geschmiedet ist, oder ein paar Zutaten für Schutzzauber, wenn wir etwas Besonderes benötigen, was in der Kräuterkammer des Ordens nicht vorrätig ist.

»Keine Sorge. Ich habe dich vom Friedhof weggebracht, offiziell zur Krankenstation. Wenn die anderen in den Orden zurückkommen, wird Lady Kaitlin erklären, dass du dich ausruhen musst und bis morgen absolute Ruhe brauchst. Keiner weiß von dem Schrei. Wir haben die Zeit, die wir brauchen, alle werden denken, du bist in deinem Zimmer. Da Zac gestorben ist …«

Sie spricht nicht weiter und verstummt mit einem kleinen Schluchzen. Auch mich trifft die Erwähnung seines Namens unvorbereitet wie ein Blitz. Ich blende jedoch die Trauer und Wut um Zac aus und hoffe, dass es stimmt, was sie sagt. Und auch, dass keiner bei mir klopft, um nach mir zu sehen.

Mein Kopf hämmert, und ich beschließe, Sally einfach in dem Punkt zu vertrauen, während sie in Mayfair einen Parkplatz direkt vor dem kleinen Laden des Alchemisten besetzt. Einparken kann sie, wie ein geölter Blitz lenkt sie den kleinen Wagen in die noch kleinere Lücke. Himmel, sie muss in einem vorherigen Leben Rennfahrerin gewesen sein!

»Und du wirst nicht vermisst?« Ich muss sicher sein, dass sie nicht am Ende auch noch Schwierigkeiten bekommt. Immerhin hilft sie mir.

Sally, die gerade die Hand am Türgriff hat, sieht mich direkt an. Ich kann mich nicht erinnern, jemals einen so intensiven Blickkontakt mit ihr gehabt zu haben.

»Mich vermisst keiner. Und wenn, bin ich Besorgungen machen. Ich bin Dienstpersonal, und das vergisst man schnell, richtig?«

Die kleine Spitze kommt an, aber ich bringe keine adäquate Antwort über meine Lippen. Sie hat im Prinzip recht. Das Personal wird gern übersehen. Und in dieser Hinsicht habe ich mich bei ihr auch nicht gerade mit Ruhm bekleckert, aber herrje, warum hat sie auch immer so eine spitze Zunge?

»Mir würdest du fehlen, Red«, sage ich leise, als sie aussteigt. Ich weiß nicht, ob sie es gehört hat.

Mühsam folge ich ihr, noch immer angeschlagen. Sie hält mir die Tür auf, und ich betrete den Laden des Alchemisten, der hinter der Theke steht und uns aufmerksam mustert, als wir unter dem

Bimmeln der altmodischen Türglocke eintreten. In der Ecke sitzt eine dunkel verhüllte Gestalt, die merkwürdig nach Schwefel riecht. Der Alchemist wirft ihr einen kurzen Blick zu, woraufhin sie aus dem Laden huscht, ohne ein Wort, wie ein Schatten.

»Guten Abend, Mr O'Connor. Miss Davis.« Er begrüßt uns unverbindlich und freundlich. Der gepflegte Bart des Ladeninhabers ist akkurat gestutzt, und er trägt einen weinroten Rollkragenpullover unter einem weißen Apothekerkittel. Vor ihm steht eine Tinktur, die schwarz-rötlich schimmert, und eine Waage mit altmodischen Gewichten, zudem allerlei Pulver und Ingredienzien.

Ich halte mich an der Theke fest und bin froh, dass wir allein sind. Sonst würde ich mich nicht abstützen und hier Schwäche zeigen. Dieser Ort mag neutrales Terrain sein, aber man zeigt Paras nicht freiwillig, dass man nicht im Vollbesitz seiner körperlichen Kräfte ist. Und meine Kräfte haben Grenzen, auch wenn ich merke, wie sie zurückkehren. Was immer Lady Kaitlin mir gegeben hat, es hilft.

Mir fällt auf, dass sich Sally im Hintergrund hält, und daher übernehme ich das Reden. »Wir haben den Hinweis bekommen, dass es klug wäre, Sie um Hilfe in einer besonders delikaten Angelegenheit zu bitten.« Ich bin vorsichtig und will abwarten, wie das Gespräch läuft und ob er bereit ist, uns zu helfen. Mir zu helfen.

»Ich werde tun, was in meinen bescheidenen Kräften steht. Ich bin gern dem Orden und den Vigilanten behilflich«, seine Stimme klingt oberflächlich freundlich, aber auch neugierig. Darunter jedoch ist der Wille eines unbestechlichen Einzelgängers zu hören. Seine Dienste sind nicht billig, aber Gold war nie ein Problem in meiner Familie. Und auch exotischere Währungen kann ich auftreiben, mein Großvater hat mir einiges hinterlassen. Sogar ein paar Drachenzähne habe ich, die in gewissen Kreisen ein mehr als begehrtes Zahlungsmittel darstellen.

»Wissen Sie, was man bei einem Banshee-Angriff tun kann? Wenn ihr Todesschrei einen direkt betroffen hat?« Sally steht jetzt neben mir und platzt förmlich damit hinaus. Sie hat nicht vor, um den heißen Brei herumzuschleichen.

Ich frage mich, warum sie sich so um mich sorgt. Es kann ihr ja egal sein, was mit mir passiert. Aber sie ist hier und hält wie ich den Atem an, um die Antwort von Donald Egmond zu hören.

Dieser sieht sich um, als erwarte er etwas, und schüttelt dann beinahe amüsiert den Kopf. Erstaunlich flink umrundet er die Theke, geht zur Ladentür und dreht das Offen-Schild herum, bevor er den Schlüssel zweimal im Schloss dreht.

»Folgen!«, befiehlt er uns barsch.

Wir umrunden die Theke und folgen ihm durch eine Tür in den Raum hinter der Verkaufsfläche. Hier sieht es aus wie in einer altmodischen Küche, große Emailschüsseln mit Flüssigkeiten, ein Tisch mit einer blankgescheuerten Holzplatte in der Mitte, ein paar Kräuter, die kopfüber an einem Gestell baumeln und trocknen, ein Herd, auf dem auf kleiner Flamme ein Topf brodelt. Lila Rauch steigt auf, und ich frage mich unwillkürlich, was hier zubereitet wird.

Der Alchemist eilt durch das Zimmer. Ich folge ihm, Sally ist direkt hinter mir. Der zweite Raum sieht aus wie das Wohnzimmer eines Bücherwurms. Überall liegen alte Bücher herum, Zeitschriften, viele davon aufgeschlagen. Ich kann keinen Fernseher entdecken, dafür aber unzählige Bücherregale, die prall gefüllt und gut sortiert sind. Auf dem dicken Perserteppich in der Mitte befindet sich ein Lehnstuhl, daneben ein Nierentischchen, auf dem eine Kaffeetasse steht und eine Lesebrille liegt. Der Alchemist deutet auf den Lehnsessel, der den Raum dominiert und augenscheinlich die beliebteste Sitzgelegenheit darstellt.

»Setzen Sie sich, Mr O'Connor. Ich denke, das ist besser für Sie. Stehen dürfte anstrengend sein, habe ich recht?«

Er klingt weder besorgt noch erschrocken. Lediglich verhalten interessiert, und ich nehme in dem großen Ohrensessel Platz. Meine Beine fühlen sich gummiartig an, und auch sonst ist meine

Verfassung nicht gut genug, um aus falschem Stolz stehen zu bleiben. Er geht zu einem Hocker, den ich gar nicht gesehen habe, und nimmt die Bücher darauf herunter, dann setzt er sich ebenfalls. Sally steht ein wenig hilflos an der Tür.

»Machen Sie sich keine Sorgen um Ihre Begleitung. Als Dienstmagd im Orden ist sie herumstehen und abwarten mehr als gewöhnt.

So, und nun zu Ihnen: eine Banshee hat Sie verflucht. Ungewöhnlich. Ihr Todesschrei soll im Kopf desjenigen, dem er galt, nachhallen, bis er einen Tag danach daran verstirbt. Doch London war noch nie das natürliche Habitat für diese Wesen. Was glauben Sie, wie viele Banshees findet man hier normalerweise?«

Die Frage ist durchaus berechtigt und leicht zu beantworten, aber mit der Klärung, was die Banshee hier zu suchen hatte, kann ich mich beschäftigen, wenn ich nicht sterben werde. Obwohl mir eine entsprechende Antwort auf der Zunge liegt, schweige ich, während Mr Egmond sich nachdenklich über den Bart streicht, fast amüsiert.

»Sie suchen Rettung, und diese finden Sie nicht im Orden. Ist Ihnen bewusst, was das bedeutet? Was Sie hier von mir verlangen?« Seine Stimme kling beherrscht und ruhig, aber die Frage gibt nicht preis, was er denkt.

»Ja. Im Orden kann man mir nicht helfen. Die Magie, die ich suche, kann der Orden nicht anwenden.«

Der alte Mann lacht auf, ein dunkler, angenehmer Ton, der abrupt verstummt. »Man will Ihnen nicht helfen, Mr O'Connor. Können hat damit nichts zu tun. Denn das, was Sie suchen, der Zauber, der Ihr Leben rettet, ist weit außerhalb dessen angesiedelt, was der Orden toleriert. Sie verlangen nach einem dunklen Zauber, nach einem deutlichen Bruch mit den Traditionen der Magier, die auch von den Vigilanten so vehement geschützt und verteidigt werden.

Ja, Ihr Leben kann gerettet werden. Mit schwarzer Magie und

der Hilfe einer Hexe, die sich bereit erklärt, einen schwarzmagischen Zauber durchzuführen.«

Mein erster Gedanke zeigt mir, wie sehr ich am Leben hänge, auch wenn ich das vor Tagen noch für undenkbar gehalten hätte. Aber ich will leben, und es kann nicht falsch sein, das zu versuchen, auch wenn man dafür die Regeln brechen muss. Wenn Schwarzmagie Leben schenken kann, wie kann es dann etwas Böses sein? Und obwohl es noch vor Tagen für mich nicht in Frage gekommen wäre, mich gegen den Orden und die Traditionen zu stellen, ich sicher war, dafür sogar mein Leben zu opfern …

»Ich sehe, Sie begreifen die Tragweite. Wenn ich Ihnen also helfen soll, muss klar sein, dass es keinen Weg zurück gibt. Sie kennen die Konsequenzen und tragen diese selbst.«

Ich kann Sally nicht sehen, sie steht hinter mir an der Tür, aber ich bin mir sicher, sie ist geschockt von dem, was ich in Erwägung ziehe. Wenn sie mich begleitet, würde sie sich noch weiter in Gefahr begeben, was ich nicht möchte. Der Orden würde uns schon allein für diese Unterhaltung ohne zu zögern ausschließen.

»Was wird mich die Hilfe kosten, Mr Egmond?«

Der Alchemist schmunzelt und schüttelt den Kopf. »Nichts, junger Mann. In diesem Fall leite ich Sie lediglich an jemanden weiter, von dem ich denke, er könnte behilflich sein. Sehen Sie es als Gefallen von mir. Bestimmte Dinge haben kein Preisschild. Auch deshalb, weil bei der nächsten Station Ihrer Quest der Preis sehr hoch sein dürfte. Allerdings würde ich zu gern wissen, wie die Banshee hierhergelangt ist. Sie werden einem alten Mann doch sicher die Neugierde befriedigen, wenn Sie darauf eine Antwort finden, oder? Sagen wir, es ist immer gut, informiert zu sein – nicht wahr?«

Ich nicke. Sobald ich herausfinde, wer dieses Wesen auf Zac hetzen konnte, wird derjenige erleben, zu was ich fähig sein kann, wenn man mich zum Äußersten treibt. Die Überreste kann der

Alchemist dann gerne haben, falls er sich nicht nur für den Zauber interessiert, der die Umsiedlung der Banshee überhaupt möglich gemacht hat. Trotzdem muss ich vor allem anderen erst mit Sally reden. Wir sind schon viel zu weit von den Regeln des Ordens entfernt, als dass ich noch zulassen könnte, sie tiefer in meine Probleme zu involvieren.

»Könnten Sie mich kurz mit Miss Davis allein lassen?«

Donald Egmond nickt knapp und geht, ohne ein weiteres Wort. Bevor ich mich erheben kann, tritt Sally in mein Sichtfeld. Sie sieht blass, aber gefasst aus.

»Bleib sitzen, Caleb. Lady Kaitlin sagte, dass du mit deinen Kräften haushalten musst. Banshees sind toxisch, und du bist durch den Schrei zusätzlich geschwächt.«

Sie wirkt weniger geschockt, als ich dachte. Dass sie mir jetzt noch hilft, kann ich nicht zulassen.

»Hör mal, es ist besser, wenn du zurück in den Orden gehst, Sally. Ich komm aus dieser Sache nicht raus, wenn ich leben will, aber du musst nichts damit zu tun haben. Ich habe nichts zu verlieren, du jedoch …«

Sie sieht mich entrüstet an, als hätte ich ihr eine spontane Selbstentzündung offeriert, nicht einen Ausweg aus einer Sache, die gegen alle Regeln verstößt, die wir geschworen haben, zu befolgen. Wenn sie jetzt zusieht, dass sie Land gewinnt, könnte sie noch unbeschadet aus allem rauskommen. Nicht wie Zac, den meine Freundschaft am Ende das Leben gekostet hat.

Denn nichts anderes als ein Leben steht auf dem Spiel. Ob durch eine Löschung aller Erinnerungen oder den Schrei einer Banshee – das Ergebnis läuft auf das Gleiche hinaus: Man verliert sich und alles, was einen ausmacht.

Ich bin fast froh, dass der Schrei der Banshee endgültig ist und ich nicht wie Tom aus meinen Erinnerungen und meinem Leben herausgerissen werde. Ich sterbe lieber mit dem Bild von Zacs Blut an meinen Händen als nicht mehr zu wissen, dass er existiert hat.

»Und warum glaubst du, kommst du alleine klar?«

Verdutzt sehe ich sie einen Moment an. »Bisher bin ich auch immer allein klargekommen.«

Was denkt diese winzige Gestalt eigentlich von mir?

»Ja, grandios. Und sieh, wohin es dich gebracht hat.«

Oh, sie ist schnippisch. Das ist ja mal ganz was Neues. Und dabei sieht sie verärgert aus. Ich werde nicht schlau aus ihr. Jeder normale Mensch würde sich verkrümeln, aber Sally ist offenbar nicht der Gattung ›Normal‹ zuzuordnen.

»Du schuldest mir nichts. Es ist besser, ich bringe mich allein in Schwierigkeiten. Ich will nicht auch noch für dein Leben die Verantwortung übernehmen.«

Sie schnaubt, wenig damenhaft. »Hör mal, Mister ich-schaff-das-schon, zum einen schulde ich dir was, du hast mich bei der Hinde aus dem Wasser gezogen. Zum anderen hat Lady Kaitlin gesagt, man soll dich nicht allein lassen, du bist geschwächt. Der Ruf der Banshee macht dich anfällig. Also tu nicht, als wäre das hier nur ein Spaziergang. Und für mein Leben übernehme ich schon selbst die Verantwortung!«

Verblüfft habe ich ihre kleine Rede verfolgt. So eine lange Ansprache von ihr gab es noch nie. Offensichtlich ist sie fest entschlossen, diese Sache gemeinsam mit mir durchzuziehen. Warum auch immer, bei ihr kann es garantiert nicht mein Charme sein. Da war ich von Anfang an erfolglos. Wenn es wegen meiner Rettung ihres Lebens ist, da habe ich doch nur getan, was notwendig war.

»Hör mal, Herzchen, du schuldest mir nichts.« Ich stehe auf, erleichtert, dass es funktioniert und meine Beine mich tragen.

Noch immer singt in meinem Kopf die Banshee, der Nachhall eines hohen, grausigen Schreis, der wie ein Tinnitus alles überlagert und dämpft. Meine Verfassung ist ein heikles Thema, damit hat sie recht, aber ich werde das schon schaffen. Ich habe nichts zu verlieren. Sie schon.

»Und ich werde nicht zulassen, dass du weitere Regelverstöße auf dich nimmst, nur um mir zu helfen. Du fährst zurück zum Orden, und wenn dich jemand fragt, sagst du, du hättest mich lediglich nach Kings Cross gefahren und in einen Zug gesetzt.«

Sie verschränkt die Hände vor der Brust und legt den Kopf schief. »Nein. Lady Kaitlin hat mir gesagt, ich soll bei dir bleiben, weil du mich brauchen wirst. Es mag dem großen Krieger Caleb O'Connor jetzt nicht passen, aber du brauchst mich definitiv, und ich gehe nirgendwohin. Ich pfeif auf die Regeln im Orden. Du wirst nicht sterben. Das hätte Zac nicht gewollt. Er hätte ein Höllentor geöffnet, wenn es dich retten würde. Zac kann dir nicht helfen, aber ich schon. Ich hoffe nur, es ist nicht wirklich nötig, so was wie ein Höllentor zu öffnen. Ich hasse Schwefelgeruch.«

Ich starre auf die winzige Obscura, die mich so entschlossen ansieht, dass ich fürchte, wenn sie jemals gezwungen sein sollte, die Hölle zu entfesseln, irgendjemand eine Beileidskarte an die Dämonenfraktion senden sollte. Auch dass sie die Ordensregeln in den Wind schießt, wundert mich. Ich hätte das von jemand, der in dem altehrwürdigen Gemäuer aufgezogen wurde, nicht erwartet.

»Du meinst das wirklich ernst? Auch wenn wir schwarze Magie anwenden oder mit Paranormalen interagieren müssten?«

Bestimmt kann sie hören, wie verblüfft ich bin. Sie lächelt mich an, ein wenig unsicher und bemüht tapfer, aber diesmal kann ich die Angst und Besorgnis erkennen, die sie trotz allem empfindet. Sie ist taff, aber sie rennt nicht blind in dieses wahnsinnige Unterfangen. Sie weiß genau, auf was sie sich einlässt.

Ihrem Blick, so widersprüchlich und vor allem so aufrichtig, kann ich nichts entgegensetzen. »Okay, aber wehe, du behinderst mich. Dann lass ich dich zurück«, brumme ich genervt, worauf sie nur abfällig schnaubt und mir damit ihre Meinung deutlich kundtut.

»Du bist wirklich nicht auf der Höhe, Caleb. Und außerdem würde mir Lady Kaitlin die Ohren langziehen, wenn ich dich jetzt im Stich lasse.«

»Warum sollte sie das?«

Sie zuckt mit den Schultern, und ich gehe einen Schritt auf sie zu. Es klappt schon um einiges besser, ich fühle mich erholt und auch mental gestärkter, obwohl da immer noch der hallende Schrei ist, der in mir eine endlose Schleife dreht.

Meine Uhr piept, eine weitere Stunde vom Rest meines Lebens ist verstrichen. Ich gehe aus dem vollgestopften Raum in die Küche nebenan. Dort wartet Mr Egmond auf uns. Er sieht uns aufmerksam an, Sally ist direkt hinter mir, als ich mich an den Alchemisten wende.

»Wir würden gern die Hilfe in Anspruch nehmen.«

Er nickt und bittet uns, noch kurz zu warten, ehe er in seinem Wohnzimmer verschwindet.

»Wenn ich sterben sollte, bei dem ganzen Wahnsinn …«, fange ich an, aber Sally gibt mir einen überraschend kräftigen Stoß in die Rippen.

»Hier stirbt keiner. Reiß dich am Riemen, Caleb! Oder willst du jetzt eine Runde Schwanengesang anstimmen?«

Okay, sie ist definitiv nicht blöde und keine devote Reinigungskraft. Tapfer, schlagfertig und ein wenig lebensmüde.

»Hier ist die Karte. Es wird nicht das sein, was Sie erwarten, aber die Dame wird helfen können. Hexen sind zwar keine Paras, aber zauberkundig. Sie werden geduldet, solange sie nicht auffällig sind. Also halten Sie sich mit irgendwelchen Bemerkungen zurück. Sie ist mir gut bekannt, ich möchte meine Hilfe nicht bereuen oder mein Geschäft schädigen.« Seine Warnung ist deutlich, er verletzt hier zwar nicht seine Neutralität, aber er gibt Kundendaten weiter.

»Danke.« Sally klingt aufrichtig, sie streckt dem Alchemisten ihre kleine, zarte und blasse Hand entgegen.

Er nimmt diese und führt sie – ganz altmodisch – fast bis zu seinen Lippen, um einen angedeuteten Kuss in die Luft zu hauchen. »Es war mir ein Vergnügen, Sally Davis. Passen Sie auf sich auf.«

Er deutet zum Verkaufsraum, und ich folge ihm und Sally. An der Tür dreht er das Schild um und schließt die Tür auf. Keinen Moment später stehen wir auf der dunklen nächtlichen Straße vor dem Mini. Ich wundere mich, dass er noch geöffnet hat, aber er wird wissen, was er tut.

Eine komisch-wabernde Gestalt, es muss das Wesen sein, das er vorhin gebeten hat, zu gehen, betritt kurz darauf den Laden und nimmt wieder auf dem Stuhl vor der breiten Apothekertheke Platz. Alles geht seinen Gang, als wäre nichts geschehen.

Dieser Gedanke macht mir klar, wie zerbrechlich alles ist, aber auch, wie unbedeutend ein Leben ist. Niemand hier nimmt von dem, was Zac passiert ist, überhaupt Kenntnis, während es meine Welt erschüttert hat. Es kommt nur darauf an, wie nah man einer Sache wirklich ist, um sie mit Bedeutung zu erfüllen. Und ich stehe dem Tod gerade deutlich näher als dem Leben. Daher kann ich mit Sicherheit eins sagen: Sterben ist keine Option für mich.

»Steig ein. Je schneller wir das klären, desto besser. Wir haben nicht ewig Zeit.« Meine Worte sind schroffer als beabsichtigt, aber sie scheint es mir nicht übel zu nehmen. Im Gegenteil, sie gehorcht wortlos, und auch ich setze mich wieder in die Konservendose auf Rädern.

»Danke.« Ich atme tief ein. »Und egal, was passiert, ich möchte, dass du mir versprichst, dich nicht in Gefahr zu bringen. Mein Leben hat ein Haltbarkeitsdatum, deines nicht. In Ordnung?«

Sie nickt, bevor sie den Wagen startet und dann die Adresse von der vergilbten Karte in das kleine, an der Scheibe befestigte Navi eingibt.

Egal wo wir ankommen werden, dort wird jemand, den ich nicht kenne, über mein Schicksal entscheiden. Kein schönes Gefühl.

FOLGE

13

KAPITEL 41

Sally

Die Adresse, die der Alchemist mir gegeben hat, führt nach Camden Town zu einem Tattoo-Studio, das zwischen einem randvoll mit bunten Sneakers bestückten Schuhladen und einem Shop mit handgefertigten Ledertaschen eingequetscht ist. Trotz der späten Stunde hat es noch auf. Im vorderen Teil des Verkaufsraums hängen dicht an dicht phantasievolle Entwürfe für Tätowierungen und Fotos von glücklichen Kunden, die stolz ihre neuesten Körperverzierungen präsentieren. Der Stuhl im Hinterzimmer, wo das eigentliche Geschäft verübt wird, ist zurzeit nicht besetzt.

Der Typ an der Theke, der selber mit eigenen Tätowierungen übersät ist und gedehnte Ohrlöcher hat, die so groß sind, dass ich den Griff meines Scopae durchstecken könnte, zeigt auf ein DIN A4-Plakat, als wir nach der Kartenlegerin fragen.

Soraya Porter: Psychic-Reading, Palmistry, Kartenlegen.

Eine ältere Frau mit weißen Haaren und einem bunten Tuch als Turban beugt sich auf dem Plakat über eine Kristallkugel.

Caleb schnaubt verächtlich.

»Sie ist oben, wenn ihr zu ihr wollt«, sagt der Typ hinter der Theke.

»Danke.« Ich warte gar nicht Calebs Reaktion ab und betrete die ausgetretene Treppe zu der Wohnung über dem Shop, bevor er protestieren kann.

Ein Vorhang aus farbigen Glasperlen trennt den Wohnbereich von der Treppe, und kleine Glöckchen an einer tibetischen Schnur verkünden leise klingelnd, dass Kunden da sind. Die Perlschnüre gleiten beiseite, als ich den Vorhang mit den Händen trenne.

»Tretet ein, Suchende«, raunt eine rauchige Stimme.

Der schwere Duft von kaltem Weihrauch und indischen Räucherstäbchen hängt in der Wohnung, die mit bunten Tüchern, Sitzkissen und Regalen voller Bücher und okkultem Nippes vollgestellt ist. Ich bin mir sicher, in der abgestandenen Luft auch den Duft von Marihuana herauszuriechen. Über dem Türsturz ist das Symbol der Hand der Fatima abgebildet, das Dschinns und den bösen Blick abwenden soll, aber sogar ich weiß, dass das wirkungslos ist.

Soraya Porter kommt uns aus dem hinteren Teil der Wohnung entgegen, wo ich die Küche vermute, und begrüßt uns mit nach oben gedrehten Handflächen als Zeichen des Willkommens. Die Falten ihrer Hände verraten, dass sie auf die sechzig zugeht. Ihre Haare sind vom vielen Blondieren strohig geworden, wobei der dunkle Ansatz die mystische Wirkung ihrer dramatisch schwarz umrandeten Augen noch verstärkt. Sie trägt eine Haremshose mit Paisley-Muster zu einem eng anliegenden schwarzen Oberteil, und dutzende silberne Ringe und Ketten zieren ihre Finger oder baumeln von ihrem Hals.

»Setzt euch doch.« Soraya lächelt uns an und deutet einladend auf den großen persischen Teppich, der mit Sitzkissen übersät ist. Sie selbst geht trotz ihres Alters elegant in den Schneidersitz und kreuzt ihre nackten Füße. »Was kann Soraya für euch tun?«

Calebs Blick schweift über den Schädel einer Ziege, der an der Wand hängt, und bleibt bei dem Tarot-Kartendeck hängen, das neben der Kristallkugel bereitliegt. »Lass uns gehen«, verlangt er. »Sie ist ein Scharlatan, sie kann mir nicht helfen.«

»Jetzt warte doch erstmal«, flüstere ich zurück.

Ich setze mich der Frau gegenüber auf den Boden und rücke das Sitzkissen in eine halbwegs bequeme Lage zurecht.

»Soll ich euch zwei Hübschen die Karten legen, hm? Ich spüre Anspannungen zwischen euch, ein regelrechtes Knistern. Ihr wollt bestimmt wissen, ob eure Liebe Bestand haben wird.« Soraya greift zum Kartendeck.

Caleb, der sich weigert, Platz zu nehmen, öffnet empört den Mund, doch ich verpasse ihm einen Stoß mit dem Ellbogen gegen sein Schienbein.

»Nein, wir sind wegen etwas anderem hier. Mein Freund hat ein Problem. Der Alchemist sagte, Sie könnten helfen.«

Sorayas Lächeln erlischt und weicht einem misstrauischen Blick. Sie mustert Caleb und mich von oben bis unten. Ich glaube, sie ahnt, keine gewöhnlichen Kunden vor sich zu haben, aber es dauert nur eine Sekunde, dann fängt sie sich wieder.

»Ich weiß nicht, wovon Sie sprechen.« Ihr Blick verklärt sich, als wäre sie stoned, aber ich bin mir sicher, dass sie das nicht ist.

»Donald Egmond hat Sie empfohlen, er sagt, Sie sind die Einzige in ganz London, die uns helfen kann. Mein Freund hat den Schrei einer Banshee gehört und nur noch zwanzig Stunden zu leben.«

Soraya scheint nun endgültig das Interesse verloren zu haben und will sich aus ihrem Schneidersitz erheben. Ich lege meine Hand auf ihren Arm, um die Hexe zurückzuhalten. »Bitte! Wenn Sie wissen, was wir tun können, dann sagen Sie es uns.«

Sie zögert und blickt zu Caleb, der störrisch die Arme verschränkt.

»Als ob sie die Macht dazu hätte.«

Soraya verzieht abfällig das Gesicht. »Ihr Ordensmagier glaubt, ihr wüsstet alles. Und dabei wisst ihr so wenig.«

Verblüfft schaue ich die Hexe an. *Sie weiß vom Orden?*

Bis auf ein paar wenige Ausnahmen sollte eigentlich niemand von der Existenz der Geheimorganisation wissen. Auch Caleb ist überrascht.

Die Hexe genießt ihren Triumph über unsere schlecht verborgene Überraschung. »Ja, ich weiß von der Existenz des Hermetischen Ordens. Und ich weiß auch, dass ihr euer Wissen mit niemandem teilt. Dass ihr glaubt, ihr könntet bestimmen, wer Magie ausüben darf und wer nicht. Aber die Magie ist frei, sie ist in jedem und in allem, und jeder kann lernen, sie zu nutzen.«

Caleb rümpft angewidert die Nase: »Damit Amateur-Hexen wie du ihre Schadenszauber auf unschuldige Menschen anwenden und mit Mächten spielen, die sie nicht verstehen und nicht kontrollieren können.«

»Und doch kommst du zu mir, mein Hübscher, weil du meine Hilfe brauchst. Denn dein ach so toller Orden kann dich nicht retten. Oder wollen sie nicht?«

»Der Todesfluch einer Banshee kann nur durch schwarze Magie aufgehoben werden«, gibt Caleb widerwillig zu.

»Und schwarze Magie ist dir verboten, selbst wenn sie dem Zweck dient, dir dein eigenes Leben zu retten.«

»Aus gutem Grund: Schwarze Magie hat immer ihren Preis.«

Sorayas geschminkte Lippen teilen sich zu einem gehässigen Lächeln. »Ihr wollt den Fluch brechen? Dann müsst ihr auch bereit sein, euch die Hände schmutzig zu machen.«

Ich schlucke. Ich habe keine Ahnung, was für ein Ritual sie fordern wird, aber enthalten schwarzmagische Rituale nicht immer Blutopfer? Oder Schlimmeres?

Ich schaue zu Caleb, dessen Blick flackert. Er ist angeschlagen, trotz Kaitlins Stärkungstrank, und mit jeder Minute verrinnt die Zeit, die ihm noch bleibt.

»Was können wir tun?«, platzt es aus mir heraus. Caleb sieht mich überrascht an.

Die Hexe lächelt. Sie steht auf, geht zu einem der Bücherregale und fährt mit dem Finger die Namen der Bände ab. Ich erkenne die Titel auf den Buchrücken, *Eliphas Levi*, *Aleister Crowley*, und das *Ars Goetia* sowie einen mit Heftklammern zusammengehaltenen *Picatrix*.

Vor allem der Picatrix erregt meine Aufmerksamkeit. »Wo haben Sie den her?«

»Das würdest du wohl gerne wissen.« Soraya schaut mich triumphierend an.

»Es gibt keine vollständig erhaltene Ausgabe, nur Bruchstücke und Übersetzungen aus dem Spanischen in Latein. Diese Ausgabe enthält vermutlich spätere Ergänzungen und ist eine Fälschung. Das Buch ist gefährlich«, gebe ich wieder, was ich einmal von Lady Kaitlin gehört habe.

Der Orden würde den Picatrix sofort einkassieren, wenn er wüsste, dass sie ein Exemplar hat, und es auf seine Echtheit überprüfen. Der Picatrix ist kein Buch, das in Amateur-Hände gehört.

Doch Soraya zuckt nur unbekümmert die Achseln. »In der Magie ist die Absicht wichtiger als das Mittel.«

Caleb schnaubt: »So ein Blödsinn. Wenn auch nur ein Detail bei einem Ritual nicht stimmt, können Wesenheiten gerufen werden, die man nicht unter Kontrolle hat. Ein fehlgeleitetes Ritual wendet sich immer gegen den Anwender.«

»Dann habt ihr ja nicht viel zu verlieren, du stirbst sowieso bald.« Soraya wirft Caleb ein zynisches Lächeln zu und blättert weiter seelenruhig in den Seiten des Buches, das aussieht wie eine billige Kladde, die über einem alten Schwarz-weiß-Kopierer gezogen wurde: fleckig und grau. »Du hast also den Schrei einer Banshee gehört?«

Caleb nickt.

»Und du hörst ihn immer noch?«

Wieder nickt er.

»Den Schrei einer Banshee kann man nur hören, wenn ein Familienmitglied stirbt. Er ist eine Ankündigung, kein Auslöser. Wenn die Banshee dich mit dem Todesfluch belegt hat, heißt das, deine Zeit ist abgelaufen.«

»Sie hat jemanden getötet.«

»Familie?«

»Nein.«

Soraya runzelt die Stirn. »Hm, schwieriger Fall. Ich habe leider nicht die nötigen Kenntnisse, um dir zu helfen.« Sie klappt den Picatrix zu.

Aus Calebs Körper weicht alle Luft. »Dann war's das.«

Mir bleibt das Herz stehen. Die Lichter der Stadt spiegeln sich blinkend in den von der Schwärze der Nacht verhüllten Fenstern. Ein Lastwagen rauscht vorbei und lässt den Holzboden unter unseren Füßen leicht vibrieren. Vom Tattoo-Laden dringt leise Rock-Musik herauf.

Heißt das, Caleb muss sterben?

Soraya lächelt. »Ich habe im Moment vielleicht nicht die nötigen Kenntnisse, um den Fluch der Banshee zu brechen, aber ich weiß, wo ihr mir das nötige Wissen besorgen könnt.«

»Woher?« Hoffnung flammt wieder in mir auf.

»Es gibt da ein Buch. Es enthält die experimentelle Formel für ein Ritual, die den Todesfluch einer Banshee aufheben kann, und ich weiß, dass der Orden in seiner Bibliothek ein Exemplar aufbewahrt.«

Caleb und ich tauschen Blicke. *Wie kann das sein? Wir waren bei Kaitlin, wir waren in der Bibliothek. Sie hätte es uns gegeben.*

»Welches Buch meinen Sie?«

Soraya legt den Kopf schief. »Das wisst ihr nicht? Lässt man euch Narren nicht einmal studieren, was die alten Meister vermochten? Oder seid ihr überrascht, dass euch der Orden den Schlüssel für seine Rettung vorenthält. Ah, jetzt verstehe ich. Man hat euch gesagt, der Orden kenne keine Möglichkeit, den Fluch zu brechen.« Ihr anzügliches Grinsen gilt Caleb. »Man lässt dich also lieber sterben.«

»Aber Lady Kaitlin hat gesagt …«

Ich falle Caleb ins Wort. »Sie hat gesagt, sie könne uns mit ihren Mitteln nicht weiterhelfen. Und wenn der Fluch nur durch ein Ritual aufgehoben werden kann, dann stimmt das auch. Lady Kaitlin würde ganz bestimmt nie Rituale durchführen. Es ist viel zu gefährlich. Und verboten. Der Orden geht keine Bündnisse mit Wesenheiten ein.«

»Aber sie kann die Formel nachschlagen. Lass uns zurück in die Bibliothek gehen und dieses Buch holen und selber nachlesen, wie es funktioniert.«

Calebs Blick wandert von mir zu der Hexe. »Um welches Buch handelt es sich?«

Soraya stellt den Picatrix zurück ins Regal, geht auf ihren Platz und lässt sich elegant auf ihr Sitzkissen nieder. Sie faltet die Hände zusammen und blickt uns an. »Selbst wenn ich euch sage, in welchem Buch die Formel zu finden ist, das Ritual kannst du nicht alleine durchführen, und dem Orden sind Beschwörungsrituale verboten. Sie werden euch nicht helfen. Ihr braucht mich also.«

»Sie hat recht«, gebe ich zögerlich zu. »Lady Kaitlin hätte uns von dem Buch erzählen können, auch wenn sie das Ritual nicht selber durchführen will. Sie will nicht, dass wir es nutzen. Wir müssen es also ohne ihre Erlaubnis an uns nehmen.«

Lady Kaitlin zu hintergehen wird nicht einfach. Die Bibliothek ist gut geschützt, nahezu einbruchssicher, und der gesuchte Band wird sich nicht in der äußeren Bibliothek befinden, sondern in der inneren, in der geschlossenen. Dort war ich noch nie, niemand hat Zutritt außer Kaitlin selbst und der Protector.

Aber irgendetwas sagt mir, dass heute Nacht der Zugang offenstehen wird. Kaitlin will doch, dass wir das Buch finden, sonst hätte sie uns nicht zum Alchemisten geschickt. Oder?

»Gut, nehmen wir an, wir können das Buch herbringen. Können Sie dann das Ritual durchführen?«

Soraya beginnt, mit den Ketten um ihren Hals zu spielen. Sie klingeln leise aneinander, während das Symbol des ewigen Lebens aufblitzt. »Ja, ich denke, das kann ich. Wir müssen aber zu viert sein. Denn vier ist die Zahl des Magiers. Ich habe die Kräuter, um den Schleier zu lüften, Eisenkraut und Salbei. Aber ein so mächtiges Ritual wird besondere Zutaten benötigen. Besondere Zutaten und besondere Kräfte. Ich brauche die Anwesenheit eines Vampirs.«

»Was?!«, platzt es aus Caleb. »Woher hast du den Scheiß? Aus dem Internet!?«

Soraya zuckt die Achseln. »Du wärest erstaunt, was man alles im Dark-Net finden kann.«

»Ja, Scharlatanerie und wirkungslosen Hokuspokus. Die echten Zauber lagern in den Bibliotheken des Ordens.«

»Wo sie niemandem nützen. Hast du jemals daran gedacht, dass das Wissen allen zusteht, damit wir es mehren und zum Guten nutzen können?«

Ich merke, wie Caleb zu einer wütenden Erwiderung ansetzt und gehe dazwischen: »Wieso ein Vampir?«

»Du glaubst dieser Spinnerin doch nicht?« Caleb wirft mir einen ungläubigen Blick zu.

»Es ist deine einzige Chance. Also, was soll der Vampir dabei?«

Die Hexe grinst. »Der Tod greift nach deinem Freund, und der Tod ist es, dem wir ein Schnippchen schlagen wollen. Der Vampir wird dich zur Schwelle des Todes führen, so dass die Banshee glaubt, du wärst gestorben, weshalb wir den Vampir benötigen.«

»Und wie sollen wir das anstellen, einen Vampir zu überreden, das Gesetz zu brechen?«, knurrt Caleb und ballt die Fäuste.

»Wenn man sich in den richtigen Clubs herumtreibt, trifft man auf die eine oder andere Kreatur der Nacht«, lächelt Soraya mit einem Blick, der zeigt, dass sie sich an so manche ausgelassene Nächte erinnert. »Und in diesem Fall übertritt er ja nicht das Gesetz, sondern erfüllt eine Bitte.«

Caleb verzieht angewidert das Gesicht. Ich kann es ihm nicht verübeln. Diese scheinbar harmlose Amateur-Hexe, die Touristen und Leichtgläubigen die Karten legt, hat es faustdick hinter den Ohren. Eigentlich sollte es so jemanden wie sie gar nicht geben. Niemand darf Magie anwenden, der nicht dem Orden angehört. Es ist zu gefährlich.

Soraya Porter hätte schon längst vom Orden gelöscht worden sein sollen. Wie sie es geschafft hat, den aufmerksamen Augen der Vigilanten zu entgehen, ist mir schleierhaft. Wahrscheinlich, indem sie sich mit wirkungslosem Hokuspokus umgibt und die Ahnungslose spielt.

Calebs angespannte Haltung sagt mir, dass er nichts lieber tun würde, als dieser Hexe das Handwerk zu legen. Und doch bleibt ihm nichts anderes übrig, als ihre Hilfe anzunehmen.

»Caleb«, rede ich beschwörend auf ihn ein. »Lass es uns versuchen. Wenn sie nur blufft, wird bei dem Ritual einfach nichts passieren, aber wenn es funktioniert … Wir haben keine andere Möglichkeit.«

Ich will nicht, dass du stirbst, füge ich beinahe hinzu, aber schlucke die Worte herunter. Erst Aarons Tod, dann Zac und nun auch noch Caleb. Ich ertrage es nicht, dass alle um mich herum sterben.

Caleb lehnt noch immer mit bockig verschränkten Armen gegen das Regal, aber ich sehe die Müdigkeit in seiner Körperhaltung, die kraftlosen Schultern. *Wo ist sein Kampfgeist bloß hin?* Es tut mir weh, ihn so zu sehen. Mir war es lieber, als er mich noch angezickt hat.

»Zac würde nicht wollen, dass diese Banshee dich auch noch drankriegt.«

Er blickt mich an, und für einen Moment sehen wir uns in die Augen. Ich mag es nicht, dass er es sieht, aber ich will ihn nicht auch noch verlieren, und schaue weg.

Caleb holt Luft. »Angenommen, wir probieren den Quatsch aus und machen bei diesem Ritual mit. Was willst du als Gegenleistung, Soraya?«, quetscht er hervor, und ich ahne, dass wir nicht mit einer einfachen Geldsumme davonkommen.

»Ganz einfach«, säuselt Soraya. »Bring mir das Buch des Schwarzmagiers Krotor Slavic aus der Bibliothek des Hermetischen Ordens, und ich werde dir das Leben retten.«

KAPITEL 42

Kaitlin

Es ist mitten in der Nacht, aber schlafen kann ich nicht. Der Besuch von Sally hat mich zu sehr aufgewühlt. Dass sie Vertrauen zu mir hatte und sich an mich wandte, um mehr über die Banshee herauszufinden, bedeutet mir sehr viel. Auch wenn sie nicht im Geringsten ahnt, was genau das für ihr weiteres Leben bedeutet.

Doch gleichzeitig hat es mich vollständig ins Grübeln gebracht. Eigentlich hätte ich schon seit gut zwei Stunden schlafen sollen. Stattdessen sitze ich mit meinem mittlerweile kalten Tee in meinem Sessel und starre auf die Tür. Ich habe eine Ahnung, was mit Sally und Caleb passiert ist, nachdem ich sie zum Alchemisten geschickt habe. Die meisten seiner Kontakte kenne ich. Nicht wenige davon habe ich ihm vermittelt. Es gibt in London nur eine Person, die bereit wäre, Caleb zu helfen. Eine Frau, von deren Existenz im Orden niemand etwas weiß. Und deren Existenz ich, so gut es geht, zu verbergen vermag. Wenn herauskäme, dass es eine schwarze Hexe in London gibt, würden sämtliche Vigilanten Jagd auf sie machen, um sie zur Strecke zu bringen.

Aber das lasse ich nicht zu. Sie ist die einzige Frau, die weiß, wie man schwarze Magie anständig anwendet. Und das ist mir schon das ein oder andere Mal von Nutzen gewesen.

Zugleich weiß ich, was diese Frau sich schon seit Jahren wünscht. Deswegen sitze ich nun in diesem Sessel und warte. Wenn der Alchemist Sally und Caleb wirklich zur schwarzen Hexe geschickt hat, werden die beiden zwangsweise wieder bei mir landen. Und dann werde ich herausfinden, ob ich Sally wirklich vollkommen vertrauen kann und ihr Vertrauen in mich groß genug ist oder ob sie lieber Alleingänge macht.

Es wird später, und auch wenn die Kopfschmerzen nicht weggehen wollen, bleibe ich sitzen. Ich darf die beiden nicht verpassen.

Als ich ein Geräusch höre, schrecke ich hoch. Ich muss wohl doch eingenickt sein, denn auf einmal steht Sally vor mir und schaut mich mit großen Augen an. Ihre Hand liegt an meiner Schulter, und sie rüttelt mich.

»Ist alles in Ordnung, Lady Kaitlin?«

»Ja, danke, Kindchen.« Ich wische mir die bleierne Müdigkeit von den Augenlidern und atme tief ein, ehe ich sie mit gespielt überraschtem Blick ansehe. »Was machst du so spät noch in meiner Bibliothek?«

»Ich brauche noch einmal Ihre Hilfe, Lady Kaitlin.« Sally lächelt schief. »Ich weiß, es wird langsam eine lästige Angewohnheit, aber die Umstände sind im Moment wirklich mehr als dringend.«

»Geht es wieder um Caleb?« Ich muss sie testen, um ganz sicher sein zu können, dass sie mir die Wahrheit sagt. Also biete ich ihr einen Ausweg, eine mögliche Lüge an.

»Ja und nein.« Sally löst sich von mir und geht einige Schritte in Richtung der mittleren Bibliothek, die wie üblich verschlossen ist. »Caleb hat nicht mehr lange zu leben, haben Sie selbst gesagt. Wir haben Ihren Rat befolgt, waren beim Alchemisten, und der hat uns zu einer … einer schwarzen Hexe geschickt. Doch die verlangt nun ein bestimmtes Buch, weil darin das Ritual steht, das ihn retten kann.«

»Aha.« Sally ist ehrlich mit mir. Auch wenn ich es gehofft habe, so hätte ich es nicht erwartet. Ein warmer Schauer gleitet über meine Haut, während ich mein Lächeln unterdrücke. *Sie ist wie ihre Mutter*, denke ich und erhebe mich aus dem Sessel.

»Ich weiß, das ist eine ungewöhnliche Bitte, aber es geht um Calebs Leben.« Das Flehen in ihrer Stimme macht mir klar, wie sehr sie ihm helfen will. Dennoch muss ich absolut sicher sein, dass sie weiß, auf was sie sich da einlässt.

»Welches Buch verlangt sie denn?« Die Frage ist eigentlich überflüssig. Bei meinem ersten Treffen mit der Hexe vor langer Zeit hat sie es schon von mir gefordert, und ich habe es verneint.

»Die Chroniken eines gewissen Krotor Slavic oder so ähnlich.« Sally kramt in ihren Taschen und zieht einen Zettel hervor. Darauf steht in ihrer klaren Handschrift eben dieser Name. »Genau. Krotor Slavic.«

»Du weißt, wer das war?«

Sally nickt, wendet aber nicht den Blick von mir ab. »Ein Schwarzmagier, der für den großen Brand von London verantwortlich ist. Die Geschichten über ihn sind legendär.«

»Und du weißt, was sie damit vorhat?« Ich betrachte ihr ebenmäßiges Gesicht, will mir keine Regung entgehen lassen. Sie muss sich ganz sicher sein, auf was sie sich einlässt.

Sally atmete schwer und seufzt. »Vermutlich steht da ein schwarzmagisches Ritual drin, mit dem sie Caleb helfen kann. Aber wie könnte ich ihr nicht das Buch bringen?« Verzweifelt wirft sie die Arme in die Luft. »Was für ein Mensch wäre ich, wenn ich weiß, dass es etwas gibt, das Caleb helfen kann, es aber nicht anwende, weil irgendwann mal jemand behauptet hat, es wäre böse?«

»Das, meine liebe Sally, ist genau die Frage, die du dir stellen solltest.« Ich tippe mir gegen die Nase und lasse sie stehen. Ich kann mir das Lächeln nicht mehr verkneifen. Es strahlt aus meinem Herzen heraus und ist so unendlich ehrlich gemeint.

»Was meinen Sie damit, Lady Kaitlin?«

»Wie kann etwas böse sein, dass deinem Freund helfen kann?«

»Mein Freund?« Auf einmal wird Sally hektisch. »Wir sind keine Freunde. Wir …« Sie hält inne und beißt sich auf die Zunge. »Es ist eher eine Zweckgemeinschaft, die wir hier führen.«

»Wie dem auch sei, du willst ihm helfen?«

»Auf jeden Fall.« Die Worte verlassen ihren Mund schnell. »Ich würde mir für immer und ewig Vorwürfe machen, wenn ich seinen

Tod hätte verhindern können. Seit ich weiß, dass es eine Rettung gibt, kann ich es nicht mehr ausblenden.«

»Aber es ist nur ein Vigilant. Die können wir schnell ersetzen.«

»Lady Kaitlin!« Empört reißt sie den Mund auf. »Wie können Sie nur so etwas behaupten? Er ist ein Mensch und ein Magier dazu.«

Einen Moment lang betrachte ich Sally und frage mich, ob ihre Entrüstung gespielt ist. Doch die zusammengezogenen Augenbrauen und angewidert hochgezogenen Nasenflügel sagen etwas anderes. »Du meinst es also wirklich ernst? Du willst schwarze Magie anwenden, damit du das Leben eines Teils einer, wie du es nennst, Zweckgemeinschaft rettest?«

»Was muss ich machen, damit ich es Ihnen beweisen kann?« Sally stemmt beide Hände in ihre Hüften und sieht mich herausfordernd an.

»Das hast du gerade. Das Buch steht in der mittleren Bibliothek. Gib mir ein paar Minuten.«

»Moment, Sie meinten das überhaupt nicht so?«

Ich drehe mich gar nicht erst um, ich weiß schon längst, dass Sally mir verwirrt nachschaut. »Natürlich, Kindchen. Ich opfere doch nicht das Leben eines Menschen. Für was für ein Monster hältst du mich?«

Ich öffne die Tür zu der ersten geheimen Kammer und gehe zu dem Regal, in dem die Erinnerungen von Krotor Slavic aufbewahrt werden. Es ist ein recht dickes Journal. Denn obwohl er London in Brand gesteckt hat, besaß er doch einen bemerkenswerten Verstand für seine Zeit. Er war der magischen Welt weit in seinem Denken voraus. Nur schade, dass er es für die dunkle Magie eingesetzt hat und dadurch von allen anderen Magiern verachtet und gejagt wurde.

Ich ziehe das Journal aus dem Regal und schließe den geheimen Bereich wieder ordentlich ab, ehe ich zu Sally zurückkehre. Sie steht noch immer da und schüttelt den Kopf. »Ich kann es nicht fassen, dass Sie mich getestet haben.«

»Kindchen, ich bin im Begriff, dir ein Buch auszuhändigen, das die Erinnerungen eines wirklich bösen und mächtigen Magiers beinhaltet. Gestehe mir das Recht zu, dir vorher auf den Zahn zu fühlen. Immerhin steht hier auch mein Ruf auf dem Spiel.«

»Keine Sorge. Sobald wir die Zutaten für das Ritual haben, werde ich Ihnen das Buch zurückbringen. Versprochen.«

»Ganz sicher wirst du das, Sally.« Ich tätschele ihre Wange und lächele sie warmherzig an. Dass sie dieses Versprechen nie einhalten werden wird, weiß ich, aber sie hat noch keine Ahnung. Die schwarze Hexe wollte das Buch schon so ewig. Lange bevor Sally und Caleb mit ihrem Problem zu ihr kamen. Dieses Buch wird den Orden zu meinen Lebzeiten vermutlich nicht mehr zu sehen bekommen.

Ein lautes Klirren ertönt hinter uns. Wir beide drehen uns zugleich in die Richtung um, aus der es kam, doch es ist nichts zu sehen.

»Was war das?« Sally flüstert, aber in der Stille der Nacht hören sich ihre Worte wie ein Schrei an.

»Es kam aus meinem Schlafbereich.«

»Bleiben Sie hier, ich gehe nachsehen.« Sally schiebt sich vor mich, aber ich halte sie mit festem Griff zurück.

»Auf keinen Fall. Du bist nur ein Dienstmädchen. Wenn es ein Einbrecher ist, wirst du dich nicht verteidigen können.«

»Aber Sie?«, fragt sie herausfordernd.

Ich hebe eine Augenbraue, und ihr wird klar, dass sie sich zu viel herausgenommen hat. Demütig, wie sie das im Orden als Dienstmädchen gelernt hat, senkt sie den Kopf und lässt mir den Vortritt.

Ich schleiche zu meinem Schlafbereich. Dem Lufthauch nach zu urteilen, muss eine Scheibe zu Bruch gegangen sein. Ich suche die Fensterreihen ab, leuchte mit meiner neu erschaffenen magischen Lichtkugel den Gang aus.

Da sehe ich, wie jemand kurz vor meinem Schlafbereich auf

dem Boden sitzt, den Rücken gegen die Wand gedrückt und verzweifelt versucht, wieder auf die Beine zu kommen.

»Caleb!« Sally verliert alle Vorsicht und überholt mich. »Du solltest doch im Auto warten.«

Sie legt das Buch neben ihn auf den Boden und hilft ihm hoch, so dass er vor mir steht.

»Oh, Lady Kaitlin.« Mein Stärkungstrank wirkt immer noch. Caleb kann aufrecht stehen, auch wenn er bei weitem nicht gesund aussieht.

»Junger Mann, was fällt dir ein?« Erbost gehe ich auf ihn zu und bleibe nur einen Schritt von ihm entfernt stehen.

Das Fenster ihm gegenüber ist eingeschlagen, und ein kühler Nachtwind dringt hinein.

»Es hat so lange gedauert, und ich wollte das Ganze etwas beschleunigen.«

»Indem du bei der Frau einbrichst, die uns hilft?« Sally bückt sich und hebt das Buch auf, nur um ihm damit gegen den Oberarm zu schlagen.

»Au!« Er zieht die Augenbrauen zusammen und reibt sich den Arm. »Das habe ich nun wirklich nicht verdient. Immerhin sterbe ich bald, da sind alle Mittel erlaubt.«

»Die Karte kannst du ausspielen, wenn es irgendwann so weit ist.« Sally deutet auf das Buch. »Sie hat es uns gegeben. Wir müssen wieder zurück.«

»Ihr glaubt doch wohl nicht, dass ihr mir einfach so davonkommt.« Ich stelle mich den beiden in den Weg. Der Gang ist nicht breit genug, um an mir vorbeizukommen, solange sie mich nicht gegen die Wand pressen.

»Lady Kaitlin, es tut mir leid, dass er hier eingebrochen ist. Das hätte er nicht tun sollen.«

»Bist du seine Mutter? Oder hat er seine Stimme verloren?« Bei meinen Worten schaue ich die ganze Zeit nur zu Caleb. »Ich denke, er ist alt genug, um sich selbst zu entschuldigen.«

»Was?« Caleb schüttelt den Kopf. »Es geht hier um mein Leben. Ich habe nicht ewig Zeit, und jetzt verlangen Sie noch eine Entschuldigung von mir?«

»Vor allem eine ernstgemeinte.« Herausfordernd sehe ich ihn an und beobachte seine Reaktionen ganz genau.

Im Gegensatz zu Sally, die ihre Mimik meistens unter Kontrolle hat, ist Caleb emotionaler. Ich brauche nicht die angespannten, mahlenden Kieferknochen und den verkniffenen Mund, um zu erkennen, dass er schwer mit seinem Ego zu kämpfen hat.

»Es tut mir leid«, bringt er zwischen zusammengepressten Zähnen hervor.

Worte, die ein Vigilant nur selten braucht in seinem Leben. Deswegen genieße ich den Augenblick vielleicht ein wenig zu sehr. »Was genau tut dir leid?«

»Dass ich bei Ihnen eingebrochen bin, um ein Buch zu stehlen, das mein Leben retten könnte.«

Auch wenn mir der Sarkasmus nicht entgeht, so merke ich zumindest, dass er verstanden hat, worauf ich hinauswill. Ich nicke und trete beiseite. »Was steht ihr dann noch hier herum? Ihr solltet euch wieder zu der Hexe begeben.«

»Wirklich?«, fragt Caleb nur und schüttelt den Kopf.

»Wirklich.«

Nur eine Minute später sind sie wieder aus meiner Bibliothek verschwunden. Einige Zeit schaue ich noch auf die Tür, die Sally hinter sich geschlossen hat.

Sie setzt sich für einen Menschen ein, der ihr nichts bedeutet. Den sie vermutlich sogar verabscheut für seine Taten. Außerdem ist sie bereit, das Falsche zu tun, um etwas richtig zu machen.

Stolz erfüllt meine Brust, und die Überzeugung in mir wächst immer weiter. *Sie ist die Richtige.*

Sie könnte meine Nachfolgerin werden. Ein Dienstmädchen mit einer bewegten Familiengeschichte könnte die nächste Bibliothekarin des Hermetischen Ordens werden. Wer hätte das gedacht?

Kurz überlege ich, was ich tun würde, wenn Sally die Ausbildung ablehnt. Doch dann schnaube ich nur und gehe langsam in Richtung meines Schlafzimmers. Nicht, ohne einen Schutzzauber vor das zerbrochene Fenster zu legen, damit niemand einbrechen kann.

Sally würde ich schon überzeugen, meine Nachfolgerin zu werden. Immerhin hatte ich ihre Mutter vor langer Zeit dazu bekommen, etwas viel Gewaltigeres zu tun.

KAPITEL 43

Caleb

Wir parken vor unserem Ziel, dem Highgate Cementry, und ich seufze. Schon wieder dieser Friedhof. Und jetzt sollen wir ausgerechnet dort die Gebeine eines Dämons ausbuddeln. Sally scheint auch nicht begeistert zu sein über die Tatsache, dass wir uns hier wiederfinden, wo dieser Wahnsinn vor nicht ganz sechseinhalb Stunden begonnen hat. Es hat uns schon das Buch gekostet, das Soraya nun als Bezahlung für ihre Dienste behalten wird. Lady Kaitlin wird durchdrehen, wenn wir den geliehenen Folianten mit schwarzmagischen Informationen und Zaubern nicht zurückbringen, aber er ist die einzige Bezahlung, den die Hexe akzeptiert.

Wir hatten keine Wahl, und Sally hat ihn zähneknirschend und mit zitternden Händen der unheimlichen Alten übergeben. Nun kennen wir zumindest die Zutaten, die wir für den Zauber benötigen. Diese sind düster und vor allem in ganz London verstreut: Asche eines Lazarus-Dämons, Leichentücher einer Mumie und nicht zuletzt ein Vampir, der unserem Vorhaben beiwohnt. Ich habe keine Ahnung, wen Sally angerufen hat, um herauszufinden, wo wir einen Lazarus-Dämon finden, aber ich denke, ich stehe nun noch tiefer in der Schuld von Lady Kaitlin.

Warum hilft sie uns?

Ich finde keinen Grund, aber es ist im Moment auch unwichtig.

»Meinst du, es sind noch Leute von uns auf dem Friedhof?« Sally klingt bedrückt, und ich überlege, was Victoria in dem Fall veranlasst haben mag:

Der Para ist erledigt, und bestimmt geht Victoria nicht von einer zweiten Banshee aus. Zudem war die Banshee bei den Katakomben.

Ich hoffe einfach, dass wir die Gebeine an einem Ort finden, wo wir nicht über Vigilanten stolpern, die mich verletzt im Bett und Sally schlafend im Orden vermuten. Mir läuft unerbittlich die Zeit davon, und mit jeder Minute, in der ich den Schrei der Banshee in mir nachhallen fühle, wird mir klarer, dass ich nicht sterben will. Schon gar nicht so, hilflos dem herannahenden Tod ausgeliefert.

»Nein, ich denke nicht, dass hier noch Vigilanten sind.« Eine Notlüge, ich will Sally nicht unnötig beunruhigen. »Wo genau müssen wir hin?«

»East. Es ist in der Nähe eines Klaviers aus Stein, der Name auf dem Grab, das wir suchen, soll Francis Tumblety sein.«

Sehr ironisch. Soweit ich weiß, ist der Jack the Ripper Verdächtige Francis Tumblety in Amerika beerdigt.

»Das sollten wir finden.« Ich starre auf den Seiteneingang. Der Highgate Cemetry ist geschlossen, und auch ein Wachmann ist nicht zu sehen. Das Kassenhäuschen am Eingang ist verlassen und dunkel im Schein der Straßenlaterne zu erkennen.

Ich möchte nicht auf den Friedhof, auf dem gerade erst Zac zu Tode gekommen ist. Ich habe das erste Mal in meinem Leben Angst vor meiner eigenen Reaktion. Die Stelle, an der die Banshee uns überrascht hat, ist zum Glück nicht im East Cemetry, trotzdem möchte ich, mit ablaufender Lebenszeit, nicht an den Ort, an dem mein bester Freund starb.

»Es wird dort stockdunkel sein«, höre ich Sally seufzen. Ich gebe ihr Recht, der Neumond wird uns nur wenig Licht in dieser Nacht schenken.

Wir gehen zum Eingang, und ich nutze einen kleinen Öffnungszauber, um das Schloss auszutricksen. Es fällt mir sehr schwer, die Magie dafür zu sammeln, und ich merke, wie geschwächt meine Kräfte sind. Sally hat eine kleine Tasche dabei, die sie aus dem Kofferraum des Minis mitgenommen hat. Als wir durch den Eingang gehen, nimmt sie zwei Taschenlampen heraus und schaltet diese ein. Sie reicht mir eine.

»Beeilen wir uns.« Ich laufe voran und frage sie nicht, was noch in der wasserabweisenden Verpackung so winzig verschnürt sein könnte, aber die Taschenlampe ist schon mal hilfreich – es spart mir einen kräftezehrenden Zauber.

Wir eilen den Hauptweg entlang, biegen zwei Mal auf die im Schein der Lampe auftauchenden Abzweigungen ein und laufen tiefer in den alten, von riesigen, verwitterten Bäumen dominierten Friedhof. Es ist ein urbaner Urwald aus Steingräbern und altem Baumbestand, der selbst für London ungewöhnlich ist. Waldreben geben dem Ganzen etwas Geheimnisvolles, der Nebel ist hier nicht ungewöhnlich, verleiht aber der Szenerie etwas Bedrohliches und streut das Licht der Taschenlampen gespenstisch.

Der Nebel erinnert mich an die Banshee, und je tiefer wir in den Friedhof vordringen, desto dichter wird der weiße Schleier und umso schlechter die Sicht. Ich fühle mich unwohl und bin froh, dass Sally an meiner Seite ist. Ich will nicht allein sterben.

»Caleb«, keucht sie auf einmal leise, und ich halte an, um mich ihr zuzuwenden. »Ich weiß, du willst nicht hier sein, gut. Ich weiß, dir rennt die Zeit davon. Das tut mir aufrichtig leid, aber wir haben noch genügend Zeit. Über zwölf Stunden! Und ich kann nicht permanent hinter dir her joggen. Wir sehen kaum was und sind beide müde. Können wir es ein wenig langsamer angehen? Du bist verletzt, und ich bin nun mal kein Olympionike.«

Sie hat recht, aber ich will nur noch hier weg. Raus aus den weißen, bedrohlichen Verästelungen des Nebels, die ihre totenähnlichen Arme im Dunkeln nach uns ausstrecken, runter von diesem unglückseligen Ort. Raus aus der Lage, in der ich mich befinde und die ich nicht wirklich bekämpfen kann.

Die Hilflosigkeit ist das Schlimmste und dass mein Feind die Zeit ist. Ich wurde schon getötet und warte jetzt nur noch auf das Einsetzen der Konsequenz.

Hat sich Tom so gefühlt, als er auf seine Löschung gewartet hat?

Tief durchatmen, befehle ich mir. *Bleib ruhig. Tom war es auch. Er war taff und hat sein Schicksal angenommen. Lass sie in dem Glauben, dass du das auch kannst.*

»Entschuldige.« Langsamer gehe ich weiter und erschrecke fast, als aus dem Nebel und der Schwärze vor uns auf einmal der weiße Steinflügel im Schein der Taschenlampen auftaucht, wie ein seltsames Monster, dass nur auf uns gewartet hat.

»Los, wir müssen das Grab finden.« Nun hat es Sally doch wieder eilig, sie beginnt, die umliegenden Gräber abzusuchen, und entfernt sich von mir.

Das passt mir zwar nicht, aber es geht schneller, wenn wir getrennt suchen. Ich gehe nach links, sie nach rechts.

Die Bäume rundherum sind von Waldreben und Efeu überwuchert, und Reihe um Reihe entfernen wir uns von dem Flügel, ohne das richtige Grab zu finden. Viele der Inschriften auf den hohen Steinkreuzen oder kleinen Skulpturen, die ernst und schweigend im Nebel verharren, sind gut zu lesen. Nach jedem Grab halte ich nach Sallys Licht Ausschau, damit ich in ihrer Nähe bleiben kann, aber es ist schwierig, der Nebel verschluckt alles.

»Bist du sicher, dass es hier ist?« Meine Stimme ist laut genug, dass sie mich hören kann, aber lang nicht so ruhig, wie ich es gerne möchte.

Herrje, jede Minute, die verstreicht, bringt mich dem Tod näher. Das hier dauert viel zu lange. Und noch immer fühle ich mich nicht gut. Am liebsten würde ich mich setzen und ausruhen, aber ich kann auch keine Schwäche zulassen oder mir eine Pause gönnen. Wenn ich Pech habe, besiegele ich dann damit meinen Untergang!

Wir haben uns von dem Flügel inzwischen gut 300 Meter entfernt, zu uralten Gräbern, die noch aus der Anfangszeit des Friedhofs stammen müssen und deren Inschriften immer schwerer zu entziffern sind. Zwar kenne ich antike Schriftzeichen aus den magischen Studien, und die englische Schreibschrift des 15. Jahrhunderts ist für mich lesbar, aber die Zeit hat an den Gräbern genagt. Auch muss das Grab, das wir suchen, neuer sein. Francis Tumblety starb 1903.

»Such nach einer lesbaren Inschrift«, sage ich.

Sally, die nur einige Reihen entfernt steht, murmelt ein »Ja« und geht weiter. Der Nebel verschluckt sie nun wieder vollkommen. Es scheint, als wolle der Friedhof uns verschlingen.

Ihr Schrei kommt unterwartet, und ich reagiere, ohne nachzudenken. Ich haste über zwei verwitterte, von nassen Blättern bedeckte Gräber und sehe mich panisch um, bis ich sie schwer atmend entdecke.

»Alles gut? Was ist passiert?«

Sally zittert und versucht, mir ein beruhigendes Lächeln zu schenken, was ihr komplett misslingt. Sie ist weiß wie ein Blatt Papier. »Eine Ratte. Ich hab sie überrascht, ein Riesenbiest. Ich hasse Ratten.« Sie leuchtet entschuldigend zu einem Laubhaufen auf einer steinernen Grabplatte.

Ich wische die braunen, nassen und klebrigen Blätter beiseite und keuche auf, als die Buchstaben zum Vorschein kommen. »Wir sollten der Ratte ein wenig Futter bringen, wenn ich das hier überlebe.«

Sally atmet zittrig auf.

Der Name Francis Tumblety steht deutlich auf der kleinen Grabplatte, die den Kopfteil des Grabes schmückt. Die verwitterte Steinumfassung ist nur schwer zu erkennen, zu viel Laub ist hier verteilt. Wir sind bei einer Reihe wenig attraktiver Gräber gelandet, die zwischen ein paar hohen Bäumen, abseits des Hauptwegs und der beliebten Touristenmagneten liegen. Ich hoffe, keiner der Wachmänner oder Vigilanten ist in der Nähe und hat Sallys kleinen Schrei gehört.

Ich spüre die Erschöpfung in jeder Zelle meines Körpers, die Wunden der Banshee brennen immer noch leicht, auch wenn Lady Kaitlins Trank geholfen hat. Aber der Ruf der Banshee ist noch in mir, ein leises Echo, dass in meinem Kopf in einer grausamen Endlosschleife spielt.

»Dann … graben wir mal.« Sally klingt sehr entschlossen.

Erst jetzt fällt mir auf, dass wir nichts dabeihaben, um das Grab auszuheben. Ein Zauber dafür mag existieren, aber ich kenne keinen, der zumindest halbwegs unauffällig abläuft. Zu meiner Verwunderung macht sie das kleine schwarze Päckchen auf und holt etwas hervor, dass …

»Ist das ein Klappspaten?«

Sie grinst. »Ich bin eine Obscura. Wir müssen manchmal improvisieren. Es gehört zur Standardausrüstung. Betty hat immer ihre Sachen im Kofferraum …«, sie bricht ab und sieht tieftraurig aus.

Sie vermisst ihre verschwundene Freundin Betty, ich Zac. Zac kann ich nicht zurückbringen, aber ihre Freundin vielleicht.

»Hör mal, wenn ich das hier überlebe …«, beginne ich, und sie schnaubt.

»Das wirst du. Ich pack nicht für jeden beliebigen Vigilanten den Klappspaten aus, Freundchen.«

Sie versucht offenbar, mich aufzuheitern, und ich frage mich, warum sie so verbissen an meiner Rettung interessiert ist. Aber die Antwort darauf wird sie mir eh nicht geben, selbst wenn ich sie direkt darauf ansprechen würde.

»Ich werde dir helfen, deine Freundin zu suchen. Bei meiner Vigilanten-Ehre.«

Sie nickt, und ich nehme ihr den Spaten ab und beginne zu graben, während Sally auf die Grabstätte leuchtet. Die Erde ist nass und schwer, und mein Gesamtzustand kann nur als unbefriedigend beschrieben werden.

Himmel, ich muss diesen Dämon aus dem Grab bekommen, ich benötige diese Asche, um mein Leben zu retten.

Aber meine Hände zittern mit jeder Schippe Erde stärker, mehrfach muss ich mich aufstützen und Luft holen. Ich überlege, einen Zauber anzuwenden, aber mir fällt keiner ein, der die Gebeine einfach nach oben holen könnte – oder einer, der hier machbar wäre. Schaufel um Schaufel wächst der Haufen neben dem Grab, wird das Loch größer, aber die Pausen immer länger, bevor ich weitermachen kann, wenn ich kurz raste.

»Wie lange sind wir hier?«, frage ich nach einer unendlichen Weile, während ich versuche, meinen Körper davon zu überzeugen, dass weitergraben notwendig ist.

Sally schnaubt: »Es ist fast vier Uhr. Gib mir die Schaufel, Caleb.«

Ich habe keine Kraft zum Protestieren, als sie mir das Grabgerät abnimmt und in das Loch steigt, das ich schon gebuddelt habe. Mit einer Geschwindigkeit, die ich nicht mehr schaffe, gräbt sie effizient weiter. Erde fliegt dicht an meinem Kopf vorbei, sie nimmt keine Rücksicht auf deren Flugbahn.

»Steh nicht so nutzlos rum. Hilf mir mit dem Licht.« Sie ist herrisch und klingt gereizt, hat aber recht.

Mein Körper verweigert seine Mitarbeit, meine Ungeduld und meine Hilfslosigkeit nagen an mir. Ich nicke, ich weiß, sie hat genau gesehen, wie schwach ich bin und dass wir es nicht schaffen, wenn sie mir die harte Arbeit überlässt. Das macht mich wütend auf mich selbst, und es kostet mich unheimlich Kraft, es nicht an ihr auszulassen, der einzigen Person, die mir beim Versuch, meinen Hals zu retten, helfen kann.

Ich steige aus dem Grab, halte die Taschenlampe so, dass ich ihr das Arbeiten erleichtere, und lausche den rhythmischen Geräuschen des auf der Erde aufschlagenden Mutterbodens und den jetzt langsam erwachenden Vögeln, die ein paar leise Geräusche von sich geben. Irgendwann sehe ich, wie der Nebel dünner und heller wird. Wir müssen uns dem frühen Morgen nähern, die Sonne geht auf. Ein Blick auf die Uhr zeigt mir, dass es schon nach sieben ist.

Verdammt! Wir müssen noch ins Britische Museum und sollten langsam los, bevor dort Touristen und Angestellte auftauchen. Zudem ist jede Minute eine Minute, die weniger verbleibt, um alles zu beschaffen!

Ein dumpfes Geräusch lässt mich herumfahren.

»Caleb«, höre ich Sally zischen. Sie hat wirklich wie eine Wilde gegraben, mehr als einen guten Meter steht sie jetzt unter mir, und ich kann verwitterte schwarze Holzplanken sehen. Wortlos strecke ich die Hand aus, und sie reicht mir den Spaten, bevor sie aus dem Loch klettert. Ich steige in das Grab, und ein Schauer überläuft mich.

Hier bin ich. Tot und schon von feuchter Erde umgeben.

Der Gedanke reicht, um mir genug Wut zu verschaffen, dass ein Schlag mit dem Metall der Schippe auf das Holz ausreicht, um es mit einem lauten Knacken splittern zu lassen. Ich hebele eine Planke weg und sehe ein paar Gebeine neben lilafarbener Asche zum Vorschein kommen. Ohne nachzudenken, greife ich in den Sarg und umfasse etwas von der Asche, die mir sofort durch die Finger rinnt.

»Sally, hast du einen Beweismittelbeutel?«

Sie nickt und reicht mir ein kleines Tütchen. Vorsichtig öffne ich es, jongliere auf dem weichen Untergrund und fege mit dem Finger Asche der verkohlten Leiche aus dem Sarg in das kleine Plastiktütchen. Der Gestank nach Schwefel hüllt mich ein, und ich kann gelben Dampf aufsteigen sehen, als wäre der Sarg ein Tor zur Hölle. Trotzdem greife ich tiefer hinein und hole noch mehr Asche hervor. Ich will so viel sammeln, wie ich erreichen kann, ohne das Grab weiter zu öffnen. Im Grunde will ich es auch gar nicht weiter öffnen!

»Caleb, dass sollte ausreichen. Es ist nur eine Zutat. Sie hat nicht gesagt, dass wir den ganzen Dämon benötigen.«

Sally mag recht haben, aber es geht auch nicht um ihr Leben. Dennoch zwinge ich mich, aufzuhören, in den Tiefen der verwitterten, modrigen Holzkiste nach mehr Asche zu fischen, und stehe mühsam und erschöpft auf.

Sally steht über mir und reicht mir ihre Hand, die ich dankbar ergreife. Meine Beine zittern, und meine Arme fühlen sich schwer an. Sie hilft mir aus dem Loch, und ich lehne mich ohne schlechtes Gewissen an den Grabstein von Sir Isaac Bloom, der neben dem Grab unseres Dämons seine letzte Ruhestätte hat.

Sally nimmt mir die prall gefüllte Tüte ab und steckt sie in ihre Jackentasche, mit spitzen Fingern, obwohl sie, im Gegensatz zu mir, Einweghandschuhe trägt. Mir hat sie keine angeboten, aber ich will mich nicht beschweren. Ich bin so gut wie tot, da ist der Gedanke an ein wenig Schwefel oder Bakterien nebensächlich. Danach packt sie gewissenhaft den Klappspaten ein, und ich muss trotz aller Widrigkeiten kurz lächeln.

»Allzeit bereit, was?«

Sie grinst. »Natürlich. Wir Obscura wissen, was wir tun.«

»Ich werde es mir merken, Sally. Und jetzt lass uns von hier verschwinden. Im Museum wird es vermutlich nicht einfacher werden.«

Sie nickt, und ich bin froh, dass sie nicht gut mit meinem sonst langen Schritt mithalten kann, so dass mein langsamer Gang jetzt durchaus als Rücksicht gedeutet werden könnte. Ich möchte ihr gegenüber keine Schwäche zeigen. Wenn ich schon sterben soll, dann nicht winselnd.

Ein Blick auf die Uhr zeigt mir, dass ich nur noch gut zwölf Stunden habe.

KAPITEL 44

Sally

Wir stürmen die Stufen zum British Museum hoch. Wir sind zu spät, das Museum hat bereits seit einer Stunde geöffnet. Es wäre besser gewesen, gleich zu Beginn der Pfortenöffnung hier zu sein, denn bereits jetzt strömt ein Pulk von Besuchern an den weißen Säulen, die das Gebäude wie eine Akropolis aussehen lassen, zum Eingang empor. Es wird schwer werden, in den Besuchermassen etwas unauffällig zu entwenden. Aber wir müssen es versuchen.

Der Eintritt ist kostenlos, was zu der Beliebtheit des Museums als Ausflugsziel beitragen mag. Man wird lediglich zu einer Spende aufgefordert, kann aber auch, genau wie Caleb und ich, das Gebäude einfach so betreten.

Der Eingangsbereich ist spektakulär. In den Innenhof, der eigentlich als Garten geplant war, ist noch immer der berühmte kreisrunde Lesesaal integriert. Seit der Renovierung vor 20 Jahren erstrahlt er in makellosem Weiß.

Über unseren Köpfen spannt sich die moderne, atemberaubende Konstruktion aus Glas und Stahl und hält Wind und Wetter ab, was den Great Court zum größten überdachten Innenhof Europas macht. Der Lesesaal ist weltweit eine beliebte Quelle für historische Forschungen, aber heute sind wir nicht an Geschichte interessiert.

Caleb will kopflos irgendwohin abbiegen, aber ich bin nicht zum ersten Mal hier und leite ihn die gebogene Treppe hoch. »Wir müssen in den ersten Stock.«

Früher habe ich ganze Nachmittage hier verbracht, wenn ich nach der Schule nicht zurück in den Orden gehen wollte. Ich konnte keine Klassenkameraden mit zu mir nach Hause nehmen, und auch wenn ich Freundinnen hatte, zu denen ich ab und zu mitgegangen bin, kamen doch früher oder später immer dieselben Fragen auf: Wo ich wohne, und warum wir nie zu meinem Elternhaus gingen.

So zog ich es mit der Zeit vor, meine Hausaufgaben im Lesesaal des Museums zu machen. Auch weil ich wissen wollte, warum man nichts über die phantastischen Sachen, die ich im Orden erfuhr, in den Geschichtsbüchern fand. Und ich habe viel Zeit damit verbracht, Ereignisse auf Hinweise über den Orden oder die Magier zu durchforsten.

Wir laufen die weißen Stufen an der Rundung des Lesesaals hoch und schlängeln uns durch die Besucher. Ein Schild verweist uns auf die *Roxy Walker Gallery*, zu der ägyptischen Abteilung in den Zimmern 62 bis 63. Riesige Statuen des Amenophis bewachen den Eingang, unsere Schritte werden langsamer.

Hier oben ist etwas weniger los als im Erdgeschoß, aber noch immer drängen sich die Besucher dicht an dicht an den Glaskästen vorbei, die Schmuck, Grabbeigaben, Wandmalereien und auch geöffnete Sarkophage zur Schau stellen.

»Dort drüben. Da sind echte Mumien in den Glaskästen.« Ich zeige auf eine Reihe von Kästen in der Mitte des Raumes, die besonders eng von Besuchern umkreist sind. Vor allem Kinder drücken sich an den Schaukästen mit den Toten die Nasen platt.

»Wie sollen wir hier unbemerkt etwas entwenden?« Caleb bleibt stehen und verschnauft. Er presst sich die Hand an den Brustkorb, wo er tiefe Schnitte von der Banshee erhalten hat, die wir nur notdürftig versorgen konnten. Auch ich bin außer Atem.

»Ich weiß nicht …«, gebe ich zu und schaue mich ratlos um. So viele Menschen. Selbst wenn wir einen der Glaskästen öffnen könnten, ohne einen Alarm auszulösen, wie sollen wir ein Stück von einer Mumie entfernen, ohne dass uns jemand sieht?

Am hinteren Ende des Saals beobachtet ein Wachmann aufmerksam die Horde Kinder, die kreischend auf den eingewickelten Leib eines vor über tausend Jahren verstorbenen Artgenossen deuten.

»Lass uns erstmal die Schaukästen genauer betrachten.«

Caleb nickt und folgt mir durch den Besucherstrom in die Mitte des stickigen Raumes. Obwohl er klimatisiert wird, liegt ein sonderbarer, muffiger Geruch nach dem Staub der Jahrhunderte und dem Schweiß der Besucher in der Luft. Wir reihen uns ein und warten, bis wir mit langsamen Schritten an den Mumien vorbeischlurfen können.

»Nicht alarmgesichert«, flüstert Caleb mir zu. »Und das Glas ist recht dünn.«

»Ja«, raune ich zurück, »aber Kameras an der Decke.« Ich nicke unauffällig mit dem Kopf in die Richtung.

Caleb folgt meinem Blick. »Mist!«

»Vielleicht sollten wir uns als Wissenschaftler ausgeben und die Kästen für uns öffnen lassen – oder so …« Selbst in meinen Ohren klingt mein Vorschlag dämlich.

»Das dauert zu lange. Selbst wenn ich sie mit falschen Ausweisen hereinlege, die wollen wissen, von welcher Fakultät wir kommen, und wir müssen Anträge ausfüllen und sowas.« Caleb klingt genervt, als wäre Bürokratie sein größter Feind. Aber da ihm die Zeit davonläuft, kann ich es ihm nicht verübeln.

Ich starre auf die Mumie in dem Kasten vor mir. Sie wurde aus dem buntverzierten Sarkophag gehoben und auf einer Glasplatte darüber in Schwebe gehalten, so dass man die kunstvolle Drapierung der vergilbten Leinenbänder erkennen kann. Sogar ihre Fingerspitzen, die über der Brust gekreuzt sind, wurden bis ins letzte Glied umwickelt. Nicht ein Fitzelchen ihrer vermutlich schwarz verschrumpelten Haut blitzt darunter hervor.

Für unsere Zwecke würden ein paar Zentimeter dieser einbalsamierten, uralten Leinenbänder ausreichen, die hoffentlich noch genug von der Einbalsamierungsflüssigkeit und den Harzen enthalten, die die alten Ägypter verwendeten, um ihre sterblichen Überreste für die Ewigkeit zu bewahren.

»Na gut, dann müssen wir halt die Leute hier rausbekommen und einfach schnell sein. Kannst du was gegen die Kameras machen, Caleb?«

Der Strom der Menschen drängt uns weiter, und wir weichen an den Rand zu den Fenstern aus, wo man einen Moment verweilen kann, ohne mitgeschoben zu werden. Draußen funkelt die Sonne über den Dächern der Nebengebäude.

Caleb blickt wieder zu der Kamera an der weißen Kasematten-Decke empor. »Ich nicht, aber ich kenne jemanden, der das kann.« Er zückt sein Smartphone und wählt eine eingespeicherte Nummer.

Ich lehne mich gegen die breite Fensterbank. Meine Beine sind schwer und müde, ich bin seit über 24 Stunden wach und habe seit einer Ewigkeit nichts gegessen.

»Hey Squirrel! Wie geht's?«, ruft Caleb ins Telefon, als am anderen Ende jemand rangeht. Er lächelt, um seiner Stimme einen freundlichen Klang zu verleihen und die Dringlichkeit und seine Angespanntheit zu verbergen. Doch ich sehe die Verkrampftheit in seinen Lippen. Er muss noch erschöpfter sein als ich. »Also, hör mal, kann ich dich um einen Gefallen bitten? Ich bin gerade im British Museum, in der …«

»Roxy Walker Gallery«, flüstere ich.

»… in der Walker Gallery. Bei den Mumien, halt. Das ist … ja, es ist wichtig.«

Er lauscht einen Moment auf das, was Squirrel am anderen Ende sagt. »Ähem, ja genau. Also, könntest du …«, er senkt seine Stimme zu einem Flüstern und dreht sich von den Besuchern weg zu mir und den Fenstern, »könntest du die Kameras ausschalten? Nur für einen Moment?«

Ich halte den Atem an.

»Hmhm, ja. Raum … 62 bis 63. Nur für ein paar Minuten.«

»Und?«, drängele ich.

Caleb hält den Hörer zu. »Sie sagt, sie hat Zugriff auf die Kameras des Museums. Sie sagt, sie kann uns sehen. Sie fragt, was du hier zu suchen hast.«

»Sag ihr, das wäre für einen Fall.« Ich werfe einen nervösen Blick zu der Kameralinse über mir und lächele zu ihr hoch.

»Ja, Sally Davies. Ich kann dir das jetzt nicht erklären. Ich brauche bitte deine Hilfe. Du hast gehört, was mit Zac passiert ist, oder? Ich muss da was in Ordnung bringen. Okay, ich erkläre dir später alles. Fünf Minuten? Danke dir.« Er legt auf.

»Was hat sie gesagt?«

»Sie hat gesagt, dass sie unsere Chefin nicht gerne hintergeht und ich ihr was schulde. Sie verschafft uns fünf Minuten Zeit. Die Kameras im Museum werden nicht live überwacht, dafür haben sie ja Wachmänner im Raum, nur archiviert und alle sieben Tage gelöscht. Sie kann eine Schleife aus alten Videoaufnahmen vom Vortag auf die Kameras legen, aber dann muss sie aus dem System wieder raus, um nicht aufzufallen.«

»Fünf Minuten also.« *Und was dann?*

Gemeinsam blicken wir zur Kamera hoch. Wenige Sekunden später geht das rote Lämpchen neben der Linse aus.

Caleb kaut auf seiner Unterlippe. »Wenn wir Feueralarm auslösen, wird man uns mitevakuieren. Ich glaube nicht, dass der Wachmann da drüben uns hier allein lässt.«

Mir bricht der Schweiß aus. Unsere fünf Minuten haben begonnen, und wir haben noch immer keinen Plan. Nervös drücke ich meine Hände in die Taschen meines Parkas. An meiner Hüfte über meiner Jeans trage ich noch immer den Gürtel mit der Ausrüstung der Obscura, den ich seit dem Highgate Cemetry nicht abgelegt habe. Mir kommt das wie eine Ewigkeit her vor, dabei waren es erst fünfzehn Stunden, seit ich Zac tot auf dem kalten Boden des Mausoleums gefunden habe.

Meine Finger ertasten eines der kleinen Röhrchen an meinem Gürtel. »Ich kann die Besucher, die schon hier drin sind, nicht dazu bringen zu gehen, aber ich kann neue davon abhalten, den Raum zu betreten.« Ich ziehe das kleine Glasröhrchen, gefüllt mit glitzernden grünen Kristallen von der Größe von Salzkörnern, aus Hannah Woolleys Arsenal hervor.

Caleb lächelt. »Klasse, mach das.«

Ich nicke und schiebe mich an den Menschenmassen vorbei zum gegenüberliegenden, von Statuen gesäumten Eingang. Möglichst unauffällig entkorke ich das Röhrchen und verstreue die Körner in einer Linie auf der Türschwelle. Niemand interessiert sich für mich, die Leute sind viel zu abgelenkt von den Ausstellungsstücken und den geradeaus starrenden Amenophis-Statuen.

Rasch ist die Linie gezogen, und kein neuer Besucher betritt mehr den Raum. Für die Leute außen ist es, als wäre es einfach keine Option, den Saal zu betreten. Sie gehen desinteressiert an mir vorbei und werfen nicht einmal einen Blick herein. Jetzt müssen wir nur noch warten, dass die, die drin sind, den Saal verlassen.

Mit klopfendem Herzen gehe ich zurück zu Caleb, der beobachtet, wie der Saal sich langsam leert, und senke meine Stimme. »Wie wollen wir den Glaskasten aufbrechen? Wir haben kein Werkzeug.«

»Ich brauche kein Werkzeug, das Glas ist dünn. Ich denke, ich kann es einschlagen.«

»Auch wenn es dünn aussieht. Das ist bestimmt Sicherheitsglas.«

Caleb schlendert zu der Mumie hinüber und legt leise vor sich hinmurmelnd seine Hand an die Vitrine. Er bereitet einen Zauber vor. Tatsächlich haben fast alle Besucher den Raum verlassen, und dank meines kleinen Tricks hat niemand ihn mehr betreten. Aber der Wachmann in der grauen Uniform des Museums steht noch immer am anderen Ende des Saales, und er schaut zu uns herüber.

Noch nicht, gebe ich Caleb durch Gesten zu verstehen. *Der Wachmann!*

Caleb blickt auf die Uhr an seinem Smartphone und gibt mir Zeichen, dass die Kameraschlaufe nur noch zwei Minuten aktiv ist. Als der Wachmann auf ihn zu schlendert, nimmt er seine Hand vom Glas.

Um seine Aufmerksamkeit von Caleb auf mich zu lenken, gehe ich zu der Mumie und tue so, als würde mich das Infoschildchen über dem Toten wahnsinnig interessieren. Ich erfahre, dass der Verstorbene über fünftausend Jahre alt ist, seine inneren Organe entfernt und in Behältern konserviert wurden. Das Gehirn wurde zwar ebenfalls entfernt, aber nicht aufbewahrt, denn die alten Ägypter teilten dem Gehirn keine Bedeutung zu. Der Rest des Körpers wurde gewaschen, mit Salz ausgetrocknet, mit Ölen und Flüssigkeiten einbalsamiert und sorgfältig in enge Bandagen aus Leinen gewickelt.

Endlich geht der Wachmann an uns vorbei zum Ausgang am anderen Ende des Saals. Vermutlich fragt er sich, ob es woanders etwas zu sehen gibt, das seine Aufmerksamkeit erfordert.

Noch eineinhalb Minuten.

Der Wachmann verlässt den Raum. Außer uns ist niemand mehr hier. Caleb zieht seine Hände aus den Taschen und presst sie mit gespreizten Fingern gegen das Glas. Erneut setzt er zur Zauberformel an. Energie umspielt seine Fingerspitzen. Meine Kopfhaut kribbelt.

»Sally, tritt zurück!«

Rasch mache ich ein paar Schritte rückwärts und stoße gegen eine Vitrine mit einer wunderschönen Halskette aus Malachit, als vor mir das Glas, das den Sarkophag mit der einbalsamierten Mumie enthält, in tausend Stücke zersplittert. Instinktiv reiße ich meine Hände hoch und halte sie vors Gesicht. Doch die Scherben fallen zu Boden. Calebs Zauber hat dem Glaskasten einen präzisen mentalen Stoß verpasst.

Er keucht und taumelt. Die Anstrengung hat ihn die letzte Kraft gekostet.

Ich verliere keine Zeit, zücke ein kleines Messer von meinem Gürtel, zupfe ein Stück von dem steifen Leinen vom Leib der Mumie, reiße es unzeremoniell herunter und verstaue es in einem leeren Beweismitteltütchen.

»Raus hier!« Caleb keucht und will den Raum verlassen. Das Glas ist nicht lautlos gesplittert, der Wachmann kann jede Sekunde zurück sein.

Und dann?

Dann stehen wir als Einzige in einem Saal mit einem aufgebrochenen Schaukasten. Noch zehn Sekunden, dann endet die Videoschlaufe, und die Kameras nehmen wieder auf, was live im Saal geschieht.

Mit flinken Fingern zücke ich meinen Scopae. In einer fließenden Bewegung drehe ich den Walnussholzgriff, und die Straußenfedern fahren aus. Ich hole mit einer weiten Geste aus wie ein Dirigent beim Auftakt zu einer gewaltigen Ouvertüre, um den Glaskasten und alle Scherben am Boden in meinem Schwung einzufangen. Auf mein Kommando erheben sich die scharfkantigen Bruchstücke, blitzende Stücke der Zerstörung, und fliegen, dicht an meinem Arm und meiner Wange vorbei wie von Zauberhand, gehorsam auf ihren angestammten Platz: Ein Film, der rückwärts läuft.

Das Ganze passiert im Augenblick eines Wimpernschlags. Eben war die Vitrine noch zerstört, nun steht sie unversehrt wieder vor uns.

Caleb starrt mich an. *Ist das etwa Anerkennung in seinem Blick?* Meine Fingerspitzen prickeln.

Das rote Lämpchen an der Kamera über unseren Köpfen springt in dieser Sekunde zurück auf Aufnahme.

Im Saal ist es, als wäre nie etwas geschehen.

FOLGE

14

KAPITEL 45

Kaitlin

Sally war bereits vier Jahre alt, als ich mich das erste Mal mit Beatrice wiedertraf. Wir hatten so viel Zeit vergehen lassen, um sicherzustellen, dass nicht doch noch ein Verdacht an ihrem gefälschten Tod aufkam. Und da mich bislang niemand auf die Umstände ihres Ablebens angesprochen hatte, wagte ich das erste Mal tatsächlich mit dem Gedanken zu spielen, die Fortschritte von Beatrice und unseren Plänen zu begutachten.

Als dann ihre Nachricht kam, war ich umso überzeugter, dass es eine gute Idee war. Auch wenn ich nicht an das Schicksal glaube, so glaube ich, dass gewisse Zeichen nicht ignoriert werden sollten.

Wir trafen uns in einem Untergrund-Bahnhof, der schon seit beinahe hundert Jahren stillgelegt war. Ich brauchte einige Stunden, um alle Vorbereitungen zu treffen, damit ich auch wirklich zu dem Treffen gehen konnte. Niemand sollte Verdacht schöpfen, dass ich das erste Mal seit einigen Monaten wieder das Ordenshaus verließ. Also streute ich schon seit Tagen das Gerücht über ein neues magisches Buch, das beim Alchemisten aufgetaucht war. Den wollte ich offiziell besuchen.

»Lady Kaitlin, lassen Sie mich Sie begleiten auf dem Weg dorthin!«, schlug ein junger, ambitionierter Vigilant vor. Doch ich lehnte höflich ab. Aus nachvollziehbaren Gründen.

»Ich denke, ich bin Magierin genug, um mich den üblichen Gefahren da draußen zu stellen.« Mit diesen Worten machte ich den jungen Vigilanten mundtot. Ohne mich zu beleidigen, hätte er nichts erwidern können.

Ich packte also meine Tasche und ging zu dem Haus des Alchemisten. Dort kaufte ich einige Vorräte, die mir in der Bibliothek ausgegangen waren, und blieb einige Minuten in dem Pub, um sicherzustellen, dass mir niemand aus dem Orden gefolgt war. Erst als ich mich vollkommen unbeobachtet fühlte, lief ich durch das Netz der Straßen bis zu unserem Treffpunkt an der alten Station Dover Street.

Der einstige Eingang war zugemauert und mit einer Wartungstür für die Tunnel darunter versehen worden. Ich wartete einen Moment, schaute mich um und stellte sicher, dass mich niemand verfolgt hatte, ehe ich hineinschlüpfte.

Beatrice hatte mir versichert, dass es keine Videoüberwachung in diesem alten Bereich der Tube von London gab, weswegen ich ein magisches Licht hervorrief, das mir den Weg erhellte. Die weißbraunen Kacheln an den Wänden reflektierten das magische Licht nur mäßig, schluckten das meiste.

»Wer wagt es, unseren Grund zu betreten?«, fragte eine weibliche Stimme aus den Schatten weiter vorn liegender Baustellengeräte. Ich konnte nur die Umrisse einer schlanken Frau erkennen, deren schwarzes Haar über ihre Schultern und hinunter bis an ihre Hüfte reichte.

»Mein Name ist Lady Kaitlin McGregor.« Beatrice hätte mich nie in eine Falle gelockt, also hatte ich keinen Grund, misstrauisch zu werden. Selbiges erhoffte ich mir dann auch von meiner Unbekannten gegenüber.

»Sie werden erwartet«, sagte sie schließlich auch einige Sekunden später. Die Gestalt winkte mich heran, und ich folgte ihrer Aufforderung. Dabei erkannte ich die blasse Haut der asiatischen Frau.

Auch wenn mir die natürliche Blässe der Asiaten hinlänglich bekannt war, so vermutete ich doch, einen Vampir vor mir zu haben. Nur zur Sicherheit legte ich mir in Gedanken einen Angriffs- und einen Verteidigungszauber zurecht. Man konnte nie wissen, was in dem Kopf eines Paranormalen vorging, den man nicht kannte.

Die Frau musterte mich über die Schulter hinweg, während sie den unebenen Weg hinunter zu einer Treppe ging. Alles wirkte verfallen und doch so weit gepflegt, dass man hindurchlaufen konnte. Wir hatten keine Probleme vorwärtszukommen.

»Ich hätte Sie mir ehrlich gesagt anders vorgestellt.« Die Vampirin sprach mit selbstbewusster Stimme, obwohl wir uns das erste Mal begegneten. Scheinbar störte sie sich nicht an den Titeln eines Menschen.

»Und wir haben Sie sich mich vorgestellt?« Mein Amüsement konnte ich mir nicht verkneifen. Viele hatten mich in meinem Leben schon unterschätzt, aber kaum jemand wagte es, mich offen darauf anzusprechen.

»Wie eine alte, verschrumpelte Hexe, aber Sie sind ja noch ganz schick für Ihr Alter.« Sie lief weiter und rechnete offenbar nicht mit Konsequenzen aus ihrem Gesagten. Oder sie war sich ihrer Beleidigung nicht bewusst.

Da ich Wichtigeres auf der Agenda hatte, als mich um irgendeine kleine Vampirin zu kümmern, beließ ich es dabei und sagte nur: »Danke.«

»Wir müssen bloß diese Wendeltreppe hinunter und sind gleich da.« Die Vampirin ging vor und zeigte mir die Stellen, auf die ich lieber nicht treten sollte.

»Ist das Ihr Nest hier unten?« Die Neugier ließ mich nicht los. Ich hatte schon von einigen unterirdischen Nestern gehört. Aber noch nie eines gesehen.

Einige der Paras lebten ganz offensichtlich unter den Menschen, aber manche behielten ihre alte Lebensweise bei. Wenn ich mir die junge Frau so ansah, konnte ich mir allerdings nicht vorstellen, dass sie an den Traditionen festhielt. Ihre Kleidung war modern. Hätte ich sie nicht gerade in diesem unterirdischen Bahnsteig getroffen, wäre sie mir in einer Menge von Büromenschen nicht aufgefallen.

Sie verzog ihre feinen Gesichtszüge zu einem verächtlichen

Schnauben. »Nennen wir es eine vorübergehende Bleibe, bis unser neuer Wohnsitz fertig ist. Dies ist nicht die Umgebung, die ich mir für meinen Clan vorgestellt habe.«

Überrascht hob ich eine Augenbraue. »Sie sind eine Alpha?«

»Allerdings.« Die Kampflust in ihrer Stimme ließ mich nicht daran zweifeln, dass sie diese Frage schon öfter gehört hatte. »Haben Sie etwas dagegen?«

Ich sammelte mich einen Moment lang und lächelte sie dann offen an. »Ganz im Gegenteil. Ich befürworte mehr Frauen in solchen Positionen.«

Diesmal war es die Vampirin, die überrascht dreinschaute. »Wirklich? Das erklärt, warum Sie hier sind.«

»Hat Beatrice es Ihnen nicht gesagt?«

Die Vampirin schüttelte den Kopf, ehe sie sich leicht verbeugte und mir den Weg in Richtung des Bahnsteigs wies. Hier unten brauchte ich das magische Licht nicht mehr und löschte es. Einige Laternen und Taschenlampen waren an den Wänden angebracht, so dass es hell genug war.

»Lady Kaitlin!« Die so vertraute Stimme meiner ehemaligen Schülerin zu hören öffnete mir das Herz. Beatrice kam auf mich zugelaufen und umarmte mich herzlich. Ich konnte nicht anders, als auch sie fest in den Arm zu nehmen.

»Beatrice, ich freue mich so, dass es dir gut geht. Wie ist es dir ergangen?«

»Gut, gut. Danke. Ich kann nicht klagen. Es verläuft alles etwas schleppend, aber wir machen Fortschritte.«

»Das freut mich.« Ich löste mich aus ihrer Umarmung und betrachtete sie besorgt. »Du schläfst zu wenig.«

»Das sage ich ihr auch immer wieder«, mischte sich die Vampirin ein. »Auch wenn sie versucht, mit uns Paras mitzuhalten, so ist sie immer noch ein Mensch.«

»Schon gut, Chen.« Beatrice winkte ab, wischte sieh über die Augen, um die Müdigkeit zu verscheuchen. Allerdings nur mit mäßigem Erfolg, wie ich feststellte. »Du kannst uns jetzt allein lassen. Vielen Dank für deine Hilfe.«

»Jederzeit, Beatrice.« Chen verneigte sich vor Beatrice und lief lautlos die Treppe hinauf.

Erst als wir allein waren, schaute ich meine einstige Schülerin voller Stolz an. »Eine Vampir-Alpha? Das nennst du schleppend?«

Beatrice lächelte schüchtern. »Na ja, vielleicht haben wir schon ein paar Fortschritte gemacht, aber das Misstrauen sitzt zu tief in den Köpfen und Herzen aller Beteiligter. Viele glauben mir nicht, was unsere Ziele angeht.«

Ich runzelte die Stirn, während sie mir einen Stuhl anbot, auf dem sonst vermutlich Bauarbeiter saßen, um ihre Pause nicht auf dem Boden verbringen zu müssen. »Hast du ihnen von unseren Plänen erzählt?«

Beatrice nickte. »Jedem einzelnen Alpha, doch niemand glaubt mir, wenn ich sage, dass es unsere Überzeugung ist. Einige von ihnen ahnen, dass ich nur eine Vermittlerin bin, und wollen Sie kennenlernen.«

Ich seufzte. »Mit solchen Schwierigkeiten hatte ich gerechnet. Aber ich befürchte, das ist nicht möglich. Ich kann mich nicht regelmäßig aus dem Orden schleichen, um mich mit Paranormalen zu treffen. Deswegen haben wir deinen Tod doch inszeniert. Wissen die Alphas das?«

»Ich habe es angedeutet.« Beatrice zögerte. »Wie sieht es aus, wenn ich zugebe, dass ich meine Tochter aufgegeben habe, um hier zu sein? Würden dann nicht alle glauben, dass ich keinen Sinn für Familie habe? Gerade die Alphas bringen dafür sicher kein Verständnis auf, denn ihnen geht nichts über die Familie.« Beatrice biss sich auf die Lippen und verschränkte die Arme vor der Brust. »Außerdem tut es weh, wenn ich von ihr rede.«

Ihre letzten Worte waren nicht mehr als ein Flüstern, aber sie waren treffsicherer als jeder Pfeil. »Es geht ihr gut. Sie ist jetzt vier Jahre alt und hält den ganzen Orden auf Trab. Vor allem Mrs Brewster, die Köchin.« Ich wusste nicht, ob es Beatrice beruhigte, wenn ich von Sally redete, aber zumindest milderte es die Anspannung auf ihrem Gesicht. Also griff ich in meine Tasche und zog einen Umschlag hervor, den ich ihr reichte.

»Was ist das?« Beatrice nahm ihn entgegen und öffnete ihn. An den Tränen, die ihr augenblicklich in die Augen schossen, erkannte ich, wie sehr sie ihre Tochter vermisste.

»Ich mache jeden Monat ein Foto von ihr und lasse es entwickeln, damit ich sie dir geben kann, wenn wir uns mal treffen.«

Beatrice schlug eine Hand vor den Mund, unterdrückte so ein Schluchzen, während die Tränen frei flossen. Ich gab ihr einen Moment und wartete, bis sie wieder das Wort ergriff. »Wie geht es ihr?«

»Sie ist ein tapferes Mädchen. Manchmal etwas verträumt, aber immer hilfsbereit. Sie wird mal eine gute Magierin.«

»Lady Kaitlin, ich danke Ihnen für die Fotos.« Beatrice betrachtete sie noch einige Augenblicke, ehe sie diese mit einem Zögern in die Tasche schob. Ich konnte an ihrem Gesicht erkennen, dass es sie quälte, aber sie hielt sich tapfer.

»Aber?« Es war offensichtlich, dass sie ein anderes Thema anschneiden wollte. Also half ich ihr auf die Sprünge.

»Aber ich brauche mehr Informationen von Ihnen.« Beatrice schob die Hände auf den winzigen Tisch, der zwischen uns stand, und faltete sie ineinander.

»Was für Informationen? Du hast doch alles von mir erfahren, was du brauchtest, um unseren Plan umzusetzen.«

Beatrice verzog das Gesicht. »Das ist es eben. Es ist nicht unser Plan, sondern Ihrer. Verstehen Sie mich nicht falsch. Ich halte ihn für absolut logisch und notwendig, aber je öfter ich darüber mit vermeintlichen Verbündeten rede, desto häufiger bekomme ich eine einzige Frage gestellt: Warum?«

»Hast du darauf keine zufriedenstellende Antwort? Du sagtest doch selbst gerade, dass es logisch und notwendig ist. Reichen diese Argumente nicht?«

Beatrice schüttelte den Kopf. »Ich kann zwar darlegen, warum ich den Plan für sinnvoll erachte, aber immer wieder werde ich gefragt, was der auslösende Moment war. Warum ich ausgerechnet jetzt damit beginne.«

Ich schaute zu ihr hinüber und presste die Lippen zusammen. »Und diesen Grund möchtest du jetzt von mir hören?«

»Es würde ungemein helfen.« Beatrice sah mir direkt in die Augen.

Ich verstand die Notwendigkeit dieser Erklärung, aber das machte es nicht weniger schmerzhaft. Sobald ich an diesen Teil meiner Vergangenheit dachte, schmerzte meine Brust so sehr, dass ich glaubte, sie würde jeden Augenblick explodieren.

Tief atmete ich ein. »Du willst also von mir wissen, wieso ich auf die Idee kam, einen neuen Orden zu gründen?«

Beatrice nickte. »Vor allem, wenn man bedenkt, welche Stellung Sie im Hermetischen Orden innehaben. Ich bin die Einzige, die weiß, wer wirklich hinter der Gründung steht, aber wenn ich es glaubhaft vertreten soll, muss ich Ihre Geschichte kennen.«

Ich schluckte und schaute in die Dunkelheit des stillgelegten Eisenbahntunnels. Diese Dunkelheit war es, die ich schon seit dem Beginn meiner Zeit als Bibliothekarin versuchte, aus dem Orden zu vertreiben. Aber es gelang mir einfach nicht. Egal, wie viele Vorschläge zur Verbesserung ich machte, nichts wurde umgesetzt. Weil ich eine Lady war, hörten sie sich die Vorschläge immerhin an, aber verstauten sie dann in einer tiefen Schublade, in der vermutlich ein Schredder am Boden stand und alles vernichtete, was ich mir ausgedacht hatte.

»Wusstest du, dass ich eine Schwester hatte?« Die Worte auszusprechen löschten den Schmerz in meiner Brust nicht aus, aber sie lockerten ihn, so dass ich tiefer einatmen konnte.

»Das wusste ich nicht.« Beatrice runzelte die Stirn. »War sie ebenfalls Mitglied des Ordens?«

Ein wehmütiges Lächeln überkam mich. »Nein, sie hatte der

Magie abgeschworen, weil sie sich verliebt hatte. In einen Paranormalen. Du musst verstehen, dass meine Familie schon immer sehr modern war, was unsere Ansichten anging. Unsere Mutter hat uns zu eigenständig denkenden Frauen erzogen, während unser Vater mit gesellschaftlichen Ereignissen und der Arbeit im Orden beschäftigt war. Er war allerdings derselben Meinung wie unsere Mutter: Wir sollten uns unsere eigene Meinung über die Geschehnisse bilden, ohne dass sie uns beeinflusste. Dafür bin ich ihr bis heute dankbar.

So kam es, dass meine Schwester sich vor beinahe 15 Jahren, also vor deiner Zeit im Londoner Ordenshaus, in einen Sandmann verliebte.« Ich hielt inne, sah von der Dunkelheit zu Beatrice. »Weißt du, was ein Sandmann ist?«

»Ich habe von ihnen gelesen. Sie können in die Träume der Menschen eindringen und diese beeinflussen, nicht wahr?«

Ich nickte. »Außerdem können sie beeinflussen, wie tief ein Mensch schläft. Wenn ein Sandmann nicht aufpasst, kann er jemanden ins Koma versetzen. Abigail, meine Schwester, hatte sich während ihrer Zeit in London in einen Sandmann verliebt, der sich hier niedergelassen hatte. Zuerst hielt sie es geheim, doch nach fast einem Jahr offenbarte sie sich dem Orden. Sie hatte es satt, sich zu verstecken, und wollte die Gesetze des Ordens umgehen und mit ihrer Liebe zusammenziehen.«

Ich schnaubte. »Eine dumme Idee. Der Orden war damals genauso starr in seinen Richtlinien und Gesetzen wie heute. Niemand durfte den Orden verlassen, ohne nicht gelöscht zu werden.«

Beatrice sog scharf die Luft ein. »Sie mussten Ihre eigene Schwester löschen?«

Ich deutete ein Nicken an und unterdrückte die heraufziehenden Erinnerungen an diesen Tag.

»Das ist unfassbar grausam. Kein Wunder, dass Sie eine neue Ordnung erstellen wollen.«

Ich legte den Kopf schief und tätschelte Beatrice' Hand, die immer noch auf dem Tisch lag. »Kindchen, so grausam das auch klingen mag, Abigail hat sich freiwillig entschieden, ihr Gedächtnis löschen zu lassen. Sie wollte es, und ich habe es verstanden. Sie vertraute auf die Liebe zu ihrem Mann. Und er schwor dem Orden bei seinem Leben, ihr niemals von ihrer Vergangenheit zu erzählen, und versprach ihr, sie so lange zu erobern, bis sie sich wieder in ihn verliebte.«

Nun war es an Beatrice, verwirrt dreinzuschauen. »Aber wenn das nicht der Grund war, über die Gründung eines neuen Ordens nachzudenken, was dann?«

Meine Gedanken drifteten ab zu dem Moment, in dem es mir bewusst wurde. Schrecklicherweise hatte ein Buch es mir verraten. Das, was ich am meisten liebte, war zugleich das, was mir den grausamsten Moment meines Lebens beschert hatte. Und doch konnte ich nicht anders, als diese Schätze zu hüten. Egal, wie sehr sie mich auch an Abigail erinnerten.

Ich fuhr mir über die Augen und wischte den Gedanken weg. »Einige Jahre lang lebte Abigail sehr glücklich mit ihrem Mann. Sie heirateten, zogen zusammen. Er hatte es tatsächlich geschafft, sie zurückzuerobern, obwohl sie jegliche Erinnerung an ihn verloren hatte.

Ich besuchte sie heimlich ab und an in ihrer gemeinsamen Wohnung, sofern es meine Zeit erlaubte. Meist, wenn ich offiziell auf der Suche nach neuen Folianten war. Wenn ich einen Tag länger unterwegs war, fiel es nicht auf, solange wir uns nicht gemeinsam sehen ließen. Wir lachten viel, lasen zusammen in den Büchern, die in ihrer Bibliothek standen, und waren immer Schwestern, auch wenn sie nur sehr wenige Erinnerungen an unsere Zeit hatte. Doch dann geschahen die Morde.« Nach all den Jahren konnte ich die Bitterkeit nicht aus meiner Stimme verbannen. Sie würde wohl nie ganz verschwinden. Nicht, solange ich nicht um eine bessere Zukunft für Paras, Menschen und Magier wusste.

»Welche Morde?«, überlegte Beatrice und kramte in ihrem Gedächtnis. Gleich darauf schien sie sich zu erinnern. »Vor neun Jahren? Da gab es doch diese seltsamen Todesfälle, die einem Sandmann angelastet wurden.« Beatrice hielt den Atem an. »Moment, das war, kurz bevor ich bei Ihnen angefangen habe.«

»Drei Monate vorher.« Ich nickte und biss mir auf die Zunge, um dem Kloß Einhalt zu gebieten, der sich in meinem Hals ausbreitete.

»Es tut mir unendlich leid.« Beatrice legte ihre Hand auf meine und hielt sie fest. Das Mitleid in ihren Augen erinnerte mich wieder daran, warum ich nie mit jemandem über meine Schwester sprach. Im Orden war es nicht schwer gewesen. Alle hielten sie für eine Ausgestoßene, die nichts mehr mit der Magie zu tun hatte, und interessierten sich dementsprechend nicht für sie. Doch nun, da ich mich Beatrice offenbart hatte, würde sie mich immer mit diesem mitleidigen Blick betrachten.

»Ich habe gehört, dass der Sandmann sich gewehrt hat und deswegen eine unschuldige Frau gestorben ist. War das Ihre Schwester?« Beatrice streichelte mit dem Daumen über meinen Handrücken und holte mich aus meinen Erinnerungen zurück.

Ich biss die Zähne zusammen, weil jeder von einer falschen Annahme ausging. Niemand außer mir kannte die Wahrheit. Ich hatte versucht, mehr herauszufinden, doch je weiter ich gebohrt hatte, desto sturer war der Protector geworden.

»Abigail ist mit ihrem Mann gestorben, aber sicher nicht, weil er Menschen im Schlaf umgebracht hat. Das war alles nur ein mieser Trick.« Ich spürte, wie mein Herz gegen meinen Brustkorb hämmerte, als ob ich gerade einen langen Lauf hinter mir hatte.

»Was meinen Sie damit? Sind die beiden etwa ermordet worden?« Beatrice riss ihre Augen weit auf. Auch wenn sie meine Ansichten teilte, so glaubte ein Teil von ihr immer noch, dass der Orden nicht schlecht war. Nur eingefahren und gefangen in alten

Konventionen und Gesetzen. Wenn ich ihr jedoch meine Geschichte, oder besser die meiner Schwester, erzählte, würde sie von diesem Glauben abfallen.

»Brutal und ohne Gnade«, erwiderte ich gefühlskalt. Ich hatte den Tatort nie zu sehen bekommen. Die Bilder hätte ich mir jederzeit in der Fallakte anschauen können, aber ich hatte es in neun Jahren nicht übers Herz gebracht, diese zu öffnen.

»Haben Sie dafür Beweise gefunden? Warum sind Sie nicht gegen den Täter vorgegangen?«

Mitleidig betrachtete ich Beatrice. Sie war so unschuldig in ihrem Denken. »Beweise habe ich nur einen einzigen gefunden. Keinen, der vor einem Gericht hätte standhalten können. Oder den ein anderer bezeugen konnte. Aber für mich war er unumstößlich: Es war ein Buch.«

»Ein Buch? Meinen Sie das Erinnerungsbuch von Abigail?«

Ich brauchte einen Moment, um zu verstehen, was sie meinte. »Nein, das Buch habe ich nie angerührt. In diesem Buch stehen ihre intimsten Gedanken und Vergangenheiten. Ich habe nicht das Recht, es mir durchzulesen.« Ich zog eine Augenbraue hoch und atmete tief ein. »Obwohl ich zugeben muss, dass es mich nach ihrem Tod das ein oder andere Mal in Versuchung geführt hat.«

Beatrice schüttelte verwirrt den Kopf. »Aber wie kann ein Buch dann der ausschlaggebende Beweis sein?«

»Es war ein Buch, das ich einst in der Wohnung meiner Schwester gesehen hatte. Ihr Mann hat natürlich gewusst, was für ein Buch er da besaß, hat es aber vor Abigail geheim gehalten. Mir konnte er jedoch nichts vormachen. Ich erkannte den Hauch von Magie an dem Ledereinband und die Runen auf dem Buchrücken augenblicklich, als ich es im Regal stehen sah.

Als meine Schwester einmal in der Küche kochte, erklärte er mir, dass das Buch über die Sandmänner schon seit Generationen in seiner Familie verweilte. Ähnlich der Folianten, die wir im inneren Bereich aufbewahren, enthielt es nicht nur gute Magie. Er zeigte es mir nicht, aber so, wie er es hütete, konnte es nur ein mächtiger, paranormaler Band sein.«

»Ich verstehe nicht …« Beatrice löste ihre Hand von meiner und fuhr sich durch die Haare. »War das Buch nicht mehr am Tatort?«

Seufzend fuhr ich fort. »Vielleicht erinnerst du dich. Im zweiten Jahr deiner Ausbildung erhielten wir die magische Buchsammlung eines verstorbenen Satyr, der sich in London niedergelassen hatte. Er starb an Altersschwäche, doch da er ohne Familie in London lebte, war der Orden als Erstes vor Ort.«

»Die Bücher wurden uns damals zur Prüfung und Aufnahme überlassen. Wir haben Wochen damit zugebracht, das Wissen der Sammlung zu katalogisieren.« Beatrice schmunzelte. »Wir haben lange bei Tee und Gebäck zusammengesessen und in den Büchern gelesen. Aber was hat das mit dem Buch Ihres Schwagers zu tun?«

»Sein Buch – das Buch über die Sandmänner – tauchte kurze Zeit nach dem Mord an ihnen in der Bibliothek auf.« Ich wartete darauf, dass sie erschrocken die Luft einsog oder bestürzt die Hand vor den Mund schlug, doch Beatrice tat nichts dergleichen.

Stattdessen schaute sie mich verwirrt an. »Aber das ist doch normal nach der Säuberung eines Tatorts. Alle magischen Dinge werden entfernt und im Orden ordnungsgemäß untersucht und verborgen.«

Ah, ihr fehlte eine entscheidende Information. Ich nickte mir selbst zu und seufzte. »Nur, dass eben dieses Buch von meinem Schwager nicht aus seinem Nachlass stammen sollte. Laut dem damaligen Vigilanten, der es mir brachte, sollte es eine Leihgabe der Bibliothek in Athen sein. Eine Leihgabe. Doch ich wusste genau, woher sie es tatsächlich hatten.« Mein Schnauben war reichlich undamenhaft, aber der Situation geschuldet.

Diesmal stand Beatrice auf. »Wollen Sie damit sagen, dass das Buch gestohlen und dann über die Herkunft gelogen wurde? Warum sollte man das tun?«

»Für mich kann es nur einen einzigen Grund geben«, sagte ich voller Überzeugung und Hass. »Der Orden wollte schon lange das Buch in seinen Besitz bringen, und als sie merkten, dass der Mann meiner Schwester es niemals herausgeben würde, erfanden sie mit den Todesfällen im Schlaf einen Grund.

Ob der Orden diese Menschen umgebracht hat, kann ich nicht sagen, aber zuzutrauen wäre es diesen Bastarden. Denn ganz offensichtlich haben sie Abigail und ihren Mann nur für ein Buch getötet. Davon bin ich fest überzeugt. Wieso sonst sollten sie über dessen Herkunft lügen? Und mir stellt sich seither immer wieder die Frage, ob die Leihgaben, die wir im Laufe der Zeit erhalten haben, auch wirklich solche waren oder von fingierten Tatorten stammten.«

Ich redete mich in Rage und musste mich zusammennehmen, um nicht zu schreien. Allein der Gedanke an die Zeit vor neun Jahren machte mich wahnsinnig und ließ mich alle Manieren vergessen, die ich jemals gelernt hatte.

»Das ist unglaublich« war alles, was Beatrice dazu sagen konnte.

»Die Führung des Ordens, der damalige Protector, hat die Regeln nicht gebrochen. Nur so zurechtgebogen, dass sie seinen Wünschen entsprachen. Und das war der Moment, in dem ich beschlossen habe, dass ich so nicht weitermachen wollte. Mir wurde klar, dass niemand sich für die ausgeschiedenen Magier interessierte oder was aus ihnen wurde. Es ließ mich zweifeln, ob all die Aufträge der Vigilanten wirklich immer gerechtfertigt waren.« Ich atmete tief durch, um mein tobendes Herz zu beruhigen. »Aber am meisten ließ es mich grübeln, ob der Hermetische Orden wirklich noch die Spitze der Magier in London sein sollte.«

»Das war der Moment, in dem Sie beschlossen, einen neuen Orden zu gründen.« Beatrice vollendete meine Erzählung, und ich nickte nur. »Jetzt kann ich Sie wirklich verstehen. Anfangs dachte ich immer, dass Sie einfach ein Problem mit der Männerherrschaft im Hermetischen Orden hätten.«

»Oh, täusch dich nicht, Kindchen. Das ist ein ebenso starker Grund, aber der Auslöser, der mich damals in diese Richtung trieb, war der Mord an meiner Schwester.«

»Und alles nur, um ein Buch in die Hand zu bekommen.« Beatrice lief ungläubig auf und ab, konnte nicht fassen, was ich ihr enthüllt hatte. »Warum haben Sie es all die Jahre für sich behalten? Wollten Sie keine Rache am Orden?«

»Glaube mir, dass ich mir so manches Messer in der Brust des Protectors vorgestellt habe, aber ich bin eine Lady. Wenn wir uns rächen, dann so, dass derjenige danach nicht mehr aufsteht.« Es mochte hart klingen, aber es war meine feste Überzeugung. »Den neuen Orden zu gründen war die beste Racheidee, die ich je hatte. Ein allen Paras, Menschen und Magiern offener Orden. Der immer noch für Frieden sorgt, aber auch für ein besseres Miteinander mit den verschiedenen Arten unserer Welt.«

»Und das werden wir erschaffen.« Beatrice kam auf mich zu und schaute mir tief in die Augen. »Wir beide. Sie mit Ihrer Sturheit und Weitsicht, und ich als Ihr langer Arm der Rache. Gemeinsam werden wir das schaffen.«

»Danke, Beatrice.« Ein helles Licht flutete auf einmal mein Herz und verscheuchte die Dunkelheit, die die Vergangenheit dort hinterlassen hatte. »Für alles, was du geopfert hast und noch opfern wirst. Ohne dich wäre es nie so weit gekommen.«

»Sie müssen nicht immer allein stark sein. Vertrauen Sie mir. Ich will diesen Orden genauso sehr wie Sie.« Beatrice nahm mich in den Arm, und ich hörte, wie sie lächelte, als sie die nächsten Worte sagte: »Für Abigail.«

»Für Abigail«, wiederholte ich leise und mit einem Lächeln auf den Lippen.

KAPITEL 46

Sally

Mit unserer Beute aus dem Museum in meiner Jackentasche eilen wir zum Wagen. Wir haben alle Zutaten, die wir brauchen: Wir haben die Asche eines Lazarus-Dämons und ein Stück in Einbalsamierungsflüssigkeit der alten Ägypter getränktes Leinen. Jetzt müssen wir nur noch einen Vampir überreden, an dem Ritual teilzunehmen.

Ich werfe einen Blick auf die Uhr. Es ist kurz nach ein Uhr Mittag, reichlich Zeit, um mit einem Vampir im Schlepptau bei der Hexe aufzutauchen.

Und eigentlich brauche ich dringend einen Kaffee und etwas zu essen. Direkt gegenüber des Museums befindet sich ein kleines italienisches Restaurant. An den runden Tischen sitzen dichtgedrängt Gäste bei ihrem Mittagessen, es duftet verführerisch nach Pizza aus dem Holzbackofen. Mir läuft das Wasser im Mund zusammen.

»Ich brauche was zwischen die Zähne«, stöhnt Caleb neben mir, als wir an den Tischen vorbeieilen.

Zum Glück geht es ihm genauso. Ich habe es nicht gewagt, ihn zu fragen, ob wir kurz irgendwo anhalten können, immerhin hat er nur noch wenige Stunden zu leben. Abgesehen davon, wie fragt man das?

Hey, ich weiß, dir bleiben nur noch sechs Stunden, bevor du tot umfällst, aber können wir eine halbe Stunde damit verbringen, dass wir uns die Wampe vollhauen?

»Hol du den Wagen, ich besorge uns was, das wir im Auto essen können«, schlage ich vor und wende mit viel Anstrengung meinen Blick von den sahnigen Fettuccine auf dem Teller eines Mannes neben mir ab.

Caleb ist einverstanden, und wir trennen uns.

Ich besorge als Erstes zwei XXL Becher Espresso aus dem Starbucks gegenüber dem Museum, dann bestelle ich uns einen Stapel Sandwiches. Während ich darauf warte, dass sie warmgemacht werden, trinke ich meinen Espresso in einem Zug aus und bestelle einen neuen für die Fahrt.

Es fließt noch immer Adrenalin in meinen Adern von dem kleinen Raubzug im Museum, den Caleb und ich eben durchgezogen haben. Und in ein paar Minuten wird das Koffein meine Müdigkeit vertreiben, auch wenn meine Beine dann noch immer so schwer wie Blei sind und mein Körper nach Schlaf ruft. Mein Geist wird wach bleiben.

Auch erfüllt mich der Moment, als der Staubwedel meinem Befehl gehorchte und die Scherben an mir vorbeiflogen, noch immer mit einem Gefühl von Erstaunen und Macht. So etwas habe ich noch nie getan. Ein Scopae ist dazu da, Zerbrochenes zu reparieren. Aber anscheinend hat er auch die Wirkung, etwas, das durch Magie zerstört wurde, wiederherzustellen oder die Magie umzukehren.

Der Barista reicht mir die Sandwiches und den neuen Espresso über die Theke, und ich nehme noch einen Schluck. Bitter und würzig rinnt der Kaffee über meine Zunge und weckt meine Neugierde.

Zu was ist mein Scopae wohl noch alles fähig?

Mit den warmen Sandwiches, die verführerisch aus ihrer Tüte duften, und den beiden Getränken im Arm, verlasse ich das Starbucks und gehe zu dem schwarzen Mini, der in Schräglage auf dem Bürgersteig davor parkt. Caleb wartet mit laufendem Motor in der Parkverbots-Zone.

»Soll ich fahren?«, frage ich beim Einsteigen und reiche ihm seinen Espresso.

Er schüttelt den Kopf. Seine Wangen sind hohl und eingefallen, dunkle Ringe liegen wie Teiche unter seinen Augen, und der

Drei-Tage-Bart lässt ihn nach einer durchzechten Nacht aussehen. Er ist am Ende. Gierig greift er nach dem Kaffee und schüttet einen großen Schluck in sich hinein.

Ich biete ihm eines der Schinken-Sandwiches an. »Iss erstmal.«

»Unterwegs.« Er klemmt sich den Kaffeebecher zwischen die Schenkel, setzt den Blinker und schert auf die Great Russel Street ein. Mit der Hand am Lenker greift er sich das Sandwich und beißt ab, während er einen Blick über die Schulter nach hinten wirft.

Der Sturkopf hätte mich fahren lassen sollen, aber ich habe keine Lust, darüber zu diskutieren, und es hätte sowieso nichts gebracht, also lehne ich mich zurück und widme mich meinem eigenen Sandwich. Mein Magen knurrt hörbar.

»Wo fahren wir hin?«, frage ich mit vollem Mund und muss an Betty denken. Die wäre begeistert, wenn sie wüsste, dass ich mit einem gutaussehenden Vigilanten eine Spritztour in ihrem Mini mache und dabei Sandwiches futtere.

Erzähl mir, wie es war, würde sie zwinkernd sagen. Aber Betty ist nicht hier, und Caleb kämpft um sein Leben.

Einfach alles ist falsch, und ich weiß nicht, ob das wieder gerade gebogen werden kann.

»Wir fahren in die Fenchurch Street, zum Walkie-Talkie.«

»Da gibt es kaum Parkplätze«, murmele ich. »Was wollen wir da?«

»Vorsprechen bei der Alpha des Vampirnests.«

Ich verschlucke mich an meinem Sandwich. »Im Walkie-Talkie befindet sich ein Vampirnest?«

»Ich weiß nicht, ob sich ihr Nest dort befindet, aber in dem Hochhaus sind viele Firmen ansässig. Darunter eine Pharma-Firma namens Sanguis Vitalitas Sie stellen die Chemikalien zur Haltbarmachung von Blutkonserven her.«

»Blutkonserven?«

»Ganz genau.«

Mein Sandwich schmeckt mir nicht mehr, ich lege es zurück ins Papier.

Natürlich weiß ich, dass sich Vampire von Blut ernähren und heutzutage keine Menschen mehr überfallen oder töten. Der Sache nachgegangen, ob sich die Vampire in London von Tierblut oder freiwillig gegebenem Menschenblut ernähren, bin ich allerdings nicht. Und auch wenn Spenderblut eigentlich eine vertretbare Alternative darstellt, ist das gespendete Blut für die Blutbanken von Krankenhäusern vorgesehen und soll eigentlich dazu dienen, Leben zu retten, nicht Monster zu ernähren. Dieser Gedanke ist einfach eklig.

Ich habe plötzlich gar keine Lust mehr, diesen Vampiren einen Besuch abzustatten.

Caleb hat meine Abneigung offenbar bemerkt. »Du musst nicht mit. Du kannst im Auto warten.«

Meine erste Reaktion ist es, sein Angebot anzunehmen. Doch dann fällt mir Aaron ein. Auch ihn und seine Familie habe ich einst für Monster gehalten, bis ich sie besser kennengelernt habe. Vielleicht sind Vampire ja auch gar nicht so schlimm?!

»Nein, ist schon okay. Ich komme mit. Irgendjemand muss ja schließlich auf dich aufpassen.«

KAPITEL 47

Kaitlin

Nachdem Sally und Caleb wieder gegangen sind, kann ich tatsächlich ein paar Stunden schlafen. Es ist ein unruhiger Schlaf, aber zumindest kann ich die Augen und vor allem meinen Verstand etwas ausruhen.

Zwar sind die Kopfschmerzen, als ich aufwache, noch immer nicht gänzlich verschwunden, aber zumindest fühle ich nur noch einen dumpfen, pochenden Schmerz im Hinterkopf. Die Anspannung hingegen ist immer noch präsent. Allein die Tatsache, dass die schwarze Hexe das Buch über Krotor Slavic hat, macht mir Sorgen. Dazu kommen noch die beunruhigenden Hinweise zu der Banshee.

Kurz nachdem ich die Bibliothek aufgeschlossen habe, gehe ich hinunter in die innere Bibliothek. Einige Minuten werden die Studierenden sicher ohne mich auskommen. Etwas nagt an mir. Eine Erinnerung. Ein Gedanke, der mich seit dem Wachwerden nicht mehr in Ruhe lässt. Und ich werde die Angst nicht los, dass es etwas mit dem Schrei der Banshee zu tun hat.

Der Schlafmangel und die anhaltenden Kopfschmerzen fordern ihren Tribut auf dem Weg hinunter, und ich habe Mühe, die Stufen im Halbdunkeln zu erkennen. Die Magie für die Lichtkugel, die ich aufwenden muss, kribbelt in meinem Nacken.

»Irgendwann lasse ich die Beleuchtung in diesem Gang verbessern.« Selbstgespräche gehören schon lange zu mir. Besonders auf dem Weg hinunter in die Innere Bibliothek. Die kalten Mauern und die Stufen, die nur wenige Magier vor mir betreten haben, lassen mich immer wieder mit mir selbst reden. Obwohl ich weiß, dass ich allein bin, will ich mich den Büchern ankündigen: *Ich bin auf dem Weg. Bald seid ihr nicht mehr allein.*

Ich überwinde die letzte, magisch verschlossene Tür und betrete das Kellergewölbe. Ein tiefer Atemzug genügt, um die Kopfschmerzen weiter in den Hinterkopf zu verdrängen. Hier fühle ich mich wohl. Zwischen all dem Wissen, den Büchern, der Geschichte.

Und doch bohrt sich dieser Gedanke, diese Erinnerung schmerzhaft in die Wiedersehensfreude. Etwas, was ich vor langer Zeit über Banshees gelesen habe.

Ich sortiere die Bücher heraus, die in Frage kommen. Leider weiß ich nicht mehr, welches genau dieses nagende Gefühl in mir auslöst. Ich werde wohl etwas suchen müssen.

Als Erstes nehme ich mir den Folianten von Augustus Bloom vor. Ein Meister auf dem Gebiet der irischen Legenden. In dem Folianten steht alles, was man über Formori, Kobolde, Feen oder Banshees wissen möchte. Zumindest im Allgemeinen.

Doch je weiter ich lese, desto sicherer werde ich mir, dass es das falsche Buch ist. Auf mein Bauchgefühl kann ich mich im Normalfall verlassen, also nehme ich mir das nächste Buch vor.

Der Schlüssel zum inneren Wesen geschrieben von Catarina Baumann, einer Magierin aus der Schweiz. Das Buch hat mein Vorgänger nur durch Zufall auf einem Flohmarkt gefunden. Der Verkäufer hielt es für Schund und hat es ihm für ein paar Pence überlassen, froh, es los zu sein. Dass er dort einen Schatz über die schwarzmagische Behandlung von Krankheiten in Händen gehalten hatte, war dem Verkäufer nie bewusst geworden.

Es gibt darin ein ganzes Kapitel über Banshees – nur über die Tatsache, dass sie existieren und wo man sie vermeintlich finden kann. Dazu eine Liste der Clans, von denen bekannt ist, dass sie eine familieneigene Banshee besitzen. Den Namen O'Connor finde ich darin ebenfalls. Damit steht schon mal fest, dass Calebs Familie definitiv eine Banshee besitzt. Am Ende des Kapitels steht eine handschriftliche Notiz, die ich nur schwer entziffern kann. Mein Vorgänger besaß eine grausame Handschrift.

Und es kostet mich jedes Mal mehr Zeit als mir lieb ist, diese zu entziffern.

Es ist nur ein Satz, aber der reicht, um mich stutzig zu machen: *Eine Banshee kann vom Familiensitz umgesiedelt werden.*

Ich runzele die Stirn. Warum sollte er das in dieses Buch schreiben? In meiner Erinnerung gibt es in London keinen früheren Fall mit einer Banshee. Zumindest nicht zu meinen Lebzeiten.

Ich klappe das Buch wieder zu. Das ist auch nicht das Richtige. Auf meinem Stapel liegen noch ein halbes Dutzend andere Bücher, die ich alle überfliege, bis ich auf einmal einen Satz lese, der mir bekannt vorkommt: *Banshees sind paranormale Wesen aus dem Feenreich und werden auch als Geisterfrauen bezeichnet.*

Das Kribbeln, das ich von der magischen Lichtkugel zuvor verspürt habe, wird von einer durch Aufregung freigesetzten Gänsehaut abgelöst. *Das ist es!* Das Buch, in dem ich die Antwort finde, warum mich das Schicksal eines jungen Vigilanten nicht loslässt.

Begierig lese ich die Zeilen in dem Journal der aus dem 19. Jahrhundert stammenden Schwarzmagierin Fenia Malin. Sie berichtet von ihren Reisen durch die irischen Hügel und welche Banshees sie dort alles getroffen hat. Dabei begegnete sie einem Mann, in den sie sich unsterblich verliebte. Doch nur wenige Monate nach ihrer Vermählung hörte dieser den Schrei seiner Banshee.

Fenia Malin wollte alles unternehmen, um ihren Geliebten zu retten, und suchte in der Magie nach Hilfe. Die fand sie in den Aufzeichnungen eines berühmten Schwarzmagiers: ein Ritual, das ihren Mann von den Konsequenzen durch den Schrei der Banshee befreien würde. Doch es hatte seinen Preis, dieses Ritual zu vollziehen.

Ich lese die nächsten Worte auf der Seite mit Spannung. Doch als ich verstehe, was dort geschrieben steht, schlage ich entsetzt die Hand vor den Mund.

»Bei allen alten Magiern!«

Rasch klappe ich das Buch zu, stelle keines der Bücher zurück in die Regale, sondern verschließe nur die Tür hinter mir. Sally muss erfahren, was geschehen wird, wenn sie und Caleb der schwarzen Hexe vertrauen. Aber noch viel wichtiger ist, dass Caleb es erfährt.

KAPITEL 48

Caleb

Ich kenne den Sitz des Nestes noch von einem Einsatz mit Tom Waringham, und allein an ihn zu denken ist schmerzhaft. Tom, Zac – noch kein halbes Jahr im Orden, und ich habe schon so viel verloren. Vielleicht sehe ich sie ja schneller wieder als mir lieb ist. Zumindest Zac.

Mühsam blende ich diesen Gedanken aus, ich habe dringendere Probleme.

Der damalige Einsatz – mein allererster im Orden – war eine heikle Angelegenheit. Ein Vampir hatte einen Menschen überfallen. Ein wenig Blut, ein Blutrausch und einen ›Wachmann-Drink‹ später hatten wir einen toten Menschen, einen Verstoß gegen das Friedensgesetz, ein geflohenes Nestmitglied und die Aufgabe, eben jenes dem Orden und seiner Bestrafung zuzuführen.

Die Bestrafung bestand aus einem sauber abgetrennten Kopf, einem Eichenpflock und einer anschließenden Verbrennung: der Blutsauger-Triathlon, wie es bei den Vigilanten so schön genannt wird.

Entsprechend schwierig lief auch die Verhaftung ab. Ich erinnere mich daran, dass ich vor dem Haus Wache halten musste, während Tom mit einigen erfahreneren Vigilanten hineingegangen ist. Eigentlich ist The Pint ein reines Bürogebäude, aber die beiden Etagen unter dem Sky Garden werden auch bewohnt. Bestimmt hat die Hausverwaltung davon keinen Schimmer.

Die Firma, die dort untergebracht ist, nennt sich Sanguis Vitalitas und hat einen Äskulap-Stab im Logo. Niemand würde ein Vampirnest hinter der sterilen, medizinisch angehauchten Firma vermuten. Der Börsengang des Pharmaunternehmens ist noch nicht lange her, aber Sanguis Vitalitas ist ein guter Anlagetipp und mehrere Millionen schwer.

»Hier sind wir also.« Sally sieht mich besorgt und fragend an, und ich seufze schwer.

Ja, hier sind wir, auf dem Weg, eine millionenschwere Pharmafirma aufzusuchen, um dort Vampire zu finden.

Ich stelle den Motor ab, wir hatten Glück mit dem Parkplatz, endlich mal, und schaue zu Sally. »Willst du nicht doch lieber hier unten warten?« Der Gedanke, sie mit in ein Nest von Blutsaugern zu nehmen, behagt mir nach wie vor nicht. Ich bin sowieso schon so gut wie tot, sie muss es nicht auch noch sein.

»Vergiss es! Erst allein keinen Dämon ausbuddeln können, bei den Mumien im Museum ging es dir auch nicht gut, aber nun allein Vampire aufsuchen und zur Mitarbeit überreden wollen?! Ich komm mit, wie besprochen.«

Sie hat recht, bis auf die Tatsache, dass, im Gegensatz zu dem Dämon und den Mumien, die Vampire lebendig und sehr gut in der Lage sind, ihr den schlanken Hals umzudrehen, egal wie aufrichtig entrüstet sie mich gerade ansieht. Sie ist taff, aber durch ihren zierlichen Körperbau kommt mir immer wieder das Wort *niedlich* in den Sinn. Ich fürchte, wenn sie das je herausfindet, wird sie sauer. Und ich bin mir sicher, dabei sieht sie auch niedlich aus. Und so bedrohlich wie ein wütendes Pinguinbaby.

In dem winzigen Kofferraum des Minis sind ein mit Einbalsamierungsflüssigkeit getränktes Leinenstück und die Asche eines Dämons, und beide warten nur noch auf ihren Einsatz bei einem schwarzmagischen Ritual. Und der Klappspaten. Obscura heißen nicht umsonst so, irgendwie hat sogar Sally eine düstere Seite. Niedlich-düster.

Sie war bisher mehr als hilfreich und hat dafür gesorgt, dass meine letzten Stunden – sollten wir es nicht schaffen – zumindest ein paar Mal überraschend und sogar amüsant waren. Mehr kann ich ja wohl kaum verlangen.

»Warum grinst du so dämlich?«, fragt sie misstrauisch, und ich versuche, meine Gedanken wieder in eine produktive Richtung zu lenken.

Was immer dieses Gift in mir bewirkt, ich bin noch weit von meiner normalen Form entfernt und habe die Konzentrationsfähigkeit eines Goldfisches. Das muss ich spätestens unter Kontrolle haben, wenn wir oben bei den Blutsaugern sind. Außerdem bleiben mir nur noch wenige Stunden, aber auch das berührt mich emotional weniger, als ich dachte.

Auch eine Nebenwirkung? Ich weiß es nicht. Vielleicht auch die Folge von zu langem Schlafentzug und mehreren starken Koffeingetränken sowie der toxischen Verletzungen einer Banshee.

»Los geht's.« Munterer, als ich mich fühle, steige ich aus und sehe erneut auf die Uhr. Kurz nach zwei, die meisten Menschen sollten aus der Mittagspause zurück sein, und bestimmt ist das Büro voll besetzt. Vampire können bei Tageslicht nicht nach draußen, zumindest nicht, ohne wie ein merkwürdigverhüllter Imker auszusehen. Es wird schwierig werden, einen Vampir zu finden, der dieses Risiko auf sich nehmen will. Genauso gut könnte man einen Menschen bitten, in einem Schutzanzug in Säure zu baden. UV-Strahlung, und wir haben einen Vampir-to-go. Ein Häufchen Asche, mehr bleibt nicht übrig. Aber erstmal müssen wir überhaupt vorgelassen werden.

Sally ist ebenfalls ausgestiegen, und wir laufen zum Haupteingang von The Pint, der den Büros vorbehalten ist. Es gibt einen separaten Eingang für die Touristen, die zum Sky Garden möchten.

Ich sehe unsere Spiegelbilder im bläulichen Glas der modernen Fassade und bleibe stehen. »Fuck!«

Sally sieht mich entsetzt an. »Was ist los, Caleb? Hast du Schmerzen?«

Ich schüttele den Kopf und deute auf unsere leger gekleideten Spiegelbilder: ich mit langem Mantel, um das Katana zu verbergen, sie mit ihrem Hoodie. Wir sehen aus wie Touristen, nicht wie seriöse Geschäftspartner. Sally runzelt kurz die Stirn, und ich seufze, spreize aber gleich darauf meine Finger.

»Lady Kaitlin hat noch gesagt, so wenig Zauber wie nötig«, zischt mir meine Begleitung wütend zu, aber ich höre nicht auf sie.

Ich habe keine Zeit mehr! Ich sterbe, verdammt!

Mühsam bündle ich die Energie und murmele leise den komplexen Spruch, der uns helfen wird.

»Oh nein, Freundchen.«

Okay, Sally gefällt ihre Erscheinung offenbar nicht, aber daran ist erstmal nichts zu ändern. Für einen zweiten Zauber fehlt mir die Kraft. Wenn ich sie direkt ansehe, ist da eine wütende Rothaarige mit Hoodie, im Spiegel jedoch eine perfekt gestylte Geschäftsfrau mit einer bemerkenswert guten Figur, die durch den V-Ausschnitt der eleganten rosa Bluse unter dem grauen Ensemble nur noch hervorgehoben wird. Der Minirock enthüllt erstaunlich schöne Beine. Die schwarzen High-Heels im Fenster gefallen mir besser als die flachen Treter, die sie in Wirklichkeit trägt. Auf das Make-up könnte ich verzichten. Ich mag ihre Sommersprossen, und obwohl der rote Kussmund attraktiv wirkt, ist das schmollende, nicht geschminkte Paar Lippen auch sehr ansehnlich.

»Hey, so kommen wir bis oben, ohne dass wir permanent eine Ausrede aus dem Hut zaubern müssen. Kannst du vielleicht nur dieses eine Mal wortlos als brave Sekretärin hinter mir her stöckeln? Bis wir oben und im Nest sind?«

Sie öffnet den Mund, schließt ihn wieder, sieht zu meinem Spiegelbild und betrachtet es. Der Nadelstreifenanzug, die Aktentasche, wo in Wirklichkeit ein Katana ist, eine perfekte Frisur, nicht mein üblicher zerzauster Look, und ein langer Tweed-Mantel machen aus Caleb, dem verfluchten Banshee-Opfer, für Menschen und Spiegel Mr O'Connor, den Geschäftsmann. Ihr Blick wandert wieder zu mir, und ein Schmunzeln erscheint, bevor sie ihr Handy zückt und ein Bild von mir macht. *Verdammt.* Menschen, Spiegel und Fotos kann ich täuschen. Sie wird für ewig ein Bild von Caleb, dem Dandy, in ihrem Handy haben.

»War das nötig?«, brumme ich, und Sally kichert.

Ich warte nicht, bis sie ihr Handy verstaut hat, und gehe vor zu dem offiziellen Eingang des Walkie-Talkies. Ein Wachmann fragt uns, wo wir hinwollen, und ich teile es ihm mit. Er fragt nicht weiter nach, weil hinter uns eine Touristengruppe versucht, die Lobby zu entern.

Der Sky Garden hat nur eine begrenzte Kapazität, und ohne Vorbestellung ist ein Besuch nicht möglich, was zu ständigen Versuchen von Touristen führt, doch noch nach oben zu gelangen.

Wir können die Lobby unbehelligt durchqueren, mit unserem Auftritt können wir die Mitarbeiter und Security-Männer in der Lobby täuschen. Ich höre Sally hinter mir in ihren Stöckelschuhen. Die Geräuschkulisse trägt dem Illusionszauber Rechnung, obwohl sie die ausgelatschten Converse trägt.

Als wir im Aufzug in den 33. Stock des Gebäudes fahren, schweigen wir. Ich sehe Sally einen Blick auf ihr Handy werfen und weiß selbst, dass wir auf halb drei zugehen: nur noch knappe sechs Stunden.

Wenn wir hier keinen Erfolg haben, ist es vorbei. Wir haben weder eine Ahnung, wo wir andere Vampire finden können, noch die Zeit, diese aufzusuchen. Alle Hoffnungen liegen hinter den zwei weißen Hochglanz-Türen, die wir sehen können, als der Aufzug sich öffnet.

Wir treten in den kurzen Flur, Sally sieht sich überrascht um: »Sehr subtil ist das ja nicht.«

Ich muss ihr recht geben – auf den Hochglanz-Türen sind die Logos der beiden Unternehmen abgebildet, die hier ansässig sind. Blutrote Logos, jeweils mit einer Schlange, die sich um einen Äskulap-Stab windet: Die AG hat eine Schlange ohne Zähne, die Limited Company eine mit zwei Zähnen, die einem aufmerksamen Beobachter einen Hinweis auf die Spezies der Inhaberschaft geben könnte.

Sally und ich tauschen einen Blick, bevor wir die eine der Doppeltüren öffnen. Dahinter ist ein Empfangsraum mit einer riesigen blutroten Theke, die den offenen Raum dominiert. Die Fensterfront hat keinerlei Verdunklung, der gesamte Raum ist lichtdurchflutet. Eine junge, sehr klassisch gekleidete Frau sieht uns entgegen, sie trägt ein Schildchen mit dem Logo der AG und dem Namen Cäcilia.

»Guten Tag und willkommen bei Sanguis Vitalitas. Was kann ich für Sie tun?« Sie sieht uns aufmerksam, aber nicht argwöhnisch an. Der Illusionszauber wirkt noch.

»Wir hätten gern Miss Chen Lu Chén gesprochen. Sagen Sie ihr, Mr O'Connor wäre hier.«

Meine Sally-Sekretärin funktioniert perfekt. Sie hat die CEO auf der Fahrt hierher gegoogelt, eine äußerst attraktive Frau. Chen Lu Chén ist als eine der Jahrgangsbesten von der Universität of Cambridge abgegangen, aber ich bin mir nicht ganz sicher, ob sie damals schon ein Vampir war oder nicht. Sie sieht zumindest heute keinen Tag älter aus als in ihrem Jahrbuch, und das ist inzwischen 15 Jahre alt. In der Geschäftswelt hat sie den Ruf einer knallharten Verhandlungspartnerin, die trotzdem fair ist und sich an ihre Abmachungen hält. Mehr konnte Sally auf die Schnelle nicht herausfinden.

»Miss Lu Chén befindet sich gerade in einer Telefonkonferenz. Sie haben keinen Termin, daher tut es mir sehr leid …«

»Ich kenne Mis Lu Chén von einer Konferenz. Es ging um Hermetik. Sie hat mir und einem gemeinsamen Freund, Mr Waringham, versichert, sie würde mich jederzeit empfangen. Würden Sie so nett sein, nachzufragen?«

Es fällt mir schwer, professionell zu wirken, ich habe es eilig und keine Zeit zu verlieren. Der Schrei hallt nach wie vor in mir, die bleierne Müdigkeit tut ihr Übriges, trotzdem bin ich voller

Adrenalin und im Überlebenskampf. Aber gewaltsam komme ich hier nicht weiter. Ich bin auf ihre Kooperation angewiesen, weshalb ich den Geschäftsmann mit legerem Charme spielen muss, auch wenn ich diese Empfangstrulla am liebsten schütteln würde.

»Cäcilia, gibt es ein Problem?«, höre ich eine männliche Stimme sagen.

Der Mann, der hinter uns hervortritt und mich nun dünn anlächelt, träg auf seinem weißen Laborkittel, den er über seinen akkurat sitzenden grauen Stoffanzug gezogen hat, das Logo der Schlange mit den Fangzähnen. Ich weiß sofort, dass er ein Vampir ist. Er ist jung, sehr jung, und hat dünnes blondes Haar. Seine stechenden Augen sehen oberflächlich grau aus, aber ich bin mir sicher, wenn das Licht anders wäre, würden sie silbern schimmern. Ein Raubtier.

Die Empfangsdame stottert ihre Erklärung herunter, und er lächelt ihr beruhigend zu.

Ich spüre, wie sich Sally bei seinem Lächeln näher an mich herandrängt. Allein die Art, wie er seine Eckzähne entblößt, obwohl sie im Moment normal aussehen, hat etwas Bösartiges und Gefährliches.

»Cäcilia, ich kümmere mich um die Gäste. Und bitte denken Sie heute Abend an Ihren Termin zur Blutspende. Es ist schon drei Monate her.« Seine Stimme hat keinerlei Gefühl, sie klingt monoton und so, als würde etwas versuchen, menschlich zu wirken.

Dann wendet er sich Sally und mir zu. »Folgen Sie mir. Ich bin sicher, Miss Lu Chén wird Sie mit dem größten Vergnügen empfangen. Allerdings ist sie tatsächlich in einer Konferenz, die sie nicht mal für einen Vigilanten unterbrechen wird.«

Sallys Hand schiebt sich einen kurzen Moment in meine, und ich lasse es zu. Er weiß, wer ich bin! Die Paras sind besser informiert, als ich dachte!

Woher weiß er das? Tom war hier, aber ich habe damals vor dem Haus Wache gestanden.

Natürlich frage ich ihn nicht danach, weil ich mir sicher bin, keine Antwort zu erhalten. Die Situation ist heikel, und ich bereue es, Sally in diese Gefahr gebracht zu haben.

Wir folgen dem Vampir. Ich höre Sallys Atem an, dass sie Angst hat. Er ist zu schnell und hektisch. Ich drücke ihre Schulter, während der Laborkittel-Vampir uns tiefer in die Etage führt, vorbei an einigen Büros mit Glaswänden, durch ein Großraumbüro, in dem mindestens zwei Dutzend Menschen arbeiten, und dann in einen Sicherheitsbereich, der nur mit einer Chipkarte zugänglich ist. Alles hier wirkt steril oder effizient, wie die Laborbereiche, die wir vom Flur aus sehen: haufenweise Zentrifugen, Mikroskope, hermetisch geschlossene Räume, alle erhellt durch ein künstliches weißes Licht.

Vor einer weiteren Tür ist erneut ein Chipkartenleser angebracht. Als der Mann die Tür für uns öffnet, stutze ich kurz. Dahinter liegt ein riesiger Wohnraum, in dem eine junge, im Punk-Look gekleidete Frau mit rosa-blauem Irokesen-Schnitt auf einer großen weißen Couch vor einer Fensterfront mit Ausblick auf die Themse und Londons Skyline lümmelt. Alles hier wirkt großzügig und modern und eher wie ein Zuhause als ein Firmensitz.

»Caleb.« Sallys Stimme klingt zittrig, ihr Blick verrät mir, was sie so schockiert.

Die Frau auf dem Sofa hat ihre Zähne – lange, spitze Fangzähne – tief in einem Blutbeutel vergraben, während sie sich auf einem riesigen Flachbildfernseher eine Daily Soap ansieht.

»Greta, geh in dein Zimmer«, blafft der Mann, und Greta nickt nur, steht auf und läuft gelangweilt aus dem Raum, ohne die Blutkonserve abzusetzen.

»Setzen Sie sich. Sie werden einen Moment warten müssen. Es wird Ihnen gleich jemand zur Seite stehen.«

Er geht, und ich führe Sally zu dem riesigen, u-förmigen Designersofa. Ich bin erschöpft, und sie ist es bestimmt auch. Hier sind wir unterlegen, da können wir es uns auch bequem machen.

»Sie hat Blut getrunken«, wispert mir Sally zu.

»Ja. Denk nicht drüber nach, Sally. Das ist ihre Natur. Sie hat immerhin kein Gesetz verletzt. Sie hat keinen Menschen gebissen.«

Wir haben kaum Platz genommen, als die weiße Tür aufschwingt – *herrje, warum ist hier alles so weiß und steril?* – und ein Muskelberg eintritt. Er trägt ebenfalls einen Laborkittel, der über seinem immensen Brustkorb mehr als eng sitzt, und einen militärischen Bürstenhaarschnitt. Springerstiefel und eine Militärhose unter dem Laborkittel entlarven ihn als Security. Er soll uns offensichtlich bewachen. Das Logo auf dem Kittel deutet auf den Vampir hin.

»Ihre Waffe legen sie nicht ab, oder?«, fragt er mich, und ich schüttele den Kopf. Er hat es bemerkt, aber so blöd, die einzige Waffe, die ich habe, aus der Hand zu geben, bin ich nicht.

Er lächelt dünn. »Kaffee?«

Sally entfährt ein merkwürdiger Laut, aber ich stimme zu. Die Müdigkeit hat mich im Griff, auch wenn mein Kopf das nicht wahrhaben will. Ich bin seit gestern um sechs Uhr wach und brauche alles, was mir hilft, die Kontrolle zu behalten.

Ich lege meinen Arm beruhigend um Sally und sehe, dass auch sie mit sich kämpft. Sie hat sich tapfer geschlagen, aber jetzt noch mit einem Vampirnest konfrontiert zu werden ist viel für sie.

Während der Muskel-Vampir uns Kaffee serviert und wir warten, beobachte ich die riesige metallische Designer-Uhr an der Wand neben dem Fernseher. Mit jeder Minute, die der große Zeiger weiterwandert, rinnt mir der Rest meines Daseins durch die Finger. Trotzdem kann ich den Blick nicht davon lösen und spüre die bleierne Erschöpfung in jedem Knochen meines geschundenen Körpers. Eigentlich könnte ich jetzt den Tod begrüßen, so erledigt bin ich.

Obwohl ich nicht schlafen dürfte, nicht jetzt, nicht im Angesicht der verrinnenden Lebenszeit, spüre ich, wie mein Kopf nach vorne sinkt. Zweimal reiße ich ihn hoch, einmal rüttelt mich Sally wach. Auch sie hat mittlerweile tiefe Schatten unter den Augen. Ein Blick aus dem Fenster zeigt mir eine tiefstehende Sonne. Wir nähern uns dem Abend und warten hier schon viel zu lange!

»Warum kann er hier sein? Er müsste doch zu Staub zerfallen?«, flüstert mir Sally zu, wahrscheinlich versucht sie, mich und sich selbst wach zu halten und abzulenken.

»Weil die Fenster mit dem besten UV-beständigen Glas versehen wurden, das man für Geld kaufen kann.« Die Stimme, die ich hinter mir höre, spricht ein klares, sehr sauberes Oxford-Englisch.

Mein Kopf fährt zu einer Tür, die in der Wand neben dem Muskelheini eingepasst ist und mir erst jetzt auffällt. Durch die Holzvertäfelung konnte ich sie nicht erkennen.

Chen Lu Chén sieht mondäner aus als auf den blassen Abbildern im Internet: leicht aristokratische Züge, ungewöhnlich groß für eine asiatische Frau – sie überragt Sally bestimmt um einen Kopf. Offenbar hat sie sowohl asiatische als auch europäische Wurzeln, wobei die asiatische Seite dominiert.

»Dimitri, du kannst uns allein lassen.« Ihre Stimme klingt kultiviert und angenehm.

Der Hüne flüstert ihr mit einem besorgten Gesichtsausdruck etwas zu.

»Ja, ich weiß. Aber ich bin sicher, er hat weder die Kraft noch die Intention, mir den Kopf abzutrennen. Außerdem käme er dann auch selbst hier nicht mehr lebend raus. Lass uns bitte allein.«

Missmutig schlurft der Security-Vampir aus dem Raum, während Chen Lu Chén erneut ihre Aufmerksamkeit auf uns richtet. Ihre zierliche Gestalt steckt in einem weißen Hosenanzug, sie trägt eine weinrote Bluse, weiße Pumps und lächelt freundlich, als wären wir nur auf eine Tasse Tee hier, bleibt aber auf Abstand. Wahrscheinlich hat sie trotz allem nicht vor, zu nah an mein Katana heranzukommen.

»Tom Warington ist nicht mehr für den Orden tätig, habe ich gehört. Er kann Sie nicht geschickt haben. Warum also sind Sie hier?«

Ich hole Luft, aber Sally ist diejenige, die mit der Banshee-Geschichte herausplatzt. Sprudelnd und nahezu verzweifelt erzählt sie alles, während die Zeiger der Designer-Uhr sich unaufhaltsam der fünf nähern.

Als Sally endet, wendet sich die Nest-Chefin mir zu. »Im Angesicht des Todes fällt es schwer, uns Paras zu hassen, nicht wahr? Ich könnte also einen Vigilanten retten. Was genau hat die Hexe gesagt?«

Ich sehe ihr direkt in die grau-silbrigen Augen, als ich antworte. »Dass Sie mich an die Schwelle des Todes führen müssen.«

Chen Lu Chén lacht auf, ein melodischer Laut, amüsiert und überrascht. »Herrlich. Ich bekomme also einen Vigilanten zum Abendessen. So verlockend das auch ist, warum sollte ich das tun?«

»Was wollen Sie?« Meine Geduld ist erschöpft, es fällt mir schwer, sie nicht anzuschreien. Die Tatsache, dass sie mich an die Schwelle des Todes führen soll, ist erschreckend logisch und beängstigend. Trotzdem weiß ich, dass ich bereit bin, alles zu tun, um zu überleben.

»Einen Gefallen von Ihnen, den sie mir zu einem späteren Zeitpunkt erweisen. Was immer dann nötig ist. Immerhin verstoße ich für Sie gegen den Friedensvertrag, wenn ich einen Menschen beiße. Sollte ich also einmal selbst in einer Lage sein, in der der Orden mich auf seiner Abschussliste hat …« Sie lächelt süffisant und lässt das Ende ihres Satzes offen.

»Der Orden hat niemanden auf der Abschussliste. Wir wachen über die Einhaltung der Gesetze.« Ich starre sie an, und sie schmunzelt.

»Glauben Sie ruhig weiter daran. Aber ich sehe den Zweifel in Ihren Augen, Mr O'Connor. Haben wir eine Übereinkunft?«

Sally hält neben mir den Atem an, aber ich nicke nur.

»Dann lassen Sie uns noch warten, bis die Sonne untergegangen ist. Vorher werde ich das Gebäude nicht verlassen.«

Die Sonne geht erst um 18:49 Uhr unter – mir bleiben dann nur noch 71 Minuten, sobald wir hier loskönnen.

Ich stehe auf, will die Vampirin auffordern, uns sofort zu begleiten, aber ich schaffe es nicht, mich auf den Beinen zu halten. Ich merke, dass meine Kraft aufgebraucht ist und der Trank von Lady Kaitlin nicht mehr wirkt. Meine Zeit ist abgelaufen. Meine Hand sucht mein Katana, und ich ziehe es mühsam hervor, während Sally mich entsetzt und Chen mich interessiert betrachtet.

»Deal«, bringe ich heraus, die Vampirin nickt mir zu. Ich vertraue ihrem Wort, aber ich bin nicht bereit, alles darauf zu setzen. Meine Wahrnehmung wird trüber, und ich höre die Banshee wieder lauter in meinem Kopf. Dunkle Punkte tanzen durch mein Sichtfeld. Mit letzter Kraft drücke ich Sally meine Waffe in die Hand.

»Du musst darauf achten, ja? Auf dich und auf mich. Dass sie ihr Wort hält«, raune ich ihr zu, während ich merke, wie meine Beine nachgeben und ich zurück auf das weiche Sofa sinke. »Lass sie nicht aus den Augen, Sally. Sorg dafür, dass sie uns nicht betrügt. Wenn ich sterbe, behalt meine Waffe. Ich will, dass du weißt …«

FOLGE

15

KAPITEL 49

Sally

Caleb klappt vor meinen Augen zu Füßen der zierlichen Vampirin einfach so zusammen. Ich reagiere zu spät, und mit dem Katana in der Hand, das Caleb mir gegeben hat, kann ich ihn sowieso nicht auffangen.

»Na sowas«, kommentiert Chen Lu Chén ungerührt mit hochgezogener Augenbraue. Sie schnippt mit den Fingern, und der muskelbepackte Vampir, der daraufhin wieder den Raum betritt, hebt Caleb hoch.

»Was haben Sie vor?«

»Es sieht so aus, als hätte er nicht mehr viel Zeit.« Die Vampirin sieht mich an. »Wir sollten besser aufbrechen.«

Ich blicke auf die Uhr. Uns bleiben nur noch eine Stunde und dreizehn Minuten. Draußen vor den Fenstern sinkt die Sonne als orangeglühender Feuerball hinter der Skyline von London herab, die letzten Strahlen zeigen wie ein Finger auf die Spitze des Needles.

Die Hexe hat versprochen, alles für das Ritual vorzubereiten, so dass wir gleich anfangen können, sobald wir ihr die Zutaten bringen. Ich überlasse den ohnmächtigen Caleb nur ungern den Vampiren. Aber was soll ich machen? Ich bin nicht stark genug, ihn ins Auto zu tragen.

Meine Hand krampft sich um das Katana. »Na gut. Bringen Sie ihn zu meinem Auto.«

Der Hüne nickt und trägt den schlaffen Caleb aus dem Zimmer zum Fahrstuhl.

Mein Telefon klingelt, hastig fische ich es aus meiner Jackentasche. Es ist eine Nummer aus dem Orden. »Hallo?«, nehme ich zögernd an.

»Hier ist Lady Kaitlin. Ich hoffe, Ihr habt noch nicht mit dem Ritual begonnen.«

»Nein, noch nicht, wieso?«

»Ich habe recherchiert und etwas über Banshees herausgefunden. Das, was die Hexe vorhat, wird Caleb nicht retten, es wird ihn verwandeln.«

Der Fahrstuhl kommt. Ich quetsche mich zusammen mit dem Vampir, der Caleb trägt, und der Nest-Chefin in die Kabine, halte meine Hand über das Mikrofon und drehe mich weg.

»Was meinen Sie damit?«, flüstere ich in mein Telefon.

Lady Kaitlin antwortet: »Wenn das Ritual durchgeführt wird, wird der Todesfluch der Banshee zu einem integralen Bestandteil von Calebs Identität. Der Tod wird nicht aufgehalten, sondern umarmt. Caleb wird zu einem Nekromanten.«

Die Worte dringen kaum zu mir durch. Eingeklemmt zwischen den beiden Vampiren und mit einen bewusstlosen Caleb, fühle ich mich gerade ein wenig überfordert.

»Hallo? Sally? Hast du gehört, was ich gesagt hab?«

»Ja.«

»Du musst es ihm sagen.«

Ihm was sagen? Dass er sterben soll? Was heißt das, er wird zu einem Nekromanten? Mir schwirrt der Kopf.

Chen Lu Chén beobachtet mich interessiert, ich kann nicht sagen, ob sie hören konnte, was Kaitlin am anderen Ende gesagt hat. Vampire haben vermutlich ein gutes Gehör.

»Ja, mach ich. Danke, Lady Kaitlin.« Ich lege auf. Meine Hand zittert, als ich das Telefon in meine Jackentasche gleiten lasse, neben das Tütchen mit den Mumienbandagen und die Asche des Lazarus-Dämons.

Caleb hat das Bewusstsein verloren und kann nicht mehr entscheiden, ob er das Ritual durchführen will oder nicht. Ich muss diese Entscheidung für ihn treffen.

»Habt ihr die Zutaten?« Soraya Porter wartet in ihrer Wohnung, sie trägt einen seidenen Bademantel im Schnitt eines Kimonos und scheinbar nichts darunter.

Sie hat Dutzende Kerzen entzündet, die das Zimmer in flackerndes Licht tauchen. Den Teppich und alle Sitzkissen hat sie beiseitegeräumt. Darunter befindet sich ein großes, in die dunklen Dielen geritztes Pentagramm. Zwei Spiegel und Schalen flankieren den Kreis.

»Ja, wir haben alles«, sage ich und ringe mit mir, ob ich Caleb gestehen soll, was Lady Kaitlin mir am Telefon gesagt hat. Aber ich befürchte, Caleb wird das Ritual dann absagen …

Die zierliche Chen Lu Chén tritt hinter dem Muskelprotz hervor, der Caleb auf dem Arm trägt. Sie lächelt bei Sorayas Anblick, und die Spitze eines Zahnes blitzt weiß zwischen ihren Lippen hindurch.

Mir schaudert es.

»Gut.« Soraya lächelt und streckt erwartungsvoll ihre Hand aus. »Wie ich sehe, bleibt deinem Freund nicht mehr viel Zeit.«

Ich zögere. Kaitlins Worte dröhnen in meinen Ohren. Wenn das Ritual Caleb nekromantische Kräfte verleihen wird, bedeutet das ja nicht, dass er sie auch einsetzt. Besser, er weiß gar nichts davon, dann wird er auch nie in Versuchung geraten, diese schrecklichen Kräfte einzusetzen.

Ich hole die Beweismitteltüten mit der Asche des Lazarus-Dämons und den Leinenbändern der Mumie hervor und gebe sie der Hexe.

»Und nun zu meinen Bedingungen: Ihr tut, was ich euch sage. Ihr schweigt, bleibt auf den Plätzen, die ich euch zuweise, und ihr unterbrecht mich nicht. Egal, was passiert oder ihr zu sehen glaubt. Auf gar keinen Fall durchbrecht ihr den Kreis!«

Ich nicke.

Soraya wendet sich an mich: »Und, wenn das hier vorbei ist und das Ritual gelungen, dann werde ich das Buch, das du mir gebracht hast, behalten, und Caleb und du, ihr werdet für alle Zeiten Stillschweigen darüber bewahren.«

»Das war so nicht abgemacht!«, begehre ich auf.

»Es war abgemacht, dass ihr mir das Buch überreicht, dachtest du, ihr bekommt es zurück?«

Ich bin allein. Caleb, der von dem hünenhaften Vampir hereingetragen wurde, ist noch immer bewusstlos, und ich habe nichts, um zu verhandeln. Ich umklammere das Katana, das er mir gegeben hat. Calebs Zeit rinnt ab, und mir bleibt nichts anderes übrig, als auf ihre Bedingungen einzugehen.

Das Buch können wir uns später zurückholen, wenn Caleb wieder bei Kräften ist.

»Einverstanden«, sage ich.

»Gut, dann lasst uns beginnen.«

In der Mitte des Pentagramms liegt ein weißes Lammfell, auf das der Vampir Caleb ablegen soll. Rechts und links davon sind zwei konkave, sich gegenüberliegende Spiegel aufgebaut, die Calebs blasse Gestalt vervielfachen. Soraya sagt dem Vampir, er solle den Raum verlassen, und Chen Lu Chén befiehlt ihm, draußen vor dem Haus zu warten.

Ich bin allein mit einem bewusstlosen Caleb, einer schwarzen Hexe und einer Vampir-Chefin.

Soraya schlüpft aus ihrem Kimono, darunter ist sie nackt. Sie streift ein einfaches Kleid aus weißem grobem Leinen über und gürtet es mit einer simplen Kordel in der Leibesmitte. Die Buchstaben *YHWH* sind mit goldenem Faden auf ihrer Brust eingestickt, *Adonai* auf ihrem Rücken, *El* auf der rechten Seite unter dem Arm, *Elohim* auf der linken. Sie setzt sich einen Kranz aus Eisenkraut, der mit einem goldenen Faden umwunden ist, auf den Kopf, wie eine heidnische Priesterin, die sich gegen böse Geister schützt. Zuletzt streicht sich Soraya die Arme mit einem schweren, duftenden Öl ein.

»Vier wir sind. Eine Intelligenz, erleuchtet durch Studium.

Eine Furchtlosigkeit, die nichts erschüttert. Ein Willen, den nichts brechen kann. Eine Diskretion, die durch nichts korrumpiert oder vergiftet werden kann.«

Sie schüttet von dem Öl auf ihre Hand, streicht Caleb, der Vampirin, mir und sich selbst mit dem Daumen der linken Hand einen Tropfen auf die Stirn, genau zwischen den Augen, begleitet von den Worten: »Zu Wissen« bei sich selbst, »zu wagen« bei der Vampirin, »zu wollen« beim bewusstlosen Caleb und »zu schweigen« bei mir.

Ich werde nicht im Kreis sitzen, wie die Hexe mir mitteilt, ich soll bei der Tür warten und schweigen.

Gehorsam setze ich mich in den Türrahmen, das Katana in meinem Schoß umklammert.

Soraya platziert sich kniend, mit dem Buch in der Hand, zwischen zwei der Spitzen des Sterns, aber außerhalb des Kreises. Die Vampirin soll sich ihr gegenüber hinknien. In einer großen Schale aus Kupfer verbrennt sie Lorbeer und Erlen-Rinde. Eine andere, größere Schale steht neben ihr auf einem Dreibein aus Silber. Dorthinein gibt sie die Asche des Lazarus-Dämons und den Fetzen Mumienbandage.

Danach hebt sie einen Dolch auf, der in teure blaue Seide eingewickelt ist, und reinigt ihn mit Wasser, ich vermute, dass es Weihwasser ist, billigem Parfüm, wie mir der Geruch verrät, und dem Rauch von Eisenkraut, Immergrün, Salbei und Minze, die sie in die kleine Schale geworfen hat.

Der Duft der verbrannten Zutaten steigt mir schwer in die Nase.

Soraya entzündet nun auch in der anderen Schale ein Feuer. Die verkohlten Überreste verbreiten sich süß und schwer in dem Zimmer, während sie einen langsamen, mysteriösen Singsang beginnt, dessen Worte sie aus dem Buch in ihrer Hand entnimmt.

Ich kann nicht alle Wörter ausmachen, aber es klingt, als würde sie eine Entität herbeirufen wollen.

»Ich rufe dich, Saturn, Herrscher über Leben und Lord des Todes … Cerberus öffne dein dreifältiges Maul, das Feuer singt seine Huldigungen des Einen Gottes mit drei Zungen geformt aus Blitzen … Weiche. Lass die Seelen in ihre Gräber zurückkehren, siehe das magische Licht wurde entzündet … wie oben so unten.«

Für mich klingt das wie totaler Humbug, aber in dem schweren Rauch glaube ich auf einmal eine undeutliche Gestalt auszumachen.

Sorayas Singsang wird lauter und klettert um eine Oktave höher, der Rauch wirbelt um Caleb, als hätte er einen eigenen Willen.

Mein Herz beginnt, schneller zu schlagen. Mir ist, als würde der Boden beben. Von den Dämpfen, die immer stärker aus der Rauchschale aufsteigen, wird mir schwindelig. Dieses Ritual ist ganz anders als alle Magie, die im Orden gewirkt wird. Es ist ein schwarzmagisches Ritual – *und ich nehme daran teil.* Andere vor mir haben schon ihre Seele bei so etwas verloren.

Ich blinzele aus brennenden Augen zu dem bleichen Caleb, der unbewegt in der Mitte des Pentagramms auf dem weißen Lammfell liegt, wie ein Opfer auf dem Altar.

Was, wenn die Hexe nicht tut, was sie tun soll, sondern ganz etwas anderes?

Soraya wiederholt ihre Beschwörung dreimal. Die Flammen in der Schale schlagen plötzlich höher. Über das Silber des Dreibeins kriechen schwarze Verfärbungen, als würde die Schale verätzt.

Ich presse meine Lippen zusammen, um nicht laut aufzuschreien. Ich habe solche Flecken schon einmal gesehen: Auf dem Silberpokal, den Betty nicht sauberbekommen konnte. *Das, was wir hier tun, ist falsch, so falsch,* erglüht es in meinem Inneren. Aber ich kann mich nicht rühren, kann mich nicht von meinem Platz wegbewegen. Denn sobald ich aufstehe, störe ich die Beschwörung, und davor hat Soraya gewarnt.

In den Tiefen des Spiegels auf der linken Seite glüht etwas auf, und eine Figur scheint sich darin zu bewegen, die sich in der Spiegelung über Calebs Leib am Boden beugt. Der echte Caleb in der Mitte des Raumes ist von sich kräuselndem Rauch umgeben.

Die Temperatur im Zimmer sinkt schlagartig, ich bekomme Angst. Mein Atem stößt kleine Wölkchen aus, und mir wird eiskalt.

Soraya deutet mit der Spitze des Dolches auf den Spiegel und gibt der Figur darin den Befehl, Besitz von Calebs Körper zu ergreifen. Wie um sich zu schützen, berührt sie mit der anderen Hand das Pentagramm am Boden.

Sie nickt der Vampirin zu, die wie abgesprochen den Kreis betritt und sich über Caleb beugt. Der schwarze Schatten im Spiegel imitiert jede ihrer Bewegungen, festgenagelt von Sorayas Dolchspitze.

Die Vampirin reißt mit einem Mal ihren Mund auf, schlägt die scharfen Spitzen ihrer Fangzähne in Calebs Hals, und ich unterdrücke einen weiteren Schrei. Dann beginnt sie, ihm das Blut auszusaugen.

Meine Hände krallen sich fester um den Griff des Katanas, bereit einzugreifen.

Soraya erhebt sich aus ihrer knienden Haltung, umrundet in langsamen, gemächlichen Schritten den Kreis mit dem Pentagramm und zitiert aus der Bibel in perfekter Blasphemie:

»Ich bin die Auferstehung und das Leben. Wer an mich glaubt, wird leben, auch wenn er stirbt, und jeder, der lebt und an mich glaubt, wird auf ewig nicht sterben.«

Sie wiederholt diese Worte Jesu wieder und wieder, während die Vampirin an Calebs Hals hängt und ihm langsam das Leben aussaugt.

Ich bin an meinem Platz an der Tür wie festgenagelt, unfähig aufzustehen oder etwas zu sagen. Aber mein Herz rast, und mein Geist singt. Mir ist klar, dass das alles hier ein großer Fehler war und ich gerade dabei zusehe, wie Caleb auf die widerlichste Art und Weise sein Leben aushaucht.

Kaitlin wollte, dass wir abbrechen. Sie hat gesagt, wir machen ihn zu einem Nekromanten. Soweit ich weiß, hat ein Nekromant Zauber, die Macht über Tote ausüben. Was soll daran schlimm sein, wenn die einzige Alternative der Tod selbst ist?

Alles hat seinen Preis, höre ich die Worte der Hexe.

Caleb befindet sich auf der Schwelle des Todes, die Vampirin hat ihm all sein Blut genommen, und seine Atmung ist flach und schwach wie das Flattern lahmer Flügel. Der Tod ergreift von ihm Besitz und wird ein Teil von ihm.

Aber er wird *leben*!

Ich bleibe, wo ich bin, an der Türschwelle in meinem Rücken, halte mich an Calebs Katana fest, schließe die Augen und konzentriere mich auf einen einzigen klaren Gedanken:

Bitte Caleb, wach auf.

Doch Caleb rührt sich nicht.

KAPITEL 50

Caleb

Es ist kein Wachwerden im herkömmlichen Sinn, eher ein langsamer Versuch, eine Wasseroberfläche zu erreichen. Als würde man nach einem langen Tauchgang mit berstenden Lungen versuchen, im Dunkeln das Licht zu erreichen.

Mein Körper ist ein Gefängnis, das gerade nicht mit mir kooperiert. Der tiefe Atemzug, den ich machen möchte, machen muss, ist unmöglich auszuführen. Ich kann weder meine Augen öffnen, noch kann ich mich bewegen. Langsam fällt mir auch ein, was passiert ist, obwohl vieles davon noch im Nebel liegt.

Der hektische Aufbruch aus dem Nest, kurz bevor die Sonne untergegangen war, die Ankunft bei der Hexe Soraya, die ihren Mummenschanz abgezogen hat, Chen Lu Chén, die amüsiert und süffisant-lächelnd dabeistand, und nicht zuletzt Sally. Sally, die alles tapfer verfolgt hat, mein Katana in der Hand wie eine Rachegöttin, bereit, mich und mein Leben zu verteidigen, aber dann doch zuließ, dass die Vampirin an mich herantrat, um ihre grausige Aufgabe zu erfüllen. Der Moment, als Chen Lu Chén von der Hexe die Aufforderung erhielt, mich zu töten, war ein Moment, den ich nie vergessen werde. Absolute Hilflosigkeit – ich musste sterben, um vielleicht wieder leben zu können.

Die rasante Jagd nach den Zutaten hatte mir keine Zeit für einen Abschied gegeben, und auf einmal war es zu spät, die wichtigen Dinge zu sagen oder zu tun.

Dann meine Untätigkeit, mit der ich zugelassen habe, dass ein Vampir mich beißt. Kurz frage ich mich, ob es wirklich die Sache wert war. *Was, wenn ich nun als blutsaugender Para zurückkehre? Ist Leben um jeden Preis wirklich das, was ich will?*

Ich kann keinen Herzschlag in meiner Brust fühlen und liege immer noch auf dem Fell, mein Körper fühlt sich eiskalt an. Als wäre ich in einem Eisblock eingeschlossen.

Um mich herum scheint es still zu sein, aber dann höre ich doch ein leises Murmeln. Ich kann weder verstehen, was derjenige sagt, noch wer es ist. Mühsam versuche ich, mich zu konzentrieren, meine Kräfte zu bündeln, um aus diesem kalten, starren Gefängnis auszubrechen. Es gelingt mir nicht, und ich fürchte, ich habe es nicht geschafft.

Bin ich tot? An der Schwelle zum Tod? Oder etwas, was ich niemals sein wollte?

Was bin ich?

Und was tue ich, wenn ich jetzt das Monster unter dem Bett bin, das wir Vigilanten jagen?

Verzweifelt versuche ich etwas wahrzunehmen, was mir helfen könnte, aber meine Sinne gehorchen mir nicht. Mir ist nur mein Hörsinn geblieben und …

Da ist etwas wie ein neuer Sinn, eine Fähigkeit, die ich spüren kann, ganz sachte, hier in der Schwärze meiner gefangenen Existenz.

Blutdurst?

Ich hoffe nicht, aber ich versuche, dieses merkwürdige Etwas in mir zu erfühlen, spüre etwas, eine Präsenz, so deutlich, dass ich meine, danach greifen zu können: Ich kann eine Aura wahrnehmen.

Bisher habe ich von dem ganzen Aura-Gepinge, was esoterische Menschen als Voodoo oder Heilkunst anpreisen, nie etwas gehalten, aber ich bin mir sicher, ich nehme eine Aura wahr. Eine vampirische Aura, nebenbei bemerkt.

Verdammt, etwa meine eigene?

Eine Sekunde lang fürchte ich das Schlimmste, aber die Aura befindet sich vor mir, bei meinen Füßen. Sie ist stark und mehr als deutlich.

»Ist er …?«, höre ich Sallys beherrschte Stimme leise fragen.

»Nein.« Der Punkt vor mir, auf den ich mich konzentriere, die Aura des Vampirs, antwortet mit gelangweilter Stimme. Immerhin, ihren Part hat sie erledigt. Und dabei eine Ladung frisches Blut bekommen, das ihren Organismus stärkt. Vampire hassen Blutkonserven wegen der Blutverdünner, die beigesetzt sind. »Er hat schon wieder einen schwachen Herzschlag.« Lu Chén klingt ein wenig bedauernd.

Die Erleichterung in mir ist unbeschreiblich, und genau in diesem Moment kann ich auch selbst den schwachen Schlag des bisher untätigen Organs in meiner Brust spüren.

Bumm.

Leise, irgendwie müde und erschöpft, aber es ist ein Herzschlag.

Ich bin kein Vampir!

Gott, was bin ich froh von Zylindern, Särgen und theatertaugliche Umhängen verschont worden zu sein. Als Ex-Vigilant wäre es mir als Vampir unmöglich gewesen, ein Nest zu finden. Allein und untot in London – nein, diese Existenz hätte ich sofort beendet.

Mein Herzschlag bedeutet zudem, dass ich überleben werde, und das ist endlich mal ein Sieg. Ein Sieg, den Sally und ich so sehr brauchen. Und wir haben es geschafft, den Fluch der Banshee abzuwenden. Wir haben das Unmögliche möglich gemacht. Zu einem hohen Preis, aber das ist mir egal.

Ich werde leben!

Ich verstehe zwar noch nicht, warum ich mich nicht bewegen kann, aber das hat sicher einen erklärbaren Grund.

In der Schwärze um mich herum erklingt eine zweite Stimme, die der schwarzen Hexe. »Es wird noch dauern, bis er wach wird. Immerhin hat er viel Blut verloren.«

»Er war ausgesprochen köstlich«, höre ich die Vampirin sehr zufrieden sagen. Und satt. »Erinnere deinen Freund daran, dass wir eine Vereinbarung haben.«

Sie entfernt sich, und ich spüre auch, wie ihre Aura schwächer wird, mit jedem Klackern ihrer Absätze wird diese Wahrnehmung undeutlicher.

Liegt mein Fokus auf ihre Person daran, dass sie diejenige war, die mich gebissen hat? Nehme ich nur sie so wahr oder jetzt alle Vampire? Allerdings ist da jetzt, wo sie weg ist, eine weitere, sehr schwache Präsenz im Raum. Sie ist … irgendwie düsterer, aber auch weniger stark.

Ein weiterer Vampir?

»Er wird bald so weit sein, dass ihr aufbrechen könnt«, sagt Soraya, die Hexe, aber sie ist es nicht, die ich spüre.

Aber wen dann? Wer ist noch in diesem Raum? Oder darunter?

Was ist das für ein Wesen, dass ich wahrnehme? Schwächer als die Vampirin, aber auch dunkler, düsterer, geheimnisvoller. Ich möchte weiter darüber nachdenken, weiter herausfinden, was um mich herum und was mit mir passiert ist.

Ist diese Wahrnehmung eine Nebenwirkung des Zaubers? Und wenn ja, was ist es genau? Welches Wesen verbirgt sich hier? Ich muss …

Mein erster, tiefer Atemzug kommt überraschend für mich und spült frische Luft und Sauerstoff in meinen Organismus. Es ist, als würde mich jemand mit reinem Adrenalin versorgen Mein Herz macht einen Satz, im wahrsten Sinne des Wortes, und erst jetzt drängt sich das an die Oberfläche, was wirklich wichtig ist. Das Bewusstsein, dass wir es geschafft haben.

Ich lebe! Ich werde weiterleben!

KAPITEL 51

Kaitlin

Es ist der Tag danach. Im Orden läuft alles seinen gewohnten Gang. Niemand hat mitbekommen, welche Dramatik sich am Vorabend in London abgespielt hat. Alle glauben, dass Calebs trauriger und leicht ramponierter Zustand von dem Tod seines Freundes herrührt. Dass es einen ganz anderen Ursprung hat, wissen nur Sally, Caleb und ich. Und genau sie ist es, nach der ich Madeleine geschickt habe. Ich muss mit ihr sprechen. Einerseits bin ich neugierig. Da Caleb scheinbar überlebt hat, muss das Ritual erfolgreich gewesen sein. Aber ich möchte mehr darüber wissen, möchte erfahren, ob er sich der Konsequenzen bewusst ist, die sich daraus ergeben. Andererseits muss ich ihr von meinen Entscheidungen erzählen und hoffen, dass sie mit diesen einverstanden ist. Ob ich ihr von ihrer Mutter erzählen werde, weiß ich nicht. Ich denke aber, dass diese Entscheidung nicht mir obliegt, sondern Beatrice.

Während ich warte, frage ich mich, ob es im Hinblick auf den Orden eine gute Idee ist, Sally als Nachfolgerin zu benennen.

Ein Dienstmädchen als nächste Bibliothekarin? Ich bezweifle, dass der Orden dafür bereit ist. Es war ja schon ein Wunder, dass ich, als Frau, vor so langer Zeit als Bibliothekarin ausgewählt wurde. Damals war der Hermetische Orden noch auf dem richtigen Weg. Aber heute ist er längst nicht mehr bereit, solch einen Schritt zu wagen. Die Strukturen sind zu eingefahren. Aber ich brauche eine Nachfolgerin, der ich vollständig vertrauen kann. Und wer wäre besser geeignet als die Tochter der Frau, die schon so unendlich viel für mich und meine Pläne getan hat? Mein Gefühl sagt mir, dass Sally die Richtige ist. Sie sollte mir nachfolgen.

Ein Klopfen an der Tür schreckt mich hoch. »Herein.«

Es ist Sally, die sich vorsichtig durch die große Tür der Bibliothek schiebt, als könnte man sie nur wenige Zentimeter öffnen.

»Nicht so schüchtern. Ich beiße nicht.«

»Entschuldigung, Lady Kaitlin. Ich ...« Sie eilt auf mich zu, bleibt zwei Schritte vor mir stehen und schaut unentschlossen zu dem Stuhl, der mir gegenübersteht. Gleich darauf sieht sie sich in der Bibliothek um.

»Wir sind allein. Ich habe alle weggeschickt und behauptet, dass es mir heute nicht gut geht. Einer der Studierenden wollte etwas überfleißig zum Krankenzimmer gehen, aber ich konnte ihn abhalten.« Ich zwinkere ihr zu und biete ihr den Stuhl an. »Setz dich. Wir haben viel zu besprechen.«

Aus Sallys Gesicht weicht die Farbe, und sie wird so bleich wie die Wände in der Bibliothek.

»Haben wir das?«

»Nun, ich denke, als Mitwisserin eurer kleinen Eskapade gestern Abend verdiene ich es ja wohl, auf dem Laufenden gehalten zu werden.« Mein strenger Unterton ist beabsichtigt. Immerhin bin ich genauso dran, wenn ihr und Calebs Unterfangen auffliegt.

»Lady Kaitlin, ich weiß nicht, ob das so eine gute Idee ist.« Sally schüttelt den Kopf. »Immerhin können Sie jetzt noch alles abstreiten.«

Ich lehne mich vor und tätschele mitleidig ihre Wange. »Kindchen, es ist lieb, dass du mich schützen möchtest, aber ich kann wohl selbst darüber entscheiden, welches Risiko ich eingehe und welches nicht.«

Verlegen senkt Sally den Kopf und nestelt an ihrer Schürze herum. »Ich will nur nicht, dass Sie in Gefahr geraten.«

»Wie gesagt, ich passe selbst auf mich auf. Danke für deine Sorge. Und jetzt raus mit der Sprache. Was ist passiert, und wie geht es Caleb?«

Sally pustet ihre Wangen auf und wirft die Arme in die Luft. »Wo soll ich anfangen?«

»Bei der wichtigsten Frage: Warum ist Caleb das Risiko eingegangen? Wollte er so dringend leben, dass es ihm egal war, was aus ihm geworden ist?«

Die Farbe, die vorhin noch aus Sally gewichen ist, kehrt schlagartig zurück. Mir läuft es eiskalt den Rücken herunter.

»Du hast es ihm nicht gesagt?«

»Ich konnte doch nicht zulassen, dass er auch noch stirbt, Lady Kaitlin!« Sally ringt mit ihren Händen. »Zu viele Menschen, Magier und … Paras sind gestorben in den letzten Wochen. Nicht auch noch Caleb.«

Ich lehne mich im Sessel zurück. »Aber das bedeutet, er weiß nicht, dass er ein Nekromant ist?«

»Vielleicht merkt er es nicht, weil seine Kräfte zu schwach sind?« Obwohl sie selbst den Vorschlag macht, klingt Sally nicht sehr hoffnungsfroh.

»Wir reden hier von einem fähigen Vigilanten. Er wird sicher mitbekommen, dass das Ritual etwas in ihm verändert hat.« Ich schüttele den Kopf. »Es war nicht dein Recht, diese Entscheidung zu treffen.«

Sally sieht mich auf einmal mit festem Blick an. »Und es ist nicht Ihre Entscheidung, ihm das jetzt zu sagen. Wenn der Zeitpunkt günstig ist, werde ich es ihm selbst sagen, aber bis dahin lassen Sie ihn bitte erst einmal zu sich kommen. Immerhin stand er auf der Schwelle des Todes. Und wie schlimm kann es schon für ihn werden?«

»Das kommt darauf an, wie erfolgreich das Ritual gewesen ist. Er könnte zu einem vollständigen Nekromanten werden, was er auf keinen Fall möchte, da er sich dann selbst in den Seelen der Toten verliert. Er könnte aber auch ein Totenorakel werden, wodurch er nur mit den Toten sprechen, sie aber nicht beschwören könnte. Oder, wenn das nicht reicht, könnte er alternativ zu einem Totenbeschwörer werden. Dann löst er die Toten aus der Nachwelt heraus, und sie könnten im schlimmsten Fall seinen Körper übernehmen. Mal ganz abgesehen von all den anderen Konsequenzen, die solch eine Verwandlung mit sich zieht.«

Sally schluckt schwer, ehe sie die Lippen zusammenpresst. »Es ist egal. Er lebt. Mit allem anderen beschäftigen wir uns, wenn es so weit ist.«

Meinem Kopfschütteln füge ich ein Schnauben hinzu. »Sally Davis, du bist ein verdammt stures Kind. Aber genau das ist es, was ich so an dir mag.«

Vor Erleichterung sacken Sallys Schultern herab, und sie entspannt merklich.

»Aber jetzt erzähl bitte von vorn, was ihr gemacht habt, nachdem du das Buch von mir bekommen hast.«

Sally beißt sich auf die Unterlippe. »Was das Buch angeht …«

»Ich weiß, ich werde es nicht wiedersehen.«

»Sie wussten das und haben es mir dennoch gegeben?« Sally greift zu den Keksen auf dem Teller, die immer bei meinem Tee stehen, egal zu welcher Uhrzeit.

Ich zucke nur mit den Schultern. »Wie du schon gesagt hast: In letzter Zeit sind genug Lebewesen gestorben. Was macht da ein einzelnes Buch?«

»Machen Sie sich keine Sorgen darum, was Soraya damit anfangen kann? Ich habe keine Ahnung von der dunklen Magie, aber das Erinnerungsbuch eines Schwarzmagiers in die Hände einer Hexe zu geben, die moralisch flexibel ist, kommt mir doch etwas seltsam vor.«

Ich schmunzele über ihre Wortwahl, nicke aber schließlich. »Vermutlich werde ich es bereuen. In einem Monat, in einem Jahr oder vielleicht in zehn Jahren. Oder ich habe Glück und beiße bis dahin ins Gras und die nächste Generation darf sich um das Problem kümmern. So oder so ist es erst einmal völlig egal für den Augenblick. Wir haben damit Calebs Leben gerettet, und das ist es, was zählt.«

Sally starrt mich noch eine Weile an, ehe sie schnaubt und sich abwendet. »Sie sind eine seltsame Frau.«

»Du bist nicht die Erste, die das sagt, und wirst sicher auch nicht die Letzte sein.« Ich greife zu meiner Tasse Tee und deute ihr, endlich mit der Erzählung zu beginnen.

Und dann beginnt Sally. Sie erzählt mir von dem Lazarus-Dämon, von dem Einbruch im Museum und von dem Besuch im Vampirnest. Bei dem Namen der Clanchefin zucke ich kurz zusammen. Ich bin Chen bereits einmal begegnet, wenn auch nur kurz. Wenn Sally wüsste, dass sie eine Verbündete ihrer Mutter getroffen hat … Aber ich schweige und verberge das Zucken meines Mundwinkels hinter meiner Tasse.

Schließlich berichtet sie von dem Ritual und wie Caleb beinahe gestorben wäre. »Und doch sitzt er jetzt in der Kantine und isst mit seinen Kameraden.« Ein freudiges Lächeln streift Sallys Lippen. Nur für einen Moment, aber es entgeht mir nicht.

»Du darfst dich darüber freuen, Sally. Du hast ihm das Leben gerettet. Auch wenn ich es nicht gut finde, dass er nicht weiß, was ihm blüht.«

Sally lehnt sich in ihrem Stuhl zurück und nestelt wieder an ihrer Kleidung. »Etwas beschäftigt dich noch. Was ist es? Hast du etwas in deiner Erzählung ausgelassen?«

Sally schüttelt den Kopf. »Ich habe Ihnen alles gesagt, was ich weiß. Aber ich verstehe noch nicht, wie das alles passieren konnte.«

»Du meinst, warum ausgerechnet die Banshee von Calebs Familie auf dem Friedhof in London war?« Ich nicke. »Das ist eine gute Frage. Hast du eine Idee?«

»Nicht mal im Ansatz. Vor vorgestern Abend wusste ich gerade einmal, dass es Banshees gibt, allerdings nicht in London.«

»Das ist in der Tat ungewöhnlich. Normalerweise verlässt eine Banshee ihr Clanhaus nicht. Es muss also etwas passiert sein, was sie dazu veranlasst hat.«

Sally und ich schweigen einen Moment, grübeln beide nach. »Kann es sein, dass jemand eine Banshee beschwören kann?«, will Sally wissen.

»Nicht, dass ich wüsste.« Der Duft des Tees umgibt mich und erschwert mir das Denken. Madeleine hat etwas zu viel Zucker hineingegeben, aber das werde ich ihr beim Nachmittagstee sagen. »Wie kommst du darauf? Hast du den Verdacht, dass jemand Caleb auslöschen wollte?«

»Das ist es nicht. Aber seit dem Fall mit Ben kommt mir das alles etwas seltsam vor.« Sally knibbelt an ihrer Unterlippe und starrt zu einer Regalwand, in der die Folianten für Magie für Anfänger stehen.

»Sprich schon, Kindchen. Oder muss ich dir wieder alles aus der Nase ziehen?«

»Entschuldigung, Lady Kaitlin. Ich habe Ihnen ja schon gesagt, dass ich nicht an Bens Schuld glaube, und habe Ihnen erzählt, welche Ungereimtheiten mir aufgefallen sind.« Sie holt tief Luft und steht auf, um vor mir auf und ab zu laufen. »Ich weiß, dass es verrückt klingt, aber ich muss es einmal laut aussprechen. Ich glaube, dass jemand diesen Tatort manipuliert hat, damit es nach einem Werwolf-Angriff aussieht.«

Die Aussage hängt schwer in der Luft, droht, den Raum vollständig auszufüllen, so dass niemand mehr atmen, geschweige denn sich rühren kann. Ich versuche es langsam und spüre den Druck auf meiner Brust. Manipulierte Tatorte sind bei mir ein rotes Tuch, und ich muss mich zusammennehmen, um nicht wütend zu werden.

»Das ist eine ernste Anschuldigung. Hast du jemanden in Verdacht?«

»Ja und nein, es passieren so seltsame Dinge im Moment im Orden, dass ich mir nicht sicher bin, ob noch alles mit rechten Dingen zugeht.« Sie setzt sich wieder und spricht leiser, als habe sie Angst, belauscht zu werden. »Erst der schwarze Fleck auf dem Silber, den ich nicht entfernen konnte. Vermutlich schwarze Magie. Dann verschwindet Betty, die Einzige, die offiziell von dem Fleck wusste. Dazu der vermutlich gefakte Tatort mit dem Angriff des Werwolfs. Und jetzt die Banshee, die eigentlich nicht in London sein dürfte. Ich kann mir nicht helfen. Es ist nur so ein Gefühl, aber ich glaube, etwas stimmt nicht.«

Voller Stolz betrachte ich Sally. Denn auch wenn sie es nicht ahnt, sie hat unglaublich viel von ihrer Mutter mitbekommen. Und das ist zumindest zu einem kleinen Teil mein Verdienst.

»Du glaubst?«

»Ich habe für einiges davon Beweise, wie die Unschuld von Ben. Für anderes nicht. Also ja, ich glaube es.«

»Und was willst du dagegen unternehmen?«

Sally holt tief Luft und seufzt. »Was KANN ich denn unternehmen? Ich bin ein einfaches Hausmädchen, dazu bestimmt, magische Tatorte zu reinigen. Ich bin keine Vigilantin und erst recht keine Ermittlerin bei Scotland Yard.«

Ich lache. »Und das ist auch gut so. Beide Berufsgruppen sind zu eingefahren in ihrem Denken. Wusstest du, dass Albert Einstein einen Job im Patentamt angenommen hat, um seinem Verstand ein bisschen Pause zu bieten? Bei der eintönigen Arbeit konnte er in Ruhe nebenbei über seine Theorien nachdenken. Und auch wenn du vielleicht kein Einstein bist, so glaube ich doch daran, dass du nicht auf den Kopf gefallen bist, Sally.«

»Oh, vielen Dank.« Wieder läuft Sally rot an.

»Und deine Bescheidenheit macht es nur noch attraktiver.« Ich lehne mich vor und lege eine Hand auf ihr Knie. »Deswegen möchte ich dir ein Angebot machen.«

Sally runzelt misstrauisch die Stirn. »Was für ein Angebot?«

»Du bist ein Freigeist. Ein Freidenker, der sich nicht von den Konventionen einengen lässt. Du kümmerst dich um die Paranormalen genauso wie um die Menschen und die Magier.«

Während ich rede, zuckt sie bei dem Wort Paranormalen zusammen. Ich ahne, dass sie mir widersprechen will, aber ich winke nur müde ab.

»Bitte, beleidige nicht meine Intelligenz. Ich habe doch gesehen, wie du getrauert hast um den toten Werwolf und wie sehr du dich für Ben eingesetzt hast. Du hast ein mitleidiges Herz, und das ist gut so.«

»Ich weiß nicht, was ich davon halten soll«, erwidert Sally ehrlich und zieht sich ein Stück weit von mir zurück.

»Keine Sorge. Es wird dir gefallen.« Ich zwinkere ihr zu und lehne mich ebenfalls zurück. Bei meinen nächsten Worten will ich ihre Reaktion vollständig mitbekommen. Ich will nichts verpassen und es bei mir abspeichern. »Wie würde es dir gefallen, wenn du die nächste Bibliothekarin des Ordens wirst?«

Sallys Kiefer klappt herunter. Einige Sekunden sitzt sie nur da, ehe sie zu lachen anfängt. »Lady Kaitlin, Ihr Humor ist wirklich einzigartig.«

Ich warte einen Moment, ohne eine Miene zu verziehen, und schaue sie nur an. Als sie merkt, dass ich es nicht im Scherz meine, verschluckt sie sich beinahe.

»Meinen Sie das wirklich ernst?«

»Natürlich. Solch ein Angebot will wohlüberlegt sein, und du scheinst eine geeignete Nachfolgerin zu sein. Die wichtigsten Attribute habe ich dir eben aufgezählt. Das ist alles, was zählt.«

»Aber ich bin ein Hausmädchen. Ich beherrsche nicht einmal Magie.« Sally sieht mich mit ihren großen Augen an und versteht offensichtlich die Welt nicht mehr.

»Ach, das ist ein unwichtiges Detail«, bügele ich sie ab. »Mit dem Scopae bist du doch sehr geschickt, und auf den Kopf gefallen bist du auch nicht. Magie lässt sich erlernen, wie du weißt.«

Sallys Augen huschen hin und her, als ob sie nach einer Fluchtmöglichkeit sucht. »Aber was werden die anderen sagen? Ich bezweifle, dass Sir Henry Blake oder Victoria Bannister zustimmen werden.«

Ich schnaube nur und stehe auf, um mich vor Sally aufzustellen. »Wir werden sie einfach vor vollendete Tatsachen stellen. Sally, ich glaube an dein Potenzial. Und deswegen werde ich dich heimlich ausbilden. Niemand wird es mitbekommen. Ich werde dich gegen Madeleine austauschen. Sie ist ein nettes Ding, aber die Mehrzeit, die du bei mir verbringen wirst, wird weniger auffällig sein, wenn du mein Dienstmädchen bist.«

»Sie scheinen ja schon alles geplant zu haben.« Sally weicht meinem Blick aus und streicht sich die Haare aus dem Gesicht. »Habe ich denn noch eine Wahl?«

»Natürlich. Die hat jedes denkende Wesen.« Auch wenn mir viel daran liegt, dass Sally meine Nachfolgerin wird, so muss die Entscheidung schlussendlich von ihr kommen. »Aber überlege gut, welches Angebot du da ausschlägst.«

»Das ist mir schon bewusst.« Sally bläst erneut ihre Wangen auf, ehe sie abrupt nickt. »Sie wollen das wirklich?«

»So wahr ich hier vor dir stehe.«

»Ich soll also Bibliothekarin des Hermetischen Ordens werden?« Kopfschüttelnd starrt Sally mich an.

»So lautet mein Plan.«

»Sie sind völlig wahnsinnig und nicht mehr bei klarem Verstand.« Sally erhebt sich. Auch wenn sie nicht auf Augenhöhe mit mir ist, so kann ich doch die Entschlossenheit in ihren Augen erkennen, die meiner in nichts nachsteht. »Und wahrscheinlich bin ich es auch, denn es reizt mich tatsächlich unglaublich, Zugang zu all den Büchern zu haben.«

Sally und ich stehen einander gegenüber, lächeln und wissen, was wir aneinander haben. Auch wenn ich nie die herzliche Mutterwärme liefern konnte, die sie bei Harriet Brewster bekommen hat, so weiß Sally doch, dass sie mir vertrauen kann.

»Dann ist es beschlossene Sache.« Ich klatsche in die Hände und trete von ihr zurück. »Wir werden viel vorbereiten müssen, und du wirst sehr viele Bücher lesen müssen.«

Sally nickt. »Warum jetzt?«, will sie schließlich wissen. »Wieso haben Sie nicht schon vor fünf oder zehn Jahren mit meiner Ausbildung angefangen? Ich bin immerhin schon 25 Jahre alt.«

»Das hätte ich. Aber damals war ich mir nicht sicher, ob du

dafür geeignet bist. Erst die Ereignisse und deine Entscheidungen und Handlungen der letzten Wochen haben mich davon überzeugt.«

»Heißt das, wenn im Orden nichts Außergewöhnliches passiert wäre, hätten Sie mir dieses Angebot vielleicht nie gemacht?« Ihre sonst so glatte Stirn legt sich in Falten.

»Vermutlich. Ich kann es dir nicht einmal genau sagen. Aber vermutlich hätte ich dann weiter gezweifelt.«

»Das ist schon Ironie des Schicksals. Da muss erst im Orden etwas Seltsames vorgehen, damit ein Hausmädchen als Nachfolgerin einer der wichtigsten Positionen im Orden in Frage kommt.« Sally schnaubt reichlich undamenhaft. »Was sagt das über die Zukunft des Hermetischen Ordens aus?«

Ich lasse die Frage im Raum stehen, denn die Antwort darauf kenne ich zum Teil bereits, und sie würde Sally nicht gefallen. Deswegen nicke ich nur und sage: »Wichtig ist, dass du niemandem davon erzählst. Nicht einmal Caleb. Ich weiß noch nicht, ob ich ihm vertraue, auch wenn er mir sein Leben schuldet.«

Sally nickt, während ich ihr meine Hand entgegenstrecke. »Schwöre es mir beim Grab deiner Mutter.«

»Ich schwöre es.« Sally schlägt ein, und wir stehen uns beide wieder lächelnd gegenüber. »Na, das kann ja was werden. Ein Hausmädchen lernt Magie.«

»Die Welt sollte sich in Acht nehmen.«

KAPITEL 52

Sally

Zur *Teatime* herrscht in der Küche im Ordenshaus Hochbetrieb. Auch wenn nicht jeder Magier anwesend ist, diejenigen, die es sind, wollen ihren Tee mit Gebäck einnehmen, und wir Dienstmädchen servieren ihn im ganzen Haus, nach Wunsch auch in der Orangerie oder hoch oben unter dem Dach im Astrolabium. Die Kunst ist, den Tee auf dem Weg dahin nicht kalt werden zu lassen.

Harriet steht in der Küche und dirigiert das Bestücken der Tabletts, jedes versehen mit einer kleinen Kanne aus feinstem Porzellan auf einem Stövchen, Tasse und Untertasse daneben, Zuckerlöffel und Sahnekännchen für die einen, Zitronenpresse und Kandis für die anderen. Jedes Tablett bekommt drei Stück Lavendel-Shortbread und zwei Hobnobs mit Toffee-Topping, außer Victoria Bannister, die mag kein Toffee und hat nach Bitterschokolade gefragt.

Ich drängele mich vor und schnappe Madeleine das Tablett vor der Nase weg, das für Caleb bestimmt ist. »Das nehme ich.«

Ich habe noch sein Katana, das ich in meinem Zimmer versteckt habe. Zeit, es ihm zurückzugeben.

Mit dem Tablett auf dem Arm breche ich auf, die Dienstbotentreppe hinauf, zuerst zu meinem Zimmer, um das Katana zu holen, und dann in den Vigilanten-Trakt.

Die Vigilanten teilen sich ihre Räume in WGs, zumindest solange sie Dienst im Ordenshaus haben, wobei die meisten auch eine Wohnung außerhalb besitzen. Und wenn es keinen Einsatz gibt, halten sie sich oft im Aufenthaltsraum oder ihren Zimmern auf. Caleb teilt sich eine Wohneinheit mit Zac, oder *hat geteilt* sollte ich sagen, und einem weiteren Vigilanten.

Das Ordenshaus liegt ruhig und friedlich da, niemand begegnet mir auf den Gängen. Kaitlins Pläne singen in meinem Geist. Sie will mich zu ihrer Nachfolgerin machen. Einst war meine Mutter dafür bestimmt. Wenn sie nicht bei meiner Geburt gestorben wäre, säße jetzt Beatrice Davis in der Bibliothek und würde die Geheimnisse der Magie hüten. Vielleicht ist es nur fair, wenn ich in ihre Fußstapfen trete. Aber die Ordensführung scheint das anders zu sehen, denn ich wurde seit Kindheit als Dienstmädchen erzogen, nicht als Magierin. Man hat es nie in Betracht gezogen, mich auszubilden. Daher verstehe ich Kaitlins plötzlichen Sinneswandel nicht, und ihr Plan, mir heimlich Magie beizubringen, gefällt mir auch nicht unbedingt.

Was hat sie vor?

Der weiche Läufer unter meinen Füßen endet abrupt, als ich mit dem Tablett auf dem Arm den Vigilanten-Trakt betrete. Als ich schließlich Calebs Zimmertür erreiche, bleibe ich stehen und klopfe zaghaft an.

Calebs Stimme erklingt von innen. »Wer ist da?«

»Sally. Ich bringe den Tee.«

»Komm herein.«

Mit einem schnellen Griff überprüfe ich, ob mein weißes Häubchen richtig sitzt, und öffne dann die Tür.

Caleb erhebt sich von der breiten Ledercouch, auf der er offensichtlich auch schläft, denn es gibt kein Bett in dem großen Zimmer und eine Decke liegt zerknüllt zu seinen Füßen. Er hat in seinen Klamotten geschlafen. Die Fenster gehen nach hinten zur Orangerie raus, aber dunkle Vorhänge wurden zugezogen und sperren das helle Nachmittagslicht aus, das einen breiten Streifen auf den abgenutzten Teppich wirft.

Ich balanciere das Tablett ins Zimmer, und Caleb beeilt sich, den aus Europaletten zusammengezimmerten Couchtisch leerzuräumen, damit ich Platz habe, den Tee abzustellen.

»Sorry, für die Unordnung«, murmelt er und fährt sich über die Augen, noch benommen vom Schlaf.

Seine Unordnung geht mich nichts an, ich schenke ihm unkommentiert Tee ein. »Wie geht es dir?«

»Den Umständen entsprechend.« Er reibt sich ein weiteres Mal über das Gesicht.

Nach dem Ritual war Caleb wieder auf den Beinen, schwach und zittrig, aber lebendig. Ich habe ihn mit Mühe und Not ins Ordenshaus geschmuggelt und in sein Zimmer verfrachtet. Seither haben wir uns nicht mehr gesehen.

»Irgendwelche Nebenwirkungen?«

»Nein, wieso?«

Ich beiße mir auf die Lippe, ich habe ihm noch nichts davon gesagt, was Kaitlin mir am Telefon und in der Bibliothek über Nekromanten erzählt hat. Er muss sich erstmal erholen. »Du hast viel Blut verloren …« Um abzulenken, greife ich nach dem Katana, das ich unter meiner Schürze versteckt hatte, und reiche es ihm. »Das willst du sicher wiederhaben.«

Er nimmt das Schwert und hält es einen Moment in seinem Schoß. »Danke. Da war ich wohl etwas melodramatisch.«

Ich lächele. »Etwas.«

Entschlossen mache ich einen Schritt und setze mich neben ihm auf die Couch. Damit überschreite ich, was einem Dienstmädchen zusteht. Caleb scheint es jedoch kaum zu bemerken. Vielleicht ist er nicht mit Dienstpersonal aufgewachsen und weiß nicht, was sich gehört. Das macht es jetzt leichter, mit ihm zu reden.

»Das mit Zac tut mir leid. Ich hatte ihn auch sehr gern. Alle hatten das.«

»Ich weiß.«

»Ich vermisse meine Freundin Betty auch sehr. Sie ist vor ein paar Wochen einfach nicht mehr aufgetaucht. Inspector Kumar sagt, er kann nichts tun, weil sie im Ordenshaus verschwunden ist.«

»Sie ist hier bei uns verschwunden?«

»Ja. Nachdem sie auf einem Kelch, der dem Earl of Pembroke gehört hat, einen komischen schwarzen Fleck entdeckt hat. Sie konnte den Fleck nicht entfernen und hat mich um Rat gebeten. Am nächsten Tag wollte sie ihn Lady Kaitlin bringen, seitdem sind der Kelch und sie nicht mehr aufgetaucht.«

Caleb wirkt beunruhigt. »Und was meinst du, bedeutet das?«

»Dieselbe Art von Fleck habe ich auf der Silberschale bei der schwarzen Hexe gesehen. Die Schale hat sich verätzt, als die Asche verbrannt wurde, es waren dieselben schwarzen Adern. Jemand im Ordenshaus hat den Kelch für schwarze Magie verwendet.«

»Das glaube ich nicht! Wer sollte so etwas tun?«

»Das ist die Frage. Und du musst mir helfen, es herauszufinden.«

Caleb antwortet nicht und fährt sich stattdessen erneut durchs Gesicht, er ist noch nicht ganz wach.

Ich greife zur Teekanne, schenke ihm den noch dampfenden Earl Grey ein und schaufele zwei Löffel Zucker hinein.

Er nimmt die Tasse ohne Untertasse entgegen und schlürft einen großen Schluck. »Ich weiß zwar nicht, welchen Kelch du genau meinst, aber wer kann ihn von dort genommen haben, ohne dass der Protector es merkt?«

Ich zögere, ihm von meinem Verdacht zu erzählen. Es kommen mehrere Personen infrage, die Zugang zu Sir Henrys Büro haben. Die Frage ist eher, warum Sir Henry den Diebstahl noch nicht gemeldet hat. Entweder er hat ihn selbst benutzt, was ich mir nicht vorstellen kann, oder er hat noch gar nicht bemerkt, dass der Kelch verschwunden ist.

»Ich habe dir noch nicht alles erzählt. Am Tatort in der Fabrikhalle in Limehouse, wo die Teenager ermordet wurden, lag ein Knopf von einem Mantel der Marke Burberry. Einem Mantel, wie Victoria Bannister ihn immer trägt.«

»Das hat nichts zu bedeuten. Jeder kann den dort verloren oder so einen Knopf hinterlassen haben.«

»Ein Dienstmädchen hat mir bestätigt, dass sie ein paar Tage später an Victorias Mantel einen Knopf ersetzen musste. Sie ist extra zu Burberry deswegen.«

Caleb verdaut meine Worte. »Wo ist dieser Knopf jetzt?«

»Ich habe ihn Tom gegeben. Und nun ist Tom des Ordens verwiesen und hat kein Gedächtnis mehr. Ich weiß nicht, ob Tom jemandem davon erzählt hat oder ob er mit der Sache bei Sir Henry war. Aber ich bin mir sicher, irgendjemand im Orden hat Ben den Mord an seinen Freunden in die Schuhe geschoben. Ben war unschuldig.«

Caleb verzieht das Gesicht, die Erwähnung von Ben scheint ihm unangenehm zu sein. »Sally, das ist eine schwere Anschuldigung gegen den Orden.«

Ich falte die Hände in meinem Schoß. »Ja, ich weiß. Aber ich weiß nicht mehr, wem ich trauen kann. Du bist der Einzige.«

»Was ist mit Lady Kaitlin?«

»Lady Kaitlin hat ihre eigenen Pläne, das hat sie mir heute klargemacht. Aber auch sie ist der Meinung, dass etwas im Orden nicht stimmt. Jemand hat eine Banshee auf dem Friedhof freigesetzt, und Zac musste deswegen sterben.«

Die Erwähnung von Zac lässt Blut in Calebs Wangen schießen. Er hat offensichtlich noch immer Gewissensbisse deswegen. Ich muss mir meine nächsten Worte gut zurechtlegen, wenn ich will, dass Caleb mitmacht. Vigilanten sind es gewohnt, Befehle auszuüben und nicht, sich gegen ihre Vorgesetzten zu stellen. Aber Caleb hat mir schon bewiesen, dass ich ihm vertrauen kann.

»Caleb, wir müssen dahinterkommen, was hier läuft. Und ich bin mir sicher, dass Victoria Bannister damit etwas zu tun hat. Wir müssen beobachten, was sie tut oder sagt. Du kannst sie besser als ich im Auge behalten. Und wenn sie tatsächlich Tatorte manipuliert und Unschuldigen Morde in die Schuhe schiebt, dann müssen wir Beweise sammeln.«

Caleb fährt sich durchs Haar. »Scheiße, das kann uns den Kopf kosten.«

»Aber wir können auch nicht zulassen, dass weiterhin Menschen verschwinden oder sterben und unschuldige Paras dafür den

Kopf hinhalten! Das hier ist eine delikate Angelegenheit. Wenn ein hochrangiges Mitglied des Ordens in so etwas verwickelt ist, kann es zum Krieg kommen.

Und wir können uns nicht an Sir Henry wenden, solange wir nicht stichhaltige Beweise haben und nicht wissen, wer alles daran beteiligt ist. Du musst mir helfen. Du hast versprochen, nach meiner Freundin zu suchen.«

Er muss mir einfach helfen, er hat keine Wahl. Und ich leider auch nicht, wenn ich die Prinzipien des Ordens schützen will.

»Du hast recht«, sagt Caleb, und seine Kiefermuskeln zucken. »Irgendetwas ist faul. Wir müssen das aufdecken.«

Ich atme erleichtert auf. Ab jetzt sind es wir beide gegen die Verräter des Ordens.

DAS TEAM VON IM NAMEN DES ORDENS

Diana Itterheim war federführend bei IM NAMEN DES ORDENS. Sie ist Autorin, Development Producerin, Architektin, Literaturagentin und vieles mehr. Zudem betreut sie die Writers' Rooms der lit.factory und verwirklicht unter verschiedenen Pseudonymen gemeinsam mit Autorenteams spannende, fantastische oder romantische Serien. www.litmedia.agency

Lara Lorenz lebt mit ihrem Ehemann und vier Stubentiger in Mittelhessen. Mit *Unsterbliche Jäger*, einem Vampirthriller, hatte sie 2015 ihr Debüt. Neben weiteren erfolgreichen eigenen Publikationen schreibt sie Liebesromane, Fantasy und Krimis für verschiedene Verlag. www.laralorenz.de

Ann-Kathrin Karschnick lebt mit ihrer Familie in der Nähe von Hamburg. Sie schreibt phantastische Romane und wurde für *Phoenix – Tochter der Asche* 2014 mit dem Deutschen Phantastikpreis ausgezeichnet. Als Violet Thomas und Clara Simon schreibt sie gefühlvolle Liebesromane und Cosy-Romance.
www.ann-kathrinkarschnick.de

Daniela Pusch ist Kostümbildnerin, arbeitet am Musicaltheater und als freie Lektorin. Sie schreibt Jugendbuch-Thriller und für Computer Games, ihre Kurzgeschichten wurden für den Agatha-Christie-Krimipreis nominiert. www.danielapusch.com

Sandra Grauer wäre gerne Balletttänzerin oder Rhythmische Sportgymnastin geworden, wäre sie nicht so ungelenkig. Stattdessen ist sie Bestsellerautorin und schreibt für diverse Verlage Fantasy, Liebesromane und Krimis. Ihr Fantasy-Roman *Clans of London – Hexentochter* wurde 2020 für den DELIA-Jugendliteraturpreis nominiert. www.sandra-grauer.de